STATE OF ALERT –
VERHEISSUNG DES GLÜCKS

FIRST FAMILY, BAND 8

MARIE FORCE

ÜBER DAS BUCH

Lieutenant Sam Holland hat als Leiterin der Mordkommission schon viel erlebt, aber noch nie hat man von ihr verlangt, ihre engsten Kollegen und sogar ihren Ehemann, den US-Präsidenten Nick Cappuano, anzulügen. Doch da die nationale Sicherheit auf dem Spiel steht, lässt sich Sam darauf ein – eine Entscheidung, die sie allerdings schon bald bereut. Zudem erfordert ein neuer Fall ihre ganze Aufmerksamkeit: Bei ihren aktuellen Ermittlungen stellt sich Sam und ihrem Team die erschütternde Frage, zu was Teenager wirklich fähig sind.

Nick kämpft noch mit den Folgen der jüngsten Regierungskrise, die durch die in letzter Sekunde vereitelte Verschwörung hochrangiger Offiziere ausgelöst wurde. Nun ist der junge Mann tot, der ihn vor dem drohenden Putsch gewarnt hatte, und Nick plagen Schuldgefühle und Selbstzweifel – aber wie sich herausstellt, ist nichts so, wie es auf den ersten Blick scheint.

Während um sie herum neue Stürme toben, finden Sam und Nick wie gewohnt Zuspruch und Trost beieinander und in ihrer Familie genau wie in ihrer Liebe, die ihnen immer wieder die Kraft verleiht, die sie brauchen, um weiterzumachen.

Impressum

Originaltitel: State of Alert © 2024 HTJB, Inc.

Copyright für die deutsche Übersetzung: © 2025 Oliver Hoffmann

Lektorat: Ute-Christine Geiler, Birte Lilienthal, Agentur Libelli GmbH

Deutsche Erstausgabe

Cover: Kristina Brinton

Buchdesign und Satz: E-book Formatting Fairies

ISBN: 978-1958035993

❀ Created with Vellum

KAPITEL 1

Lieutenant Sam Holland schwieg auf der Fahrt vom Hauptquartier des Metro PD zur New York Avenue, wo man die Leiche von Navy Lieutenant Commander Juan Rodriguez in einem Altkleidercontainer entdeckt hatte. Als sie die Nachricht von dem Leichenfund erhalten hatten, hatten sie und ihr Team sich gerade über die Verhaftung des Mörders des US-Staatsanwalts Tom Forrester freuen dürfen, nachdem Sam Harlan Peckham auf offener Straße persönlich zur Strecke gebracht hatte.

Stellvertretend für ihren Mann Präsident Nick Cappuano, der im Weißen Haus eng mit Juan zusammengearbeitet hatte, hatte Sam eine erdrückende Welle der Trauer überrollt.

Ihr Partner Detective Freddie Cruz saß neben ihr auf dem Rücksitz ihres Secret-Service-SUV, Sergeant Tommy „Gonzo" Gonzales ihr gegenüber. Ihre beiden engsten Kollegen und Freunde schienen ihre Anspannung zu spüren und schwiegen ebenfalls.

Wie sollte sie Nick erklären, dass Juan, der Militärattaché, der ihn über einen offenbar geplanten militärischen Umsturz seiner Regierung informiert hatte, ermordet worden war? Seit er von Juans Verschwinden erfahren hatte, war Nick untröstlich gewesen und hatte seit Tagen kaum geschlafen. Sein Stress hatte auf sie abgefärbt, sodass keiner von ihnen wirklich zur Ruhe gekommen war, während Beamte der Polizei von Washington und mehrerer Bundesbehörden nach dem Vermissten fahndeten.

Nick hatte mit Juans Mutter gesprochen, die in Philadelphia einen Friseursalon besaß. Dabei hatte sie ihm erzählt, dass sie Juan allein großgezogen hatte und dass er ihr einziges Kind war, was seine Verzweiflung noch verstärkt hatte.

Vernon, der für Sam zuständige leitende Secret-Service-Mitarbeiter, brachte den schwarzen SUV einen Block von der Stelle entfernt zum Stehen, an der Streifenbeamte den Container, in dem ein Freiwilliger der Altkleidersammelstelle Juans Leiche gefunden hatte, mit Flatterband abgesperrt hatten.

„Warten Sie einen Augenblick." Vernon und sein heutiger Partner Quigley stiegen aus dem Wagen, um sich mit den anderen Beamten zu beraten, die vor ihnen eingetroffen waren.

Das war der Teil, der Sam schier in den Wahnsinn trieb. Sie war eine gut ausgebildete Polizistin, die sehr gut allein auf sich aufpassen konnte, aber sie musste warten, bis ihre Personenschützer sich vergewissert hatten, dass der Tatort sicher war, ehe sie mit ihrer Arbeit beginnen konnte.

„Fangt schon mal an", sagte sie zu Freddie und Gonzo. „Ich komme gleich nach. Hoffentlich."

Ihre Kollegen stiegen aus dem SUV und schlossen die Türen hinter sich.

Sam schaute ihnen hinterher, und ihr wurde klar, dass einer von ihnen die Leitung dieses Falles übernehmen musste, da sie Juan persönlich gekannt hatte. Als einen der Hüter des Atomkoffers, der den Präsidenten überallhin begleitete, hatte sie Juan in den letzten fünf Monaten häufig gesehen, nachdem Präsident Nelson urplötzlich verstorben war und Nick eine „Beförderung" erhalten hatte, die weder er noch Sam gewollt hatten. Dass er Vizepräsident gewesen war, hatte ihnen vollauf genügt.

Seit dem Anruf mit der Nachricht von Nelsons vorzeitigem Tod hatte sich alles verändert.

Nun, ein paar Dinge waren gleich geblieben, zum Beispiel die enge Bindung, die sie und Nick als Paar teilten, genau wie die, die sie mit ihren Kindern, der erweiterten Familie und engen Freunden hatten. Dieser Zusammenhalt trug sie auch jetzt, da sie derart ins Rampenlicht gerückt waren und man jeden ihrer Schritte mit einer Aufmerksamkeit verfolgte, die einen schier verrückt machen konnte.

Sam weigerte sich, das zuzulassen, was viel schwieriger war, als man meinen sollte, denn ständig passierte irgendein Mist.

In den Stunden seit dem Abschluss der Ermittlungen zum Mord an Staatsanwalt Tom Forrester und zu den Schüssen auf den leitenden FBI-Agenten Avery Hill, die derselbe Schütze zu verantworten hatte, hatte Sam sich seltsam abgestumpft gefühlt, vor allem als die Suche nach Juan immer verzweifelter geworden war. Sie hatte sich eingeredet, das sei normal, nachdem sie mit Tom einen guten Kollegen verloren hatte und dann mit Avery beinahe einen weiteren, mit dem sie zudem eng befreundet war. Zum Glück würde er sich vollständig erholen, auch wenn das dauern würde.

Nach fast sechzehn Jahren in diesem Beruf wusste sie allerdings, was normal war und was nicht. Und völlige Gefühllosigkeit war nicht normal, auch wenn sie das gerne glauben würde. Irgendwann würde sie deswegen etwas unternehmen müssen, aber angesichts eines neuen Mordes, um den sie sich kümmern musste, war jetzt ganz sicher nicht der richtige Zeitpunkt dafür.

Vernon öffnete ihr die Tür. „Alles in Ordnung."

„Danke."

Sam stieg aus und ging zu Freddie und Gonzo, die in die rückwärtige Öffnung des Altkleidercontainers starrten. Sie wollte nicht hineinschauen und die Bestätigung für das erhalten, was sie bereits wusste: dass Juan tot war, dass jemand ihn getötet hatte, möglicherweise weil der junge Attaché Nick vor dem niederträchtigen Plan der Generalstabschefs gewarnt hatte.

Der bloße Gedanke an einen weiteren Fall, bei dem sie hüfttief durch nervige Bürokratie waten musste, erschöpfte sie. Sie hatte gerade zehn Runden mit dem Justizminister ihres Mannes hinter sich und hatte eine Art Sieg errungen, nachdem Nick Reginald Cox gefeuert hatte, weil er Sam und ihr Team hingehalten und sich durch Glücksspiel hoch verschuldet hatte, was sie im Laufe ihrer Ermittlungen aufgedeckt hatten.

Ihre Kollegen machten Platz, damit sie nahe genug an den Container herantreten konnte, um selbst hineinzusehen.

„Luft anhalten", sagte Freddie.

Sam war dankbar für die Warnung, als sie sich vorbeugte und hineinspähte. Der Anblick von Juans khakifarbener Uniform mit den Orden auf der Brust traf sie wie ein Dolchstich ins Herz.

Das würde Nick, der den aufmerksamen jungen Offizier besonders gemocht hatte, völlig fertigmachen. Sie konnte nur die linke Seite seines Gesichts erkennen, doch das reichte, um seine Identität zu bestätigen.

„Ich muss nach Hause." Sie konnte nicht zulassen, dass Nick es von jemand anderem erfuhr. „Könnt ihr die Untersuchung leiten und mich auf dem Laufenden halten?"

„Auf jeden Fall", antwortete Gonzo. „Wir sind dran."

„Es tut mir wirklich leid, Sam", meinte Freddie.

Sam drückte ihm den Arm. „Danke dir. Mir auch. Haltet das unter Verschluss, bis ich Gelegenheit hatte, es Nick zu sagen, damit er Juans Mutter benachrichtigen kann."

„Natürlich", entgegnete Gonzo.

Als sie zum SUV des Secret Service zurückging, traf gerade das Fahrzeug der Gerichtsmedizin ein. Sam blieb stehen, um kurz mit Dr. Lindsey McNamara zu sprechen, und war erleichtert, als sie sah, dass die Wangen ihrer Freundin nach ihrer kürzlichen Krankheit wieder ein wenig rosiger waren.

„Was haben wir?", fragte Lindsey, während sie sich die Latexhandschuhe überzog.

„Navy Lieutenant Commander Juan Rodriguez, Militärattaché des Präsidenten."

„O nein. Sam ... Ist das nicht derjenige ..."

„Der Nick von den Putschplänen der Generalstabschefs erzählt hat? Ja."

„Verdammt."

„Das einzige Kind einer alleinerziehenden Mutter."

Lindseys tiefes Seufzen sprach Bände.

„Ich fahre nach Hause, um es Nick mitzuteilen. Danach komme ich gleich zurück."

„Lass dir Zeit. Wir haben hier alles im Griff."

„Vielen Dank, Lindsey. Behaltet es vorerst für euch."

„Von uns erfährt niemand was."

„Das weiß ich zu schätzen."

Vernon hielt Sam die Tür des SUV auf und schloss sie hinter ihr wieder.

„Wohin?", fragte er, nachdem er auf dem Fahrersitz Platz genommen hatte.

„Nach Hause."

Er warf ihr über den Rückspiegel einen überraschten Blick zu, stellte aber keine Fragen.

Es war äußerst ungewöhnlich, dass sie mitten am Tag ins Weiße Haus zurückkehrte, doch die Leiche eines Mitarbeiters ihres Mannes in einem Altkleidercontainer an der New York Avenue zu finden, war auch nicht gerade als gewöhnlich zu bezeichnen.

Im Fond des SUV sitzend, hätte Sam am liebsten auf etwas – oder jemanden – eingeschlagen. Sie hätte alles dafür gegeben, ihrem geliebten Mann diese schreckliche Nachricht nicht überbringen zu müssen, auch wenn er sie schon seit Tagen erwartete. Seine Amtszeit als Präsident hatte sich bisher als weit traumatischer erwiesen, als einer von ihnen es sich hätte vorstellen können, als er an Thanksgiving den Amtseid abgelegt hatte.

Seitdem hatten sie zwei Mehrfachmorde zu bewältigen gehabt, den plötzlichen Tod ihres Schwagers, den vereitelten Militärputsch, ständige Vorwürfe wegen nicht rechtmäßiger Regierungsübernahme, weil Nick nicht über eine demokratische Wahl Vizepräsident oder Präsident geworden war, und endlose Anforderungen an ihre Zeit, ihre Energie und ihre Gefühle. Das, zusammen mit dem unerbittlichen Tempo eines Wahlkampfs, war der Grund, warum er seine Entscheidung bekannt gegeben hatte, nach dem Ende seiner Amtszeit als Vizepräsident nicht für das Präsidentenamt zu kandidieren. Er hatte sich sein Leben lang eine Familie gewünscht, wie er sie jetzt hatte, und er wollte nicht monatelang von ihr getrennt sein, um sich für einen Job zu bewerben, den er eigentlich gar nicht wollte.

Dann war Nelson gestorben, womit diese Entscheidung hinfällig gewesen war. Das hatte Nicks Gegnern noch mehr Munition geliefert, die immer wieder darauf hinwiesen, dass das Land jetzt einen Präsidenten „am Hals hatte", der das Amt gar nicht wollte. Das war nicht das, was er gesagt hatte, als er erklärt hatte, nicht kandidieren zu wollen, aber die Wahrheit interessierte niemanden.

Fünf Monate lang dieser ständige Schwachsinn, und jetzt das.

Er tat ihr so leid.

Juan hatte alles riskiert, um Nick über den Plan der Generalstabschefs zu informieren, den „unrechtmäßigen" Präsidenten zu stürzen. Wie hatte Juan eigentlich herausgefunden, was sie vorhatten? Die Antwort auf diese Frage hatte sie nie gehört, hätte es jedoch wirklich gerne gewusst.

Der Naval Criminal Investigative Service würde in diesen Fall involviert sein, was alles nur verkomplizierte. Kompetenzgerangel gehörte zu den Dingen, die sie an ihrem Job am meisten hasste. Der Mord hatte sich in Washington ereignet, also gehörte der Fall dem Metro PD, trotzdem würden sie gezwungen sein, sich mit dem NCIS zu arrangieren.

Was sich möglicherweise als Vorteil erweisen konnte, falls der NCIS ihnen tatsächlich helfen würde, den Fall schnell zu lösen, statt sich auf einen Revierkampf einzulassen. Der würde sie nur von ihrem gemeinsamen Ziel ablenken, nämlich herauszufinden, wer Juan getötet hatte.

Als sie fünfzehn Minuten später durch das Tor des Weißen Hauses fuhren, wuchs Sams Nervosität ins Unermessliche. Sie musste jetzt da reingehen und Nick die gefürchtete Nachricht überbringen, die er dann Juans Mutter mitteilen musste.

Vernon öffnete ihr die Wagentür.

Sam starrte zu Boden und sammelte sich, bevor sie ausstieg, um zu tun, was nötig war.

„Sam?"

Sie sah auf.

„Alles in Ordnung?"

„Nein. Überhaupt nicht. Die Leiche in dem Altkleidercontainer war die von Juan Rodriguez."

„O nein."

„Jetzt muss ich Nick erklären, dass der Mann, der so viel riskiert hat, um ihn zu warnen, tot ist, und zwar vielleicht genau deswegen, weil er das getan hat."

„Das tut mir so leid."

„Ja, mir auch, Vernon. Mir auch."

„Kann ich irgendetwas für Sie tun?"

„Nein, aber danke der Nachfrage. Das ist sehr nett."

Sie versuchte, die Stärke zu finden, die sie brauchen würde, um das Erforderliche zu erledigen, so wie sie es bei jeder neuen Mordermittlung tat, doch dieser Fall lag anders. Dieser Fall würde Nick wehtun, und das wiederum würde ihr wehtun. Trotzdem war es besser, wenn sie das persönlich übernahm, überlegte sie, als könnte irgendetwas diese Nachricht für ihn erträglicher machen. Nichts vermochte das.

Nach allem, was Nick erlebt hatte, ehe sie einander kennengelernt hatten, wünschte sich Sam, sie könnte ihn in ihre Liebe einhüllen und ihn vor jeder weiteren Verletzung bewahren. Sie hegte keinen Zweifel daran, dass er in Bezug auf sie das Gleiche empfand. Aber sie waren sich beide schmerzlich bewusst, dass das Leben so nicht lief. Sie konnten einander nur mit ihrer Liebe Kraft geben, wenn die Lage verzweifelt war, und genau das würde sie jetzt tun.

Harold, einer der Usher des Weißen Hauses, wartete an der Tür, um sie zu begrüßen.

„Guten Tag, Mrs Cappuano. Sind Sie für heute fertig?"

Sie fragte sich, was die Mitarbeiter von einer Präsidentengattin und Mutter hielten, die den größten Teil eines Sonntags bei der Arbeit verbrachte. „Leider nein. Ich bin nur für ein paar Minuten hier. Ich behalte meinen Mantel an."

„Sehr wohl, Ma'am."

„Ist mein Mann in der Residenz?"

„Nein, Ma'am, er ist im Oval Office."

„Danke."

„Gern, Ma'am."

Sam machte sich auf den Weg zum West Wing und nickte den wenigen Leuten zu, denen sie unterwegs begegnete. Sie wussten alle, wer sie war. Sam hingegen erkannte niemanden von ihnen, was nicht ungewöhnlich war. Selbst an einem Sonntag arbeiteten Dutzende von Menschen im Regierungssitz. Eigentlich hatte sie sich vorgenommen, jeden Mitarbeiter des Weißen Hauses und so viele aus Nicks Team wie möglich mit Namen anzusprechen, wann immer es ging. Gelegentlich rutschte ihr jemand Neues durch, doch sie bemühte sich, alle mit Wertschätzung zu behandeln.

Die Mitarbeiter der Residenz waren in ihren Augen das Beste am Leben im Weißen Haus. Sie gaben sich riesige Mühe, damit sich die Familie in ihrem Zuhause wohlfühlte.

In Vorzimmer des Oval Office wandte sie sich an Julie, die Sekretärin, die wie ein Zerberus über den Zugang zu Nick wachte. Sam war überrascht, sie an einem Sonntag hier anzutreffen, und fragte sich, ob Nicks Team je einen ganzen Tag freihatte. „Könnte ich bitte einen Moment mit meinem Mann sprechen?"

„Er ist in einer Kabinettssitzung. Soll ich ihn herausrufen?"

Sam dachte darüber nach, was Nick wollen würde, und traf die Entscheidung aufgrund der Tatsache, dass er seit Juans Verschwinden ungeduldig auf Neuigkeiten wartete. „Bitte."

„Gern, Ma'am. Wenn Sie im Oval Office warten möchten, ich hole ihn."

Sam war sechsunddreißig Jahre alt und hasste es, wenn man sie „Ma'am" nannte, aber das war etwas, womit sie sich abgefunden hatte. Jeder sprach die Frau des Präsidenten mit „Ma'am" an. Diese Anrede war fest mit der Position verbunden, und es war sinnlos, zu erwarten, dass sie das ändern könnte. Zum Glück hatte sie Vernon und seinen üblichen Partner Jimmy überreden können, ihren Vornamen zu benutzen, zumindest wenn sie unter sich waren.

„Danke."

Sam öffnete die Tür zum Oval Office und trat ins Allerheiligste ihres Mannes, das berühmteste Büro der Welt.

Dort nahm sie auf einem der Sofas Platz, in der Hoffnung, das Richtige getan zu haben, als sie die Kabinettssitzung unterbrechen ließ.

Sie wartete fünf Minuten, bis Nick hereinkam und bei ihrem Anblick innehielt. Wahrscheinlich hatte er sie nur kurz anschauen müssen, um zu wissen, warum sie ihn aus der Besprechung geholt hatte. Heute, am Wochenende, trug er einen marineblauen Pullover mit V-Ausschnitt über einem hellblauen Hemd zu einer grauen Anzughose.

Sam stand auf, ging zu ihm und legte ihm die Hände auf die Brust, während sie in sein attraktives Gesicht und die wunderschönen haselnussbraunen Augen sah, die sie besorgt musterten. „Wir haben Juan gefunden."

Sein gesamter Körper spannte sich.

Sie musste nichts weiter sagen – er schloss aus ihrer Anwesenheit, dass die Polizei ihn nicht lebend gefunden hatte.

„Wie?"

„Ich bin mir nicht sicher. Seine Leiche war in einem Altkleidercontainer an der New York Avenue." Als Nick unwillkürlich aufkeuchte, drückte sie sich an ihn und schlang die Arme um ihn. „Es tut mir so furchtbar leid."

Er ließ den Kopf auf ihre Schulter sinken, während er tief ausatmete. „Wer weiß davon?"

Sie fuhr ihm mit den Fingern durch das dunkle, gewellte Haar und wünschte, sie könnte mehr tun, um ihn zu trösten. „Bis jetzt nur wir und du."

„Ich muss seine Mutter anrufen. Ich hatte versprochen, sie auf dem Laufenden zu halten."

„Dafür bleibe ich bei dir. Ich bleibe so lange, wie du mich brauchst."

„Das kannst du nicht."

„Doch."

„Werdet ihr die Untersuchung leiten?"

„Wir sind zuständig, da der Fundort im Stadtgebiet von Washington liegt. Allerdings wird sich der NCIS einmischen wollen, was aber in einer Situation wie dieser durchaus hilfreich sein kann."

„Ich werde dafür sorgen, dass es ausschließlich hilfreich ist."

Sie umfing sein Gesicht und zwang ihn, sie anzublicken. Während sie ihm tief in die Augen sah, erklärte sie: „Bitte sag mir, dass du weißt, dass das nicht deine Schuld ist."

„Ich habe Juan nicht ermordet, und ich habe die Soldaten in Fort Liberty nicht erschossen. Trotzdem ist das alles passiert, weil ich Präsident bin, und irgendwie … irgendwie muss ich einen Weg finden, damit zu leben."

KAPITEL 2

Nick musste sich sehr zusammenreißen, um seinen Gefühlen nicht freien Lauf zu lassen, was Sam nur aufregen und Juan nicht zurückbringen würde. In seinen hilflosen Zorn mischte sich Mitleid mit Juans Mutter und allen anderen, die den scharfsinnigen, geistreichen, strebsamen Marineoffizier geliebt und geschätzt hatten, der alles riskiert hatte, um Nick vor einem teuflischen Plan zu warnen.

Hatte er seine Loyalität mit dem Leben bezahlt?

Juan war der siebte Militärangehörige, der im Zusammenhang mit Nicks Amtsantritt zu Tode gekommen war. Die anderen sechs hatte ein verärgerter Soldat in Fort Liberty auf dem Gewissen, der sich für eine unehrenhafte Entlassung entschieden hatte, weil er nicht bereit gewesen war, unter einem „nicht gewählten" Oberbefehlshaber zu dienen. Er hatte seine Entrüstung abreagiert, indem er das Feuer auf seine Kameraden eröffnet hatte.

All diese Todesfälle lasteten schwer auf Nicks Seele, aber der jüngste …

Juan Rodriguez war einer der Ersten gewesen, die in seine Umlaufbahn geraten waren, nachdem er sein neues Amt angetreten hatte. Er hatte zu den Militärattachés gehört, die für die Nuklearcodes verantwortlich waren und von denen einer immer in Nicks Nähe war.

Die meisten von ihnen verhielten sich in seiner Gegenwart still und zurückhaltend. Juan war eine Ausnahme gewesen und hatte sich angeregt mit Nick unterhalten, wenn sie im selben Raum waren. Bei diesen Gesprächen hatten sie ihre gemeinsame Vorliebe für Sport entdeckt, besonders für Baseball, und sich über die D. C. Feds, Juans Phillies und Nicks Red Sox ausgetauscht.

In einer Welt, in der niemand Nick wie einen normalen Menschen behandelte, hatte Juan genau das getan, wofür Nick dem jungen Mann aufrichtig dankbar gewesen war. Es brach ihm das Herz, dass Juan nun tot war, und der Gedanke, es seiner Mutter sagen zu müssen, war beinahe unerträglich.

Sam setzte sich neben ihn auf das Sofa, legte den Arm um ihn und lehnte den Kopf an seine Schulter.

Nick hatte in den letzten Tagen zweimal mit Mrs Rodriguez telefoniert und Geschichten über den kleinen Juan gehört, der im Alter von sieben oder acht Jahren für Baseballkartengeld die Haare im Salon zusammengefegt hatte. Sie hatte ihm erzählt, wie stolz sie gewesen war, als Juan die Berufung an die prestigeträchtige Marineakademie erhalten hatte, gefolgt von seinem Dienst beim Präsidenten im Weißen Haus.

Nick hatte versprochen, sie persönlich zu informieren, sobald sie etwas über Juans Verbleib erfuhren, doch jetzt, wo er Bescheid wusste, wollte er ihr die niederschmetternde Nachricht so lange wie möglich vorenthalten.

Er stützte den Kopf in die Hände.

Hatte einer der in Ungnade gefallenen ehemaligen Generalstabschefs Juan umgebracht, um sich dafür zu rächen, dass er ihr Komplott aufgedeckt hatte? Nick hatte sie alle unehrenhaft entlassen, und sie mussten mit einer Strafanzeige sowie dem Verlust ihrer lukrativen Pensionen rechnen. Was hatten sie zu verlieren, wenn sie den Mann ermordeten, der ihren Umsturzplan vereitelt hatte, nun, da ihre Karrieren und ihr Ruf in Scherben lagen?

Gar nichts. Sie hatten gar nichts zu verlieren, wenn sie Juan töteten.

Nick musste sich zusammenreißen und tun, was erforderlich

war, um für Juan Gerechtigkeit zu erreichen. Er würde sich noch fünf Minuten mit seiner Frau und dem Trost gönnen, den nur sie ihm geben konnte, und dann würde er wieder der Präsident sein.

„Wie kann ich helfen?", fragte Sam.

Er schlang einen Arm um sie und zog sie mit sich, als er sich zurücklehnte. „Das hier brauche ich gerade am allermeisten." Sie hatten beide eine Million Dinge zu erledigen, aber nichts davon spielte in den fünf Minuten, die er sich für sich selbst nahm, eine Rolle.

Sie lehnte den Kopf an seine Brust und legte ihm einen Arm um die Taille. „Ich wünschte, ich könnte mehr machen."

„Du wirst zweifellos alles tun, um die Person zu finden, die Juan getötet hat."

„Alles, was in meiner Macht steht."

„Musst du nicht wieder an die Arbeit?"

„Noch nicht sofort."

„Ich habe gehört, ihr habt Toms Mörder gefasst."

„Richtig."

„Laut meinen Quellen hast *du* ihn gefasst."

Sam zuckte die Achseln, als läge die Verhaftung schon eine Ewigkeit zurück, denn jetzt erforderte eine neue Krise ihre volle Aufmerksamkeit.

„Ich muss Juans Mutter anrufen."

„So lange bleibe ich noch."

„Ich möchte das nicht tun müssen."

Sie umarmte ihn. „Ich weiß, Schatz."

„Wenn ich die Zeit zurückdrehen könnte, würde ich entschieden Nein sagen, wenn Nelson mich bittet, sein Vizepräsident zu werden. Dann würde meinetwegen niemand sterben müssen."

„Es ist nicht deinetwegen. Sondern weil irgendwelche Mistkerle andere Menschen töten."

„Wie kann es nicht damit zusammenhängen, dass sie was gegen mich haben?"

„Weißt du, was ich nach all den Jahren in diesem Beruf gelernt habe? Nichts ist je so offensichtlich, wie es auf den ersten Blick wirkt. Es ist immer komplizierter. Sosehr du Juan auch gemocht und respektiert hast, du hast ihn nicht wirklich gekannt. Du weißt nicht, was er in seiner Freizeit getan hat oder wie er war, wenn er die Uniform nicht trug. Alles ist möglich, sogar dass er ein komplettes Zufallsopfer war."

„Nein, das war kein Zufall, auf keinen Fall. Und Juan war nicht der Typ, der in seiner Freizeit ein anderer Mensch ist. Er war vielmehr der Typ, bei dem man genau das bekommt, was man sieht, und das war einer der Gründe, warum ich ihn so gemocht habe. Einer von vielen."

„Die Leute zeigen der Welt das, was sie wollen, dass sie sieht. Hinter den Kulissen kann sich das ganz anders darstellen – und das gilt für uns alle."

„Für dich nicht. Du bist genau so, wie du dich nach außen präsentierst."

„Trotzdem gibt es Seiten an mir, die die Öffentlichkeit niemals zu Gesicht kriegen wird. Genau wie bei dir."

„Das stimmt wohl."

„Juan war ein großartiger Mann und ein ausgezeichneter Offizier, der seine Arbeit hervorragend erledigt hat. Außer den Dingen, die er dir aus freien Stücken erzählt hat, wissen wir nichts über ihn."

„Ich weigere mich, zu glauben, dass er ein anderer war, als er zu sein schien."

„Es tut mir so leid, dass jemand getötet wurde, der dir wichtig war. Soweit ich das beurteilen kann, ist er ein ganz besonderer Mensch gewesen."

„Das war er." Nick seufzte und stellte fest, dass die fünf Minuten um waren. „Ich muss telefonieren."

Er machte keine Anstalten, aufzustehen. Der Gedanke, Mrs Rodriguez anzurufen, bereitete ihm körperliche Übelkeit. Er starrte auf die Tür zum Säulengang. „Was glaubst du, was die Leute sagen würden, wenn ich jetzt einfach auf Nimmerwiedersehen durch diese Tür verschwände?"

„Du würdest wahrscheinlich nicht weit kommen, denn Brant und die anderen Personenschützer wären dir direkt auf den Fersen."

„Sie würden mich zurückholen, oder?"

„Tut mir leid, eine Spielverderberin zu sein, aber ich fürchte schon."

„Fühlt sich so das Gefängnis an?"

Sie blickte zu ihm hoch und zeigte den Hauch eines Lächelns. „Mit sehr viel weniger Komfort und ohne Butler."

„Die Butler würde ich zugegebenermaßen vermissen."

„Die Kinder und mich nicht? Ich nehme an, diese Flucht schließt uns nicht ein."

„Was glaubst du, warum ich überhaupt noch hier bin?"

Sam wandte ihm das Gesicht zu und gab ihm einen zärtlichen Kuss. „Nick, ich liebe dich so sehr, und ich hasse es, dass das passiert ist."

„Ich liebe dich auch. Danke, dass du hergefahren bist."

„Es gab keinen Ort, an dem ich lieber sein wollte."

Er atmete noch einmal tief durch. „Bringen wir es hinter uns."

Sie standen auf und gingen gemeinsam zum Resolute Desk.

Er zog einen Stuhl um den Schreibtisch, damit sie sich neben ihn setzen konnte. Danach drückte er die Taste am Telefon, über die er mit Julie reden konnte. „Würden Sie mich bitte mit Linda Rodriguez verbinden?"

„Ja, Sir, Mr President. Einen Moment bitte."

„Danke."

Während sie warteten, nahm Sam seine Hand.

Das Telefon gab einen Ton von sich. „Ich habe Mrs Rodriguez für Sie, Mr President."

Er schaute zu Sam, ehe er den blinkenden Knopf drückte. „Linda, hier spricht Nick Cappuano."

„Mr President … Gibt es Neuigkeiten von Juan?"

Nick schloss die Lider, um die Tränen zurückzuhalten. „Es tut mir leid, Ihnen mitteilen zu müssen, dass man ihn heute Morgen tot aufgefunden hat."

Ihr Aufschrei traf ihn bis ins Mark.

Er wischte sich über die Augen. „Ich gäbe alles dafür, Ihnen diese Nachricht nicht überbringen zu müssen. Sie wissen, dass ich Juan sehr geschätzt habe, und ich trauere mit Ihnen und allen, die ihn geliebt haben." Die Sätze klangen hohl. Wie würden sie auf Juans untröstliche Mutter wirken?

„Danke für die freundlichen Worte. Er … er hat Sie sehr bewundert."

„Haben Sie jemanden bei sich?", fragte Nick.

„Meine Schwestern und meine Nichten und Neffen sind hier."

Er hörte etwas im Hintergrund, dann sagte eine Männerstimme: „Es tut mir leid, doch meine Tante ist nicht mehr in der Lage, weiterzutelefonieren."

„Verstehe. Hier spricht Nick Cappuano. Bitte richten Sie ihr aus, ich werde mich persönlich darum kümmern, dass Juan alle militärischen Ehren zuteilwerden."

„Ich werde es ihr mitteilen."

„Würden Sie mich bitte auch über die Einzelheiten der Beerdigung informieren?"

Nach einer langen Pause antwortete der Mann: „Ja, natürlich."

Nick gab ihm die Nummer, unter der er die Details übermitteln konnte. „Juan hat mir viel bedeutet. Mein tief empfundenes Beileid."

„Vielen Dank. Ist schon bekannt, was eigentlich genau passiert ist?"

„Noch nicht, aber es wird eine umfassende Untersuchung stattfinden, und wir werden bald mehr wissen. Soll ich Ihre Kontaktdaten an die zuständigen Beamten weitergeben?"

„Ja, bitte tun Sie das. Meine Tante ist gerade nicht imstande, mit der Polizei zu sprechen."

Sam ließ seine Hand los und holte Notizbuch und Stift hervor.

„Könnten Sie mir Ihre Nummer geben?", bat Nick.

Sam notierte sie.

„Wie heißen Sie?"

„Francisco Alba."

„Ich werde dafür sorgen, dass sich die Polizei bei Ihnen meldet, und ich möchte Ihnen erneut mein aufrichtiges Beileid aussprechen."

„Danke für Ihren Anruf."

Nick drückte den Knopf, um das Gespräch zu beenden.

Sam streckte die Arme nach ihm aus, und er ließ sich von ihr umfangen, dankbar wie immer, sie an seiner Seite zu haben, in den guten, den schlechten und den wirklich schrecklichen Zeiten.

Er hielt sich an ihr fest und nahm ein paar Minuten lang ihre Liebe in sich auf, bevor er sich von ihr löste und sie küsste. „Danke, dass du immer genau weißt, was ich brauche."

Sie streichelte ihm sanft die Wange. „Ich wünschte, ich könnte mehr tun."

„Du tust doch schon alles."

Er drückte erneut den Knopf, um Julie eine Anweisung zu geben. „Würden Sie bitte Minister Jennings und die amtierende Justizministerin Conrad herbitten? Ich möchte außerdem so schnell wie möglich Admiral Malin und NNSA-Administrator Gilmore sehen. Bitte sagen Sie Vizepräsidentin Henderson, dass ich nicht weiter an der Kabinettssitzung teilnehmen werde."

„Ja, Sir."

„Danke."

„Was ist denn die NNSA?", fragte Sam.

„Die Nationale Verwaltungsbehörde für Nukleare Sicherheit, die im Energieministerium angesiedelt ist. Ihr obliegt die Erhaltung und Verbesserung der Sicherheit, Zuverlässigkeit und Leistungsfähigkeit unseres Atomwaffenarsenals, und sie arbeitet als die Stelle, die im Fall eines Atomschlags reagiert, eng mit dem für die Nuklearcodes zuständigen Militärpersonal zusammen."

„Immer wenn ich denke, ich hätte jetzt wirklich von jeder Bundesbehörde gehört, taucht eine neue auf."

„Es sind so viele, dass einem regelrecht schwindlig wird."

Es klopfte an der Tür.

„Herein."

Julie und alle anderen Mitarbeiter hatten Anweisung, die Aufforderung zum Eintreten abzuwarten, wenn Sam bei ihm im Oval Office war. Ansonsten durften seine Mitarbeiter einfach nach einem kurzen Klopfen reinkommen.

„Minister Jennings und die amtierende Justizministerin Conrad für Sie, Sir."

„Danke, Julie."

„Soll ich gehen?", fragte Sam.

„Noch nicht", bat Nick. „Danke, dass Sie meiner Aufforderung so schnell gefolgt sind", begrüßte er dann seine Kabinettsmitglieder. „Ich habe erfahren, dass man die Leiche von Lieutenant Commander Rodriguez gefunden hat."

„O nein", antwortete Verteidigungsminister Jennings. Er war groß, hatte silbernes Haar und normalerweise einen strengen Gesichtsausdruck, der jetzt Betroffenheit wich. „Es tut mir so leid, das zu hören."

„Weisen Sie den NCIS an, mit Lieutenant Holland und der Polizei zusammen seinen Tod vollständig aufzuklären."

„Reden wir von Mord?" Conrad, eine Mittfünfzigerin mit schulterlangem braunen Haar und dunklen Augen, war die designierte Nachfolgerin des ehemaligen Justizministers Cox und bekleidete ihr Amt bis dahin kommissarisch.

„Das wissen wir noch nicht", erwiderte Sam. „Unsere Gerichtsmedizinerin führt die Obduktion durch, und wir warten noch auf die Ergebnisse. Seine Leiche wurde in Uniform in einem Altkleidercontainer an der New York Avenue gefunden."

„Großer Gott", flüsterte Jennings. Er schien einen Moment zu brauchen, um zu seiner gewohnten Gelassenheit zurückzufinden. „Ich werde die Anweisungen an den NCIS weiterleiten. Der Kontakt läuft vermutlich über Sie, Lieutenant Holland?"

„Sergeant Gonzales aus meinem Team wird die Ermittlungen leiten", stellte Sam richtig.

„Ich werde den NCIS bitten, sich mit ihm in Verbindung zu setzen."

„Danke sehr."

„Bitten Sie den NCIS auch, kein Kompetenzgerangel zu veranstalten", sagte Nick. „Wir wollen alle das Gleiche – so schnell wie möglich Antworten für Juans Mutter und seine Familie."

„Natürlich."

Nachdem der Minister und die amtierende Justizministerin den Raum verlassen hatten, fächelte sich Sam ein wenig Luft zu.

„Was?"

„Total heiß."

„Was denn?"

„Wie du Befehle gibst und das Kommando übernimmst. Das gefällt mir – und danke, dass du das sich anbahnende Kompetenzgerangel von vornherein verhindert hast."

„Nur du kannst mich in so einer Situation zum Lächeln bringen."

„Ich will nicht respektlos sein, aber das war schon echt sexy."

„Hör auf damit", bat er mit seiner üblichen Schroffheit gegenüber solchen Bemerkungen von ihr.

„Ich werde niemals damit aufhören." Sie stand auf und trat einen Schritt vom Schreibtisch zurück. „Und jetzt umarme mich, damit ich mit dem Gefühl zur Arbeit zurückkehren kann, dass es dir gut geht."

Er stand auf und streckte die Arme nach ihr aus.

Sam schmiegte sich an ihn. „Kommst du klar?"

„Hab ich denn eine Wahl?"

„Ich würde alles geben, um das für dich aus der Welt zu schaffen."

„Weiß ich, und das hilft. Ich bin nur so wütend und befürchte, dass die ehemaligen Generalstabschefs für Juans Ermordung verantwortlich sind, was zu einem weiteren riesigen Shitstorm führen würde."

„Wozu es auch führt, es ist nicht deine Schuld. Bitte sag mir, dass du das weißt."

„Tu ich."

„Erzähl mir noch mal, was du in den nächsten Tagen im Kalender stehen hast."

„Ich habe morgen diese Sache in Baltimore in der Schule der Jungs." Seine jüngeren Brüder Brock und Brayden hatten ihn eingeladen, im Rahmen seiner Schülergespräche ihre Grundschule zu besuchen. Bis ihn die Nachricht von Juans Tod erreicht hatte, hatte er sich ehrlich darauf gefreut. „Danach steht ein Mittagessen mit dem Gouverneur von Maryland und dem

Bürgermeister von Baltimore auf dem Programm, gefolgt von einer Benefizveranstaltung für die Demokraten von Maryland. Ich werde eine Rede halten und danach schnell verschwinden. Am Mittwoch reise ich an die Westküste."

„Darüber reden wir, wenn es so weit ist."

Er schmunzelte. „Ich werde wieder zurück sein, bevor du mich vermisst."

„Das ist unmöglich." Sie hielt ihn noch eine Minute fest, bevor sie sich von ihm löste und zu ihm hochblickte. „Ich liebe dich, und es tut mir leid, dass dich diese Sache so tief trifft."

„Vielen Dank. Ich liebe dich auch, Sam." Er gab ihr einen zärtlichen Kuss und drückte sein Gesicht in ihre Halsbeuge, atmete ihren vertrauten Duft ein und klammerte sich noch eine Minute lang an die Liebe seines Lebens. „Pass da draußen gut auf meine Frau auf. Sie bedeutet mir alles."

„Werd ich." Sie streichelte sein Gesicht. „Pass du hier drin gut auf meinen Mann auf. Er bedeutet *mir* alles und ist der beste Mensch, den ich kenne."

Er küsste sie erneut.

„Das mit Juan tut mir furchtbar leid."

„Ja, mir auch. Er war ein so vielversprechender junger Mann. Was immer ihm zugestoßen ist und egal aus welchem Grund, ich bin mir hundertprozentig sicher, dass er es nicht verdient hat."

„Das ist bei Mord meist der Fall."

Es klopfte an der Tür, und sie fuhren auseinander.

„Herein."

Nicks Stabschef Terry O'Connor betrat den Raum. „Tut mir leid, wenn ich störe, aber du wirst im Lagezentrum gebraucht."

Oje, dachte Sam. *Was ist jetzt wieder los?*

„Alles klar, Terry. Ich komme gleich."

„Ich habe das mit Juan gehört. Tut mir leid, dass das passiert ist."

„Mir auch."

Terry nickte, verließ den Raum wieder und schloss die Tür hinter sich.

Nick lehnte seine Stirn an Sams. „Ich muss herausfinden, was sich da im Lagezentrum zusammenbraut."

„Weiß ich doch."

„Bei dir wird es vermutlich spät werden."

„Ich werde versuchen, zu einer vernünftigen Zeit Schluss zu machen. Meldest du dich bitte, wenn du mich brauchst? Egal, was los ist. Ruf mich einfach an."

„Versprochen. Danke, dass du hergefahren bist, um mir die Nachricht persönlich zu überbringen."

„Ich hätte nie zugelassen, dass du es von jemand anderem erfährst."

„Es bedeutet mir sehr viel, dich an meiner Seite zu haben."

„Immer."

„Das hatte ich vor dir noch nie."

„Jetzt hast du mich am Hals, und ich möchte, dass du mir zuhörst, wenn ich sage: Wenn sich herausstellt, dass es etwas mit den Stabschefs zu tun hat, wusste Juan, dass er ein großes Risiko einging, als er dich gewarnt hat. Er würde dir wahrscheinlich antworten, dass er es wieder tun würde, weil er genau so jemand war."

„Stimmt, das würde er. Er war ein stolzer Amerikaner und Marineoffizier."

„Erinnere dich daran, wenn die Verzweiflung dich zu überwältigen droht, okay?"

„Das werde ich. Danke für die Erinnerung."

„Gern." Sie küsste ihren Mann. „Jetzt begib dich ins Lagezentrum, bevor sie einen Suchtrupp losschicken."

Er lächelte leicht. „Sie können ja schlecht ohne mich anfangen."

KAPITEL 3

Nick begleitete Sam noch ins Foyer.

Sie wollte gerade durch die Tür treten, als Vizepräsidentin Gretchen Henderson in einem schicken Kostüm auf sie zukam. Ihre Pumps hatten unglaublich hohe Absätze, die ihre langen Beine voll zur Geltung brachten. Sam war sich ziemlich sicher, dass das Absicht war – Gretchen gehörte zu der Sorte Frau, die stets ihre besten Seiten herausstreichen würde.

„Schön, Sie zu sehen, Sam."

„Gleichfalls", antwortete Sam mit einer Kühle, die vermutlich nur Nick bemerkte.

„Sind Sie auf dem Weg ins Lagezentrum, Mr President?"

„Ja. Ich begleite Sie."

„Wunderbar."

Als Gretchen an ihr vorbeilief, ganz Glanz und Glamour neben Sams wenig aufregenden Jeans und Laufschuhen, hätte die sich am liebsten den Rest des Tages freigenommen, um in der Nähe zu bleiben und zu beschützen, was ihr gehörte, auch wenn Nick keinen Schutz brauchte.

Er warf Sam eine Kusshand zu, ehe er mit Gretchen verschwand, um sich mit der nächsten Krise auseinanderzusetzen, die seine Aufmerksamkeit erforderte.

Wenn es etwas in ihrem Leben gab, dessen Sam sich sicher

war, dann dass sie sich wegen ihm und anderen Frauen absolut keine Sorgen machen musste.

Trotzdem spielte ihr Spinnensinn jedes Mal verrückt, wenn sie die Vizepräsidentin traf. Dabei hatte Gretchen nie etwas gesagt oder getan, was Sam Anlass gegeben hätte, ihr zu misstrauen. Es war nur ein Gefühl, doch sie hatte gelernt, auf ihren Instinkt zu hören.

Da sie wusste, dass Nick eher einen internationalen Zwischenfall auslösen würde, als etwas zu tun, was ihre Ehe gefährden könnte, begab sich Sam in Richtung Ausgang, erinnerte sich aber erneut daran, die Frau im Auge zu behalten.

Als sie auf dem Rücksitz des Secret-Service-SUV saß, rief sie Freddie an. „Wo seid ihr?"

„Im Hauptquartier, und Agent Truver vom NCIS ist hier. Ich hab ihr gesagt, dass Gonzo der leitende Ermittler im Fall Rodriguez ist, doch sie will mit dir sprechen und nur mit dir. Also hab ich ihr erklärt, dass du bald zurück sein wirst, und jetzt wartet sie in deinem Büro."

„Ich bin in zehn Minuten da."

„Gut, ich richte es ihr aus."

„Wie ist sie so?"

„Scheint ganz nett zu sein, aber sie hat kaum ein Wort mit uns geredet. Sie meinte, sie wolle auf dich warten."

„Gibt es sonst noch was zu berichten?"

„Wir überprüfen Juans Finanzen und haben einen Durchsuchungsbeschluss für sein Handy und einen für seine Wohnung beantragt."

„Haben wir das Handy?"

„Wir haben zumindest ein Handy, das bei der Leiche gefunden wurde. Archie kann sofort loslegen, sobald er das Go bekommt. Wie hat Nick es aufgenommen?"

„Er trägt schwer daran, auch wenn er schon geahnt hat, dass es nicht gut ausgehen würde. Ich war bei ihm, als er Juans Mutter angerufen hat, um es ihr mitzuteilen."

„Puh, daran möchte ich nicht mal denken."

„Es war in etwa so furchtbar, wie man es sich vorstellt. Er ist ziemlich angeschlagen. Wir müssen ihm und Juans Mutter so schnell wie möglich ein paar Antworten liefern."

„Da bin ich ganz deiner Meinung. Wir sind dran."

„Wir sehen uns gleich."

Sam klappte ihr Handy zu und starrte aus dem Fenster auf die Stadt, die in einer Palette von Farben, Menschen und Autos an ihr vorbeirauschte. So viele Autos.

„Wieder eine harte Nuss", bemerkte Vernon.

Sam erwiderte seinen Blick im Rückspiegel. „Stimmt. Nick ist außer sich."

„Das war zu erwarten. Juan war ein hervorragender junger Offizier und begeistert darüber, in unmittelbarer Nähe des Präsidenten arbeiten zu können."

„Mein Mann hat große Stücke auf ihn gehalten."

„Das galt umgekehrt genauso. Ich habe Juan im letzten Jahr ein wenig kennengelernt, und obwohl er sich geehrt gefühlt hat, für Präsident Nelson zu arbeiten, hat er Präsident Cappuano ehrlich bewundert. Er hat mir mal erzählt, dass er davon beeindruckt sei, wie bescheiden und normal Ihr Mann trotz seines Amtes noch immer ist."

Sam lächelte. „Das ist eine wunderbare Zusammenfassung seines Wesens. Ich mach mir allerdings Sorgen um Nick. Er ist davon überzeugt, dass Juans Ermordung mit dem aufgeflogenen Putschplan der Generalstabschefs zusammenhängt, was sie direkt mit ihm und seiner Präsidentschaft in Verbindung brächte."

„Juan würde nicht wollen, dass er sich für die Taten anderer die Schuld gibt."

„Ich hab ihm gerade fast genau das Gleiche gesagt."

„Erinnern Sie ihn in den nächsten Tagen und Wochen ruhig immer wieder daran. Es wird ihm helfen."

„Das hoffe ich."

Während Vernon versuchte, den endlosen Stau zu umfahren, starrte Sam aus dem Fenster und beobachtete, wie die Stadt, in der sie ihr ganzes Leben verbracht hatte, mit ihrem geschäftigen Treiben an ihr vorbeizog. Zu ihren frühesten Erinnerungen gehörten die samstäglichen Donut-Einkaufstouren mit ihrem

Vater, gefolgt von ein paar Stunden im Hauptquartier, während er den Papierkram der Vorwoche aufarbeitete.

Ihrer Mutter hatte es nicht gefallen, dass er Sam dorthin mitnahm, doch sie hatte es von Anfang an geliebt. Er hatte immer behauptet, sie habe ihm mindestens eine Million Fragen gestellt, und er hatte jede einzelne davon mit mehr Geduld beantwortet, als sie für ein Kind gehabt hätte, das nie die Klappe hielt. Diese Samstagvormittage mit ihm hatten ihr Interesse an der Polizeiarbeit geweckt.

Daran hatte Sam schon lange nicht mehr gedacht, und die Erinnerung verschaffte ihr ein warmes Gefühl in der Brust. Sie vermisste ihren Vater unablässig, aber besonders in Momenten wie diesem, wenn er weise Ratschläge dafür gehabt hätte, wie man Nick durch diese schwierige Situation helfen konnte.

Obwohl Nick Juan noch nicht lange gekannt hatte, hatten sie wohl eine gewisse Seelenverwandtschaft verspürt, was den jungen Offizier dazu gebracht hatte, so viel für ihn zu riskieren. Diese Art von Loyalität war kostbar für Nick, der noch damit beschäftigt war, herauszufinden, wem von den Mandatsträgern, die er von der Regierung Nelson übernommen hatte, er vertrauen konnte. Bisher hatte er den Außenminister, die Generalstabschefs und den Justizminister wegen unethischen – und illegalen – Verhaltens zum Rücktritt gezwungen.

In all den Jahren, in denen Sam in der Nähe des Machtzentrums des Landes gelebt hatte, hatte sie sich nie groß Gedanken über die Arbeit der US-Regierung gemacht, bis sie sie aus nächster Nähe miterlebt hatte, zuerst durch Nicks Sitz im Senat, dann durch seine Tätigkeit als Vizepräsident und schließlich als Präsident. Sie hatte beschlossen, dass es besser gewesen war, als sie nicht so viel gewusst hatte. Die Dinge, mit denen er sich jeden Tag beschäftigte, verursachten ihr Kopfschmerzen, doch irgendwie bewältigte er sie mit so viel Souveränität, Klasse und Charme, dass sie es nur bewundern konnte.

Gott wusste, sie selbst wäre dazu nicht in der Lage.

Der Gedanke an sie als Präsidentin der USA brachte sie zum Lachen.

„Was ist so lustig?", fragte Vernon.

„Ich habe gerade gedacht, es ist gut, dass Nick Präsident ist und nicht ich."

„Ja, das ist wohl für uns alle besser." Vernons Augen funkelten belustigt, während er sie im Spiegel betrachtete.

Quigley lachte auf.

„Sie haben zu viel Zeit in Gesellschaft von Freddie Cruz verbracht."

„Er war mir ein guter Lehrer", meinte Vernon. „Wie kommen Sie darauf, sich zu fragen, wie es wäre, Präsidentin zu sein?"

„Ich kann kaum glauben, womit Nick sich jeden Tag befassen muss. Das kann alles Mögliche sein, von einem Brückeneinsturz in Minnesota über einen Waldbrand in Kalifornien und eine Lawine in den Bergen bis hin zu gewalttätigen Protesten in Chicago, einer Pipeline, die durch indigenes Land verlaufen soll, oder einem drohenden Streik der Bahnarbeiter. Es geht immer weiter und weiter, unablässig. Jedes Problem ist genauso wichtig wie das davor, und jede Entscheidung hat Konsequenzen, die größer sind als alles, womit wir uns je auseinandersetzen müssen. Ich mach mir Sorgen, dass ihm der Kopf explodiert oder etwas ähnlich Schreckliches passiert, wenn der Stress überhandnimmt."

„Er ist jung und gesund, superschlau und hat hervorragende Berater, die ihm helfen, das alles zu bewältigen."

„Ich weiß. Aber ich hab dennoch Angst, dass es ihm irgendwann zu viel wird und ich davon nichts mitkriege."

„Das wird nicht passieren. Niemand kennt ihn besser als Sie."

„Das hoffe ich doch."

„Daran gibt es gar keinen Zweifel, Sam. Wenn er unter dem Druck einknicken würde, würden Sie es merken. Die Sache mit Juan ist schrecklich, und sie wird ihm das Herz brechen, aber er wird damit fertigwerden."

„Danke."

„Immer gern."

„Vernon hat recht", pflichtete ihm Quigley bei. „Sie beide sind absolut Hashtag ‚Beziehungsziele'."

„Was soll das denn heißen?"

Die beiden begannen zu lachen.

„Kommen Sie schon, Sam", erwiderte Vernon. „Sogar ich weiß, was das bedeutet, und ich bin ein Dinosaurier."

„Nun, vielleicht können Sie es mir dann erklären, Mr Dinosaurier."

„Ja, Vernon, erklären Sie es ihr", sagte Quigley.

„Das bedeutet, dass ein Paar so toll zusammen ist, dass jeder so sein will wie sie, und deshalb verpasst man ihnen in den sozialen Medien eben den Hashtag ‚Beziehungsziele'."

„Ah, verstehe", meinte Sam. „Glaube ich zumindest."

„Wie hab ich mich geschlagen, Quigs?"

„Sie haben sich wie stets sehr bemüht, Sir."

„Hat da ein Hauch Ironie mitgeschwungen?", fragte Vernon Sam und schaute in den Spiegel.

„Ich fürchte, das ist durchaus möglich, so wie es das bei meinem jungen Padawan auch gerne tut."

„Wir haben eindeutig die Kontrolle über unsere Padawane verloren."

Sam lächelte. „In meinem Fall leider schon vor Jahren." Sie fühlte sich besser, das merkte sie, nachdem sie mit Vernon und Quigley geredet hatte. „Danke für das Gespräch, die kurze Ablenkung und Ihre Freundschaft. Ich weiß das zu schätzen, und Agent Quigley, ich hoffe, Sie respektieren das Schweigegebot zu allem, was im SUV geschieht."

„Selbstverständlich, Ma'am. Was im SUV passiert, bleibt im SUV."

„Es war mir wie immer ein Vergnügen", sagte Vernon mit einem herzlichen Lächeln.

„Sie müssen mich beschützen. Sie müssen nicht auch noch mein Freund sein."

„Trotzdem ist es doch viel schöner, befreundet zu sein, wenn wir schon unsere Tage miteinander verbringen, oder?"

„Absolut."

Einige Minuten später hielten sie vor dem Eingang der Gerichtsmedizin.

„Danke fürs Chauffieren."

„Ich wünsche einen wunderbaren Resttag im Büro."

Sam lachte, während Vernon ihr die Tür aufhielt. „Wir fahren gleich weiter."

„Wir sind allzeit bereit."

„Vielen Dank."

Sam ging in die Leichenhalle, um nach Lindsey zu sehen, die Juans sterbliche Überreste auf dem Tisch hatte. Im Moment waren sie glücklicherweise von einem Laken bedeckt. „Was haben wir, Doc?"

„Er hat schwere Verletzungen am ganzen Körper. Ich versuche herauszufinden, welche davon zum Tod geführt hat."

Sam kämpfte gegen einen Tsunami von Gefühlen an, als sie Lindsey zuhörte. Juans Mörder hatte dafür gesorgt, dass sein Opfer litt. Bis der oder die Täter ermittelt waren, arbeitete das Metro PD für Juan – und seine Familie.

„Ich geb dir sofort Bescheid, wenn ich Genaueres weiß."

„Vielen Dank, Lindsey. Seine Mutter und der Rest der Familie brauchen dringend Antworten."

„Ich gebe Gas. Äh, ich hasse es, das zu erwähnen, wo wir beide mit viel wichtigeren Dingen beschäftigt sind ..."

„Was denn?"

„Die Anprobe der Brautjungfernkleider."

Es kostete Sam ihre gesamte Selbstbeherrschung, nicht das Gesicht zu verziehen. Sie rang sich für ihre Freundin ein Lächeln ab. „Ja, klar. Wann und wo?"

„Am Donnerstagabend um sechs in Shelbys Studio in Georgetown."

„Ich werde da sein."

„Soll ich dich kurz vorher noch einmal daran erinnern?"

„Das wäre klug."

Lindsey grinste. „Mach ich. Ich weiß, das ist das Dümmste, was ich je getan habe, aber ..."

Sam legte ihrer Freundin eine Hand auf den Arm. „Es ist absolut nichts Dummes daran, die Liebe deines Lebens zu heiraten. Und es ist mir eine Ehre, eine deiner Brautjungfern zu sein."

„Vielen Dank. Meine eigene Anprobe ist heute Nachmittag. Ich bin tatsächlich aufgeregt, mein Kleid wiederzusehen."

„Genieß jede Minute, Lindsey. So etwas gibt es nur einmal im Leben."

„Ich werde es versuchen. Vielen Dank, dass du dabei bist."

„Ist mir ein Vergnügen. Bis bald."

„Du findest mich jederzeit hier."

Nach Lindseys jüngster gesundheitlicher Krise würde Sam die Anwesenheit ihrer Freundin am Ende des Flurs nie wieder als selbstverständlich betrachten. Der plötzliche, traumatische Tod ihres Vaters genau wie der ihres Schwagers hatten Sam schmerzlich daran erinnert, wie kostbar das Leben war und wie wichtig es war, für die Menschen da zu sein, die man lieb hatte.

Und Lindsey war eine ihrer besten Freundinnen.

Freute sie sich darauf, Brautjungfer zu sein? Ganz bestimmt nicht, doch da es nichts gab, was sie nicht für Lindsey tun würde, würde sie klaglos das Kleid tragen, das ihre Freundin ausgesucht hatte, und ihr am größten Tag ihres Lebens und dem von Terry zur Seite stehen. Die beiden waren ein tolles Paar, das nur Gutes verdient hatte, und Nick war begeistert, Trauzeuge seines Stabschefs zu sein.

Diese Hochzeit war etwas, auf das sie sich in diesem Sommer freuen konnten, aber bevor sie sich dem Vergnügen widmeten, mussten sie erst herausfinden, wer Juan getötet hatte – und warum.

Sam betrat das Großraumbüro, in dem reges Treiben herrschte. Detective Cameron Green zeigte über Gonzos Schulter gebeugt auf den Bildschirm von dessen Computer. Freddie stand daneben und hörte Cam und Gonzo zu, während Matt O'Brien an seinem Arbeitsplatz eine Limonade schlürfte.

„Was gibt's, die Herren?"

Sie zuckten zusammen, als sie ihre Stimme hörten, was Sam insgeheim mit Genugtuung erfüllte. Nicht dass sie ihnen das jemals verraten hätte.

Freddie deutete mit dem Kinn auf ihr Büro. „Der NCIS wird langsam ungeduldig."

Sam verdrehte die Augen. Zu Leuten nett zu sein, war für sie nicht immer leicht.

Sie betrat ihr Büro, in dem eine kühle Blondine mit kinnlangem Bob erwartete. Die Miene der Frau verriet, dass sie nicht gewillt war, Zeit für Belanglosigkeiten zu verschwenden. Das war eine Eigenschaft, die Sam bei anderen Strafverfolgungsbeamtinnen durchaus schätzte. Sie hoffte, dass der gute erste Eindruck anhalten würde und sie sich über diese Kollegin nicht würde ärgern müssen. „Hallo, ich bin Lieutenant Sam Holland."

Die andere Frau stand auf, um ihr die Hand zu schütteln. „Carleen Truver, leitende Sonderermittlerin, NCIS."

Es gefiel Sam, dass es keine Anbiederung bei der Präsidentengattin gab und auch nicht den anderen Unsinn, der ihr täglich Brot geworden war, seit Nick Präsident war. Truver machte von Anfang an Punkte bei ihr, und das war nicht leicht.

Sie ging um ihren Schreibtisch herum und setzte sich. „Entschuldigen Sie, dass ich Sie habe warten lassen. Wie Sie sich vorstellen können, hat der Mord an Lieutenant Commander Rodriguez meinen Mann und mich sehr getroffen."

„Das verstehe ich. Trotzdem muss ich Sie jetzt bitten, mitzukommen."

Eine Sekunde lang war Sam zu überrascht, um darauf etwas zu erwidern. Die meisten Menschen erteilten ihr keine Anweisungen. *Sie* erteilte *ihnen* welche. Sie legte den Kopf schief. „Wohin genau?"

„Das kann ich Ihnen nicht sagen. Es ist jedoch wichtig, dass Sie mich unverzüglich begleiten."

„Ich habe Personenschützer, ohne die ich nirgends hinkann."

„Dann fahre ich mit Ihnen. Wir müssen jedenfalls sofort los."

„Ich fürchte, Sie werden mir mehr Informationen liefern müssen, ehe ich irgendwohin gehe."

„Das kann ich leider nicht." Sie starrte Sam mit ihren scharfen himmelblauen Augen an, ohne zu blinzeln oder zu wanken. „Ich bin hier, um Ihnen zu helfen, Antworten für die Familie und die Freunde von Lieutenant Commander Rodriguez zu finden. Dazu müssen Sie mit mir kommen."

„Kann ich Ihren Ausweis sehen?"

Truver reichte ihr einen Ausweis über den Schreibtisch.

Sam betrachtete ihn sorgfältig und stellte fest, dass er echt war. Sie gab ihn zurück.

„Das ist sehr ungewöhnlich."

„Ist mir bewusst."

„Was soll ich meinem Team sagen?"

„Dass Sie mich zu einem Vor-Ort-Termin begleiten."

„Meine Leute werden wissen wollen, warum."

Truver hob ganz leicht die linke Augenbraue. „Sie ziehen Ihre Autorität in Zweifel?"

„Nein, wir arbeiten eng zusammen, also werden sie sich fragen, warum ich ausgerechnet jetzt verschwinde, wo wir gerade eine neue Untersuchung begonnen haben."

„Es geht um genau diese Untersuchung." Truver sah auf die Uhr. „Wir müssen los."

„Können Sie mir wenigstens sagen, wohin wir fahren?"

„Sobald wir unterwegs sind."

Alles an dieser Sache war bizarr, aber Sams angeborene Neugier siegte. Sie stand auf, schnappte sich Jacke und Funkgerät und öffnete die Tür zum Großraumbüro, um Freddie Bescheid zu geben, dass sie noch mal kurz wegmüsse.

„Wohin denn?"

„Ich fahre mit Agent Truver zu einem Vor-Ort-Termin."

Freddie musterte die Agentin, die Sam aus dem Büro gefolgt war, argwöhnisch.

„Ich melde mich in Kürze."

„Bitte tu das." Er hatte von Sam gelernt, Fremden gegenüber erst mal misstrauisch zu sein.

„Hier entlang, bitte." Sam führte Truver zur Gerichtsmedizin. „Was erzählen wir meinen Personenschützern?"

„Wir nennen ihnen unser Ziel und bitten dann um Privatsphäre."

Als Vernon Sam durch die Tür der Gerichtsmedizin kommen sah, sprang er aus dem SUV, um ihr die Fondtür zu öffnen. „Das ist die leitende NCIS-Sonderermittlerin Carleen Truver."

„Würden Sie mir bitte Ihren Ausweis zeigen?", bat Vernon.

Truver reichte ihn ihm.

Vernon begutachtete ihn weitaus gründlicher, als Sam das getan hatte, bevor er ihn der Agentin zurückgab. „Wohin fahren wir?"

„Zum Navy Yard", sagte Truver.

Vernon nickte und wartete, bis sie sich auf dem Rücksitz niedergelassen hatten, ehe er die Tür schloss.

„Können wir bitte unter vier Augen reden?", fragte Truver.

Vernon wechselte im Spiegel einen Blick mit Sam.

Sie nickte kaum merklich.

Er fuhr die Trennscheibe hoch, um den Fond vom Vordersitz abzuschotten.

„Was soll das alles hier?"

„Was Sie gleich erfahren werden, ist streng geheim und von höchstem Interesse für die nationale Sicherheit."

„Weiß mein Mann Bescheid?"

„Nein, er wird es erst erfahren, wenn die Zeit reif ist."

„Was soll das heißen?"

„Ich bin nicht befugt, mehr zu sagen, bis wir an einem sicheren Ort sind."

Das war bereits jetzt der verrückteste Arbeitstag, den Sam je erlebt hatte, und sie vermutete, dass dies erst der Anfang war.

KAPITEL 4

Als sie sich dem Navy Yard näherten, tätigte Truver einen Anruf. „Ich treffe jetzt mit Lieutenant Holland in ihrem Secret-Service-Fahrzeug am Tor ein."

Man winkte sie durch die Sicherheitskontrolle, und sie fuhren ein kurzes Stück zu einem unscheinbaren weißen Backsteingebäude.

„Wir sind da", erklärte Truver.

„Soll ich mitkommen?", fragte Vernon Sam.

„Ich glaube nicht."

„Das ist alles sehr seltsam."

„Das können Sie laut sagen." Da sie sich auf dem gesicherten Gelände einer Bundesbehörde befanden, ließ Vernon sie ohne ihn hineingehen, aber es war klar, dass ihm das missfiel. Sie hatten sich nach einigem Hin und Her auf eine Vorgehensweise für die Zeit geeinigt, wenn sie im Dienst war, und Sam wusste es zu schätzen, dass er so mitspielte, selbst wenn er nicht immer ihrer Meinung war. Ein weniger flexibler leitender Personenschützer hätte ihr das Leben zur Hölle machen können. Sie war jeden Tag dankbar für ihn und das Vertrauen, das er ihr als Kollegin, wenn auch aus einer anderen Strafverfolgungsbehörde, entgegenbrachte.

Sie stiegen zwei Treppen hinauf und folgten einem langen Gang, der für Sam aussah wie die Flure in jeder anderen

Bundesbehörde, in der sie jemals gewesen war. Es war, als hätten die Planer dieser Bauwerke die Anweisung erhalten, die Arbeitsplätze so trostlos wie möglich zu gestalten. Nicht dass das aus Backstein gemauerte Polizeigebäude in der Stadt viel besser gewesen wäre. Die Entwürfe stammten wahrscheinlich vom selben Architekten.

Truver blieb an der letzten Tür rechts stehen, tippte einen Code ein und betrat ein unpersönliches Büro. Es verfügte über vier leere Wände, eine weiterführende Tür, einen Schreibtisch, einen Stuhl und einen geschlossenen Laptop. Ansonsten befand sich nichts weiter im Raum.

„Sie sind unwissentlich in eine laufende Untersuchung hineingeraten. Ich brauche Ihre Zusicherung, dass Sie alles, was Sie hier erfahren, streng vertraulich behandeln. Es ist von entscheidender Bedeutung, dass Sie niemandem – weder Ihren Kollegen noch Ihrem Mann oder sonst jemandem – von dem erzählen, was wir Ihnen hier enthüllen."

„Wie ist es möglich, dass ich in eine laufende Untersuchung geraten bin, wo man Lieutenant Commander Rodriguez' Leiche doch erst heute Morgen gefunden hat?"

„Ehe ich weiter mit Ihnen spreche, brauche ich Ihre Zusicherung, dass das, was ich Ihnen anvertraue, unter uns bleibt. Es stehen Menschenleben auf dem Spiel, auch die meiner Teammitglieder. Da Sie selbst Leiterin einer Einheit sind, verstehen Sie sicher meine Sorge um sie."

Sam war noch nie so verwirrt gewesen. Gleichzeitig war sie unglaublich neugierig darauf, was sich hinter dieser ganzen Heimlichtuerei verbarg. Doch sie war hin- und hergerissen. Wie konnte sie versprechen, Dinge, die für ihre Ermittlungen wichtig sein könnten, vor ihrem Team oder Nick geheim zu halten?

„Habe ich Ihr Wort?"

Sam hätte schwören können, dass die Frau nie blinzeln musste.

„Wie soll ich Ihnen mein Wort geben, wenn ich überhaupt nicht genau verstehe, worauf ich mich einlasse?"

„Wenn Sie wissen wollen, was hier vorgeht, werden Sie mir Ihr Wort geben müssen."

„Ihnen ist klar, dass das absurd ist, oder?"

„Durchaus."

Wieder der unnachgiebige Ausdruck in ihren Augen.

„Sie verlangen von mir, dass ich Dinge vor den Menschen verheimliche, die mir am nächsten stehen, einschließlich meines Mannes."

„Ich nehme an, er würde wollen, dass Sie Ihren Beitrag zur nationalen Sicherheit leisten, richtig?"

„Ja, aber ..."

„Bei einer so heiklen Angelegenheit wie dieser gibt es kein Aber."

„Warum haben Sie mich hierhergebracht, wenn ich nichts mit den Informationen anfangen darf, die Sie mir geben?"

„Weil ich Ihre Hilfe brauche."

Sam starrte sie an, doch die Frau blinzelte auch jetzt nicht. Ihr Blick war noch unerbittlicher als der von Sam, und der war immerhin eine ihrer stärksten Waffen. Sie hatte in ihrem Job schon viele verrückte Dinge erlebt, aber dies – was auch immer es war – könnte sich als das bisher Verrückteste herausstellen. Was blieb ihr anderes übrig, als mit der Agentin zu kooperieren, die im Moment alle Trümpfe in der Hand zu haben schien?

„Ich gebe Ihnen mein Wort, dass ich niemandem erzählen werde, was ich hier erfahre."

„Auch niemandem in Ihrem Team, nicht Ihrem Mann und dessen Mitarbeiterstab?"

Sam schluckte schwer und hoffte, dass sie dieses Versprechen würde halten können. Sie war sich nicht sicher, ob sie ein wirklich großes Geheimnis vor Nick bewahren konnte, nationale Sicherheit hin oder her. „Ja."

„Hervorragend." Truver klopfte an die weiterführende Tür.

Die Tür öffnete sich, und Truver gab Sam ein Zeichen, ihr in den Raum dahinter zu folgen, in dem unter den wachsamen Augen eines anderen NCIS-Agenten Juan Rodriguez auf einem Sofa saß.

Sam blinzelte geschockt.

Was zum Teufel ...?

Sie wandte Truver den Kopf zu. „Was ist hier los?"

„Juan lebt."

„Das sehe ich." Verdammt, wie sollte sie diese Information vor Nick geheim halten? „Würden Sie mir bitte sagen, wer in meiner Leichenhalle liegt?"

„Es steht mir zu diesem Zeitpunkt nicht frei, diese Informationen preiszugeben."

„Sie erwarten von mir, dass ich das weder meinem Team noch meinem Mann oder sonst jemandem verrate?"

„Das ist genau das, was Sie gerade versprochen haben. Wir befinden uns in einer sehr heiklen Situation, und es ist für unsere Ermittlungen dringend notwendig, den Rest der Welt glauben zu lassen, dass Lieutenant Commander Rodriguez tot ist."

Sam wandte sich an Juan, der ein graues T-Shirt und Basketball-Shorts trug. „Ich habe gerade neben meinem untröstlichen Mann im Oval Office gestanden, während er Ihre verzweifelte Mutter und den Rest Ihrer Familie über Ihren Tod unterrichtet hat."

Juans Miene verriet, wie sehr ihn das quälte. „Es tut mir leid, Ma'am. Mir missfällt das genauso sehr wie Ihnen."

„Ihre Mutter hat geweint."

Seine dunklen Augen füllten sich mit Tränen. „Ich hoffe, sie wird es verstehen, wenn sie die ganze Geschichte erfährt."

Sam bezweifelte, dass seine Mutter je darüber hinwegkommen würde. Ihr würde es nicht anders gehen, wenn eins ihrer Kinder es zuließe, dass jemand ihr und der ganzen Welt weismachte, es sei nicht mehr am Leben, obwohl das gar nicht stimmte.

„Bitte nehmen Sie Platz, und wir werden Ihnen erklären, was wir von Ihnen brauchen, Lieutenant", forderte Truver sie auf.

Sam warf einen Blick auf den anderen Agenten, einen Mann mittleren Alters mit grauem Haar und Bart.

Er starrte sie an, als hätte er die First Lady noch nie gesehen, was sie angesichts der Umstände ärgerte.

Sam setzte sich ans andere Ende von Juans Sofa.

„In den letzten vier Monaten haben wir uns mit Lieutenant Commander Rodriguez und mehreren anderen Mitarbeitern, im aktiven Dienst und zivil, abgestimmt, die in engem Kontakt mit den ehemaligen Stabschefs standen, nachdem wir erfahren hatten, dass sie geheime Treffen abhielten und die Eignung des neuen Oberbefehlshabers für die Führung des Militärs infrage stellten."

In Sams Magen begann ein schmerzhaftes Brennen, so wie damals, bevor sie der Diätcola abgeschworen hatte. Der Gedanke, ein solches Geheimnis vor Nick zu bewahren, überstieg ihre Vorstellungskraft. Wie sollte sie das anstellen? Ungeduldig wartete sie auf die Informationen, die sie brauchte, um zu entscheiden, was sie als Nächstes tun sollte.

Truver erzählte eine komplizierte Geschichte, die mehrere Monate abdeckte und in die einige der ranghöchsten Offiziere des US-Militärs verwickelt waren, die offenbar von dem Moment an einen Aufstand gedacht hatten, in dem sie von Nelsons Tod erfahren hatten – und davon, dass Nick Cappuano den Amtseid als nächster Präsident der Vereinigten Staaten ablegen würde. Truver zufolge hatten sie mit ihren Einwänden gegen die plötzliche Ernennung des jungen, unerfahrenen Vizepräsidenten zum Oberbefehlshaber nicht einmal hinter dem Berg gehalten.

Das flaue Gefühl in Sams Magen verstärkte sich mit jedem Wort von Truver. Sie hatte Namen, Daten, Details des Komplotts, mit dem die Verschwörer sich und die Nation von einem Mann hatten befreien wollen, der ihrer Meinung nach nicht in der Lage war, die schlagkräftigste Militärmacht der Welt anzuführen.

„Ich muss wohl nicht erwähnen", fuhr Truver fort, „dass im Pentagon und im Militärapparat der Schock groß war, als die Nachricht über die Büros der Stabschefs hinaus weitere Kreise erreichte."

„Es war also kein gut gehütetes Geheimnis?", erkundigte sich Sam.

„Nein", bestätigte Truver. „Die Basis war informiert und

unsicher, wer das Sagen hatte, wenn die Generalstabschefs offen rebellierten."

„So habe ich davon erfahren", mischte sich Juan in das Gespräch ein. „Ein Freund, der jemanden kannte, der für den Admiralstabschef arbeitete, bekam mit, dass auf höchster Ebene von offener Revolte die Rede war."

„Was haben Sie getan, nachdem Sie das gehört hatten?", wollte Sam von ihm wissen.

„Ich habe Nachforschungen angestellt, um zu verifizieren, dass es sich nicht nur um ein Gerücht handelte, und mich dann direkt an den Präsidenten gewandt. Als jemand, der regelmäßig eng mit ihm zusammenarbeitet, hege ich keinerlei Zweifel an seiner Eignung für dieses Amt, an seiner herausragenden Intelligenz und seinem tief reichenden Verständnis für die Probleme des Landes. Ganz zu schweigen von seinem Feingefühl und der Freundlichkeit, die er rangniederen Mitarbeitern entgegenbringt. Als Marineoffizier, der einen Eid geschworen hat, die Verfassung zu schützen und zu verteidigen und den Befehlen des Präsidenten der Vereinigten Staaten sowie der vorgesetzten Offiziere zu gehorchen, war ich entsetzt über das, was ich da erfahren hatte. Es kam mir keine Sekunde in den Sinn, es ihm *nicht* zu sagen."

Mit dieser Erklärung sicherte sich Juan einen festen Platz in Sams Herz. „Er war sehr dankbar für das, was Sie getan haben, und hat sich danach große Sorgen um Ihre Sicherheit gemacht."

„Glauben Sie mir, ich war auch in Sorge. Nachdem ich das Oval Office verlassen hatte, habe ich mich direkt an den NCIS gewandt und berichtet, was ich wusste und was ich mit den Informationen getan hatte. Seitdem arbeite ich mit ihnen zusammen."

„Wir haben ihn unter Personenschutz gestellt, während er seiner normalen Routine nachging", ergänzte Truver. „So haben wir festgestellt, dass ihn jemand beschattete."

„Wer?", fragte Sam.

„Wir konnten das Ganze zu Admiral Goldstein zurückverfolgen, ehemals Admiralstabschef und Mitglied des Vereinigten Generalstabs."

„Wie haben Sie die Verbindung zu ihm hergestellt?"

„Wir sind der Spur des Geldes gefolgt."

Sam nickte. Genau das hätte sie auch getan.

„Goldstein hat nicht versucht, zu verbergen, dass er einen Privatdetektiv bezahlt hat, um Juan beschatten zu lassen. Unser Team lauerte dem Ermittler auf, nahm ihn fest und brachte ihn dazu, uns zu verraten, wer ihn angeheuert hatte und warum."

„Was hat er gesagt?" Sam hasste es, Truver die Geschichte aus der Nase ziehen zu müssen.

„Die Stabschefs wollten wissen, wo Juan sich herumtreibt und was er macht."

„Haben Sie deshalb angenommen, er sei in Gefahr?"

„Ja. Warum sonst sollten sie sich dafür interessieren, wo er war oder was er tat, wenn sie bereits wussten, dass er sie an den Präsidenten verraten hatte? Wir vermuten, dass sie jeden ausschalten wollten, der gegen sie aussagen könnte. Leider haben wir keine Beweise. Es gab nur Gerüchte, nichts Schriftliches."

„Aber Gerüchte zählen vor Gericht nicht", stellte Sam fest. „Was wäre das wert?"

„Zusammen mit den anderen Beweisen, die wir gesammelt haben, wäre die Aussage zulässig."

„Welche anderen Beweise?"

„Zusätzlich zu den Finanzdaten haben wir Telefonmitschnitte und weitere Überwachungsdaten, die Goldstein, den ehemaligen Vorsitzenden der Vereinigten Stabschefs Wilson und zwei weitere Personen mit dem Komplott zum Sturz der Regierung Cappuano in Verbindung bringen."

Diese Worte – *das Komplott zum Sturz der Regierung Cappuano* – jagten Sam einen Schauer über den Rücken. Sie konnte immer noch nicht glauben, dass es tatsächlich fast dazu gekommen wäre. Wer wusste schon, ob jemand den Staatsstreich vereitelt hätte, wenn Juan Nick nicht gewarnt hätte?

„Nach reiflicher Überlegung haben wir entschieden, so zu tun, als sei Juan tot. Wir dachten, mit dieser Vorgehensweise könnten wir mehr Beweismaterial sammeln, während sie sich über den ‚Mord' austauschen. Im Moment können wir beobachten, dass sie sich gegeneinander wenden und einander beschuldigen, alles noch schlimmer zu machen, wie einer von ihnen sagte."

„Woher hatten Sie die Leiche?", fragte Sam.

„Ein junger Offizier, der Juan ähnlich sah, ist vor drei Tagen bei einem Motorradunfall in Norfolk ums Leben gekommen. Mit Erlaubnis seiner Familie haben wir, nachdem wir erklärt hatten, dass die nationale Sicherheit auf dem Spiel steht, die Leiche für diesen Zweck genutzt. Wir werden sie seiner Familie so bald wie möglich zurückgeben."

„Haben Sie ihn in den Altkleidercontainer gesteckt?"

„Darüber darf ich nicht sprechen."

Was in Sams Augen so viel wie „Ja" bedeutete. „Was soll ich meiner Gerichtsmedizinerin sagen?"

„Sie wird keinen Grund haben, die Identität der Leiche anzuzweifeln, da diese Juans Ausweis bei sich trug."

„Was ist mit Fingerabdrücken?"

„Die wird sie in AFIS oder IAFIS nicht finden. Dafür haben wir gesorgt."

„Ich wüsste gerne, warum Sie den Präsidenten nicht darüber informieren", erwiderte Sam und tat für einen Moment so, als sei dieser Präsident nicht ihr Mann und die Liebe ihres Lebens.

„Wir glauben, dass es in seinem Interesse ist, später wahrheitsgemäß angeben zu können, er habe nichts über die inneren Abläufe der Ermittlungen gewusst", antwortete Truver. „Da er Gegenstand des Komplotts der ehemaligen Stabschefs war, ist es sinnvoll, ihn vorerst aus den Ermittlungen herauszuhalten, damit es nicht zu Interessenkonflikten kommen kann, wenn der Fall vor Gericht geht."

„Wessen genau werden Sie die Stabschefs anklagen?"

„Hochverrat und Verschwörung zum Mord."

Sams Gedanken rasten, während sie versuchte, das Gesagte zu verarbeiten. „Was wollen Sie von mir?"

„Sie und Ihr Team müssen den Mord an Juan wie jeden anderen Fall untersuchen."

„Warum sollte ich? Und wie soll ich eine Mordermittlung durchführen, wenn das Opfer gar nicht tot ist?"

„Wir überlassen es Ihrem Ermessen, den Fall so zu bearbeiten, wie Sie es normalerweise täten. Ich kann mir vorstellen, dass Sie Juans Finanzen prüfen, seinen Mitbewohner befragen, mit seiner Familie, seinen Mitarbeitern, Freunden und den Mitgliedern seiner Softball-Mannschaft sprechen."

„Sie bitten mich, Menschen weiter zu traumatisieren, indem ich sie über einen Mord befrage, der überhaupt nicht stattgefunden hat."

„Ich bitte Sie, uns zu helfen, die Leute zu belangen, die versucht haben, die Regierung Ihres Mannes zu stürzen."

„Genau das macht die ganze Sache für mich zu einem einzigen riesigen Interessenkonflikt."

„Ich habe erwartet, dass Sie jemanden aus Ihrem Team zum leitenden Ermittler in diesem Fall ernennen, was Sie bereits getan haben."

„Sie haben an alles gedacht."

„Wir haben es jedenfalls versucht. Wie Sie sich sicher denken können, handelt es sich um eine sehr komplexe Situation mit zahlreichen Elementen, die alle berücksichtigt werden müssen."

„Sie verlangen, dass ich meine engsten Kollegen und meine Chefs täusche und belüge, von meinem Mann ganz zu schweigen."

Wieder blinzelte Truver nicht, als sie Sams Blick erwiderte. „Ja."

„Ich weiß nicht, ob ich das kann. Ich bin eine schlechte Lügnerin. Schon immer. Nick wird sofort merken, dass etwas nicht stimmt, und mich mit Fragen bestürmen, was los ist."

„Bei all dem, was Sie in Ihrem Beruf zu tun haben, fällt Ihnen sicher etwas ein, das Ihren Kummer erklären könnte, ganz zu schweigen von Ihrer Trauer über den Mord an Juan."

Die Frau war ihr zu ähnlich, entschied Sam, und das war ein beängstigender Gedanke. „Ich würde gerne unter vier Augen mit Juan sprechen."

Truver schaute zu ihm hinüber, und er nickte. Dann erhob sie sich. „Ich bin direkt vor der Tür, wenn Sie fertig sind."

Nachdem sie gegangen war, wandte sich Sam an Juan. „Ihre Mutter ist am Boden zerstört. Wie können Sie ihr das antun?"

„Es macht mich krank, doch als der NCIS mir diesen Plan präsentierte, betonten die Beamten, es müsse echt wirken, sonst wäre alles umsonst. Dazu gehört auch, dass meine Familie glaubwürdig trauert."

„Was wird passieren, wenn Ihre Mutter ihren Sohn sehen will, bevor sie ihn beerdigt?"

„Man wird ihr sagen, meine Verletzungen seien so umfangreich, dass das nicht in ihrem Interesse sei."

„Wer wird die Leiche offiziell als die Ihre identifizieren?"

„Sie, Mrs Cappuano. Sie haben mich persönlich gekannt und können bezeugen, dass es sich um meine Leiche handelt."

„Sie verlangen von mir, dass ich die Menschen anlüge, die mir am nächsten stehen."

„Tut mir leid. Ich weiß, das ist viel verlangt, und ich hasse dieses Vorgehen genauso wie Sie. Der Gedanke, dass meine Mutter mich für tot hält ... Ich kann nur sagen, ich hoffe, dass meine wundersame Auferstehung sie so glücklich machen wird, dass sie mich nicht ewig für das hassen wird, was ich ihr damit angetan habe."

„Aber genau das steht zu befürchten. Wenn es sich um eins meiner eigenen Kinder handeln würde – ich bin mir nicht sicher, ob ich ihm jemals verzeihen würde."

„Wenn es zum Wohle des Landes wäre, würden Sie das. Die haben versucht, den Präsidenten zu stürzen, Mrs Cappuano. Sie haben die Verfassung und den Willen von Präsident Nelson untergraben, der Ihren Mann zu seinem Vizepräsidenten erklärt hat, und den des Senats, der ihn im Amt bestätigt hat. Das können wir nicht hinnehmen." Die Stimme des jungen Mannes bebte vor Empörung. „Alles, wofür ich als Marineoffizier und Amerikaner stehe, ist in dieser Situation in Gefahr."

Sein Patriotismus und sein Mut waren beeindruckend, doch der Gedanke, Freddie, Gonzo, Lindsey, Captain Malone und Chief Farnsworth anzulügen – von Nick ganz zu schweigen –, war unerträglich für Sam.

„Sie können jederzeit krank werden, nachdem Sie meine

Leiche identifiziert haben, und sich von den Ermittlungen zurückziehen", sagte Juan.

„Mein Mann geht diese Woche auf Reisen. Ich könnte ihn natürlich begleiten." Das war besser als eine Lüge, die sie über Tage, wenn nicht Wochen hinweg würde aufrechterhalten müssen, während sie gegen einen angeblichen Mörder ermittelten. Sam war nur froh, dass sie bisher noch nie in einer auch nur annähernd vergleichbaren Situation gewesen war.

„Sie sollten wissen, dass der NCIS Sie ausschließlich aufgrund Ihrer Doppelfunktion als Frau des Präsidenten und Leiterin der Mordkommission hinzugezogen hat. Wenn Sie nicht die First Lady wären, hätte man den Fall einfach laufen lassen. Ich habe darauf bestanden, dass man Sie informiert, sonst hätte ich nicht zugestimmt."

„Warum?"

„Ich habe enormen Respekt vor Ihrem Mann und Ihnen. Er war so gut zu mir, hat mir stets Mut gemacht und mich unterstützt. Ich bin sicher, er hätte es nicht nötig gehabt, seine Zeit und Aufmerksamkeit so in mich zu investieren, wie er es getan hat."

„So ist er eben."

„Ja, und so bin ich, Mrs Cappuano. Ich habe es zur Bedingung gemacht, dass man Ihnen sagt, dass die Untersuchung ein Schwindel ist. Andernfalls hätte ich nicht mitgespielt."

„Aber wie soll es jetzt weitergehen?"

„Sie sollen eine Rolle in einem Drama übernehmen, das viel größer ist als Sie oder Ihr Team. Ich weiß, das widerspricht allem, woran Sie glauben, doch wenn ich nicht der ehrlichen Meinung wäre, dass es im Interesse des Landes ist, hätte ich das meiner Mutter niemals angetan." Er beugte sich vor, intensiv und konzentriert. „Die haben versucht, die Regierung der Vereinigten Staaten zu stürzen, Ma'am. Das können wir nicht zulassen."

„Nein."

„Können wir auf Sie zählen?"

Sam erwiderte seinen Blick, während ihr in

Sekundenschnelle eine Million Gedanken durch den Kopf schossen. Wenn sie zustimmte, auf wie viele verschiedene Arten würde das ihr Leben ruinieren können? Zu viele, um sie aufzuzählen. Am Ende lief ihre Entscheidung auf eine einzige Überlegung hinaus, auf einen Mann, die einzige Person auf der Welt, für die sie alles tun würde, für die sie sogar bei einem Betrugsmanöver helfen würde.

Den Mann, den diese Verbrecher hatten ausschalten wollen. Nick.

Den besten Mann, den sie je gekannt hatte, abgesehen von ihrem Vater.

Juan hatte vollkommen recht: Das durfte man nicht einfach hinnehmen.

„Sie können sich auf mich verlassen."

KAPITEL 5

Sam kam aus dem NCIS-Büro, wo Juan sich so lange versteckt halten würde, bis der Fall gegen die Vereinigten Stabschefs sicher vor Gericht gebracht werden konnte. Sie hoffte, dass das schnell geschehen würde, denn es würde ihr alles abverlangen, die geforderte Rolle überzeugend zu spielen. Unehrlichkeit lag ihr nicht. Sie war ein geradliniger Mensch, so war sie erzogen worden. Skip Holland hatte seinen drei Töchtern eingehämmert, wie wichtig es war, immer die Wahrheit zu sagen.

Nicht dass sie nicht hin und wieder auf eine kleine Notlüge zurückgriff, aber etwas wie das hier? Niemals. Sie schauderte bei dem Gedanken daran, wie viele Beziehungen, die sie jahrelang gepflegt hatte und über alles schätzte, dadurch beeinträchtigt werden könnten.

Vernon hielt ihr die Tür auf. „Alles in Ordnung?"

„Ja." Sie sah ihn nicht an, während sie ihm ins Gesicht log. Sie würde sich an das ungute Gefühl gewöhnen müssen, das sie dabei empfand.

„Zurück ins Hauptquartier?"

„Ja, bitte."

Wie sollte sie es ertragen, das alles vor Nick zu verheimlichen, vor allem wo er so sehr unter Juans Tod litt?

Während sie aus dem Fenster starrte, glitt der SUV durch den ruhigen Sonntagsverkehr. Sie ging noch mal die Details durch, die Truver und Juan ihr mitgeteilt hatten, und bereitete sich darauf vor, an einer fingierten Mordermittlung mitzuarbeiten.

Sie überlegte, ob sie sich aus dem Fall zurückziehen und mit Nick an die Westküste reisen sollte. Sie hatte sich vor der Zeit ohne ihn gefürchtet, wie vor jeder Abwesenheit von ihm. Aber wie sollte sie so viel Zeit mit ihm verbringen, ohne ihm die Wahrheit zu gestehen?

Juan hatte behauptet, sie wollten Nick schützen, indem sie ihn im Dunkeln ließen.

Würde er das auch so sehen, wenn er herausfand, was sie ihm vorenthalten hatte?

Denn irgendwann würde er es erfahren.

Ihr Magen schmerzte bei dem Gedanken, ihn zu enttäuschen, allerdings nicht so heftig wie ihr Herz. Sie hasste diese Geheimniskrämerei, um ihret- und um seinetwillen. Sam verachtete die Art und Weise, wie die Leute ihn angegriffen hatten, nachdem er seine Pflicht getan hatte und eingesprungen war, als Vizepräsident Gooding erkrankt war, und dann noch einmal, als Präsident Nelson starb.

Wenn sie doch nur sähen, was für Opfer er brachte, wie viel Zeit und Energie er in diese Arbeit steckte. Wenn sie wüssten, wie sehr er sich sorgte. Von der ersten Minute an, in der sie vom Verrat der Generalstabschefs erfahren hatte, hatte sie vor Empörung gekocht. Nie würde sie Nicks verletzten, bestürzten Gesichtsausdruck vergessen, als er ihr die Situation erklärt hatte, während er selbst noch versuchte, sich einen Reim darauf zu machen.

Es war nicht zu glauben und würde für sie nie Sinn ergeben.

Juan hatte gesagt, Offiziere leisteten einen Amtseid, den Oberbefehlshaber zu unterstützen, selbst wenn sie seine Politik, Religion oder Überzeugung nicht teilten. Die Tatsache, dass die Ranghöchsten unter ihnen versucht hatten, ihren Oberbefehlshaber in die Knie zu zwingen, hatte in den Reihen der Militärs, im politischen Washington, im gesamten Land und auf der ganzen Welt für Fassungslosigkeit gesorgt.

Ihre Taten hatten Nicks Präsidentschaft bis in die

Grundfesten erschüttert und seinen zahlreichen politischen Feinden enorme Munition für ihre Behauptungen geliefert, seine Amtsnachfolge sei illegitim.

Sam hatte sich daran gewöhnt, dieses Wort zu verabscheuen: illegitim.

Sie und Nick hatten nie im Detail darüber gesprochen, aber sie war sich schmerzlich bewusst, dass das Wort ihn aus vielerlei Gründen verletzte, nicht nur weil es andeutete, er gehöre nicht ins Oval Office. Er war von Anfang an illegitim gewesen, mit viel zu jungen Eltern, die ihn nie gewollt hatten, und aufgezogen von einer Großmutter, die ihn ebenfalls nicht wollte.

Ich will ihn.

Sie wischte sich die Tränen weg, die ihr plötzlich in den Augen brannten.

Ich will ihn mehr als je etwas oder jemanden zuvor. Ja, ich glaube, ich würde sogar für ihn töten, wenn es nötig wäre. Ich hoffe, dazu wird es nie kommen ... Doch ihn anlügen? Ich weiß nicht, ob ich das kann.

Tränen liefen ihr über die Wangen, und sie wischte sie schnell weg. Sie konnte nicht im Hauptquartier auftauchen und aussehen, als hätte sie geweint. Das Letzte, was sie brauchte, war, ihren Kollegen einen weiteren Grund zu liefern, über sie zu reden. Dazu hatte sie ihnen schon mehr als genug Anlass gegeben, indem sie neben ihrer Rolle als Mutter und First Lady ihren Job behielt.

Der Druck der konkurrierenden Anforderungen war enorm, aber die Ereignisse dieses Tages verliehen der wirklich einzigartigen Situation, in der sie sich befand, eine ganz neue Dimension.

Wäre sie nicht die First Lady, hätte Juan nie darauf bestanden, sie darüber in Kenntnis zu setzen, dass sie den Mord an jemandem untersuchte, der sich bester Gesundheit erfreute.

„Wenn wir ins Hauptquartier zurückkehren, werde ich die Medien über den Stand der Dinge unterrichten", sagte sie zu Vernon.

„Lassen Sie uns wissen, wann es losgeht."

„Natürlich."

„Sind Sie sicher, dass alles in Ordnung ist, Sam?", fragte

Vernon mit der väterlichen Sorge, die er ihr gegenüber so häufig an den Tag legte.

Normalerweise störte sie das nicht, zumal ihr eigener Vater seit letztem Oktober nicht mehr unter ihnen weilte. Doch heute passte es ihr nicht, dass er so mühelos erkannte, dass etwas nicht stimmte. „Alles bestens. Ich bin nur aufgewühlt wegen Juan, wie alle anderen auch."

„Die Angelegenheit macht mich ganz krank", pflichtete ihr Vernon bei. „Er hat das Richtige für sein Land getan und dafür mit seinem Leben bezahlt."

„Ich weiß."

In ihrer Brust brannte es. Es war fast wie Sodbrennen, hatte seine Ursache aber in ihrer Scham. Das Lügen hatte begonnen. Was würde sie jetzt nicht für zehn Minuten mit Skip Holland geben!

Seine weisen Worte begleiteten sie ständig, und ein Ratschlag, den er ihr zu Beginn ihrer Karriere mit auf den Weg gegeben hatte, hallte ihr jetzt in den Ohren: *Wenn du etwas weißt, was auch deine Vorgesetzten wissen sollten, dann sag es ihnen. Bleib nicht auf Tretminen sitzen, sonst explodieren sie unter dir.*

Oder so ähnlich.

Der Schmerz in ihrer Brust verstärkte sich, als sie auf den Parkplatz des Polizeigebäudes abbogen und die Schlacht zwischen den beiden Möglichkeiten in ihr wogte. Die nationale Sicherheit hing von ihrer Diskretion ab. Es war in Nicks Interesse, dass er nichts über die inneren Abläufe einer Untersuchung erfuhr, bei der es um die Verschwörung zum Sturz seiner Regierung ging. *Bleib nicht auf Tretminen sitzen, sonst explodieren sie unter dir.*

In all den Monaten seit seinem Tod war Skips Stimme noch nie so laut gewesen wie in diesem Augenblick.

Vor dem Eingang der Gerichtsmedizin hielt Vernon ihr die Autotür auf. „Kann ich irgendetwas für Sie tun?"

„Nein, trotzdem danke der Nachfrage."

„Lassen Sie es mich wissen, wenn sich Ihre Antwort ändert."

„Mach ich."

Als ob er es wüsste, dachte Sam, als sie hineinging und sich in die Gerichtsmedizin begab, wo Lindsey die Autopsie an der Leiche vornahm, die nicht Juan war.

„Genau die Frau, die ich sehen wollte. Seine Fingerabdrücke sind nicht im System, also brauche ich eine Identifizierung von jemandem, der ihn gekannt hat. Dann kann ich den Fall für mich abschließen."

„Was war die Todesursache?"

„Stumpfe Gewalt. Alle Rippen sind gebrochen, ebenso wie mehrere Rücken- und Halswirbel. Außerdem hat er eine schwere Kopfverletzung erlitten, die schließlich zum Tod geführt hat. Was auch immer mit ihm passiert ist, es war brutal." Lindsey schaute Sam an, die sich dringend wünschte, irgendwo anders zu sein als mitten in diesem Chaos. „Kannst du ihn identifizieren?"

„Klar." Sam schluckte die Galle hinunter, die in ihr hochstieg, und trat an den Leichnam heran, der, wie sie jetzt deutlich erkennen konnte, nicht Juan Rodriguez war. Ein weiteres Puzzleteil schob sich an die richtige Stelle. Sie hatten sich beeilt, sie abzufangen, bevor sie ihn im hellen Licht der Leichenhalle genauer betrachten und sagen konnte: *Nein, das ist er nicht. Trotz des Namensschildes auf seiner Brust und des Ausweises, der in seiner Brieftasche steckte, als man ihn gefunden hat, ist das nicht Juan Rodriguez.*

„Sam?"

Ein Teil von ihr starb innerlich, als sie es laut aussprach: „Ja, das ist Lieutenant Commander Juan Rodriguez."

„Alles klar bei dir?"

Sam schüttelte den Kopf. „Nick hat ihn sehr gemocht. Er ist am Boden zerstört."

„Das tut mir so leid. Willst du Gonzo oder Cruz mit den Ermittlungen betrauen?"

„Gonzo."

„Was brauchst du?"

„Nur den Bericht, sobald du ihn hast." Um den Rest würde sie sich selbst kümmern. Irgendwie.

„Ich schreibe ihn sofort. Bist du sicher, dass es dir gut geht?"

Sam zwang sich, ihre Freundin anzulächeln. „Alles prima. Einfach ein weiterer Tag im Paradies."

„Aber echt."

Sam wandte sich ab, drehte sich jedoch noch einmal um. „Wie ist die Anprobe gelaufen?"

Lindsey lächelte verlegen. Wahrscheinlich kam sie sich albern vor, weil sie sich über etwas wie ein Hochzeitskleid den Kopf zerbrach, während Juans Leichnam vor ihnen auf dem Tisch lag. „Gut. Ich habe auf jeden Fall das richtige Kleid für mich ausgesucht. Es ist einfach himmlisch."

„Freut mich, dass du damit glücklich bist. Ich wünschte wirklich, ich könnte bei allem dabei sein."

„Bitte entschuldige dich nicht. Du bist der meistbeschäftigte Mensch, den ich kenne."

„Du bist mir wichtig, Lindsey." Sam hoffte, dass ihre Worte die Lüge wettmachen würden, die sie einer ihrer engsten Freundinnen und Kolleginnen gerade im Namen der nationalen Sicherheit aufgetischt hatte. „Ich hoffe, du weißt das."

„Natürlich. Du mir auch." Lindsey musterte sie eindringlich, als könnte sie genau sehen, dass Sam etwas schwer auf dem Magen lag. „Wenn du eine Freundin brauchst, stehe ich jederzeit zur Verfügung."

„Danke. Das ist lieb von dir."

Sam verließ die Gerichtsmedizin, wohl wissend, dass Lindsey mit mehr Fragen als Antworten zurückblieb. Das war der Nachteil, wenn man die Leute privat kannte, mit denen man täglich zu tun hatte. Wenn etwas nicht stimmte, konnte man es nicht vor ihnen verbergen. Wenn es eine positive Seite der letzten Stunden gab, dann dass die Gefühllosigkeit, die sie nach dem Abschluss des Falls Forrester verspürt hatte, Furcht gewichen war.

Sie machte sich auf den Weg ins Großraumbüro, wo ihr Team eifrig an dem neuesten Fall arbeitete.

Gonzo bemerkte ihr Eintreffen und blickte auf. „Was sollte das mit dem NCIS?"

„Nur ein paar Hintergrundinformationen zu dem Fall mit den Stabschefs. Nichts, was uns weiterhilft."

„Du warst ziemlich lange weg."

„Glaub mir, ich habe sie zur Eile angetrieben. Du weißt ja, wie es läuft, wenn irgendwelche Bundesbehörden involviert sind."

„Das stimmt. Wir wären bereit, dich darüber zu informieren, was wir bis jetzt wissen."

Bleib nicht auf Tretminen sitzen, sonst explodieren sie unter dir. Ich hör dich, Skippy. Laut und deutlich.

„Ich muss noch eine Sache erledigen, dann gehöre ich ganz dir."

„Klingt gut."

Sie legte ihre leichte Übergangsjacke auf ihren Schreibtisch und machte sich auf den Weg Richtung Lobby und zum Büro des Polizeichefs, wo seine treue Sekretärin Helen selbst am Sonntagnachmittag Wache hielt. An diesem Tag waren alle vor Ort, da der Fall Forrester quasi seinen Höhepunkt erreicht hatte. Wie war es möglich, dass das inzwischen ihre geringste Sorge war? „Kann ich ihn sprechen?"

„Er hat in zehn Minuten einen Termin, aber Sie können kurz rein."

„Vielen Dank, Helen."

„Gern geschehen, Lieutenant."

Sam klopfte an die Bürotür von Chief Joseph Farnsworth, der für sie und ihre Schwestern einfach Onkel Joe war.

„Herein."

Sie trat ein und schloss die Tür hinter sich, während die Schlacht in ihr unvermindert weiterwogte. Was war die richtige Entscheidung? Wenn sie es nur wüsste.

Er begrüßte sie mit einem Lächeln, das voll der Zuneigung war, die er ihr schon ihr ganzes Leben lang entgegenbrachte. „Wie läuft es mit dem toten Navy-Offizier? Bedrängt dich der NCIS?"

Es geschah wirklich selten, dass sie in einer Situation nicht wusste, was zu tun war. Ihr Vater hatte stets behauptet, berufliche Intuition sei etwas, das man hatte oder eben nicht. Man könne sie nicht lernen. Sie sei entweder in der DNA oder nicht, und seiner Ansicht nach hatte Sam sie im Überfluss. Sie konnte nur hoffen, dass sie ihr in dieser noch beispiellosen Situation von Nutzen sein würde.

„Ich muss dir etwas erzählen, was du vor keiner anderen Menschenseele wiederholen darfst. Du musst mir bei deinem Leben – und dem von Marti – schwören, dass du es vertraulich behandeln wirst." Sie hoffte, dass ihm die Erwähnung des Namens seiner geliebten Frau den Ernst der Lage sofort verdeutlichen würde.

So war es auch. Er stand auf, kam um den Schreibtisch herum und blieb dicht vor ihr stehen. „Was ist los?"

„Schwörst du es?"

„Was immer es ist, du solltest lieber anfangen zu reden, bevor ich die Geduld verliere."

„Es ist eine große Sache."

„Das hab ich inzwischen kapiert."

„Ich bin nur hier, weil mein Vater mir eingetrichtert hat, ich dürfe, wenn etwas passiert, das du wissen solltest, nie zögern, damit direkt zu dir zu gehen. Doch in diesem Fall ist das nicht so einfach, wie es vielleicht scheint."

Der Chief verschränkte die Arme, legte den Kopf schief und musterte sie auf eine Weise, wie er es schon lange nicht mehr getan hatte. „Es ist kaum zu übersehen, dass du aufgewühlt bist. Aber ich hoffe, dir ist klar, dass du mir alles anvertrauen kannst und ich immer für dich da sein werde."

Sam schluckte den riesigen Kloß hinunter, der sich plötzlich in ihrer Kehle gebildet hatte.

„Das weißt du, oder?"

Sie nickte. „Hast du mitgekriegt, dass der NCIS mich gebeten hat, Agent Truver zu begleiten?"

„Ja, und dass deine Secret-Service-Einheit euch gefahren hat."

„Zum Naval Yard. Man hat mich in ein Büro gebracht, wo man mir mitgeteilt hat, dass Juan Rodriguez nicht tot ist, ich die Ermittlungen jedoch weiterhin so führen soll, als wäre er es. Diese Information hab ich erhalten, nachdem ich geschworen hatte, niemandem sonst, auch nicht meinem Mann oder irgendjemandem hier, zu verraten, dass die Leiche in der Gerichtsmedizin die eines anderen Mannes ist, der ihm ähnelt, eines Offiziers, der bei einem Motorradunfall in Norfolk ums Leben gekommen ist. Man hat mir darüber hinaus eindringlich erklärt, die nationale Sicherheit hänge davon ab, dass ich diese Sache absolut vertraulich behandle und den ‚Mord‘ an Juan so untersuche, wie ich es normalerweise tun würde."

Der Gesichtsausdruck des Chiefs änderte sich nicht.

„Bisher habe ich nur Lindsey direkt angelogen, als ich den Mann in der Leichenhalle als Juan identifiziert habe."

„Warum?"

„Bitte?"

„Warum haben die dich darum gebeten, und warum haben sie dir die Wahrheit gesagt?"

„Aus Respekt vor mir und Nick hat Juan darauf bestanden, dass ich erfahre, dass die Untersuchung ein Schwindel ist, und der NCIS besteht auf absoluter Geheimhaltung. Ich vermute, sie haben mich vor allem deshalb informiert, weil ich in der Lage gewesen wäre, zu erkennen, dass es sich bei der Leiche unten nicht um Juan handelt. Sie brauchen mich, damit sie ihre Ermittlungen gegen die in Ungnade gefallenen Stabschefs fortsetzen können, die wahrscheinlich alle mit dem Finger aufeinander zeigen werden, weil sie vermeintlich den Mann getötet haben, der dem Präsidenten von ihrem schändlichen Plan erzählt hat."

Endlich blinzelte der Chief und lehnte sich gegen die Kante seines Schreibtischs. Er griff hinter sich und nahm den Hörer seines Tischtelefons ab. „Helen, bitten Sie Deputy Chief McBride, mein Treffen mit Captain Greyson zu übernehmen."

„Jawohl, Sir."

Er legte auf und wandte sich wieder Sam zu.

„Ich bin direkt zu dir gekommen, sobald ich wieder im Hauptquartier war, mit nur einem Zwischenstopp in der Gerichtsmedizin, um Lindsey die falsche Identifikation zu liefern."

„Du hast genau das Richtige getan."

„Ja, ich weiß. Schließlich hat Skip es mir geraten."

Ein leichtes Lächeln erschien bei der Erwähnung seines verstorbenen besten Freundes im Gesicht des Chiefs. „Er hat recht gehabt, wie immer."

„Mein Vater hat mir nie einen falschen Ratschlag gegeben."

„Wirst du es Nick sagen?"

„Sie haben darauf bestanden, dass er es nicht erfährt, damit er später jede Kenntnis von der Ermittlungsstrategie leugnen kann, falls oder vielmehr *wenn* sich herausstellt, dass Juans Tod vorgetäuscht war."

„Klar, aber wirst du es ihm trotzdem sagen?"

Sam hielt seinem Blick lange stand, bevor sie wegschaute. „Ich weiß es nicht."

„Doch, tust du."

Überrascht von seinem Tonfall sah sie ihn wieder an. „Was meinst du damit?"

„Du kannst das nicht vor ihm verheimlichen. Er würde es dir nie verzeihen, egal wie gut deine Absichten sind. Ich habe die Erklärung des Weißen Hauses gelesen, in der es heißt, der Präsident sei untröstlich über den sinnlosen Mord an dem jungen Offizier, der ihm in den Monaten ihrer engen Zusammenarbeit ein Freund geworden sei."

„Nick mag ihn sehr, und Juan hat viel riskiert, um ihn vor den Plänen der Stabschefs zu warnen."

„Wie willst du ihm also in die Augen schauen und ihm die Wahrheit vorenthalten?"

„Ich weiß es nicht! Die haben gesagt, es sei in seinem eigenen Interesse, es nicht zu erfahren."

„Und ist das deiner Meinung nach so?"

„Woher soll ich wissen, wie so was im politischen Washington funktioniert? Man sucht ja bereits nach einem Vorwand, um ihn aus dem Amt zu entfernen. Wenn seine Kritiker herausfinden, dass er darüber informiert war, dass der NCIS Juans Tod nur vorgetäuscht hat, würden sie dann nicht ein Amtsenthebungsverfahren anstrengen, weil er dabei mitgemacht hat?"

„Seine Partei kontrolliert den Kongress. Es wird kein derartiges Verfahren geben."

„Siehst du? Ich weiß nicht mal, wie diese Dinge funktionieren. Die werden einen anderen Weg finden, ihn in der Luft zu zerreißen und seine Autorität zu untergraben."

„Das werden sie so lange tun, wie er im Amt ist."

„Verstehst du, warum er sich dem nicht aussetzen wollte?"

„Ich habe es immer verstanden."

Sam ließ sich in einen der Besucherstühle fallen. „Ich habe wirklich keine Ahnung, was ich tun soll."

„Doch, hast du."

„Was ist, wenn ich es ihm sage und er in einen gewaltigen Skandal verwickelt wird, der hätte vermieden werden können, wenn ich mein Versprechen dem NCIS gegenüber gehalten hätte?"

„Er wird wissen, wie er mit dieser Information umzugehen hat."

„NCIS-Agentin Truver hat gemeint, es sei besser für ihn, nicht eingeweiht zu sein. Warum sollte sie das behaupten, wenn es nicht stimmt?"

„Keine Ahnung. Aber sieh es doch mal so: Du sagst es ihm, dann hat er die Information. Keiner außer euch beiden wird davon erfahren."

„Stimmt."

„Vielleicht spekuliert der NCIS sogar darauf, dass du es ihm verrätst, damit sie es nicht selbst tun müssen. So kann er später erklären, er habe nichts von den Ermittlungen gewusst, die ihn und seine Verwaltung betreffen."

Diese Möglichkeit war ihr gar nicht in den Sinn gekommen. „Meinst du?"

„Es wäre zumindest denkbar. Aber an deiner Stelle – und ich danke Gott jeden Tag, dass ich nicht an deiner Stelle bin – würde ich meinen Mann beschützen. Er *ist* die nationale Sicherheit."

„Du hast recht, wie immer." Sie blickte ihn an und war plötzlich sehr gerührt. „Es bedeutet mir viel, dass du nicht nur den beruflichen Aspekt der Sache bedenkst, sondern auch den persönlichen."

„Ich bin immer für dich da, Sam. Das weißt du doch."

„Ja, und das ist sehr wichtig für mich, besonders seit letztem Oktober."

„Ich hoffe, dir ist klar, dass das keine Einbahnstraße ist. Wenn ich schon meinen Kumpel nicht mehr an meiner Seite haben kann, hilft es mir, seine Tochter in meinem Alltag zu haben, um die Lücke ein wenig zu füllen."

„Echt?"

Er schmunzelte. „Ja, Sam. Echt."

„Wow, und ich dachte, es seist immer du, der auf mich aufpasst."

„Wir passen aufeinander auf, stellvertretend für den Mann, den wir beide geliebt haben."

„Bring mich nicht zum Weinen. Frauen, die bei der Arbeit heulen, nerven mich kolossal."

Er lachte. „Du weißt immer, wie du mich zum Lachen bringen kannst, Sam."

„Man tut, was man kann. Apropos ... Was soll ich jetzt mit dieser verdammten Untersuchung anfangen?"

„Geh so vor, wie du es bei jedem anderen Fall auch tun würdest. Arbeite weiter daran. Wer weiß, was du dabei alles aufdeckst?"

„Ist das nicht Verschwendung von Steuergeldern? Einen Mord zu untersuchen, der gar nicht stattgefunden hat?"

„Wir können später leicht sagen, dass wir in Absprache mit dem NCIS und den Bundesbehörden gehandelt haben, falls das zum Problem wird."

„Du hast das ziemlich gut drauf."

Er lachte auf. „Das hoffe ich nach all den Jahren, und du übrigens auch. Damit zu mir zu kommen, war hundertprozentig die richtige Entscheidung. Es bleibt unter uns und nur unter uns. Klar?"

„Natürlich. Danke."

„Ich möchte, dass du mich in der Sache stets persönlich informierst. Nichts Schriftliches."

„Alles klar." Sie holte tief Luft und versuchte, ihr Pokerface aufzusetzen, damit sie rausgehen und ihren Job erledigen konnte. „Bist du sicher, dass wir das Richtige tun?"

„Nein, aber wir werden es wohl herausfinden. Jedenfalls stecken wir da jetzt zusammen drin, Kleines."

Sie erhob sich. „Das erleichtert es mir sehr. Bis später."

„Sam."

Sie drehte sich um und hob fragend eine Braue.

„Skip wäre so stolz auf dich."

Sie konnte nur nicken, weil sie noch immer befürchtete, die Fassung zu verlieren. Nichts, was er hätte sagen können, hätte ihr mehr bedeutet, und das wusste er. Ihren Vater stolz zu machen, gehörte zu ihren wichtigsten Zielen, sowohl im Job als auch außerhalb.

Mit dem Chief an Bord war es erträglicher, die Sache durchzuziehen. Wenn die anderen die Wahrheit erfuhren, würden sie es ihr hoffentlich nicht übel nehmen.

Als Sam das Büro des Chiefs verließ, tauchte am anderen Ende des Korridors Jeannie McBride auf, die lächelte, als sie Sam bemerkte. Ihre weiße Uniformbluse spannte über ihrem Babybauch.

„Deputy Chief McBride, wie geht's?"

Jeannie legte sich eine Hand auf den Bauch. „Ich werde jeden Tag voluminöser und bin mit einer Million Dinge beschäftigt, von denen ich nicht mal wusste, dass ich sie erledigen muss."

„Wir vermissen dich im Großraumbüro."

„Ich vermisse euch ebenfalls, doch das hier ist im Moment genau der richtige Job für mich. Am Ende des Tages bin ich so müde, dass ich kaum noch funktioniere. Ich hätte nicht die Ausdauer, mit euch Mörder zu jagen."

Sam lächelte. „Die habe ich selbst auch kaum."

„Ich habe das mit Juan Rodriguez gehört. Es tut mir so leid. Ich weiß, dass Nick ihn sehr gemocht hat."

In Sams Wange zuckte ein Muskel. „Das hat er. Es ist furchtbar." Gott, die Lügen gingen ihr viel zu leicht von der Zunge. „Ich muss wieder zurück. Komm uns ruhig mal besuchen, ja?"

„Werde ich. War schön, dich zu sehen."

„Dito, Chief."

Wieder im Großraumbüro, verkündete sie: „Alle in fünf Minuten im Konferenzraum."

Es war Zeit, diese Phantomuntersuchung auf Hochtouren zu bringen.

KAPITEL 6

Sam betrat den Konferenzraum, bereit loszulegen. „Also, was haben wir, Leute?"

Außer Freddie und Gonzo waren Detective Cameron Green und sein Partner Detective Matt O'Brien sowie Gonzos Partnerin Detective Neveah Charles im Raum.

Freddie stand neben der Pinnwand, an der sie die bisherigen Erkenntnisse im Fall Juan Rodriguez festgehalten hatten. Unter anderem hingen dort frühere Fotos von ihm in Uniform sowie eins aus dem Leichenschauhaus.

Der NCIS hatte verdammt gute Arbeit dabei geleistet, jemanden zu finden, der ihm ähnlich genug war, um diese Rolle zu übernehmen. Obwohl Sam jetzt, da sie die Wahrheit kannte, feine Unterschiede bemerkte, würden die anderen die Identität des Toten nicht anzweifeln, vor allem da sie selbst sie nicht infrage stellte. Wie hatte der NCIS das geschafft? Die ganze Sache war zu bizarr, um sie in Worte zu fassen.

„Die Leiche von Juan Rodriguez, zweiunddreißig, Lieutenant Commander der US-Marine, der als Sonderattaché des Präsidenten in Verbindung mit der Nationalen Behörde für Nukleare Sicherheit eingesetzt war, ist nach intensiver, mehrtägiger Suche in einem Altkleidercontainer an der New York Avenue entdeckt worden", sagte Freddie. „Sein Mitbewohner Isaac Erickson, ebenfalls ein Navy Lieutenant Commander, hatte ihn als vermisst gemeldet. Wir haben auf dich gewartet, Sam, aber mit Isaac wollten wir als Erstes sprechen."

„Einverstanden. Was noch?"

„Wir checken Juans Finanzen, und Archie hat sein Handy", informierte O'Brien sie.

„Habt ihr Durchsuchungsbeschlüsse für das Handy beantragt?" Sie brauchten einen für das Gerät und einen weiteren für die darauf gespeicherten Daten.

„Ja, und außerdem für seine Computer, Tablets und alle anderen Geräte, die ihm gehören, sowie einen für die Wohnung selbst."

„Sehr gut. Was noch?"

„Wir haben die Leute vor Ort befragt", antwortete Gonzo, „und die Aufzeichnungen der Überwachungskameras aus der Gegend angefordert. Die Kamera direkt über dem Container funktioniert seit etwa sechs Jahren nicht mehr."

Wie oft waren genau die entscheidenden Kameras defekt? Jedes verdammte Mal, schien ihr.

„Was haben wir in der Nähe?", fragte Sam und bezog sich dabei auf die Videoüberwachung, die die Polizei selbst überall in der Stadt durchführte.

„Archie prüft das gerade." Gonzo sah kurz zu ihr herüber. „Ich nehme an, jemand hat die Familie benachrichtigt?"

„Nick hat mit der Mutter des Opfers telefoniert. Es war schrecklich. Juan war ihr einziges Kind."

Gonzo verzog das Gesicht. „Das ist tatsächlich schrecklich. Wie geht es Nick?"

„Er nimmt es sehr schwer. Nick hat Juan seit dem ersten Tag ihrer Zusammenarbeit als Freund betrachtet. Juan war es, der Nick davor gewarnt hat, was die Generalstabschefs vorhatten."

„Wie genau werden wir die überprüfen?", erkundigte sich Green.

„Sehr genau, doch diesen Teil der Untersuchung führt der NCIS durch. Wir sollen feststellen, ob die Tat möglicherweise gar keine Verbindung mit seiner Arbeit hat."

Cam warf ihr einen zweifelnden Blick zu. „Glaubst du an einen Zufall?"

„Ich weiß nicht. Wir stehen erst am Anfang, und wie ich immer sage, ist es nicht klug, voreilige Schlüsse zu ziehen. Deshalb werden wir in alle Richtungen ermitteln, wie wir es immer tun."

„Aber Sie halten die Generalstabschefs in dieser Sache durchaus für mögliche Verdächtige?", hakte Charles nach.

„Sie hätten zumindest ein Motiv. Juans Warnung vor ihrem geplanten Putsch hat ihre Karrieren beendet und sie juristisch in Schwierigkeiten gebracht, ganz zu schweigen von der Gefährdung ihrer fetten Pensionen. Das sind Leute, die ihr Leben lang erfolgreich waren und nun einen gewaltigen Rückschlag erlitten haben. Doch was würde es bringen, Juan zu ermorden, *nachdem* er dem Präsidenten erzählt hatte, was sie vorhatten, und sie bereits in Ungnade gefallen waren?"

„Das ist eine gute Frage", räumte Gonzo ein. „Warum ihn jetzt ausschalten?"

„Vielleicht wollten sie einfach, dass jemand für das bezahlt, was ihnen passiert ist, nachdem Nick informiert worden war", erwiderte Freddie. „Rache pur."

„Denkbar", gab Sam zu. „Aber ich finde, es ist trotzdem ein gewaltiger Sprung vom Stabschef zum Mörder."

„Vergiss nicht den Zwischenstopp bei Hochverrat", sagte O'Brien.

„Okay, das stimmt natürlich. Doch wir werden diesen Fall bearbeiten wie jeden anderen auch und den Beweisen folgen. Alle sonstigen Theorien und Hypothesen müssen warten, bis wir mehr wissen. Ist das klar?"

„Ja", antworteten alle im Chor.

Sam sah ihren Sergeant an. „Da Nick beruflich eng mit Juan zu tun hatte, übernimmst du den Papierkram und die Pressearbeit."

Gonzo nickte. „Kein Problem."

„Können wir denen kurz berichten, was wir bisher wissen?"

„Natürlich."

„Also gut, Leute, dann an die Arbeit. Cam, du kümmerst dich um die Finanzen, Neveah um Juans Social-Media-Accounts, und Matt, schick mir diese Durchsuchungsbeschlüsse, sobald du sie hast. Wir müssen dringend ein paar Fäden entdecken, an denen wir ziehen können."

„Was ist unser Plan?", fragte Freddie, nachdem alle anderen außer Gonzo den Raum verlassen hatten.

„Ich will die Durchsuchungsbeschlüsse für Juans Wohnung und Elektronik haben, bevor wir aufbrechen. Sag Haggertys Team, es soll sich die Wohnung vornehmen."

„Ich geb das weiter, und ich rede auch mit Captain Malone, bevor ich das Briefing durchführe. Der soll ein bisschen Druck machen", erbot sich Gonzo.

„Hey, Tommy?"

Auf dem Weg aus dem Raum blieb er stehen und drehte sich um. „Ja?"

„Danke, dass du die Leitung übernimmst. Ich unterstütze dich natürlich in vollem Umfang, aber ich brauche jemanden, der nach außen der offizielle Ansprechpartner für diesen Fall ist."

„Das versteh ich, keine Sorge."

Nachdem Gonzo gegangen war, sah Sam Freddie an. „Ich wünschte, ich müsste in letzter Zeit nicht so viel delegieren."

„Das ist schon in Ordnung. Wir haben damit kein Problem, also hör auf Gonzo, und keine Sorge deswegen."

„Ich bin euch wirklich dankbar."

„Das wissen wir doch. Wir arbeiten jeden Tag mit der First Lady zusammen, die nebenher noch die Mordkommission dieser Stadt leitet. Jeder Mensch in unserem Leben findet das verdammt cool. Das passt schon."

„Verdammt cool, ja?"

„Ja, genau das bist du, und das färbt auch auf uns ab. Kümmere dich nicht um Dinge, die nicht wichtig sind."

„Wann ist aus meinem jungen Padawan ein weiser Jedi-Meister geworden?"

Freddie verdrehte die Augen. „Ach, bitte. Ich war die ganze Zeit schon weise. Wie geht es Nick?"

„Nicht gut. Er und Juan haben sich immer über Sport unterhalten, und er konnte einfach ganz normal mit ihm reden, was in seiner Welt heutzutage eine echte Seltenheit ist."

„Das tut mir so leid für ihn, besonders nach Fort Liberty."

„Mir auch. Kein Präsident will, dass während seiner Amtszeit Soldaten sterben, vor allem nicht, wenn er als Motiv genannt wird."

„Heißt das, du verdächtigst insgeheim die Stabschefs?"

„Ich weiß nicht, was ich davon halten soll."

„Hat der NCIS dir einen Einblick in seine Ermittlungen gewährt?"

„Nur sehr oberflächlich." Sam hätte ihm so gern die Wahrheit gesagt, dass es wehtat, es nicht zu tun. Die Worte brannten ihr auf der Zunge, aber sie brachte sie nicht über die Lippen. Nicht mal ihm gegenüber, einem der wenigen Menschen, denen sie bedingungslos vertraute. Sie hoffte, dass er und die anderen es verstehen würden, wenn die Wahrheit schließlich ans Licht käme – denn das würde sie irgendwann. Mehr als alles andere schreckte sie die Vorstellung, ihr Team in irgendeiner Weise zu enttäuschen, insbesondere da sie sich so sehr dafür einsetzten, dass sie ihre vielen Rollen gleichzeitig ausfüllen konnte.

Ohne ihre Unterstützung bei der Arbeit könnte sie nicht einmal so tun, als wäre sie eine akzeptable First Lady oder eine halbwegs anständige Mutter. Sie anzulügen, verstieß gegen alles, woran sie glaubte, doch welche andere Wahl hatte sie? Wenn es schon so gut wie unmöglich war, ihnen nicht die Wahrheit zu verraten, wie würde es dann erst sein, Nick ins Gesicht zu lügen, wenn sie nach Hause kam?

Furchtbar.

„Sam?"

Ihr wurde bewusst, dass Freddie mit ihr gesprochen hatte, was sie gar nicht bemerkt hatte, weil sie so abgelenkt gewesen war. „Tut mir leid. Was hast du gesagt?"

„Werdet ihr zu Juans Beerdigung gehen?"

„Ich denke schon. Nick wird dabei sein wollen." Großer Gott, mussten sie etwa zu der Beerdigung eines Mannes, der gar nicht tot war? Sam hatte keine Ahnung, was sie tun sollte, und das wollte etwas heißen. Sie wusste das eigentlich immer. Aber etwas wie das hier war wirklich noch nie da gewesen.

Ihr ganzer Körper vibrierte von einer Unruhe, die sie von

der Kopfhaut bis zu den Fußsohlen spürte. Die Spannung in ihren Schultern und in ihrer Brust war fast schmerzhaft.

Matt O'Brien betrat wieder den Raum. „Wir haben die Durchsuchungsbeschlüsse."

Erleichtert, etwas anderes zu tun zu haben, als sich damit zu stressen, dass sie alle Menschen in ihrem Leben anlog, erklärte sie: „Dann los."

Juan wohnte in einem Stadthaus in Adams Morgan, einem angesagten Viertel im Nordwesten, das für seine historische Bedeutung ebenso wie für seine Kultur, das Nachtleben, die Unterhaltung und seine Kunstszene bekannt war. Wäre Sam eine Single-Frau gewesen, die nicht in Capitol Hill leben wollte, hätte sie sich für Adams Morgan entschieden. Das Haus hatte die für Washington übliche rote Backsteinfassade mit schwarzen Fensterläden und Messingverzierungen. Sie drückte den Klingelknopf neben dem Schild mit der Aufschrift RODRIGUEZ/ERICKSON.

Wenig später meldete sich eine Stimme über die Gegensprechanlage: „Ja?"

„Lieutenant Sam Holland vom Metro PD. Wir möchten mit Lieutenant Commander Erickson sprechen."

Nach einer längeren Pause ertönte ein Signalton, gefolgt von einem Klicken, mit dem sich das Schloss an der Eingangstür öffnete.

Sie betraten ein Foyer mit einer Garderobe und Haken für Rucksäcke und dergleichen. Unter den daran hängenden Taschen standen mehrere Paar Laufschuhe auf dem Boden.

„Kommen Sie rauf."

Sam und Freddie stiegen die Treppe hinauf, an deren Ende ein junger Mann mit hellbraunem Haar und verquollenen blauen Augen auf sie wartete. Er trug ein graues T-Shirt mit der Aufschrift NAVY und eine kurze Sporthose. „Isaac Erickson?"

Er nickte.

„Lieutenant Holland. Das ist mein Partner Detective Cruz. Mein aufrichtiges Beileid.“

„Danke. Ich kann es immer noch nicht fassen.“

„Können wir uns kurz unterhalten?“

„Sicher, womit immer ich helfen kann.“ Isaac führte sie in einen offenen Raum mit weiteren Backsteinwänden und freiliegenden Rohren, die an der Decke verliefen. Er setzte sich auf ein Sofa, auf dem er offensichtlich zuvor gelegen hatte. Auf dem Couchtisch stapelten sich Essensverpackungen, Getränkedosen und Bierflaschen. „Entschuldigen Sie das Chaos. Es war eine harte Woche.“

Sam und Freddie setzten sich ihm gegenüber auf Ledersessel. „Natürlich“, sagte sie.

„Ich kann einfach nicht glauben, dass Juan tot ist. Es ist so unwirklich. Er war doch eben noch hier.“

„Wann haben Sie ihn zuletzt gesehen?“

„Welcher Tag ist heute?“

„Sonntag.“ War es tatsächlich derselbe Tag, an dem sie den Mordfall Forrester mit einer viel beachteten Verhaftung abgeschlossen hatten? Zwölf Stunden später war Sam völlig ausgepowert, und ihre Knie und Ellbogen schmerzten, weil sie sich auf Harlan Peckham gestürzt und ihn zu Boden gerissen hatte. Spätestens morgen würde sie blaue Flecken von dem harten Pflaster haben.

„Dann muss das am Mittwoch gewesen sein, als ich von der Arbeit nach Hause gekommen bin. Juan war gerade im Aufbruch begriffen. Er hat ‚Bis morgen‘ zu mir gesagt, aber als ich aufgestanden bin, war er nicht da. Ich hab ihn angerufen, doch er ist nicht rangegangen. Um ehrlich zu sein, hab ich mir nicht viel dabei gedacht, bis ich mich zum Dienst gemeldet und herausgefunden habe, dass er die Morgenbesprechung im Weißen Haus verpasst hatte. Da hab ich angefangen, mir Sorgen zu machen.“ Sein Blick wanderte zu Sam. „Juan hat es geliebt, für Ihren Mann zu arbeiten.“ Seine Stimme nahm einen rauen, emotionalen Ton an. „Er hat ihn so sehr bewundert.“ Erickson wischte sich Tränen weg.

„Nick hat Juan ebenfalls geschätzt. Er ist wegen seines Todes am Boden zerstört." Die Selbstvorwürfe wegen all dem, was Juans Angehörige im Interesse der nationalen Sicherheit erleiden mussten, zerfraßen Sam förmlich. Sie hoffte, dass es sich lohnen würde. Die innere Anspannung erinnerte sie an die Gefühle während der furchtbaren Stunden, als Stahl sie in Klingendraht gewickelt, mit Benzin übergossen und mit einem Feuerzeug vor ihr herumgefuchtelt hatte.

„Jedenfalls hat das Weiße Haus Alarm geschlagen, nachdem ich ihn als vermisst gemeldet hatte. Der NCIS hat sich eingeschaltet, mich genau wie alle anderen befragt, die täglich mit Juan zu tun hatten, und sich auf die Suche nach ihm gemacht." Er stützte die Ellbogen auf die Knie und bedeckte sein Gesicht mit den Händen. „Das Ganze ist so surreal."

„Wie lange haben Sie Juan gekannt?", fragte Sam.

„Wir waren zusammen in Annapolis. Nach dem ersten Jahr waren wir Zimmergenossen. Seitdem waren wir praktisch immer zusammen. Unsere Freunde ziehen uns damit auf, dass wir ein Paar seien, aber das sind wir nicht. Wir sind einfach gut befreundet und hängen gerne zusammen ab. Beziehungsweise *waren* wir das, schätze ich."

Sein verzweifelter Gesichtsausdruck war beinah zu viel für Sam. Ihr war nach Heulen zumute. Sie hätte ihm am liebsten die Wahrheit gesagt und ihn zur Verschwiegenheit verpflichtet, doch das konnte sie nicht. Man hatte ihr eindeutig dargelegt, dass es in dieser Situation um das Allgemeinwohl ging, und das musste sie glauben, sonst würde sie durchdrehen.

„Hatte Juan eine Freundin?"

„Er hatte eine FmgV, mit der er eine feste Beziehung wollte, aber die Frau hat sich geziert."

„Wie heißt sie?"

„Jillian. Ich glaube, ihr Nachname ist Danvers oder so ähnlich."

„Wo können wir sie finden?"

„Sie arbeitet in einem kleinen Café am Ende der Straße. Dort hat er sie kennengelernt."

„Wie heißt der Laden?"

„Äh, das weiß ich nicht mehr. Anders als Juan mag ich keinen

Kaffee. Wenn mich nicht alles täuscht, ist er in der 18th, in der Nähe der Post."

„Das finden wir. Weiß sie über seinen Tod Bescheid?"

Erickson schüttelte den Kopf. „Ich habe es bisher nicht über mich gebracht, es ihr zu erzählen. Die beiden standen noch ganz am Anfang, aber er war völlig hin und weg von ihr."

„Hatte er Ihres Wissens mit irgendjemandem Probleme?"

Isaac wirkte, als wäre er von der Frage überrascht. „Äh, ja. Seit der Sache mit den Stabschefs schien er mit jeder Menge Leute Probleme zu haben. Das habe ich auch schon den Leuten vom NCIS erzählt. Dass man ihn schikaniert hat."

„Wer genau war daran beteiligt?"

„Es ist vielleicht schneller aufzuzählen, wer es nicht war. Die haben sofort gewusst, dass er es war, der dem Präsidenten gesteckt hatte, was sie vorhatten."

„Woher?"

„Aus den Besucherprotokollen des Weißen Hauses. Sie belegen, dass er sich, als er außer Dienst war, kurz mit dem Präsidenten getroffen hat und nach weniger als fünfzehn Minuten wieder gegangen ist. Die haben zwei und zwei zusammengezählt, und der Rest ergab sich von allein. Plötzlich haben ihn hochrangige Mitarbeiter der Stabschefs kontaktiert, seine Vorgesetzten standen unter Beschuss, weil sie angeblich zugelassen hatten, dass er sich unehrenhaft verhielt, und es war die Rede davon, ihm die Sicherheitsfreigabe zu entziehen. Er hat sich auf Schritt und Tritt verfolgt gefühlt und zu jeder Tages- und Nachtzeit seltsame Anrufe von unbekannten Nummern erhalten, bei denen ihm jemand nahelegte, er solle den Mund halten, sonst werde man ihn zum Schweigen bringen. Kurz gesagt, er hatte Probleme."

Sam hörte ganz genau zu. „Wenn alle wütend auf Juan waren, bedeutet das dann, dass die Verschwörung zum Sturz des Präsidenten von einem größeren Personenkreis als den Stabschefs selbst betrieben wurde?" Diese Vorstellung war fast so unerträglich wie die Lügerei.

„Darüber haben wir auch nachgedacht. Allerdings waren

seine Vorgesetzten hauptsächlich deshalb sauer, weil Juan direkt zum Präsidenten gegangen war und dabei etwa vierzehn administrative Ebenen übersprungen hatte, was beim Militär generell nicht gern gesehen wird. Juan meinte, er würde es jederzeit wieder so machen, weil er sicher war, dass der Einzige, dem er die Informationen anvertrauen konnte, der Präsident selbst war. Er war sich sicher, dass der die Situation angemessen handhaben würde. Das konnte er von keinem anderen in der Befehlskette behaupten. Wer wusste schon, wie weitreichend die Verschwörung war, wer außerdem beteiligt war oder wer töten würde, um sie geheim zu halten? Juan sagte, er hätte nicht anders gehandelt, selbst wenn er sich in vollem Umfang über die Konsequenzen im Klaren gewesen wäre."

Isaac fuhr sich mit den Fingern durchs Haar, das bereits in alle Richtungen abstand, wahrscheinlich weil er das immer wieder tat, während er den Verlust seines besten Freundes betrauerte.

„Ich frage mich, ob er es auch getan hätte, wenn er gewusst hätte, dass er dafür mit seinem Leben bezahlen würde." Er atmete tief durch und schien zu einem Schluss zu kommen. „Ja, hätte er. Sein Anliegen war, das Richtige zu tun, und den Präsidenten zu informieren, war das Richtige."

„Hat er Ihnen davon erzählt, bevor er es dem Präsidenten gemeldet hat?" Ja, es war seltsam, von ihrem eigenen Mann mit seiner Amtsbezeichnung zu sprechen, aber alles in ihrem Leben war in diesen Tagen seltsam. Immer noch besser als die seltsame Abkürzung POTUS …

Erickson schüttelte den Kopf. „Er hat es vorher niemandem gesagt, sondern ist direkt zum POTUS marschiert. Erst später hat er es mir verraten."

„Wie lief das?"

„Er ist komplett aufgelöst nach Hause gekommen. So richtig fertig. Er ist auf und ab gelaufen und hat getrunken, was er selten tat, wenn er arbeiten musste. Es hat eine Stunde gedauert, in der ich ihn immer wieder gefragt habe, was mit ihm los sei, bis die ganze Geschichte aus ihm herausgesprudelt ist."

„Was hielten Sie davon, als Sie es gehört haben?"

„Im ersten Moment hab ich geglaubt, er würde sich das ausdenken, bis ich gemerkt habe, wie ernsthaft verstört er war. Seine Hände haben gezittert und alles. Er hat immer wieder gesagt, ich solle von den Fenstern wegbleiben, als hätte er Angst, jemand würde auf uns schießen."

„Warum hat er das befürchtet, wenn er den US-Präsidenten bereits darüber in Kenntnis gesetzt hatte, was er wusste?", fragte Freddie. „Welchen Sinn hätte es gehabt, ihn zu ermorden, nachdem der Schaden bereits angerichtet war?"

„Ich vermute, weil er ein Zeuge mit Informationen war, die man gegen sie verwenden konnte."

„Warum sollte das noch wichtig sein?", hakte Freddie nach. „Die Köpfe rollten doch schon. Man hat fast unmittelbar nach der Benachrichtigung Nicks ... äh, ich meine, des Präsidenten, Anklage gegen die Stabschefs erhoben. Was wusste ein einzelner Marineoffizier, das es wert gewesen wäre, die Liste der Anklagepunkte um Mord zu erweitern?"

„Bis auf Rache dafür, dass er ihre Pläne – und ihr Leben – ruiniert hatte, habe ich keine Antwort darauf, aber ich wünschte, ich hätte mehr getan, um ihn zu schützen."

„Was hätten Sie denn machen können?", wollte Sam wissen.

„Ich weiß nicht. Jedenfalls mehr, als so zu tun, als hätte diese Sache nicht auch mein Leben auf den Kopf gestellt."

„Haben Sie sich seitdem je persönlich bedroht gefühlt?"

„Eigentlich nicht."

„Was soll das heißen?", fragte Sam nach.

„Ich hatte nicht das Gefühl, dass es jemand auf mich abgesehen hatte, aber da war diese ... Ich weiß nicht, wie ich es beschreiben soll. Eine Aura der Spannung würde ich es nennen. Ich bin immer auf der Hut gewesen, wenn ich unterwegs war, und ich weiß, dass es Juan genauso ging."

„Gibt es noch etwas, was Sie uns mitteilen können, das Ihrer Meinung nach relevant sein könnte? Wir sagen allen, dass sie genau überlegen sollen, denn oft sind es die Details, die einer Untersuchung zum Erfolg verhelfen."

„Ich habe tagelang gegrübelt und nichts anderes gefunden als den riesigen Elefanten im Raum: die Stabschefs."

Sam legte ihre Visitenkarte auf den Tisch. „Rufen Sie mich an, wenn Ihnen noch etwas einfällt."

Er nahm die Karte und betrachtete sie genau. „Ist das nicht seltsam?"

„Was?"

„In einem Fall zu ermitteln, der mit Ihrem eigenen Mann zu tun hat?"

„Alles in meinem Leben ist seltsam. Wirklich alles."

„Da hat sie recht", fügte Freddie hinzu und entlockte dem jungen Mann damit ein Lächeln.

„Ich kann mir vorstellen, dass es gerade noch seltsamer wird."

Sie haben ja keine Ahnung, dachte Sam.

„Mr Erickson, Sie müssen die Wohnung verlassen, während die Spurensicherung Ihre Untersuchung durchführt. Haben Sie die Möglichkeit, irgendwo unterzukommen?"

„Kann ich hierbleiben, wenn ich nicht im Weg bin?"

„Leider nicht. Wir haben einen Durchsuchungsbeschluss."

Freddie reichte ihm das Papier.

„Ich rufe einen Kumpel an und belege sein Sofa mit Beschlag."

Sie warteten, bis Erickson gepackt hatte, und riefen dann einen Streifenbeamten, der ihn zu seinem Freund fahren sollte, nachdem er ihnen einen Schlüssel ausgehändigt und sie im Gegenzug versprochen hatten, ihn auf dem Laufenden zu halten. Sie waren gerade auf die Straße getreten, als Freddies Handy klingelte.

„Es ist Gonzo", informierte er Sam. „Hey, was gibt's?" Nach einem Moment meinte er: „Ich frag sie mal. Er sagt, in Crestwood habe es ebenfalls einen Mord gegeben. Was willst du tun?"

Sam dachte nach. „Versuch du, Juans Freundin im Café ausfindig zu machen, während ich nach Crestwood fahre."

„Was ist eine FmgV?"

„Eine Freundin mit gewissen Vorzügen. Ich vergesse, dass du so was nie hattest. Du hast die erste Frau geheiratet, mit der du …"

Er warf ihr einen finsteren Blick zu. „Beende diesen Satz nicht.“

Sam grinste breit. „Ist er denn inhaltlich falsch?“

„Fahr nach Crestwood. Du nervst.“

„Damit ist mein Ziel hier erreicht.“ Sie gab ihm den Schlüssel zu Juans Wohnung. „Lass danach die Spurensicherung rein, und fahr dann nach Hause.“

„Sie gehört Ihnen“, rief Freddie Vernon zu, während er in Richtung Post stürmte, um das Café zu finden.

„Oh, Freude und Lobpreis.“ Vernon schenkte Sam ein Lächeln. „Womit habe ich das verdient?“

„Sie haben den Hauptpreis im Lotto gewonnen.“

„Wohin, mein Hauptpreis?“

Sam unterdrückte ein Lachen, um ihn nicht zu weiteren frechen Sprüchen zu ermutigen. „Nach Crestwood. Nehmen Sie den Beach Drive in Richtung Park.“

„Ich bräuchte vielleicht noch ein paar Informationen mehr.“

„Kriegen Sie.“

KAPITEL 7

Sam wies ihm den „schnellen" Weg, als ob es so etwas in dieser Stadt selbst am späten Sonntag gäbe, und lehnte sich zurück, um Gonzo per SMS zu fragen, wo ihr neues Ziel an diesem endlosesten Tag aller Zeiten genau lag.

Seine Antwort bestand aus einer Adresse in der Webster Street Northwest, in der Nähe des National Conservatory of Arts.

Was wissen wir bisher?

Der Ehemann ist den ganzen Tag unterwegs gewesen und hat bei seiner Heimkehr seine Frau tot im Badezimmer aufgefunden, das an das Schlafzimmer angeschlossen ist.

Erinnert mich an Ginny McLeod.

Komisch, das habe ich auch zu Cam gemeint.

Ginny McLeod war von ihrem Mann tot in ihrer Garage entdeckt worden, als er vom Golfspielen zurückkam. Wie sich später herausstellte, war sie in eine große Betrugsmasche verwickelt gewesen, die auch das Motiv für den Mord gewesen war. Sie hatten den Fall abgeschlossen, kurz bevor Nelson gestorben war und ihr Leben sich für immer verändert hatte. *Ach ja*, dachte sie mit einem Anflug von Wehmut, *die gute alte Zeit ...* Und sie hatten gedacht, die Dinge wären vorher verrückt gewesen. Haha. Sie waren naiv wie Babys gewesen, bevor ihnen Thanksgiving gezeigt hatte, wie wahrer Irrsinn aussah.

Sie lächelte, als sie daran dachte, wie sie diese Überlegung mit Nick teilte, aber ihr Lächeln verblasste schnell, als sie sich daran erinnerte, was sie ihm verheimlichen musste.

Ihr Telefon klingelte wegen eines Anrufs von Malone.

„Hat man Sie über Crestwood informiert?"

„Bin gerade auf dem Weg dorthin."

„Ich schicke Ihnen Dominguez und Carlucci. Übergeben Sie ihnen den Fall, und fahren Sie nach Hause."

„Gott, danke."

„Eigentlich Jake, doch Sie können mich ruhig ‚Gott' nennen."

„Haha, heute sind alle echte Witzbolde."

„Ich und wer noch?"

„Cruz, wie immer, und Vernon."

Der Personenschützer betrachtete sie im Spiegel und grinste.

„Wie weit sind wir mit den Rodriguez-Ermittlungen?"

„Wir haben gerade erst angefangen. Bisher haben wir mit seinem Mitbewohner gesprochen, und aktuell ist Haggertys Team auf dem Weg zu der Wohnung, um den Durchsuchungsbefehl für Juans Elektronik und andere Beweise zu vollstrecken. Cruz versucht, die FmgV aufzuspüren."

„Die was?"

„Freundin mit gewissen Vorzügen. Wie alt sind Sie?"

„So alt, dass ich seit dreiunddreißig Jahren keine mehr hatte."

„Sie brauchen keine. Sie haben eine Frau, die ultimative FmgV."

„Gehen Sie heim, Holland. Sie werden zudringlich."

„Ja, Sir. Danke, dass Sie die Kavallerie geschickt haben."

„Tolle Verhaftung heute, Lieutenant. Archie hat das Bildmaterial von einer unserer Kameras."

„Fantastisch", sagte sie trocken.

„Das war es in der Tat. Warten Sie, bis Sie es sich angeschaut haben."

„Im Geiste sehe ich einen Wasserbüffel, der eine ahnungslose Ameise erlegt."

„Das war genau mein Gedanke! Woher haben Sie das gewusst?"

„Ich werde dieses Gespräch jetzt beenden."

Sein Lachen schallte durchs Telefon, ehe sie es mit einem befriedigenden Schnappgeräusch zuklappte. Idioten. Sie war von ihnen umgeben, aber Gott sei Dank lenkte der Galgenhumor sie von dem Geheimnis ab, das sie vor fast allen verbarg, die ihr wichtig waren.

Ihr Telefon summte, als eine SMS von ihrer Stiefmutter Celia eintraf. *Ich denke an dich! Ich hatte vorhin ein nettes Gespräch mit den Kindern. Sie sagten, du hättest den ganzen Tag gearbeitet und einen Bösewicht verhaftet. Das freut mich für dich. Die Mädels und ich haben einen Riesenspaß in L. A. Heute waren wir auf dem Rodeo Drive und haben uns sehr mondän gefühlt. Wir haben so getan, als wären wir Julia in* Pretty Woman, *und haben alle Zurückhaltung fallen lassen. Die nächste Station ist San Francisco. Ich vermisse euch alle!*

Sam lächelte bei dem Gedanken daran, wie Celia und ihre Schwestern Beverly Hills unsicher machten. *Ich vermisse dich auch. Wie schön, dass ihr euch so gut amüsiert. Ihr habt jede Menge Spaß und überhaupt alles Gute verdient. Prima, dass du mit den Kindern sprechen konntest. Du fehlst ihnen ebenfalls, doch es geht allen gut, und Mom hält für dich die Stellung.*

Freut mich zu hören!

Wenn du heimkommst, möchte ich mit dir über eine Idee sprechen, die ich für die Ninth Street hatte. Eilt aber nicht.

Wenn es bei dir passt, ich habe gerade Zeit. Worum handelt es sich?

Seit dem Überfall auf Avery und Shelby suchen viele aus meinem Team nach einer sichereren Wohnung. Unser Haus haben wir an Gonzo und Christina vermietet. Ich dachte, deins wäre vielleicht für Freddie und Elin geeignet, allerdings nur, wenn es für dich in Ordnung ist. Ich weiß nicht, ob du schon bereit bist, dich davon zu trennen, also sag ruhig Nein. Natürlich hast du bei uns ein Zuhause, egal wo wir danach landen.

Danach, dachte Sam. Nach ihrer Zeit im Weißen Haus, in ferner Zukunft.

Die Idee gefällt mir. Lass mich für den Rest der Reise darüber nachdenken. Ich glaube, ich bin bereit. Auf jeden Fall möchte ich nicht ohne euren Dad dort leben, und ich bin gern mit euch und den Kindern zusammen. Es ist nicht gut, wenn das Haus leer steht, insbesondere wenn jemand anders es brauchen könnte.

Außerdem würdest du so mit der Miete etwas verdienen.

Stimmt ... Lass uns später genauer darüber reden. Das ist eine hervorragende Idee!

Genieß eure Reise. Hab dich lieb!

Ich dich auch! Ich habe Scotty ein paar Bilder geschickt.

Die sehe ich mir nachher an, wenn ich wieder zu Hause bin. Passt auf euch auf, und habt viel Spaß!

Celia und ihre Schwestern verbrachten einen Monat an der Westküste, ehe sie im Mai zu einer Kreuzfahrt nach Alaska aufbrechen wollten.

Sam hätte nie zugegeben, dass sie sich wünschte, ein Smartphone zu haben, um die Bilder jetzt sofort sehen zu können, aber wenn sie den Gedanken für sich behielt, würde niemand je davon erfahren. Als der lange Tag sie einholte, lehnte sie den Kopf an die Rückenlehne des Sitzes. Sie konnte es in der Regel kaum erwarten, zu Nick nach Hause zu kommen, doch an diesem Abend machte sie sich Sorgen darüber, was sie tun sollte.

Sie ließ das Gespräch mit dem Chief im Kopf noch einmal Revue passieren. Vielleicht waren wirklich alle davon ausgegangen, dass sie es Nick ohnehin niemals verheimlichen würde, egal, was man ihr sagte. War das der Fall? Würde sie das Richtige für ihn und das Land tun, wenn sie ihm verriet, was sie wusste? Sie hätte alles dafür gegeben, zu wissen, was das Richtige war, aber sie war sich sicher, dass es keine Option war, ihm die Wahrheit vorzuenthalten. Wenn sie das täte, fürchtete sie, würde das Fundament ihrer Beziehung zusammenbrechen. Von Anfang an hatte er es gehasst, wenn sie etwas vor ihm verheimlichte, selbst wenn sie es tat, um ihn zu schützen. Der Gedanke, dass es zwischen ihnen eine ernsthafte Verstimmung geben könnte, ließ sie körperlich erschauern. Das könnte sie niemals ertragen.

Der Wagen hielt an, was sie aus ihren Gedanken riss.

„Näher kommen wir nicht ran", erklärte Vernon.

„Das reicht mir."

„Ich begleite Sie."

Sie wollte ablehnen, doch sie wusste, dass das sinnlos wäre. Er würde sie auf keinen Fall allein zu einem Tatort lassen, zumal Freddie nicht dabei war. Noch vor ein paar Monaten hätte sie sich darüber aufgeregt. Jetzt empfand sie Vernons Anwesenheit fast als trostreich. Komisch, wie sich das verändert hatte.

„Was für ein Tag, was?", fragte er, während sie auf die anderthalb Häuserblocks entfernt blinkenden Lichter zugingen.

„Ja. Tut mir leid, dass Sie so lange arbeiten müssen."

„Soll das ein Witz sein? Ich hatte noch nie so viel Spaß bei meinem Job."

Sie drehte sich verblüfft zu ihm um. „Echt?"

„Ja, Sam, echt. Sicherheitsdienst ist oft superlangweilig. Routine. Eintönig. Bei Ihrer Personenschutzeinheit gibt es das alles nicht."

„Nun, vielen Dank. Denke ich."

„Gern geschehen", antwortete er mit einem leisen Lachen.

„Ich wette, Ihre anderen Schutzbefohlenen haben Sie nicht gezwungen, sonntagabends um einundzwanzig Uhr durch die Straßen zu rennen."

„Nein."

„Tut mir leid, dass ich Sie den ganzen Tag von Ihrer Familie fernhalte."

„Das ist schon in Ordnung. Meine Frau und meine Töchter haben sich ein gemeinsames Wellness-Wochenende gegönnt, was auch immer das sein mag, und sind sowieso erst heute Abend wieder zu Hause."

„Ein Wellness-Wochenende", seufzte Sam. „Wie kriege ich so was?"

„Ma'am … Sie sind die Frau des Präsidenten der Vereinigten Staaten von Amerika und eine knallharte Polizistin. Wenn Sie ein Wellness-Wochenende wollen, machen Sie einfach eins."

„Wäre das wirklich möglich?"

„Ist das Ihr Ernst?"

„Irgendwie bin ich nie auf den Gedanken gekommen, dass ich das könnte."

„Wenn wir wieder im Auto sind", erwiderte er, „werde ich Ihnen etwas Wichtiges sagen."

„Danke für die Vorwarnung."

Streifenpolizist Clare hob das gelbe Flatterband für Sam und Vernon hoch, die sich darunter durchduckten. „Schön, Sie zu sehen, Lieutenant." Er war etwas erwachsener geworden, seit Sam ihn das letzte Mal getroffen hatte, und wirkte jetzt deutlich männlicher.

„Gleichfalls. Was haben wir?"

„Weiße Frau, sechsundvierzig, tot im Badezimmer neben dem Schlafzimmer im ersten Obergeschoss."

Sam warf einen Blick auf das Haus, einen großen weißen Bau im Kolonialstil mit schwarzen Fensterläden. Ein paar ihrer Mitschüler auf der Highschool hatten hier im Viertel gewohnt, und sie hatte sie um ihre grünen Straßen und die Gärten mit den Rasenflächen beneidet. In der Ninth Street gab es keine Gärten. Sosehr sie Capitol Hill auch liebte, sie konnte sich vorstellen, nach Nicks Ausscheiden aus dem Amt in eine Gegend wie diese zu ziehen. Die Kinder würden sich einen Garten wünschen, nachdem sie im Weißen Haus mit all den Rasen- und den Freiflächen gelebt hatten.

Sie ließ sich von Officer Clare ins Haus führen, wobei Vernon ihr folgte, ihr aber den nötigen Raum zum Arbeiten ließ. Er blieb im Foyer stehen, während sie und Clare die Treppe hinaufgingen. „Haben Sie die Gerichtsmedizin gerufen?"

„Ja. Dr. Tomlinson ist mit seinem Team auf dem Weg hierher, ebenso wie die Spurensicherung."

Haggerty und seine Leute würden die ganze Nacht mit den zwei neuen Fällen beschäftigt sein. „Sehr gut. Vielen Dank. Wo ist der Ehemann?"

„Meine Partnerin ist mit ihm auf der Veranda."

Er führte sie in das Schlafzimmer, das riesig und sehr schön war, mit einer dieser Kathedralen-Decken, und durch ein Ankleidezimmer mit einem schicken Kronleuchter, maßgefertigten Einbauten und einer Schrankinsel mit weiteren Schubladen und Fächern in der Mitte, über die ein Bademantel geworfen worden war. Schließlich gelangten sie in ein opulentes Badezimmer, in dem eine nackte Frau auf dem Boden lag, unter deren Kopf sich eine Blutlache gebildet hatte. Ein Paar

Hausschuhe stand neben einem zusammengeknüllten Badetuch, als warteten sie darauf, dass sie aus der Dusche trat. Die Streifenpolizisten hatten sie nicht abgedeckt, damit die Mordermittler sehen konnten, wie ihr Mann sie vorgefunden hatte.

Als Sam sich ihr vorsichtig näherte, empfand sie Mitleid mit der Frau, die sie nicht gekannt hatte und nie kennenlernen würde. „Wie heißt sie?"

„Elaine Myerson. Mutter von zwei Teenagern. Arbeitet für eine Lobbyfirma."

„Auf welchem Gebiet?"

„Laut ihrem Mann Öl."

„Tötet man Menschen wegen Öl?"

„Äh, ich bin mir nicht sicher, Ma'am."

Sam vermisste Freddie. Er hätte gewusst, dass die Frage rhetorisch gemeint war. Sie ging neben der Leiche in die Hocke, um sich die blutige Wunde am Hinterkopf genauer anzuschauen, die das Leben der Frau beendet hatte. „Auf mich wirkt das wie was Persönliches. Niedergeschlagen, als sie aus der Dusche kam und angreifbar war."

„Ja, das denke ich auch."

„Irgendwelche Spuren von der Mordwaffe?"

„Nein. Wir haben uns kurz im Haus umgesehen, doch uns ist nichts aufgefallen, und eine Blutspur oder etwas Ähnliches gab es auch nicht."

„Wenn sie im Haus ist, werden die Ermittler der Spurensicherung sie finden. Was ist mit Kameras?"

„Um das Haus herum und draußen gibt es welche, aber um auf die zugreifen zu können, brauchen wir den Hausherrn. Bisher haben wir ihn noch nicht darum gebeten, weil wir auf Sie warten wollten."

„Ich werde mit dem Mann darüber sprechen. Gute Arbeit, Officer Clare. Danke."

„Gern, Ma'am."

Die Detectives Carlucci, groß und blond, und Dominguez, zierlich und dunkelhaarig, trafen gerade ein, als Sam sich aufrichtete und dabei vor Erschöpfung leicht schwankte. Sie blinzelte mehrmals, um ihren Blick zu klären. „Schön, dass ihr da seid. Ich bin mehr als bereit, an euch zu übergeben."

„Dreizehn Stunden im Dienst – du bist sicher todmüde", stellte Carlucci fest.

„Das trifft es ziemlich gut." Sam teilte ihnen mit, was sie bis jetzt wusste. „Ich würde gerne mit dem Ehemann reden, während eine von euch alles fotografisch dokumentiert. Die andere kann mit mir kommen."

„Ich mache die Fotos", erbot sich Gigi.

„Wie geht es dir?", fragte Sam.

„Gut, Lieutenant. Danke der Nachfrage."

„Ich bin froh, dass du wieder voll einsatzfähig bist."

„Ich auch."

Sam war ehrlich erleichtert, dass der Ärger, den Cameron Greens Ex-Verlobte verursacht hatte, für ihre beiden Detectives nun größtenteils vorbei war und sie sich wieder ihrer noch jungen Beziehung widmen konnten. Zwar stand weiter der Mordvorwurf seitens der Familie der Ex-Verlobten im Raum, doch niemand rechnete ernsthaft damit, dass die Sache es tatsächlich bis vor Gericht schaffen würde.

„Deck sie zu, wenn du die Fotos hast."

„In Ordnung."

Sam stieg mit Carlucci und Clare die Treppe hinunter, die durch das große Haus zur hinteren Veranda führte, wo Officer Youncy mit Mr Myerson auf sie wartete.

Die junge Polizistin nickte Sam und Dani zu, als sie auf die Veranda traten. „Frank Myerson, das sind Lieutenant Holland und Detective Carlucci. Sie würden gerne mit Ihnen sprechen, wenn es möglich ist."

„Danke", sagte Sam zu Youncy.

Sie nahm dem Mann gegenüber auf einem Sitzmöbel Platz, das direkt aus dem Frontgate-Katalog zu stammen schien, bei dem sie sich immer darüber wunderte, dass sich jemand die darin angebotenen Sachen leisten konnte.

„Es tut uns leid, Sie in dieser schwierigen Zeit zu stören", begann sie. „Aber wie Sie sich vorstellen können, sind die ersten Stunden bei einer Mordermittlung entscheidend."

Er hob den Kopf und wischte sich die Tränen ab. „Mord?"

„Ja, Sir." Er hatte grau meliertes Haar und trug ein hellblaues Hemd zu einer dunklen Hose. „Wir glauben, dass Ihre Frau ermordet worden ist."

„Unmöglich. Wer hätte sie umbringen sollen? Alle haben sie geliebt."

Sam wünschte, sie bekäme jedes Mal einen Dollar, wenn ihr das jemand über ein Mordopfer erzählte. Sie könnte früh in Rente gehen. „Hat sie irgendwelche Feinde gehabt?"

„Natürlich nicht."

„Bei Ihnen klingt das so, als wäre es unmöglich, dass Menschen Konflikte mit anderen haben."

„Elaine war nicht so. Sie war sanftmütig und liebevoll. Wenn ich sage, dass jeder sie geliebt hat, dann meine ich das genau so." Seine Augen füllten sich mit Tränen. „Was soll ich nur ohne sie tun? Sie war meine ganze Welt."

„Unser aufrichtiges Beileid. Wo waren Sie denn heute?"

„Ich war bei einer eintägigen Mitarbeiter-Klausurtagung in Bethesda."

„Kann das jemand bestätigen?"

Er sah sie überrascht an. „Sie verdächtigen mich doch nicht etwa? Ich habe ihr nichts getan – ich habe sie angebetet."

„Das glaube ich Ihnen, aber wenn Sie uns bei der Überprüfung Ihres Alibis helfen, können wir uns anderen Verdächtigen zuwenden."

„Sie können meine Assistentin fragen. Die kann bestätigen, wo ich mich heute aufgehalten habe."

Sam notierte sich den Namen und die Telefonnummer, die er ihr nannte. „War sie bei Ihnen?"

„Ja, sie war ebenfalls dort. Die Klausurtagung begann um acht und endete um fünf, danach gab es Abendessen. Ich bin vor etwa einer halben Stunde nach Hause gekommen und … habe sie gefunden." Wieder brach er in Tränen aus. „Wie ist das nur möglich?"

„Ich weiß, es ist schwer zu verarbeiten. Uns ist aufgefallen, dass rund ums Haus und auf dem Grundstück Kameras angebracht sind. Wäre es möglich, Zugang zu den Aufzeichnungen zu erhalten?"

„Es gibt keine Aufzeichnungen. Unsere Töchter sind dagegen."

Verdammt, dachte Sam. *Das wäre auch zu einfach gewesen.* „Was hatte Ihre Ehefrau heute für Pläne?"

„Sie wollte ein paar Besorgungen machen. Gegen drei Uhr hat sie mir eine Nachricht geschickt, dass sie wieder zu Hause war."

„Wie ist sie ins Haus gelangt, und wie hat sie es verlassen?"

„Durch die Garage. Sie hatte einen Öffner im Auto."

Sam notierte sich das.

„Officer Clare erwähnte, Sie haben Kinder im Teenageralter."

Myerson nickte. „Zwei Töchter, fünfzehn und siebzehn Jahre alt."

„Wo waren die beiden heute?"

„Ich … ich weiß es nicht. Elaine kümmert sich um sie."

„Es ist schon ziemlich spät. Wo sind sie jetzt?"

„Ich bin mir nicht sicher."

„Haben Sie Kontakt zu ihnen aufgenommen, seit Sie ihre Mutter tot aufgefunden haben?"

„Nein. Ich … ich weiß nicht, was ich ihnen sagen soll."

„Wir können sie für Sie anrufen, wenn Sie wollen", bot Dani an.

„Würden Sie das übernehmen?" Sein Gesicht hellte sich erkennbar auf, dann schüttelte er den Kopf. „Ich kann nicht zulassen, dass jemand Fremdes ihnen das mitteilt. Das muss ich selbst tun."

„Haben Sie einen Ort, wo Sie heute schlafen können?", fragte Sam.

„Was? Wir können nicht hierbleiben?"

„Nein, Sir, dies ist ein Tatort, und unsere Ermittler brauchen uneingeschränkten Zugang."

„Ich, äh … ich habe eine Schwester in Bethesda. Wir können bei ihr übernachten."

„Sie müssen die Mädchen anrufen und sie auffordern, sofort

nach Hause zu kommen, aber bitte nennen Sie ihnen nicht den Grund."

Er blickte sie verwirrt an.

„Wir wollen dabei sein, wenn sie es erfahren."

Sie merkte, dass er weiter nicht verstand, dass sie die Reaktion der Kinder auf die Nachricht von dem Mord an ihrer Mutter sehen wollten.

„Wer hat sonst noch Zutritt zum Haus?"

„Niemand. Nur wir vier."

„Keine Putzfrau, keine Haushaltshilfe, die halbtags arbeitet?"

„Elaine hat gerne selbst geputzt. Sie hat behauptet, das entspanne sie."

„Also hat niemand sonst den Türcode?"

„Nein."

„Würden die Mädchen ihn ihren Freunden geben?"

„Wir haben sie angewiesen, das nicht zu tun."

„Ich lasse Sie mal Ihre Töchter anrufen."

„Wir können ab hier übernehmen, Lieutenant", flüsterte Carlucci, während Mr Myerson sein Handy zückte.

„Sicher?"

„Na klar. Fahr nach Hause."

„Ich überlasse Sie jetzt Detective Carlucci, Sir."

Er hielt sich das Handy ans Ohr. „Elaine ... Meine Elaine hat Sie sehr bewundert."

„Es ist schön, das zu hören. Mein herzliches Beileid noch einmal."

„Vielen Dank."

Sam ging zurück ins Haus und spürte die Last seines Kummers und seiner Trauer. Sie wusste, wie es war, mit dem plötzlichen Tod eines geliebten Menschen konfrontiert zu sein, und wünschte diese Erfahrung niemandem.

Vernon wartete an der Eingangstür auf sie.

„Dann mal auf nach Hause, Vernon."

KAPITEL 8

Sam schlief auf der Fahrt ein und wachte erst wieder auf, als der SUV vor dem Weißen Haus anhielt. *Daheim ist daheim. Hahaha, ja, klar.*

Hin und wieder sehnte sie sich nach dem einfachen Leben in der Ninth Street zurück. Selbst nachdem Nick Vizepräsident geworden war, hatte sich nicht viel geändert, abgesehen von der Anwesenheit des Secret Service. Doch auch das war nur eine Kleinigkeit gewesen, verglichen mit dem Umzug ins Weiße Haus.

Wem wollte sie etwas vormachen? Leicht war ihr Leben nie gewesen. In den zweieinhalb Jahren ihrer gemeinsamen Zeit war eine verrückte Sache nach der anderen passiert. Immer wenn sie dachten, jetzt hätten sie alles erlebt, warf ihnen das Leben einen neuen Knüppel zwischen die Beine, wie zum Beispiel einen toten Offizier, der in Wahrheit gar nicht tot war.

„Sie wollten mir etwas sagen, wenn wir wieder im Auto sitzen", wandte Sam sich an Vernon, als er ihr die Tür aufhielt.

„Ich wollte Sie daran erinnern, dass das Leben kurz ist und dass sich niemand in seinen letzten Augenblicken wünscht, mehr Zeit bei der Arbeit verbracht zu haben. Achten Sie inmitten des Wahnsinns auch auf sich selbst."

„Ein guter Ratschlag. Danke."

„Legen Sie den Wellness-Tag ein, hören Sie?"

„Jawohl, Sir."

„Um wie viel Uhr morgen früh?"

„Lassen Sie uns um Viertel vor acht losfahren."

„Also ausschlafen."

Sam lächelte. „Danke für alles heute."

„War mir ein Vergnügen."

Sam trat ein, ihre Knie und Ellbogen schmerzten von dem Tackling früher am Tag.

„Guten Abend, Mrs Cappuano", begrüßte George sie, während er ihr die Tür aufhielt, und nahm ihr die Jacke ab.

„Hallo, George. Ist mein Mann in der Residenz?"

„Nein. Der Präsident befindet sich im Lagezentrum."

„Wie lange schon?"

„Seit etwa einer Stunde."

„Danke." Sam hoffte, dass das, weswegen Nick dort war, ihn nicht die ganze Nacht mit Beschlag belegen würde, denn sie musste ihn dringend sehen. Sie lief die Treppe mit dem roten Teppich hinauf nach oben, wo sie ein aufgeregter Welpe begrüßte, der ihre ungeteilte Aufmerksamkeit forderte. Lachend nahm sie Skippy auf den Arm und schmuste mit ihr, während sie auf Scottys offene Schlafzimmertür zustrebte.

„Ich hab hier was, das dir gehört."

„Sie hat beschlossen, dass jeder, der diese Treppe hochkommt, nur mit ihrer Erlaubnis passieren darf. Es ist einfacher, sie gewähren zu lassen, als zu versuchen, sie davon abzuhalten."

„Eine Frau sollte stets freie Hand haben, was meinst du?", fragte Sam den Hund, der mit einem schnellen Lecken über ihr Gesicht antwortete, das Sam erst ahnte, als es schon zu spät war. Sie setzte Skippy auf Scottys Bett ab und wischte sich über die Wange. „Du machst nicht zufällig an einem Sonntagabend um fast zehn Uhr Hausaufgaben, oder?"

„Natürlich nicht. Ich fange einfach etwas früher mit der Woche an."

Diese Aussage war so absurd, dass Sam in schallendes Gelächter ausbrach. „So ein Quatsch."

Sein breites Grinsen rettete ihr den Tag. „Dir entgeht auch gar nichts, Mom."

Ihr wurde warm ums Herz, als er sie so nannte. „Das ist mein Job. Tut mir leid, dass ich den ganzen Tag weg war."

„Dafür hast du eine super Verhaftung vorgenommen."

Sie setzte sich ans Fußende des Bettes, und Skippy attackierte sie erneut mit ihrer Zunge. „Das hast du schon gehört, hm?"

„Na ja, das ganze Internet ist voll davon."

Sam zuckte zusammen. „Ich komme hoffentlich nicht zu sehr wie Rambo rüber, oder?"

„Rambo ist supergeil, genau wie du auch."

„Ich hab gehört, es gibt ein Video."

„Das will ich sehen."

„Das muss ich erst genehmigen."

Seine braunen Augen funkelten vor Vergnügen. „Wenn das viral geht, wirst du noch berühmter."

„Na super. Genau das, was mir gefehlt hat." Sie gab ihm Skippy zurück. „Bring die Frau unter Kontrolle."

„Das sagen die Leute auch immer zu Dad."

„He!"

Sein Lachen war der fröhlichste Klang auf der ganzen Welt. Mehr als alles andere liebte Sam es, dass Scotty sich bei ihnen so wohl fühlte, dass er sie einfach aufzog, ohne sich etwas dabei zu denken, und genau so wollte sie es.

Sie beugte sich vor, um ihn auf die Wange zu küssen, und war erfreut, als er nicht zurückzuckte, wie es ein typischer Vierzehnjähriger getan hätte. An ihrem Sohn war nichts typisch. „Ich hab dich lieb, selbst wenn du gemein zu mir bist."

„Ich dich auch."

„Zeig mir mal die Fotos, die Celia geschickt hat."

Er zückte sein Handy und rief die Bilder für sie auf. „Sie behauptet, sie würden Kalifornien im Sturm erobern."

„Sieht ganz so aus", meinte Sam, während sie durch die Fotos der Schwestern vom Rodeo Drive und aus Beverly Hills scrollte. Sie gab ihm das Handy zurück. „Hast du irgendwelche Informationen darüber, was Dad im Lagezentrum treibt?"

„Irgendetwas mit dem Irak."

„Ach je, nicht die schon wieder."

„Wenn die es nicht sind, dann sind es die Nordkoreaner, die Iraner oder die Russen."

„Vergiss nicht unsere alten Freunde in China."

Scotty lachte. „Gut, dass es nicht meine Aufgabe ist, mich darum zu kümmern."

„Ich bin auch froh, dass es nicht meine ist. Bleib nicht zu lange auf."

„Werde ich nicht. Hey, Mom?"

Würde es je zur Routine werden, diese Anrede zu hören? Hoffentlich nicht. Sie wollte, dass es immer die größte Freude ihres Lebens bleiben würde. „Ja?"

„Alles in Ordnung? Du hast irgendwie unglücklich ausgesehen, als du reingekommen bist."

„War ein harter Tag, aber es geht mir gut. Danke, dass du fragst."

„Schlaf erst mal. Meine Mutter sagt, das hilft immer."

„Deine Mutter ist überaus weise."

„Ja, und außerdem so bescheiden."

Sie verließ sein Zimmer mit einem Lachen. Er war von der ersten Minute an, in der er in ihr Leben getreten war, ein Geschenk des Himmels gewesen. Nick hatte, als er für den Senat kandidierte, gerade mal eine halbe Stunde mit ihm verbracht, als für ihn feststand, dass er ihn näher kennenlernen wollte. Sie wartete jeden Tag darauf, dass Scotty sich zum motzigen Teenager entwickeln würde, doch im Moment gab es anders als bei so vielen seiner Altersgenossen keinerlei Anzeichen von Rebellion. Offensichtlich war er aufrichtig dankbar, Eltern und eine Familie zu haben, und würde beides nie als selbstverständlich betrachten – genau wie sie auch nicht.

Im Bad stellte sie die Dusche an und zuckte zusammen, als das heiße Wasser über die aufgeschürfte Haut an Ellbogen und Knie lief. Zum Glück handelte es sich lediglich um Schrammen und Prellungen und nichts Schlimmeres. Nach dem Duschen rieb sie die Stellen mit Salbe ein und versah sie mit Pflastern. Sie zog einen Schlafanzug an und trocknete sich dann das Haar.

Erst als ihr Magen laut knurrte, merkte sie, dass sie seit Stunden nichts mehr zu sich genommen hatte. Eigentlich war

Essen das Letzte, worauf sie Lust hatte, aber wenn sie einschlafen wollte, brauchte sie etwas im Magen. Sie griff zum Telefon und bat um ein gegrilltes Käse-Sandwich und eine Tomatensuppe, ihr ultimatives Wohlfühlessen.

„Kommt sofort, Mrs Cappuano."

„Danke vielmals. Entschuldigen Sie die späte Bestellung."

„Kein Problem, Ma'am."

Das Personal des Weißen Hauses war fantastisch und immer bereit, ihnen alles zu besorgen, was sie wollten oder brauchten. Sam befürchtete, dass sie schrecklich verwöhnt sein würden, wenn sie hier auszogen. Während sie auf ihr Abendessen wartete, schaute sie nach Aubrey und Alden, die aneinandergeschmiegt tief und fest schliefen. Sie fuhr ihnen sanft mit den Fingern über das flaumweiche blonde Haar und die zarten Wangen. „Ich liebe euch bis zum Mond und wieder zurück", flüsterte sie, als sie beiden einen Kuss gab, und war traurig, dass sie den Tag mit ihnen verpasst hatte.

Zu Zeiten wie diesen dachte sie ernsthaft darüber nach, der Polizei den Rücken zu kehren, um sich in Vollzeit ihrer Rolle als Mutter und First Lady zu widmen. Wie wäre es, wenn sie sich nicht mehr darum kümmern müsste, Mörder zur Strecke zu bringen und sich pausenlos mit totalem Mist rumzuärgern? Wahrscheinlich ein verdammt gutes Gefühl.

Ihr Tag war von Anfang an eine Katastrophe gewesen. Erst hatte sie im Kommunikationsfahrzeug festgesessen, während der Rest ihres Teams die Operation durchführte, die sie geplant hatte, um Harlan Peckham zu fassen. Hätte der sie in der Gruppe vor der Kirche entdeckt, wohin sie ihn mithilfe von Richterin Corrinne Sawyer hatten locken wollen, wäre alles sofort aufgeflogen, also hatte sie sich mit Vernon versteckt halten müssen, während der Rest ihres Teams sich in die Schusslinie begeben hatte.

An diesen Gedanken würde sie sich nie gewöhnen. Er ließ sie an jeder Entscheidung zweifeln, die sie getroffen hatte, seit Nick Präsident war. Brachte sie die Menschen, die ihr bei der Arbeit am meisten am Herzen lagen, jedes Mal in Gefahr, wenn sie zu einer Schicht erschien?

Sie hatte Peckham im Alleingang gestellt, als sie ihn in der Stadt auf dem Bürgersteig bemerkt hatte, nachdem er nicht in der Kirche erschienen war. Am Ende hatten sie den Mann verhaftet, der Tom Forrester getötet und Avery angeschossen hatte, doch sie würde das Gefühl der Ohnmacht, das sie geplagt hatte, während ihr Team den gefährlichen Teil übernommen hatte, nicht so schnell vergessen.

Die Verschmelzung ihres aufsehenerregenden Privatlebens mit ihrem ebenso aufregenden Beruf war ihr sinnvoll erschienen, bis sie erkannt hatte, dass diese Entscheidung sie an Tagen wie diesen von der Front fernhielt – während die Menschen, die ihr unterstellt waren, ihr Leben riskierten.

Kurz darauf brachte LeRoy Chastain, einer von Sams Lieblingsbutlern, ihr Essen.

„Danke, LeRoy."

„Immer ein Vergnügen, Ma'am. Sie sind heute Abend überall in den Nachrichten. Meinen Glückwunsch zur Verhaftung."

„Tja ... danke."

Er lachte, als er das Tablett auf den Couchtisch stellte. „Ich hab noch ein paar von den Keksen dazugelegt, die Sie so gerne mögen."

„Sie sind ein Teufel, aber einer von der guten Sorte."

Sein Lachen spiegelte seine Freude an einer Arbeit wider, über die er ihr einmal erzählt hatte, dass er sie liebe. „Darf es sonst noch etwas sein?"

„Das ist absolut perfekt. Bitte richten Sie der Küche meinen Dank aus."

„Das werde ich. Ich wünsche Ihnen einen schönen Abend."

„Ihnen auch."

Sams Laune hob sich merklich, als sie hörte, wie Nick LeRoy auf dem Flur begrüßte. Die beiden lachten über etwas, das Nick gesagt hatte. Sie würden diese Leute vermissen, wenn sie auszogen, und sie hatte den Eindruck, dass sie im Gegenzug ähnlich empfanden. Gideon Lawson, der leitende Usher, hatte ihr erklärt, die gesamte Belegschaft sei von ihrer Familie restlos begeistert – was von ihrer Seite uneingeschränkt erwidert wurde.

„Ist das mein Gemahl, der Führer der freien Welt, der aus der Schlacht zurückkehrt?"

Er schenkte ihr ein kleines Grinsen, als er neben ihr auf der Couch Platz nahm und sich zu ihr beugte, um sie zu küssen.

„Willst du ein Stück von meinem gegrillten Käse-Sandwich?"

„Nur einen Happen."

Sie hielt ihm eine Hälfte des Sandwichs hin, während er seinen Bissen nahm.

„Gott, ist das lecker. Warum schmeckt es hier so viel besser?"

„Weil wir es nicht selbst zubereiten müssen?"

„Das mag sein. Lass mich noch mal abbeißen."

„Nimm die Hälfte. Mir reicht die andere."

Er nahm sie sich, und sie aßen in friedlichem Schweigen.

„Alles in Ordnung im Irak?"

„Definiere ‚in Ordnung'."

„Zumindest für den Moment?"

„Für den Moment ja. Doch heute Abend gibt es mehrere schwelende Unruheherde auf der Welt, über die man mich gerade noch mal ausführlich informiert hat."

„Na toll." Seine Schlaflosigkeit war schon schlimm genug, ohne dass er die Last der Welt auf seinen Schultern trug. „Kann ich irgendwas für dich tun?"

„Es hilft schon, hier zu sitzen und mir mit dir ein gegrilltes Käse-Sandwich zu teilen. Du weißt, es tut mir gut, dich nach so einem Tag bei mir zu haben."

„Ich wünschte, ich wäre mehr hier. Dreizehn Stunden auf der Arbeit heute. Das ist lächerlich."

„Aber das ist ja nur selten so."

„Trotzdem ist es ein Sonntag mit meiner Familie, den ich nie wieder zurückbekomme."

„Es war für einen guten Zweck. Ich habe heute Abend von mehreren Leuten gehört, dass die Erleichterung über die Verhaftung von Tom Forresters Mörder groß ist. Die Leute waren nach dem Attentat auf ihn extrem beunruhigt." Er stand auf, schenkte sich ein Glas von dem guten Bourbon ein, den Graham O'Connor ihm geschenkt hatte, und setzte sich wieder neben sie. „Gibt es etwas Neues im Fall Juan?"

„Nicht wirklich." *Sag es ihm. Sag es ihm einfach.* „Darf ich dir eine rhetorische Frage stellen?"

„Klar."

„Wenn du zwischen der nationalen Sicherheit und unserer Beziehung wählen müsstest, was würdest du tun?"

Er starrte sie eine Sekunde lang an. „Wie kann das je im Widerspruch stehen?"

„Beantworte bitte meine Frage."

„Es gibt nichts, und ich meine *nichts*, was ich mehr schätze als unsere Beziehung, und das weißt du auch. Doch würde ich das Wohl und Wehe der anderen dreihundertfünfzig Millionen Menschen in meiner Obhut riskieren, um uns zu retten? Gott, ich hoffe, ich muss so eine Entscheidung niemals treffen."

„Ich muss es."

„Wie meinst du das?"

„Ich habe heute etwas erfahren, das die nationale Sicherheit betrifft. Man hat mich ausdrücklich gebeten, es dir nicht zu sagen. Es ist etwas, wovon ich denke, du solltest es wissen, und das ich dir eigentlich nicht vorenthalten möchte."

Er stellte das Glas auf den Couchtisch und wandte sich ihr zu. „Erzähl es mir."

„Die Leute, die mich gebeten haben, es vor dir geheim zu halten, haben behauptet, es könne dir später großen Ärger bereiten, wenn herauskommt, dass du davon gewusst hast."

„Erzähl es mir trotzdem."

„Bist du dir sicher?"

„Ja."

„Juan lebt."

Sein Gesicht wurde ausdruckslos vor Schreck, und er keuchte auf. „Wie bitte?"

Mit so wenigen Worten wie möglich schilderte Sam die Ereignisse, die dazu geführt hatten, dass der NCIS ihr Juan lebendig und gesund präsentiert hatte.

„Und ich hab seiner Mutter gesagt ..."

„Juan leidet sehr darunter, dass er die Menschen, die ihm nahestehen, derart belügen muss, aber er war sich darüber im Klaren, dass eine sehr wichtige Untersuchung davon abhängt, dass bestimmte Leute glauben, er sei tot und von der Bildfläche verschwunden."

„Was zum Teufel soll das, Sam? Seine Mutter hat mich gebeten, nächste Woche bei seiner Beisetzung zu sprechen." Nach kurzem Nachdenken meinte er: „Der NCIS hat dir ausdrücklich gesagt, du sollst mir das nicht verraten?"

„Ja. Die zuständige Agentin hat mir erklärt, es sei in deinem ureigensten Interesse, dich im Unklaren zu lassen, damit du später wahrheitsgemäß zu Protokoll geben kannst, du hättest nichts davon gewusst. Wenn sich das tatsächlich bewahrheitet, bin ich der einzige Mensch auf der Welt, der davon weiß, dass du darüber informiert bist – und vielleicht Onkel Joe."

„Warum der?"

„Weil ich auf keinen Fall ohne sein Wissen und seine Zustimmung eine Ermittlung in einem vorgetäuschten Mordfall leiten konnte. Er hat mir nahegelegt, dich einzuweihen."

„Ich glaub es nicht."

„So hab ich auch mehrere Stunden lang empfunden. Ich wollte es dir sofort erzählen, doch ich musste warten, bis wir unter vier Augen waren."

„Du hast genau das Richtige getan, sowohl damit, dass du mich ins Vertrauen gezogen hast, als auch damit, zu warten, bis du es mir von Angesicht zu Angesicht mitteilen konntest."

„Ich hasse das so sehr."

„Einerseits bin ich froh und erleichtert, zu hören, dass er lebt. Wenn ich andererseits an seine arme Mutter denke …"

„Es hieß, es müsse authentisch wirken."

„Warum zum Teufel haben sie dich da mit reingezogen, aber nicht mich?"

„Ich bin da nur wegen meiner Doppelrolle reingeraten. Juan hat offenbar darauf bestanden, mich einzuweihen. Joe hat gesagt, er glaube, der NCIS will, dass ich damit zu dir gehe, dass die sich sogar darauf verlassen."

„Trotzdem kann ich nichts tun, um mehr darüber herauszufinden, ohne dich in Schwierigkeiten zu bringen."

„So in der Art. Könnte es wirklich in deinem Interesse sein, es nicht zu wissen?"

„Es ist besser für mich, die Details nicht zu kennen, damit später niemand behaupten kann, ich hätte versucht, die Ermittlungen zum Umsturzversuch gegen meine Regierung zu beeinflussen."

„Ist es seltsam, Oberhaupt einer Regierung zu sein, in der eine Million Dinge passieren, von denen du nichts weißt?"

„Superseltsam und ein bisschen erschreckend. Man weiß nicht, was man nicht weiß, und fragt sich ständig, ob es das Unbekannte sein wird, was einen letztlich zu Fall bringt."

„Ich kenne diese Angst in einem viel kleineren Maßstab, denn ich mache mir ständig Sorgen über Dinge wie Stahls Wahnsinn oder Ramsey, der Joe schaden und unser Leben auf den Kopf stellen will."

„Weil Joe, genau wie ich, für das verantwortlich ist, was jeder Einzelne treibt, der ihm untersteht, auch wenn er gar nichts damit zu tun hat."

„Und die Leute prügeln sich tatsächlich um deinen Job."

Nick schenkte ihr ein kleines Lächeln. „Unglaublich, oder? Wenn die wüssten, wie es wirklich ist, Präsident zu sein, würde niemand das Amt übernehmen wollen."

„Doch, klar. Aus irgendeinem Grund, den ich nicht kenne – und du wahrscheinlich auch nicht –, sehnen sich viele Menschen nach Macht."

„Ich hab mal jemanden sagen hören, wenn er sich entscheiden müsste, die mächtigste Person der Welt zu sein oder nie wieder Sex zu haben, würde er die Macht wählen."

„Und was würdest du tun?", fragte sie lächelnd.

Nick beugte sich vor und küsste sie. „Zum Glück kann ich beides haben."

Die heißeste Antwort aller Zeiten. „Lass uns ins Bett gehen. Der Tag war endlos."

Mit einem Blick auf die Uhr meinte er: „Ich weise dich nur ungern darauf hin, aber es ist schon fast der nächste Tag."

„Sei still, ich will das nicht hören."

KAPITEL 9

Als sie im Bett lagen, Arme und Beine umeinandergeschlungen, seufzte Nick tief. „Ich bin echt erleichtert, zu wissen, dass Juan nicht tot ist."

Sam strich ihm über den nackten Rücken bis hinunter zum Po und genoss es, wie glatt und fest sich sein muskulöser Körper anfühlte. „Das war ich auch, dir zuliebe."

„Wie führt man eigentlich eine fingierte Mordermittlung durch?"

„Sehr vorsichtig. Der NCIS hat uns gebeten, den Fall zu untersuchen, in der Hoffnung, auf Informationen zu stoßen, die ihnen weiterhelfen könnten."

„Hat man dir gesagt, wen sie im Verdacht haben?"

„Sie halten Goldstein für den Rädelsführer."

Nicks Miene verlor jeden Ausdruck. „Verdammt. Er hat mich immer mit ausgesuchter Höflichkeit behandelt, während er offenbar gleichzeitig plante, mir in den Rücken zu fallen. Und woher haben sie den Leichnam?"

„Das Opfer eines Motorradunfalls, ein Militärangehöriger, der Juan sehr ähnlich sah. Sie haben die Familie benachrichtigt und ihr mitgeteilt, man werde ihnen die Leiche nach der Autopsie übergeben."

„Was ist mit Fingerabdrücken?"

„Der NCIS hat sich darum gekümmert, und ich habe Juan

identifiziert. Es hat mich ganz krank gemacht, Lindsey und die anderen anzulügen."

„Das tut mir leid. Es ist meine Schuld, dass du in diese Situation geraten bist."

„Nein, ist es nicht."

„Doch, Sam. Wenn ich nicht Präsident wäre, hätte Juan keinen Grund gehabt, mich zu warnen, und wäre demzufolge auch nicht in Gefahr gewesen. Ergo wäre niemand mit der Bitte an dich herangetreten, deine engsten Kollegen und Freunde zu belügen."

„Es ist heiß, wenn du Wörter wie ,demzufolge' und ,ergo' benutzt."

„Himmel, hast du gehört, was ich gesagt habe?"

„Ich habe alles gehört und mich auf die heißen Stellen konzentriert."

„Sam, ich meine es ernst."

„Ich weiß, und das ist verdammt heiß."

„Mein Job hat dich in eine üble Lage gebracht, und du machst Witze darüber?"

„Ist das nicht besser, als mich wegen der Lügen, die ich Menschen, die ich sehr mag, erzählen muss, schuldig zu fühlen?"

„Ja, vermutlich schon", gab er zu. „Trotzdem tut es mir leid."

„Hoffentlich verzeihen sie mir, wenn die Wahrheit ans Licht kommt."

„Was, wenn nicht?"

„Daran kann ich jetzt nicht denken."

Er zog sie an sich und presste die Lippen auf ihren Hals. „Tut mir leid."

„Hör auf, dich zu entschuldigen. Das nervt."

Sie spürte, wie er lächelte, während er sie weiter auf den Hals küsste. Dann schob er sich plötzlich über sie.

„Ich bedaure, dass ich dich in diese Lage gebracht hab. Ist das besser?"

Sie hob die Hüften, um sich an seine Erektion zu pressen, und sagte: „Das ist meine Lieblingsposition. Das weißt du doch."

Oh, sie liebte sein wunderbares Lächeln, die Art und Weise, wie es seine schönen haselnussbraunen Augen strahlen ließ und ihm etwas von dem Druck nahm, der in diesen Tagen so schwer auf ihm lastete. Es gefiel ihr, dass nur sie das für ihn tun konnte. „Also, ziehst du es jetzt durch, oder ist das alles bloß … heiße Luft?"

„Nach dem Tag, den du hinter dir hast, musst du völlig erschöpft sein."

Das stimmte natürlich. Ihre Ellbogen und Knie schmerzten, und sie sehnte sich nach Schlaf, aber nicht so sehr wie nach ihm. „Das bin ich, doch jetzt gerade auch sehr … interessiert." Sie rieb sich unmissverständlich an ihm. „Es wäre schade, das ungenutzt zu lassen."

„In der Tat, das wäre es." Er legte die Stirn an ihre, während er tief einatmete.

Sam fuhr ihm mit den Fingern durch das dichte dunkle Haar. „Geht es dir gut?"

„Der Tag war echt anstrengend. Ich will gar nicht darüber nachdenken, wie es für dich war."

„Mir geht es gut, wenn es dir gut geht."

Er zog sich zurück, um ihr aus dem T-Shirt zu helfen, und streifte ihr die Pyjamahose ab, wobei er die Fingerspitzen über ihre zarte Haut gleiten ließ, um den größtmöglichen Effekt zu erzielen. Als sie nur noch ihren Slip trug, musterte er sie prüfend, wobei er sie mit den Augen praktisch verschlang.

„Was ist mit meinen Lieblingsknien passiert?"

„Ein paar Schrammen von der Verhaftung vorhin." Sie hob die Arme, um ihm die Pflaster an ihren Ellbogen zu zeigen.

„Puh. Tut es sehr weh?"

„Nicht wirklich."

„Das ist gut", sagte er und beugte sich vor, um ihre Brüste zu liebkosen.

Sie hatte gelernt, dass es sinnlos war, ihn zu drängen, wenn er entschlossen war, sie nach Strich und Faden zu verwöhnen, und da das das Beste war, was sie je erlebt hatte, schloss sie die Augen und ließ ihn gewähren.

Ihre Brustspitzen richteten sich auf, als warteten sie auf seine Berührung. Und er enttäuschte sie nicht. Das tat er nie.

Sie keuchte und vergrub eine Hand in seinem Haar, als er

ihre linke Brustspitze in den Mund nahm. Er fuhr mit der Zunge darüber, und sie stöhnte. Mit seinen Lippen auf ihrer Haut setzte er sie in Brand, als er sich erst der einen und dann der anderen Seite zuwandte, ehe er das Ganze wiederholte.

Das ... das war das Einzige, was sie von dem täglichen Stress ablenken konnte. Nur er konnte sie dazu bringen, alles außer ihnen beiden zusammen zu vergessen.

Mit den Lippen rieb er über ihren Bauch, woraufhin sie erbebte und sich zu winden begann. „Samantha ... meine süße, sexy, schwierige Samantha ...“

Sie riss die Augen auf und hob den Kopf vom Kissen. „Schwierig?“

Sein leises Lachen spürte sie als Vibrieren auf ihrer Haut, und das Feuer in ihr loderte weiter auf. „Ich wollte nur sichergehen, dass deine Aufmerksamkeit ganz mir gehört.“

„Oh, das tut sie definitiv. Falls du dann bitte weitermachen ...“

Als er mit der Zunge ihre empfindlichste Stelle berührte, verstummte sie abrupt, sank wieder in die Kissen, und all ihre Muskeln schienen zu schmelzen.

„Du wolltest etwas sagen?“

„Vergessen.“

„Hm, dachte ich mir.“

„Weniger reden, mehr ...“ Ein Laut entrang sich ihr, der kaum noch menschlich klang. „Heilige *Scheiße.*“

Finger, Zunge, Mund ... Er war ein Virtuose, und sie musste die Lippen fest zusammenpressen, damit sie nicht dem schier überwältigenden Impuls nachgab, sich die Seele aus dem Leib zu schreien, was wiederum einen peinlichen Zwischenfall ausgelöst hätte, da hier überall Sicherheitskräfte waren.

Im Gegenzug sollte sie eigentlich etwas für ihn tun, aber sie hätte sich nicht rühren können, selbst wenn sie es versucht hätte. „Nick ...“

„Hmm?“ Immer noch klang es, als würde er keine Eile kennen ...

„Bitte.“

„Womit kann ich dir eine Freude bereiten, Liebling?“

„Das weißt du doch!" Einzig Nick konnte sie dazu bringen, zu betteln. Nur er konnte sie dazu bringen, es so sehr zu wollen. Sie hatte immer gedacht, dass etwas mit ihr nicht stimmte, weil sie einfach keinen Orgasmus bekam, aber dann hatte sich herausgestellt, dass sie es mit den falschen Männern versucht hatte. Nachdem sie den richtigen gefunden hatte, war das nie wieder ein Thema gewesen.

„Alles zu seiner Zeit."

Sie keuchte, als er sie so schnell zum Gipfel brachte, dass sie nichts ahnte, bis der Höhepunkt sie förmlich überrollte.

Dann erst drang er in sie ein, genoss das rhythmische Zusammenziehen ihrer inneren Muskeln, bevor er sie erneut erregte, als hätte sie nicht eben gerade erst einen atemberaubenden Orgasmus gehabt – noch etwas, das vor ihm undenkbar gewesen war.

„Hey."

Sie öffnete die Augen und sah, dass er sie anschaute. „Hey." „Was ist los?"

Sam lächelte. „Du bist los." Sie ließ die Hände über seinen Rücken gleiten, um seinen Hintern zu umfassen und ihn tiefer in sich hineinzuziehen.

Er keuchte auf. „Das hätte mich beinahe über die Ziellinie katapultiert, Babe."

„Man tut, was man kann."

Lachend drehte er sie so, dass sie auf ihm saß, und überrascht stellte sie fest, dass er jetzt ihr die Führung überließ.

Sie strich sich das Haar aus dem Gesicht, legte die Hände auf seine Brust und beobachtete ihn genau, als sie sich zu bewegen begann und er die Augen schloss. Ihre aufgeschürften Knie schmerzten leicht, doch sie ignorierte das und konzentrierte sich stattdessen ganz auf die Lust.

Er grub ihr die Finger in die Hüften, hob sich ihr entgegen, sodass sie fast vergaß, dass eigentlich sie das Sagen hatte.

Sie übernahm erneut die Kontrolle und genoss es, die Spannung hinauszuzögern, auch wenn ihre Knie gegen die Reibung des Bettes an ihren Pflastern protestierten.

„Samantha …"

„Ja?"

„Das tust du mit Absicht."

„Was denn? Das, was du vorher mit mir gemacht hast?"

„Ja, nur bist du darin besser als ich."

„Niemand ist besser als du."

„Das sehe ich anders."

„Darüber können wir später streiten. Jetzt hab ich zu tun."

Sein Lachen ging schnell in ein Stöhnen über, als sie das Tempo erhöhte und sie zu einem gemeinsamen explosiven Höhepunkt trieb.

„Wow", flüsterte er nachher atemlos und drückte sie an sich.

Das mochte sie am liebsten: die Ruhe und das friedliche Gefühl, die auf wilde Leidenschaft folgten. Nicht dass sie den einen oder anderen Orgasmus nicht auch liebte. Bei dem Gedanken musste sie lachen.

„Es ist nicht höflich, zu lachen, wenn dein Mann noch in dir pulsiert."

Ihr Lachen wurde nur heftiger.

„Was ist bitte so lustig?", fragte er entrüstet.

„Ich habe gerade gedacht, dass ich diesen Teil am liebsten mag, das Nachspiel, das Gekuschel, aber ganz ehrlich, die Orgasmen sind auch nicht zu verachten. Das hat mich zum Lachen gebracht, und dann hast du es schlimmer gemacht, indem du plötzlich so mimosenhaft geworden bist."

Er drehte sie so plötzlich, dass sie auf dem Rücken und unter ihm lag, ehe sie Zeit gehabt hatte, zu verstehen, was passierte. „Wen nennst du hier mimosenhaft?"

Sam lachte hilflos, als er sich wieder in ihr zu bewegen begann und ihr mit jedem tiefen Stoß zeigte, dass er alles andere als empfindlich war. Sie war kaputt wie noch nie, doch was zählte schon Schlaf, wenn ihr unersättlicher, sexy Mann zu einer zweiten Runde ansetzte?

Am Morgen erwachte sie vom Gefühl seiner Lippen auf ihrem Rücken.

„Raus aus den Federn, Babe."

„Noch nicht."

„Wann musst du zur Arbeit?"

„Weiß nicht."

„Natürlich weißt du es. Die Kinder müssen in die Schule, und um acht ist Schichtwechsel, richtig?"

„Ich glaub schon."

„Sam."

Sie zwang sich, die Augen aufzuschlagen. Die Nachttischuhr zeigte zwanzig nach sechs an. „Noch zehn Minuten."

Er küsste sie auf die Schulter, während der Zitrusduft seines Eau de Cologne sie einhüllte. „Deine zehn Minuten sind schon lange vorbei."

„Warum bist du heute so gemein zu mir, nachdem ich gestern Abend so nett zu dir war?"

Nick lachte. „Weil ich nicht will, dass der Chief dich rausschmeißt. Bitte erst mal keine weiteren Schlagzeilen."

„Die brauchen mich zu sehr, um mich zu feuern."

„Gestern hast du eine Doppelschicht geschoben. Eigentlich könntest du dir heute freinehmen."

Sam drehte sich um, sodass sie ihn anschauen konnte, attraktiv und gekleidet für einen weiteren Tag Weltherrschaft. „Würde ich ja, aber wir haben einen neuen Fall bekommen, kurz bevor ich gestern Abend gegangen bin."

„Das schafft dein Team auch ohne dich."

„Die haben mich in letzter Zeit zu oft vertreten müssen. Ich möchte mir das aufheben, falls es wirklich mal unvermeidbar ist."

„Du wirst mir fehlen, wenn ich diese Woche weg bin."

In diesem Moment änderte sich ihre ganze Stimmung. „Wo musst du denn hin?"

Er verdrehte die Augen. „Das weißt du genau – drei Tage und zwei Nächte an der Westküste."

„Nein."

„Doch."

Sie schüttelte den Kopf, verzweifelt angesichts der

Vorstellung, so lächerlich das auch scheinen mochte. „Ich will das nicht."

„Du könntest mich begleiten."

„So kurzfristig krieg ich das nicht hin."

„Genau genommen hab ich dich schon letzte Woche darauf hingewiesen."

„Ich hatte das verdrängt."

Er lachte. „Natürlich."

„Was machen wir wegen Juans Beisetzung?"

„Seine Mutter hat gesagt, sie würden den Termin so legen, dass es in meinen Terminkalender passt. In Anbetracht dessen, was ich jetzt weiß, werde ich bis Ende nächster Woche nicht verfügbar sein. Meinst du, das reicht?"

„Das hoffe ich sehr. Ich nehme an, du kannst bei Bedarf eine weitere Verzögerung improvisieren."

„Wahrscheinlich." Er verschränkte seine Finger mit ihren. „Wir müssen ein feierliches Gelübde ablegen."

„Ich dachte, das hätten wir bereits."

„Noch eins."

„In Ordnung …"

„Wir dürfen niemals jemandem erzählen, dass wir darüber unterrichtet waren, dass Juan lebt. Wenn die Wahrheit ans Licht kommt, müssen wir genauso überrascht sein wie alle anderen."

„Ich hatte vor, im Nachhinein mit meinem Team reinen Tisch zu machen."

„Das geht nicht. Wenn du das tust, könnte es mich zu Fall bringen."

„Warum meinst du das?"

„Weil ich in der Lage sein muss, abzustreiten, dass ich davon wusste, und niemand, der uns auch nur ein bisschen kennt, würde uns abnehmen, dass du so etwas vor mir verheimlicht hast."

„Der NCIS weiß, dass ich informiert bin. Juan weiß, dass ich informiert bin. Joe weiß, dass ich informiert bin. Das sind eine Menge Leute für so eine gewaltige Lüge."

Nick seufzte. „Ja, leider."

„Wie wäre es, wenn ich mit meinem Wissen herausrücke, aber behaupte, ich hätte es dir nicht gesagt?"

„Das würde man uns nicht glauben."

„Ich könnte erklären, ich hätte die Interessen der nationalen Sicherheit über meine eigene Ehe gestellt."

Er schüttelte den Kopf. „Das wird nicht funktionieren. Selbst Leute, die uns nie persönlich getroffen haben, wissen, wie wir sind, dank *SNL* und all dem Spott über unsere offensichtlich enge Beziehung."

„Was machen wir also?"

„Ich muss darüber nachdenken, doch erst mal werde ich Juans Familie informieren, dass ich frühestens Ende nächster Woche kann. Ich hoffe nur, dass sie bis dahin die Wahrheit kennen."

„Warum habe ich das Gefühl, dass ein gigantischer Shitstorm auf uns zurast?"

„Weil das sehr wahrscheinlich ist, und zwar einer mit mir im Mittelpunkt."

„Wenn ich geahnt hätte, was ich vor dir verheimlichen muss, bevor ich den Raum betreten und Juan gesehen hab, hätte ich Nein gesagt."

„Ich komme einfach nicht darüber hinweg, dass sie dich ausdrücklich gebeten haben, es mir zu verschweigen, und muss ständig an Joes Theorie denken, dass sie sich darauf verlassen haben, dass du es mir trotzdem verrätst."

„Glaubst du tatsächlich, dass das ihre Absicht war?"

„Ja."

„Warum rufst du nicht den Direktor des NCIS an und lässt es dir von ihm darlegen?"

„Würde das nicht eindeutig beweisen, dass du es mir erzählt hast?"

„Du könntest auch bei der morgendlichen Besprechung etwas aufgeschnappt haben, sodass du Fragen hast."

„Das wäre vielleicht eine Möglichkeit. Ich könnte es von jemand anderem gehört haben. Schauen wir mal, was geht."

„Ich hoffe, wir finden einen Weg, das zu regeln. Ich muss meinen Kollegen gegenüber unbedingt reinen Tisch machen, wenn das hier vorbei ist. Sie dürfen auf keinen Fall denken, ich hätte sie ohne stichhaltigen Grund angelogen."

„Immer wenn ich denke, ich hätte alles erlebt …"

„Genau das hab ich gestern auch gedacht." Sie fuhr mit den Fingern über seine weinrote Seidenkrawatte. „Was hast du heute vor?"

„Ich fahre nach Baltimore zu dieser Sache an der Schule der Jungs." Seine Brüder Brock und Brayden hatten ihn in ihre Grundschule eingeladen und würden ihn vor den anderen Kindern interviewen.

„O ja. Sie müssen schon furchtbar aufgeregt sein."

„Dad hat gestern angerufen und mir erzählt, sie hätten sich für den Anlass extra neue Kleidung und Haargel gewünscht."

„Hör auf." Sam lächelte. „O Gott. Bitte sag mir, dass die Schule das aufzeichnet."

„Das tut sie."

„Ich kann es kaum erwarten, den Mitschnitt zu sehen."

„Danach esse ich mit dem Gouverneur von Maryland und dem Bürgermeister von Baltimore zu Mittag, gefolgt von einer Spendenaktion in Baltimore für die Demokraten von Maryland, also werde ich erst spät zurück sein."

„Ich bin schon jetzt sauer, dabei bin ich noch nicht mal aufgestanden."

„Sollte ich Freddie vorwarnen?"

„Vielleicht nicht verkehrt."

Er streckte die Arme nach ihr aus. „Komm her."

Sam setzte sich auf und ließ sich in seine Umarmung fallen, um seine Wärme in sich aufzunehmen, solange sie konnte. „Ich vermisse es, wie eine Fünfjährige schmollen zu können, wenn ich nicht meinen Willen kriege."

„Ehe du weißt, wie dir geschieht, ist es Freitagabend, und ich bin fürs Wochenende zurück. Wir sollten über Ostern nach Camp David fahren."

„Muss das sein?"

„Ich denke schon. Wir haben dort engagierte Mitarbeiter, die darauf warten, uns wieder willkommen zu heißen, und müssen dringend ein paar neue Erinnerungen schaffen."

Den idyllischen Rückzugsort des Präsidenten würde Sam für immer mit dem tragischen Tod ihres Schwagers Spencer Ende letzten Jahres in Verbindung bringen. Bis zu dieser Katastrophe war Nick dort so entspannt gewesen, wie er es nur noch selten war. Sie würde ihm zuliebe dorthin zurückkehren, auch wenn es ihr nicht leichtfallen würde. „Dann tun wir das."

„Die Zeit mit der Familie weit weg von hier wird entscheidend dafür sein, dass ich geistig gesund bleibe."

„Ist mir klar."

„Ich werde Dad fragen, ob er, Stacy und die Jungs Lust haben, uns zu begleiten. Dann wird alles anders sein."

„Hört sich gut an."

„Am Montag findet auf dem Südrasen das Ostereierrollen statt. Ich brauche dich und die Kinder dafür."

„Lilia hat es in meinen Terminkalender eingetragen, und ich habe mir den Tag freigenommen."

„Kommst du heute zurecht?"

„Ja, aber ich bin trotzdem sauer, dass du wegfährst."

„Wir haben noch zwei Nächte, also machen wir das Beste daraus."

„Ich bin weiter sauer."

Lächelnd küsste er ihren Schmollmund. „Hab einen schönen Tag, Liebste."

„Du auch. Viel Spaß mit den Jungs."

„Ich bin sicher, dies wird der Höhepunkt meiner bisherigen Amtszeit sein."

„Versuch, es in vollen Zügen zu genießen, okay? Du hast nicht mehr oft die Gelegenheit, Spaß zu haben."

„Werde ich. Versprochen." Er küsste sie erneut und schlüpfte in sein Jackett. „Wenn ich Scotty wecke und die Zwillinge anziehe, kümmerst du dich dann ums Frühstück?"

„Ja, klar."

„Sehr gut. Danach geht's zur täglichen Sicherheitsbesprechung, auch bekannt als der Stoff, aus dem die Albträume sind."

„Na dann, viel Vergnügen."

„Hoffentlich gibt es nirgendwo neue Katastrophen."

„Ich drück die Daumen."

„Pass auf meine Polizistin auf. Ich liebe sie über alles."

„Und du pass bitte auf meinen POTUS auf, denn den liebe *ich* über alles."

Er warf ihr noch eine Kusshand zu und war fort. Sie war froh, dass er sich auf den Termin in der Schule freute. Er war gern unter jungen Menschen und würde diese Zeit mit seinen deutlich jüngeren Brüdern wirklich genießen.

KAPITEL 10

Sam duschte schnell und zog sich Jeans und ein Oberteil an, das eigentlich gebügelt werden musste, doch wer hatte schon Zeit für so etwas? Sie ging in die Küche, um French Toast für die Zwillinge und ein Eiersandwich für Scotty zu machen.

Er goss sich gerade Kaffee ein, als sie hereinkam.

Sie blieb kurz stehen. „Was ist denn hier los?"

„Ein Mann braucht einen Koffeinschub, um die achte Klasse zu überleben. Das ist hier los."

„Den braucht ein Mann, ja?"

„Ja. Meine Freunde sind schon seit zwei Jahren Stammkunden bei Starbucks. Ich verspreche, es wird nicht mein Wachstum bremsen oder was du sonst befürchtest."

Sie hob die Hände. „Ich hab nichts dagegen, aber ich würde empfehlen, nur eine Tasse zu trinken und keine mehr nach dem Mittagessen, wenn du nachts schlafen willst."

„Einverstanden. Großartig ausgehandelt."

„Es zählt nicht als ‚ausgehandelt', wenn du bereits das tust, wovon du weißt, dass es mir nicht gefällt."

Er warf ihr einen verschmitzten Blick zu. „Das ist nicht ganz falsch."

„Das nächste Mal handeln wir es *vorher* aus, klar?"

„Jawohl, Mutter."

„French Toast Sticks für alle", rief Alden, als er und Aubrey, die in ihren Schuluniformen in dunkelrot-grauem Schottenkaro unglaublich süß aussahen, in die Küche gerannt kamen.

Sam streckte die Arme nach ihnen aus. „Wie geht es meinen Süßen heute Morgen?"

„Gut!", antwortete Aubrey und riss die Faust in die Höhe, wobei sie nur knapp Sams Kinn verfehlte.

Die zupfte am Pferdeschwanz des kleinen Mädchens. „Nick hat das mit deinen Haaren gut hingekriegt."

„Es hat auch überhaupt nicht geziept!"

Sam servierte ihnen die in schmale Streifen geschnittenen Toaststücke mit Sirup und Puderzucker, wie sie es liebten, und dazu Orangenscheiben, auf denen sie bestand, damit die Kleinen wenigstens irgendetwas Gesundes zum Frühstück zu sich nahmen. Die Erfahrung hatte sie gelehrt, ihre Schulkleidung mit einem Geschirrtuch vor Flecken zu schützen.

Scotty nippte an seinem Kaffee und scrollte auf seinem Handy, während Sam Eier und Toast für sein Frühstückssandwich zubereitete.

„Was geht in der Welt vor sich?", fragte sie ihn.

Er warf ihr einen Blick zu, der auch von Nick hätte kommen können. Ihr stockte immer noch der Atem, wenn sie ihren Mann in ihm sah, was ihr jedes Mal bewies, dass die Umwelt genauso wichtig war wie die Anlage. „Willst du das wirklich wissen?"

„Erzähl mir die Höhepunkte – oder die Tiefpunkte, je nachdem."

„Unruhen im Irak, doch das wussten wir schon, weil Dad gestern Abend runtermusste."

„Was ist da jetzt Stand der Dinge?"

„Die sich bekriegenden Fraktionen lassen einen größeren Konflikt im Nahen Osten befürchten."

„Ich weiß nicht genau, was das bedeuten soll."

„Es ist jedenfalls nicht gut."

„Ah, vielen Dank für diese konzise Zusammenfassung."

„Was heißt das, Sam?", wollte Alden wissen. „Kon-zi-se?"

Sam stellte ein Eiersandwich vor Scotty. „Das heißt, Dinge in wenigen Worten zusammenzufassen."

„Oh, verstehe."

„Danke, Mom", sagte Scotty zwischen zwei Bissen, bevor er weiter die Schlagzeilen vorlas. „Überschwemmungen im Staat New York und Gerüchte über einen Streik in einer Hühnerfabrik in Arkansas."

„Hühner kommen aus Fabriken?", fragte Aubrey mit weit aufgerissenen Augen.

„Nein, Dummerchen", erwiderte Alden. „Aus *Eiern*."

„Warte, wenn Scotty das Eiersandwich isst, das Sam für ihn gemacht hat, legt er dann ein Huhn?"

Scotty und Sam versuchten vergeblich, nicht zu lachen.

„Nein", erklärte Scotty, als er wieder sprechen konnte. „Ich werde kein Huhn legen."

„Wozu gibt es dann die Fabrik?"

„Das besprechen wir ein andermal." Sam fand, dass es nicht die beste Idee sei, Aubrey mit einer Geschichte über Hühner, die gezüchtet und geschlachtet wurden, um zu Essen verarbeitet zu werden, in die Schule zu schicken. „Geht euch die Zähne putzen und den Zucker aus dem Gesicht waschen."

Nachdem sie weg waren, räumte Sam den Tisch ab und die Spülmaschine ein.

„Nettes Ablenkungsmanöver, Mom. Du weißt, diese Frage haben wir nicht zum letzten Mal gehört."

„Wahrscheinlich, aber o mein Gott, als sie wissen wollte, ob du ein Huhn legst …"

„Sehr witzig." Scotty stellte seinen Teller und seine Tasse in die Spüle und gab Sam einen Kuss auf die Wange. „Schönen Tag."

„Danke, gleichfalls. Hab dich lieb."

„Ich dich auch."

Kurz darauf hörte sie ihn seinen Personenschützern mitteilen, er brauche noch eine Minute, dann sei er bereit.

Als die Zwillinge vom Zähneputzen zurückkamen, half Sam ihnen, sich die Rucksäcke mit den Lunchpaketen aufzusetzen, die Nick am Abend zuvor für sie gepackt hatte. Manchmal konnte sie sich einreden, sie wären eine ganz normale amerikanische Familie, die ihrer morgendlichen Routine nachging. Bis

Mitarbeiter des Secret Service erschienen, um die Zwillinge zur Schule zu bringen.

Sam gab ihnen einen Abschiedskuss und winkte ihnen hinterher. Sie war dankbar dafür, dass die Bodyguards für ihre Sicherheit sorgten, wenn sie und Nick es nicht konnten.

Mit einem Blick auf die Uhr rief sie Carlucci an, um sich auf den neuesten Stand bringen zu lassen, bevor sie und Dominguez Feierabend machten.

„Hey, Lieutenant, ich wollte mich gerade melden."

„Wie ist es gestern noch gelaufen?"

„Wir haben im Haus der Myersons gewartet, bis die Töchter nach Hause gekommen sind. Soweit wir das beurteilen konnten, waren sie schockiert, am Boden zerstört und verwirrt, weil sie das Haus verlassen und erst mal bei ihrer Tante wohnen müssen. Wir hatten bisher keine Gelegenheit, sie zu fragen, wo sie den Tag über waren oder Ähnliches."

„Darum kümmern wir uns heute."

„Wir haben alle in der Straße abgeklappert. Niemand hat gestern tagsüber etwas Verdächtiges im oder am Haus bemerkt. Archie bemüht sich um Aufnahmen von Kameras in der Gegend. Ich habe die Social-Media-Posts der beiden Töchter und der Mutter ausgedruckt, alles komplett unauffällig. Über den Vater haben wir online nichts gefunden. Wir haben mit den Finanzen begonnen und das an Green übergeben, damit er es zu Ende bringt."

„Gute Arbeit. Danke."

„Gern. Bis später."

Nachdem sie das Telefonat beendet hatte, aß Sam einen Joghurt und trank ihren Kaffee aus, ehe sie sich auf den Weg nach unten machte, um sich mit Vernon und Jimmy zu einem weiteren wundervollen Tag im Paradies zu treffen. Sie konnte es kaum erwarten, Nick von dem Huhn und dem Ei zu erzählen. Die Kleinen waren in ihrer Unschuld und Neugierde ein unerschöpflicher Quell der Freude.

Apropos Nick … Ihr Handydisplay leuchtete auf, weil er anrief. „Ich habe gerade an dich gedacht."

„Sam."

„Was ist passiert?"

„Andy hat von einem Rechtsanwalt in Kalifornien erfahren, dass die Großeltern der Zwillinge das Sorgerecht beantragen wollen."

Ihr blieb für eine Sekunde das Herz stehen, und ihr Magen drehte sich um. „Wie bitte? Das haben wir doch alles schon geregelt."

„Anscheinend berufen sie sich auf die Tatsache, dass die Kleinen bei uns von Secret-Service-Mitarbeitern umgeben sind, und das sei keine Art, zu leben, für zwei Kinder, die ihre Eltern auf tragische Weise verloren haben."

„O Gott. Haben sie eine Chance, damit durchzukommen?"

„Andy glaubt es nicht, ist sich aber nicht hundertprozentig sicher."

„Ach, bitte. Wieso kocht das denn jetzt wieder hoch?"

„Ich weiß es nicht, doch Andy meint, wir sollten uns damit trösten, dass Jamesons und Cleos Anweisungen hieb- und stichfest sind. Elijah ist der gesetzliche Vormund der beiden, und die Richter setzen sich nur extrem selten über die Wünsche der Eltern hinweg."

„Selten, aber es kommt vor?"

„Das hat er zwar nicht explizit gesagt, es allerdings angedeutet, und es ist sicher eine ungewöhnliche Situation."

„Hast du schon Eli informiert?"

„Noch nicht. Ich habe sofort dich angerufen, sobald ich von Andy gehört hatte."

„Dabei habe ich gerade an dich gedacht, weil sie heute Morgen so süß waren, und ich wollte dir erzählen …" Ihre Stimme brach, und sie hatte einen dicken Kloß im Hals.

„Versuch, nicht in Panik zu geraten, Sam. Wir haben die Wünsche ihrer Eltern auf unserer Seite, und das zählt sehr viel."

„Wir könnten sie adoptieren. Alle drei. Also auch Eli. Wenn wir das tun würden, dann würde das Gericht vielleicht …"

„Keine schlechte Idee. Ich werde es mit Andy erörtern und sehen, was er davon hält. Vergiss nicht, die Zwillinge sind alt genug, um sich selbst dazu zu äußern, was sie wollen. Das wird wichtig sein."

„Gott, das hoffe ich. Ich fühle mich, als hätte man mir den Boden unter den Füßen weggezogen."

„Geht mir genauso. Jetzt will ich aber wissen, was heute Morgen passiert ist."

Sam erfüllte ihm seine Bitte mit einem breiten Lächeln.

Nick lachte. „Das gefällt mir, und es war richtig, ihnen nicht zu sagen, was in einer Zuchtfabrik passiert. Wir hätten nie wieder Hühnchen essen können."

„Genau das war meine Befürchtung." Ihr Herz krampfte sich schmerzhaft zusammen. „Wir dürfen sie nicht verlieren, Nick. Das darf einfach nicht geschehen."

„Werden wir nicht. Dafür sorge ich."

Sie wollte so gern glauben, dass er die Macht hatte, alles in Ordnung zu bringen, doch so lief das im Leben leider häufig nicht, nicht mal für den Präsidenten.

„Reg dich nicht auf. Wir haben die besten Leute auf unserer Seite, und ich werde das mit der Adoption klären und mit Elijah besprechen."

„Gib mir Bescheid."

„Auf jeden Fall. Tut mir leid, dass ich dich damit so überfallen habe, wo du ohnehin so viel um die Ohren hast."

„Ich bin froh, dass wir Andy an unserer Seite haben. Der macht keine halben Sachen."

„Nein, wirklich nicht. Ich muss jetzt in die nächste Besprechung, aber ich halte dich auf dem Laufenden. Ich liebe dich, Sam."

„Ich dich auch."

Sam fühlte sich innerlich leer, als sie den BlackBerry wegsteckte.

„Alles in Ordnung?", fragte Vernon.

„Die Großeltern der Zwillinge zetteln schon wieder Ärger wegen des Sorgerechts an."

„Herrje. Das darf doch nicht wahr sein."

„Es ist unerträglich."

„Haben Sie gerade von Adoption gesprochen?"

„Ich habe Nick vorgeschlagen, in Erwägung zu ziehen, alle drei zu adoptieren und diesen Wahnsinn ein für alle Mal zu beenden."

„Eine tolle Idee. Wird Elijah dem zustimmen?"

„Das hoffe ich."

Sie konnte sich ihr Leben ohne die Zwillinge darin nicht mehr vorstellen.

Der Anruf bei Eli fiel Nick ebenso schwer wie der bei Sam.

„Wie können sie nur? Das Testament ist hieb- und stichfest."

Nick hörte die Panik in jedem Wort des jungen Mannes. „Ja, und Andy sagt, das ist wichtiger als alles andere."

„Aber du machst dir Sorgen. Ich höre es an deiner Stimme."

„Sie haben schon recht, was die Tatsache angeht, dass die Kinder von Secret-Service-Leuten umgeben sind, und mit ihren Sicherheitsbedenken wegen der hohen Medienaufmerksamkeit …"

„Aubrey und Alden leben bei Menschen, die sie lieben! Das sollte mehr zählen als alles andere."

„Da sind wir uns einig, nur wer weiß, was das Gericht entscheidet?"

Nick befürchtete insgeheim, dass die Sache bei einem Richter landete, der ihn nicht für den rechtmäßigen Präsidenten hielt und ihm Steine in den Weg legen wollte, aber das würde er nie laut aussprechen, nicht einmal Sam oder Eli gegenüber. Sie waren schon aufgebracht genug.

„Sam hatte einen interessanten Vorschlag."

„Nämlich?"

„Wie wäre es, wenn wir euch alle adoptieren würden?"

„Kann man Erwachsene adoptieren?"

„Ich wüsste nicht, warum nicht. Könntest du dir das vorstellen?"

„Wir würden den Nachnamen Armstrong behalten?"

„Das steht dir frei."

„Es wäre mir wichtig."

„Vollkommen verständlich."

„Was hält Andy davon?", erkundigte sich Eli.

„Ich habe ihn noch nicht dazu befragt, denn ich wollte erst mit dir darüber sprechen."

„Nun, ich wäre dafür, wenn es den Versuchen dieser Leute, uns die Zwillinge wegzunehmen, den Boden entziehen würde."

„Das würde es auf jeden Fall, und außerdem würde es uns alle rechtlich zu einer Familie machen. Der Gedanke gefällt mir."

„Mir auch, denn faktisch sind wir das ja schon."

„Wir lieben euch, Eli, und wir werden alles tun, was nötig ist, um unsere Familie zusammenzuhalten. Versuch, dich nicht zu sehr zu sorgen. Die Wünsche eurer Eltern werden wie schon zuvor großes Gewicht haben."

„Da sie sich seit Monaten kaum um die Kinder gekümmert haben, frage ich mich, ob Cleos Familie in finanziellen Schwierigkeiten steckt und sie an das Geld der Kleinen ranwollen." Jameson Armstrong hatte seinen drei Kindern ein Milliardenvermögen hinterlassen.

„Ich werde Andy auf diese Möglichkeit hinweisen. Er wird jemanden darauf ansetzen. Ich melde mich bei dir, sobald ich was höre. Zerbrich dir in der Zwischenzeit nicht zu sehr den Kopf."

„Ich weiß nicht, wie ich überhaupt an etwas anderes denken soll."

„Versteh ich. Halte durch. Du hörst von mir."

Nachdem Nick das Gespräch beendet hatte, bat er seine Sekretärin Julie, Andy für ihn ans Telefon zu holen.

„Hey", begrüßte er seinen langjährigen Freund und Anwalt. „Ich habe mit Sam und Eli gesprochen, und wir haben eine Idee. Wie wäre es, wenn Sam und ich alle drei Armstrong-Kinder adoptieren?"

„Das könntet ihr natürlich tun. Ich bin mir allerdings nicht sicher, ob das den jüngsten Versuch der Familie mütterlicherseits stoppen würde. Es wäre vielleicht vorher noch eine Anhörung nötig und so weiter."

„Wie können die das tun, obwohl Elijah der gesetzliche Vormund der Zwillinge ist?"

„Sie berufen sich auf außergewöhnliche Umstände, und die

Präsidentschaft kann man sicherlich als außergewöhnlich bezeichnen."

„Das Schlimmste, was ich je getan habe, war, Vizepräsident zu werden."

„So solltest du das nicht betrachten."

„Wie soll ich denn sonst eine Entscheidung betrachten, die mein Leben und das meiner Familie auf den Kopf gestellt hat und uns in eine Position bringt, die es diesen Leuten ermöglicht, das Sorgerecht zu beantragen?"

„Es ist ein aussichtsloser Versuch. Vergiss das nicht."

„Wir brauchen nur einen Richter, der ein Hühnchen mit dem Präsidenten oder seiner Frau zu rupfen hat, und unsere Kinder sind weg."

„Dazu müssten noch viele andere Dinge geschehen, also mach dir deswegen erst mal keine Sorgen. Ich werde mich um die Adoption kümmern und sehen, was wir tun können."

„Beeil dich. Wir müssen das unter Dach und Fach bringen, ehe sie uns die Kinder wegnehmen. Das würden wir nicht überstehen."

„Verstanden. Ich gebe Gas."

„Wenn du schon dabei bist, lass jemanden die finanzielle Situation der Familie überprüfen. Eli vermutet, dass sie sich mehr für das Geld interessieren als für die Kinder selbst."

„In Ordnung. Ich melde mich in Kürze wieder bei dir."

Terry betrat das Oval Office, als Nick gerade sein Gespräch mit Andy beendete. Die Nachricht von den Großeltern der Zwillinge hatte ihm den Vormittag verdorben. „Wir müssen nach Baltimore aufbrechen, Mr President."

„Ich bin bereit."

„Ist was passiert?"

„Ja. Ich erzähl's dir im Auto."

Nicks leitender Personenschützer John Brantley junior wies ihnen den Weg zum Foyer des West Wing und zum davor wartenden Wagen. Nachdem Nick mit Terry auf dem Rücksitz der „Beast" genannten Präsidentenlimousine Platz genommen hatte, berichtete er seinem Stabschef und Freund, was die Großeltern der Zwillinge getan hatten.

„O Mann. Ich dachte, das sei endgültig geklärt gewesen."

„Das dachte ich auch, aber diesmal klagen sie mit der Begründung, dass die Kinder bei ihnen besser aufgehoben wären, weil ich Präsident bin. Eli vermutet, dass es mehr um das Geld geht als um den Wunsch, die Kinder tatsächlich bei sich zu haben."

„Natürlich. Hat Andy jemanden, der sich darum kümmert?"

„Ja, er ist dran. Sam hat vorgeschlagen, die drei zu adoptieren, um die Sache ein für alle Mal aus dem Weg zu räumen."

„Tolle Idee. Was hat Elijah dazu gesagt?"

„Er ist dafür, solange sie weiter Armstrong heißen können."

„Sie könnten auch einen Doppelnamen führen."

„Das wäre ebenfalls möglich."

„Wie fühlst du dich?"

„Es ist aufreibend, dass so viel Mist passiert. Wenn ich das geahnt hätte, wäre ich nie Vizepräsident geworden."

„Lindsey und ich haben gestern über Juan gesprochen und über alles, was passiert ist, seit du Nelson abgelöst hast. Sie hat auf den Unterschied zwischen internen und externen Konflikten hingewiesen. Über die internen Dinge hat man eine gewisse Kontrolle, nicht jedoch über die externen. Wenn ich an Ruskin und seine Fehlentscheidungen im Iran zurückdenke, war das seine Schuld, nicht deine. Für die Schießerei in Fort Liberty war der Schütze verantwortlich, nicht du. Was die Generalstabschefs getan haben und was mit Juan passiert ist, geht ebenfalls nicht auf dein Konto."

„Das ist mir klar, trotzdem ist das alles nur passiert, weil ich dieses Amt innehabe."

„Mag sein, aber du bist nicht für die Handlungen anderer Leute verantwortlich."

„Nicht? Ein Soldat erschießt seine Kameraden, weil ihm das lieber ist, als unter mir als Oberbefehlshaber zu dienen. Nimm mich aus dem Spiel, und diese Leute wären heute noch am Leben. Juan wäre noch am Leben."

Er fühlte sich ein wenig schuldig, weil er Terry die Wahrheit über Juan vorenthielt, doch im Moment war Diskretion erforderlich. Die Situation war mehr als heikel, und er fürchtete die

Konsequenzen, die unausweichlich waren, sollte die Wahrheit ans Licht kommen. Das bedeutete mehr schlechte Publicity, besonders wenn die Großeltern der Zwillinge sich mit ihren Bemühungen um das Sorgerecht an die Öffentlichkeit wandten – und warum sollten sie nicht an das Mitgefühl der Öffentlichkeit für die armen Großeltern appellieren, denen man den Zugang zu ihren verwaisten Enkelkindern verwehrte?

„Nick, ich wünschte, ich könnte etwas sagen, um dich von dieser Last der Verantwortung für die Handlungen anderer Menschen zu befreien, aber ich weiß, wie schwer es für dich ist."

„Ich werde es überleben. Keine Sorge."

„Das Democratic National Committee will hören, dass du zur Wiederwahl antrittst."

Nick lächelte. „Auf keinen Fall. Noch drei Jahre, dann bin ich raus. Oder vielmehr zweieinhalb. Es kann mir gar nicht schnell genug gehen."

„Nick …"

„Terry, das wird nicht passieren."

„Die Partei wird sehr enttäuscht sein."

„Auch sie wird es überleben."

Nick betrachtete die Welt vor dem Wagenfenster, während sie auf dem Baltimore-Washington Parkway nach Norden fuhren, und versuchte, seine miese Laune loszuwerden, damit er seinen Halbbrüdern einen Tag schenken konnte, den sie nie vergessen würden. Brock und Brayden waren mehr als dreißig Jahre jünger als er, und sie hatten daher kaum ein typisches Geschwisterverhältnis. Doch Nick liebte sie und wollte für sie da sein, während sie zu Männern heranwuchsen. Da sie nahe Verwandte des Präsidenten waren, würden sich die Leute für sie interessieren und sie ständig beobachten. Er hatte vor, alles dafür zu tun, dass sie in dieser Welt erfolgreich waren, und zwar trotz der vielen zusätzlichen Augenpaare, die auf ihnen ruhten, einfach weil sie seine Brüder waren.

KAPITEL 11

Der Konvoi hielt vor der farbenfrohen Fassade der Cecil Elementary School in der Cecil Avenue. Die Grundschule hatte mehr als dreihundert Schüler, und es schien, als warteten die meisten von ihnen draußen vor dem Gebäude, um Nick mit Willkommensschildern und Luftballons zu begrüßen. Der Secret Service war schon vor Wochen vor Ort gewesen, um eine Sicherheitsüberprüfung vorzunehmen. Er hatte alle Anwesenden, sogar die Kinder, vollständig durchleuchtet.

Als er seine Brüder sah, die marineblaue Anzüge und passende Krawatten anhatten und sich die Haare glatt gegelt hatten, verflog Nicks schlechte Laune. Der Rest der Kinder trug gelbe Polohemden mit Logo und blaue Hosen oder Röcke.

Lächelnd stieg er aus dem Fond der Limousine und wurde sofort von Brock und Brayden umarmt. „Ihr seht ja aus wie zukünftige Präsidenten."

„Wirklich?", fragte Brayden mit vor Aufregung glühendem Gesicht.

„Auf jeden Fall."

Als seine Brüder Nick an den Händen fassten und in ihre Schule zogen, bahnten die Mitarbeiter des Secret Service ihnen einen Weg durch die Menge. Nick entdeckte seinen Vater und Stacy und lächelte, als sie ihm zuwinkten. Meist war der Job des

Präsidenten anstrengend, aber das hier machte Spaß, und er hatte vor, es zu genießen.

Er schüttelte der Schulleiterin die Hand und begrüßte den Bürgermeister und mehrere Mitglieder des Schulausschusses der Stadt, die ihm alle versicherten, wie sehr sie sich über seinen Besuch freuten.

Die Jungs gingen mit ihm durch die Schule und zeigten ihm ihren Klassenraum, die Cafeteria und die Bibliothek, bevor sie in der Turnhalle landeten, an deren anderem Ende eine Bühne aufgebaut und mit Wimpeln des Präsidenten geschmückt war.

Nick erkannte Mitglieder des Pressekorps des Weißen Hauses unter den Reportern der Lokalsender, die neben den Kameras im hinteren Teil der Halle standen. Vielleicht würde die gute Publicity dieser Veranstaltung das Drama der Stabschefs ein wenig aufwiegen.

„Gefällt es dir?", fragte Brock und deutete zur Bühne.

„Es ist fantastisch. Habt ihr das dekoriert?"

„Mithilfe der Lehrer und von Mom und Dad. Wir haben die … Wie heißen die Dinger noch mal, Brayden?"

„Wimpel." Brayden lachte. „Er kann sich das Wort einfach nicht merken."

Brock zuckte verlegen die Achseln. „Wir mussten sie online bestellen, weil sie nur am vierten Juli in den Supermärkten erhältlich sind."

„Jetzt müssen wir hier warten", informierte Brayden Nick. „Die Band wird ein Lied für dich spielen."

Tatsächlich stimmte die Schulband eine holperige Version von „Hail to the Chief" an.

„Das ist dein Lied!", rief Brock.

„Allerdings", bestätigte Nick, der von den Bemühungen der Band gerührt war.

„Auf geht's", meinte Brayden. Sie fassten wieder nach seinen Händen und führten ihn den Mittelgang zwischen den Reihen entlang zur Bühne, auf der drei Stühle standen. Die Schülerschaft, die Lehrer, das Personal und die Gäste klatschten, als sie die Bühne betraten.

„Du sitzt in der Mitte, Nick", erklärte Brock.

„Wir sollen doch ‚Mr President' zu ihm sagen", erinnerte Brayden seinen Zwillingsbruder.

„Oh, tut mir leid."

„Du kannst mich ruhig Nick nennen. Immer."

Brock schenkte Brayden ein auftrumpfendes Lächeln.

Ein Mann in einem gelben Schulpolohemd reichte den dreien Mikrofone.

„Wir haben eine Münze geworfen, um zu sehen, wer dich vorstellen darf, und ich hab gewonnen", erzählte Brock.

„Na, dann los", forderte Nick ihn auf.

„Hallo", sprach Brock in das Mikrofon. Als die Menge verstummte, fuhr er fort: „Mein Name ist Brock Cappuano, und das sind mein Bruder Brayden und unser anderer Bruder Nick, der Präsident der Vereinigten Staaten. Er will, dass wir ihn Nick nennen, doch alle anderen müssen ‚Mr President' benutzen."

Nick konnte sich nur mit Mühe ein Lachen verkneifen.

„Mr President", übernahm die Schulleiterin Mrs Montrose, die ebenfalls ein Mikrofon in der Hand hielt. „Wir freuen uns, Sie an der Cecil Elementary School begrüßen zu dürfen. Im Namen des Bürgermeisters, der Schulleitung und des Elternbeirats sowie des gesamten Lehrkörpers und der Schülerschaft möchte ich Ihnen mitteilen, dass wir uns geehrt fühlen, dass Sie uns heute hier einen Besuch abstatten. Brayden und Brock freuen sich sehr, dass ihr Bruder, der Präsident, für uns Zeit hat. Sie haben in der letzten Woche Fragen von Mitschülern gesammelt und werden heute unsere Moderatoren sein. Ich übergebe den beiden das Wort."

Das Publikum spendete der Schulleiterin freundlichen Applaus.

„Nick", begann Brock. „Danke, dass du heute an unsere Schule gekommen bist. Wir freuen uns, dich hierzuhaben."

„Danke für die Einladung."

„Wir haben eine ganze Reihe von Fragen gesammelt, können wir also anfangen?", warf Brayden ein.

„Schieß los."

„Die erste ist von Henry aus der vierten Klasse. Er will wissen, ob es Spaß macht, Präsident zu sein."

Am liebsten hätte Nick laut gelacht und erwidert: *Nein, es ist zum Kotzen*, aber das war natürlich nicht möglich. „Wo ist Henry denn?"

Der Junge stand auf, winkte und grinste dabei von einem Ohr zum anderen.

„Hallo, Henry. Vielen Dank für deine Frage. Irgendwie macht es schon Spaß. Ich fliege mit dem Hubschrauber Marine One und der Air Force One, dem Flugzeug des Präsidenten, und fahre in der Limousine, die wir ‚The Beast' nennen. Meine Familie und ich dürfen im Weißen Haus wohnen, wo sich das fantastische Personal hervorragend um uns kümmert. Uns stehen ein Pool und eine Bowlingbahn zur Verfügung, die meine Kinder lieben, also ja, es hat seine Vorteile. Doch mit dem Amt ist auch eine große Verantwortung verbunden, dafür zu sorgen, dass unser Land sicher ist und alles so funktioniert, wie es soll."

„Teegan, eine Erstklässlerin, möchte wissen, ob Skippy, der Hund, das Weiße Haus mag", übernahm Brock.

„Wo ist Teegan? Hallo, Teegan. Ja, Skippy liebt das Weiße Haus. Sie glaubt, es gehöre ihr."

Nach dieser Antwort gab es viel Gelächter.

„Sie hat mit dem Personal Freundschaft geschlossen und bekommt von allen Leckerli. Mein Sohn Scotty soll eigentlich auf sie aufpassen, aber davon ist sie kein Fan. Sie geht gern in die Küche, wo es immer etwas zu ergattern gibt, und zu den hauseigenen Floristen. Und habt ihr gewusst, dass sie fünf Millionen Follower auf Instagram hat? Wie viele von euch haben dort Bilder von ihr gesehen?"

Viele der Anwesenden hoben die Hände.

„Kevin aus der dritten Klasse hat ebenfalls eine Frage zu Skippy. Ist sie schon mal in Schwierigkeiten geraten oder hat jemanden gebissen?"

„Wo ist Kevin? Hallo. Zum Glück hat Skippy noch niemanden gebissen, außer uns beim Spielen, und der einzige Ärger, den sie hat, hat damit zu tun, dass sie im Weißen Haus überall herumläuft, als wäre sie der Chef."

Er liebte das Lachen der Kinder.

„Cali, eine Zweitklässlerin, will wissen, ob es schwer ist, Präsident zu sein."

„Hallo, Cali." Inzwischen standen die Kinder von allein auf und winkten ihm zu, wenn ihre Frage vorgelesen wurde. „Es gibt Tage, da hat es ein Präsident schon schwer. Man muss Entscheidungen treffen, die große Auswirkungen auf das Leben anderer Menschen haben, und manchmal sorgt das, was für das Land gut ist, dafür, dass die Leute wütend auf den Präsidenten werden. Doch ich habe gelernt, dass ich es nie allen recht machen kann, also muss ich tun, was meiner Meinung nach für die meisten von uns das Beste ist."

Eine Stunde lang beantwortete er geduldig Fragen über das Weiße Haus, das Oval Office und darüber, wie es war, im berühmtesten Haus der Welt zu leben.

„Leider müssen wir jetzt langsam zum Ende kommen", verkündete Mrs Montrose schließlich. „Der Präsident hat heute noch andere Verpflichtungen und muss aufbrechen. Was sagen wir ihm dafür, dass er heute bei uns war?"

Die Kinder applaudierten und bedankten sich, als Nick aufstand, seine Brüder umarmte und den anderen Kindern zuwinkte. „Danke für die Einladung und für die tollen Fragen."

Im hinteren Teil des Raumes zeigten ihm einige Eltern nach unten gereckte Daumen, als er die Bühne verließ, was ihn eigentlich nicht hätte überraschen sollen, es aber dennoch tat. Wenigstens hatten sie vor den Kindern keine Szene gemacht. Er hatte gelernt, auch für Kleinigkeiten dankbar zu sein.

Nachdem er mit jeder Klasse für Fotos posiert hatte, umarmten ihn sein Vater und Stacy.

„Es war unglaublich", meinte Leo Cappuano, der mit seinen grauen Schläfen eine ältere Version von Nick war. „Die Jungs hätten nicht aufgeregter sein können."

„Ich glaube nicht, dass sie letzte Nacht überhaupt geschlafen haben", fügte Stacy hinzu.

„Sie sahen so süß aus in ihren Anzügen."

„Danke, dass du dir die Zeit genommen hast", sagte Stacy. „Das werden sie nie vergessen."

„Ich auch nicht. Das war der größte Spaß, den ich seit der großen Beförderung hatte."

Sie lachten über seine Bezeichnung für die Nachfolge in die Präsidentschaft.

„Was hast du den Rest des Tages vor?", fragte Leo.

„Mittagessen mit dem Gouverneur und dem Bürgermeister von Baltimore, gefolgt von einer Spendengala."

„Klingt nach Spaß."

„Echt?"

Leo lachte und wurde dann sofort wieder ernst. „Das mit dem Attaché tut mir leid."

„Danke. Es war hart. Er war ein toller junger Mann."

Brant erschien neben ihm. „Mr President, draußen ist alles bereit für Sie."

„Die Pflicht ruft." Nick umarmte seinen Vater und Stacy noch einmal. „Wir fahren über Ostern nach Camp David, wenn ihr und die Jungs mitkommen wollt ..."

„Das würde ihnen gefallen", antwortete Leo. „Wir werden es möglich machen."

„Ich melde mich mit den Einzelheiten."

„Nicky, ich bin sehr stolz auf dich", erklärte Leo fast ein wenig barsch. „Mein Sohn, der Präsident der Vereinigten Staaten. Das ist unwirklich."

Nick zog seinen Dad erneut kurz an sich. „Für mich auch, aber vielen Dank. Das bedeutet mir viel."

Die Worte seines Vaters sorgten dafür, dass Nick ganz warm ums Herz war, während die Agenten ihn aus der Schule und ins Beast eskortierten. Nach einer chaotischen Kindheit, in der seine Eltern nur selten eine Rolle gespielt hatten, tat es Nick gut, zu hören, dass sein Dad stolz auf ihn war, besonders nach der letzten unangenehmen Begegnung mit seiner schwierigen Mutter.

Obwohl er ihr klipp und klar gesagt hatte, sie solle aus seinem Leben verschwinden, war er sicher, dass er nicht zum letzten Mal von ihr gehört hatte.

Der Chief rief an, als Sam gerade auf dem Weg zum Hauptquartier war. „Guten Morgen."

„Morgen. Ich habe heute früh einen Anruf von einer Agentin namens Truver vom NCIS erhalten. Ich glaube, du hast sie schon mal getroffen."

„Das ist richtig. Was hat sie gewollt?"

„Uns bitten, die Ermittlungen im Mordfall Juan Rodriguez einzustellen."

„Hat sie einen Grund genannt? Gestern hat sie uns noch um Hilfe gebeten."

„Sie hat keine Erklärung abgegeben, und auf meine Nachfrage meinte sie, die Ermittlungen seien jetzt geheim und unterstünden der United States Navy."

„Hm. Nun, das hilft." Sam war vorsichtig mit dem, was sie über eine nicht sichere Telefonleitung sagte.

„Genau das habe ich auch gedacht."

„Wenn nur nicht so vieles an dieser Sache zum Himmel stinken würde."

„Und das hab ich ebenfalls gedacht."

„Was soll ich tun?", fragte Sam.

„Wir sollten den Fortgang der Ermittlungen im Auge behalten, uns jedoch zurückhalten. Wir haben genug anderes zu tun."

„Verstanden. Wir werden uns auf den Fall Myerson konzentrieren, in dem wir gestern Abend zu ermitteln begonnen haben, und warten, bis wir mehr vom NCIS hören."

„Klingt gut. Halt mich auf dem Laufenden, falls du was über den Fall Rodriguez erfährst. Wir wollen ja keine unliebsamen Überraschungen erleben."

„Mach ich."

„Wie hast du in Sachen Nick entschieden?"

„Ich bin deiner Empfehlung gefolgt, und er war ganz deiner Meinung."

„Hätte mich auch gewundert, wenn es anders gewesen wäre."

„Ich danke wie immer für den guten Rat."

„Gern geschehen."

Als sie ihr Telefon zuklappte, war Sam erleichtert, dass sie die vorgetäuschte Untersuchung los war. Der Chief hatte recht:

Das konnte unmöglich gut ausgehen. Sie hoffte, dass der NCIS seine Ermittlungen schnell abschließen und Juan wieder zu seinen Angehörigen lassen würde, damit sie ihren Kollegen und Freunden reinen Wein einschenken konnte.

Sam holte den sicheren BlackBerry aus der Jackentasche, um Nick eine SMS zu schreiben. *Wie war es in der Schule?*

Er antwortete wenige Minuten später. *Großartig. Die Jungs waren so niedlich, geschniegelt und gestriegelt in ihren neuen Anzügen und mit gegeltem Haar und vor Aufregung ganz hibbelig. War schön.*

Ich bin froh, dass es gut gelaufen ist. Mein heutiger Tag ist eindeutig besser als der gestrige. Ich ermittle im Fall des Mordes an einer Frau, die von ihrem Mann tot in ihrem Haus aufgefunden wurde, und sonst nichts.

Sie wählte ihre Worte mit Bedacht, damit man die SMS später nicht gegen sie würde verwenden können.

Viel Glück dabei. Es freut mich, zu hören, dass du dich ganz auf diesen Fall konzentrieren kannst.

Das hieß, er hatte verstanden, was sie ihm hatte sagen wollen. *Wir sehen uns, wenn du heimkommst. Ich liebe dich.*

Ich dich auch. Pass auf dich auf.

Immer.

Er war erleichtert, weil sie nicht mehr mit dem vorge-täuschten Mord beschäftigt war, aber sie brauchten weiter Antworten auf die Frage, wer Juan überhaupt hatte töten wollen.

Übrigens, schrieb er, *ich habe mit Elijah gesprochen, und er ist mit deinem Vorschlag einverstanden. Ich werde mit Andy noch mal darüber reden. Später mehr dazu.*

Ich versuche, meine Hoffnung nicht in den Himmel wachsen zu lassen.

Geht mir genauso, Babe. Vergiss nicht, das Gesetz ist auf unserer Seite. Ich muss daran glauben, dass alles gut wird.

Das hoffe ich.

Die Zwillinge und Elijah hatten ihre Familie vollständig gemacht. Weder sie noch Nick wollten sich ein Leben ohne die Kinder vorstellen, die sie liebten, als wären sie schon immer bei ihnen gewesen, obwohl es tatsächlich erst ein halbes Jahr war. Sam konnte nicht an die Möglichkeit denken, sie zu verlieren, ohne dass ihr ganzer Tag komplett aus der Bahn geriet.

Stattdessen konzentrierte sie sich auf das bevorstehende Osterfest und schrieb ihrer ältesten Schwester Tracy eine SMS. *Nick möchte über Ostern nach Camp David fahren. Angela wird da nicht hinwollen – ich übrigens auch nicht –, kannst du also an den Osterfeiertagen etwas mit ihr unternehmen?*

Tracy antwortete ein paar Minuten später. *Ich kümmere mich darum. Verbring etwas Zeit mit deiner Familie. Wir freuen uns schon alle auf das Ostereierrollen am Montag.*

Was verriet es über sie, dass sie die Ostereier komplett vergessen hatte, während ihre Schwestern und deren Kinder sich darauf freuten? Sie war nicht gut darin, First Lady zu sein. *Das* verriet es.

Brauchen die Kinder für Ostern neue Kleidung?, fragte Tracy.

Und Sam wurde klar, sie war außerdem eine miserable Mutter. *Keine Ahnung. Was denkst du?*

JA, SAM! LOL! Keine Sorge, ich kümmere mich drum. Genau wie um die Osterkörbchen.

Was täte ich nur ohne dich?

Das wirst du nie herausfinden müssen. Ich geh mit DEINER Kreditkarte shoppen. Der beste Tag aller Zeiten!

LOL. Viel Spaß dabei.

Oh, den werd ich haben. Vielleicht besorge ich dir ebenfalls was Hübsches zum Anziehen.

Vielen Dank. Ich hab dich lieb.

IDA

Ohne ihre Schwestern, ihre Mutter, ihre Stiefmutter, ihre Freunde, ihre treuen Mitarbeiter im Weißen Haus und ihre Kollegen bei der Polizei wäre Sam komplett aufgeschmissen. Zum Glück war sie von lauter wunderbaren Mitmenschen umgeben, die sie bei allem Möglichen großartig unterstützten.

Apropos Unterstützung: Sie schrieb Shelby eine SMS, um sich nach Avery und dem neugeborenen Baby zu erkundigen.

Avery ist nicht gut drauf, weil er es satthat, an die Seitenlinie verbannt und zum Zuschauen verdammt zu sein. Die kleine Maisie Rae ist bezaubernd. Noah ist ganz verrückt nach seinem

Schwesterchen. Wir hoffen, schon nächste Woche in unsere neue Bleibe umziehen zu können.

Kein Grund zur Eile. Lasst euch Zeit. Ihr habt schon genug um die Ohren. Wir feiern Ostern in Camp David, wenn ihr mitkommen mögt ...

Das könnten wir machen. Meine Eltern fahren zu meiner Schwester, doch mir ist nicht nach Stress, also hab ich abgesagt.

Ruhe und Frieden kann ich dir nicht versprechen, aber ihr hättet eine Hütte für euch und ein tolles Mitarbeiterteam, das sich um euch kümmert.

Klingt perfekt! Wir sind dabei.

Nick ist diese Woche unterwegs. Lass uns mal gemeinsam zu Abend essen.

Ja, gern. Wir passen auf dich auf, während er weg ist.

Irgendjemand muss es ja tun.

Hahaha.

Im Hauptquartier eingetroffen, winkte Sam Lindsey in der Gerichtsmedizin im Vorbeilaufen zu. Normalerweise hätte sie sie für ein kurzes Gespräch besucht, doch die Schuldgefühle, weil sie ihre Freundin belogen hatte, verhinderten den Abstecher. Stattdessen eilte sie zum Großraumbüro, wo noch mehr Freunde, die sie angelogen hatte, auf sie warteten. Es war komisch, daran zu denken, wie oft sie als Teenager ihre Eltern problemlos angeschwindelt hatte, ohne auch nur einen Anflug von Schuld zu empfinden. Oft genug war ihr Vater ihr auf die Schliche gekommen, aber als Tochter eines gewieften Polizisten hatte sie es trotzdem geschafft, bei vielem unentdeckt zu bleiben.

Lügen machte als Erwachsene, die für Leute Verantwortung trug, die sie nicht nur mochten, sondern auch respektierten – genau wie Sam umgekehrt sie –, deutlich weniger Spaß. Respekt musste man sich in ihrer Welt hart erarbeiten, und es schmerzte sie, etwas getan zu haben, was diesen Respekt der Menschen, mit denen sie am engsten zusammenarbeitete, gefährdete.

Bei ihrer Ankunft herrschte im Großraumbüro reges Treiben. „Guten Morgen allerseits", verkündete sie. „In fünf

Minuten im Konferenzraum Lagebesprechung mit den neuesten Informationen."

Sie schloss ihr Büro auf, um ihre Jacke abzulegen, und als sie sich wieder umdrehte, stand plötzlich der Polizeipsychiater Dr. Anthony Trulo in der Tür. Sie zuckte überrascht zusammen.

„Tut mir leid", sagte er lächelnd. „Ich wollte Sie nicht erschrecken."

„Schon gut. Was gibt's?"

„Ich bin wegen der Trauergruppe morgen Abend hier. Können Sie es sich einrichten?"

„Zumindest eine Stippvisite sollte drin sein." Da Nick am Tag darauf abreiste, würde sie allerdings nicht lange bleiben.

„Es würde allen viel bedeuten, Sie zu sehen."

„Ich werde da sein."

„Vielen Dank. Geht es Ihnen gut?"

„So gut das dieser Tage möglich ist."

„Kommen Sie zurecht?"

„Ich tue mein Bestes." Sie zögerte, ehe sie hinzufügte: „Die Großeltern der Zwillinge zetteln wieder Ärger wegen des Sorgerechts an. Das kostet mich Nerven."

Trulo verzog das Gesicht. „Das kann ich mir vorstellen, doch Sie haben das Gesetz auf Ihrer Seite. Die Eltern haben keinen Zweifel daran gelassen, was sie wollten."

„Wollten sie, dass diese wunderbaren kleinen Kinder im Weißen Haus leben, umgeben von Mitarbeitern des Secret Service und ständig im Fokus der Öffentlichkeit?"

„Vielleicht nicht, aber ihr großer Bruder weiß, dass sie dort sehr geliebt werden, und das ist für ihn das Wichtigste. Ich bin sicher, ihre Eltern würden dem zustimmen."

„Das hoffe ich sehr."

„Sie wissen, wo Sie mich finden, wenn Sie mich brauchen."

„Immer, und das ist ein großer Trost für mich."

Trulo lächelte. „Ich lasse Sie jetzt mal weiterarbeiten. Spätestens morgen Abend sehen wir uns."

„Ja, bis dann. Danke, dass Sie mich daran erinnert haben – und für die weisen Worte."

„Jederzeit."

Sam nahm sich einen Moment, um ihre Sorgen wegen der Zwillinge in den Griff zu bekommen, damit sie sich auf die anstehende Aufgabe konzentrieren konnte – den Mord an Elaine Myerson aufzuklären.

Sie ging in den Konferenzraum, wo der Rest ihres Teams um zwei Whiteboards versammelt war – eins für Juan und das andere für Elaine. „Neuigkeiten im Fall Rodriguez", erklärte sie, nachdem sie am Kopfende des Tisches Platz genommen hatte. „Der NCIS hat uns fürs Erste kaltgestellt."

„Können die das?", fragte Gonzo. „Wir sind für die Ermittlungen zuständig."

„Ja, doch sie haben dem Chief ihre Argumente vorgetragen, und er hat ihre Position verstanden."

Lindsey betrat mit aufgeregter Miene den Raum. „Sprecht ihr über den Fall Rodriguez?"

„Ja, ich habe dem Team eben mitgeteilt, dass der NCIS uns gebeten hat, die Füße still zu halten, und der Chief hat zugestimmt."

„Vielleicht kannst du mir erklären, warum mich gerade die Mutter von Juan Rodriguez angerufen hat, um mich davon in Kenntnis zu setzen, dass das von ihr angeforderte Foto der Leiche in meinem Leichenschauhaus nicht ihren Sohn zeigt."

Verdammt. „Bitte alle mal raus. Ich muss mit Dr. McNamara unter vier Augen sprechen."

Sam wartete, bis ihr Team gegangen war, und schloss die Tür hinter den Kollegen.

„Was zum Teufel soll das, Sam?"

Sie hatte Lindsey noch nie so wütend erlebt, und ihr Zorn machte Sam krank. „Die leitende NCIS-Agentin war gestern hier und hat mich gebeten, sie zu begleiten. Sie hat mich schwören lassen, dass ich unser Treffen streng vertraulich behandele. Außerdem sollte ich bestätigen, dass es sich bei der Leiche um Juan Rodriguez handelt. Sie hat behauptet, es handle sich um eine Frage der nationalen Sicherheit und sie bräuchten meine Hilfe."

„Du hast mir bewusst eine falsche Identifizierung geliefert?"

„Ja, und ich fühle mich schrecklich deswegen, aber der NCIS

hat darauf bestanden, dass niemand wissen darf, dass Juan noch lebt. Sie haben gesagt, der Erfolg ihrer Ermittlungen hänge davon ab, dass ihre Zielpersonen glauben, er sei tot."

„Das soll wohl ein Witz sein!"

„Ich wünschte, es wäre so. Der NCIS ermittelt mit Hochdruck gegen die ehemaligen Stabschefs. Juan hat Nick vor dem geplanten Putsch gewarnt, und anscheinend haben die ihn seitdem verfolgt, bis zu dem Punkt, an dem der NCIS beschloss, sein Verschwinden und seine Ermordung zu inszenieren, damit sich die Beteiligten gegenseitig die Schuld zuschieben. Oder so ähnlich."

„Seine Mutter ist am Boden zerstört. Wie konnte er ihr das antun?"

„Er wollte es natürlich nicht, doch dagegen stand das Argument, es müsse absolut glaubwürdig sein. Jedenfalls hat man uns gebeten, die Ermittlungen so durchzuführen, wie wir es immer tun, und nachdem ich mich mit dem Chief beraten hatte, haben wir beschlossen, ihnen etwas Spielraum zu verschaffen."

„Indem du mich und den Rest deines Teams anlügst?"

„Was hätte ich denn tun sollen? Es handelt sich schließlich um eine Frage der nationalen Sicherheit."

„Ich will, dass Mrs Rodriguez sofort erfährt, dass ihr Sohn lebt, oder ich sage es ihr selbst. Und außerdem: Wer zum Teufel ist das in meiner Leichenhalle?"

„Er ist ein Soldat, der Juan sehr ähnlich sieht. Er ist am Wochenende bei einem Motorradunfall gestorben."

„Das ist ja geradezu teuflisch! Ich kann nicht glauben, dass du da mitgespielt hast."

„Ich frage dich noch einmal: Was hätte ich tun sollen? Sie haben mich wegen meiner Doppelrolle als Leiterin der Mordkommission und als First Lady eingeweiht und weil Juan darauf bestanden hat. Ich hatte bereits eingewilligt, niemandem was zu erzählen, bevor ich überhaupt erfahren habe, dass Juan noch lebt. Man hat mich in eine sehr schwierige Lage gebracht."

„Du hättest mir die Wahrheit sagen können. Ich hätte niemandem etwas verraten."

Sam fühlte sich unbehaglich. „Tut mir leid. Ich hätte dir vertrauen sollen."

„Ja, das hättest du, denn jetzt muss ich mich fragen, ob ich *dir* vertrauen kann. Du wirst Mrs Rodriguez innerhalb der nächsten halben Stunde reinen Wein einschenken, sonst erfährt sie es von mir."

Lindsey stürmte aus dem Raum und knallte die Tür hinter sich zu, was Sams Nerven nur weiter strapazierte. Sie suchte Agent Truvers Kontaktdaten in ihrem Notizbuch, und als sie die Nummer wählte, merkte sie, dass ihre Hände zitterten.

„Truver."

„Sam Holland hier. Wir haben ein Problem."

KAPITEL 12

„Was genau ist das für ein Problem?"

„Unsere Gerichtsmedizinerin Dr. Lindsey McNamara hat ein Foto der Leiche an Juans Mutter geschickt, die ihr daraufhin mitgeteilt hat, dass es sich bei dem Toten nicht um ihren Sohn handelt. Dr. McNamara hat uns dreißig Minuten dafür gegeben, Mrs Rodriguez mitzuteilen, dass ihr Sohn lebt, sonst wird sie es selbst tun."

„Verdammt."

„Soll Juan seine Mutter anrufen?"

Nach einer langen Pause sagte Truver: „Wir werden uns darum kümmern", und legte auf.

„Ihnen auch noch einen schönen Tag." Sam schickte Lindsey eine SMS: *Der NCIS benachrichtigt Mrs Rodriguez.* Dann stand sie auf, ging zur Tür und rief ihr Team zurück.

„Ist das wahr, Sam?", fragte Gonzo, als das Team um den Tisch saß und die Tür geschlossen war. „Juan lebt?"

Sie konnte die Täuschung keine Sekunde länger aufrechterhalten. „Ja."

„Wow", meinte Freddie mit einem langen Ausatmen. „Was zum Teufel …?"

Sam berichtete, was der NCIS von ihr verlangt hatte, bevor man sie darüber informiert hatte, dass Juan am Leben war.

„Nach meiner Rückkehr ins Hauptquartier bin ich schnurstracks zum Chief und hab ihm alles erzählt. Wir haben vereinbart, so zu tun, als ob es sich um eine echte Untersuchung handelte, genau wie man es von uns wollte. Tut mir leid, dass ich euch angelogen habe. Unter normalen Umständen hätte ich das nie getan. Ich hoffe, ihr wisst das."

„Lindsey ist stinksauer", stellte Cameron fest.

„Mit Recht. Ich habe die Leiche in der Gerichtsmedizin identifiziert und bestätigt, dass es Juan ist. Seine Mutter hat um ein Foto gebeten, wodurch dann alles aufgeflogen ist."

„Das ist echt beschissen", schimpfte Gonzo.

„Ja, und es tut mir sehr leid, welche Rolle ich dabei gespielt habe. Ich war in einer schwierigen Lage."

„Warum haben die dir die Wahrheit gesagt?", erkundigte sich Freddie.

„Offenbar war das eine Bedingung von Juan, doch der Chief hat die Vermutung, sie wollten Nick wissen lassen, was vor sich geht, konnten ihn aber nicht direkt informieren, ohne ihm weitere Probleme zu bereiten. Oder so."

„Sie haben also erwartet, dass Sie es ihm verraten?", hakte Neveah nach.

„Ich denke schon."

„Und hast du?", wollte Gonzo wissen.

„Ich werde diese Frage nicht beantworten, weil euch das in Situationen verwickeln könnte, in die ihr nicht geraten wollt. Ihr könnt eure eigenen Vermutungen darüber anstellen, was ich getan habe oder nicht." Nach einer Pause fügte sie hinzu: „Ich möchte, dass ihr wisst, dass das Vertrauen zwischen uns hier zu den wichtigsten Sachen in meinem Leben zählt, und es hat mich zutiefst geschmerzt, es zu verletzen, selbst aus Gründen der nationalen Sicherheit." Niemand blickte sie an, was Sam nur noch mehr beunruhigte. „Es tut mir leid." Sie sahen sie immer noch nicht an. „Wir müssen im Fall Myerson weitermachen. Wer kann mir sagen, wie weit wir sind?"

Freddie erhob sich und stellte sich an das Whiteboard. „Elaine Myerson, sechsundvierzig Jahre alt, tot aufgefunden im

Bad, das an das Elternschlafzimmer in ihrem Haus in der Webster Street Northwest im Stadtteil Crestwood angrenzt. Sie ist leitende Kommunikationsmanagerin eines Unternehmens, das im Auftrag der Ölindustrie Lobbyarbeit im Kongress betreibt. Ihr Mann Frank Myerson ist ein sehr erfolgreicher Immobilienmakler."

Das erklärt das schicke Haus, dachte Sam, wobei sie davon ausging, dass Elaines Job ein zuverlässigeres Einkommen abwarf als seiner.

„Carlucci und Dominguez haben die Nachbarn befragt, die allesamt zu Protokoll gegeben haben, gestern nichts Ungewöhnliches bemerkt zu haben. Das Alibi des Mannes stimmt. Er war in Bethesda bei einer Klausurtagung, und seine Assistentin bestätigt, dass er von acht Uhr morgens bis nach dem Abendessen um halb acht an ihrer Seite war."

„Was wissen wir über die Töchter?", fragte Sam.

„Zoe ist siebzehn, Jada fünfzehn", sagte Freddie.

„Wo haben sich die Mädchen gestern aufgehalten?"

„Zoe war nach eigenen Angaben den ganzen Tag mit ihrem Freund zusammen, und Jada war mit der Familie einer Freundin auf einem Ausflug nach Harpers Ferry und Antietam."

„Ich möchte mit beiden sprechen. Haben wir die Adresse, wo sie untergebracht sind? Der Vater hat eine Schwester in Bethesda erwähnt, richtig?"

„Ja", antwortete Gonzo. „Wir haben die Adresse."

„Freddie und ich werden uns auf den Weg machen und die Töchter befragen, während der Rest von euch sich um die Finanzen und die sozialen Medien kümmert. Gonzo und Matt, wenn ihr Elaines Kollegen befragen könntet, wäre das sehr hilfreich."

„In Ordnung", erwiderte Gonzo. „Komm, Matt."

Ihr Sergeant und enger Freund stand auf und verließ den Raum, ohne sie noch einmal anzuschauen. Interpretierte sie da zu viel hinein? Sam glaubte es nicht. Sie wandte sich an Freddie. „Auf nach Bethesda."

Auch er stand auf und verließ den Raum, ohne sie eines Blickes zu würdigen.

Na toll.

„Cameron, würdest du bitte alle Notizen, die wir zu den Rodriguez-Ermittlungen haben, zusammentragen, damit ich sie an den NCIS weiterleiten kann?"

„Natürlich."

„Vielen Dank."

Sam kehrte in ihr Büro zurück, um ihre Jacke und ihr Walkie-Talkie zu holen. Dann folgte sie Freddie zum Ausgang an der Gerichtsmedizin.

Lindsey kam aus der Leichenhalle, als sie sie sah. „Ich möchte wissen, was mit der Leiche passieren soll, die du als Juans identifiziert hast."

„Ich schicke dir die Kontaktdaten des NCIS."

„Danke." Als sie sich umdrehte und durch die automatische Glastür zurückmarschierte, die zu ihrem Bereich führte, wäre Sam ihr am liebsten nachgelaufen, um alles zu tun, was nötig war, um die Sache zwischen ihnen in Ordnung zu bringen. Doch das konnte sie jetzt nicht.

Als sie und Freddie auf dem Rücksitz des SUV saßen, bat sie Vernon, die Trennscheibe zu schließen.

Sie wandte sich an Freddie. „Sprich mit mir."

„Ich weiß nicht, was ich sagen soll."

„Bitte versichere mir, dass du weißt, ich würde mich nie ohne Not auf so etwas einlassen."

„Das weiß ich, trotzdem wünschte ich, du hättest uns ins Vertrauen gezogen."

„Der NCIS hat darauf beharrt, dass niemand davon erfahren darf. Ich habe es dem Chief nur erzählt, damit er mir einen Rat geben konnte, wie ich damit umgehen soll. Es war seine Entscheidung, der Bitte des NCIS nachzukommen. Die haben mich in eine unmögliche Situation gebracht."

„Ja, das verstehe ich."

„Du bist stinksauer auf mich. Alle sind das."

„Ich glaube, wir sind eher schockiert."

„Was glaubst du, wie ich mich gefühlt habe, als ich den Raum betreten hab und Juan gesund und munter darin saß, nachdem ich Verschwiegenheit über alles geschworen hatte, was man mir dort enthüllen würde?"

„Ich weiß es nicht. Die ganze Sache ist komplett verrückt."

„Das stimmt. Und ich habe sie so gut gehandhabt, wie ich es unter den gegebenen Umständen konnte."

„Indem du Lindsey fälschlicherweise bestätigt hast, dass es sich bei der Leiche um Juan handelt?"

„Ja! Das musste sein, damit der Rest funktioniert."

„Welcher Rest?"

„Die Hintergründe des Plans aufzudecken, Nicks Regierung zu stürzen und den Verräter loszuwerden."

„Seltsam, dass sie dir Juan direkt nach dem Fund der Leiche gezeigt haben."

„Sie mussten mich schnell an Bord holen, bevor ich einen Blick auf den Toten werfen und erkennen würde, dass es nicht er war. Der Chief glaubt, sie wollten, dass ich es Nick erzähle."

„Sei ehrlich. Hast du es getan?"

„Das kann ich dir nicht sagen. Das würde dich kompromittieren, falls es rauskommt."

„*Falls* es rauskommt? Das wird ein Skandal, wie du ihn noch nie erlebt hast."

„Der Skandal sollte sich auf die hochrangigen Militärs konzentrieren, die versucht haben, den Präsidenten zu stürzen. Wir haben nur unsere Aufgaben im Namen des Landes – und des District of Columbia – erledigt. Und dazu stehe ich."

Ihr Handy klingelte. Es war Darren Tabor, ein Reporter des *Washington Star*. Normalerweise nahm sie seine Anrufe nicht entgegen. Im Augenblick aber war sie dankbar für etwas, das ihre Aufmerksamkeit von der Missbilligung ablenkte, die sie von ihrem Partner und besten Freund abbekam.

„Hey, Darren."

„Sam … Es heißt, Lieutenant Commander Rodriguez sei gar nicht tot. Was wissen Sie darüber?"

„Wir haben die Ermittlungen in diesem Fall an den NCIS übergeben."

„Warum das? Sind nicht Sie zuständig? Der Fundort der Leiche ist in Washington."

„Ich befolge Befehle, Darren, und diese Situation liegt weit oberhalb meiner Gehaltsklasse."

„Wissen Sie, ob Juan Rodriguez noch lebt?"

„Kein Kommentar."

„Ach Mann, Sam. Geben Sie mir was, okay?"

„Ich muss auflegen." Während sie das Handy zuklappte, regte sich eine neue Befürchtung in ihr, nachdem Darren offenbar Wind von der Sache bekommen hatte. Sie dachte an das, was Freddie über das Potenzial für einen großen Skandal gesagt hatte, holte den BlackBerry aus der Tasche und schrieb Nick eine SMS. *Ruf mich an, sobald du kannst.*

Als er sich zehn Minuten später meldete, teilte sie ihm mit: „Ich habe gerade einen überaus seltsamen Anruf von Darren Tabor vom *Star* erhalten. Er behauptet, er habe gehört, Juan sei möglicherweise noch am Leben." Das war der beste Weg, der ihr einfallen wollte, um Nick mitzuteilen, dass Darren herum-schnüffelte, ohne Freddie oder jemandem, der Zugang zu ihren Handydaten haben mochte, zu verraten, dass er bereits Bescheid wusste. Gott, was für eine verkorkste Situation.

„Wie bitte? Hat er noch was gesagt?"

„Nein, nur, er habe läuten hören, dass an dem Mord an Juan etwas faul sei."

„Wow, wenn das stimmt, wäre das die beste Nachricht, die ich je erhalten habe. Ich werde mal sehen, was ich herausfinden kann."

„Gib mir Bescheid."

„Mach ich. Wie war dein Tag bisher, Liebling?"

„Merkwürdig." Sie war es nicht gewohnt, Ärger mit ihren Kollegen zu haben. „Und deiner?"

„Ich hab gleich das Essen mit dem Gouverneur und dem Bürgermeister."

„Viel Spaß. Bis später."

„Ich liebe dich."

„Ich dich auch."

„Du hast es ihm wirklich nicht gesagt?", fragte Freddie.

„Darüber möchte ich nicht sprechen."

„Wenn du meinst."

Sie wechselten kein weiteres Wort, bis sie vor dem zweistöckigen Haus im Kolonialstil anhielten, in dem Frank Myersons Schwester Diane wohnte, die fast die Fassung verlor, als sie die First Lady auf ihrer Türschwelle sah.

„O Gott! Frank hat mir erzählt, dass Sie an dem Fall arbeiten, doch jetzt sind Sie bei mir zu Hause und … Wow."

Genervt zeigte Sam ihr ihren Ausweis. An jedem anderen Tag hätte sie Freddie einen Blick zugeworfen und die Augen verdreht, aber dies war kein Tag wie jeder andere. „Lieutenant Holland, das ist mein Partner Detective Cruz. Wir würden gerne mit Mr Myerson und seinen Töchtern sprechen."

„Ich, äh, ja, natürlich. Kommen Sie rein." Sie führte sie in ein schönes Haus voller restaurierter Antiquitäten und Gemälde, die Ereignisse der amerikanischen Geschichte darstellten. Sam erkannte die Gettysburg Address und eine lange zurückliegende Amtseinführung eines Präsidenten. Diane Myerson brachte Freddie und sie in ein Wohnzimmer, in dem ein Gemälde von George Washingtons Überquerung des Delaware hing, das die komplette Breite eines Sofas einnahm. „Ich hole sie."

„Dieser Ort ist wie ein Museum", murmelte Sam.

„Ach."

Wenige Dinge in ihrem Leben hatten mehr geschmerzt, als zu wissen, dass ausgerechnet Freddie wirklich wütend auf sie war. Wobei es vielleicht treffender wäre, zu sagen, dass sie ihn mit ihrem Mangel an Vertrauen und Offenheit enttäuscht hatte.

Frank Myerson war um fünf Jahre gealtert, seit Sam ihn das letzte Mal gesehen hatte, zumindest erschien es ihr so, als er in T-Shirt und Jogginghose den Raum betrat. Sein Haar war zerzaust, und er hatte sich nicht rasiert. Seine Töchter folgten ihm, ähnlich gekleidet und ebenfalls merkbar erschöpft.

„Das sind meine Töchter Jada und Zoe."

Beide hatten hellbraunes Haar. Jada hatte grüne und Zoe blaue Augen.

„Das mit Ihrer Mutter tut mir sehr leid", sagte Sam zu den Mädchen.

„Danke", antwortete Zoe, während Jada sich in die Arme ihres Vaters flüchtete.

„Ich hoffe, Sie verstehen, dass wir Ihnen ein paar Routinefragen stellen müssen."

„Nur zu", entgegnete Zoe.

„Wo sind Sie gestern tagsüber gewesen?"

„Ich war bei meinem Freund."

„Wo wohnt der?"

„In Arlington."

„War sonst noch jemand dabei?"

„Nein. Seine Eltern waren bei einem Reitturnier seiner beiden Schwestern."

„Wie heißt er?"

Zum ersten Mal sah Zoe zu ihrem Vater, sie wirkte besorgt. „Warum ist das wichtig?"

„Beantworte die Frage, Zoe", verlangte Frank.

„Er hat nichts mit unserer Familie zu tun. Warum müssen wir ihn da mit reinziehen?"

„Weil er bei Ihnen war, als Ihre Mutter gestorben ist, und Ihnen ein Alibi geben kann", erwiderte Sam. „Haben Sie noch weitere Fragen?" Normalerweise ging sie sanfter mit den Kindern von Mordopfern um, doch irgendetwas an diesem Mädchen regte sie auf.

Zoe riss erschreckt die Augen auf. „Nein."

„Wie heißt er?"

„Sein Name ist Zeke Bellamy."

Sam reichte ihr Notizbuch und Stift. „Schreiben Sie mir Namen, Adresse und Telefonnummer auf."

„Werden Sie mit ihm reden?"

„Ja."

„Dad! Komm schon! Zeke hat nichts damit zu tun. Wenn ich ihm Polizisten auf den Hals hetze, wird er nie wieder mit mir reden."

„Was ist Ihnen wichtiger, Zoe?", wollte Sam von ihr wissen. „Herauszufinden, wer Ihre Mutter getötet hat, oder Ihren Freund zu behalten?"

Es war bezeichnend, dass das Mädchen kurz zögerte. „Natürlich will ich wissen, wer meine Mutter getötet hat, aber warum müssen wir ihn da mit hineinziehen?"

„Das habe ich Ihnen doch gerade erklärt."

„Hör auf, Zoe", befahl Frank und klang dabei so, als hätte er genau diese Worte schon eine Million Mal gesagt.

„Mr Myerson, kennen Sie Mr Bellamy?"

„Ja."

„Hatten Sie oder Ihre Frau Probleme mit ihm oder Bedenken seinetwegen?"

„Wir hatten das Gefühl, dass die Beziehung der beiden zu schnell zu ernst wurde. Darüber haben wir uns mit Zoe gestritten."

„Dad! Das ist privat."

Sam warf ihr einen Blick zu. „Bei Mordermittlungen ist nichts privat."

„Was hat meine Beziehung mit dem Tod meiner Mutter zu tun?"

Seit das Mädchen sich wieder ihr zugewandt hatte, starrte Sam zurück, ohne zu blinzeln. „Ich weiß nicht."

„Nichts! Mom hat Zeke kaum gekannt."

„Das stimmt nicht, Zoe", meldete sich Jada zu Wort.

„Halt den Mund. Was weißt du schon? Du hattest noch nie einen Freund und wirst auch nie einen haben, weil du so verdammt merkwürdig bist."

Wow.

„Das reicht", fuhr Frank dazwischen.

„Jada, wo sind Sie gestern gewesen?", fragte Sam.

Zoe saß mit verschränkten Armen da und schäumte vor Wut.

„Ich war mit einer Freundin und ihrer Familie unterwegs. Wir haben für ein Schulprojekt Harpers Ferry in West Virginia und Antietam in Maryland besucht."

„Können Sie mir Namen und Nummer Ihrer Freundin sowie die ihrer Eltern geben?"

Jada nannte ihr die Informationen und las Sam aus ihrem Handy die Telefonnummer ihrer Freundin vor.

„Danke", sagte Sam. „Das ist sehr hilfreich."

„So ist sie, unsere Jada", höhnte Zoe. „Eine echte Pfadfinderin."

„Halt die Klappe, und hör auf, so eine blöde Zicke zu sein. Mom ist *tot*. Wir müssen herausfinden, wer es getan hat."

Sam hätte Jada am liebsten abgeklatscht. Wenigstens eine der Töchter schien einen Bezug zur Realität zu haben. Zoes Benehmen hatte eine Reihe Fragen aufgeworfen, die Sam sonst vielleicht nicht gestellt hätte.

„Wie würden Sie Ihre Beziehung zu Ihrer Mutter beschreiben, Jada?"

„Wir stehen einander supernah", antwortete das Mädchen unter Tränen, während Frank den Arm um sie legte. „Oder sollte ich sagen: Wir *standen* einander supernah. Ich kann nicht glauben, dass sie wirklich tot ist."

„Noch mal mein herzliches Beileid."

„Danke." Jada wischte sich mit einem Taschentuch, das Frank ihr reichte, die Tränen ab.

„Was ist mit Ihnen, Zoe? Wie war Ihre Beziehung zu Ihrer Mutter?"

„Wir haben uns dauernd gestritten."

Sams Handy klingelte. Es war Faith Miller. Sie drückte sie weg. „Worüber?"

„Meine Kleidung, meine Einstellung, meinen Freund, meine Noten, meinen Fahrstil. Egal was, sie war mit nichts einverstanden, und ihr einziges Ziel im Leben war es, meins zu ruinieren."

Sam sah Frank an.

„Wir hatten die typischen Schwierigkeiten, die Eltern von Teenagern erleben", erklärte er müde.

„Keiner meiner Freunde lässt sich den Mist gefallen, mit dem ich mich rumschlagen muss", fauchte Zoe.

„Klingt, als wären Sie ziemlich sauer auf Ihre Mutter gewesen", meinte Sam.

Zoe zuckte die Achseln. „Sie hat mir das Leben zur Hölle gemacht."

„Waren Sie so wütend, dass Sie ihr etwas angetan haben?"

„Wie bitte?" Frank setzte sich aufrechter hin. „Was wollen Sie damit andeuten?"

„Ich frage, ob Ihre Tochter so wütend auf ihre Mutter war, dass sie sie aus dem Weg schaffen wollte."

„Diese Unterhaltung ist beendet."

„Wir können sie gerne in unseren Räumlichkeiten fortsetzen, wenn Ihnen das lieber ist", entgegnete Sam.

„Ich will einen Anwalt."

„Detective Cruz, bitte rufen Sie eine Streife für den Transport ins Hauptquartier. Sie können Ihren Anwalt anrufen, nachdem wir Sie erkennungsdienstlich behandelt haben."

Als Freddie aufstand und den Raum verließ, fragte Frank: „Sie verhaften uns?"

„Wir nehmen Sie zur weiteren Befragung mit."

„Warum muss ich mit?", schluchzte Jada. „Ich hab doch gar nichts getan!"

„Wir haben noch Fragen an Sie alle. Wenn Sie einen Anwalt anfordern, dürfen wir nicht weiter mit Ihnen reden, also müssen Sie alle mit aufs Revier kommen."

Jada drehte sich zu ihrer Schwester um. „Das ist alles deine Schuld! Immer machst du alles kaputt!"

Frank schaltete sich ein, ehe der Streit handgreiflich werden konnte. So wie er reagierte, fragte sich Sam, ob er schon früher einmal hatte einschreiten müssen.

„Wenn Sie nicht in Handschellen mitfahren wollen", drohte Sam, „dann halten Sie sich zurück."

„Ich kann nicht glauben, dass Sie die Familienmitglieder eines Mordopfers wie Kriminelle behandeln", sagte Frank.

„Niemand behandelt Sie wie Kriminelle. Wenn Sie das wünschen, können wir natürlich auch das arrangieren."

Frank warf ihr einen hasserfüllten Blick zu und forderte die Mädchen auf, sich Schuhe anzuziehen. „Sie können darauf wetten, dass ich eine formelle Beschwerde bei Ihren Vorgesetzten einreichen werde."

„Das steht Ihnen selbstverständlich frei. Sie lieben es, von den Menschen zu hören, mit denen ich mich in Ausübung meiner Pflicht anfreunde."

„Meine Frau ist *tot*, und Sie haben die Frechheit, Witze zu reißen?"

„Ich hätte gedacht, Sie wollen mehr als jeder andere wissen, wer Ihrer Frau das angetan hat."

„Das will ich auch!"

„Dann werden Sie kooperieren, egal wohin unsere Ermittlungen führen?"

„Was soll das denn heißen? ‚Egal wohin unsere Ermittlungen führen'."

„Genau das, was ich gesagt habe."

Freddie kam zurück. „Der Streifenwagen zum Transport zum Hauptquartier ist da."

KAPITEL 13

Nachdem sie die Myersons der Streife übergeben hatten, kehrten Sam und Freddie zum SUV zurück.

Vernon öffnete ihnen die Tür.

„Danke."

„Gern geschehen. Wie läuft's?"

„Der Fall hat eine interessante Wendung genommen."

„Wirklich?", fragte Freddie.

Sam wandte sich zu ihm um. „Möchtest du mir etwas sagen?"

„Ich hab das Gefühl, du hast die Kleine absichtlich dazu gebracht, sich verdächtig zu verhalten."

„Wie bitte? Ich musste absolut nichts tun, damit das geschieht. Das hat sie ganz allein geschafft, indem sie die Abneigung zwischen ihr und ihrer Mutter offenbart hat."

„Das ist deine Meinung."

„Auf jeden Fall."

Auf der Rückfahrt zum Hauptquartier sprachen sie kein weiteres Wort miteinander. Konnte der Tag noch schlimmer werden?

Als Sam ins Großraumbüro zurückkehrte, wartete Agent Truver in ihrem Büro. Sie schloss die Tür hinter Sam. „Ich brauche ein weiteres Mal Ihre Hilfe."

„Keine Chance. Ihre Geheimniskrämerei hat mir bei den

meisten Leuten, mit denen ich täglich zusammenarbeite, einen Riesenärger eingebrockt."

„Die Lage ist extrem heikel, Lieutenant. Ich bin sicher, Sie verstehen, dass wir es mit einer monatelangen Untersuchung zu tun haben, die Gefahr läuft, uns um die Ohren zu fliegen, sodass am Ende möglicherweise Personen ungeschoren davonkommen, die sich unter anderem der Verschwörung zum Mord schuldig gemacht haben."

Sam setzte sich hinter ihren Schreibtisch und dachte an den Fall Johnson, der ihr tatsächlich um die Ohren geflogen war. Dabei war ein Kind bei einer Razzia gestorben, die sie nach monatelangem Undercover-Einsatz geleitet hatte. „Ich höre."

„Wir sind ganz nah dran. Stehen kurz davor, den ehemaligen Admiralstabschef der Marine wegen mehrerer Verbrechen anzuklagen, darunter die erwähnte Verschwörung zum Mord und Hochverrat. Wir haben hieb- und stichfeste Beweise, dass er der Rädelsführer des Komplotts zum Sturz der Cappuano-Regierung war."

Sam schätzte es, dass Truver nicht von „der Regierung Ihres Mannes" sprach. Das zeugte von professionellem Respekt, der selten war, wenn die Grenzen zwischen Privatem und Beruflichem wegen ihrer beiden Rollen derart verschwammen.

Truver beugte sich mit ernster Miene vor. „Dieser Mann hat sehr viel Geld als Top-Militärberater des Präsidenten kassiert, während er die Verfassung der Vereinigten Staaten und den Eid, sie zu verteidigen, den er geleistet hat, mutwillig zu missachten plante."

„Was wollen Sie von mir?"

„Ich möchte, dass Sie und alle, die die Wahrheit kennen, noch ein paar Tage lang den Mund halten."

„Ein Reporter beim *Star*, mit dem ich zu tun habe, hat mich vorhin angerufen und erklärt, er habe Gerüchte gehört, dass Juan gar nicht tot sei."

Damit hatte Truver nicht gerechnet. „Was haben Sie ihm geantwortet?"

„Dass ich darüber keine Informationen habe. Ich glaube, ich konnte ihn abwimmeln."

„Das werde ich mir genauer ansehen."

„Was ist mit Juans Mutter?"

„Sie hat mit Juan gesprochen und wird nun die Beerdigung planen und die Rolle der trauernden Mutter spielen."

„Und was ist mit dem Rest der Familie?"

„Sie verstehen, worum es geht. Für unsere Ermittlungen ist es wichtig, dass die Menschen, die Juan am nächsten standen, weiter so tun, als sei er ermordet worden."

„Sie erwarten doch hoffentlich nicht, dass mein Mann bei der Beisetzung spricht."

„Die Beisetzung wird sich aufgrund von bürokratischem Gerangel und Terminschwierigkeiten des amerikanischen Präsidenten leider noch etwas verzögern."

Sam lehnte sich zurück, erleichtert, zu hören, dass Truver Nick nicht zu einem unerträglichen Täuschungsmanöver zwingen würde, das ihm später auf die Füße fallen könnte.

„Helfen Sie mir, die Sache unter Verschluss zu halten?"

„Ich werde meine Leute bitten, die Information weiter vertraulich zu behandeln. Aber ich kann und will nicht von ihnen verlangen, dass sie lügen, wenn es hart auf hart kommt."

„Verstanden. Danke. Die Geschichte wird bald der Öffentlichkeit präsentiert werden können, das hoffe ich zumindest. In der Zwischenzeit ist es wichtig, dass die Person, gegen die wir ermitteln, glaubt, Juan Rodriguez sei tot und könne nicht gegen sie aussagen."

„Wir werden alles tun, um Ihnen zu helfen."

„Danke vielmals. Ich weiß, dass dies eine sehr ungewöhnliche Situation ist ..."

„Gelinde ausgedrückt."

„Glauben Sie mir, ich hätte nie erwartet, dass ich wegen eines Mordkomplotts und Hochverrats gegen einen Admiral würde ermitteln müssen, aber so ist es nun mal."

„Viel Glück für das große Finale."

„Danke sehr. Das werde ich brauchen."

Nachdem sich Truver verabschiedet hatte, griff Sam zum Telefon, um Lindsey anzurufen.

„Was ist los?", fragte ihre Freundin ohne die übliche Herzlichkeit in der Stimme.

„Agent Truver vom NCIS war gerade hier, um mich auf den neuesten Stand zu bringen. Sie sagte, sie stünden kurz vor der Verhaftung des ehemaligen Admiralstabschefs der Marine. Juan hat ihr zufolge mit seiner Mutter gesprochen und ihr erklärt, wie wichtig es sei, dass sie sich weiterhin wie in tiefer Trauer um ihren Sohn verhalte. Truver bat darum, dass der Rest von uns Stillschweigen bewahrt, bis die Verhaftung erfolgt ist."

„Sonst noch was?"

„Nein, das war's."

„Verstanden." Lindsey legte auf.

Drecksmist. Es war schon eine Weile her, dass mehrere enge Freunde gleichzeitig sauer auf Sam gewesen waren, und es war total ätzend. Sie schätzte die Beziehungen, die sie zu ihren Kolleginnen und Kollegen aufgebaut hatte, und hasste es, dass sie sie enttäuscht hatte.

Sie stand auf und ging zur Tür. „Besprechung in fünf Minuten im Konferenzraum."

Als sich die Teammitglieder eingefunden hatten und die Tür geschlossen war, teilte Sam die neuesten Informationen des NCIS mit ihnen. „Es ist entscheidend für die NCIS-Untersuchung, dass die Zielperson weiterhin glaubt, Juan sei tot."

„Wir werden nichts rauslassen", versprach Gonzo. „Und das hätten wir auch nicht, wenn du uns von Anfang an die Wahrheit gesagt hättest."

Sie erwiderte seinen Blick direkt. „Es tut mir leid, dass ich es nicht getan habe. Ich hatte mein Wort gegeben, dass niemand etwas davon erfährt."

„Das hätte sich nicht auf uns beziehen sollen", wandte Freddie ein.

„Du hast völlig recht, und ich kann mich nur erneut dafür entschuldigen."

„Ich finde es ungeheuerlich, dass man Sie überhaupt in diese Lage gebracht hat", erklärte Neveah.

Sam hätte sie vor Dankbarkeit am liebsten geküsst. Endlich jemand, der das Geschehen mal aus ihrer Sicht betrachtete.

„Die haben Sie aufgrund Ihrer Position als unsere Vorgesetzte und First Lady benutzt", fügte Neveah hinzu.

„Ich neige dazu, dieser Einschätzung zuzustimmen", meinte Sam. „Abgesehen davon, dass Juan darauf bestanden hat, mir die Wahrheit zu sagen, glaube ich, dass sie gehofft haben, ich würde Nick davon erzählen. Nun, und ich musste Juans Mord untersuchen, was ihnen den Fall hätte vermasseln können."

„Hast du es Nick denn erzählt?", fragte Gonzo.

„Diese Frage möchte ich aus verschiedenen Gründen nicht beantworten. Es gibt Dinge, über die ich mit niemandem sprechen kann, nicht einmal mit meinen engsten Vertrauten, zu denen du zweifellos gehörst, und das ist eins davon."

„Also gut", lenkte Cam ein. „Was zwischen dir und deinem Mann passiert, geht uns nichts an, auch wenn ihr POTUS und FLOTUS seid."

„Wir bewegen uns immer auf einem schmalen Grat, aber besonders, seit das mit den Stabschefs eskaliert ist. Ich hoffe, ihr versteht das ... In einer perfekten Welt würde ich alles, was ich weiß, mit euch teilen. Nur leider ist die Welt nicht perfekt."

„Ich könnte deinen Job nicht machen", bemerkte Matt. „Niemals. Die ständige Kontrolle, der Secret Service, die ewigen Anforderungen von außen ... Ich finde, dass ihr euch echt gut schlagt."

„Danke. Wir geben uns Mühe. Ich habe es dieses Mal vermasselt, und ich entschuldige mich noch einmal dafür, dass ich euch angelogen habe. Es wird nicht wieder vorkommen." Sie schaute jeden von ihnen der Reihe nach an. „Alles in Ordnung?"

„Ja", entgegnete Gonzo. „Alles in Ordnung."

Sam wandte sich an ihren Partner. „Freddie?"

„Alles gut", entgegnete er, wobei er ihrem Blick allerdings weiter auswich.

Sie würde eine Weile brauchen, um das mit ihm auszubügeln, und das war okay. Was auch immer nötig war, um die Dinge wieder in Ordnung zu bringen, sie würde es tun.

„Zurück zu Myerson. Wie weit sind wir mit dem Anwalt der Familie?"

„Er ist bis heute Nachmittag bei Gericht", erklärte Freddie. „Doch er kommt, sobald sie fertig sind."

Sam nickte. „Was haben wir noch?"

Cameron projizierte mit einer Fernbedienung Dokumente auf ein Display an der Stirnseite des Raums. „Einige interessante Social-Media-Posts der älteren Tochter, in denen sie sich darüber auslässt, wie Eltern ihren Kindern alles kaputtmachen."

Während sie sich noch darüber wunderte, dass er es geschafft hatte, die Beiträge auf den Bildschirm zu bringen, wandte Sam sich dem Inhalt der Posts zu.

„Geh zurück zu dem davor."

Cam sprang zurück zum vorherigen Beitrag.

„Seht euch den Kommentar von Zeke Bellamy an, Zoes Freund." Da stand: *Bleib tapfer, Babe. Du hast nichts Falsches getan.* Ihrem Bauchgefühl folgend schlug Sam vor: „Lasst uns ihn herholen. Ich möchte mit ihm reden."

„Wir kümmern uns drum", erbot sich Cam, auch in Matts Namen.

Sam reichte ihm den Zettel mit der Adresse des jungen Mannes, die Zoe ihr gegeben hatte. „Danke." Nachdem die beiden Ermittler den Raum verlassen hatten, sagte sie zu den Verbliebenen: „Lasst uns Zeke genauer in Augenschein nehmen, um besser zu verstehen, mit wem wir es da zu tun haben."

„Schon dabei", antwortete Gonzo und verließ mit den anderen den Raum.

„Cruz", meinte Sam. „Eine Minute, bitte?"

Freddie wandte sich zurück.

„Schließ die Tür."

Er tat es.

„Sag mir, was los ist."

Er blickte voller Schmerz und Enttäuschung zu ihr. „Ich kann nicht glauben, dass du uns angelogen hast. Wirklich nicht."

„Verständlich. Ich war extrem verwirrt, als ich von meinem ersten Treffen mit dem NCIS zurückkam. Ehe ich Zeit hatte, alles zu verarbeiten, sollte ich die Ermittlungen in Gang bringen. Ich hab getan, was ich für richtig hielt, aber es war falsch, dir und den anderen die Wahrheit vorzuenthalten. Ich wünschte, ich könnte das ungeschehen machen."

„Ich gebe zu, die haben dich in eine missliche Lage gebracht, doch nach allem, was wir zusammen erlebt haben, war es für mich trotzdem ein Schock. Weißt du nicht, dass ich dich mit allem beschützen würde, was ich habe, wenn nötig sogar mit meinem Leben?"

Gerührt von den Tränen in seinen warmen braunen Augen, sprang sie auf. „Das weiß ich. Und wage es ja nicht, jemals dein Leben für mich zu riskieren, denn ohne dich würde ich nicht weiterleben wollen."

„Dito."

Sie trat näher zu ihm und legte ihm eine Hand flach auf die Brust. „Ich weiß nicht, seit wann du mein bester Freund bist, aber ich hoffe, dir ist klar, *dass* du es bist, und es tut mir sehr leid, dass ich dir nicht von Anfang reinen Wein eingeschenkt habe. Das hätte ich tun müssen. Nationale Sicherheit hin oder her, dir kann ich alles anvertrauen. Mehr als alles andere hasse ich es, dich verletzt zu haben. Das wird nicht noch einmal passieren."

Impulsiv zog Freddie sie an sich.

Sie erwiderte die Umarmung. „Lass uns an die Arbeit gehen."

„Sam."

„Ja?"

„Du bist auch meine beste Freundin."

„Ich weiß. Und ich habe die Myerson-Tochter nicht dazu gebracht, sich wie eine Schuldige aufzuführen."

Freddie grinste. „Doch, hast du."

Sam folgte ihm aus dem Konferenzraum. „Hab ich nicht."

„Wohl."

„Kinder, streitet ihr euch etwa?", fragte Captain Malone, der gerade reinkam.

„Wir diskutieren", sagte Sam mit einem Lächeln für Freddie und war erleichtert, mit ihm reinen Tisch gemacht zu haben. „Was gibt's?"

„Ich habe die Durchsuchungsbeschlüsse für Computer und

Mobilgeräte der Myersons. Gonzales hat mich gebeten, auch einen für einen gewissen Zeke Bellamy, den Freund der ältesten Tochter, zu beantragen."

„Ausgezeichnet, danke. Cruz, besorg dir die Handys der Familienmitglieder, und übergib sie Lieutenant Archelotta."

Freddie nahm Ausdrucke der Durchsuchungsbeschlüsse von Malone entgegen. „Geht klar."

„Ich vermute, um die Laptops und anderen Geräte kümmern sich Haggerty und sein Team?", wandte sich Sam an Malone.

„Sie vermuten richtig. Die Spurensicherung ist noch am Tatort."

„Wie ist die Lage in Stahls Haus?", erkundigte sich Sam zögernd. Sie versuchte, nicht an die Leichen zu denken, die dort gefunden worden waren, oder daran, dass diese Menschen Opfer eines Mannes geworden waren, der den gleichen Diensteid geleistet hatte wie sie.

„Das dort eingesetzte Spurensicherungs-Team wird seine Arbeit diese Woche abschließen. Dann werden wir uns zusammensetzen, alles durchsehen, was wir haben, und uns mit der Staatsanwaltschaft über weitere Anklagepunkte unterhalten."

„Weiß man schon, wer neuer Bundesstaatsanwalt wird?"

„Ich habe gehört, der Präsident plant, Catherine McDermott zu ernennen. Der Senat muss sie noch bestätigen."

Wie bizarr war es, einen ihrer Kollegen auf eine Aktion des Präsidenten verweisen zu hören, der zufällig Sams Ehemann war? „Was wissen wir über die Frau?"

„Sie ist die ehemalige Justizministerin von Oregon und dafür bekannt, sich streng an die Gesetze zu halten und gnadenlos zu sein."

„Charmant." Sam warf einen Blick über die Schulter zu ihren Leuten, die alle mit dem Fall Myerson beschäftigt waren. „Haben Sie einen Moment Zeit?"

„Klar."

„Bei Ihnen oder bei mir?"

„Ihr Büro ist näher."

Sie betraten es, und Sam schloss die Tür, ehe sie sich hinter ihren Schreibtisch setzte.

„Was haben Sie auf dem Herzen?"

„Sind Sie auf dem Laufenden darüber, was mit Rodriguez passiert ist?"

„Ja. Es ist unglaublich."

„Das ist es, aber ich wollte mit Ihnen über etwas anderes sprechen." Sie versuchte, ihre Gedanken zu ordnen. „Gestern vor der Kirche war ich in dem Fahrzeug, in dem Captain Ruiz das Sagen hat, um die Operation mit Richterin Sawyer zu beobachten."

„Wo wir gerade schon von ‚charmant' geredet haben ..."

„Genau, sie scheint ein echtes Biest zu sein und hat offenbar keine gute Meinung von mir."

„Wie kommen Sie darauf?"

„Sie hat mich behandelt, als wäre ich radioaktiv oder so. Den Einsatz draußen vor der Kirche zu beobachten und den Funk mitzuhören, hat mir ein Gefühl von Ohnmacht vermittelt. Während sich mein Team da draußen in Gefahr begab, war ich im Kommandofahrzeug eingesperrt und konnte nicht helfen, weil es alles ruiniert hätte, wenn der Täter mein Gesicht gesehen hätte."

„Dennoch waren Sie es, die ihn am Ende gefasst hat."

„Ein reiner Glücksfall."

„Ein Glücksfall, der zur Verhaftung des Mannes geführt hat, der einen Bundesstaatsanwalt, der zufällig unser Freund und Kollege war, ermordet und unseren Freund und Kollegen Agent Hill angeschossen hat."

„Ich bin ehrlich froh, dass wir ihn geschnappt haben. Verstehen Sie mich nicht falsch."

„*Sie* haben ihn geschnappt. Bei der Verhaftung gab es kein ‚wir'."

„Das ganze Team hat an diesem Fall gearbeitet und sich dabei in Gefahr gebracht. Peckham war in der Kirche und hat uns bemerkt. Er hätte Cori Sawyer oder ein Mitglied unseres Teams erschießen können, während ich an der Seitenlinie saß, außer Gefahr, mit einem Secret-Service-Bodyguard an meiner Seite."

„Was wollen Sie mir sagen, Sam?"

„Es passt mir nicht, nicht mehr an der Front zu sein,

während ich weiter mein Team leite. Ich verlange von meinen Leuten Dinge, die ich selbst nicht mehr tun kann."

„Glauben Sie, das interessiert sie?"

„Nein, sie wahrscheinlich nicht, aber mich. Wie lange wird es dauern, bis sie es mir verübeln, dass ich unsere Arbeit erschwere und sie zudem einem höheren Risiko aussetze?"

„Inwiefern tun Sie das?"

„Die Leute erkennen sie, weil sie andauernd bei mir sind. Das gilt besonders für Freddie und Gonzo, doch auch für die anderen. Wenn einem von ihnen etwas zustoßen würde, weil jemand sie mit mir in Verbindung gebracht hat … Wie soll ich damit leben?"

„Haben Sie mit Trulo über diese Dinge gesprochen?"

„Bisher nicht."

„Vielleicht sollten Sie das tun."

„Das werde ich, aber was meinen *Sie*? Bin ich verrückt, wenn ich diesen Job weiter mache, während ich First Lady bin? Bringe ich Menschen, die mir wichtig sind, in Gefahr, wenn ich jeden Tag hier auftauche?"

„Ich kann nicht sagen, ob es verrückt von Ihnen ist, das zu tun, doch ich kann Ihnen versichern, dass Sie Ihr Team nicht in Gefahr bringen, indem Sie zur Arbeit erscheinen. Was Sie hier tun, sorgt für die Sicherheit der Menschen."

„Aber bringt es die in Gefahr, mit denen ich zusammen-arbeite?"

„Das glaube ich nicht."

„Ist es falsch, dass ich aus der Schusslinie bleibe, während sie Schutzwesten tragen und ihr Leben riskieren?"

„Wenn Sie sie fragen würden, würden sie dann nicht antwor-ten, dass sie Sie lieber im Kommandofahrzeug hätten als gar nicht vor Ort?"

„Das weiß ich nicht."

„Vielleicht sollten Sie mit ihnen darüber reden."

„Ja, vielleicht."

„Ich kann unmöglich wissen, wie es wirklich für Sie ist, doch ich kann versuchen, mich in Ihre Lage zu versetzen, und ich würde mich genauso fühlen wie Sie, wenn ich die gefährlichen

Situationen aussitzen müsste. Das heißt allerdings nicht, dass Sie nicht weiterhin einen wertvollen Beitrag leisten können, einschließlich der Festnahme des Mannes, der Tom Forrester ermordet hat."

„Ruiz hat ein Problem mit mir."

„Es ist immer das Gleiche: Sie will wie Sie sein."

„Das glaub ich nicht."

„Natürlich. Jeder wünscht sich eine Karriere, wie Sie sie haben, aber nur sehr wenige schaffen das."

„Wirklich? Denn diese Karriere ist nicht die, die ich geplant hatte. Wenn es nach mir ginge, wüsste niemand, wer ich bin."

„Dann hätten Sie jemand anderen heiraten sollen."

„Das ist undenkbar." Sie beugte sich vor. „Wenn ich Ihnen etwas anvertraue, versprechen Sie, es niemandem zu erzählen?"

„Klar."

„Sie wissen, wie sehr ich Nick liebe. Wenn ich zwischen ihm samt dem ganzen Wahnsinn und dem hier wählen müsste, würde ich mich immer für ihn entscheiden."

„Okay."

„Ich hatte keine Ahnung, was es heißt, diesen Job zu erledigen, während mein Mann ein derart erfolgreicher Politiker wird, dass ich über ihn zu Berühmtheit gelange."

„Wie hätte man das auch voraussahnen sollen?"

„Ich bereue nicht, wen ich geheiratet habe."

„Das weiß ich. Dank *SNL* weiß die ganze Welt, wie sehr Sie einander lieben."

Sam erschauerte. „Verdammtes *SNL*."

„Neulich war ich im Auto unterwegs, als ‚My Humps' lief. Ich musste anhalten, weil ich so gelacht habe."

Sie musterte ihn eindringlich und erwiderte schließlich: „Großartig. Danke für die Info."

Sein Lachen hallte durch ihr kleines Büro. „'tschuldigung", keuchte er. „Es ist nur so verdammt lustig."

„Ja, klar."

Er räusperte sich und rang um Fassung.

„Können Sie etwas für mich tun, Cap?"

„Für Sie tue ich alles."

„Wenn der Tag kommt, an dem Sie finden, dass ich hier mehr Ärger mache, als ich wert bin, oder dass meine Anwesenheit die Leute, mit denen ich arbeite, gefährdet, werden Sie es mir dann sagen?"

„Das wird nicht …"

„Sagen Sie es mir bitte einfach, wenn es so weit ist."

„In Ordnung. Doch heute ist nicht dieser Tag. Bedenken Sie, dass Sie nur in diesem Kommandofahrzeug waren, weil es *Ihre* brillante Idee war, Harlan Peckham aus seinem Versteck zu locken, indem Sie sein nächstes offensichtliches Opfer als Köder benutzen. Sie haben die ganze Sache eingefädelt und die Verbindung zwischen Forrester, Hill, Richterin Sawyer und dem Prozess gegen seine Eltern hergestellt. Ohne Sie würden wir immer noch versuchen, herauszufinden, wer ein Motiv hatte, Tom zu ermorden. Sie leisten hier jeden einzelnen Tag Entscheidendes. Ich weiß, dass es jetzt schwieriger ist, aber Sie lösen Ihre Fälle, und die Leute da draußen im Büro … Die würden für Sie töten."

Seine freundlichen Worte rührten sie tief. „Sie sagen es mir, wenn es unhaltbar wird, ja?"

„Versprochen."

„Vielen Dank."

„Gern."

Gerade als er das Büro verlassen wollte, kam Freddie an die Tür. „Myersons Rechtsanwalt ist hier."

„Dann unterhalten wir uns mal ein bisschen mit ihnen."

KAPITEL 14

Sam fand es durchaus befriedigend, dass die Myersons zusammenzuckten, als sie und Freddie den Raum betraten. Das war gut. Sie hoffte, dass sie ein wenig nervös waren, während sie sich fragten, wie das Ganze ausgehen würde. Nicht dass es ihr Spaß bereitete, die Familien von Mordopfern in die Mangel zu nehmen, doch bei der ältesten Tochter hatte sie ein seltsames Gefühl, und sie hatte gelernt, in diesen Dingen ihrem Instinkt zu vertrauen.

Sie erkannte Roland Dunning, den gleichen Verteidiger, der den ehemaligen Deputy Chief Paul Conklin vertrat, den Mistkerl, der vier Jahre lang Informationen über die Schüsse auf ihren Vater zurückgehalten hatte, ehe er nach dessen Tod reinen Tisch gemacht hatte. Mit diesem Schlag in die Magengrube hatte Sam nicht gerechnet, und sie musste sich kurz sammeln.

„Roland Dunning für die Myersons." Er legte eine goldge-prägte Visitenkarte auf den Tisch, als wüssten sie nicht genau, wer er war und was er hier tat.

Sam ignorierte ihn und seine Karte und konzentrierte sich auf Frank und Zoe, Jada saß ein Stück entfernt von den beiden. „Sind Sie jetzt bereit, mit mir zu reden?"

„Ja", erwiderte Frank mit einem strengen Blick zu Zoe.

Freddie schaltete das Aufnahmegerät auf dem Tisch ein, das

Ton und Bild aufzeichnete, und nannte die Anwesenden und den Fall, um den es ging.

„Zoe, waren Sie so wütend auf Ihre Mutter, dass Sie ihren Tod wollten?", erkundigte sich Sam direkt.

„Was ist das für eine Frage an das Kind eines Mordopfers?", fuhr Dunning dazwischen.

Sam schaute Zoe unverwandt weiter an. „Eine, auf die ich gerne eine Antwort hätte."

„Sie müssen das nicht beantworten, Zoe", wandte sich Dunning an seine Mandantin.

„Natürlich wollte ich nicht, dass sie stirbt!", rief Zoe. „Sie war meine Mutter!"

„Sie sagten, und ich zitiere wörtlich: ‚Sie hat mir das Leben zur Hölle gemacht.' Stimmt das?"

Zoe sah ängstlich zu ihrem Vater. „Wir haben uns oft gestritten."

„Können Sie das genauer ausführen?"

„Sie hat mir alles verboten! Egal, was es war, sie war dagegen."

„Warum?"

„Sie hat mir nicht vertraut."

„Wie kam das?"

„Weil du ständig lügst", warf Jada ein.

„Halt die Klappe, du dummes Miststück. Das stimmt überhaupt nicht."

„Mädels, hört auf", schaltete sich ihr Vater ein. „Das bringt uns nicht weiter."

„Wie ist das, Zoe? Lügen Sie oft?"

„Ein Teenager, der seine Eltern belügt, ist noch lange kein Mörder, Lieutenant", stellte Dunning fest.

Sam ließ Zoe nicht aus den Augen. „Ich möchte, dass Zoe die Frage beantwortet."

Zoe zuckte die Achseln und schien sich sehr unwohl zu fühlen. „Manchmal."

„Ständig", beharrte Jada.

„Dad! Sag ihr, sie soll den Mund halten!"

„Das reicht, Jada."

„Es ist bloß die Wahrheit."

Frank wandte sich direkt Jada zu. „Es reicht."

„Haben Sie ein Problem mit der Wahrheit, Zoe?", wollte Sam wissen.

„Manchmal ist Lügen der einzige Weg, etwas zu dürfen!"

„Ich möchte mit Ihnen allen einzeln sprechen."

„Daraus wird nichts", entgegnete Dunning. „Diese Mädchen sind minderjährig."

Sam starrte ihn an. „Sie haben vielleicht Informationen, die mit dem Mord an ihrer Mutter in Verbindung stehen."

„Sie wissen nichts darüber!", beteuerte Frank. „Es sind Kinder, um Himmels willen."

Jada begann zu weinen.

Frank sah Dunning empört an. „Ich möchte meine Töchter nach Hause bringen. Sie haben gestern ihre Mutter verloren! Das ist ungeheuerlich."

„Ich finde das auch ungeheuerlich", pflichtete ihm Dunning bei. „Aber die Polizei hat das Recht, die Personen zu befragen, die dem Opfer am nächsten stehen."

Sam hätte ihm für den Hinweis auf das an sich Offensichtliche am liebsten gedankt.

„Ich lasse meine Töchter nicht mit dieser Frau allein in einem Raum."

Sam liebte es, wenn die Leute sie als „diese Frau" bezeichneten.

„Die beiden werden nicht allein sein", verkündete Dunning. „Ich werde bei ihnen bleiben. Je eher wir hier fertig sind, desto schneller können Sie mit Ihnen nach Hause."

„Glauben Sie wirklich, das ist nötig? Einen Tag nachdem sie ihre Mutter verloren haben?", fragte Frank Sam.

„Sonst würde ich nicht darum bitten."

„Gut", willigte Frank ein. „Bringen wir es hinter uns."

„Detective Cruz, würden Sie Jada und Frank in Verhörraum zwei bringen, während ich mit Zoe spreche?"

„Natürlich. Hier entlang bitte."

Bevor er Freddie und Jada aus dem Zimmer folgte, warf

Frank Zoe einen Blick zu, bei dem sich Sam in einer Ecke zusammengekauert hätte, wenn sie die Empfängerin gewesen wäre.

Von Zoe hingegen schien er einfach abzuprallen.

Dunning blieb neben Zoe sitzen, die auf eine Weise auf ihrem Stuhl lümmelte, die ihre völlige Verachtung für das gesamte Geschehen verriet.

Sam wählte einen anderen Ansatz. „Wir haben einander wohl auf dem falschen Fuß erwischt. Ich möchte, dass Sie verstehen, dass ich Ihnen diese Fragen stelle, weil es mein Job ist, aufzudecken, was mit Ihrer Mutter passiert ist. Sie wollen doch, dass ich ihren Mörder finde, oder?"

„Natürlich."

„Vielleicht gibt es etwas, das Sie mir sagen können, etwas, wovon Ihnen gar nicht klar ist, dass Sie es wissen, oder etwas, das Sie für unwichtig halten, das aber durchaus von Bedeutung sein und mir bei meinen Ermittlungen helfen könnte. Insofern würde ich es begrüßen, wenn wir uns wie Erwachsene unterhalten. Ich versuche nicht, Ihnen etwas anzuhängen. Ich versuche, einen Mord aufzuklären."

„Meinetwegen."

„Also, Zoe … Wissen Sie, was mit Ihrer Mutter passiert ist?"

„Ich … äh … ich hab gehört, sie war oben im Badezimmer?"

„Ja, und dem Anschein nach war die Todesursache Gewalteinwirkung auf den Schädel mit einem schweren Gegenstand. Wissen Sie, was das bedeutet? Gewalteinwirkung?"

„Wie … auf den Kopf geschlagen?"

„Genau." Sam war erleichtert, als sie sah, dass Zoe bei der Erwähnung der Art und Weise, wie ihre Mutter gestorben war, leicht zusammenzuckte. „Ihr Vater hat sie nackt auf dem Boden des Badezimmers gefunden. Offenbar war sie gerade aus der Dusche gekommen, als der Angriff erfolgte."

Zoe richtete ihren Blick auf die Tischplatte.

„Wie könnte jemand ins Haus gelangt sein?"

„Keine Ahnung."

„Das Haus Ihrer Familie hat an allen Türen schlüssellosen Zugang. Wer kennt den Code?"

„Nur wir vier."

„Sie haben ihn keinem Ihrer Freunde gegeben?"

„Nein. Mein Dad besteht darauf, dass niemand sonst ihn kennt."

„Wenn wir Ihr Handy und das Ihres Freundes überprüfen, wird sich dann einer von Ihnen in der Nähe Ihres Hauses aufgehalten haben, als Ihre Mutter gestern gestorben ist?"

„Nein! Das hab ich Ihnen doch schon gesagt. Gestern hatten wir bei ihm sturmfreie Bude. Wir sind dort nicht weggegangen. Wir haben … Sie wissen schon … die Gelegenheit genutzt, mal allein zu sein." Sie schaute Dunning und danach wieder Sam an. „Das müssen Sie meinem Vater aber nicht erzählen, oder?"

„Ich kann nicht versprechen, dass es nicht rauskommt."

Sie zuckte die Achseln. „Er ist nicht derjenige, der deswegen ausflippt und so tut, als wäre ich der einzige Teenager auf der Welt, der Sex hat."

„Hätte Ihre Mutter das getan?"

Zoe verdrehte die Augen. „O mein Gott. Ich darf nicht mal daran denken, was passiert wäre, wenn sie erfahren hätte, dass wir Sex haben. Sie wäre völlig durchgedreht."

„Besteht die Möglichkeit, dass sie es gewusst hat?"

„Auf keinen Fall. Sie hätte mich in meinem Zimmer eingeschlossen und den Schlüssel weggeworfen."

„Das ist ein interessanter Ausdruck." Einer, der eher in eine Zeit passte, die schon Jahrzehnte zurücklag. „Wo haben Sie den gehört?"

„Von meiner Mutter. Sie hat mir jeden Tag damit gedroht, es war ihr Lieblingsspruch, wenn sie mich nicht gefügig machen konnte."

„Hat Ihre Familie eine Therapie oder Beratung in Anspruch genommen, um den Konflikt zwischen Ihnen und Ihrer Mutter zu bewältigen?"

„Wir waren ein paar Monate lang bei dieser Frau, zu der meine Mutter geht, doch das hat nichts gebracht. Meine Mutter war nicht bereit, mir zu erlauben, erwachsen zu werden und all die Dinge zu tun, die andere Teenager in meinem Alter dürfen. Ich habe seit fast zwei Jahren einen Führerschein. Sie hat mich ganze drei Mal allein fahren lassen. Mom hat mir nicht mal erlaubt, dass ich mir einen Job suche, damit ich eigenes Geld verdienen kann."

„Hat sie Ihnen Gründe genannt, warum?"

„Ich sollte mich auf die Schule konzentrieren."

„Hätten Sie nicht am Wochenende arbeiten können?"

„Das habe ich ihr auch gesagt, aber sie wollte nichts davon hören."

„Wissen Sie, warum das so war?"

„Vor Jahren, als sie beide noch Teenager waren, ist ihre Schwester ermordet worden. Mein Vater hat mir erklärt, dass das für meine Mutter natürlich schrecklich war und sie deshalb wahnsinnig ängstlich sei, was uns betrifft."

Sam beschloss, sich die Unterlagen über den Mord an der Tante zu besorgen. „Wissen Sie mehr darüber, was mit der Schwester Ihrer Mutter passiert ist?"

„Nur dass jemand sie auf dem Heimweg von einer Freundin gekidnappt hat. Ein paar Wochen später wurde die Leiche gefunden."

„Wo war das?"

„Sie stammt aus Manassas, also irgendwo dort."

„Hat man den Mörder gefasst?"

„Keine Ahnung. Meine Mutter hat mit uns nie darüber geredet, ich weiß das alles von meinem Vater. Er wollte, dass ich verstehe, warum sie so streng mit uns war."

„Hat es Ihnen geholfen, das zu hören?"

„Ich glaube ... irgendwie schon. Mir hat das mit ihrer Schwester natürlich leidgetan, nur was hatte das mit mir zu tun? Es ist ja nicht so, als würde mir das Gleiche passieren oder so. Ich habe einfach versucht, mein Leben zu leben."

Sam empfand großes Mitleid mit Elaine Myerson wegen all dem, was sie infolge des abscheulichen Verbrechens an ihrer Schwester erlitten hatte. „Können Sie sich vorstellen, dass ein solches Trauma bei ihr zu der Furcht geführt hat, auch Ihnen könnte etwas passieren?"

„Natürlich. Trotzdem ist sie viel zu weit gegangen. Das fand sogar mein Vater." Sie beugte sich ein wenig vor. „Für Sie klinge ich wie eine siebzehnjährige Göre, die nicht zu schätzen weiß, was sie hat, aber das stimmt nicht. Ich weiß, wie privilegiert ich bin, ein schönes Zuhause zu haben, genug zu essen, das Beste von allem und eine Familie, die mich liebt. Wirklich. Doch wenn man einen Elternteil hat, der einem nicht erlaubt, erwachsen zu werden und sich zu entfalten, dann ist das sehr schwierig."

Sam staunte über die Offenheit des Mädchens.

„Haben Sie Ihre Mutter geliebt?"

„Ja. Und daran hat sich auch nichts geändert. Ich werde sie immer lieben. Mom war ein großartiger Mensch, der so viel für andere getan hat. Sie war dauernd ehrenamtlich tätig, hat Spenden für Bedürftige gesammelt, einen älteren Freund zum Arzt gebracht oder irgendjemandem bei etwas geholfen. Die Leute wussten, dass sie sich auf sie verlassen konnten. Obwohl sie mit ihrer Arbeit und unserer Familie sehr beschäftigt war, ist sie eingesprungen, wo sie nur konnte. Ich hab sie dafür bewundert, aber ich war nicht damit einverstanden, wie sie mich behandelt hat, als ich alt genug war, um unabhängiger zu werden. Ich liebe Zeke, doch sie hat gemeint, das sei lächerlich. Das hat mich verletzt. Woher wollte sie wissen, was ich fühle?"

Sam stimmte ihr zu, was interessant war. Sie hatte dieses Gespräch gewollt, weil sie überzeugt gewesen war, dass das Mädchen etwas mit dem Mord an seiner Mutter zu tun hatte. Nun war sie sich nicht mehr so sicher. „Warten Sie bitte kurz hier. Ich bin gleich wieder da."

Dunning folgte ihr in den Verhörraum nebenan, wo Frank und Jada saßen.

„Kann ich mit Jada sprechen?", fragte Sam Frank. „Sie können solange mit Detective Cruz auf den Flur treten."

Freddie hielt Frank die Tür auf, damit dieser mit ihm kam, was er auch tat, nachdem er seiner jüngeren Tochter einen zögernden Blick zugeworfen hatte.

Dunning setzte sich neben Jada, während Sam das Aufnahmegerät einschaltete.

„Lieutenant Holland mit Jada Myerson und ihrem Rechtsanwalt Roland Dunning im Fall Elaine Myerson. Jada, als wir mit Ihrer Schwester und Ihrem Vater zusammen im anderen

Verhörraum waren, haben Sie erwähnt, dass Zoe Ihre Eltern oft angelogen hat. Können Sie mir mehr darüber erzählen?"

„Meistens hat sie unsere Mutter angelogen."

„Zoe hat erklärt, Ihre Mutter habe ihr Dinge verboten, die andere Jugendliche dürfen. Trifft das zu?"

„Meine Mutter hatte Probleme ... Hat Zoe Ihnen das mit der Ermordung ihrer Schwester gesagt?"

„Ja."

„Deswegen war sie uns gegenüber wahnsinnig überbehütend, was, wie sie oft selbst zugab, nicht fair war, aber es war, als könnte sie nicht anders. Ich habe versucht, verständnisvoll zu sein, allerdings bin ich gern daheim, also hat es mich nicht so sehr gestört. Zoe will lieber unterwegs sein und hat sich gegen das Bedürfnis unserer Mutter, sie stets in ihrer Nähe zu haben, aufgelehnt."

„Es muss schwierig für Sie gewesen sein, mit diesen ewigen Streitereien zu leben."

„Furchtbar. Ich verbringe viel Zeit in meinem Zimmer mit Kopfhörern auf den Ohren, um das nicht ständig mitzubekommen."

„Haben Sie an der Familientherapie teilgenommen?"

„Eine Zeit lang, doch es hat mir nicht gutgetan, also habe ich aufgehört. Ich hatte gehofft, die Therapeutin würde ihnen helfen, einen Mittelweg zu finden, der beide zufriedenstellt, aber das ist nie passiert. Bei uns zu Hause tobte jeden Tag der Dritte Weltkrieg, weshalb Zoe sich darauf verlegt hat, Mom vieles einfach zu verheimlichen."

„Waren Sie deswegen sauer auf sie?"

„Nicht wirklich. Ich bin ihr meist aus dem Weg gegangen. Wir verstehen uns auch nicht besonders."

„Ich hatte den Eindruck, dass sie irgendwie gemein zu Ihnen ist ..."

„Manchmal schon. Meist ist es so, dass sie nichts mit mir am Hut hat, was völlig in Ordnung für mich ist. Ich bin nicht gerne in ihrer Nähe."

„Glauben Sie, dass Zoe etwas mit dem Mord an Ihrer Mutter zu tun haben könnte?"

Jada dachte länger darüber nach. „Ich würde gern sagen, auf keinen Fall, doch ganz ehrlich? Keine Ahnung. Die Dinge zwischen den beiden liefen wirklich schlecht, und es wurde immer schlimmer. Zoe hat die Tage bis zu ihrem achtzehnten Geburtstag im Juli gezählt. Sie hat Mom gegenüber verkündet, dass sie sie danach nie wieder sehen wolle."

„Wie hat Ihre Mutter darauf reagiert?"

„Sie hat erwidert: ,Viel Glück bei dem Versuch, dich ohne unsere Hilfe durchzuschlagen.'"

„Glauben Sie, Zoe hat das ernst gemeint?"

„Ganz sicher. Ich habe gehört, wie sie am Telefon darüber gesprochen hat, mit ein paar Freundinnen und vielleicht auch Zeke eine Wohnung zu suchen, die sie sich leisten kann. Sie hat unserer Cousine erklärt, sie könne es kaum erwarten, einen Job zu haben und ihr eigenes Leben zu führen."

„Was halten Sie von Zeke?"

„Er scheint in Ordnung zu sein. Zeke mag Zoe wirklich, und das ist das Verwirrende für mich. Sie ist so garstig."

„Hat sie Freunde?"

„Viele. Ich glaube, sie hebt sich die hässlichen Seiten ihres Wesens für ihre Familie auf. Wir Glücklichen."

„Wie war Ihre eigene Beziehung zu Ihrer Mutter?"

„Gut. Ich war nicht immer einer Meinung mit ihr, aber nachdem ich die Streitereien mit Zoe miterlebt hatte, war mir klar, dass ich das unter keinen Umständen für mich wollte. Ich habe diese Auseinandersetzungen gehasst. Sie haben mich ganz krank gemacht."

„Wo war Ihr Vater bei alldem?"

„Er hat versucht, den Streitereien aus dem Weg zu gehen, indem er länger bei der Arbeit blieb oder Ausreden fand, um sich woanders aufzuhalten."

Sam schrieb mit, während Jada sprach.

„Fällt Ihnen jemand ein, der Ihrer Mutter möglicherweise etwas antun wollte?"

Jadas Augen füllten sich mit Tränen, als sie den Kopf schüttelte. „Die Leute haben sie geliebt."

„Sie wissen nichts von Problemen, die sie mit irgendwem hatte?"

„Ich habe nie gehört, dass jemand etwas Schlechtes über sie gesagt hätte, außer Zoe."

„Bleiben Sie hier. Ich bin gleich zurück."

Freddie hatte Frank mit einer Flasche Cola und einer Tüte Brezeln an Gonzos freien Arbeitsplatz gesetzt.

„Wie läuft's?", erkundigte sich ihr Partner leise.

„Einige interessante Enthüllungen. Wo kriege ich die Aufnahmen aus den Verhörräumen her?"

Freddie sah sie ungläubig an.

„Was denn? Normalerweise schreibe ich alles mit, sodass ich die Aufnahmen nicht brauche."

Freddie lächelte. „Welche willst du?"

„Die letzten fünf Minuten mit Zoe."

„Ich besorg sie dir."

„Stell Streifenbeamte vor die Räume, in denen die Mädchen sind. Bring die Aufnahme, Frank und den Anwalt in den Konferenzraum, wenn du so weit bist."

„Verstanden."

Sam ging in ihr Büro, trank einen Schluck Wasser aus einer fast leeren Flasche auf ihrem Schreibtisch und setzte sich, um über ihre nächsten Schritte nachzudenken. Ihr Eindruck von Zoe hatte sich geändert, nachdem sie mit dem Mädchen unter vier Augen gesprochen hatte. Das kam nicht oft vor und verwirrte sie. Normalerweise waren die Menschen genau so, wie sie auf den ersten Blick auf sie wirkten, und nur wenige von ihnen überraschten sie so wie Zoe mit dem, was sie am Ende ihres Gesprächs gesagt hatte.

Sie nahm das restliche Wasser mit in den Konferenzraum.

Ein paar Minuten später kam Freddie mit Frank und Dunning herein. Sie setzten sich auf die Stühle ihr gegenüber.

„Mr Myerson, ich habe von Ihren Töchtern erfahren, dass der Konflikt zwischen Ihrer Frau und Zoe heftig war und alle Familienmitglieder belastet hat. Würden Sie dieser Einschätzung zustimmen?"

„Ja, sie haben ständig gestritten. Eine sehr schwierige Situation."

„Was denken Sie über die Art und Weise, wie Ihre Frau Zoe erzogen hat?"

„Ich finde, sie hat ihr zu wenig Freiheit gelassen. Zoe wird diesen Sommer volljährig, doch Elaine hat sie behandelt, als wäre sie ein kleines Kind. Meine Frau und ich sind deswegen jahrelang aneinandergeraten, aber nach einer Weile habe ich es aufgegeben, sie umstimmen zu wollen. Vor vielen Jahren ist ihre Schwester ermordet worden. Das hat sie sehr mitgenommen."

„Zoe hat es erwähnt. Können Sie uns sagen, was mit der Schwester passiert ist?"

„Elaine und ihre Familie haben nicht oft über Sarah gesprochen."

„Wie war Elaines Mädchenname?"

„Corrigan."

„Wie lange liegt der Mord an ihrer Schwester zurück?"

„Äh, über fünfundzwanzig Jahre, würde ich sagen."

Sam schrieb Freddie eine Nachricht. *Bitte jemanden, alles zu besorgen, was wir über den Mord an Sarah Corrigan in Manassas vor fünfundzwanzig Jahren haben.* Sie riss die Seite aus ihrem Notizbuch und reichte sie ihm.

Er erhob sich und verließ den Raum.

„Zoe war sich nicht sicher, ob der Mörder damals gefasst worden ist."

„Es gab keine Verhaftung."

„Ihre Töchter glauben, dass das eine große Rolle dabei gespielt hat, dass Ihre Frau ihnen gegenüber so übervorsichtig gewesen ist."

„Das ist korrekt. Elaine war traumatisiert von dem, was Sarah zugestoßen ist. Sie hat es mir gleich erzählt, als wir uns das erste Mal getroffen haben, und sie war immer sehr besorgt um ihre eigene Sicherheit, um meine und die der Mädchen. Das war ein Zankapfel zwischen uns als Familie. Wir haben zwar verstanden, woher das rührte, doch es war nicht leicht, mit der ständigen Überwachung und Sorge zu leben. Ich hab mir

Gedanken darüber gemacht, dass unsere Mädchen zu viel Angst haben würden, ihr Leben zu leben."

Freddie kam zurück in den Raum und setzte sich wieder auf seinen Platz. „Cam und Matt sind zurück."

Sam nickte. „Ich möchte Ihnen die letzten Minuten von meinem Gespräch mit Zoe vorspielen."

Freddie legte sein Handy auf den Tisch und drückte auf „Play".

KAPITEL 15

Sie hörten Zoe, die erklärte, dass ihr sehr wohl bewusst war, in was für einer privilegierten Position sie sich befand, aber es sei schwierig gewesen, mit einer Mutter zusammenzuwohnen, die ihr nicht erlaubte, unabhängiger zu werden, obwohl sie inzwischen fast erwachsen sei. Sie habe ihre Mutter für die Art und Weise bewundert, wie sie ihr Leben geführt habe, und es habe sie sehr verletzt, dass ihre Mutter ihre Gefühle für Zeke als bloße Schwärmerei abgetan hatte.

Sam bemerkte, dass Frank mit den Tränen kämpfte, während seine Tochter all das erzählte. „Was halten Sie von dem, was sie gesagt hat?"

„Es stimmt alles. Elaine hat Zoe das Leben schwer gemacht und ihre Gefühle für Zeke heruntergespielt, was ich nicht fair fand. Zoe ist alt genug, um beurteilen zu können, was sie für jemanden empfindet. Ich hab Elaine gewarnt, dass es falsch sei, ihre Gefühle nicht ernst zu nehmen. Das war für uns alle ein Problem, trotzdem war meine Frau ein guter Mensch und hat viel für andere getan."

„Wie war Ihre Ehe?"

„Wir hatten Höhen und Tiefen, wie jedes Paar. Die Teenagerjahre der Mädchen waren extrem, allerdings hatte ich die Hoffnung, es würde besser werden, wenn sie älter wären und nicht mehr bei uns wohnten. Gleichzeitig hatte ich die

Befürchtung, dass Elaine versuchen würde, sie noch mehr zu kontrollieren, nachdem sie ausgezogen waren."

„Hat sich Ihre Frau wegen ihrer Angstzustände medizinische Hilfe gesucht?"

„Sie nahm Medikamente und hatte jahrelang einen wöchentlichen Termin bei einer Psychiaterin, in letzter Zeit sogar zweimal die Woche."

„Kennen Sie den Namen dieser Ärztin?"

„Colleen Barker aus Woodley Park. Elaine mochte sie sehr und sagte, sie sei ihr eine große Hilfe, aber ich fand es frustrierend, dass die Therapie die Probleme in unserer Familie nicht verringert hat."

„Wären Sie bereit, eine Einverständniserklärung zu unterschreiben, die es uns erlaubt, mit ihr zu sprechen?"

„Wenn Sie meinen, dass es hilft."

„Wir wären Ihnen sehr dankbar."

„Okay."

„Ich hoffe, Sie verstehen, dass ich fragen muss, ob Sie glauben, dass eine Ihrer Töchter ihrer Mutter etwas angetan haben könnte."

„Nein, das ist ausgeschlossen. Sie sind nicht miteinander klargekommen, doch Zoe hätte niemals zu Gewalt gegriffen, und Jada ist dem Konflikt eher aus dem Weg gegangen, als sich einzumischen oder Partei zu ergreifen."

„Was ist mit Ihnen?"

„Mit mir?"

„Haben Sie sich so geärgert, dass Sie Ihre Frau aus dem Weg haben wollten?"

Frank stand vor Schreck der Mund offen, als er den Kopf schüttelte. „Nein, ich habe Elaine geliebt. Ich hätte ihr nie ein Leid zufügen können. Sie war seit über zwanzig Jahren der Mittelpunkt meines Lebens."

„Fällt Ihnen jemand ein, der sie hätte töten wollen?"

„Ich war die ganze Nacht wach und hab mir den Kopf darüber zerbrochen, wer so etwas getan haben könnte, aber vergebens. Es ist möglich, dass jemand eingebrochen ist und sie überrumpelt hat …"

Sicher, dachte Sam, das war möglich, da es jedoch keine Einbruchsspuren gab, beharrte ihr Bauchgefühl darauf, dass diese Tat nicht zufällig geschehen war. Nicht angesichts der heftigen Wut, mit der diese Menschen seit Jahren lebten. So etwas neigte dazu, zu metastasieren und irgendwann überzukochen. Wenn sie hätte raten müssen, hätte sie gesagt, genau das sei in diesem Fall geschehen. Sie musste es nur noch beweisen.

„Was können Sie mir über die Kollegen Ihrer Frau erzählen?"

„Sie haben sie sehr geschätzt. Elaine hat unzählige Stunden damit verbracht, Positionspapiere und Weißbücher zu schreiben und zu redigieren."

„Für welche Organisation?"

„CVX. Das war ein weiterer Streitpunkt mit Zoe, die überzeugte Umweltschützerin ist und entsetzt war über die Beteiligung ihrer Mutter an einem Unternehmen, das ihrer Meinung nach dem Klima und dem gesamten Planeten massiv schadet."

Diese Familie hat sich in endlosen Konflikten gegenseitig zerfleischt, dachte Sam und fragte sich, wie sie den ständigen Streit ausgehalten hatten.

„Ich werde Sie und Ihre Töchter jetzt gehen lassen. Wir organisieren eine Fahrgelegenheit zu Ihrer Schwester." Sie warf Freddie einen Blick zu, woraufhin der nickte und sich erhob, um sich darum zu kümmern. „Ich möchte, dass Sie in der Nähe bleiben, da wir vielleicht weitere Fragen an Sie haben."

„Wir können nirgendwo sonst hin, und wir müssen eine Beisetzung planen."

„Wenn Sie wissen, welches Bestattungsunternehmen Sie beauftragen wollen, werde ich Dr. McNamara bitten, dort anzurufen, sobald sie ihre Arbeit abgeschlossen hat."

„Ich denke, Greenlawn drüben in der Arkansas Avenue wäre nicht verkehrt."

„Gut, ich gebe das weiter und melde mich."

„Sagen Sie mir die Wahrheit, Lieutenant. Verdächtigen Sie eine meiner Töchter?"

„Unsere Ermittlungen haben bisher keinen mutmaßlichen Täter ergeben." Sie fand es interessant, dass er beide Töchter in seine Frage einbezog, obwohl nur eine von ihnen eine erkennbar angespannte Beziehung mit Elaine gehabt hatte.

„Aber sie gehören zum Kreis der möglichen Verdächtigen?"

„Das tut jeder bis zum Beweis des Gegenteils."

„Lieutenant, das sind Kinder, die gerade ihre Mutter verloren haben. Sie können doch nicht wirklich glauben, dass sie etwas damit zu tun haben könnten."

„Wir haben noch nicht genug Informationen, um jemanden auszuschließen."

Freddie streckte den Kopf wieder herein. „Haggerty will Fingerabdrücke der Familie."

„Schick jemanden her, der das macht", sagte Sam, die die Myersons nicht der zentralen erkennungsdienstlichen Behandlung aussetzen wollte.

„Fingerabdrücke?", fragte Frank ungläubig.

„Ja, damit die Beamten feststellen können, welche Abdrücke zur Familie gehören und welche nicht."

„Ah, verstehe."

„Das hilft uns, die Fingerabdrücke, die von Ihnen im Haus hinterlassen wurden, von fremden zu unterscheiden. Wenn Sie keine weiteren Fragen haben, werden wir das erledigen und Sie dann zu Ihrer Schwester zurückbringen."

„Wie lange wird unser Haus für uns gesperrt sein?"

„Noch ein paar Tage."

„Ich verstehe nicht, wie das alles passieren konnte. Elaine war eine so wunderbare Ehefrau und Mutter. Sie hat nie jemandem etwas getan."

„Es tut mir sehr leid, für Sie und Ihre Töchter, und wir arbeiten mit Hochdruck daran, Ihnen Antworten zu beschaffen."

Sie ließ ihn bei Freddie, der sich um Myersons Fingerabdrücke kümmern würde, und trat zu Cameron Green. „Wie ist es mit Zeke Bellamy gelaufen?"

„Er war etwas feindselig, als wir ihn zu einem Gespräch gebeten haben, hat sich aber beruhigt, als wir ihm gedroht haben, ihn in Handschellen abzuführen. Wir haben ihn zu einer ausführlicheren Befragung hergebracht."

„Willst du mit rein?", fragte sie Cam.

„Gern."

Sam und Cameron gingen in den Raum, in dem Officer Keeney Zeke bewachte.

Sam nickte dem Beamten zu, der den Raum verließ. Dann nahmen sie Zeke gegenüber Platz, der schlaksig war und kurze, stachelige, weißblond gefärbte Haare hatte, braune Augen, Sleevetattoos auf beiden Armen und in beiden Ohren kleine Ringe. Sie fragte sich, ob Zoe sich von seiner Bad-Boy-Aura angezogen fühlte.

Sie schaltete das Aufnahmegerät auf dem Tisch ein.

„Ich bin Lieutenant Samantha Holland. Das ist Detective Cameron Green."

„Warum haben die Polizisten mir mein Handy abgenommen? Das können die doch nicht einfach so machen."

„Wir haben einen Durchsuchungsbeschluss."

„Und wonach suchen Sie?"

„Das wissen wir erst, wenn wir alles durchgesehen haben."

„Ich bin mir nicht sicher, was ich oder mein Handy zu Ihren Ermittlungen beitragen können."

„Sie sind Zoe Myersons Freund, richtig?"

Er zuckte die Achseln. „Ja, und?"

„Zoes Mutter ist ermordet worden."

„Ich weiß. Aber ich verstehe trotzdem nicht, was das mit mir zu tun hat."

„Wo haben Sie sich gestern aufgehalten?"

Ihm fielen fast die Augen aus dem Kopf. „Sie glauben, *ich* hätte sie getötet?"

„Ich habe gefragt, wo Sie waren."

„Fast den ganzen Tag mit Zoe bei mir zu Hause. Meine Familie war mit meinen Schwestern unterwegs, und wir hatten etwas Zeit für uns."

„Wann haben Sie sich mit Zoe getroffen?"

„Gegen Mittag? Wir waren an der Union Station verabredet, haben uns etwas zu essen geholt und sind gegen zwei Uhr mit der U-Bahn zu mir nach Hause gefahren. Wir waren noch dort, als ihr Vater anrief und sie bat, dringend nach Hause zu kommen."

„War es ungewöhnlich, dass sie so viel Zeit mit Ihnen verbringen konnte?"

„Sehr sogar. Ihre Mutter ist sehr streng gewesen. Zoe hat eigentlich damit gerechnet, dass sie mit einem Anruf oder einer Nachricht aufgefordert werden würde, heimzukehren, doch das ist nicht passiert."

Weil ihre Mutter tot war, hätte Sam am liebsten gesagt, verkniff es sich aber.

„Zoe hat Ihnen sicher von ihrer Mutter erzählt."

„Ja. Die war total verrückt, wenn Sie mich fragen. Wer verbietet einer Siebzehnjährigen einen Job, einen Freund, ein eigenes Leben? Zoe konnte es kaum erwarten, achtzehn zu werden und der Kontrolle ihrer Mutter zu entkommen."

„War sie begierig darauf, diesen Prozess zu beschleunigen?"

Er sah eine Sekunde lang verwirrt aus, bis er begriff, was sie meinte. „Was? Nein, Quatsch. Sie hatte auf ihrem Handy einen Countdown bis zu ihrem achtzehnten Geburtstag laufen. Sie plante, im Juli zu Freunden zu ziehen und sich ein Leben ohne ihre Mutter aufzubauen. Wir haben darüber gesprochen, dass sie es noch ein paar Monate aushalten würde und dann für den Rest ihres Lebens tun könnte, was sie will."

Sam hatte gelernt, in erster Linie ihrem Bauchgefühl zu vertrauen, und nichts an diesem Jungen war in irgendeiner Weise verdächtig, vor allem weil seine Geschichte Zoes Aussage dazu stützte, wo sie gestern gewesen war. „Gibt es sonst noch etwas, das Sie uns über Zoes Mutter oder die Familie mitteilen können, das relevant sein könnte?"

„Nicht dass ich wüsste. Ich habe mich so weit wie möglich von ihrer Mutter ferngehalten. Sie hat sich mir gegenüber benommen, als hasste sie mich, nur weil ich existiere."

Sam schob ihr Notizbuch über den Tisch. „Schreiben Sie mir Ihren Namen, Ihre Adresse, Ihre Telefonnummer und Ihre Social-Media-Accounts auf."

Als er fertig war, legte er das Notizbuch mit den gewünschten Informationen zu seinen Instagram-, Snapchat- und TikTok-Konten zurück auf den Tisch. „Wann krieg ich mein Handy wieder?"

„Lassen Sie mich das überprüfen. Bin gleich wieder da." Sie winkte Keeney, der an Matt O'Briens Schreibtisch lehnte, zu sich. Er richtete sich auf, als er sie sah. „Bleiben Sie bitte kurz bei ihm."

„Jawohl, Ma'am."

Sie ging in ihr Büro, um Lieutenant Archelotta anzurufen. „Was gibt's?"

„Wie weit sind wir mit Zeke Bellamys Handy?"

„Ich habe fast alle Daten gezogen. Gib mir zehn Minuten."

„Gut. Meinetwegen kann er nach Hause, aber er will sein Handy zurück."

„Er hat nicht so viel Schrott drauf, wie man es von einem Jugendlichen in seinem Alter erwarten würde. Viel kürzerer Download als sonst."

„Was meinst du?"

„Hat er neben denen, die uns sein Handy verrät, noch andere Interessen?"

„Das ist möglich. Ich bin sehr an seinen SMS und anderen Kommunikationen mit Zoe Myerson interessiert – und daran, herauszufinden, wo er gestern war."

„Das kann ich dir gleich sagen."

„Danke."

Sie setzte sich an ihren Schreibtisch und überprüfte auf ihrem BlackBerry, ob es was Neues von Nick zu der Sorgerechtsklage der Großeltern der Zwillinge gab.

Da war nichts.

Wenn sie sich gestattete, zu viel darüber nachzudenken, was da schlimmstenfalls drohte, würde sie in Panik geraten. Sie liebte Alden, Aubrey und Eli sehr. Was würden Nick und sie tun, wenn die Großeltern damit Erfolg hatten, ihnen die Zwillinge wegzunehmen?

„Sam?" Freddie stand offenbar schon seit ein paar Sekunden in der Tür. „Alles okay?"

„Ein neues Problem mit den Großeltern der Zwillinge hat mich abgelenkt."

„Was ist denn jetzt wieder?"

„Sie wollen vor Gericht durchsetzen, dass die Kleinen bei ihnen leben."

„Das führt doch zu nichts. Eli entscheidet das, und er will, dass sie bei euch sind."

„Ja, ich weiß. Daran klammere ich mich. Danke für die Erinnerung." Sie atmete tief durch und versuchte, die schreckliche Sorge zu verdrängen und sich auf die Arbeit zu konzentrieren. „Was gibt's?"

„Ich habe die Myersons in einem Streifenwagen nach Hause geschickt. Cam sagte, du hättest mit Zeke gesprochen. Wie ist das gelaufen?"

„Ich hab bei ihm kein schlechtes Gefühl, aber ich warte darauf, dass Archie mir die Auswertung seines Handys bringt."

„Und hier bin ich", verkündete Archie wie aufs Stichwort.

Freddie trat zur Seite, um den IT-Lieutenant einzulassen.

„Die SMS mit Zoe stehen ganz oben, gefolgt von der GPS-Ortung, die zeigt, dass er gestern ab etwa vierzehn Uhr in einem Haus in Arlington war. Auch ihr Handy bestätigt diesen Zeitpunkt, und Jadas zeigt, dass sie gestern den größten Teil des Tages in West Virginia und Maryland verbracht hat."

Diese Informationen stimmten mit dem überein, was Zoe, Jada und Zeke ihr berichtet hatten.

„Danke für die schnelle Arbeit." Sie wandte sich an Freddie. „Officer Keeney soll Zeke nach Hause bringen."

Archie überreichte Freddie einen Plastikbeutel mit Zekes Handy.

„Hast du kurz Zeit?", fragte Archie, nachdem Freddie gegangen war.

Sam nickte und winkte ihn ins Büro.

Als er die Tür geschlossen und sich gesetzt hatte, merkte Sam, dass er angespannt wirkte. „Was ist denn los?"

„Ich habe jemanden kennengelernt."

„Okay …" Sam war überrascht, dass er das erwähnte, denn sie hatten eine gemeinsame Vergangenheit aus der Zeit, bevor sie wieder mit Nick zusammengekommen war.

„Ich mag sie."

„Das ist großartig. Freut mich für dich." Sein seltsamer Gesichtsausdruck verwirrte sie. „Das ist doch gut, oder?"

„Ich bin mir nicht sicher. Sie ist mir gegenüber nicht offen."

„Inwiefern?"

„Ich habe das Gefühl, sie zeigt mir nur Bruchstücke ihrer selbst, genug, um mich bei der Stange zu halten, allerdings nicht die ganze Geschichte."

„Muss ich dich daran erinnern, dass du Polizist bist?"

„Diesen Weg will ich nicht beschreiten. Es fühlt sich hinterhältig an."

Sam lehnte sich zurück, während sie ihn genau musterte. „Du spürst aber, dass etwas nicht stimmt."

„Ja. Ich glaube schon. Die Sache ist die: Wenn wir zusammen sind, ist alles gut. Es ist der Rest der Zeit, der mir Sorgen bereitet."

„Doch du willst sie nicht überprüfen."

„Ich glaube, das sollte ich nicht." Er warf Sam einen zögernden Blick zu. „Aber du könntest es tun."

Sam fragte sich, ob sie ihn richtig verstanden hatte. „Äh … Wie bitte?"

„Ich denke, es ist etwas anderes, wenn eine Freundin sich die Frau, mit der ich mich treffe, beiläufig anschaut, um mich zu beschützen, als wenn ich es tue, was sie als Akt der Aggression betrachten könnte."

„Archie … Hörst du dir eigentlich selbst zu? Du misstraust ihr."

„Das ist es nicht …"

„Nicht? Wir machen Witze über unseren Polizisten-Spinnensinn, doch wir haben gelernt, ihn ernst zu nehmen. Dein Bauchgefühl sagt dir, dass etwas nicht stimmt. Warum fragst du sie nicht einfach, statt sie zu überprüfen oder mich das machen zu lassen?"

Sein Gesicht verriet, was er von dieser Idee hielt.

„Ich geb dir einen guten Rat, mein Freund. Weißt du, was Nick von allen anderen Typen unterscheidet, mit denen ich je was hatte? Anwesende natürlich ausgenommen."

„Natürlich. Wir waren ja eigentlich auch nicht wirklich zusammen."

Sam lachte. „Richtig. Das Besondere an ihm ist, dass ich mich nie, nie, *nie* fragen muss, was er denkt, was er tut, mit wem er es tut, wo er ist – besonders jetzt nicht. Da läuft einfach kein Mist, Archie. Verstehst du?"

„Schon. Es gefällt mir nicht, aber ich verstehe es."

„Vor ihm hatte ich so viel Müll am Hals, dass die Abwesenheit davon das Beste daran ist, mit ihm zusammen zu sein. Nun, das und sein …"

„Stopp! Ich hab's kapiert."

Sam lächelte. „Ich wollte sagen, sein Charme, seine Freundlichkeit, die Art und Weise, wie er den Boden verehrt, auf dem ich wandle … und andere Dinge."

„Gute Argumente."

„Sprich sie darauf an, oder schieß sie ab. Lass sie weder von mir noch von sonst jemandem überprüfen. Was, wenn es da nichts gibt? Wenn sie dahinterkommt – und das wird sie –, wird das alles ruinieren."

„Danke."

„Jederzeit gern und für dich zudem ganz umsonst."

Er grinste.

„Hältst du mich auf dem Laufenden?"

„Klar."

Nachdem er abgezogen war, überlegte Sam, wie es ihnen nach dem Ende ihrer kurzen Affäre eigentlich gelungen war, eine so gute Freundschaft aufzubauen. Er war einer ihrer Lieblingskollegen, da man sich immer darauf verlassen konnte, dass er schnell und effizient arbeitete, was leider nicht selbstverständlich war. Außer bei Archie. Er war so zuverlässig wie ein Uhrwerk.

„Alles in Ordnung mit Archie?", wollte Freddie wissen, der in der Tür erschien.

„Ob du es glaubst oder nicht, er wollte Beziehungstipps."

Freddie hob überrascht die Brauen.

„Was denn? Ich bin eine exzellente Beraterin in Sachen

Romantik. Gerade du solltest das wissen. Du profitierst doch oft genug von meiner Weisheit auf diesem Gebiet."

Es war ein Wunder, dass er sich nicht die Gesichtsmuskeln zerrte, so sehr verdrehte er die Augen. „Ja, klar."

Sam musste lachen.

„Manchmal denke ich, du glaubst deine eigene PR tatsächlich."

„Ich kenne meine Stärken, und Romantik gehört dazu. Frag Nick."

„Lieber nicht, aber trotzdem vielen Dank. Arbeiten wir noch an dem Fall, oder bist du irgendwo im Lala-Land?"

„Ich bin hier und bereit. Wir sollten der Sache mit Elaines ermordeter Schwester nachgehen und die Ermittlungsakten durchsehen."

„Hast du die Tochter und ihren Freund ausgeschlossen?"

„Für den Moment auf jeden Fall. Laut den Einwahldaten ihrer Handys waren sie gestern Nachmittag stundenlang bei Zeke zu Hause. Ich brauche von Lindsey noch den Todeszeitpunkt ..."

Genau in diesem Augenblick erschien die Gerichtsmedizinerin hinter Freddie.

„Wenn man vom Teufel spricht."

KAPITEL 16

Lindsey reichte Sam einige zusammengeheftete Seiten. „Elaine Myerson starb durch stumpfe Gewalteinwirkung auf den Kopf, die ihren Schädel zertrümmert hat. Todeszeitpunkt gestern Nachmittag gegen fünfzehn Uhr dreißig. Sie war praktisch sofort tot. Die toxikologische Untersuchung läuft, und ich werde dir die Ergebnisse mitteilen, sobald ich sie habe."

„Danke, Lindsey. Das ist genau das, was wir gebraucht haben."

„Gern."

Als Lindsey sich zum Gehen wandte, hielt Sam sie zurück. „Gib uns einen Moment, ja, Freddie?"

„Klar."

Lindsey blieb nur widerwillig, zumindest wirkte es auf Sam so.

„Würdest du bitte die Tür schließen?"

Lindsey kam der Aufforderung nach.

„Was muss ich tun, um das wiedergutzumachen?"

„Das kannst du nicht, Sam. Du hast mir eine falsche Identifizierung gegeben. Wie zum Teufel soll ich dir je wieder vertrauen?"

Ihre Worte waren wie ein Messerstich direkt in Sams Herz. „Ich hab dir gesagt, warum ich es getan habe."

„Das ist mir egal. Wenn du mich gebeten hättest, mein Leben darauf zu verwetten, dass du so etwas nie tun würdest, läge ich jetzt in meiner eigenen Leichenhalle."

„Es tut mir leid, und ich schwöre dir, es wird nie wieder vorkommen."

Lindsey lehnte sich mit dem Rücken gegen die geschlossene Tür, verschränkte die Arme und schaute zu Boden.

„Lindsey." Sam wartete, bis ihre Freundin sie ansah. „Es tut mir leid. Ich hätte nicht versprechen sollen, Geheimnisse vor meinen engsten Freunden und Kollegen zu bewahren, auch nicht im Namen der nationalen Sicherheit. Ich werde es nie wieder tun. Das schwöre ich."

Sam hoffte, dass ihr Wort Lindsey noch etwas bedeutete.

„Ich möchte, dass du weißt ... dass ich die Situation verstehe, in der du dich befindest, und mit dir fühle. Die ganze Sache ist unglaublich. Trotzdem ..."

Sam stand auf, kam um den Schreibtisch herum und blieb einen Meter vor der Gerichtsmedizinerin stehen, die zu ihren engsten Freundinnen zählte. „Es wird nie wieder geschehen."

„Ich nehme deine Entschuldigung an."

„Danke."

Es klopfte an der Tür. „Sam! Komm mal schnell."

Was war denn nun schon wieder?

Voller Besorgnis ging sie mit Lindsey ins Großraumbüro.

„Sie haben den ehemaligen Admiralstabschef verhaftet", erklärte Gonzo, während er ihnen zum Konferenzraum vorauseilte, wo sich der Rest ihres Teams um den Fernseher versammelt hatte.

Agent Truver stand an einem Rednerpult und verkündete gerade, dass der frühere Admiralstabschef Nathan Goldstein wegen versuchten Mordes und Hochverrats verhaftet worden sei. Hinter Truver stand Interims-Justizministerin Conrad zusammen mit mehreren hochrangigen Marineoffizieren und anderen Beamten.

Gonzo pfiff leise durch die Zähne. „Ein verdammter Admiral."

„Seit dem Bekanntwerden des Komplotts zum Sturz der Regierung Cappuano haben wir zusammen mit dem Justizministerium und zahlreichen anderen Strafverfolgungsbehörden und -beamten unermüdlich daran gearbeitet, die Geschehnisse vollumfänglich aufzuklären. Aus Gesprächen mit anderen früheren Mitgliedern der Vereinigten Stabschefs haben wir erfahren, dass der ehemalige Admiral Goldstein der Kopf hinter dem Plan war, einen Militärputsch durchzuführen, um Präsident Cappuano die Kontrolle über die Regierung der Vereinigten Staaten zu entreißen. Goldstein war der Ansicht, es fehle dem Präsidenten an – ich zitiere hier Zeugenaussagen – ‚Erfahrung, Ernsthaftigkeit und Geschick, um die Streitkräfte der Vereinigten Staaten zu befehligen und das Land vor feindlichen Akteuren zu schützen, die diese Mängel als Gelegenheit für einen Angriff, eine Invasion oder eine andere Bedrohung der Souveränität der Vereinigten Staaten betrachten würden'. Goldstein war der Ansicht, man könne und dürfe das Potenzial für Terrorismus oder andere Gewalt nicht ignorieren."

Sam tat der Gedanke weh, dass Nick diese Dinge über sich und seine Präsidentschaft hören würde.

„Der von Goldstein skizzierte und von Insidern detailliert beschriebene Plan sah vor, dass die Militärberater dem Präsidenten mitteilen würden, dass sie das Kommando über die Regierung, die Streitkräfte der Vereinigten Staaten und alle damit zusammenhängenden Besitztümer und Vermögenswerte übernehmen. Die ehemaligen Stabschefs hatten die Absicht, dem Präsidenten die Möglichkeit zu geben, zurückzutreten und das Weiße Haus friedlich zu räumen."

„Heilige Scheiße", flüsterte Cameron.

„Was, wenn er nicht getan hätte, was sie wollten?", fragte Freddie.

„Falls nötig", fuhr Truver fort, „waren die ehemaligen Stabschefs bereit, das Kriegsrecht auszurufen, um den Präsidenten des Amtes zu entheben."

Da sie fürchtete, dass ihr gleich die Knie einknicken würden, ließ sich Sam auf den ersten freien Platz am Tisch sinken.

„Der Plan, der eigentlich unter den Stabschefs und ihren engsten Mitarbeitern bleiben sollte, sickerte durch, wie das nun mal unvermeidlich ist. Mitarbeiter, die über den Plan entsetzt waren, tauschten sich untereinander aus, und auf Mannschaftsebene beschloss man, Navy Lieutenant Commander Juan Rodriguez zu informieren, einen der Militärattachés des Präsidenten, der sich mit diesem angefreundet hatte. Niemand hat Navy Lieutenant Commander Rodriguez ausdrücklich gebeten, das alles an den Präsidenten weiterzugeben, doch es war klar, dass er es tun würde – und das hat er dann auch. Als der Präsident von dem Umsturzplan erfuhr, hat er schnell und entschlossen gehandelt, um ihn zu vereiteln, indem er die ehemaligen Stabschefs zur Rede gestellt hat. Als sie sich weigerten, ihre Beteiligung einzugestehen, hat er den ehemaligen Justizminister Cox angewiesen, sie in Gewahrsam zu nehmen. Goldstein gab allerdings auch dann keine Ruhe, nachdem er mehrerer schwerer Straftaten angeklagt und unehrenhaft aus dem Militär entlassen worden war. Vor allem wollte er sich an dem Mann rächen, der dem Präsidenten den entscheidenden Hinweis gegeben hatte. Daher arrangierte er die Ermordung von Juan Rodriguez, dessen Leiche Anfang der Woche in einem Altkleidercontainer an der New York Avenue gefunden wurde."

„Goldstein weiß nicht, dass Juan nicht tot ist", flüsterte Gonzo.

„Sie werden ihn dazu bringen, den Kerl zu verraten, den er dafür angeheuert hat, das Verbrechen zu begehen, der es aber nicht wirklich getan hat – was Goldstein nicht weiß –, bevor sie ihn wegen Verschwörung zum Mord anklagen", sagte Sam. „Deshalb muss Juan noch eine Weile ‚tot' bleiben."

„Diese ganze Sache ist unfassbar", bemerkte Neveah. „Mein Großvater war Marineinfanterist. Er hat immer gesagt, dass Militärangehörige dem Präsidenten die Treue schwören, egal wer es ist. Der genaue Wortlaut ist: ‚Ich werde den Befehlen des Präsidenten der Vereinigten Staaten gehorchen.'"

„Es ist kaum zu glauben, dass sie für so etwas ihre riesigen

Pensionen und ihren guten Ruf aufs Spiel gesetzt haben", meinte Freddie.

„Warum haben sie bloß das getan?", fragte Sam. „Wo sie so viel zu verlieren hatten?"

„Ihnen ist die Macht zu Kopf gestiegen", vermutete Cameron. „Sie dachten, mit einem unerfahrenen Präsidenten könnte man sich leicht anlegen. Doch sie mussten feststellen, dass das absolut nicht der Fall ist."

„Hätte Juan nicht davon erfahren und ihn gewarnt, wären sie vielleicht damit durchgekommen." Während Agent Truver die Details schilderte, begriff Sam, wie nahe sie an einer Katastrophe vorbeigeschrammt waren. „Sie hätten Nick völlig überrumpelt, sodass der außerstande gewesen wäre, sich zu wehren, weil sie ja angeblich das Militär hinter sich hatten."

„Wir erwarten weitere Anklagen gegen Mr Goldstein", schloss Truver. Es tat gut, zu hören, dass sie ihm die Verwendung seines früheren Rangs verweigerte. „Die anderen am Komplott Beteiligten haben sich auf einen Deal eingelassen, der sie verpflichtet, gegen Goldstein auszusagen, wofür sie mit einer geringeren Haftstrafe rechnen dürfen. Wir werden Sie darüber unterrichten, wenn sich weitere Entwicklungen abzeichnen."

Als sie vom Rednerpult wegtrat, riefen ihr die Journalisten Fragen zu, die sie und die anderen ignorierten.

Sam griff nach dem BlackBerry und tippte eine SMS an Nick. *Ich hab die Pressekonferenz gesehen. Es tut mir so leid, dass sie versucht haben, dir das anzutun, Schatz. Ich weiß, du bist beschäftigt, aber geht es dir gut? Was kann ich für dich tun?*

Sie sollte zu ihm ins Weiße Haus fahren, doch wahrscheinlich befand er sich mit seinem Team in Klausur und überlegte, wie er auf die Neuigkeiten reagieren sollte, die das Gerede über den Vorfall erneut in Gang bringen würden. Das Thema war wochenlang öffentlich diskutiert worden, nachdem die erste Nachricht von der Verschwörung die Runde gemacht hatte.

Sam hasste es, dass Nick diesen Albtraum mit den TV-Kommentatoren, die erörterten, ob es möglicherweise richtig gewesen war, dass die Stabschefs ihn hatten absetzen wollen, noch einmal würde durchleben müssen.

„Das ist völliger Blödsinn, Sam", erklärte Freddie, der anscheinend ihre Gedanken lesen konnte. „Er wird allen zeigen, wie glücklich sie sich schätzen können, ihn als Präsidenten zu haben."

„Alles, was er getan hat, war, Verantwortung zu übernehmen, als man ihn darum gebeten hat", stimmte sie ihm zu.

„Um dich zu zitieren: ‚Keine gute Tat bleibt ungestraft'", meinte Gonzo.

„Wie wahr. Er wäre so viel besser dran gewesen, wenn er Senator geblieben wäre und im Senat getan hätte, was er konnte, um etwas zu bewirken."

„Das sehe ich nicht so", widersprach Neveah zögernd, als wäre sie nicht sicher, ob sie so unverblümt sein wollte. Sie war erst vor Kurzem zu Sams Team gestoßen und kannte sie und Nick noch nicht so lange wie die anderen.

„Inwiefern?", erkundigte sich Sam.

„Ich finde ihn großartig – nicht nur, weil ich mit seiner ebenso großartigen Frau zusammenarbeite."

Sam funkelte sie bei diesem Kompliment gespielt verärgert an, obwohl sie von den freundlichen Worten eigentlich gerührt war.

„Menschen in meinem Alter können sich mit ihm identifizieren – mit Ihnen beiden. Wir haben das Gefühl, dass er unsere Generation und die Probleme, mit denen wir zu kämpfen haben, versteht. Er stammt nicht aus einer prominenten Familie, wurde nicht mit einem goldenen Löffel im Mund geboren. Er ist ein ganz normaler Mann, der durch harte Arbeit und Engagement für sein Land ins Oval Office gekommen ist. All meine Freunde stimmen mit mir darin überein, dass er *unser* Präsident ist, und wir fühlen uns ihm auf lange Sicht verbunden. Was die Stabschefs getan haben, war unerhört. Viele Menschen denken so." Sie schien sich zu zügeln, als sie merkte, dass sie sich in Rage geredet hatte. „Zumindest denke ich das, und ich bin damit nicht allein."

„Danke. Das bedeutet mir viel, und ihm wird es auch viel bedeuten, wenn ich es ihm erzähle."

„Wir alle denken so, Sam", sagte Gonzo. „Und noch einmal, nicht weil wir ihn kennen oder weil ihr unsere Freunde seid, sondern weil er mit dem Herzen führt und sich wirklich für das einsetzt, was für alle das Beste ist – und nicht nur für das, was für *ihn* das Beste ist. Er schert sich einen Dreck um seine Wiederwahl, was ihm die Freiheit gibt, das Richtige zu tun und nicht das, was politisch opportun ist. Du wirst sehen, er wird als einer unserer größten Präsidenten in die Geschichte eingehen. Das weiß ich."

„Genau", pflichtete ihm Cam bei. „Ich hab lieber ihn in diesem Amt als neunundneunzig Prozent der Berufspolitiker, die diese Stadt bevölkern. Nick sorgt sich um die Menschen. Er will die Dinge besser machen. Allein wegen seines Einsatzes für eine stärkere Kontrolle des Waffenrechts ist er für mich ein Held. Unser Job war schon immer gefährlich, aber heute, wo sich die ganze Welt bewaffnet, ist es schlimmer denn je. Verantwortungsvolle Waffenkontrolle sollte eine Selbstverständlichkeit sein, und Nick hat das kapiert."

„Ich weiß die Unterstützung zu schätzen, Leute, und das wird er auch tun. Doch ich wünschte, mehr Leute würden ihn so gut kennen wie ihr alle. Wie ich."

„Wollte er nicht ein großes Interview geben?", erkundigte sich Freddie. „Jetzt wäre eventuell ein guter Zeitpunkt."

„Ja, vielleicht. Ich werde ihn fragen, was er in der Beziehung vorhat. Aber jetzt sollten wir uns wieder dem Fall Myerson zuwenden."

Freddie schaltete den Fernseher aus und setzte sich Sam gegenüber. „Mir geht nicht aus dem Kopf, mit welch eiserner Faust Elaine ihre Kinder kontrolliert hat. Ich weiß nichts darüber, wie es ist, Mutter von Teenagern zu sein, doch als ich gehört hab, wie Zoe ihr Leben unter Elaines Fuchtel beschrieben hat, ist mir richtig schlecht geworden."

„Mir auch", sagte Sam. „Das hatte etwas sehr Ungesundes. Dass sie Zoe nicht mal erlauben wollte zu jobben, ist so bizarr. Meine Eltern haben mich angehalten, mein eigenes Geld zu verdienen, seit ich alt genug war, um bei den Nachbarn zu babysitten."

„So war es bei mir auch", pflichtete ihr Gonzo bei. „Ich habe mit zehn Jahren angefangen, Zeitungen auszutragen, was ziemlich verrückt ist, wenn ich jetzt so darüber nachdenke. Alex würde ich mit zehn Jahren niemals allein herumlaufen lassen."

„Es waren andere Zeiten", gab Cameron zu bedenken. „Ich habe im Bestattungsunternehmen mitgearbeitet, seit ich dreizehn und alt genug war, um Kondolenzkarten, Abläufe von Trauerfeiern und so etwas zu drucken."

„Ich war zwölf, als ich zum ersten Mal Geld mit Babysitten verdient habe", berichtete Neveah. „Ab da hab ich dafür gesorgt, dass ich immer eigene Mittel hatte. Ich hab so viel gearbeitet, wie ich nur konnte."

„Wir müssen uns den Mord an der Schwester genauer ansehen", erklärte Sam.

„Hab ich schon", meldete sich Cam zu Wort. „Sarah Corrigan, siebzehn Jahre alt, wurde im Juni vor sechsundzwanzig Jahren in einer Wohnstraße in Manassas entführt. Sie hatte zusammen mit einer Freundin gelernt und wollte die sechs Blocks nach Hause laufen. Man hat ihren Rucksack auf dem Bürgersteig gefunden, aber trotz einer groß angelegten Fahndung gab es keine weitere Spur von ihr, bis etwa sechs Wochen später ihre nackte Leiche in einer Schlucht entdeckt wurde. Der Mörder ist nie gefasst worden, und der Fall ist bis heute ungelöst. Ich habe mit einem Lieutenant Kirkland von der Polizei in Manassas gesprochen, und er hat mir erzählt, der Detective, der den Fall ursprünglich bearbeitet hat, ermittle immer noch darin. Er hat uns gebeten, unsere Informationen über den Fall Myerson an sie weiterzuleiten."

„Glauben wir, dass es eine Verbindung gibt?", fragte Freddie.

„Ich weiß es nicht", antwortete Cam. „Zwei Schwestern, die im Abstand von sechsundzwanzig Jahren ermordet wurden. Da kann man kaum vom selben Täter ausgehen. Oder?"

„Sehe ich ähnlich", stimmte Sam ihm zu. „Leben die Eltern noch?"

„Die Mutter ist vor zehn Jahren verstorben, der Vater vor sechs."

„Diese armen Leute haben nie erfahren, wer ihrem Kind das angetan hat", murmelte Sam.

„Das will ich mir gar nicht vorstellen", knurrte Gonzo.

„Gibt es weitere Geschwister, Cam?"

„Einen älteren Bruder, Charles, genannt Chuck. Wohnt noch in Manassas."

„Ich würde ihn gerne befragen", sagte Sam. „Schauen wir mal, wo wir ihn finden."

KAPITEL 17

Die Verhaftung von Goldstein löste für Nick und sein Team einen ganz neuen Albtraum aus. Dass die Geschichte vom Verrat der Vereinigten Stabschefs wieder hochkochte, war das Letzte, was er brauchte, auch wenn er froh war, dass die für den Putsch Verantwortlichen vor Gericht landen würden. Eine Information der amtierenden Justizministerin wenige Minuten vor der Pressekonferenz war die einzige Vorwarnung gewesen, dass ihnen ein erneuter Shitstorm bevorstand.

Man hatte sie wissen lassen, dass Michael Wilson, der in Ungnade gefallene Armeegeneral und ehemalige Vorsitzende der Vereinigten Stabschefs, einem Deal zugestimmt hatte, der ihm im Gegenzug für seine Aussage gegen den Rädelsführer Goldstein eine geringere Haftstrafe einbringen würde. Bei dem Briefing hatte Nick erfahren, dass der ehemalige Stabschef der Armee ebenfalls in das Komplott verwickelt gewesen war, genauso wie der inzwischen ehemalige Kommandant des Marine Corps. Beide hatten für ihre Kooperation Strafmilderung verlangt. Der frühere Stabschef der Luftwaffe, der frühere Leiter der Nationalgarde und der frühere Leiter der Space Operations hingegen standen nicht mehr im Verdacht, in die Pläne eingeweiht oder daran beteiligt gewesen zu sein.

Nick hatte die Vereinigten Stabschefs von Präsident Nelson nach seinem Amtsantritt auf ihren Posten belassen, in dem

Glauben, sie würden ihrem Eid und der Verfassung treu bleiben. Wie einige andere ehemalige Mitglieder von Nelsons Team hatten sie ihn mit ihrem Verhalten schockiert und zutiefst enttäuscht.

Die Pressekonferenz des NCIS hatte er von seinem persönlichen Aufenthaltsraum aus verfolgt, der an das Oval Office angrenzte. Er konnte es immer noch nicht fassen, dass er beinahe durch einen Militärputsch entmachtet worden wäre, was sonst höchstens in wenig stabilen Ländern geschah, die für gewalttätige Unruhen bekannt waren, nicht aber in den Vereinigten Staaten von Amerika.

Gott sei Dank hatte Juan das Risiko auf sich genommen, Nick über den Plan zu informieren. Andernfalls hätte der ihn kalt erwischt, und die Verräter hätten ihn am Ende wirklich in die Tat umsetzen können. Ehrlich gesagt hatte er keine Ahnung, wie das Ganze abgelaufen wäre. Hätte der Secret Service die Waffen gegen das Militär erhoben? Oder hätten sie die Anweisungen von Goldstein, Wilson und den anderen Beteiligten befolgt?

Nick war sich nicht sicher. Er hätte nie gedacht, dass er sich als Präsident solche Fragen würde stellen müssen, doch er hätte gerne eine Antwort darauf. Also stand er auf, ging zu der Tür, die sein Zimmer vom Oval Office trennte, und bat Brant herein. Der Leiter seines Personenschutzteams war immer in der Nähe.

„Schließen Sie bitte die Tür."

„Jawohl, Sir, Mr President."

„Haben Sie gehört, dass man gegen Goldstein, Wilson und zwei weitere ehemalige Mitglieder der Vereinigten Stabschefs Anklage erhoben hat?"

„Ja, Sir."

„Ich möchte Sie etwas fragen, und ich möchte, dass Sie ehrlich zu mir sind, auch wenn es nicht der offiziellen Haltung des Secret Service entspricht. Verstanden?"

„Jawohl, Sir."

„Wenn Juan mich nicht gewarnt hätte und die Vereinigten Stabschefs ihr Vorhaben, mich aus dem Amt zu entfernen, verwirklicht hätten, wie hätte der Secret Service darauf reagiert?"

„Wir hätten die Verschwörer aus dem Weißen Haus entfernt, wenn nötig mit Gewalt."

„Was ist mit denjenigen von Ihrem Personal, die vielleicht ebenfalls finden, dass ich wegmüsste?"

„Ich kenne keinen Mitarbeiter des Secret Service, der diese Ansicht vertritt."

„Würden Sie als Leiter meines Personenschutzteams davon erfahren, wenn da Leute wären, deren Loyalität nicht mir gilt?"

„Ich glaube, das würde sich rumsprechen, Sir, und es gab keine derartigen Gedanken, von denen ich wüsste."

„Würden Sie es mir sagen, wenn es die gäbe?"

Brant zögerte nur eine Sekunde. „Möchten Sie denn, dass ich das tue, Sir?"

„Ja, Brant, ich wüsste gerne, ob im Weißen Haus Secret-Service-Mitarbeiter tätig sind, die glauben, dass ich nicht hier sein sollte."

„Jawohl, Sir. Wenn mir solche Gerüchte zu Ohren kommen, werde ich Sie davon unterrichten."

„Würde Ihnen deswegen Ärger drohen?"

„Nur wenn Sie verlauten lassen, woher Sie diese Gerüchte haben, Sir."

„Sie brauchen mich nicht ‚Sir' zu nennen, wenn wir allein sind, und ich würde nie jemandem erzählen, woher ich solche Informationen habe."

„Es freut mich, das zu hören."

Nick lächelte. „Sie haben es geschafft, mich nicht ‚Sir' zu nennen."

„Es ist nicht leicht, sich das abzugewöhnen, Sir. Ich meine …"

Nick lachte. „Versteh schon. Danke für Ihre Offenheit."

„Gern."

„Darf ich Sie noch etwas fragen?"

„Was immer Sie wollen, Sir."

Er konnte sich das „Sir" offenbar einfach nicht verkneifen. „Wie sieht Ihr Privatleben aus?"

„Welches Privatleben meinen Sie, Sir?"

„Wirklich, Brant? Keine Familie, keine Freunde, Freundinnen, Bekannten?"

„Meine Familie lebt in Arizona, wo ich auch aufgewachsen bin. Einmal im Jahr fahre ich nach Hause, und manchmal besuchen sie mich hier. Ich habe drei Geschwister, die alle verheiratet sind und Kinder haben, was den Druck von mir nimmt, meine Eltern mit Enkelkindern zu versorgen. Eine Freundin habe ich nicht. Das wäre nicht fair bei meinen Arbeitszeiten."

Das war mehr, als der junge Mann Nick in all der Zeit, die sie zusammen verbracht hatten, bisher erzählt hatte. „Ich möchte, dass Sie sich auch Zeit für sich nehmen. Es gibt mehr im Leben, als den Präsidenten zu beschützen."

Brant lächelte kurz, was sich für Nick wie ein Sieg anfühlte.

„Bitte opfern Sie nicht die besten Jahre Ihres Lebens einem Job."

„Das ist kein gewöhnlicher Job, Sir. Es ist eine große Ehre, mit Ihnen und für Sie zu arbeiten."

„Das Schönste in meinem Leben ist meine Familie. Das sollte man nicht vernachlässigen, nur weil man glaubt, die Arbeit sei wichtiger. Das stimmt nämlich nicht."

„Danke, Sir, das werde ich mir zu Herzen nehmen."

„Legen Sie sich eine Freundin zu, Brant, und zwar schnellstmöglich."

Brants linke Augenbraue hob sich diskret. „Ist das ein Befehl, Sir?"

„Betrachten Sie das, wie Sie wollen. Das Leben ist kurz. Ich möchte nicht, dass Sie in zwanzig Jahren oder so aufwachen und feststellen müssen, dass Sie das Schönste verpasst haben."

„Danke, Sir."

Nachdem Brant den Raum verlassen hatte, lehnte sich Nick in dem gepolsterten Stuhl zurück und versuchte, etwas von dem Truthahnsandwich zu essen, das er sich zum Lunch bestellt hatte. Aber ihm war der Appetit vergangen, nachdem er mehr über den gerade noch vereitelten Staatsstreich gehört hatte. Er versuchte sich vorzustellen, wie es wäre, der erste US-Präsident zu sein, der durch einen Militärputsch sein Amt verlor. Die ganze Welt wäre in einen Abwärtsstrudel geraten, aus dem sie vielleicht nie wieder herausgekommen wäre. Hatten die Vereinigten Stabschefs bei ihren Plänen diese Konsequenzen bedacht?

Ihnen als erfahrenen militärischen Führungskräften musste klar sein, dass ihre Tat Wellen geschlagen und zu weltweiter Instabilität geführt hätte. Wenn die USA im Chaos versanken, würden sie den Rest der Welt mitreißen. Er konnte nicht verstehen, dass Männer, die über dreißig Jahre im Militär gedient und die höchsten Ränge erreicht hatten, diese Art von Instabilität einer Zusammenarbeit mit ihm vorzogen.

Er griff zum Telefon und bat Terry zu sich.

Wenige Minuten später klopfte sein Stabschef an und trat ein.

„Willst du ein Stück Sandwich?" Nick schob seinem Freund den Teller hin.

„Da sage ich nicht Nein. Ich hatte noch keine Zeit zum Essen."

„Lass meinetwegen keine Mahlzeit ausfallen."

„Ich lasse selten eine Mahlzeit aus." Er klopfte sich auf den flachen Bauch. „Ich muss wie ein Verrückter trainieren, um meine Nahrungsaufnahme wettzumachen."

Nick reichte ihm die Ketchupflasche, da er wusste, dass sein Stabschef seine Pommes gerne damit übergoss.

„Ich nehme an, du hast die Pressekonferenz gesehen", sagte Terry, während er eine Pommes in den Ketchup tunkte.

„Ja."

„Ich weiß, es ist schwer, diese Dinge nicht persönlich zu nehmen …"

„Wie sonst soll ich sie nehmen?"

„Als lächerlich. Goldstein wird für den Rest seiner Tage im Gefängnis sitzen, anstatt mit einer fetten Pension in Rente zu gehen. Die anderen drei werden ihre Pension verlieren und zumindest für einige Zeit ins Gefängnis wandern. Ein Leben ehrenhaften Dienstes und ein hervorragender Ruf – im Handumdrehen dahin. Ich verstehe nicht, warum sie sich auf so ein Risiko eingelassen haben."

„Sie waren wohl der Ansicht, die Lage sei so schlimm, dass sie drastische Maßnahmen erforderte."

„Die Lage ist nicht schlimm, und das weißt du. Genau wie sie auch. Das war ein feiger Versuch der Machtergreifung und nichts weiter."

„Damit haben mich sechs Mitglieder der Regierung Nelson entweder verraten oder sich und ihre Ämter unter meiner Amtsführung entehrt."

Der ehemalige Außenminister Martin Ruskin hatte sich im Iran mit Prostituierten vergnügt, und seit Nick seinen Rücktritt erzwungen hatte, opponierte er lautstark gegen alles, was den neuen Präsidenten betraf. Er war häufig Gast in den Nachrichten der Privatsender und überschüttete alles, was Nick tat, mit Hohn und Spott.

Während der Ermittlungen zum Mord an Tom Forrester hatte Sam erfahren, dass Justizminister Cox bis zum Hals in Spielschulden steckte, wodurch er erpressbar war, und nun würden vier ehemalige Mitglieder des Vereinigten Generalstabs vor Gericht stehen oder hatten sich bereit erklärt, gegen ihren Rädelsführer auszusagen.

„Was meinst du?"

Nick sah Terry an. „Wir müssen hier aufräumen. Unsere eigenen Leute anheuern. Das hätten wir von Anfang an tun sollen, doch angesichts des Schocks wegen Nelsons plötzlichem Tod und meiner Amtsübernahme war es einfacher, das bestehende Team beizubehalten."

„Meinst du *alle*?"

„Ich denke schon, oder?"

„Es wird eine Weile dauern, das gesamte Regierungspersonal durch unsere eigenen Leute zu ersetzen, was uns wiederum in der Zwischenzeit daran hindern wird, unsere Arbeit effektiv zu erledigen. Haben wir überhaupt genug Leute, um alle zu ersetzen?"

Terrys Bemerkung zielte darauf, dass Nicks politische Karriere bisher eher kurz gewesen war. Er hatte anders als die meisten, die bisher im Oval Office gelandet waren, keinen festen Stamm von Verbündeten und Unterstützern. „Wahrscheinlich nicht, aber wie soll ich mit dem aktuellen Team weitermachen, wenn ich nicht weiß, wem ich trauen kann und wem nicht?"

„Das ist ein Problem, klar. Wir könnten meinen Dad bitten, dieses Projekt zu übernehmen. Du hast vielleicht nicht so viele Kontakte, er schon." Der pensionierte Senator Graham O'Connor verfügte über eins der besten Netzwerke der Stadt, hatte mehr Bekannte, Freunde und Verbündete als jeder andere in der Politik.

„Gute Idee. Wir könnten ihn das neue Team hinter den Kulissen zusammenstellen lassen und dann in einem Rutsch alle Positionen umbesetzen, wenn wir dazu bereit sind."

„Ich werde ihn morgen herbitten, um den Ball ins Rollen zu bringen, bevor du an die Westküste fliegst."

Nick verzog das Gesicht, weil er die Reise vor dem Hintergrund der Nachrichten über die Anklageerhebung gegen die ehemaligen Stabschefs antreten musste. Jeder, dem er begegnete, würde wissen, dass die Admirale und Generäle, die eng mit ihm zusammengearbeitet hatten, ihn so dringend hatten loswerden wollen, dass sie dafür eine Anklage und den finanziellen und persönlichen Ruin riskiert hatten.

„Wie soll man mich jetzt noch ernst nehmen?"

„So ein Unsinn. Wenn du weiterhin jeden Tag dein Bestes für das amerikanische Volk gibst, dann, glaube ich, werden wir die Sache mit der Zeit hinter uns lassen, und wenn wir das nicht können, dann bist du in zweieinhalb Jahren hier raus."

„Eine verdammt lange Zeit, wenn die ganze Welt denkt, man sei inkompetent."

„Das denkt nicht die ganze Welt."

„Klar, die Menschen haben ja auch keinerlei Grund, anzunehmen, dass gestandene Admirale und Generäle besser als ich wissen, wie man dieses Land führt."

„Und trotzdem hat David Nelson keinen von ihnen gebeten, seinen kranken Vizepräsidenten zu ersetzen. Er hat *dich* gefragt, weil er Vertrauen in *dich* hatte."

„Wirklich? Oder wollte er nur den politischen Vorteil, der sich aus der Beförderung eines Senators ergab, der in aller

Munde war, vor allem wegen seiner Liebesgeschichte mit einer Mordermittlerin?"

„Das war nicht der einzige Grund, warum man über dich gesprochen hat, Nick. Schau dir an, wie du nach Johns Tod in die Bresche gesprungen bist. Deine Rede bei der Trauerfeier war so herzlich und aufrichtig. Die Menschen haben positiv darauf reagiert, genau wie darauf, dass du aus einfachen Verhältnissen stammst. Du gibst ihnen Hoffnung, sie sehen in dir eine Führungspersönlichkeit einer neuen Generation. Du und deine wunderbare junge Familie, ihr habt die Welt in euren Bann gezogen. Ich bin fest davon überzeugt, dass du mit der Zeit die meisten Kritiker für dich gewinnen wirst. Die, die nicht erkennen können, was für ein Glück sie haben, dass du dieses Amt bekleidest, hätten dich ohnehin nie unterstützt. Das sind nicht deine Leute. Konzentrier dich auf Gelegenheiten, direkt mit den Menschen in Kontakt zu treten, wie du es in der Schule deiner Brüder getan hast. Zeig ihnen weiterhin, wer du wirklich bist, und die Dinge werden sich zum Guten wenden."

„Glaubst du das tatsächlich?"

„Ja." Terry rief auf seinem Smartphone eine Nachrichtenseite auf, die ein Foto von Nick und seinen Brüdern bei der Schulveranstaltung zeigte. „Wir bekommen gute Presse über den Schulbesuch und die Ereignisse in Baltimore."

„Hat die NCIS-Pressekonferenz das nicht verdrängt?"

„Vielleicht ein bisschen, doch es schafft immerhin ein positives Gegengewicht zu diesem Wahnsinn. Seht her, hier ist euer Präsident, der seine Arbeit macht."

„Vermutlich hast du recht."

„Es gibt allerdings eine Schlagzeile, die dich vielleicht stören wird."

„Welche denn?"

„,Cappuanos viel jüngere Brüder sind ein Symbol für das komplizierte Leben, das er geführt hat'."

„Was zum Teufel soll das heißen?"

„Es bedeutet, dass dein Vater noch auf der Highschool war, als er dich gezeugt hat, und dass er mit Stacy und den Jungs eine zweite Familie hat."

„Bei all den Problemen und Herausforderungen, vor denen dieses Land steht, schreiben sie ausgerechnet darüber?"

„Nur wegen des Schulbesuchs. Die meisten Berichte waren positiv. Die Leute fanden es toll, wie die Kinder dich interviewt haben."

„Ich bin sicher, mein Vater ist restlos begeistert davon, dass die ganze Welt jetzt über seine Highschool-Eskapade Bescheid weiß."

„So denkt er nicht über dich, Nick."

„Was ich am meisten hasse, sind die Auswirkungen auf die Menschen, die ich liebe. Sam sagt es nie, aber ihr Job ist tausendmal schwieriger als während meiner Vizepräsidentschaft, und jetzt ist dieser Mist mit den Großeltern der Zwillinge wieder hochgekocht." Nick schüttelte den Kopf. „Manchmal wünschte ich, die Vereinigten Stabschefs hätten bekommen, was sie wollten."

„Das wäre viel schlimmer gewesen, das weißt du. Denk nicht so. Deine Frau und deine Kinder werden sich an diese unglaubliche Erfahrung für den Rest ihres Lebens erinnern."

„Wie es ist, ständig vom Secret Service umzingelt zu sein."

„Das ist ihnen nicht wichtig. Was ihnen wichtig ist, bist du, und sie sind froh, dich unterstützen zu können. Ich verstehe, dass die Situation mit den Vereinigten Stabschefs immer noch ein Schlag in die Magengrube ist, aber wir können uns im Moment keine Ablenkungen leisten. Wir müssen uns auf das Spiel konzentrieren, Nick."

„Du hast recht. Danke für den Tritt in den Hintern."

„Danke für das Sandwich."

In zehn Minuten hatte Terry den gesamten Teller leer geputzt.

„Für dich tue ich alles, Terry."

„Das gilt umgekehrt genauso. Ich rufe meinen Dad an und bitte ihn für morgen früh her. Er freut sich immer, helfen zu können, besonders dir."

Nick lächelte. „Ja, das stimmt. Es ist eine gute Idee, ihn ins Boot zu holen. Danke, dass du mir immer den Rücken freihältst."

„Gern geschehen, Mr President."

Nachdem Terry gegangen war, dachte Nick darüber nach, was sein Freund gesagt hatte. Terry hatte recht. Er musste am Ball bleiben, damit die Lage nicht noch schlimmer wurde, als sie ohnehin schon war. Grahams Lieblingsspruch war: „Sie hassen uns, weil sie nicht wir sind", und manchmal glaubte Nick sogar, dass das stimmte, dass es nicht daran lag, dass er selbst irgendwelche Fähigkeiten vermissen ließ.

Er stand auf, begab sich in sein privates Bad, um sich frisch zu machen, und kehrte dann wieder an die Arbeit zurück. Solange er dieses Amt innehatte, würde er tun, was er konnte, um die Lebensumstände der Menschen in diesem Land zu verbessern.

KAPITEL 18

Sam und Freddie waren im SUV des Secret Service auf dem Weg zu Elaines Bruder, als Faith Miller sich erneut bei ihr meldete. Verdammt, die hatte Sam komplett vergessen.

„Hallo, Faith. Tut mir leid, dass ich Ihren Anruf vorhin nicht annehmen konnte. Es war ein verrückter Tag."

„Kein Problem. Ich hatte Leslie Forrester versprochen, mich wegen der Beisetzung am Mittwoch zu melden."

Mist. Verdammter Mist. Sie sollte bei Toms Trauerfeier eine Rede halten und hatte noch keinen einzigen Gedanken darauf verwandt. „Ja, das hab ich notiert."

„Die Feier ist um zehn Uhr, in der National Cathedral."

„Gut, ich werde da sein."

Bei dem Gedanken, in der ehrwürdigen Kathedrale vor so vielen wichtigen Leuten zu sprechen, wurde ihr ganz mulmig.

„Wie läuft es bei Ihnen?", fragte sie Faith.

„Wir gehen es Schritt für Schritt an. Es ist immer noch schwer zu fassen, dass er wirklich tot ist. Er hat uns immer den Rücken gestärkt und als Vorbild gedient."

„Kann ich mir gut vorstellen. Es tut mir leid für alle, die so eng mit ihm zusammengearbeitet und ihn geschätzt haben."

„Tom war einer von den Guten. Wir werden ihn sehr vermissen."

„Ich habe gehört, seine Nachfolgerin steht bereits fest", sagte Sam.

„Ja, und was das betrifft ... Ich weiß nicht, wie Ihre Haltung dazu ist, sich in eine offizielle Entscheidung Ihres Mannes einzumischen, doch ihr Ruf eilt ihr voraus."

Eine Sekunde lang verstand Sam nicht, was Faith meinte – bis sie begriff, dass sie von Catherine McDermott sprach, der Frau, die als Toms Nachfolgerin im Gespräch war. Ihre Angst wich Überraschung und Enttäuschung. „Tatsächlich würde ich ungern mit ihm darüber reden."

„Ich hab geahnt, dass Sie das sagen würden. Informieren Sie sich über sie, damit Sie eine Vorstellung davon gewinnen, was auf uns zukommt, wenn der Senat sie ernennt."

„Okay."

„Es tut mir leid, wenn ich unangemessene Ansprüche gestellt oder unsere Freundschaft ausgenutzt habe. Ich bin durch die Geschehnisse aus der Bahn geworfen, und es fehlt mir gerade am nötigen Fingerspitzengefühl."

„Kein Problem, das ist schon in Ordnung."

„Wie kommen Sie im Fall Myerson voran?"

„Bis jetzt nur zäh, aber wir arbeiten dran und folgen einigen Spuren. Ich halte Sie auf dem Laufenden."

„Danke. Wir sehen uns spätestens am Mittwoch."

„Ja, bis dann."

Sam klappte lautstark das Handy zu und öffnete es sofort wieder, um Roni Connolly, ihre Kommunikationschefin im Weißen Haus, anzurufen.

„Hey", meldete sich Roni. „Wie geht's dir?"

„So lala. Faith Miller hat mich gerade daran erinnert, dass ich am Mittwochmorgen eine Trauerrede für Tom Forrester halten soll, und dabei könnte ich etwas Hilfe gebrauchen."

„Ich hatte von der anstehenden Rede gehört und mir bereits ein paar Notizen gemacht, für den Fall, dass du Unterstützung benötigst."

„Ich hab dich echt nicht verdient."

Roni lachte. „Ich dich auch nicht."

„O ja, ich bin ein wahres Geschenk. Außerdem wird man mich so leicht nicht wieder los."

Roni und Freddie lachten darüber, während Sam ihrem Partner einen finsteren Blick zuwarf. Es stand ihm nicht zu, ihr zuzustimmen.

„Ich werde etwas für dich aufsetzen. Du möchtest sicher, dass der Schwerpunkt auf deiner beruflichen Beziehung zu ihm sowie auf seinen Leistungen für die Staatsanwaltschaft liegt."

„Richtig. Wir hatten eine enge Arbeitsbeziehung, die von Respekt und Bewunderung geprägt war – zumindest von meiner Seite aus. Ich glaube, er hätte mir manchmal viel lieber eins hinter die Löffel gegeben."

„Diesen Teil lassen wir vielleicht lieber weg."

„Ist wahrscheinlich besser."

„Ich melde mich in Kürze wieder."

„Nochmals vielen Dank."

„Gern geschehen."

Sie klappte das Handy zu. „Gott sei Dank gibt es qualifizierte Leute, die wissen, was sie tun."

„Ja, und sie lassen dich dabei auch noch gut aussehen", merkte Freddie an.

„Du hast recht, das auch. Ich fühle mich irgendwie schuldig dabei, eine so persönliche Sache zu delegieren."

„Du wirst dem, was sie sich ausdenkt, zweifellos deinen persönlichen Stempel aufdrücken."

„Auf jeden Fall."

„Mach dir keine Vorwürfe, Sam. Selbst deine Kraft hat Grenzen."

„Ich habe seit Sonntag so eine Art Lebenskrise."

„Was? Warum?"

„Weil ich im Kommandofahrzeug gesessen habe, während ihr anderen an der Front wart. Das ist nicht gut."

„Du hattest die Idee, hast das Ganze eingefädelt und die Verhaftung durchgeführt. Wir würden immer noch nach ihm suchen, wenn du nicht unser Team geleitet hättest."

„Das ist nett von dir. Trotzdem hab ich, wenn ich euch bitte, was zu riskieren, was ich nicht selbst riskieren kann, ein flaues Gefühl im Magen."

„Lass das. Niemand denkt sich etwas dabei."

„Doch, ich. Ruiz hat auch was dazu gesagt."

„Wen kümmert schon, was die von sich gibt? Dein Team schert sich verdammt noch mal einen Dreck um ihre Meinung."

Sie warf ihm einen entrüsteten Blick zu. „Hast du etwa gerade geflucht, Freddie?"

„Du treibst mich dazu."

Vernon lachte auf. „Sie sollten auf Ihren jungen Padawan hören, Sam. Er ist weiser, als Sie denken."

„Danke, Vernon", antwortete Freddie.

„Ich weiß Ihre Unterstützung zu schätzen, wie immer, aber können Sie nicht verstehen, dass es sich falsch anfühlt, als Chef abseits des Geschehens zu sein, in der Sicherheit eines gepanzerten Fahrzeugs, während die Leute, die unter Ihrem Kommando stehen, ihr Leben aufs Spiel setzen?"

„Ich würde ganz ähnlich wie Sie empfinden", stimmte ihr Vernon zu. „Doch ich gebe auch Freddie recht, dass die Einzigen, deren Meinung zählt, die sind, die direkt betroffen sind, nämlich Ihre Mitarbeiter. Wenn Sie mich fragen, haben sie lieber Sie im Kommandowagen als irgendwen anders."

Freddie wies auf Vernon. „Da hörst du's."

„Das ist sehr nett von Ihnen, Vernon."

„Ich versuche nicht, nett zu sein. Es ist die Wahrheit."

„Genau", pflichtete ihm Freddie bei. „Wir sind ein großartiges Team unter der Leitung einer Chefin, die uns eine Inspiration ist und mit der und für die zu arbeiten uns allen eine Ehre ist. Du suchst nach Problemen, wo es keine gibt."

„Eine Inspiration, hm?"

„Das waren meine Worte."

„Du bist wirklich ganz ausgezeichnet im Einschleimen."

„Willst du mich absichtlich wütend machen?"

„Nein. Ich weiß zu schätzen, was du gesagt hast, und werde es mir zu Herzen nehmen. Als wir den Anruf erhalten haben, der uns über Nelsons Tod informiert hat, war einer meiner ersten Gedanken, wie ich es schaffe, meinen Job zu behalten, wenn Nick Präsident ist. Ich dachte, für mich würde sich nicht viel ändern, wenn er Vizepräsident und Präsident ist. Da hab ich mich geirrt, und es belastet mich, dass meine gestiegene Bekanntheit euch in Gefahr bringen könnte."

„Das ist nachvollziehbar, aber wir alle wissen, wer und was du in deinem Job und privat bist, und es ist unsere eigene Entscheidung, ob wir weiter mit dir zusammenarbeiten wollen. Niemand hat vor, das Team zu verlassen."

Sam hatte nicht bedacht, dass sie tatsächlich die Wahl hatten, ob sie bleiben oder gehen wollten. Jeder von ihnen konnte jederzeit eine Versetzung beantragen. Solchen Anträgen gab die Polizei in der Regel statt. „Das stimmt wohl."

„Wir passen schon auf uns auf. Also sorg dich nicht um uns."

Das war, als würde man von ihr verlangen, nicht mehr zu atmen, doch diesen Gedanken behielt sie für sich. „Es hat mir geholfen, darüber zu reden, danke."

„Gern geschehen", erwiderte Freddie. „Du solltest vielleicht auch bedenken, wie cool unsere Freunde und Familien uns als deine Mitarbeiter finden."

„Ich bin also quasi die Kirsche auf der Torte."

Freddie verdrehte die Augen. „Wenn du es denn so ausdrücken möchtest."

„Faith war vorhin irgendwie komisch."

„Inwiefern?"

„Sie hat mich gebeten, Nick gegenüber zu erwähnen, dass die Frau, die er als neue Bundesstaatsanwältin nominieren will, ein Albtraum für uns sein könnte."

„Verdammt. Wirst du ihn darauf ansprechen?"

„Ich sollte mich da vermutlich besser raushalten, oder?"

„Ja."

„Ich meine nur, wenn sie sich tatsächlich als Albtraum herausstellt und ich das möglicherweise hätte verhindern können ... Wenn ich ihn darum bitte, überdenkt er die Nominierung vielleicht noch einmal."

„Das ist extrem heikel. Was, wenn herauskommt, dass du auf

die Wahl der neuen Bundesstaatsanwältin Einfluss genommen hast?"

Alles in ihr schreckte vor dem möglichen Skandal zurück. „Das wäre eine Katastrophe."

„Da hast du deine Antwort."

Wenige Minuten später hielten sie in Manassas vor einem Bungalow im Ranchstil. Da mehrere Autos in der Einfahrt standen, hoffte Sam, Chuck Corrigan zu Hause anzutreffen.

Die Frau, die ihnen aufmachte, konnte es kaum fassen, als sie Sam auf der Türschwelle entdeckte. „O mein Gott", rief sie. „Die Frau des Präsidenten arbeitet an Elaines Fall?" Sie riss die Augen noch weiter auf, als sie den SUV des Secret Service am Straßenrand sah.

Sam hätte sie am liebsten scharf zurechtgewiesen, zeigte aber nur ihre Marke. „Ich bin Lieutenant Holland, und das ist mein Partner Detective Cruz. Wir suchen nach Chuck Corrigan. Ist er da?"

„Äh … ja. Doch im Moment passt es gerade nicht so gut."

„Entschuldigen Sie die Störung, aber bei Mordermittlungen zählt jede Minute. Wir würden gerne mit ihm sprechen, bitte."

„Äh, kommen Sie rein. Ich sehe mal, ob er Zeit hat."

Sam reagierte nicht auf die letzte Bemerkung. Wenn die Polizei vor der Tür stand, hatte man Zeit zu haben. Diese Frau würde das noch früh genug herausfinden, wenn sie sie nicht zu Chuck brachte.

Sie führte Sam und Freddie in ein kleines Wohnzimmer.

„Bin gleich wieder da."

„Du hast dich schön beherrscht. Unsere Kleine wird erwachsen."

Sam schnaubte. „Ball flach halten, junger Padawan."

„Die Reaktionen der First Lady sind immer unterhaltsam für diejenigen von uns, die das Vergnügen haben, ihnen beizuwohnen."

„Schön, dass du dich amüsierst. Das ist das Einzige, was hier wirklich zählt."

„Da sind wir uns einig." Er setzte sich neben sie auf das geblümte Sofa.

Lächelnd schaute sie zu ihm. „Danke für das hier, für das, was du vorhin gesagt hast … für alles."

„Ich tue für dich, was ich kann."

„Der Spruch ist urheberrechtlich geschützt."

„Nein, du sagst immer nur: ‚Man tut, was man kann', und *das* ist urheberrechtlich geschützt. Meine Bemerkung hingegen nicht."

Sie warf ihm einen finsteren Blick zu. „Haarspalterei."

Beim Klang sich nähernder Schritte wechselten sie schnell in den professionellen Modus zurück. Sam war erleichtert, einen korpulenten Mann mittleren Alters mit grauem Haar zu sehen, der die Frau begleitete, die ihnen geöffnet hatte. Sie wollte sich nicht mit trauernden Menschen streiten.

Sam erhob sich. „Chuck Corrigan?"

„Ja."

„Lieutenant Holland, Metro PD. Dies ist mein Partner Detective Cruz."

„Es geht um Elaine", stellte Chuck fest.

„Ja", bestätigte Sam, während sie wieder Platz nahm.

Er setzte sich ihnen gegenüber auf einen Sessel.

Die Frau stand nervös daneben.

Sam versuchte sie mit Gedankenkraft dazu zu bewegen, das Zimmer zu verlassen, und hoffte, dass die Frau das kapierte.

„Lass uns kurz allein, Jane."

Die Frau eilte aus dem Zimmer.

„Jane ist meine Freundin."

Sam war froh, dass sie gegangen war, ohne dass sie sie dazu hatte auffordern müssen. „Das mit Ihrer Schwester tut uns sehr leid."

„Vielen Dank. Es ist schwer zu glauben, dass sich so eine Tat wiederholt."

„Wir haben von der Ermordung Ihrer Schwester Sarah gehört und fragen uns, ob Sie uns mehr darüber erzählen können."

„Das ist lange her", seufzte er. „Ein ganzes Leben."

„Alles, was Sie uns über die Geschehnisse von damals berichten, könnte helfen, Elaines Tod aufzuklären."

Er schnappte erschrocken nach Luft. „Sie wollen doch nicht andeuten, dass die beiden Morde zusammenhängen, oder?"

„Wir wollen gar nichts andeuten. Aber wir brauchen Informationen von jemandem, der in beide Fälle involviert ist. Können Sie uns sagen, was mit Sarah passiert ist?"

Er beugte sich vor, die Ellbogen auf die Knie gestützt. „Ich kann nicht glauben, wie schwer es ist, über sie zu sprechen, selbst nach all der Zeit. Sie war das liebste Mädchen der Welt. Wir haben sie alle vergöttert."

„Sie sind älter als Ihre Schwestern?"

Er nickte. „Fünf Jahre älter als Elaine, acht Jahre älter als Sarah. Sie war bei einer Freundin in der Nähe, nur etwa sechs Blocks von zu Hause entfernt. Es war Frühsommer und abends schon länger hell. Meine Mutter hatte gesagt, sie solle um acht zu Hause sein, bevor es dunkel würde. Es wurde acht Uhr, und sie war nicht da. Sarah neigte dazu, manchmal etwas zerstreut zu sein, also haben wir uns keine Sorgen gemacht. Mom hat mich losgeschickt, sie bei ihrer Freundin abzuholen. Etwa auf halbem Weg dorthin sah ich ihren Rucksack auf dem Bürgersteig. Keine Ahnung, woher ich wusste, dass ich ihn nicht anfassen durfte, doch ich wich zurück und rief um Hilfe. Eine Nachbarin trat aus ihrem Haus, und ich glaube, sie hat die Polizei verständigt."

„Da waren Sie fünfundzwanzig?"

„Ja, ich war erst ein paar Tage zuvor nach Hause gekommen, nachdem ich in Ohio meine Masterprüfung abgelegt hatte."

„Was ist passiert, als die Polizei eintraf?"

„Ich erzählte den Beamten, was ich wusste, und das war nicht viel, außer wo Sarah gewesen war und dass ich ihren Rucksack auf dem Bürgersteig gefunden hatte. Dann rannte ich nach Hause, um meine Eltern zu holen, und wir suchten die ganze Nacht nach ihr, während die Polizei zum Haus der Freundin fuhr. Deren Mutter sagte, Sarah sei, etwa eine halbe Stunde bevor ich den Rucksack entdeckt hatte, aufgebrochen."

„Hat die Polizei die Freundin und ihre Familie je verdächtigt, etwas damit zu tun zu haben?"

„O Gott, nein, niemals. Die waren genauso verzweifelt wie wir."

„Gab es Verdächtige?"

„Nicht dass ich wüsste. Die Polizei war von Anfang an intensiv mit dem Fall beschäftigt und ist immer noch dran. Der zuständige Detective weigert sich, in den Ruhestand zu gehen, solange der Fall ungeklärt ist."

„Wie heißt er?"

„William Truehart. Der Name ist in diesem Fall Programm. Er hat Sarah und unserer Familie in all den Jahren die Treue gehalten. Seit dem Tod meiner Eltern meldet er sich monatlich bei mir und Elaine, um uns über alle Entwicklungen auf dem Laufenden zu halten – nicht dass es viele gegeben hätte. Aber er hat sie und uns nie vergessen."

„Später ist Sarah gefunden worden, richtig?"

„Ja", antwortete er mit einem weiteren Seufzen. „Etwa sechs Wochen später lag ihre nackte Leiche in einer Schlucht bei Clifton, gut fünfzehn Kilometer von unserem Haus entfernt. Die Autopsie ergab, dass sie noch nicht lange tot gewesen sein konnte."

Die Vorstellung, dass der Entführer das junge Mädchen sechs Wochen lang missbraucht hatte, war schrecklich.

„Es tut mir sehr leid, was Ihre Familie durchmachen musste und dass Sie nun auch noch Elaine verloren haben."

„Ich kann es nicht glauben. Seit Frank gestern angerufen hat, stehe ich komplett unter Schock."

„Hatten Sie eine enge Beziehung zu Ihrer Schwester?"

„Ich meine … wir beide haben unser eigenes Leben geführt, doch wir haben Kontakt gehalten. Wir haben alle paar Wochen miteinander telefoniert. Ein paarmal im Jahr waren wir zusammen essen. Selbst wenn wir uns nicht oft gesehen haben, war es ein Trost für mich, zu wissen, dass sie da war, und ich glaube, sie empfand umgekehrt ganz ähnlich. Wenn man so etwas erlebt wie wir mit Sarah … Das verbindet, aber es ist auch schmerzhaft, zusammen zu sein, weil immer jemand fehlt."

„Wussten Sie von irgendwelchen Problemen, die Elaine hatte?"

„Ihre Töchter haben sie in den Wahnsinn getrieben, doch das war der übliche Teenager-Kram."

„Beide?"

„Ja, sie hatte Probleme mit beiden."

Sam fand es interessant, dass sie bisher nichts darüber gehört hatte, dass Jada mit ihrer Mutter gestritten hatte. „Frank und die Mädchen haben erzählt, dass Elaine wegen der Sache mit Sarah sehr streng mit ihnen gewesen ist. Haben Sie davon gewusst?"

„Ja, ich habe es im Laufe der Jahre immer wieder von Frank und den Mädchen gehört, und ich konnte ihre Sorge besser nachvollziehen als die meisten."

„Haben Sie selbst Kinder?"

„Nein."

„Hat sie mit Ihnen über ihre Ängste wegen der Mädchen in Bezug auf das, was mit Sarah passiert ist, gesprochen?"

„Nicht ausdrücklich, aber es gab keinen Zweifel daran, dass Elaine durch diese Erfahrung traumatisiert war, wie wir alle. Hätte ich Kinder gehabt, wäre ich wahrscheinlich genauso gewesen. Wenn jemand, den man liebt, am helllichten Tag aus dem Leben gerissen wird … verändert das die eigene Wahrnehmung von Sicherheit und … na ja … von allem."

„Können Sie uns sonst noch etwas sagen, das für Elaines Fall relevant sein könnte?"

„Ich fürchte nein. Ich war in den letzten Wochen im Urlaub und habe daher längere Zeit nicht mehr mit ihr geredet. Jetzt fühle ich mich schlecht deswegen. Ich kann nicht glauben, dass ich nie wieder zum Telefonhörer greifen werde, um sie anzurufen. Es ist seltsam. Meine ganze engere Familie ist jetzt weg. Es gibt nur noch mich."

„Mein aufrichtiges Beileid."

Sam konnte sich ein Leben ohne ihre Schwestern nicht vorstellen. Es war schon schlimm genug, auf ihren Vater verzichten zu müssen, aber ein Leben ohne Angela und Tracy … Nein, daran durfte sie nicht einmal denken.

„Vielen Dank, dass Sie sich die Zeit genommen haben, mit uns zu sprechen."

„Ich wünschte, ich könnte mehr tun."

Sam ließ ihm ihre Visitenkarte da und bat ihn, sich zu melden, wenn ihm noch etwas einfiele, das von Bedeutung sein könnte.

„Ich weiß nicht, wie es dir geht", sagte sie zu Freddie, als sie draußen waren, „doch ich möchte mit Detective William Truehart sprechen."

„Du kannst offenbar Gedanken lesen."

KAPITEL 19

Als der junge Beamte am Empfang sah, wer da gerade das Manassas Police Department betrat, bekam er fast einen Herzinfarkt. Er kämpfte noch mit Akne und konnte nicht älter als zwanzig oder einundzwanzig sein.

„Ich, äh … Kann ich Ihnen helfen?"

Sam zeigte ihm ihren Dienstausweis und stellte sich wie üblich vor. „Ich möchte Detective Truehart sprechen."

„Ich … ähm … Lassen Sie mich nachschauen, ob er da ist."

Freddie grinste, als der junge Mann hektisch davoneilte. „Du hast ihm gerade eine Geschichte geliefert, die er für den Rest seines Lebens erzählen kann."

„Von mir aus."

Wenige Minuten später kehrte der Beamte zurück. „Hier entlang bitte, Ma'am."

„Sie können mich Lieutenant nennen."

„Jawohl, Ma'am. Lieutenant, Ma'am."

„Verdammt", murmelte Sam, während Freddie vor unterdrücktem Lachen bebte.

Alle Polizisten der Station waren auf den Beinen und reckten die Hälse, um einen Blick auf den Promi in ihrer Mitte zu erhaschen, während der junge Mann Sam und Freddie in die hinterste Ecke des Großraumbüros führte, wo Truehart einen kleinen Schreibtisch hatte, der etwas abseits von den anderen stand.

Er hatte das abgeklärte, müde Aussehen eines erfahrenen Beamten, weißes Haar, ein gerötetes Gesicht, haselnussbraune Augen und einen Körperbau, der einst muskulös gewesen sein mochte, jetzt aber deutliche Alterungsspuren zeigte. Sam schätzte ihn auf Ende sechzig.

Es war ihm hoch anzurechnen, dass er der Einzige in dem großen, offenen Raum war, der sich ihr gegenüber nicht wie ein Idiot benahm.

Truehart stand auf, um ihr und Freddie die Hand zu schütteln, als sie sich und ihn vorstellte. „Nehmen Sie Platz in meinem Büro."

Sie schätzte sein unaufgeregtes Verhalten ebenso wie seinen trockenen Humor. „Tut mir leid, dass wir unangemeldet hereinplatzen."

„Kein Problem. Was kann ich für Sie tun?"

„Haben Sie gehört, dass Elaine Myerson gestern in ihrem Haus ermordet worden ist?"

Seine bisher liebenswürdige Miene wurde vor Schreck ganz ausdruckslos. „Wie bitte? Nein, davon hatte ich bisher nichts gehört. Was ist passiert?"

„Sie ist durch einen Schlag auf den Kopf getötet worden. Die Tatwaffe haben wir noch nicht."

„O Gott, die arme Elaine. Und der arme Chuck. Was diese Familie durchgemacht hat …" Er schüttelte den Kopf, während er die Schultern hängen ließ. „Ich kann es nicht glauben."

„Man hat uns berichtet, Sie würden immer noch an dem Fall von Elaines Schwester Sarah arbeiten."

„Richtig. Technisch betrachtet bin ich im Ruhestand und beziehe Rente, nicht weil ich das wollte, sondern weil es Regeln gibt, verstehen Sie? Ich komme jeden Tag her und gehe die Akte von Anfang bis Ende durch, in der Hoffnung, dass mir etwas auffällt, das ich vorher übersehen habe."

„Hatten Sie je Verdächtige?"

Truehart schüttelte den Kopf. „Nichts, was uns letztendlich weitergebracht hätte. Es gab zwar Fingerabdrücke auf der

Leiche, doch wir konnten sie niemandem zuordnen. Ich überprüfe sie monatlich, nur für alle Fälle, und ich habe die DNA, die wir auf ihr gefunden haben, mit allen möglichen Ahnenforschungsseiten abgeglichen, bislang allerdings ohne Erfolg."

„Chuck hat uns erzählt, wie sehr seine Familie Ihren Einsatz in diesem Fall schätzt", erklärte Freddie.

„Die Leute sagen, ich sei besessen und solle es gut sein lassen. Meine Tochter war sechzehn, als Sarah verschwunden ist. Sie ist jetzt erwachsen, konnte aufs College gehen, heiraten, Kinder bekommen. Irgendwer hat Sarah um all das betrogen, und das Ungeheuer, das sie gefoltert und getötet hat, ist immer noch da draußen. Ich kann damit nicht leben. Unmöglich."

„Ich hatte schon ein paar solcher Fälle", antwortete Sam. „Nicht so langwierig wie Ihrer, aber genauso frustrierend. Ich bewundere Ihre Hingabe." Sie erkannte, dass er wahrscheinlich auch einige verdiente Beförderungen verpasst hatte, weil er so besessen von einem einzigen ungelösten Fall war.

„Was kann ich für Sie tun?", fragte Truehart.

„Das wissen wir selbst nicht so genau, doch nachdem wir von Ihnen und Ihrer Arbeit an dem Fall erfahren haben, wollten wir Sie treffen, um Ihnen mitzuteilen, dass wir uns um Elaines Mord kümmern, und um Sie zu fragen, ob Sie irgendwelche Ideen haben, die uns weiterhelfen könnten."

„Ich wünschte, es wäre so. Leider ist es ein paar Monate her, dass ich das letzte Mal mit Elaine gesprochen hab, einfach weil ich ihr nichts Neues zu sagen hatte. Bei unserem letzten Telefonat hatte sie im Job gerade viel zu tun und hatte Ärger mit ihren Teenagern. Wir haben darüber gelacht. Meine Enkel sind ungefähr im gleichen Alter wie ihre Mädchen und machen ihren Müttern ebenfalls das Leben schwer."

„Hat Elaine mit Ihnen darüber geredet, dass sie eine sehr überfürsorgliche Mutter war?"

„Ja. Es fiel ihr schwer, die Mädchen flügge werden zu lassen, aber ich hab ihr erklärt, dass das nur zu verständlich ist. Ich hatte die gleichen Probleme mit meinen eigenen Kindern, seit ich an Sarahs Fall gearbeitet hatte. Dass ein Mädchen so spurlos verschwinden konnte und dann Wochen später tot aufgefunden

wurde, nachdem es irgendwo gefangen gehalten worden war …
Das hat mich verfolgt, und das tut es heute noch."

Sam war noch nie so dankbar für den Schutz ihrer Kinder
durch den Secret Service gewesen wie jetzt, da sie von Sarah
Corrigans Fall gehört hatte. Sie musste sich nie den Kopf
darüber zerbrechen, was ihnen wohl gerade passierte, weil sie
immer jemand im Auge hatte.

„Ich verstehe das durchaus", erwiderte sie. „Manche Opfer
lassen einen einfach nicht los."

„Genau. Sie werden ein Teil von uns, wenn Sie wissen, was
ich meine."

„Auf jeden Fall."

„Viele der Beamten hier", fuhr er fort und deutete auf die
anderen Detectives, „kommen rein, reißen ihre Schicht ab und
hauen wieder ab. Sie denken nicht mehr an die Arbeit, bis sie
wieder im Dienst sind. So war ich nie. Sie machen sich über
mich lustig, weil ich immer noch täglich hier erscheine, obwohl
ich eigentlich im Ruhestand bin, doch für mich war es nie nur
ein Job."

„Ich kann das nachempfinden." Sam sah zu Freddie und dann
zurück zu Truehart. „Uns beiden geht es genauso. Für uns war
es auch nie nur ein Job."

„Arbeiten Sie deshalb weiter, obwohl Ihr Mann im Oval
Office sitzt?"

Sam lachte. „Exakt aus diesem Grund."

Truehart nickte. „Das hab ich mir gedacht, als ich gehört hab,
dass Sie den Job behalten wollen. Da war mir klar, dass Sie wie
ich ticken. Nichts könnte Sie dazu bringen, das aufzugeben,
nicht mal das Alter oder das Weiße Haus."

„Egal, was mit unserem Fall passiert, ich will Ihnen bei Ihrem
helfen, wenn Sie uns an Ihrer Seite haben wollen. Wenn Sie mir
eine Kopie der Akte anfertigen, werde ich einige meiner Leute
darauf ansetzen, sobald es die Zeit erlaubt. Ich kann das über die
Möglichkeit eines Zusammenhangs mit unserem Fall
begründen."

„Glauben Sie, dass es den wirklich geben könnte?"

„Nun … Alles ist möglich, aber ich halte es im Moment für

eher unwahrscheinlich. Trotzdem kann ich es damit rechtferti-
gen, Zeit auf ihren Fall zu verwenden. Nicht dass ich glaube,
dass wir etwas tun könnten, was Sie nicht schon selbst getan
haben. Es ist nur so, dass manchmal ein neues Paar Augen –
oder zwei – etwas Neues sieht."

„Ich habe nichts dagegen. Ich kopiere alles und schicke es
Ihnen morgen in Ihr Büro. Danke für das Angebot. Ich weiß das
sehr zu schätzen."

„Wissen Sie, was ein weiteres Merkmal eines hervorra-
genden Polizeibeamten ist?", fragte Freddie.

„Was denn, junger Mann?"

„Ihnen geht es ausschließlich um Gerechtigkeit für die Opfer,
nicht um persönlichen Ruhm."

Truehart war sichtlich gerührt von Freddies Bemerkung. „Sie
ist mein Fall. Wenn ich ihren Mörder aus dem Verkehr ziehen
kann, können wir beide in Frieden ruhen, wenn meine Zeit
gekommen ist."

Sam erhob sich und reichte ihm die Hand. „Wir werden alles
tun, was wir können, um Ihnen zu helfen."

Er nahm ihre Hand zwischen seine beiden. „Es war mir eine
Ehre, Sie kennenzulernen."

„Nein, Sir", entgegnete Sam. „Die Ehre war ganz auf unserer
Seite."

Auf der Fahrt zurück in die Stadt schwiegen sie. Truehart und
seine Hingabe an Sarahs Fall bewegten Sam in geradezu lächer-
lichem Maße. Das alles erinnerte sie an Calvin Worthington,
den Teenager, den fünfzehn Jahre zuvor jemand in seiner
eigenen Einfahrt niedergeschossen hatte, und daran, wie der Fall
an einem Nachmittag gelöst worden war, als sich endlich
jemand dafür interessiert hatte.

„Wenn ich jemanden wie Truehart treffe, schäme ich mich
besonders für die Sache mit Calvin Worthington", erklärte Sam.

„Das ist nicht das Gleiche. Es war nicht von Anfang an dein
Fall."

„Ich war die erste Beamtin vor Ort."

„Du warst damals Streifenpolizistin. Niemand hätte dir erlaubt, in dieser Sache zu ermitteln. Das kannst du nicht vergleichen, Sam."

„Trotzdem … hätte ich viel früher mehr tun können."

„Was zählt, ist, dass seine Familie jetzt Antworten hat. Es hätte nicht so lange dauern dürfen, doch es war die gesamte Abteilung, die versagt hat."

„Man kann nicht alle Fälle lösen, sosehr man es sich auch wünscht." Vernon begegnete ihrem Blick im Spiegel. „‚Die meisten' ist eine ziemlich gute Bilanz."

„Das stimmt vermutlich", lenkte Sam ein, die trotzdem nie vergessen würde, dass beim Fall Worthington zu viel schiefgelaufen war. Indem sie sich daran erinnerte, konnte sie hoffentlich erreichen, dass so etwas nie wieder passierte.

Im Hauptquartier schaute Sam in der Gerichtsmedizin vorbei, um sich bei Lindsey zu melden.

„Ich hatte noch keine Gelegenheit, den Myerson-Autopsiebericht zu lesen, also fass die Ergebnisse kurz für mich zusammen."

„Durch einen Schlag auf den Hinterkopf hat sie einen Schädelbruch und eine Hirnblutung erlitten, an der sie ziemlich schnell gestorben ist. Ansonsten nichts Auffälliges. Der toxikologische Befund wird uns mehr verraten, doch ich erwarte mir davon keine besonderen Erkenntnisse. Sie war insgesamt bei guter Gesundheit."

„Hast du eine Idee, nach welcher Art von Tatwaffe wir suchen?"

„Es war etwas Glattes, ein Baseballschläger vielleicht. Es gibt keine Rillen oder Vertiefungen in der Wunde, die auf etwas Gezacktes hindeuten."

„Das leite ich an Haggerty weiter. Danke."

„Gern. Ich wollte dir noch sagen …"

Sam legte den Kopf schief, überrascht, dass Lindsey so unbehaglich wirkte, und hoffte, dass ihre Freundin nicht immer noch sauer war, weil Sam sie angelogen hatte. „Was ist los?"

„Meine Schwester Margo wird dich zu meiner Brautparty einladen."

„Oh, okay …"

„Ich hab ihr das Versprechen abgenommen, dass es weder dämliche Spiele noch sonstigen Blödsinn geben wird und dass sie nicht total durchdreht, weil sie mit dir telefoniert."

Sam lächelte. „Das weiß ich sehr zu schätzen." Sie erschauerte. „Ich hasse Brautparty-Spiele. Warum wickeln wir unsere Freundinnen in Toilettenpapier ein, bloß weil sie heiraten?"

Lindsey lachte. „Ganz deiner Meinung. Ich habe Margo gesagt, ich will etwas Klassisches und Elegantes. Keinen Quatsch. Ich glaube, sie versteht das, aber ich setze darauf, dass du sie auf Kurs hältst."

„Ich werde mein Bestes geben, Doc. Wer ist noch eingeladen?"

„Eine Cousine, die hier aus der Gegend stammt, zwei Freundinnen vom College und eine vom Medizinstudium. Alle drei wohnen an der Westküste."

„Ich freue mich darauf, sie kennenzulernen."

„Du kannst froh sein, dass ich dir den Gruppenchat zur Party erspare."

Grinsend erwiderte Sam: „Du kennst mich wirklich gut, doch schone mich nicht, wenn ich etwas wissen muss. Ich nehme an, es wird auch einen Junggesellinnenabschied geben?"

Lindsey zuckte zurück. „Auf gar keinen Fall. Ich bin keine zweiundzwanzigjährige Vollidiotin."

„Ach, Mann. Dabei hab ich schon Dildos und Handschellen gekauft."

„Wenn ich dich jemals damit zitieren würde, gäbe es einen gewaltigen Skandal."

„Wir müssen dringend verhindern, dass das nach außen dringt."

Lindsey tat, als würde sie ihre Lippen abschließen und den Schlüssel wegwerfen. „Danke, dass du zu meiner Party kommst, auch wenn du kaum Zeit zum Atmen hast."

„Für dich tu ich alles, und ich freu mich, dass ich dabei bin.

Aber jetzt muss ich wieder an die Arbeit. Danke noch mal für die Zusammenfassung der Autopsie."

„Gern geschehen."

Als sie ins Großraumbüro zurückkehrte, war Sam froh, sich mit Lindsey ausgesöhnt zu haben, während sie gleichzeitig innerlich fluchte, weil Brautpartys auf so viele verschiedene Arten und Weisen peinlich werden konnten. Trotzdem würde sie für Lindsey mit einem Lächeln auf den Lippen in die Rolle der Brautjungfer schlüpfen.

„Alle in den Konferenzraum für die neuesten Informationen."

Sam ging in ihr Büro, um sich Lindseys Bericht noch mal anzusehen, bevor sie sich zu den anderen gesellte, um die Ergebnisse der Obduktion an ihr Team weiterzugeben. „Freddie, bitte informiere Lieutenant Haggerty, dass wir nach einem glatten Gegenstand als Mordwaffe suchen, möglicherweise so etwas wie ein Baseballschläger."

Ihr Partner übermittelte Haggerty das per Textnachricht.

„Lindsey hat bestätigt, dass Elaine nach einem einzigen Schlag mit diesem glatten Gegenstand gestorben ist. Nichts an den Wunden deutet auf etwas anderes hin. Wir haben mit Elaines Bruder Chuck in Manassas geredet. Er hat bestätigt, dass Elaine mit ihm über Probleme mit ihren Töchtern gesprochen hat, und wir haben mehr über die Entführung und Ermordung ihrer Schwester Sarah erfahren."

„Der arme Kerl", meinte Neveah. „Seine beiden Schwestern durch Mord zu verlieren …"

„In der Tat." Sam machte sich Sorgen, ob es gut für Neveah war, ständig mit Mord zu tun zu haben, weil der an ihrer eigenen Mutter, der Jahre zurücklag, weiter nicht aufgeklärt war.

„Ist euch irgendetwas an ihm verdächtig vorgekommen?", fragte Cameron.

„Mir nicht", antwortete Sam und blickte zu Freddie.

Der schüttelte den Kopf. „Nein. Ich glaube, er war aufrichtig traurig."

„Eine Sache, die er gesagt hat, ist mir besonders aufgefallen", ergänzte Sam. „Er hat erwähnt, dass Elaine Schwierigkeiten mit beiden Töchtern hatte, während die Familie uns glauben ließ, dass allein Zoe das Problem war."

„Du willst Jada genauer unter die Lupe nehmen?", erkundigte sich Freddie überrascht.

„Ich möchte mehr über ihr Alibi für gestern erfahren und mit den Leuten sprechen, mit denen sie zusammen war. Ruf Frank an, und besorge mir Informationen über die Familie, mit der sie die Bürgerkriegsschauplätze besucht hat."

Freddie verließ den Raum, um das zu erledigen.

„Was haben wir sonst noch?"

„Ich habe die Posts der Familie in den sozialen Netzwerken durchforstet", meldete sich Cameron zu Wort. „Elaine war da sehr aktiv, hat meist lustige Memes oder Bilder von Sonnenuntergängen und Blumen gepostet. Nicht viel über die Familie."

„Hat sie auch beruflich Social Media genutzt?"

„Das wollte ich gerade hinzufügen. Als Verantwortliche für die Unternehmenskommunikation von CVX hat sie sich im Kongress aktiv für die Mitgliedsländer eingesetzt, insbesondere für die drei größten ölproduzierenden Länder – die USA, Russland und Saudi-Arabien."

„Das ist ein interessanter Aspekt", meinte Sam. „Man hört nicht oft, dass diese drei Länder kooperieren."

„In diesem Fall, und ich zitiere die Website der Firma, arbeiten sie bei einer Reihe von Themen von gemeinsamem Interesse zusammen und fördern bewährte Praktiken in der Branche, während sie sich zusammen mit dem Kongress bemühen, sowohl die wirtschaftlichen als auch die ökologischen und klimatischen Belange im Zusammenhang mit der Erdölindustrie in Einklang zu bringen."

„Heißt das, dass sie über den Kongress versuchen, weiter Öl fördern zu dürfen, egal was die Bohrungen für die Umwelt bedeuten?", fragte O'Brien.

„So habe ich das nicht verstanden", erwiderte Sam. „Was sagen die Kollegen?"

„Wir haben mit einigen von ihnen gesprochen, und sie waren bestürzt und geschockt über Elaines Tod." Neveah zählte die

Namen der Kollegen und ihre Aufgaben innerhalb der Organisation auf. „Angeblich war sie sehr beliebt, hat im Büro und in der Branche Respekt genossen und war eine Kollegin, auf die man sich verlassen konnte, wenn es darauf ankam. Der Geschäftsführer erwähnte, sie hätten eine große Personalfluktuation, weswegen die Firma jemanden wie Elaine, die schon seit Jahren dabei war, besonders schätzte."

„Hat euch der Geschäftsführer Gründe für die hohe Personalfluktuation genannt?", erkundigte sich Sam.

„Nicht im Detail. Ich hatte das Gefühl, dass es sich um das übliche Problem von Firmen handelt, gute Mitarbeiter zu finden und zu halten."

„Ich würde diesen Aspekt gerne näher beleuchten. Konkret heißt das, ich möchte, dass ihr diesen Geschäftsführer noch einmal aufsucht und Einzelheiten über Leute in Erfahrung bringt, die direkt mit Elaine zusammengearbeitet und dann die Organisation verlassen haben, insbesondere über die, die unter Kritik gegangen sind."

„Wird erledigt", bestätigte Neveah.

„Wie sieht es mit Freunden aus?", fragte Sam. „Was hat Frank dazu gesagt?"

„Nichts", entgegnete Gonzo. „Sinngemäß hat er erklärt, sie sei zu Hause und bei der Arbeit so beschäftigt gewesen, dass sie nicht viel Zeit für so einen Luxus hatte."

„Zählen Freunde jetzt als Luxus?" Sam hatte mehr zu tun als jeder andere, den sie kannte, aber sie nahm sich Zeit für ihre Lieben – für Verwandte und Freunde. „Die Mädchen haben uns erzählt, sie habe viele Freunde gehabt. Es wäre merkwürdig, wenn sie nicht mit einigen von ihnen Zeit verbracht hätte. Lasst uns mit Frank darüber reden."

„Ihn selbst schließen wir als Verdächtigen aus?", erkundigte sich Cam.

„Carlucci und Dominguez haben bestätigt, dass er gestern den ganzen Tag bei einer Tagung seiner Firma war."

„Das heißt allerdings nicht, dass er nicht jemanden angeheuert haben könnte", wandte Gonzo ein.

„Wie weit sind wir mit den Finanzen?", wollte Sam wissen.

„Ich bin noch dabei", berichtete Cam. „Doch bislang gibt es da nichts Auffälliges, nur die üblichen Rechnungen, Lebensmitteleinkäufe, ganz normale Geldeingänge und -ausgänge. Die größte Transaktion der letzten dreißig Tage war die Hypothekenrate. Ihre Kreditkarte ist mit etwa dreitausend Dollar belastet, sie haben fast zwanzigtausend an Ersparnissen und eine Kreditwürdigkeit von über achthundert."

„Solche Werte hätte ich auch gern", seufzte Gonzo.

„Ja, nicht wahr?", pflichtete ihm Freddie mit einem Lachen bei.

„Auf den Kontoauszügen gibt es also keine großen Abhebungen, die auf einen Auftragsmord hindeuten könnten", fasste Sam zusammen.

„Zumindest nichts, was mir bisher untergekommen wäre", bestätigte Cam.

„Ich möchte mit Freundinnen und Freunden der Mädchen reden. Was wissen wir aus den sozialen Medien über diesen Kreis?"

„Ich besorge dir eine Liste", versprach Cameron.

„Teilt sie unter euch auf, und befragt sie morgen nach der Schule."

„Alles klar", sagte Cam.

„Ich werde etwas später hier sein, weil ich mich wegen meiner Trauerrede für Tom mit Roni treffe."

„Wir sehen uns, wenn Sie da sind, Lieutenant", antwortete Neveah für alle.

KAPITEL 20

Auf dem Heimweg erhielt Sam einen Anruf von einer unbekannten Nummer. „Holland."

„Collins Worthy hier."

Sam drehte sich spontan der Magen um, als sie die glatte, distinguierte Stimme des Anwalts ihrer Schwiegermutter hörte – oder ihres Liebhabers oder was auch immer er war. „Woher haben Sie meine Nummer?"

„Ist das wichtig?"

„Ja, irgendwie schon."

„Als Nicoletta vor einiger Zeit im Krankenhaus war, hat Nick ihr Ihrer beider Nummern für den Notfall gegeben. Seine funktioniert nicht mehr, also hab ich Ihre angerufen."

„Ach, Sie meinen, als sie sich eine Treppe hinuntergestürzt hat, um ihren gutherzigen Sohn nach Cleveland zu rufen und Geld von ihm zu erpressen?"

Worthys Schweigen sprach Bände.

„Hat sie Ihnen erzählt, wie sie in seine Hochzeitsfeier geplatzt ist, obwohl sie genau gewusst hat, dass ihre Anwesenheit ihm den besten Tag seines Lebens ruinieren würde? Oder hat sie sich darüber ausgebreitet, wie ich sie düpiert und rausgeschmissen habe, was ihre Version des Geschehens sein dürfte? Ich bin sicher, sie stellt mich als den Quell all ihrer Probleme mit ihrem Sohn dar. Tatsache ist, *sie* ist der Grund, warum ihr Sohn nichts mehr mit ihr zu tun haben will, nicht ich."

„Ich verstehe, dass Sie nicht das Problem sind."

„Tut sie das auch?"

„Wir arbeiten daran."

„Darf ich Sie etwas fragen? Sie scheinen ein anständiger Kerl zu sein – auch wenn ich Sie nicht besonders gut kenne. Was glauben Sie, wie das mit Ihnen und Nicoletta weitergeht? Sie müssen sich darüber im Klaren sein, dass sie Sie wahrscheinlich wie jeden anderen lediglich benutzt, um ihre eigenen Ziele zu erreichen."

„Glauben Sie an Liebe auf den ersten Blick, Lieutenant?"

Sam verdrehte so heftig die Augen, dass es ein Wunder war, dass sie noch geradeaus schauen konnte. „Haben Sie sie nicht kennengelernt, als sie inhaftiert war?"

„Doch, aber von der ersten Sekunde an, in der ich sie gesehen hab, war ich von ihr fasziniert."

„Haben Sie Familie?"

„Drei erwachsene Kinder."

„Und was halten die davon, dass ihr Vater ein Techtelmechtel mit einer Kriminellen hat?"

„Sie sind nicht glücklich darüber."

„Hören Sie auf meinen Rat: Hauen Sie ab. Laufen Sie um Ihr Leben, so weit weg, wie Sie nur können. Sie ist eine Trickbetrügerin, eine Schnorrerin, eine Verliererin. Sie hat keine Ahnung, worauf es im Leben ankommt, und denkt ausschließlich an sich selbst. Seit dem Tag, an dem sie ihren Sohn zur Welt gebracht hat, hat sie nichts anderes getan, als ihm zu schaden."

„Das tut ihr sehr leid."

„Natürlich", erwiderte Sam mit einem rauen Lachen. „Ihr wunderschöner, brillanter, attraktiver, liebevoller Sohn ist ohne ihr Zutun zum US-Präsidenten aufgestiegen, und sie will ein Stück davon abhaben. Wenn Sie irgendeinen anderen Grund für ihr erneutes Interesse an ihm und uns vermuten, dann haben Sie die Geschichte nicht wirklich begriffen."

„Auch wenn es anders wirken mag, bin tatsächlich ich derjenige, der sie ermutigt hat, sich mit ihrem Sohn und mit Ihnen auszusöhnen."

„Warum?"

„Weil ich in dieser Hinsicht ein weiches Herz habe. Meine Kinder sind das Wichtigste in meinem Leben. Ohne ihre Liebe und Unterstützung hätte ich den Krebstod ihrer Mutter nicht überlebt. Ich möchte, dass Nicoletta eine Beziehung zu ihrem Sohn hat, dass sie die Chance erhält, den Schmerz wiedergutzumachen und gemeinsam mit Ihnen beiden als Familie weiterzuleben."

Sam musste laut darüber lachen, dass er glaubte, Nicoletta könnte mit über fünfzig plötzlich herausfinden, wie man eine gute Mutter war.

„Ich weiß nicht, was Sie von mir hören wollen. Für mich hat es oberste Priorität, meinen Mann und meine Familie vor Dingen zu schützen, die für sie schmerzlich werden können. Ihre Freundin, oder wie auch immer Sie sie nennen, steht ganz oben auf der Liste der Dinge, auf die das zutrifft."

„Sie möchte die Chance, ihren Sohn und ihre Enkelkinder kennenzulernen – und Sie natürlich auch."

Sam lachte bitter. „Ja, klar. Sie kann es kaum erwarten, mich kennenzulernen. Ich weiß nicht, ob Sie beide in Ihrem Liebesnest die Nachrichten verfolgen, doch Nick und ich haben im Moment ganz andere Sorgen als die, ob er eine Beziehung zu seiner Versagerin von Mutter hat oder nicht."

„Wir wissen, womit Sie sich gerade herumschlagen. Es hat uns sehr leidgetan, von dem Mord an seinem jungen Mitarbeiter zu hören."

„Wenn Sie wissen wollen, wie Nicolettas Sohn ist … Er ist jemand, der um einen jungen Offizier weint, der ihm in den letzten Monaten, in denen er wenig Freunde hatte, ans Herz gewachsen ist. Er ist niemand, in dessen ohnehin schon sehr kompliziertes Leben man eine Frau bringen will, die sich noch nie um etwas anderes gekümmert hat als um ihr nächstes Opfer. Und sie scheint mit Ihnen echt das große Los gezogen zu haben. Ich hoffe für Sie, dass Sie das Familiensilber und die Wertsachen weggeschlossen haben. Es würde mich nicht wundern, wenn sie sich aus dem Staub macht, sobald Sie ihr nicht mehr von Nutzen sein können."

„Schon lange bevor ich Nicoletta getroffen hab, habe ich Ihren Mann und seine Art bewundert."

„Das ist schön, aber es ändert nichts. Ich habe kein Problem mit Ihnen, außer dass ich Ihr Urteilsvermögen bei der Partnerwahl infrage stelle."

„Glauben Sie mir, diese Beziehung entspricht nicht meinen üblichen Gepflogenheiten, doch ich kann nicht anders. Ich sehe in Nicoletta etwas jenseits der Gaunerei und des Schwindels und des Betrugs. Ich sehe eine Frau, die nie jemanden hatte, der sie wirklich geliebt oder sich um sie gekümmert hat. Wussten Sie, dass ihre Mutter sie verstoßen hat, als sie schwanger geworden ist?"

„Hat sie Ihnen das erzählt?"

„Nein, ich habe es erfahren, als ich eine Jugendfreundin von ihr kontaktiert habe, während ich überlegt habe, ob ich sie als Klientin annehmen sollte."

„Wie haben Sie diese Freundin gefunden?"

„Ich habe Nicoletta um drei persönliche Referenzen gebeten. Dorinda war eine davon. Sie hat mir berichtet, Nicolettas Mutter sei so wütend und beschämt darüber gewesen, dass ihre minderjährige Tochter schwanger war, dass sie sie vor die Tür gesetzt und sich selbst überlassen hat. Sie hat nie wieder etwas mit Nicoletta zu tun gehabt. Die war damals sechzehn."

Sam hätte es nie zugegeben, aber sie verspürte ein winziges bisschen Mitleid mit der jungen Nicoletta.

„Zum Glück hat sich ein Schulsozialarbeiter erbarmt und sie in ein Heim für junge ledige Mütter vermittelt, wo sie bleiben konnte, bis das Baby geboren war. Stunden nach der Geburt ist die Großmutter väterlicherseits im Krankenhaus aufgetaucht, hat sich das Baby geschnappt, und wieder war Nicoletta ganz auf sich allein gestellt. Sie hat das Einzige getan, was ihr übrig blieb: Sie hat herausgefunden, wie man ohne Hilfe überlebt. Hat sie unschöne Entscheidungen getroffen? Definitiv. Hat sie ihren Sohn im Stich gelassen? Sicherlich. Sie bereut viele Dinge, die meisten davon in Bezug auf ihn. Was sie nicht bereut, ist alles getan zu haben, was nötig war, um ein Dach über dem Kopf und Essen auf dem Tisch zu haben."

„Alle Menschen haben ihre Kämpfe auszufechten, Mr Worthy. Daran besteht kein Zweifel. Doch das rechtfertigt nicht, dass sie live im Fernsehen für Geld abscheuliche Lügen über ihren Sohn verbreitet hat. Es rechtfertigt nicht, ihn um Geld zu erpressen oder seine Weichherzigkeit immer wieder auszunutzen. Wissen Sie, wie es für ihn ist, wenn sie vorgibt, endlich seine Mutter sein zu wollen, und er dann jedes Mal wieder merkt, dass es bloß ein weiterer Täuschungsversuch war?"

„Nein, das kann ich mir nicht vorstellen."

„Wissen Sie, dass der Duft von Chanel No. 5 bei ihm eine traumatische Reaktion auslöst? Wenn sie ihn als Kind besucht hat, was beileibe nicht oft vorgekommen ist, hat er sich tagelang nicht gewaschen, um den Duft seiner Mutter zu bewahren. Wenn er diesen Duft heute bemerkt, löst das eine Gedankenspirale aus, aus der er sich kaum befreien kann, egal, wo er ist oder was er tut. *Das* ist ihr Vermächtnis."

„Ich verstehe, dass das für ihn – und auch für Sie – herzzerreißend sein muss."

„Genau wie für alle, die ihn lieben, was eine Menge Leute sind, und nicht einer von ihnen wünscht sich, dass er seine Mutter in seinem Leben hat. Wenn überhaupt, dann wünschen wir uns, dass sie für immer verschwindet und ihn endlich in Ruhe lässt."

„Nicoletta versucht, sich zu ändern. Sie möchte verzweifelt alles zwischen sich und Ihnen beiden in Ordnung bringen und ihre Enkelkinder kennenlernen."

„Ich lande immer wieder bei derselben Frage. Warum?"

„Sie hat gesehen, wie eng die Beziehung zwischen mir und meinen Kindern ist, und wünscht sich das Gleiche mit ihrem Sohn und seiner Familie."

„Es hat natürlich überhaupt nichts damit zu tun, dass er der Präsident der Vereinigten Staaten ist und eine enge Beziehung zu ihm für ihren nächsten Coup sehr nützlich wäre?"

„Das ist vorbei, Lieutenant. Die Bedingung für ihre

Freilassung war, dass sie im Staat Ohio keine Geschäfte mehr machen darf."

„Ich bin sicher, dass sie in einen der anderen neunundvierzig Staaten umziehen wird, wenn sie es leid ist, Ihnen zu gefallen."

„Das wird hoffentlich nicht passieren. Ich habe ihr klipp und klar erklärt, dass ich mir wünsche, mit ihr zusammen zu sein, und ich glaube daran, dass sie in der Lage ist, ihr Leben zu ändern."

„Ich wünschte, ich könnte Ihre Zuversicht teilen, Mr Worthy. Jetzt muss ich allerdings auflegen, weil ich mich meiner Familie widmen möchte. Danke für den Anruf."

„Würden Sie es in Betracht ziehen, mit ihr zu reden? Wir sind uns bewusst, dass Sie die Torwächterin sind, wenn sie die Dinge mit ihrem Sohn wieder in Ordnung bringen will, und sie ist sehr daran interessiert, mit Ihnen unter vier Augen zu sprechen."

„Ich werde darüber nachdenken. Im Gegensatz zu Ihnen glaube ich nicht, dass Nicoletta dazu in der Lage ist, sich nachhaltig zu verändern. Sie werden verstehen, dass ich sie nicht in die Nähe meines Mannes oder meiner Kinder lassen will, da ich weiß, wozu sie fähig ist."

„Das verstehe ich. Ich bitte Sie lediglich, ihr eine Chance zu geben. Sonst nichts. Nur eine Chance."

„Wie gesagt, ich werde darüber nachdenken. Aber ich verspreche nichts. Entweder Sie hören von mir oder nicht. Rufen Sie mich nicht wieder an."

„Vielen Dank für Ihre Zeit, Lieutenant."

„Schönen Abend."

„Ihnen auch."

Verdammt, dachte Sam, als Vernon ihr die Tür aufhielt.

„Alles okay?"

„Ging mir nie besser. Ein weiterer Tag direkt aus dem Paradies."

Vernon lächelte. „Versuchen Sie, einen schönen Abend mit Ihrer Familie zu verbringen."

„Das werde ich, keine Sorge. Das ist der beste Teil meines Tages."

„Morgen fangen wir früh an, oder?"

„Sie dürfen ausschlafen. Ich habe ein morgendliches Meeting hier, daher plane ich, gegen halb neun aufzubrechen."

„Verstanden. Bis dann."

„Danke für alles."

„Gern geschehen, Ma'am."

Sam warf Vernon über die Schulter einen finsteren Blick zu, den der Secret-Service-Mitarbeiter mit einem breiten Grinsen quittierte. *Ma'am.* Die schlimmste Anrede überhaupt.

„Guten Abend, Ma'am", begrüßte sie Harold, der Usher. „Ich hoffe, Sie hatten einen angenehmen Tag."

Sam verkniff sich bei dem nächsten „Ma'am" ein Lachen. „Mein Tag war anstrengend und oft sogar unangenehm, und es ist schön, wieder zu Hause zu sein."

„Der Präsident und die Kinder sind in der Residenz. Ich glaube, sie haben gerade gegessen."

„Ich hoffe, sie haben mir etwas übrig gelassen."

„Dessen bin ich mir sicher."

Als Sam zwei Stufen auf einmal nahm, stellte sie erleichtert fest, dass sich ihre Hüfte von dem Bruch, den sie sich bei einem unglücklichen Sturz auf Eis zugezogen hatte, wieder vollständig erholt hatte. Es war schon eine Weile her, dass sie die Treppe hochgeeilt war, und es fühlte sich gut an, es wieder tun zu können. Sie hatte weder Zeit noch Geduld für die Verletzungen, für die sie offenbar anfälliger war als die meisten anderen Menschen.

Im Haus folgte sie den Stimmen ins Esszimmer der Familie und hielt inne, als sie Aubrey sagen hörte, Scotty habe zu viele Eier gegessen, und wenn er nicht aufpasse, werde er ein Huhn legen.

Scottys Lachen war das Beste, was sie seit dem Frühstück vernommen hatte.

Die Zwillinge kreischten vor Freude, als Sam das Zimmer betrat. Sie sprangen von ihren Stühlen auf und umarmten sie.

„Hallo, ihr Süßen. Wie war euer Tag?"

„Collin hat in der Schule Kleister gegessen und sich in der Cafeteria übergeben!", berichtete Alden.

„Igitt! Warum hat er denn Kleister gegessen?"

„Er hat gemeint, es schmeckt gut."

„Tut es aber gar nicht."

„Ich glaube, das hat er auch gemerkt."

Lachend schob sie die beiden zurück auf ihre Plätze und küsste Scotty auf den Scheitel, ehe sie weiter zu Nick ging und ihn auf völlig andere Art und Weise küsste.

„Es schauen Kinder zu", beschwerte sich Scotty.

„Kümmere dich um deinen eigenen Kram", entgegnete Sam und lächelte Nick an.

„Euer Kram findet direkt vor unser aller Augen statt."

„Wann wird er sich endlich eine Freundin zulegen?", fragte Sam Nick.

„Ich rechne jeden Tag damit und kann es kaum erwarten."

„Absolut. Wo ist Mom?" Ihre Mutter kümmerte sich nach der Schule um die Kinder, solange Celia auf Reisen war.

„Sie ist mit ihren Freundinnen essen gegangen", sagte Nick.

„Ah, gut." Sie beugte sich vor, um festzustellen, was es gab. „Was habt ihr zum Dinner?"

„Hühnchen", antwortete Scotty mit einem Grinsen.

Sam prustete vor Lachen. „Oh, verdammt." Sie setzte sich neben Nick und versorgte sich mit Brathähnchen, Kartoffelpüree, Füllung, grünen Bohnen und etwas Soße, während sie versuchte, nicht an Kohlenhydrate oder Kalorien zu denken. „Wie war euer Tag, abgesehen von dem Vorfall mit dem Kleister?"

„Ich habe zweiundachtzig von hundert Punkten in Algebra", berichtete Scotty.

„Verdammt", entfuhr es Sam. „Unglaublich!"

„Absolut. Ich war fast ein bisschen schockiert."

„Das wäre ich auch gewesen. Ich glaube, fünfundsechzig war meine beste Punktzahl in Algebra."

„Sam."

„Was denn? Es stimmt doch."

Nicks Miene verriet Missbilligung, auch wenn ein Lächeln um seine Lippen zuckte.

„Er will nicht, dass du mir erzählst, wie schlecht du in der Schule gewesen bist", sagte Scotty.

Nick deutete auf Scotty. „Ja. Genau das."

„Warum? Es ist die Wahrheit, und es war nicht meine Schuld. Ich hatte mit Legasthenie zu kämpfen, und niemand hat es gemerkt. Unter diesen Bedingungen waren fünfundsechzig Punkte super."

„Was ist Le…gas…tomie?", fragte Aubrey.

„Legasthenie. Eine Lernstörung, die einem das Lesen erschwert."

„Hab ich das auch?", wollte sie wissen.

„Nein, Süße, hast du nicht. Du kannst super lesen."

Aubrey strahlte über das Lob. „Hast du noch Le… Le… Wie heißt das noch mal?"

„Legasthenie. Ja, die werde ich immer haben. Lesen fällt mir schwer, vor allem wenn ich müde bin. Deshalb mag ich lieber Hörbücher oder lasse mir von euch vorlesen."

„Ich mag auch lieber Hörbücher", verkündete Scotty. „Besonders bei Dingen wie den ‚Canterbury Tales'." Er erschauerte. „Schrecklich."

„Das solltest du *lesen*, Scotty", mahnte Nick. „Nicht hören."

„Ich habe beides gleichzeitig getan. Das hat mir geholfen, es zu überleben, genau wie die Lektürehilfe, die Mom mir besorgt hat."

„Na, meinetwegen."

„In der achten Klasse geht es allein ums Überleben, Dad."

Nick, der ein Musterschüler gewesen war, lachte über das Gesicht, das Scotty zog. „Hauptsache, dramatisch."

Nach dem Essen beaufsichtigten Sam und Nick die Kinder beim Abräumen des Tisches und beim Befüllen der Spülmaschine. Zwar hatte das Personal des Weißen Hauses sich erboten, das Aufräumen zu übernehmen, aber Nick und Sam wollten, dass die Kinder selbstständig wurden und ihren Teil der Hausarbeit erledigten. Vor allem wollten sie nicht, dass das Personal sie übermäßig verwöhnte. Wenn die Zeit im Weißen Haus vorüber war, würden sie in ihr normales Leben zurückkehren und für sich selbst sorgen müssen.

„Jeder, der schnell duscht und einen Schlafanzug anzieht, kann vor dem Schlafengehen noch ein bisschen fernsehen", versprach Nick.

Die Zwillinge düsten los. Sie hatten vor Kurzem begonnen, zu duschen statt zu baden, und taten dies einzeln. Ihre Kleinen wurden schnell erwachsen.

„Bist du mit deinen Hausaufgaben fertig?", fragte er Scotty.

„Klar. Ich geh ebenfalls duschen, damit ich noch mit den Zwillingen fernsehen kann." Mit einem frechen Grinsen fügte er hinzu: „Man muss sich an die Regeln halten, die der Präsident aufstellt."

„Ganz genau."

Nachdem Scotty den Raum verlassen hatte, fasste Nick Sam um die Taille und gab ihr einen richtigen Kuss. „Hallo, du."

„Wie geht's?"

„Die letzte halbe Stunde war auf jeden Fall die schönste Zeit heute."

Sie lächelte. „Die Messlatte liegt im Moment allerdings nicht sehr hoch."

„Stimmt", räumte er lachend ein. „Ich kann es immer kaum erwarten, hierher und ins richtige Leben zurückzukehren."

„Wie war der Rest deines Tages?"

„Schrecklich, doch wen kümmert das schon, wenn ich meinen Lieblingsmenschen in den Armen halte?"

Sam konnte ihm nichts von Worthys Anruf erzählen. Nicht jetzt, wo er endlich eine Pause vom pausenlosen Blödsinn dieses Tages hatte. „Hat Andy etwas zu den Zwillingen gesagt?"

„Noch nicht. Aber er hat erklärt, wir sollten uns deswegen keine Sorgen machen. Das Testament der Armstrongs ist eindeutig, was das Sorgerecht betrifft."

„Hast du mit Eli geredet?"

„Seit heute Morgen nicht mehr, wir haben jedoch ein paar Nachrichten hin- und hergeschickt. Er versucht, sich nicht aufzuregen."

„Und klappt das?"

„Nicht besonders gut, wie du dir vorstellen kannst. Ich bin froh, dass er Candace hat." Eli und seine junge Frau genossen es, endlich zusammenzuleben, nachdem Candace' Eltern jahrelang alles getan hatten, um sie voneinander fernzuhalten.

„Ich auch." Sam ertrug den Gedanken nicht, dass ihre Familie in Gefahr sein könnte, geschweige denn den an weiteres Störfeuer von Cleos Eltern. Seit der Ermordung ihrer Tochter hatten sie wenig Interesse an den Kindern gezeigt und tauchten nur auf, wenn sie Geld brauchten, zumindest hatte Sam den Eindruck.

„Wie war der Rest deines Tages?", erkundigte sich Nick.

„Ganz okay. In dem neuen Fall kommen wir voran."

„Gibt es schon Verdächtige?"

„Bisher nicht, aber dafür ist es auch noch zu früh. Apropos ‚früh', ich bin morgen um sieben Uhr mit Roni verabredet, um meinen Nachruf für Tom vorzubereiten."

„Die Trauerfeier ist am Mittwoch, richtig?"

„In der National Cathedral."

„Ich hoffe, dass ich daran teilnehmen kann, ehe ich an die Westküste fliege."

„Hör auf, mich daran zu erinnern, dass du weg sein wirst."

„Es ist doch nur für ein paar Tage."

Sam schüttelte den Kopf. „Lalalala, ich kann dich nicht hören."

KAPITEL 21

Aubrey suchte, sehr zu Aldens Missfallen, „Descendants 3" für die Fernsehzeit aus. Der Kleine mochte alles, was mit „Star Wars" zu tun hatte, und hätte die Filme am liebsten in Dauerschleife geguckt. Er schmiegte sich an Nick, während Aubrey mit Sam kuschelte, und Skippy ließ sich auf Scotty nieder.

Sam schaute zu Nick hinüber, der sie anlächelte. Sie liebte es, ihn glücklich inmitten der Familie zu sehen, die er sich sein ganzes Leben lang gewünscht hatte. Niemand verdiente das mehr als er. Der Gedanke, etwas könnte sein hart erarbeitetes Glück bedrohen, versetzte sie in den Kampfmodus.

Mehr über die Vergangenheit seiner Mutter zu erfahren, war zwar aufschlussreich gewesen, aber für Sam änderte es nichts. Nicoletta war immer noch dieselbe, auch wenn Sam jetzt wusste, wie sie als schwangerer Teenager von ihrer eigenen Mutter behandelt worden war. Da sie mehr als einmal miterlebt hatte, wie am Boden zerstört Nick war, wenn seine Mutter in sein Leben platzte und dann wieder verschwand, könnte sie es nicht ertragen, ein weiteres Mal mitzuerleben, dass er von ihr enttäuscht und verletzt wurde.

Sie wusste noch genau, wie er nach Cleveland geeilt war, nachdem ein Arzt ihn auf Nicolettas Bitte hin angerufen hatte, um ihm zu sagen, sie sei eine Treppe hinuntergefallen. Er war so voller Hoffnung gewesen, dass seine Mutter ihr einziges Kind bei sich haben wollte, doch darum war es ihr überhaupt nicht gegangen. Als Nick nach Hause gekommen war, war er überzeugt gewesen, sie habe sich die Treppe hinuntergestürzt, um ihn zu sich zu locken, damit sie ihn um Geld anhauen konnte.

Die Empörung über diesen und viele andere Zwischenfälle erinnerte Sam daran, warum sie sich von Nicoletta und ihrem Wahnsinn fernhalten mussten. Sam ließ das Gespräch mit Worthy Revue passieren und suchte nach niederen Motiven seinerseits. Hoffte er, eine Verbindung zu Nicolettas berühmtem Sohn zu knüpfen? Sie traute weder Nicoletta noch irgendjemandem, der etwas mit ihr zu tun hatte.

Morgen würde sie Worthy genauer unter die Lupe nehmen, um herauszufinden, wer er war und was es mit ihm auf sich hatte.

Die Zwillinge schliefen während des Films ein, wie es bei ihnen nach einem langen, anstrengenden Tag häufig der Fall war. Nick und Scotty trugen sie in ihre Zimmer, und Sam half, sie ins Bett zu legen, bevor sie sich für ein paar Minuten mit Scotty unterhielt.

„Ich bin so stolz auf deine Algebra-Note."

„Danke. Ich war leicht fassungslos, aber natürlich sehr glücklich."

„Harte Arbeit zahlt sich eben aus."

Er hob eine Braue. „Wirklich?"

Sam lächelte. „Bring mich nicht in Schwierigkeiten mit Dad."

„Dazu brauchst du meine Hilfe nicht. Das schaffst du ganz allein."

„Stimmt."

Sein Gesicht verlor jeden Anflug von Unbeschwertheit. „Diese Sache mit der Verhaftung der Vereinigten Stabschefs. Wie schlimm wird das für ihn?"

„Ich weiß es nicht, doch ich hoffe, es ist nur eine atmosphärische Störung."

„Wir haben heute in der Schule darüber geredet."

Sam war schockiert. „Deine Mitschüler haben es vor dir erwähnt?"

„Wir diskutieren in Sozialkunde jeden Tag über aktuelle Ereignisse. Mr Estes und ich haben darüber gesprochen, dass Dad und seine Regierung von Zeit zu Zeit im Unterricht thematisiert werden könnten und dass ich mich entschuldigen und in die Bibliothek gehen kann, wenn mir das unangenehm ist."

„Oh. Wow. Das wusste ich gar nicht."

Er zuckte die Achseln. „Normalerweise ist das ja keine große Sache. Aber heute ... Das war das erste Mal, dass ich ernsthaft darüber nachgedacht habe."

„Und hast du es getan?"

„Nein, ich habe durchgehalten, doch es war schwer, mit anzuhören, dass es durchaus Leute gibt, für die die Stabschefs Helden sind, weil sie sich und ihre Karrieren geopfert haben, um etwas für das Wohl des Landes zu tun."

„Das sind keine Helden, sondern Kriminelle."

„Ja, das glauben wir beide, aber andere Leute, die Dad nicht so gut kennen wie wir ... Das hat sie an ihm zweifeln lassen."

„Ich hasse es, dass du dir das hast anhören müssen."

„Wie gesagt, ich hätte nicht bleiben müssen, wenn ich nicht gewollt hätte."

„Damit hättest du nur noch mehr Aufmerksamkeit erregt."

„Ja, das war auch meine Sorge."

„Scotty ..."

„Ist schon gut. Sieh mich nicht so an, als würdest du gleich in Tränen ausbrechen. Es geht mir gut. Der Sohn des Präsidenten zu sein, hat viel mehr Vor- als Nachteile."

„Du musst mich dich umarmen lassen."

„Wenn es sein muss."

„Es muss." Sie legte die Arme um ihn und drückte ihn fest an sich. „Tut mir leid, dass du das durchmachen musstest."

„Mir tut es leid, dass *Dad* das durchmachen muss."

„Ja, mir auch."

„Erzähl ihm nichts davon, okay? Er hat schon genug um die Ohren, ohne sich wegen so was zu sorgen."

„Er würde es wissen wollen."

„Muss er aber nicht. Es ist passiert, mir geht es gut, weiter im Programm."

Sam ließ ihn los, damit sie ihm ins Gesicht schauen konnte, und strich ihm die Haare aus der Stirn. „Versprichst du mir, dass du mir Bescheid gibst, wenn es unhaltbar wird?"

„Ich vermute, das bedeutet ‚unerträglich'?"

„So in etwa."

„Okay."

„Versprochen?"

„Versprochen."

„Bitte leide nicht stumm. Das würden wir niemals wollen."

„Das weiß ich."

Sie küsste Scotty auf die Wange. „Wir lieben dich über alles."

„Ich euch auch."

„Bleib nicht zu lange auf."

„Auf keinen Fall."

Sam kraulte Skippy zwischen den Ohren, was ihr einen dankbaren Blick des Hundes eintrug. „Gute Nacht."

„Nacht, Mom."

Sam ging zur Suite am Ende des Flurs, bedrückt wegen dem, was Scotty ihr anvertraut hatte. Wieso war es weder ihr noch Nick in den Sinn gekommen, dass die große Politik Thema in Scottys Unterricht sein würde? Sollte sie mit den Lehrern deswegen Kontakt aufnehmen? Konnte sie darum bitten, dass nicht über den aktuellen Präsidenten gesprochen wurde, solange dessen Sohn anwesend war? Wäre das angemessen? Sie wusste es nicht, und wen konnte sie fragen? Wen kannte sie, der sich in einer ähnlichen Situation befand?

Einzig Nick könnte bei diesem Thema mitreden, aber Scotty wollte ihn nicht einweihen, weil er gerade schon genug Stress hatte. Doch Scotty war nicht einfach nur ein weiteres Problem, mit dem sie sich befassen mussten. Er war mehr als das – ihr geliebter Sohn, und es war ihre Aufgabe, dafür zu sorgen, dass er sich wohlfühlte.

Scotty würde es absolut hassen, wenn sie die Lehrer deswegen ansprach, dessen war sie sich sicher. Er wollte keine Sonderbehandlung, bloß weil seine Eltern prominent waren. Es war schon schlimm genug, dass er in der Schule ständig von Secret-Service-Leuten umgeben war.

Was sollte sie nur tun?

Sie würde morgen mit Vernon darüber reden und ihn nach seiner Meinung fragen. Je nachdem, was er sagte, würde sie es Nick erzählen – oder eben nicht. Scotty hatte recht. Nick hatte schon genug um die Ohren, ohne sich den Kopf darüber zu zerbrechen, dass er ihrem Sohn im Sozialkundeunterricht Probleme bereitete.

Er saß in Sporthosen und dem „Ich liebe dich mehr"-T-Shirt, das Sam ihm zum Hochzeitstag geschenkt hatte, vor dem Fernseher und verfolgte die neuesten Diskussionen über die Anschuldigungen gegen die ehemaligen Generalstabschefs.

„Goldstein muss Gründe gehabt haben, so viel zu riskieren", erklärte gerade ein weißhaariger Experte. „Er hat eng mit dem Präsidenten zusammengearbeitet und ihn in Aktion erlebt. Offenbar hat ihm missfallen, was er da mitbekommen hat, sodass er sich zu dem kühnen Schritt genötigt sah, etwas dagegen zu unternehmen. Wir sollten ihm dankbar sein."

„Klar", bemerkte Nick. „Er hat versucht, eine Staatskrise auszulösen, doch wir sollten ihm dankbar sein."

Sam setzte sich neben ihn und fasste seine Hand.

„Ich bin völlig anderer Meinung", widersprach eine jüngere Frau mit rotem Haar. „Was Goldstein getan hat, war Hochverrat. Als Präsident Nelson starb, hat die Verfassung so funktioniert, wie es die Gründungsväter beabsichtigt hatten: Der Vizepräsident ist nachgerückt. Die wichtigste Aufgabe des Vizepräsidenten ist es, die Amtsgeschäfte zu übernehmen, wenn der Präsident im Amt verstirbt. Wo war all die Kritik an Cappuano, als er als Vizepräsident nur einen Herzschlag vom Oval Office entfernt saß?"

„Das ist eine gute Frage", räumte der Moderator, ein Mann mittleren Alters, ein. „Der Senat hat ihn als Vizepräsident bestätigt, und da hätten die Leute ihre Bedenken äußern können. Mike, wie lange wird Goldstein für diese Anklagen ins Gefängnis müssen, vor allem unter Berücksichtigung des Umstands, dass seine Mitverschwörer bereit sind, gegen ihn auszusagen?"

„Es könnte lebenslänglich sein, aber die Regierung wird es

schwer haben, die Geschworenen zu einer Verurteilung zu bewegen. Goldstein und die anderen haben darauf geachtet, dass es keinerlei schriftliche Aufzeichnungen über ihre Gespräche gab. Ein großer Teil dieses Falles beruht auf Hörensagen."

„Fantastisch", seufzte Nick. „Sie werden Schwierigkeiten haben, zu beweisen, dass er das getan hat, wovon wir alle wissen, dass er es getan hat."

Sam griff nach der Fernbedienung und schaltete den Fernseher aus. „Das reicht."

Er lehnte sich mit einem Glas Bourbon in der Hand auf dem Sofa zurück.

Sam war aufgefallen, dass der Bourbon in letzter Zeit eine allabendliche Angewohnheit geworden war und Nick nicht mehr wie früher nur gelegentlich ein Glas trank. „Was kann ich für dich tun?"

Er nahm ihre Hand. „Es geht mir gut."

„Die ganze Sache ist ein Skandal, und viele Leute teilen diese Ansicht. Zumindest mehr als die, die das Vorhaben der Stabschefs billigen."

„Es ist schwer zu sagen, woher der Wind weht." Er sah sie an. „Trevor will, dass wir das große Interview so schnell wie möglich machen. Meinst du, wir könnten es auf Mittwoch legen, bevor ich aufbreche?"

„Übermorgen?"

„Ich weiß, es ist lächerlich, darum zu bitten, doch ich muss raus aus der Defensive, um zurückschlagen zu können, und ich bin nun mal am besten, wenn ich meine persönliche Wonder Woman an meiner Seite habe."

Sie lehnte den Kopf an seine Schulter. „Also, wenn du mir derart Honig um den Mund schmierst … Ich werde es so einrichten, dass es klappt. Was immer du brauchst, wann immer du es brauchst."

„Trevor spricht mit einigen großen Namen, um abzuklären, wer es schnell genug hinkriegt."

„Lass mich wissen, wann und wo, und ich werde da sein."

„Wahrscheinlich am besten hier, das ist logistisch am einfachsten."

„Gut." Sam gähnte. „Sind wir bereit, uns ins Bett zurückzuziehen?"

„Aber so was von."

Er stand auf und hielt ihr eine Hand hin.

Sam schlang die Arme um ihn, weil sie spürte, dass er so viel Liebe und Trost brauchte wie nur möglich.

Er ließ den Kopf an ihre Schulter sinken und zog Sam fest an sich.

Sie presste die Lippen auf seinen Hals. „Denk daran, was wir immer sagen: Sie können uns nichts anhaben, es sei denn, wir lassen es zu."

„Erinnere mich regelmäßig daran, ja?"

„Wann immer du es hören musst."

„Das könnte oft sein."

„Dafür bin ich da. Für alles. Für dich bin ich zu allem bereit."

„Was für ein Glück habe ich, die wunderbare Samantha Holland Cappuano zur Frau zu haben!"

„Ein Riesenglück, so viel steht fest."

Bei seinem schallenden Gelächter musste sie lächeln. Was auch immer sie tun konnte, um ihm etwas Erleichterung von dem Stress zu verschaffen …

Sam zog Unterhemd und Pyjamahose an und putzte sich neben Nick die Zähne, dankbar, dass sie jeden Tag mit ihm beginnen und beenden konnte. Egal, was diese Tage brachten – und es war immer etwas Verrücktes für sie beide –, durch diese gemeinsame Zeit am Abend wurde alles erträglich.

Sie kroch ins Bett, direkt in die warmen Arme ihres Ehemanns. Den Kopf auf seiner Brust und an ihn geschmiegt atmete sie aus und ließ Stress, Ärger und Angst los, die ihre ständigen Begleiter waren.

„Geht es dir wirklich gut, oder hast du das nur behauptet?", fragte sie nach langem Schweigen.

„Es geht mir wirklich gut. Ich sage mir immer wieder, dass es nicht meine Schuld ist. Ich muss nur jeden Tag da sein, meinen Job machen und durchhalten, während um mich herum der Zirkus tobt. Jedes Mal, wenn es mir zu viel wird, stelle ich mir dich, die Kinder und unser gemeinsames Leben vor, und das hilft mir sofort."

„Das ist gut. Bei mir ist es übrigens ganz ähnlich. Wenn mein Tag nicht gut läuft, begebe ich mich auf einen kleinen mentalen Ausflug zu dir und fühle mich sofort besser. Das ist etwas, das ich mir in den Jahren, nachdem wir uns kennengelernt hatten, angewöhnt habe. Ich bin in Gedanken in die eine perfekte Nacht mit dem unglaublichsten Mann der Welt zurückgekehrt und hab mir all das ausgemalt, was ich jetzt habe."

„All die Jahre, die wir verpasst haben … Das war so überflüssig."

„Wir haben den Rest unseres Lebens Zeit, das Versäumte aufzuholen."

Sie musste ihm von Worthys Anruf und Scottys Problemen im Sozialkundeunterricht erzählen, doch vorerst würde sie beides für sich behalten.

Er hatte genug für diesen Tag – und sie auch.

KAPITEL 22

Als Sam am nächsten Morgen um sieben Uhr ihr Büro im East Wing betrat, warteten Roni und Lilia schon auf sie. Jede Strähne von Lilias dunklem Haar saß perfekt, und sie hatte ihr Markenzeichen, eine Perlenkette, um den Hals. Sie war in ein elegantes lavendelfarbenes Kostüm mit einer passenden Seidenbluse gekleidet. Roni trug einen marineblauen Umstandsrock mit einer gemusterten Seidenbluse. Ihr dunkles Haar hatte sie zu einem Pferdeschwanz zusammengebunden, und Sam bemerkte, dass ihre Wangen mit fortschreitender Schwangerschaft voller geworden waren.

„Wie schafft ihr zwei es eigentlich, um sieben Uhr morgens so geschniegelt und gestriegelt hier zu sein, während ich wie ein überfahrenes Tier aussehe?"

Die beiden Frauen lachten.

„Keine Sorge, du hast keinerlei Ähnlichkeit mit einem Tierkadaver", sagte Lilia.

„Neben dir verblasse ich."

„Das stimmt nicht."

„Neben Lilia wirken wir alle wie tote Tiere", pflichtete ihr Roni bei und erntete einen gespielt finsteren Blick von ihrer Chefin, ehe die sie in den Konferenzraum führte.

„Ich habe mir die Freiheit genommen, Frühstück zu bestellen", informierte Lilia die beiden anderen Frauen.

Sam stellte fest, dass Omeletts, frisches Obst und Kaffee auf sie warteten. „Mein Gott, ich liebe dich. Ich hab dich definitiv nicht verdient."

„Hör auf", wehrte Lilia lachend ab. „Ich mach nur meine Arbeit."

„Ihr seid echt die Besten … Ich bin so dankbar für alles, was ihr tut, damit ich PR-mäßig gut dastehe. Freddie zeigt mir die Instagram- und Facebook-Posts. Sie sind brillant und lassen mich wie die perfekte Präsidentengattin aussehen, obwohl ich alles andere als das bin."

„Wir hören jeden Tag, wie sehr die Leute dich dafür bewundern, dass du einen Job außerhalb des Weißen Hauses hast", erklärte Lilia, „während die meisten anderen Frauen das aufgegeben hätten, um in Vollzeit First Lady zu sein."

„Das hätte ich wahrscheinlich auch tun sollen."

„Nein, das ist schon richtig so", erwiderte Roni. „Du schaffst das. Ich habe gestern ein wenig recherchiert und einen ersten Entwurf für deine Rede bei Toms Beerdigung erstellt. Du könntest dem ein paar persönliche Anekdoten hinzufügen." Sie reichte ihr einen Stapel Ausdrucke. „Es ist bislang nur eine Rohfassung."

Während sie an ihrem Kaffee nippte, überflog Sam den Entwurf. „Wie kannst du behaupten, das sei eine Rohfassung? Es ist hervorragend formuliert und trifft genau den Ton, der mir vorschwebt. Ich hatte Angst, es nicht richtig hinzubekommen, aber jetzt sehe ich, dass das unnötig war."

„Oh, gut", antwortete Roni. „Ich freue mich, dass es dir gefällt."

„Es ist perfekt."

„Großartig, dann sende ich das an deine Arbeits-E-Mail-Adresse, damit du es noch einmal überarbeiten kannst. Wenn du fertig bist, schick mir den Text zurück, und ich werd ihn dir ausdrucken und dafür sorgen, dass er morgen in der Kathedrale auf dem Teleprompter erscheint."

„Danke. Ich werde einige Dinge aus meiner langjährigen Zusammenarbeit mit Tom hinzufügen, um es persönlicher zu machen, und seine Liebe zu Leslie und den Mädchen reinbringen. Darüber habe ich während der Ermittlungen viel erfahren."

„Es ist so traurig." Roni seufzte. „Mir tun seine Frau und seine Töchter schrecklich leid."

„Es ist nachvollziehbar, dass dir die Geschichte nahegeht." Ronis Ehemann Patrick, ein DEA-Agent, war im Oktober letzten Jahres auf dem Weg zum Mittagessen in der 12th Street durch einen Querschläger gestorben, und im Juni erwartete sie sein Baby.

„Schon. Trotzdem ist es okay, denn ich gewöhne mich daran, dass sich die Trauer zu den seltsamsten Zeiten meldet. Außerdem überhäufen uns die Medien mit Anfragen, seit der Beitrag über dich und Harlan Peckham online ist."

„Verdammt, den habe ich vor der Veröffentlichung nicht mehr anschauen können. Ich hoffe, ich sehe nicht aus wie ein Wasserbüffel, der eine Ratte attackiert."

Die beiden anderen Frauen prusteten los.

„Lustig", entgegnete Lilia. „Du wirkst einfach ziemlich entschlossen. Wir können ihn dir zeigen, wenn du willst."

„Wenn es nicht total schrecklich ist, wäre das okay, denke ich."

„Ist es definitiv nicht." Lilia rief das Video auf ihrem iPad auf und drehte es so, dass Sam verfolgen konnte, wie sie aus dem SUV hechtete und sich auf dem Bürgersteig von hinten auf Peckham stürzte. „Guck sich einer unsere Präsidentengattin in Aktion an."

Sam schauderte bei dem Gedanken, wie die Öffentlichkeit wohl darüber urteilte, dass ihre First Lady in ihrem anderen Job Mörder ansprang und brutal zu Boden stieß. „Ich hatte einen unfairen Vorteil, weil ich ihn völlig überrumpelt hab."

„Wir haben über hundert Interviewanfragen dazu erhalten", sagte Roni.

Sam kräuselte die Nase. „Gibt es denn keine echten Nachrichten?"

„Die First Lady, die den Mörder eines Bundesstaatsanwalts zur Strecke bringt, ist eine echte Nachricht", stellte Lilia fest.

„Lehnt die Interviewanfragen höflich ab, und lasst mitteilen,

Lieutenant Holland sei bereits mit dem nächsten Mordfall beschäftigt und habe keine Zeit für Interviews. Zum Ausgleich werden Nick und ich zusammen eins über die Situation mit den Vereinigten Stabschefs geben, möglicherweise schon morgen."

„Trevor und ich arbeiten daran", berichtete Roni. „Die Planung ist in den letzten Zügen."

„Ich kann den Ausdruck ‚Vereinigte Stabschefs' nicht hören, ohne so einen Hals zu kriegen", stieß Lilia aus. „Und allen, die ich kenne, geht es genauso. Es war ein unfassbarer Vertrauensbruch."

„Genau", pflichtete Roni ihr bei. „Derek ist außer sich. Er hat während der Regierung Nelson eng mit Goldstein und den anderen zusammengearbeitet und ist schockiert über ihre Dreistigkeit."

„Es erleichtert mich, dass wir nicht die Einzigen sind, die sich darüber aufregen", erwiderte Sam.

„Ganz bestimmt nicht", erklärte Lilia. „Nach allem, was ich gehört habe, ist ein großer Teil des offiziellen Washingtons von der ganzen elenden Angelegenheit angewidert."

„Wie Derek gestern Abend sagte", fügte Roni hinzu, „nichts macht unsere Feinde glücklicher, als wenn wir uns intern zerfleischen."

„Das ist wahr", bestätigte Sam. „Doch genug davon." Sie blickte auf die Uhr. „Ich habe noch eine halbe Stunde, bis ich mit Vernon und Jimmy zur Arbeit fahren. Erzählt mir, was es Neues in eurem Leben gibt."

„Dieser kleine Mensch hier hält mich ganz schön auf Trab." Roni legte die Hand auf ihren Bauch, der deutlich größer war als noch vor ein paar Wochen. „Er – oder sie – ist sehr aktiv."

„Ich glaube, das ist gut", bemerkte Sam.

„Ja, so heißt es."

„Du hast eben erwähnt, was Derek gestern Abend gesagt hat. Bedeutet das, dass es da auch vorwärtsgeht?"

Roni wirkte fast ein wenig verlegen, während sie darüber nachdachte, wie sie darauf antworten sollte. „Es ist schon seltsam … Patrick ist tot, und sechs Monate später entwickelt sich Derek im schlimmsten Jahr meines Lebens zu meinem besten Freund. Wir sind kein Paar, aber ich bin mir ziemlich sicher, dass wir es irgendwann sein werden. Wenn ich bereit bin. Leider weiß er nur zu gut, was ich durchmache, doch er sagt immer das Richtige, genau im richtigen Moment. Er ist ein echter Segen für mich, aber trotzdem ... ist es seltsam. Es ist zu früh und dennoch genau zur richtigen Zeit. Beides gleichzeitig." Sie zuckte die Achseln. „Das sind wahrscheinlich mehr Informationen, als du haben wolltest."

Sam legte ihre Hand auf Ronis. „Ich bin unglaublich stolz auf dich, weil du dich so tapfer hältst, dir die Unterstützung suchst, die du brauchst, um das durchzustehen, und überlegst, wie es weitergehen soll. Es ist bewundernswert, dass du daran nicht zerbrochen bist."

„Was für eine Wahl hatte ich denn?"

Die schlichte Emotionalität von Ronis Frage trieb Sam und Lilia die Tränen in die Augen.

„Wir lieben Derek und Maeve sehr", erwiderte Sam, „und freuen uns, dass ihr beide Trost beieinander gefunden habt."

„Du musstest uns nicht mal verkuppeln."

„Das kommt vor, obwohl ich wahrscheinlich die Lorbeeren dafür einheimsen werde, denn das ist mein Job."

Roni lachte, während sie sich die Tränen wegwischte. „Erzähl Sam von euren Hochzeitsplänen, Lilia."

„Wir wollten etwas für Washington Typisches, also haben wir den National Press Club gebucht."

„Oh, wie eindrucksvoll, Lilia. Ich war dort schon bei Veranstaltungen. Es ist die perfekte Location."

„Unsere Fotos werden das Weiße Haus und das Kapitol im Hintergrund zeigen, und es ist so ein schöner, geschichtsträchtiger Ort. Wir sind total begeistert."

„Ich freue mich für dich und Harry – und *das* ist definitiv mein Verdienst."

„Ja, das stimmt. Wir freuen uns auch. Es ist wie im Märchen." Lilia schien sofort zu bereuen, was sie gesagt hatte. „Entschuldige, Roni. Ich wollte nicht taktlos sein."

„O bitte, entschuldige dich nicht! Du bist so glücklich, und ich freue mich für dich. Ich möchte nicht, dass du dich wegen deiner Hochzeit oder deines Glücks schlecht fühlst."

„Das ist sehr nett von dir."

„Es ist mein Ernst. Das Leben ist für die Lebenden. Obwohl ich jeden Tag traurig bin, dass Patrick nicht mehr da ist, schleicht sich allmählich auch wieder Freude ein. Dein Glück freut mich. Bitte halt dich meinetwegen nicht zurück."

„Ich geb mir Mühe."

„Du und Harry, ihr habt lange darauf gewartet", fügte Sam hinzu. „Genießt jede Minute."

„Wir versuchen, im Moment zu leben und alles aufzusaugen."

Sam schaute auf die Wanduhr. „Ich gehe jetzt besser zu meinem anderen Job."

„Bevor du losrennst", hielt Lilia sie zurück, „wollte ich dir noch sagen, dass ich mit Adrian Fenty, dem neuen Fotografen des Weißen Hauses, vereinbart habe, an einem Samstag im nächsten Monat wie besprochen Fotos mit dir und hoffentlich auch den Kindern zu machen. Ist das in Ordnung?"

„Sollte passen", bestätigte Sam den von Lilia vorgeschlagenen Termin. Sie brauchten eine Auswahl von Fotos mit verschiedenen Outfits und Frisuren, die für Posts in den sozialen Medien verwendet werden konnten. *Mehr Schein als Sein*, dachte Sam. Sie sollte wie eine First Lady wirken, die all ihre Aufgaben erfüllte.

„Du kennst Adrian, oder?"

„Ich hab ihn ein paarmal getroffen, doch er war immer beschäftigt, und ich hatte noch keine Gelegenheit, mich mit ihm zu unterhalten." Sam war nicht entgangen, dass er außergewöhnlich gut aussah, mit längerem Haar, als sie es normalerweise bevorzugte, und einer interessanten, künstlerischen Erscheinung, die ihre Aufmerksamkeit erregt hatte. Nicht dass sie auf der Suche gewesen wäre, aber sie war nicht so sehr verheiratet, dass sie einen attraktiven Mann nicht bemerkte, wenn er ihr begegnete.

„Du und die Kinder, ihr werdet am Montag bei der Ostereieraktion dabei sein, richtig?"

„Ja, wir behalten sie deswegen daheim."

„Wunderbar. Das gibt ein paar schöne Aufnahmen."

„Nick hat Derek gegenüber erwähnt, dass die Großeltern der Zwillinge wieder aufmucken", ergänzte Roni. „Wie ist da die Lage?"

„Andy kümmert sich darum, und wir hoffen, dass es kein Problem sein wird, denn im Testament der Eltern sind deren Wünsche sehr klar formuliert. Trotzdem bereitet es uns natürlich Sorgen."

„Tut mir leid, das zu hören", sagte Lilia.

„Uns auch."

„Bitte halt uns auf dem Laufenden", bat Roni. „Und lass uns wissen, ob wir euch irgendwie behilflich sein können."

„Werde ich. Danke für alles, was ihr für mich tut, das leckere Frühstück und diese Zeit mit Freundinnen, die ich ganz dringend gebraucht habe." Sie umarmte die beiden anderen. „Das sollten wir häufiger machen."

„Wann immer du willst", antwortete Lilia.

～

„Ich brauche einen Rat", verkündete Sam auf dem Weg zum Hauptquartier, als sie mit Vernon und Jimmy im Auto saß.

„Wir haben gerade Sprechstunde, und Ratschläge gibt es gratis." Vernon lächelte sie im Spiegel an.

„Sie sind zu gut zu mir. Gestern Abend hat mir Scotty erzählt, dass in seinem Sozialkundeunterricht auch Ereignisse der aktuellen Politik besprochen werden, wobei sich Mitschüler durchaus mal kritisch über seinen Vater äußern, und er ist sich nicht sicher, wie er dazu steht. Der Lehrer hat ihm angeboten, er könne in die Bibliothek gehen, wenn es ihm zu unangenehm werden sollte, doch er möchte es eigentlich vermeiden, das vor seinen Klassenkameraden einzugestehen. Er möchte außerdem nicht, dass sein Vater davon erfährt, denn er hat das Gefühl, der habe schon genug Sorgen, aber Nick würde es wissen wollen, wenn Scotty Probleme hat. Ich stecke also in einem Erziehungsdilemma und weiß nicht, was ich tun soll."

„Das überlasse ich Vernon", erwiderte Jimmy, „denn mein

erstes Kind ist gerade erst unterwegs, und ich wüsste auch nicht, was ich tun sollte."

„Ach, meine jungen Padawane." Vernon lächelte nachsichtig.

„Dieser Begriff ist urheberrechtlich geschützt", warnte Sam. Sie lachten.

„Wie all Ihre typischen Zitate."

„Ja, genau."

„Scotty befindet sich in einer schwierigen Lage", erklärte Vernon. „Wenn es etwas Komplexeres gibt als das soziale Gefüge von Achtklässlern, dann habe ich es noch nicht erlebt."

„Die Beziehungen zum Iran sind vermutlich einfacher zu durchdringen", fügte Jimmy hinzu.

„Wahrscheinlich." Sam grinste. „Ich habe Mitleid mit ihm, weil er seinen Vater verteidigen will, doch gleichzeitig will er sich nicht mit seinen Klassenkameraden anlegen, von denen viele über die wahre Situation nicht informiert sind."

„Er zeigt eine lobenswerte Reife, wenn er erkennt, dass es nichts bringt, mit Leuten zu streiten, die es nicht besser wissen", sagte Vernon. „Ich frage mich, ob Kopfhörer eine Option wären, wenn er sich ausklinken will, ohne den Raum zu verlassen."

„Das ist eine tolle Idee. Warum ist mir das nicht eingefallen?"

„Für Sie ist die Mutterrolle noch neu, aber Sie werden die Tricks und Kniffe schon lernen. Wenn die Zwillinge in die achte Klasse kommen, sind Sie ein mit allen Wassern gewaschener Profi."

„Ich hoffe, die beiden leben dann noch bei uns." Sam seufzte. Sie hatte ein mulmiges Gefühl, wenn sie daran dachte, die Zwillinge zu den Großeltern zu geben, die sie mutmaßlich nur wegen ihres Geldes bei sich haben wollten.

„Natürlich werden sie das", sagte Vernon. „Diese Leute werden auf keinen Fall gewinnen. Die haben keine Ahnung, mit wem sie es zu tun haben."

„Danke für das Vertrauen. All diese Kämpfe zehren an mir. Jeden Tag gibt es eine neue Baustelle, das ist anstrengend."

„Da bin ich mir sicher, doch Sie beide haben das Zeug dazu, sich durchzusetzen und Dinge zum Erfolg zu führen. Ich setze auf Sie und Ihren Mann."

„Vielen Dank, Vernon. Das von Ihnen zu hören, bedeutet mir sehr viel."

„Sie schaffen das. Lassen Sie sich von den Hasskommentaren nicht unterkriegen. Sie sind Sam Holland Cappuano, verdammt noch mal."

Sam grinste ihn im Spiegel an. „Ja, und die ist eine Wucht und nimmt es mit jedem auf."

„Richtig, vergessen Sie das nie."

„Werd ich nicht."

Kurz darauf hielten sie vor dem Eingang der Gerichtsmedizin.

Vernon öffnete ihr die Tür.

Sam drehte sich zu ihm um. „Niemand kann je seinen Platz einnehmen, aber Sie …" Es schnürte ihr die Kehle zu, und Tränen traten ihr in die Augen, sodass sie dankbar für ihre Sonnenbrille war. Sie drückte ihm den Arm. „Danke."

„Es war mir ein Vergnügen, Sam. Ihr Vater wäre sehr stolz auf Sie."

„Bringen Sie mich nicht zum Weinen."

„Entschuldigung. Doch es tut mir nicht leid."

Sam lachte, während sie das Gebäude betrat, wo sie die Sonnenbrille abnahm und sich die Tränen abwischte, während sie ihrem geliebten Vater im Geiste dafür dankte, dass er ihr Vernon als Ersatz geschickt hatte. Ihr gefiel der Gedanke, dass das wirklich so sein könnte.

KAPITEL 23

Sams Handy klingelte. Der Anruf kam von einer lokalen Nummer, die sie nicht erkannte. „Holland."

„Cori Sawyer."

„Ah, Richterin Sawyer. Wie schön, von Ihnen zu hören."

„Wenn ich Sie Sam nennen darf, sollten Sie mich Cori nennen."

Sam hatte die Bundesrichterin von ihrer ersten Begegnung an gemocht. „Sehr gerne."

„Ich wollte mich bei Ihnen dafür bedanken, dass Sie Harlan Peckham geschnappt haben und ich zum ersten Mal seit Tagen wieder aufatmen kann."

Am liebsten hätte Sam geantwortet: *Man tut, was man kann,* doch sie wollte nicht so flapsig mit einer Bundesrichterin reden, selbst wenn Cori sich inzwischen eher wie eine Freundin anfühlte. „Ich bin froh, dass wir das geschafft haben, aber ich wünschte, es wäre uns gelungen, bevor wir Tom und beinahe auch Avery verloren haben."

„Toms Tod ist eine Tragödie, und ich bin ehrlich froh, dass Agent Hill offenbar auf dem Weg der Besserung ist, besonders nachdem er gerade wieder Vater geworden ist."

„Ja, das stimmt. Er und seine Frau Shelby sind privat enge Freunde von uns. Wir sind sehr erleichtert."

„Natürlich weiß ich, dass Sie mit ihm und seiner Frau

befreundet sind. Neben meiner Erleichterung darüber, dass Harlan im Gefängnis ist, wo er hingehört, habe ich noch einen zweiten Grund für meinen Anruf. Ich wollte Sie und Ihren Mann zu einer Dinnerparty nächsten Monat einladen. Ich bin bekannt für meine Partys, und ich denke, es wird Ihnen gefallen. Ich verspreche Ihnen eine freundliche Gästeschar, die sich freuen wird, Sie beide kennenzulernen."

Sam wollte höflich ablehnen. Sie hatte keine Lust, einen Samstagabend mit Leuten zu verbringen, die sie nicht kannte, wo sie nicht mal genug Zeit für die Menschen hatte, die sie gernhatte und mit denen sie aktiv Zeit verbringen wollte.

„Ich wette, das klingt für Sie wie die Hölle", meinte Cori lachend.

Sam lächelte bei diesen unverblümten Worten. „Absolut nicht."

„Doch, bestimmt. Aber ich denke wie gesagt, es wird Ihnen gefallen, und wenn nicht, können Sie jederzeit gehen."

„Es ist nett, dass Sie uns einladen. Wir kommen gerne, wenn wir Zeit haben."

„Ich werde es auf einen Abend legen, der in Ihren ohne Zweifel vollen Terminplan passt."

„Wir werden den Secret Service einbinden müssen."

„Das ist kein Problem. Mit wem soll ich über die Koordination sprechen?"

„Lilia Van Nostrand im Weißen Haus. Ich schicke Ihnen ihre Kontaktdaten."

„Ausgezeichnet. Ich freue mich darauf, Sie bald wiederzutreffen. Nochmals vielen Dank für alles, Sam. Ich bin sicher, dass die Fälle in Ihrer Erinnerung nach einer Weile verschwimmen, doch sie betreffen echte Menschen, die dank Ihnen und Ihrer Arbeit sicherer sind."

„Das ist sehr nett von Ihnen. Ich höre nicht oft von den Personen, denen wir helfen."

„Nun, jetzt haben Sie von einer gehört – ich bin Ihnen sehr dankbar. Wir sehen uns dann demnächst."

„Danke für den Anruf."

„Gern geschehen."

Sam klappte das Handy zu und trat durch die offene Tür ins Büro der Gerichtsmedizin, wo Lindsey am Schreibtisch saß, eine Kaffeetasse in der Hand, und auf ihren Computerbildschirm starrte.

Sam verspürte ein seltenes Gefühl der Angst, als sie zu ihrer Freundin ging. „Guten Morgen."

„Morgen", antwortete Lindsey, ohne den Blick vom Monitor abzuwenden. „Ich wollte dich gerade anrufen, um dir mitzuteilen, dass wir die Leiche des Unfallopfers an seine Familie zurückgegeben haben."

„Danke, dass du dich darum gekümmert hast."

„Was ist nun der Plan für Juan?"

„Ich muss mich mit Agent Truver in Verbindung setzen, um zu erfahren, wie der Stand bei den Ermittlungen ist. Juan muss wohl noch eine Weile ‚tot' bleiben, damit sie seine ‚Ermordung' bei dem Verhör von Goldstein benutzen können."

„Welche Strategie verfolgt der NCIS?"

„Goldstein glauben zu machen, dass jemand Juan in seinem Auftrag getötet hat, weil er ihren schmutzigen kleinen Putsch vereitelt hat."

„Was versprechen die sich davon?", wollte Lindsey wissen.

„Vielleicht wird er mit dem Finger auf einen der anderen zeigen und behaupten, das sei derjenige gewesen, der Juan habe töten wollen."

„Ah, verstehe. Juans Mutter muss sehr erleichtert gewesen sein, von ihm zu hören."

„Die Arme. Es tut mir so leid, was die ihr angetan haben."

„Wahrscheinlich ist es ihr egal, solange es ihm nur gut geht."

„Das stimmt. Nun, ich widme mich mal besser meiner Arbeit. Hoffentlich können wir heute im Fall Myerson ein paar Fortschritte verbuchen."

„Wie läuft es da?"

„Nicht so gut und schnell, wie ich es gerne hätte, und komplizierter, als es auf den ersten Blick zu werden versprach. Vor sechsundzwanzig Jahren hat jemand Elaine Myersons Schwester entführt und ermordet. Der Fall ist nach wie vor ungelöst."

„O Gott, die arme Familie. Zwei ermordete Schwestern."

„Es ist bloß noch ein Bruder übrig, und der ist geschockt und fassungslos, dass sich das Grauen wiederholt hat."

„Ich kann es mir nicht vorstellen und will es auch gar nicht."

Sams Handy klingelte. Der Anruf kam von Max Haggerty. „Da muss ich ran. Schönen Tag noch, Doc."

„Dir ebenfalls."

„Hey, Max. Was gibt's?"

„Wir haben die Tatwaffe in einem Müllcontainer eines Wohnkomplexes gefunden, etwa sechs Blocks vom Haus der Myersons entfernt. Der Mörder hat sich nicht die Mühe gemacht, Blut und Haare von dem Schläger zu entfernen, also hoffen wir, dass er auch nicht an Fingerabdrücke gedacht hat. Wir haben ihn jetzt im Labor, und ich sollte Ihnen bald mehr Details liefern können."

„Das ist großartig, Max. Vielen Dank an Sie und Ihre Mitarbeiter."

„Immer gerne."

Sam betrat das Großraumbüro, wo ihr Team fleißig zugange war. „Gute Nachrichten, Leute. Die Spurensicherung hat die Tatwaffe entdeckt, in einem Müllcontainer wenige Hundert Meter vom Tatort entfernt, voller Blut, Haare und hoffentlich Fingerabdrücke. Sie ist jetzt im Labor."

„Wow", sagte Gonzo. „Das ist ein echter Glücksfall."

„Absolut. Ich würde heute gern mit den Leuten sprechen, die die jüngere Tochter des Opfers am Sonntag auf den Ausflug mitgenommen haben."

„Die Eltern ihrer Freundin Alison Gauthier, Cole und Trina." Neveah reichte Sam einen Ausdruck mit Informationen zu der Familie und ihrer Adresse.

„Danke. Ist Ihnen irgendetwas an ihnen aufgefallen?"

„Auf den ersten Blick nicht. Beide Eltern sind Regierungsangestellte. Er ist beim Gesundheits- und sie beim Landwirtschaftsministerium. Drei Kinder. Alison ist mit sechzehn die Älteste. Außerdem haben sie elfjährige Zwillinge, beides Jungs, die am Sonntag nicht mit auf dem Ausflug waren."

„Wo ging der Ausflug noch mal hin?"

„Die Mädchen nehmen im Unterricht den Bürgerkrieg durch, daher sind die Eltern mit ihnen zu zweien der Schlachtfelder von damals gefahren – Harpers Ferry und Antietam."

„Und Jada war den ganzen Tag ohne Unterbrechung mit ihnen zusammen?"

„Das hat mir zumindest Trina Gauthier erzählt."

Trotz der offensichtlichen Sackgasse reichte das Sam aus irgendeinem Grund nicht. „Ich denke, ich werde ihr trotzdem einen Besuch abstatten, nur um das i-Tüpfelchen zu setzen. Können Sie herausfinden, wo die Mutter heute ist?"

„Natürlich, Ma'am."

Da war sie wieder, diese Anrede. „Was haben wir Neues zu den Myersons?"

„Nicht viel", erwiderte Cameron. „Wir haben ihre Aktivitäten in den sozialen Medien aus dem letzten Jahr ausgewertet – nichts Auffälliges. Wenn es schmutzige Wäsche gab, haben sie sie nicht in der Öffentlichkeit gewaschen. Momentan sind wir bei der Durchsicht der Messengerdienste, wo wir jede Menge Belege für ein eher feindseliges Verhältnis zwischen Elaine und ihren Töchtern finden."

Obwohl Sam davon bereits wusste, wollte sie Einzelheiten hören. „Zum Beispiel?"

Cameron blätterte ein paar Ausdrucke durch. „Letzten Freitag zum Beispiel wollte Zoe mit ihrer Freundin, die ein eigenes Auto hat, ins Kino. Elaine antwortete: ‚Nicht in ihrem Wagen. Ihr könnt die Metro nehmen.' Daraufhin Zoe: ‚Scheiß auf die Metro. Ich fahre mit meinen Freunden.' Elaine hat dann damit gedroht, ihr die Bankkarte sperren zu lassen. Zoe schrieb: ‚Ja und? Meine Freunde werden für mich bezahlen, weil *sie* mich lieben.'"

„Mein Gott", sagte Sam. „Das war anscheinend der Dauerzustand bei denen."

„Sieht so aus."

„Wie können die Mädchen nicht irgendwie in die Sache verwickelt sein?"

„Sie haben beide ein Alibi", wandte Gonzo ein. „Nur weil sie blöd und zickig sind, heißt das noch lange nicht, dass sie Mörderinnen sind."

„Das stimmt. Ich bin verwöhnt von meinem Teenager, der weder blöd noch zickig ist – jedenfalls bis jetzt nicht." Sam war davon überzeugt, dass er das nie sein würde. „Gab es auch Zoff mit Jada?"

„Ja, sie war weniger aggressiv gegenüber ihrer Mutter als Zoe, aber die ist auch älter und hatte die ständigen Einschränkungen satt."

„Worüber hat Elaine mit Jada gestritten?"

„Vor zwei Wochen hat Jada ihr geschrieben, sie werde von der Schule nach Hause laufen, und Elaine ist komplett ausgeflippt."

„Wegen dem, was mit ihrer Schwester passiert ist", meinte Sam. „Das triggert direkt das größte Trauma ihres Lebens."

„Wir haben die Akten aus Manassas darüber", warf Cam ein. „Ich werde mich später darum kümmern."

„Danke dir."

„Elaines Teenager-Tochter hat wahrscheinlich keinen Gedanken an die ermordete Tante verschwendet, die sie immerhin gar nicht gekannt hat", mutmaßte Cam. „Jada schrieb: ‚Ich bin schon halb zu Hause, also entspann dich.' Elaine antwortete, sie solle diesen Ausdruck ihr gegenüber nie wieder verwenden – genau wie ‚sich locker machen', eine andere Formulierung, die sie häufig benutzten und die Elaine nicht mochte."

„Gab es auch Nachrichten zwischen dem Vater und den Töchtern?"

„Ja, dabei dreht es sich in der Regel um Fahrten zum Training oder um das Abholen von verschiedenen Veranstaltungen. Die Mutter hat ihr Kommen und Gehen überwacht. Er hingegen wirkt eher wie ein Zuschauer. Ab und zu hat ihn eins der Mädchen gebeten, mit Elaine zu sprechen, doch diese Nachrichten blieben unerwidert."

„Wie haben sie bloß die ständigen Streitereien und Spannungen ausgehalten?", fragte Sam.

„Genau darüber haben Gigi und ich uns gestern Abend ebenfalls unterhalten", bemerkte Cam. „Uns würde es langsam, aber sicher in den Wahnsinn treiben, ständig im Kriegszustand zu leben."

„Mich auch. Ich hoffe, ich werde nie solche Probleme mit meinen Kindern haben."

„Oh, es wird wahrscheinlich von Zeit zu Zeit ein kleines Scharmützel geben, doch vermutlich wirst du vernünftiger sein, als Elaine war."

„Es fällt mir allerdings auch leicht, vernünftig zu sein, da der Secret Service meine Kinder beschützt."

„Das stimmt."

Neveah hielt Sam ein Blatt Papier hin. „Die Adresse von Trina Gauthiers Büro im Landwirtschaftsministerium. Sie sagte, sie sei den ganzen Tag dort."

„In Ordnung, legen wir los. Neveah, kann ich bitte kurz mit Ihnen reden?"

Neveah folgte Sam in deren Büro und schloss die Tür. „Was gibt es?"

„Zwei Dinge. Erstens: Ich möchte mich vergewissern, dass dieser Fall für Sie keinen Trigger darstellt."

Neveahs besorgte Miene hellte sich sofort auf. „Sehr nett, dass Sie daran denken, aber es ist alles in Ordnung."

„Sagen Sie bitte Bescheid, wenn sich das ändert."

„Das werde ich. Danke, dass Sie so rücksichtsvoll und umsichtig sind."

„Ihr Wohlergehen liegt mir am Herzen."

„Was ist die zweite Sache?"

„Ich brauche einen persönlichen Gefallen abseits der Arbeit an diesem Fall."

„Was immer ich für Sie tun kann."

„Eigentlich müssten Sie erwidern: ‚Nein, Ma'am, ich über-nehme keine Nebenjobs, während ich im Dienst bin.'"

„Sie wollen doch nicht, dass ich Sie ‚Ma'am' nenne, Ma'am."

Sam lächelte. „Sie machen sehr gute Fortschritte, Neveah."

„Wirklich? Finden Sie?"

„Wenn Sie jetzt gleich anfangen zu weinen, werde ich Ihnen direkt eine verpassen und danach alles leugnen."

Neveah lachte. „Was kann ich für Sie tun?"

„Sie machen wirklich riesige Fortschritte, und ich bin froh, Sie in meinem Team zu haben. Nein, keine Tränen."

„Auf keinen Fall."

„Die abscheuliche Mutter meines Mannes ist nach der letzten Krise wieder aufgetaucht. Jemand namens Collins Worthy aus Cleveland, Ohio, vertritt sie und stellt sich als distinguierter Anwalt hin. Er hat mir gesagt, er habe drei erwachsene Kinder und seine Frau sei vor einiger Zeit an Krebs gestorben. Sonst weiß ich nichts über ihn, aber das würde ich gerne ändern."

„Ich kümmere mich darum."

„Erzählen Sie bitte niemandem davon. Ich sollte das nicht von Ihnen verlangen."

„Ich werde es in meiner Freizeit erledigen, wenn Sie sich dann besser fühlen."

„Schieben Sie heute dazwischen, was Sie können, und führen Sie die Arbeit zu Hause zu Ende. Für den Zeitaufwand bekommen Sie von mir Freizeitausgleich."

„Keine Sorge. Ich helfe Ihnen gerne bei allem, was Sie brauchen."

„Ich sollte Sie warnen: Die Leute nutzen das aus, wenn Sie zu nett sind."

Neveah hob ganz leicht die linke Augenbraue. „Muss ich mir bei Ihnen darüber Gedanken machen?"

„Natürlich nicht. Ich sage nur, dass man hier in der Regel nicht zu nett sein sollte."

„Verstanden, doch zu Ihnen darf ich nett sein?"

„Ich schwöre bei Gott …"

Neveahs Lachen war eins aus voller Kehle und aus dem Bauch heraus, was Sam überraschte, weil sie es zum ersten Mal hörte.

Sie lächelte. „Ich mag Sie."

„Das beruht auf Gegenseitigkeit."

„Gehen Sie wieder ins Großraumbüro, und bringen Sie sich meinetwegen nicht in Schwierigkeiten, sonst mag ich Sie nicht mehr."

„Alles klar."

„Danke, Neveah."

„Gern geschehen, Sam."

Sam musste grinsen, nachdem Neveah das Büro verlassen hatte.

Freddie erschien in der Tür. „Wollen wir die Mutter von Jadas Freund im Landwirtschaftsministerium besuchen?"

„Ja. Lass uns das tun."

Trina Gauthier arbeitete in der Verwaltung des Food Safety and Inspection Service des Landwirtschaftsministeriums, die sich im Jamie L. Whitten Building in der Independence Avenue befand.

Bei ihrer Ankunft wurden sie von einem Sicherheitsbeamten in einen Konferenzraum im Erdgeschoss geführt, wo er ihnen mitteilte, Mrs Gauthier werde gleich da sein. Im Vergleich mit den üblichen Sicherheitskontrollen in Bundesgebäuden war der Zugang zu diesem Raum einfach, und es lief ohne Scanner oder die Aufforderung ab, ihre Waffen abzugeben.

„Sie haben wohl nicht viele Besucher hier", mutmaßte Freddie.

„Du kannst meine Gedanken lesen."

„Igitt."

Sam lächelte. „Es ist nicht meine Schuld, dass ich dich so gut ausgebildet habe, dass du nun das Gleiche denkst wie ich."

„Ich denke *nicht* das Gleiche wie du, und wenn du das jemandem gegenüber behauptest, siehst du mich so schnell nicht wieder."

„Das glaubst du ja selbst nicht. Du liebst mich zu sehr, um mich zu verlassen."

„Pah."

Bei dem Geräusch sich nähernder Schritte setzten sie sich aufrechter hin und kehrten zurück in den Profimodus.

„Man hat mir gesagt, die First Lady sei hier, um mit mir zu sprechen, aber ich habe es nicht geglaubt", erklärte Trina Gauthier, die in einem grauen Kostüm mit rosa Bluse den Raum betrat. Sie war attraktiv, hatte kurzes, lockiges blondes Haar und blaue, von extravagant langen und dichten Wimpern gesäumte Augen.

Sam zeigte ihr ihre Dienstmarke, Freddie tat dasselbe. „Lieutenant Holland und Detective Cruz. Wir haben gehört, Jada Myerson hat den Sonntag mit Ihnen und Ihrem Mann verbracht."

„Das ist richtig. Wir sind gegen acht Uhr morgens losgefahren und kurz nach acht Uhr abends heimgekommen. Es war ein langer Tag, doch die Mädchen fanden es toll, sich von den Orten, über die sie für ihr Projekt über den Bürgerkrieg schreiben, selbst ein Bild zu machen. Jada war noch bei uns, als Frank sie wegen Elaine anrief."

„Kennen Sie Jada gut?"

„Ja. Sie und unsere Ali sind seit der dritten Klasse befreundet. Jada übernachtet regelmäßig bei uns und Ali bei ihr. Jada ist für uns wie eine eigene Tochter."

„War sie am Sonntag irgendwie anders als sonst?"

„Absolut nicht. Die Mädchen haben gelacht und sich unterhalten, wie immer, in ihrer ganz eigenen Sprache. Mein Mann hat zu mir gesagt, sie hätten den ganzen Tag gefühlt nicht einmal geatmet – und ich konnte ihm da nur beipflichten."

„Hat sie mit Ihnen über die Spannungen zu Hause geredet?"

„Ja", antwortete Trina und seufzte leise. „Ich hatte mit Elaine auch schon mal darüber gesprochen. Es fiel ihr furchtbar schwer, die Mädchen aus den Augen zu lassen, was ich nach dem, was ihrer Schwester passiert ist, gut verstehen kann."

„Wie lange ist es her, dass sie Ihnen von ihrer Schwester erzählt hat?"

„Lange. Das war, als die Mädchen noch ganz klein waren. Ich glaube, das war das einschneidendste Ereignis in ihrem Leben."

Natürlich war es das, dachte Sam. „Hat Jada Ihnen gegenüber je Erbitterung über ihre Mutter geäußert?"

„Oft sogar", bestätigte Trina. „Sie hat sich zwar bemüht, zu verstehen, warum ihre Mutter so war, aber letztlich kannten Jada und Zoe ihre Tante nicht und hatten keine emotionale Verbindung zu dem, was ihr vor ihrer Geburt widerfahren war.

So sind Kinder eben. Sie konzentrieren sich auf ihr eigenes Leben und können sich nicht gut in ihre Mutter hineinversetzen. Und ganz gewiss hatten sie keine Vorstellung davon, was Elaine wegen des Mordes an ihrer Schwester durchgemacht hat."

Sam, die sich das Gesagte in Stichpunkten notierte, schien das eine überaus treffende Zusammenfassung der Denkweise von Jugendlichen zu sein.

„Das heißt nicht, dass sie den schrecklichen Verlust, den ihre Mutter erlitten hat, nicht nachempfinden konnten, denn das taten sie", fügte Trina hinzu. „Zumindest Jada. Das kam einmal auf. Sie sagte, sie könne Zoe zwar die meiste Zeit über nicht ausstehen, finde jedoch andererseits den Gedanken daran unerträglich, dass ihr so etwas zustoßen könne. Und für ihre Mutter müsse die Erfahrung sehr schlimm gewesen sein."

„Die Mädchen haben angegeben, Elaine habe viele Freunde gehabt, aber Frank meinte, sie habe nicht viel Zeit mit anderen Menschen verbracht. War das auch Ihre Beobachtung?"

„Ich weiß nicht viel über ihre anderen Freunde. Sie hat nie über andere Menschen geredet."

„Würden Sie sagen, dass sie für Sie eine Freundin war?"

„Durchaus. Allerdings hat es lange gedauert, bis ich das Gefühl hatte, sie zu kennen. In den ersten Jahren ist sie sehr reserviert gewesen und schien sich bei unseren Unterhaltungen ausschließlich auf die Mädchen zu konzentrieren, während es mir eigentlich darum ging, sie selbst besser kennenzulernen. Doch das wollte sie offenbar nicht, also habe ich mich zurückgehalten. Als wir später mehr Zeit miteinander verbracht haben, hat sie sich etwas mehr geöffnet. Sie hat mir einmal, als wir uns schon Jahre kannten, erzählt, sie habe lange überlegt, ob sie überhaupt Kinder bekommen wollte, weil sie gewusst habe, dass es schwer für sie sein würde, wenn sie langsam erwachsen wurden. Aber sie hat Frank geliebt, und er wollte Kinder, also hat sie ihm zuliebe zugestimmt."

Das war eine interessante Information und zudem eine, die sie vorher nicht gehabt hatten – das Gespräch hatte sich gelohnt.

„Können Sie uns sonst noch etwas über Jada, Elaine oder ihre Familie sagen, das uns bei unseren Ermittlungen weiterhilft?"

Nachdem sie eine volle Minute lang darüber nachgedacht hatte, erwiderte Trina: „Es gibt tatsächlich eine Sache, bei der ich mir überlegt hab, ob ich sie erwähnen sollte."

„Ich bitte Sie dringend, uns alles mitzuteilen, was Sie wissen. Jedes Detail ist wichtig, wenn es darum geht, einen Mordfall zu lösen."

Trina faltete die Hände auf dem Tisch und sah sie konzentriert an, als sie erklärte: „Vor etwa einem Jahr hat Jada gefragt, ob sie für den Rest der Highschoolzeit bei uns wohnen könne."

Heilige Scheiße!

„Was haben Sie geantwortet?"

„Wir haben gesagt, dass wir das mit ihren Eltern besprechen müssten."

„Hat dieses Gespräch je stattgefunden?"

„Ja."

„Wann?"

„Kurz nachdem Jada uns gefragt hatte. Der Konflikt zwischen Elaine und Zoe hatte gerade eine neue Eskalationsstufe erreicht, und Jada wollte weg von dort."

„Und wie ist das Gespräch mit Frank und Elaine gelaufen?"

„Wir wollten mit ihnen essen gehen, weil wir dachten, es wäre besser, das Gespräch in der Öffentlichkeit zu führen, damit es nicht zum Streit kommt. Das ist ein Fehler gewesen."

„Warum?"

„Elaine ist total ausgeflippt, und ab da war ihr egal, wer uns zugehört hat. Sie hat entgegnet, wir hätten wirklich Nerven, uns auf diese Weise einzumischen, und wenn wir wollten, dass Ali und Jada Freundinnen bleiben, müssten wir uns aus ihren Familienangelegenheiten raushalten."

„Was hat Frank dazu gesagt?"

„Er hat versucht, Elaine zu beruhigen, und hat darauf hingewiesen, dass wir doch nur die Boten seien, die Jadas Bitte überbrachten, und dass es nicht unsere Schuld sei. Aber Elaine hat es als klaren Vertrauensbruch von unserer Seite empfunden. Ich habe versucht, ihr gut zuzureden und ihr klarzumachen, wie schwer es für Jada war, mitten zwischen den Fronten von ihr und Zoe zu leben. Das war falsch. Sie meinte, ich solle mir meine anmaßenden Kommentare sonst wohin stecken, ist aufgestanden und gegangen."

Dem Kribbeln in Sams Wirbelsäule nach zu urteilen, stellte diese Information eine Art Durchbruch dar.

„Wie hat Frank das Ganze aufgenommen?"

„Er hat gesagt, er wisse unsere Besorgnis zu schätzen und ihm tue es leid, wie Elaine reagiert habe, ehe er seiner Frau gefolgt ist."

„Haben Sie sich irgendwann mit ihr ausgesöhnt?"

Trina schüttelte den Kopf. „Sie hat nie wieder mit mir gesprochen, jedenfalls nicht direkt. Wenn wir Jada eingeladen haben, etwas mit uns zu unternehmen, ist das alles über die Mädchen gelaufen."

„Ich muss Sie etwas fragen, das Sie vielleicht schockieren wird, doch es ist leider unumgänglich."

„Okay …"

„Halten Sie es für möglich, dass Jada ihre Mutter getötet hat?"

Trina stand vor Schreck der Mund offen. „Meine Güte, nein. Jada ist das liebste Mädchen der Welt, und außerdem … geschah der Mord nicht, als Jada bei uns war?"

„Das heißt nicht, dass sie es nicht arrangiert haben könnte."

„Sie ist fünfzehn, Lieutenant! Wo um alles in der Welt sollte eine Fünfzehnjährige jemanden finden, der für sie einen Mord begeht?"

„Ich weiß es nicht, aber Kinder sind schlauer, als man es ihnen gemeinhin zutraut. Alles ist möglich."

„Nun, das ist jedenfalls unmöglich. Jada würde so etwas niemals tun."

„Was ist mit Zoe?"

„Ich kenne sie nicht so gut, doch ich kann es mir auch bei ihr nicht vorstellen. Beide Mädchen versuchen lediglich, ihr Leben zu leben, was der Grund für die ständigen Auseinandersetzungen mit Elaine war."

„Haben Sie in den letzten Tagen oder Wochen von einer besonderen Eskalation gehört?"

„Es war schon immer schlimm, aber nach dem, was Jada erzählt hat, ist es viel schlimmer geworden, seit Zoe mit ihrem Freund zusammen ist."

„Das war sehr hilfreich." Sam schob ihre Karte über den Tisch zu Trina. „Wenn Ihnen noch etwas einfällt, selbst wenn es auf den ersten Blick unbedeutend erscheint, rufen Sie mich bitte an."

Trina nahm die Karte und betrachtete sie. „Sie geben Leuten, die Sie nicht mal kennen, Ihre Handynummer?"

„Das gehört zu meinem Job."

„Es ist cool, dass Sie weiter arbeiten, obwohl Sie es nicht müssten."

Sam wusste nie, was sie darauf erwidern sollte. Für sie war alles andere unvorstellbar, denn die Polizeiarbeit steckte ihr sozusagen im Blut. „Vielen Dank für Ihre Hilfe."

„Ich hoffe, Sie finden Elaines Mörder. Sie war ein schwieriger Mensch, doch so einen Tod hat sie nicht verdient. Niemand hat das."

Trina begleitete sie zum Empfang, wo sie sich verabschiedeten.

„Eindrücke?", fragte Sam Freddie, während sie zu Vernon und Jimmy zurückgingen.

„Die Konfrontation zwischen den beiden Paaren im Restaurant und dass Elaine kein Wort mehr mit Trina gewechselt hat, als wäre es ihre Schuld, dass Jada ausziehen wollte, finde ich schon ziemlich bemerkenswert."

„Ich empfinde genauso."

„Wohin jetzt?"

„Ich möchte mit Elaines Therapeutin sprechen. Mal sehen, ob sie zwischen zwei Terminen Zeit für uns hat."

KAPITEL 24

Dr. Colleen Barkers Praxis lag in Woodley Park, etwa drei Kilometer von Freddies und Elins Wohnung entfernt. Als Freddie sie anrief, sagte sie, sie sollten sofort vorbeikommen, da sie gerade zwei Stunden Pause habe.

Die Therapeutin hatte kurzes rotes Haar, grüne Augen und blasse Haut, die aussah, als würde sie schon beim geringsten Anlass zu Sonnenbrand neigen. Sie trug ein dunkelgrünes Oberteil und schwarze Leggins und bat Sam und Freddie in einen warmen, gemütlichen Raum mit Plüschsesseln, einer Couch und einem niedrigen Tisch. Insgesamt wirkte es eher wie ein gewöhnliches Wohnzimmer als wie die Praxis einer Psychiaterin.

Nachdem sie Sam und Freddie mit einer Geste aufgefordert hatte, auf der Couch Platz zu nehmen, ließ sie sich auf einem dunkelvioletten Sessel nieder und schlug elegant die Beine über-einander.

Die ganze Praxis und die Frau, die darin arbeitete, hatten etwas so Beruhigendes an sich, dass Sam sich am liebsten auf die Couch gelegt hätte, um ihre Sorgen mit der Ärztin zu teilen.

„Hat Mr Myerson unterschrieben, dass wir mit Ihnen spre-chen dürfen?"

„Ja, und ich möchte vorausschicken, dass es mir entsetzlich

leidtut. Ich bin regelrecht geschockt von Elaines Ermordung. Sind Sie der Aufklärung schon ein Stück nähergekommen?"

„Wir machen Fortschritte. Dr. Barker, wir haben viel von den Schwierigkeiten gehört, die Elaine Myerson mit ihren Töchtern hatte."

„Richtig", erwiderte Colleen. „Elaine hatte große Probleme mit ihren Töchtern, vornehmlich mit dem üblichen Abnabelungsprozess, wenn Kinder erwachsen werden. Wir haben sehr intensiv daran gearbeitet. Wie Sie sich vorstellen können, hat der gewaltsame Tod ihrer Schwester einen langen Schatten über ihr Leben geworfen, da sie unter furchtbarer Angst litt, die Geschichte könnte sich wiederholen, zumal die Polizei den Mörder ihrer Schwester nie gefunden hat."

Sam notierte sich das und unterstrich, dass der Mörder der Schwester weiterhin auf freiem Fuß war. „Ich bin davon überzeugt, dass der Mord an Elaine etwas mit ihren Kindern zu tun hat."

Colleen Barker schüttelte den Kopf. „Das kann ich mir nicht vorstellen. Ich habe ihre Töchter kennengelernt. Wir hatten Therapiesitzungen mit der ganzen Familie, und die Mädchen haben Elaine sehr geliebt. Sie haben nur gegen ihr strenges Regiment aufbegehrt, was Regeln und Sicherheit betraf."

„So sehr, dass sie die Person loswerden wollten, die ihnen so viel Ärger bereitet hat?"

„Ich kenne sie nicht so gut wie Elaine, aber ich kann mir nicht vorstellen, dass eine von ihnen so weit gehen würde."

„Zoe hat angedeutet, dass die Therapie wenig hilfreich war."

„Das trifft zu. Elaine hat sich strikt geweigert, in den Punkten einzulenken, die den Mädchen wichtig waren, wie zum Beispiel von der Schule oder von Freunden nach Hause zu laufen oder in Autos von Bekannten mitzufahren. Das war für Elaine unzumutbar. Trotzdem haben wir uns bemüht, einen Kompromiss zu finden, doch davon wollte sie nichts hören."

„Welche Rolle hat Frank bei diesen Gesprächen gespielt?"

„Meist hat er sich im Hintergrund gehalten. Der Streit wogte zwischen Elaine und den Mädchen."

„Beiden Mädchen?"

„In erster Linie Zoe, doch je älter Jada wurde, desto stärker litt auch Elaines Beziehung zu ihr. Außerdem hatte Jada eine tiefe Abneigung gegen die ständigen Streitereien und flehte ihre Familie an, endlich damit aufzuhören."

„Wie haben die Eltern auf diese Bitte reagiert?"

„Sie haben geweint. Ich glaube, alle wollten dringend Frieden in der Familie, aber da Elaine ihre Töchter um jeden Preis vor allem beschützen wollte, was ihnen irgendwie schaden könnte, befanden sie sich in einer Sackgasse."

Sam spürte ein Kribbeln an der Wirbelsäule, das sich jedes Mal verstärkte, wenn Jadas Name fiel. Wie konnte sie sie überhaupt verdächtigen, wo sie am Tag des Mordes an ihrer Mutter doch in West Virginia und Maryland unterwegs gewesen war?

„Sam?"

Freddies Stimme riss sie aus ihren Gedanken.

„Tut mir leid."

„Haben Sie noch weitere Fragen?", erkundigte sich Colleen.

„Gab es Ihrer Meinung nach sonst noch etwas in Elaines Leben, das zu dem Mord geführt haben könnte?"

„Nicht dass ich wüsste. Sie hatte den üblichen Stress mit der Arbeit, den Kindern und der ganzen Verantwortung, doch es gab keinerlei Konflikte mit anderen, zumindest keine, die sie mir gegenüber erwähnt hätte."

„Was hat sie über Freunde gesagt?"

„Sie hatte welche, aber sie zog es vor, für sich zu bleiben und ihre Freizeit mit ihrer Familie zu verbringen."

„War das Ihrer Erfahrung nach ungewöhnlich?"

„Nicht so ungewöhnlich, wie man vielleicht meinen würde. Ich begegne immer öfter Frauen, die einen kleineren Freundeskreis bevorzugen, weil es in größeren Gruppen oft Streit gibt."

„Das verstehe ich", warf Freddie ein. „Meine Frau hat sich in letzter Zeit auch von einigen Freunden distanziert, die ihr zu anstrengend geworden waren."

„Alle sind sehr beschäftigt", bemerkte Colleen. „Die Leute wollen mit Freunden zusammen sein, die sie unterstützen, nicht mit welchen, die sie runterziehen."

„Das empfindet meine Frau auch so."

„Trina Gauthier, die Mutter von Jadas Freundin Ali, hat uns von einem Streit erzählt, den sie und ihr Mann mit Frank und Elaine hatten."

Colleen nickte. „Als sie ihr mitteilten, dass Jada bei ihnen wohnen wollte. Elaine war sehr wütend deswegen und darüber, wie die Gauthiers damit umgingen. Sie fand, sie hätten sofort Nein sagen und die Sache im Keim ersticken sollen."

„Finden Sie das auch?"

„Nicht wirklich. Ich verstehe Jadas Beweggründe, doch Elaine war in ihrer Wut absolut unbeugsam."

„Fällt Ihnen sonst noch etwas ein, das relevant sein könnte?"

„Nachdem ich Ihre Nachricht erhalten hatte, hab ich meine Notizen durchgesehen, und mir ist nichts aufgefallen, was einen Mord erklären würde."

„Danke, dass Sie sich die Zeit genommen haben, diese Überprüfung vorzunehmen und sich mit uns zu treffen."

„Ich hoffe, es gelingt Ihnen, Elaines Mörder zu ermitteln. Auch wenn es Ihnen vielleicht nicht so vorkommt, nachdem Sie von den Problemen mit den Mädchen gehört haben – sie war eine liebe Frau, die ein schwieriges Leben hatte. Sie hat das nicht verdient."

„Nein."

Sam hinterließ ihre Karte mit der üblichen Bitte an Colleen, sie anzurufen, wenn ihr noch etwas einfiel, das helfen könnte. „Was denkst du?", fragte sie Freddie, als sie wieder draußen waren.

„Ich möchte mich noch einmal genauer mit den Töchtern beschäftigen. Ihre häusliche Situation war über Jahre hinweg explosiv. Ich kann mir nicht vorstellen, dass sie nicht irgendwie in die Sache verwickelt sind."

„Genau, nur hab ich keine Ahnung, wie das möglich sein soll. Schließlich haben beide ein wasserdichtes Alibi, die Handydaten stimmen, Zeugen haben sie dort gesehen, wo sie behaupten, gewesen zu sein, und auf der finanziellen Seite war ebenfalls nichts ungewöhnlich."

„Wir haben die Konten der Eltern überprüft, nicht die der Töchter."

Sam schaute Freddie an. „Das stimmt."

„Wir prüfen nie die Finanzen Minderjähriger."

„Vielleicht sollten wir das in diesem Fall aber mal tun."

„Unbedingt. Ich werde Cameron anrufen und es in die Wege leiten."

∿

Frank Myerson lehnte es kategorisch ab, die Finanzdaten der Mädchen freizugeben, wozu bei Minderjährigen die Einwilligung der Erziehungsberechtigten nötig war. Nachdem er die Anfrage erhalten hatte, hatte er sich sofort gemeldet. „Das ist unerhört", erklärte er Sam, die gerade von Vernon zum Hauptquartier zurückgefahren wurde. „Sie sind *Kinder*."

„Wir können uns einen Durchsuchungsbeschluss besorgen", antwortete sie.

„Was um alles in der Welt wollen Sie mit den Kontoauszügen zweier Teenager?"

„Wir versuchen, sie als Verdächtige auszuschließen. Ich glaube, das ist auch in Ihrem Sinne."

„Es gibt keinen Grund, sie von irgendetwas auszuschließen! Sie haben nichts damit zu tun!"

„Das versuchen wir zu beweisen."

„Wenn Sie diese Informationen wollen, müssen Sie sich einen Gerichtsbeschluss besorgen. Ich werde meine Töchter auf keinen Fall auf diese Weise hintergehen."

„Also gut, dann werden wir genau das tun."

Die Leitung war tot.

„Hat er aufgelegt?", fragte Freddie.

„Ja. Ruf Malone an, damit er eine richterliche Anordnung für alle drei ausstellt. Wir können auch gleich Zeke mit aufnehmen. Bei ihm brauchen wir keine Einwilligung der Eltern, weil er volljährig ist."

Freddie rief an und schaltete auf Lautsprecher.

„Das wird schwierig", sagte Malone. „Richter neigen dazu,

zwingende Gründe zu verlangen, wenn Minderjährige betroffen sind."

„Unsere Untersuchung hat extreme Spannungen zwischen Elaine und ihren Töchtern zutage gefördert", antwortete Sam. „Und mit niemandem sonst."

„Ich werde tun, was ich kann, aber ich kann nichts garantieren."

„Wäre es hilfreich, eine offizielle Erklärung mit all den Gründen zu haben, warum wir glauben, dass die Töchter in den Mord verwickelt sein könnten?"

„Auf jeden Fall."

„Wir kümmern uns darum. Warten Sie mit dem Antrag, bis wir wieder im Haus sind."

„Alles klar."

„Ich kann das schreiben", erbot sich Freddie, nachdem sie das Gespräch beendet hatte.

„Nein, ich würde es gerne selbst probieren, und du kannst es hinterher aufhübschen, wenn das für dich okay wäre."

„Na klar." Er blickte zu ihr. „Glauben wir wirklich, dass Teenager den Mord an ihrer Mutter planen und dann so tun, als wäre nichts passiert?"

„Ich will nicht glauben, dass das möglich ist, doch wir haben jeden anderen Aspekt von Elaines Lebens unter die Lupe genommen und konnten nirgendwo wirkliche Probleme ausmachen, außer im eigenen Haus. Es gibt außerdem keinerlei Anzeichen eines gewaltsamen Eindringens, was bedeutet, dass der Täter den Code für die Tür hatte. Wie sollte der Betreffende da rangekommen sein, wenn er ihn nicht von jemandem erhalten hat, der dort wohnt?"

„Richtig. Es ist nur schwer zu glauben."

„Ja, aber vielleicht waren sie an dem Punkt angelangt, an dem es nicht mehr weiterging, sodass sie beschlossen haben, die einzige Lösung bestünde darin, sie aus dem Weg zu schaffen." Während sie das sagte, verstärkte sich das Kribbeln, das ihr über den Rücken lief.

„Meinst du, dass diese Schwestern, die einander nicht sonderlich grün sind, dabei zusammengearbeitet haben?"

„Überleg mal … Was, wenn die Feindseligkeit zwischen den beiden Teil des Plans war? ‚Wenn wir so tun, als könnten wir uns nicht ausstehen, wird niemand glauben, dass wir so was zusammen durchgezogen haben.'"

„Die Abneigung der beiden schien mir durchaus überzeugend."

„Wahrscheinlich ist genug echter Hass vorhanden, um es glaubhaft aussehen zu lassen. Nur weil sie zusammen daran gearbeitet haben, heißt das ja nicht, dass sie plötzlich die besten Freundinnen sind."

„Du stehst wirklich auf diese Theorie."

„Es ist die einzige, die mich bisher überzeugt."

„Minderjährige des Mordes anzuklagen, wenn es darauf hinausläuft, wird brenzlig."

„Ganz bestimmt."

Nach der Rückkehr ins Hauptquartier begab sich Sam direkt zum Büro des Captains und klopfte an.

„Herein." Malone saß hinter seinem Schreibtisch und konzentrierte sich auf einen Stapel Akten vor ihm.

„Was ist das denn alles?"

„Berichte der Spurensicherung aus Stahls Haus. Nur etwas leichte Lektüre, die mich die ganze Nacht wach halten wird."

„Tja, besser Sie als mich."

Als der Captain sie anblickte, lag in seinen Augen ein gequälter Ausdruck. „Es ist immer noch so unglaublich … dass ein sadistischer Serienkiller jeden Tag hier aufgetaucht ist und so getan hat, als sei er einer von uns."

„Er war keiner von uns. Keinen einzigen Tag in seiner gesamten beschissenen Karriere."

„Nein." Malone seufzte und bemühte sich erkennbar, die Fassungslosigkeit abzuschütteln, die sie alle für immer begleiten würde. „Was gibt es?"

„Wie ich bereits am Telefon erklärt habe, läuft bei der Ermittlung zum Myerson-Mord im Moment alles auf die Töchter hinaus."

„Was haben Sie an Beweisen?"

„Bislang? Eine Menge Feindseligkeit zwischen dem Opfer

und den Töchtern sowie ein wirklich starkes Bauchgefühl. Wir hoffen, in den Finanzunterlagen einen Geldfluss zu der Person zu finden, die sie für ihr Anliegen angeheuert haben."

„Wie alt sind die Mädchen?"

„Fünfzehn und siebzehn."

„Es scheint ein bisschen weit hergeholt, sich vorzustellen, dass normale Teenager den Mord an ihrer Mutter planen."

„Zwischen ihnen hat ein Krieg getobt. Ein richtiger Krieg. Ohne ihre Erlaubnis, die sie ihnen fast nie erteilt hat, konnten sie nichts unternehmen. Die Mädchen hatten gelernt, wie sie ihre Regeln umgehen konnten. Ich glaube nicht, dass sie ‚normale Teenager' sind, egal wie man diesen Begriff definiert."

„Was sagt der Vater dazu?"

„Das Erwartbare: ‚Sie sind Kinder, und es ist obszön, überhaupt in Betracht zu ziehen, dass sie etwas damit zu tun haben.' Aber er hat sich irgendwie aus der ganzen Situation mit der Mutter rausgehalten. Die beiden Mädchen haben ihn angefleht, einzuschreiten, doch soweit wir das beurteilen können, hat er nichts unternommen."

„Ich würde ihn gerne noch mal herbestellen und etwas genauer befragen, bevor wir in dieser Richtung weiterermitteln."

Sam glaubte nicht, dass das helfen würde, wollte die Weisungen ihres Captains allerdings nicht infrage stellen. „Dann tun wir das."

Zurück im Großraumbüro bat sie Freddie, Frank anzurufen und ihn herzubeordern.

„Wie sieht der Plan aus?"

„Malone möchte, dass wir noch mal mit ihm reden, um ein besseres Gefühl dafür zu bekommen, ob etwas dran sein könnte."

„Äh … Okay …"

„Ja … Aber er ist der Chef."

„Ich rufe Myerson an."

„Derweil schreibe ich den Bericht für den richterlichen Beschluss bezüglich der Finanzdaten der Mädchen." Sam ging in ihr Büro, schloss die Tür und setzte sich an den Computer, um ihre Gedanken zu sammeln. Alles, was mit Schreiben oder Lesen zu tun hatte, war aufgrund ihrer Legasthenie eine echte Herausforderung, doch sie war trotzdem entschlossen, ihren Fall so, wie er war, zu Papier zu bringen, um einen Richter davon zu überzeugen, die Durchsuchungsbeschlüsse zu erlassen.

Sie legte die Finger auf die Tasten und begann zu tippen. Sie hatte gelernt, die Gedanken und Worte fließen zu lassen und sich nicht darum zu kümmern, ob sie korrekt geschrieben waren, bis alles auf dem Blatt stand. Freddie würde ihren Text auf Fehler überprüfen.

Am vergangenen Sonntag wurde Elaine Myerson in ihrem Haus in der Webster Street Northwest im Stadtteil Crestwood tot im an ihr Schlafzimmer angrenzenden Bad aufgefunden. Bei der gerichtsmedizinischen Untersuchung wurde festgestellt, dass sie an den Folgen eines gezielten Schlags auf den Hinterkopf gestorben ist. Wir glauben, dass dafür ein Baseballschläger benutzt wurde, den die Spurensicherung aus einem Müllcontainer sechs Blocks von der Wohnung entfernt geborgen hat. Der Schläger, an dem Blut und Haare klebten, wird zurzeit im Labor untersucht. Wir haben das Leben von Mrs Myerson umfassend untersucht und mit ihrem Ehemann, ihren Töchtern, ihrem Bruder, ihren Kollegen, ihrer Therapeutin und ihren Nachbarn gesprochen. Im Laufe unserer Ermittlungen erfuhren wir von erheblichen Konflikten ...

„Ist ‚Konflikt' das richtige Wort für das, was in diesem Haus los war?", fragte sie sich. „Nicht wirklich."

... haben wir erfahren, dass das Opfer mit seinen Töchtern Zoe, 17, und Jada, 15, gewissermaßen im Krieg lag. Als Elaine Myerson 20 war, hat ein Unbekannter ihre 17-jährige Schwester Sarah in der Nachbarschaft der Familie in Manassas entführt, als sie zu Fuß auf dem Heimweg vom Haus einer Freundin war. Sechs Wochen später wurde Sarahs nackte Leiche entdeckt. Die Autopsie ergab, dass ihr Entführer sie während ihrer Gefangenschaft sexuell missbraucht und kurz vor dem Leichenfund ermordet hatte. Der Mörder ist nach wie vor auf freiem Fuß, und der Fall bleibt offen, da der ursprüngliche Ermittler immer noch aktiv auf der Suche nach neuen Informationen ist. Es erübrigt sich, zu sagen, dass dieser Vorfall Elaine traumatisiert hat. Man hat uns mitgeteilt, sie sei nicht sicher gewesen, ob sie überhaupt Kinder haben

*wolle, weil sie befürchtet habe, bis zur Absurdität überfürsorglich zu sein.
Da ihr Mann sich jedoch Kinder wünschte, bekam sie zwei Töchter. Als
die Mädchen zu jungen Erwachsenen heranreiften, zeigte sich, dass
Elaines Befürchtungen berechtigt gewesen waren, da sie massive
Probleme mit dem Wunsch ihrer Töchter hatte, unabhängig zu sein,
einen Job zu haben, Freunde zu finden, mit Gleichaltrigen im Auto
mitzufahren und so weiter. Den Schilderungen zufolge war die Lage im
Haus zu einem „Krieg" eskaliert, vor allem weil Zoe inzwischen einen
Freund hatte. Zum Zeitpunkt des Mordes befand sich Mr Myerson bei
einer ganztägigen Firmenveranstaltung. Sein Alibi ist bestätigt. Zoe war
bei ihrem Freund Zeke Bellamy in Arlington, und ihre Handydaten belegen, dass sie den ganzen Nachmittag bei den Bellamys verbracht haben.*

Wie aus heiterem Himmel kam Sam eine Idee, die sie
aufspringen und zur Tür eilen ließ. „Freddie."

Als er aufstand, um zu sehen, was sie wollte, bedeutete sie
ihm mit einer Kopfbewegung, ihr ins Büro zu folgen.

„Was gibt's? Brauchst du Hilfe beim Schreiben?"

„Nein, aber mir ist gerade etwas eingefallen, woran ich schon
früher hätte denken sollen."

„Nämlich?"

„Was wäre, wenn Zoe und Zeke ihre Handys bei Zeke zu
Hause gelassen hätten und zu Zoe gegangen wären, um sich um
die Mutter zu kümmern?"

„Ich nehme an, das wäre möglich, doch würden Jugendliche
so planvoll handeln?"

„Bitte Archie, den Verlauf ihrer Handydaten zu analysieren
und zu prüfen, ob es einen ungewöhnlichen Mangel an Aktivität
gab. Sieh auch nach, ob es unter den dreien irgendwelche True-
Crime-Fans gibt."

„Schon dabei."

Jede Zelle in Sams Körper vibrierte, während sich diese
Theorie in ihr manifestierte. Es mussten Elaines Töchter
gewesen sein. Niemand sonst hätte ihren Tod gewollt. Wenn
man den überlebenden Familienmitgliedern Glauben schenkte,
hatte niemand sonst Zugang zum Haus. Niemand sonst war im
„Krieg" mit Elaine gewesen oder hatte ein Motiv gehabt, zu

solch drastischen Maßnahmen zu greifen, um eine Person aus dem Weg zu räumen, die ihm das Leben zur Hölle machte.

Sam hatte sich gerade wieder an ihren Schreibtisch gesetzt, als Freddie an der Tür erschien. „Frank sagt, die Mädchen hätten das Auto genommen, um Freunde zu besuchen, also habe er keine Fahrgelegenheit. Ich habe erwidert, dass ich eine Streife schicke, um ihn abzuholen. Er war nicht begeistert, aber ich hab ihm erklärt, dass er keine Wahl hat."

„Gute Arbeit. Die Mädchen sind also unterwegs?" Sam fragte sich, wo sie selbst sich wohl aufgehalten hätte, wenn ihre Mutter ermordet worden wäre. Das hing entscheidend davon ab, zu welchem Zeitpunkt das geschehen wäre, aber wahrscheinlich wäre sie nicht gleich danach mit Freunden losgezogen, nicht einmal in der Phase der Entfremdung zwischen ihnen.

„Er hat gesagt, Zoe habe mit Jada zu Ali gewollt und dann weiter zu Zeke."

„Findest du es komisch, dass sie schon wieder ausgehen?"

„Ich weiß nicht. Ihr Vater kann ihnen bei der Trauerbewältigung nur bis zu einem gewissen Grad helfen. Vielleicht brauchen sie die Unterstützung ihrer Freunde."

„Heißt das, du glaubst nicht, dass sie etwas mit dem Mord an ihrer Mutter zu tun haben?"

„Obwohl ich spontan von dieser Idee angetan war, weiß ich ehrlich gesagt nicht mehr so genau, was ich davon halten soll. Ich bleibe lieber unvoreingenommen."

„Das hier ist in ein paar Minuten fertig, dann kannst du drüberlesen."

„Okay."

Als sie sich wieder ihrem Computer zuwandte, änderte sie die letzte Zeile, um der Möglichkeit Rechnung zu tragen, dass sich nur die Handys im Haus der Bellamys befunden hatten. *Zoe war bei ihrem Freund Zeke Bellamy in Arlington, und ihre Handydaten bestätigen, dass ihre Telefone den ganzen Nachmittag im Haus der Bellamys waren.*

Sam nahm den Hörer ab und wählte Archies Nummer.

„Hey", meldete er sich.

„Was hat die Auswertung der Kameras in der Nähe des Hauses der Myersons ergeben?"

„Nichts, was uns weiterbringt."

„Hast du zufällig einen Kontakt bei der IT in Arlington, Archie?"

„Ja. Was brauchst du?"

Sam nannte ihm Zeke Bellamys Adresse. „Kannst du herausfinden, ob die etwas vom Sonntag in der Nähe dieser Adresse haben?"

„Wonach suchen wir?"

„Männlicher und weiblicher Teenager, die ab zwei Uhr das Haus gemeinsam verlassen haben, und alles aus der Umgebung."

„Das ist eine ziemlich große Zeitspanne. Es könnte etwas dauern, das alles durchzugehen."

„Wir können jemanden hinschicken, der ihnen hilft."

„Ich werde es anbieten."

„Cruz ist mit ein paar anderen Sachen auf dem Weg zu dir."

„Er ist gerade reingekommen."

„Was ist eigentlich mit deiner Freundin?"

„Äh, ich bin mir nicht sicher. Ich habe seit unserer Unterhaltung nicht mehr mit ihr gesprochen."

„Hältst du mich auf dem Laufenden?"

„Wenn es etwas zu berichten gibt. Könnte auch eine Sackgasse sein."

„Ich hoffe, es klappt so, wie du es gerne hättest. Danke für deine Hilfe."

„Immer gern."

KAPITEL 25

Als Sam auflegte, überlegte sie, wie sie beweisen konnte, dass Zeke und Zoe, anders als von ihnen behauptet, nicht den ganzen Nachmittag über bei ihm zu Hause geblieben waren.

Sie rief Max Haggerty an.

„Was gibt's?"

„Kann man feststellen, ob ein Auto in einem bestimmten Zeitraum benutzt worden ist?"

„Wenn der Fahrer Mautgebühren bezahlt hat, können Sie den Transponder für den E-ZPass checken."

„Gibt es Mautstationen, wenn man Arlington verlässt?"

„Einige. Es hängt allerdings davon ab, in welcher Richtung man unterwegs ist. Je nachdem, um was für ein Auto es sich handelt, können Sie außerdem Beschleunigung, Bremsvorgänge, Leerlaufzeiten, Fahrmuster, Bluetooth-Aktivitäten und die Nutzung des Navigationssystems checken."

„Wenn wir das Auto beschlagnahmen, können wir dann rausfinden, ob es zu einer bestimmten Zeit gefahren worden ist?"

„Auch hier kommt es darauf an, um was für ein Auto es sich handelt und wie alt es ist."

„Danke für Ihre Hilfe, Max."

„Gern geschehen. Ich wollte Sie auch gerade anrufen, um Ihnen zu sagen, dass wir bis jetzt zwar im Haus keine

Fingerabdrücke gefunden haben, auf dem Schläger jedoch schon, was bedeutet, dass der Mörder die Handschuhe ausgezogen haben muss, um ihn zu entsorgen. Die Abdrücke sind nicht im System, aber das Blut stammt von Elaine Myerson."

„Es ist also unsere Mordwaffe. Schicken Sie mir den vollständigen Bericht, wenn das Labor fertig ist."

„Mach ich."

Sam legte auf und begab sich zu Cameron, um sich mit ihm zu beraten. „Gibt es Bilder von Zekes Wagen? Vielleicht hat er mal was gepostet."

„Ich glaube, da war was. Lass mich nachsehen."

Währenddessen ging Sam zurück ins Büro, um den Bericht fertig zu tippen.

Wir ermitteln gegen beide Töchter und benötigen Zugriff auf die Kontodaten, um festzustellen, ob es in den letzten Wochen größere Abhebungen gegeben hat. Unserer Ansicht nach ist der Durchsuchungsbeschluss angesichts der Informationen, die wir über ihre Beziehung zu ihrer ermordeten Mutter haben, vollumfänglich gerechtfertigt.

Cameron tauchte in der Tür auf. „Er fährt ein zwei Jahre altes Mustang-Cabrio."

Sam nahm den Hörer ab und rief erneut Archie an. „Ich brauche auch alle Telefonate mit Zekes und Zoes Handys nach vierzehn Uhr am Sonntag."

„Das ist einfach. Ich schick's dir per Mail."

„Danke."

„Woran denkst du?", fragte Cam.

„Ich möchte wissen, ob in der Zeit, in der er und Zoe angeblich bei ihm daheim gewesen sind, irgendetwas mit Zekes Fahrzeug oder auf ihren Handys passiert ist."

„Warum wenden wir uns nicht an die Polizei von Arlington und befragen die Nachbarn, ob sie was gesehen haben?"

„Das war mein nächster Gedanke, aber du bist mir zuvorgekommen. Kannst du das in die Wege leiten?"

„Ja. Ich kenne dort ein paar Leute."

„Praktisch."

Nachdem Cameron sich darum gekümmert hatte, rief Sam Malone an. „Ich will Zeke Bellamys Mustang beschlagnahmen."

„Warum?"

„Ich möchte überprüfen, ob sich nachweisen lässt, dass jemand den Wagen während der Zeit, in der Zeke und Zoe angeblich bei ihm daheim waren, gefahren hat. Wir haben die Handys, die zeigen, dass sie sich die gesamten sechs Stunden über bei ihm zu Hause aufgehalten haben, aber Mobiltelefone kann man zurücklassen, wenn man sich aufmacht, um jemanden umzubringen."

„Ich werde eine richterliche Anordnung zur Beschlagnahmung beantragen."

„Vielen Dank. Ich habe den Bericht für den Zugriff auf die Konten der Myerson-Töchter und ihres Freundes gleich fertig."

„Ich werde ihn einem Richter vorlegen."

„Danke, Cap."

Sam kehrte in ihr Büro zurück, las den Text noch einmal durch und schickte ihn zur Korrektur an Freddie. Sobald er die nötigen Verbesserungen vorgenommen hatte, würde er ihn an den Captain weiterleiten, damit der ihn einem Richter präsentieren konnte. Hoffentlich würde es nicht lange dauern, bis die richterliche Anordnung und die Daten vorlagen.

Gerade als sie Malone mitteilen wollte, dass der Text gleich zu ihm unterwegs sei, traf ein Streifenbeamter mit Frank Myerson ein, der zerknittert und sichtlich verärgert wirkte.

„Danke, dass Sie hergekommen sind, Mr Myerson."

„Als ob ich eine Wahl gehabt hätte."

„Officer Smith, bitte bringen Sie Mr Myerson in Befragungsraum eins, und bleiben Sie bei ihm, bis wir mit ihm reden können."

„Wie lange wollen Sie mich denn warten lassen?"

„Nicht allzu lange."

Smith zeigte Mr Myerson, in welcher Richtung die Befragungsräume lagen.

„Was hat das zu bedeuten?", fragte Malone.

Sam hatte gar nicht bemerkt, dass er in der Nähe war. Sie

wandte sich zu ihm um. „Er ist sauer, weil ich ihn zu einer weiteren Befragung herbeordert habe."

„Wenn jemand, Gott bewahre, meine Frau ermordet hätte, würde ich hier in der Lobby kampieren und ungeduldig auf Neuigkeiten warten. Ich würde auf jede erdenkliche Weise helfen wollen."

Sam dachte über seine Worte nach. „Das werde ich gleich mal ihm gegenüber erwähnen."

„Er gehört für Sie nicht zum Kreis der Verdächtigen?"

„Bis zu Ihrer Anmerkung gerade eben nicht. Ich versuche mir vorzustellen, ob ich wütend auf Leute sein könnte, die herausfinden wollen, wer meinen Mann getötet hat – und bei Gott, ich hoffe, ich muss das nie wirklich erleben."

„Mir ging es mit meinem rhetorischen Beispiel genauso. Das ist undenkbar."

„Es sei denn, man wusste, dass es passieren würde, und will jetzt einfach sein neues Leben anfangen, ohne von einem lästigen toten Ehepartner dabei behindert zu werden."

„Das ist eine mögliche Erklärung."

„Aber das bedeutet auch, dass ich ihm raten muss, seinen Anwalt zu unserem Gespräch hinzuzuziehen."

„Machen Sie das, Lieutenant."

„Ich liebe es, wie wir hier alle zusammenarbeiten und wie sich durch ein beiläufiges Gespräch plötzlich ein neuer Blickwinkel auf einen Fall ergibt. Das ist ziemlich cool, und um ehrlich zu sein, ist es das, was mich vor allem bei der Stange hält, obwohl ich eigentlich nicht mehr dabei sein müsste."

„Sie können hier nicht weg. Ich will meinen Job nicht machen, wenn Sie nicht auch da sind. Außerdem bleibe ich ohnehin nur Ihretwegen, also wagen Sie es nicht, mich im Stich zu lassen."

Er und der Chief hatten sie kürzlich zu Tränen gerührt, als sie ihr offenbart hatten, dass sie den Ruhestand aufschieben wollten, bis Nick aus dem Amt war, damit sie bei Bedarf für sie da sein konnten. Denn genau das war es, was ihr Vater, ihr bester Freund, von ihnen erwartet hätte.

„Keine Sorge, das werde ich nicht. Ich werde Frank Myerson

den Tag versüßen, indem ich vorschlage, dass sein Anwalt bei unserem nächsten Gespräch anwesend sein sollte."

„Weitermachen, Miss Undercover."

Lachend sagte sie: „Das werde ich." Sie ging zum Befragungsraum, nickte Officer Smith zu und trat ein.

Myerson setzte sich etwas aufrechter hin, als sie hereinkam.

„Ich möchte Sie darauf hinweisen, dass Sie das Recht auf einen Anwalt haben. Soll ich Mr Dunning für Sie anrufen?"

„Ich dachte, Sie wollten nur ein paar weitere Details über Elaines Leben erfahren. Warum brauche ich dafür einen Anwalt?"

„Mr Myerson, ich denke, es wäre klug, ihn dabeizuhaben. Soll ich ihn für Sie anrufen?"

Er schüttelte den Kopf, als könnte er nicht glauben, dass dies alles gerade geschah. „Na schön."

„Wir führen die Befragung durch, sobald er da ist."

Im Großraumbüro blieb sie an Freddies Arbeitsplatz stehen. „Würdest du bitte Roland Dunning verständigen?"

„Hat Myerson darum gebeten?"

„Nein. Ich. Malone hat gerade einen wichtigen Punkt erwähnt. Er hat gemeint, wenn seine Frau in der Leichenhalle läge, würde er in der Lobby kampieren, ständig nach Updates fragen und jegliche Hilfe anbieten. Dieser Kerl hingegen ist stinksauer, dass wir ihn noch mal gebeten haben, uns bei diesem Fall zu unterstützen."

„Ein interessanter Ansatz. Ich rufe Dunning an."

„Danke."

Als Sam sich auf den Weg zurück in ihr Büro machte, betrat eine Streifenpolizistin das Großraumbüro. „Lieutenant, ein Isaac Erickson würde Sie gerne sprechen."

Sie brauchte eine Sekunde, um sich daran zu erinnern, dass das Juan Rodriguez' Mitbewohner war. „Bringen Sie ihn bitte in mein Büro."

„Selbstverständlich."

„Danke Ihnen."

Sam begab sich in ihr Büro, setzte sich und fragte sich, was Isaac wohl herführte.

Als der junge Mann erschien, sah er aus, als hätte er seit ihrem Besuch bei ihm keine Minute geschlafen. Sein Haar stand ihm wirr vom Kopf ab, und er war unrasiert. Er trug ein marineblaues T-Shirt und Jeans und präsentierte insgesamt ein Bild des Jammers. Sofort quälten sie Schuldgefühle.

„Treten Sie ein, Isaac."

„Danke, dass Sie Zeit für mich haben."

„Aber klar. Was kann ich für Sie tun?"

„Ich hatte gehofft, etwas über die Untersuchung zu erfahren, doch niemand redet mit mir, und ich wusste nicht, was ich sonst tun sollte, also bin ich hergekommen."

„Oh, äh, nun, wir arbeiten nicht mehr an dem Fall. Der NCIS hat ihn mit Goldsteins Verhaftung übernommen."

„Hat er Juan getötet?"

Sam durchströmte Mitleid mit dem armen Mann. „Darüber weiß ich nichts. Haben Sie schon mit dem NCIS gesprochen?"

„Die rufen mich nicht zurück."

„Wie wäre es, wenn ich den NCIS kontaktiere und die zuständigen Beamten bitte, sich mit einem Update bei Ihnen zu melden?"

„Das ist sehr nett von Ihnen. Ich habe überlegt, Juans Mutter anzurufen, aber ich möchte sie in dieser schwierigen Zeit nicht stören."

„Ich werde einige Anrufe tätigen und schauen, ob ich Ihnen ein paar Informationen besorgen kann, okay?" Sie blätterte in ihrem Notizbuch, um sicherzugehen, dass sie seine Nummer von neulich noch hatte. „Ich werde jemanden finden, der mit Ihnen spricht."

„Das wäre super. Danke."

„Kein Problem."

„Irgendwas an der ganzen Sache kommt mir merkwürdig vor. Ich kann es nicht erklären, doch es fühlt sich irgendwie falsch an."

Sam wusste nicht, was sie darauf erwidern sollte. Sie hätte am liebsten entgegnet, dass sein Instinkt richtig war, aber es lag nicht in ihrer Hand, ihm die Wahrheit zu sagen. „Ich werde sehen, was ich tun kann."

„Danke noch mal, dass Sie Zeit für mich hatten."

„Kein Problem."

Sam wartete gerade darauf, dass Agent Truver ihren Anruf entgegennahm, als Freddie den Kopf zur Tür hereinsteckte. „Was wollte er?"

„Ein bester Freund mit gebrochenem Herzen möchte Informationen über den Mord an seinem Kumpel."

„O Gott."

„Genau das hab ich auch gedacht."

Truvers Mailbox ging ran.

„Sam Holland hier. Isaac Erickson war gerade auf der Suche nach Informationen zum Mord an seinem Mitbewohner bei mir. Jemand muss mit ihm reden. Bitte nehmen Sie mit mir Kontakt auf, um das zu erörtern." Sie klappte das Handy zu. „Ich hoffe, ich höre bald von ihr. Wir müssen Isaac aufklären. Es ist nicht fair, dass sie ihm das antun."

„Das stimmt. Ich dachte, der NCIS hätte ihn schon längst eingeweiht."

„Ich schäme mich, zuzugeben, dass ich keinen Gedanken mehr an ihn verschwendet habe, nachdem wir neulich mit ihm gesprochen haben."

„Wir sind ziemlich beschäftigt gewesen."

„Trotzdem … Ich hätte verlangen sollen, dass Truver auch bei ihm die Karten auf den Tisch legt."

„Nicht dein Zirkus, nicht deine Affen."

„Was zum Teufel hast du gerade gesagt?"

„Das hast du doch schon mal gehört."

„Nein, daher wiederhole es. Und zwar schön langsam."

Er verdrehte die Augen, dann kam er ihrer Aufforderung nach.

„Das gefällt mir. Wie konntest du mir ein solches Schmuckstück nur so lange vorenthalten?"

„Bist du sauer, weil ich das nicht schon längst verwendet habe?"

„Ja, ich glaube schon. Ich verlasse mich darauf, dass du mich auf dem Laufenden hältst."

„Wo steht das in meiner Stellenbeschreibung?"

„Unter ‚Weitere Aufgaben‘.“

„Worüber streitet ihr beiden?“, fragte Gonzo, als er sich an der Tür zu Freddie gesellte.

„Sie erfindet ständig neue Regeln.“

„Das nennt man Personalführung, junger Padawan“, behauptete Sam.

„Nur haben deine Regeln nichts mit der Arbeit zu tun, altehrwürdige Meisterin.“

Gonzo lachte auf.

„Dieser Name wird *nicht* offiziell eingeführt“, knurrte Sam.

„Er gefällt mir aber“, wandte Gonzo ein.

„Von dir hätte ich eigentlich Besseres erwartet.“

„Warum?“

Sam grinste, als die beiden wie kleine Jungen lachten, die ihre Mutter veräppelt hatten. „Brauchst du was von mir, Gonzo?“

„Ja. Ich wollte mit dir über die Ninth Street sprechen. Wir müssen bis zum Dreißigsten dieses Monats aus unserer Wohnung ausziehen, und ich hab überlegt, ob wir schon mal ein paar Sachen ins Haus bringen könnten.“

„Klar. Ich besorg dir die Schlüssel, und Nick und ich werden Zeit erübrigen, um unsere Sachen ins zweite Obergeschoss zu bringen, damit sie euch nicht im Weg rumstehen.“

„Das wäre großartig.“

„Ich bin froh, dass jemand das Haus nutzt. Es bringt ja nichts, wenn es leer steht. Apropos Leerstehen, ich habe mit Celia über das Haus meines Vaters für euch gesprochen, Frederico.“

„Was? Im Ernst?“

„Ja. Wann läuft euer Mietvertrag aus?“

„Erst im Juni.“

„Nun, bis dahin ist Celia wahrscheinlich bereit, es euch zu überlassen. Sie hat gesagt, dass sie nicht ohne meinen Vater dort leben will, also müsste es klappen.“

„Wow, das wäre ja wunderbar. Elin und ich haben überlegt, uns in den nächsten Wochen was zu suchen, das uns mehr Platz bietet und wo wir uns sicherer fühlen, doch allein der Gedanke hat uns schon erschöpft.“

„Jetzt müsst ihr nicht mehr suchen."

Er warf ihr einen bangen Blick zu. „Weißt du, wie hoch die Miete wäre?"

„Was auch immer ihr jetzt bezahlt." Sam war ziemlich sicher, dass Celia nichts dagegen haben würde, wenn sie das zusagte. „Sie ist die Eigentümerin, also wird das nach Abzug von Steuern und Versicherung ein hübsches Zusatzeinkommen für sie sein."

„Ich kann es nicht glauben. Elin wird ausflippen. Ein ganzes Haus in Washington! Wir dachten, davon wären wir noch Jahre entfernt."

„Geht uns genauso, Bruder", pflichtete ihm Gonzo bei. „Danke, dass du das ermöglichst, Sam. Wir sind dir wirklich dankbar."

„Leute, wir sind froh, wenn ihr die Häuser nutzt, da wir sie ohnehin gerade nicht brauchen."

„Nur, Skips Haus …", meinte Freddie. „Das bedeutet mir echt viel."

„Und es wird *uns* viel bedeuten, dass dort jemand lebt, der ihn geliebt hat."

„Was passiert, wenn Nicks Amtszeit endet?", erkundigte sich Gonzo zögernd.

Sam zuckte die Achseln. „Kommt Zeit, kommt Rat. Celia bleibt bei uns, egal, wo wir landen. Wir werden niemanden vor die Tür setzen, also mach dir keine Sorgen."

„Sorgen mach ich mir nicht, aber wenn ihr in euer Haus zurückwollt, müsst ihr es uns sagen."

„Okay. Höchstwahrscheinlich müssen wir wohin ziehen, wo unsere Sicherheit besser gewährleistet werden kann als in der Ninth. Das müssen wir einfach abwarten."

„Treibt dich eigentlich immer noch die Sorge um, dass du zu viel von uns verlangst, seit sich alles für dich verändert hat?", fragte Freddie.

„Ja, das belastet mich ziemlich."

„Dann sieh dir einfach an, was du alles für uns tust, und denk nicht weiter darüber nach, okay?"

„Ganz meine Meinung", fügte Gonzo hinzu.

„Meine beiden besten Freunde."

„Du bist auch meine beste Freundin", erklärte Freddie.

„Meine auch", pflichtete ihm Gonzo bei.

„Dann wollen wir mal wieder an die Arbeit zurück und schauen, dass wir diesen Fall zu einem Abschluss bringen. Nick wird bald ein paar Tage unterwegs sein. Da muss es vorher noch Sex geben."

„Um Himmels willen", brummte Freddie im Gehen, während Gonzo nur lachte.

KAPITEL 26

Roland Dunning traf zehn Minuten vor Sams Feierabend ein, also schickte sie Nick eine SMS mit der Bitte, schon mal ohne sie mit dem Essen anzufangen.

Sie führte Dunning in den Raum, in dem Frank Myerson auf und ab lief.

„Sie haben lange gebraucht", empfing er Dunning.

„Ich habe noch andere Mandanten und war bei Gericht."

Es war offensichtlich, dass Myerson diese Antwort nicht gefiel. Er setzte sich an den Tisch. „Können wir jetzt endlich loslegen? Allmählich beginnt sich das hier wie Schikane anzufühlen – immerhin ist meine Frau ermordet worden."

Sam drückte die Taste zum Start der Audio-Aufzeichnung und nannte die Namen der Anwesenden, bevor sie den beiden Männern gegenüber Platz nahm. „Mein Captain hat vorhin eine aufschlussreiche Bemerkung gemacht."

„Möchten Sie sie vielleicht mit uns teilen?", erkundigte sich Dunning.

„Unbedingt. Er sagte, wenn, Gott bewahre, jemand seine Frau ermordet hätte, würde er in unserer Lobby kampieren und wissen wollen, wie die Ermittlungen voranschreiten, uns anbieten, auf jede erdenkliche Weise zu helfen. Sie hingegen sind sauer, weil wir weitere Informationen von Ihnen brauchen. Ich finde das sehr interessant, Sie nicht, Mr Dunning?"

„Wollen Sie meinem Mandanten irgendetwas unterstellen, Lieutenant?"

„Ich sage nur, dass seine Verärgerung über unsere Ermittlungen mich zu der Frage führt, ob er nicht eher erleichtert ist, dass seine Frau tot ist."

Frank starrte sie mit offenem Mund an. Auf seinen Zügen malte sich Schock. „Sie glauben, ich wäre *erleichtert*, dass Elaine tot ist? Für was für ein Monster halten Sie mich? Ich habe sie geliebt, seit ich dreiundzwanzig war. Sie war mehr als zwanzig Jahre lang der Mittelpunkt meines Lebens. Ich bin definitiv *nicht* erleichtert, dass sie nicht mehr da ist."

„Sie verspüren also tatsächlich keinerlei Erleichterung darüber, dass der ständige Streit bei Ihnen daheim vorbei ist und dass Sie und Ihre Töchter in Frieden leben können, jetzt, wo Elaine nicht mehr die Regeln für die beiden aufstellt?"

Frank sah Dunning an, als erwartete er, dass sein Anwalt etwas unternähme.

Dunning blieb stumm.

„Nein, ich verspüre keinerlei Erleichterung, sondern bin vielmehr untröstlich. Ist das alles, wofür Sie mich hergeschleppt haben? Wenn ja, haben Sie meine, Ihre und Mr Dunnings Zeit verschwendet."

„Bei Mordermittlungen gibt es keine verschwendete Zeit, Mr Myerson. Jedes Detail ist wichtig, wie zum Beispiel die Aussage Ihrer Tochter Zoe, sie sei den ganzen Nachmittag über bei Zeke gewesen, was die Handydaten auf den ersten Blick auch zu bestätigen scheinen. Doch wenn wir tiefer graben, werden wir dann feststellen, dass sie und Zeke ihre Handys bei ihm zu Hause gelassen haben, während sie nach Washington zurückgekehrt sind, um ihre Mutter ein für alle Mal aus dem Weg zu räumen?"

„Wollen Sie da sitzen und sie diese Dinge über meine Tochter behaupten lassen?", wandte sich Frank an seinen Anwalt.

„Antworten Sie, Frank. Je eher Sie ihnen sagen, was sie wissen wollen, desto eher können Sie wieder gehen."

„Zoe hat ihre Mutter nicht ermordet. Sonst noch Fragen?"

„Was ist mit Jada? Hat sie es nicht mehr ertragen, was sie tagtäglich zu Hause erlebte, sodass sie zu drastischen Maßnahmen gegriffen hat, zum Beispiel jemanden anzuheuern, der sich für sie darum kümmert, während alle anderen den Tag über außer Haus waren?"

„Nein", erwiderte er mit zusammengebissenen Zähnen.

„Auch Jada war es nicht. Wollen Sie mir sagen, dass Sie fast zwei Tage nach der Tat so sehr auf meine Kinder fixiert sind, dass Sie keinen einzigen anderen Hinweis darauf haben, wer Elaine das angetan haben könnte?"

„Wissen Sie, was das wichtigste Element bei einer Mordermittlung ist?"

„Nein, das weiß ich nicht, weil ich bisher noch nie in eine verwickelt gewesen bin."

„Das Motiv. Wer würde das Opfer tot sehen wollen? Tja, und die Einzigen, die wir im Leben Ihrer Frau finden können, die sie möglicherweise aus dem Weg haben wollten, sind Ihre Töchter."

„Wie kann man *Kindern* so etwas unterstellen? Das würde sie zu Psychopathinnen machen." Er warf Dunning einen verzweifelten Blick zu, als hoffte er, dass der ihn unterstützen würde. „Meine Töchter sind manchmal schwierig – zeigen Sie mir ein Mädchen im Teenageralter, das das nicht ist. Aber sie sind keine Psychopathinnen. Sie sind keine Mörderinnen."

„Ich möchte, dass Sie sie anrufen und bitten, herzukommen, um noch einmal mit uns zu reden."

„Warum? Damit sie etwas zugeben, was sie nicht getan haben?"

„Nein. Damit wir herausfinden können, wer sonst der Täter sein könnte."

„Sie haben Ihnen alles gesagt."

„Ist das wirklich so?"

Freddie betrat den Raum, reichte Sam ein Blatt Papier und setzte sich neben ihr an den Tisch.

Ihr schwante Böses, als sie mehrere unterstrichene Datenzeilen sah, die Abhebungen in Höhe von mehreren Tausend Dollar von Bankkonten zeigten, die Zoe und Jada gehörten.

Sam zeigte Frank den Ausdruck und deutete auf die markierten Zeilen. „Wofür benötigen Ihre Töchter mehrere Tausend Dollar in bar?"

„Ich ... ich weiß es nicht. Das ist ihr Studiengeld. Eigentlich dürften sie gar nicht darauf zugreifen."

„Scheint ganz so, als hätten die beiden diese Regel gebrochen. Wo ist das Geld hin?"

Er warf Dunning wieder einen verzweifelten Blick zu. „Unternehmen Sie doch endlich etwas!"

Dunning wirkte, als wäre er überall lieber als hier. „Lieutenant Holland hat Sie gebeten, Ihre Töchter anzurufen. Ich denke, das sollten Sie jetzt tun."

„Hören Sie", sagte Myerson. „Ich wollte das eigentlich nicht erwähnen, doch Zoe hatte ein Drogenproblem. Sie ist jetzt seit sechs Monaten clean, aber es ist möglich, dass sie einen Rückfall hatte. Das würde erklären, was mit dem Geld passiert ist."

„Wo hat sie den Entzug gemacht?", fragte Freddie.

Myerson sah aus wie das sprichwörtliche Kaninchen vor der Schlange. „Wir haben uns als Familie darum gekümmert."

Freddie schaute Sam an. „Hast du schon mal von jemandem gehört, der nur mit der Hilfe seiner engsten Familie clean geworden ist?"

„Nein."

„Wir wollten nicht, dass es ihr Leben ruiniert. Wir haben das intern gehandhabt."

„Es ist seltsam, dass keiner von Ihnen bisher ein Drogenproblem erwähnt hat", bemerkte Sam.

„Weil es etwas Persönliches ist und nichts mit dem Fall zu tun hat."

„Ab jetzt schon. Wonach war sie süchtig, und von wem hatte sie das Zeug?"

„Ich ... Äh, möchten Sie jetzt konkrete Drogen hören?"

„Das wäre gut."

„Ich erinnere mich nicht."

„Ihre siebzehnjährige Tochter war süchtig, und Sie wissen nicht mehr, wonach? Ist Ihnen klar, wie absurd das klingt?"

Erneut wandte sich Frank Hilfe suchend Dunning zu.

„Sagen Sie ihr, was Sie wissen, Frank. Das ist nicht die Zeit für Ausflüchte."

„Ich versuche, die Privatsphäre meiner Tochter zu schützen. Zählt die denn gar nichts?"

„Derweil versuche ich herauszufinden, wer die Frau ermordet hat, die Sie angeblich von ganzem Herzen geliebt haben", konterte Sam. „Zählt *das* denn gar nichts? Zählt *sie* denn gar nichts?"

„Doch, natürlich! Aber sie ist nicht mehr da, Zoe hingegen schon. Was nützt es jemandem, wenn sich herumspricht, dass Zoe ein Drogenproblem hatte?"

„Rufen Sie Ihre Töchter an. Sagen Sie ihnen, sie sollen sofort herkommen."

„Sie werden tatsächlich nichts unternehmen, um diesen Wahnsinn zu stoppen?", wandte sich Frank an Dunning.

„Ich kann nichts tun. Das ist keine unangemessene Bitte."

„Dann verschwinden Sie. Sie sind gefeuert. Ich brauche Ihre ‚Hilfe' nicht."

Dunning erhob sich und verließ den Raum.

„Können Sie bitte für das Protokoll bestätigen, dass Sie Ihren Rechtsanwalt Roland Dunning entlassen haben?", bat Sam.

„Ich habe meinen Rechtsanwalt Roland Dunning gefeuert."

„Haben Sie vor, einen neuen Rechtsanwalt hinzuzuziehen?"

„Ja."

„Ehe Sie das arrangieren, rufen Sie bitte Ihre Töchter an." Sam verwickelte ihn in ein Blickduell, das sie gewann. Er griff nach seinem Handy. „Stellen Sie es bitte laut."

Zuerst versuchte er Zoe zu kontaktieren. Es meldete sich direkt die Mailbox.

„Hier spricht Zoe. Du weißt ja, was zu tun ist."

„Ich bin's, Dad. Du musst sofort zur Polizei kommen. Die haben noch mehr Fragen an dich. Ruf zurück."

Dann wählte er Jadas Nummer und hinterließ die gleiche Nachricht auf ihrer Mailbox.

„Warum sind ihre Handys ausgeschaltet?", fragte Freddie.

„Ich … weiß es nicht. Eigentlich kleben sie an ihren Smartphones."

„Können Sie ihre Standorte tracken?"

Myerson schüttelte den Kopf. „Das hat Elaine getan."

Sam wandte sich an Freddie. „Kann man sie orten, wenn die Handys ausgeschaltet sind?"

„Wir können prüfen, bei welchen Funkzellen sie zuletzt eingewählt waren."

„Hol bitte Elaines Telefon von Archie." Nachdem Freddie den Raum verlassen hatte, sagte Sam: „Wir haben gehört, dass Jada zu ihrer Freundin Ali wollte. Ist das korrekt?"

„Ja, sie wollte etwas Zeit mit ihrer besten Freundin verbringen."

„Haben Sie die Telefonnummer von Alis Eltern?"

Abermals schüttelte er den Kopf.

„Gut, dass ich sie habe."

Darüber erschrak er, versuchte jedoch vergeblich, es vor ihr zu verbergen.

Sie blätterte in ihrem Notizbuch, bis sie Trina Gauthiers Nummer gefunden hatte, und rief sie mit eingeschaltetem Lautsprecher an, wobei sie Frank anstarrte, während sie darauf wartete, dass Alis Mutter abnahm.

„Ja, hallo?"

„Hallo, Trina, hier spricht Sam Holland."

„Hallo. Haben Sie Elaines Mörder gefunden?"

„Wir arbeiten daran. Ich wollte fragen, ob ich mit Jada sprechen kann."

„Jada? Die ist nicht hier. Haben Sie es schon auf ihrem Handy probiert?"

„Ja, aber es ist direkt die Mailbox rangegangen. Sie wollte doch Ali besuchen."

„Ali ist beim Cheerleading, seit die Schule aus ist. Wir erwarten sie erst gegen neun."

„Danke für die Auskunft. Würden Sie mich bitte benachrichtigen, wenn Sie oder Ali etwas von Jada hören?"

„Natürlich. Sie steckt aber nicht in Schwierigkeiten, oder?"

Sam blinzelte nicht, sondern starrte Frank Myerson weiter an. „Ich bin mir nicht sicher. Danke für Ihre Hilfe."

„Jederzeit."

„Ich melde mich wieder, wenn wir noch etwas brauchen." Nachdem sie das Gespräch beendet hatte, sagte Sam: „Haben Sie das gehört? ‚Jederzeit.' Das nenne ich mal Kooperation bei einer Mordermittlung. Haben Sie auch gehört, dass Ali den ganzen Nachmittag beim Cheerleader-Training ist und Jada sie nicht besuchen konnte, obwohl sie Ihnen gegenüber behauptet hat, sie wolle zu ihr?"

„Ja."

„Wo ist Jada, Mr Myerson?"

„Ich habe keine Ahnung."

～

„Finde Zeke Bellamys Eltern, ja?", bat Sam Freddie, als sie ihn vor dem Vernehmungsraum traf, in dem sie Frank zurückgelassen hatte, damit er sich einen neuen Anwalt besorgen konnte. Sie hatte versucht, Zeke anzurufen, und hatte auch bei ihm lediglich die Mailbox erwischt.

„Ich glaube, Cam hat die Infos über sie. Ich werde ihn fragen."

„Dann geh ich wieder rein, damit sich Frank auch wirklich nur einen neuen Anwalt sucht."

Es war ungewöhnlich, dass sie einem potenziellen Verdächtigen erlaubten, sein Handy zu behalten, aber er war technisch gesehen nicht in Gewahrsam, und sie hatten nicht genug Beweise, um ihn oder irgendjemand anderen in diesem Fall anzuklagen. Sie ließ ihm einen gewissen Spielraum, bis sich das Puzzle hoffentlich bald zusammenfügte. Nachdem sie erfahren hatte, dass Jada bezüglich ihrer Pläne gelogen hatte und dass jemand von den Konten der Mädchen große Summen abgehoben hatte, war Sam mehr denn je davon überzeugt, dass die beiden etwas mit dem Mord zu tun hatten. Was sie noch nicht wusste, war, ob das auch für Frank galt.

Sam schickte Nick eine weitere SMS über den sicheren BlackBerry. *Vielleicht gab es gerade einen Durchbruch in dem Fall. Es wird spät. Sag den Kindern, ich hab sie lieb und es tut mir leid, dass ich das Abendessen verpasse.*

Sie hasste es, wenn sie das Abendessen nicht mit ihren Kindern einnehmen konnte und daher nichts von ihrem Tag erfuhr. Gerade als sie wieder den Raum betreten wollte, in dem Frank saß, kam Dr. Trulo um die Ecke.

„Ah, da sind Sie ja."

Ach, verdammt. Die Trauergruppe. Das war ihr total entfallen. „Ich weiß nicht, ob ich es heute Abend schaffe. Mein aktueller Fall nimmt gerade Fahrt auf."

„Kein Problem. Ich bin nur gekommen, um Sie wie gewünscht zu erinnern."

„Danke, ich hatte es tatsächlich vergessen."

„Ich bin geschockt."

„Nein, sind Sie nicht."

„Gibt es etwas Neues von Ihrem Anwalt bezüglich der Zwillinge?"

„Bisher nicht."

„Das muss Sie sehr belasten."

„Ja, aber ich habe viel zu tun, das hilft, und alle versichern mir immer wieder, dass wir den Letzten Willen der Eltern auf unserer Seite haben, ganz zu schweigen von dem, was die Kinder selbst wollen."

„Das sind alles wichtige Punkte auf Ihrer Habenseite. Werden Sie mich auf dem Laufenden halten?"

„Ja, und ich komme heute Abend hoch, wenn ich Gelegenheit dazu habe. Bitte grüßen Sie alle von mir, falls ich es nicht schaffe."

„Sie kriegen das alles schon hin. Halten Sie durch."

„Vielen Dank."

Freddie grüßte Trulo, als er aus dem Großraumbüro zurückkehrte. „Ich habe Elaines Handy eingeschaltet, konnte jedoch nicht herausfinden, wo die beiden Mädchen sich aktuell aufhalten." Er reichte Sam einen Zettel. „Hier ist die Nummer von Zekes Mom."

„Ich hab das Gefühl, wir sind ganz nah dran. Wie sieht's bei dir aus?"

„Geht mir ganz genauso."

KAPITEL 27

Sam rief Zekes Mutter an, die nach dem dritten Klingeln abnahm. „Mrs Bellamy, hier ist Lieutenant Sam Holland von der Metro Police in D. C."

Schweigen am anderen Ende.

„Hallo? Mrs Bellamy?"

„Spreche ich mit der First Lady? O Gott!"

„Ich habe Ihnen doch gesagt, wer ich im Zusammenhang mit dieser Mordermittlung bin. Ich versuche, Ihren Sohn zu erreichen, aber er geht nicht ans Telefon. Ist er da?"

„Nein. Ich bin auch gerade erst heimgekommen, daher hab ich keine Ahnung, wo er steckt."

„Wissen Sie, wo Zeke heute den Tag über gewesen ist?"

„In der Schule und dann beim Baseballtraining. Warum fragen Sie?"

„Wir haben versucht, ihn und Zoe zu erreichen, doch bei beiden landen wir immer nur auf der Mailbox. Ist sein Auto weg?"

„Ja."

„Steht Zoes Auto bei Ihnen vor der Tür?"

„Nein."

„Können Sie ihn orten?"

„Wo denken Sie hin? Nein. Das würde er nie erlauben."

Wer genau hat bei Ihnen das Sagen? Sam musste sich auf die

Zunge beißen, um die Frage nicht laut zu stellen. „Wie lautet das Kennzeichen seines Wagens?"

„Warum wollen Sie das wissen?"

Sam sah Freddie an und verdrehte die Augen. „Weil wir ihn und Zoe suchen. Bitte beantworten Sie meine Frage, oder ich muss einen Beamten vorbeischicken." Sie könnten sich die Informationen zwar auch anders beschaffen, aber so würde die Sache beschleunigt werden.

„Ich … äh … Moment bitte."

Sam atmete tief durch, während sie auf die Rückkehr der Frau wartete.

„Es ist ein schwarzer Mustang, den wir ihm vor zwei Jahren gekauft haben. Er ist in Virginia zugelassen." Sie nannte das Kennzeichen, das Freddie sich notierte.

„Hat Zeke, soweit Sie sich erinnern, je etwas von Zoes Mutter erzählt?"

„Nur dass sie schwierig war und Zoe das Leben schwer gemacht hat. Einmal hat er mir gedankt, dass ich nicht bin wie sie."

„Wenn Sie von ihm hören, soll er mich unter dieser Nummer anrufen. Sagen Sie ihm, es sei dringend."

„Steckt er in Schwierigkeiten?"

„Ich bin mir nicht sicher."

„Was soll das heißen?"

„Genau das, was ich gesagt habe. Er soll sich bitte bei mir melden."

„Ich … ich werde es ihm ausrichten. Was soll ich in der Zwischenzeit tun?"

„Finden Sie heraus, wo er sich aufhält. Das würde uns helfen."

„Oh … okay. Ich versuch's."

„Danke sehr." Sam klappte das Handy zu. „„Spreche ich mit der First Lady?' Verdammt. Ein Cop ruft dich an, nachdem jemand die Mutter der Freundin deines Sohnes ermordet hat, und das ist deine erste Frage?"

„Wenn ich nicht jeden Tag mit dir arbeiten würde, würde mir so was vielleicht auch rausrutschen."

„Du wärst niemals so peinlich."

„Vielleicht schon."

„Wag es ja nicht! Ich habe dich besser erzogen."

„Wenn du meinst. Was nun?"

Sam überlegte kurz. „Wir müssen das Auto, das Zoe fährt, zur Fahndung ausschreiben, ebenso wie das von Zeke, und die Kennzeichen an Flock weitergeben." Flock war die Firma, die Verkehrskameras überwachte. Dadurch würden die beiden offiziell zu Verdächtigen, doch anderenfalls würden sie bei der Fahndung auf Granit beißen. Sam kehrte mit Freddie zurück in den Verhörraum, wo Frank telefonierte und sich gerade erkundigte, wann er von demjenigen, den er gerade in der Leitung hatte, wieder etwas hören würde.

„Ich brauche sofort jemanden. Ja, ich bin genau jetzt bei der Polizei, und die hat es auf meine Kinder abgesehen. Es ist ein Notfall."

Vielleicht hättest du Dunning nicht feuern sollen, hätte Sam gern in ihrem besten selbstgefälligen Tonfall gesagt.

Frank brummte einen Fluch, während er auflegte.

„Ich würde ja fragen, wie es mit der Anwaltssuche läuft, aber offenbar nicht gut."

„Anscheinend verstehen die Leute heutzutage das Wort ‚Notfall' nicht mehr."

„Kennen Sie den Spruch ‚Ihr Mangel an Planung ist nicht mein Notfall'?"

„Wie hätte ich *planen* können, einen Rechtsanwalt zu brauchen?"

Sam zuckte die Achseln. „Mir scheint, Sie hatten einen der besseren, bevor Sie ihn weggejagt haben."

„Einer der besseren hätte Ihnen nicht erlaubt, die Familie eines Mordopfers zu schikanieren."

„Mr Dunning ist Teil des Justizsystems. Er wird weder seine Lizenz noch seinen Ruf für Sie riskieren. Dunning hat Ihnen einen guten Rat gegeben, nämlich mit uns zusammenzuarbeiten, damit Sie die Sache schnell hinter sich bringen. Ihre mangelnde Kooperation ist ein deutliches Warnsignal, das er genauso klar sieht wie wir."

„Ich kooperiere ja! Was wollen Sie noch von mir?"

„Erfahren, wo Ihre Töchter sind."

„Ich weiß es nicht!"

„Sind Sie bereit, dieses Gespräch ohne Anwalt fortzusetzen?"
Er war offensichtlich hin- und hergerissen.

„Wir können Ihnen Behinderung der Justiz vorwerfen und es
Ihnen unten gemütlich machen, bis Ihr neuer Anwalt eintrifft.
Es liegt ganz bei Ihnen."

„Unten?"

„Die U-Haft-Zellen sind im Keller."

„Danke, da muss ich passen."

„Sie verzichten in dieser Angelegenheit also auf Ihr Recht auf
einen Anwalt?"

„Für den Augenblick ja."

„Ich bitte ins Protokoll aufzunehmen, dass Mr Frank
Myerson auf sein Recht auf rechtliche Vertretung im Mordfall
seiner Frau Elaine Myerson verzichtet hat."

„Ich möchte zu Protokoll geben, dass ich meine Frau nicht
ermordet habe."

„Sollten Sie als einziger noch lebender Elternteil nicht
wissen, wo sich Ihre minderjährigen Töchter aufhalten?"

„Sie sind ja keine Babys mehr! Ich muss nicht jede Sekunde
des Tages wissen, wo sie sind."

„Elaine wäre so enttäuscht von Ihnen."

Seine Augen blitzten vor kaum verhohlenem Zorn.

„Sprechen Sie nicht von ihr, als würden Sie sie kennen."

„Nach den letzten Tagen, denke ich, hab ich ein ziemlich
gutes Bild von ihr, und ich habe den Eindruck, sie hat immer
gewusst, wo ihre Kinder gewesen sind."

„Und genau das war unser größtes Problem! Sie hat ihnen
keinen Funken Unabhängigkeit oder Freiheit zugestanden."

„Haben sie deshalb beschlossen, sie umzubringen?"

„Sie haben sie nicht umgebracht!"

„Welches Kennzeichen hat Zoes Auto?"

Sein Gesicht wurde für eine Sekunde ausdruckslos.

„Kennzeichen?"

„Ja, die Zahlen und Buchstaben auf dem Nummernschild."

„Ich … ich weiß es nicht genau."

„Welche Marke, welches Modell und welches Baujahr?"

„Ein silberner BMW-SUV. Ich glaube, er ist zwei Jahre alt."

„In Washington zugelassen?"

„Ja."

„Detective Cruz, können Sie bitte das Kennzeichen feststellen und einen Fahndungsaufruf an alle Dienststellen der Umgebung herausgeben?"

„Ja."

„Einen Fahndungsaufruf?", fragte Frank, als Freddie den Raum verließ.

„Ja, das ist die Aufforderung, Ausschau zu halten."

„Wonach?"

„Nach dem Auto und seinen Insassen."

„Tun Sie das immer, wenn Sie mit Ihren Ermittlungen nicht wie gewünscht vorankommen? Sich die Familie des Opfers vorknöpfen?"

„An vielen Mordfällen ist jemand, der dem Opfer nahesteht, direkt beteiligt."

„Diesmal nicht."

„Das behaupten Sie, aber Sie können mir nicht mal sagen, wo Ihre Töchter sind, nachdem sie mehrere Tausend Dollar von ihren Bankkonten abgehoben haben und an Orten auftauchen, an denen sie gar nicht sein sollten."

„Sind Sie nie ein Teenager gewesen, Lieutenant? Sind Sie nie ausgebüxt?"

„Natürlich, doch wenn meine Mutter einem Mord zum Opfer gefallen wäre, wäre ich nicht einfach von der Bildfläche verschwunden. Ich wäre zu Hause geblieben und hätte Zeit mit meiner Familie verbracht."

„Sie vielleicht. Aber nicht jeder reagiert gleich auf ein Trauma. Meine Kinder wollten zu ihren Freunden."

„Mr Myerson, Ihre Kinder haben Sie angelogen. Ist das das erste Mal?"

Er zögerte lange genug, um die Frage zu beantworten, ohne ein Wort zu sagen.

„Das kommt also häufiger vor, ja?"

„Sie müssen das verstehen. Es war die einzige Möglichkeit, überhaupt etwas zu tun, da Elaine jeden ihrer Schritte verfolgte."

„Wie konnten sie lügen, wenn sie sie so genau beobachtet hat?"

Er schien zu überlegen, ob er es einräumen sollte oder nicht.

„Ich muss Sie warnen, dass Sie kurz vor einer Anzeige wegen Behinderung der Justiz stehen, Sir."

Er seufzte. „Sie haben Zweithandys, von denen Elaine nichts wusste."

„Was zur Hölle …?"

„Tut mir leid! Ich weiß, ich hätte es Ihnen schon früher sagen sollen."

„Ach, wirklich?"

Sam schob ihr Notizbuch und ihren Stift über den Tisch. „Schreiben Sie die Nummern auf."

Frank zückte sein Handy und suchte in seinen Kontakten nach den Nummern, die er dann übertrug.

Sam riss die Seite aus dem Notizbuch, ging zur Tür und rief nach Freddie.

Der kam um die Ecke gesaust.

„Die Mädchen haben Zweithandys, von denen Elaine nichts wusste."

„Ach du …"

Sie reichte ihm die Notizbuchseite. „Lass richterliche Anordnungen für diese Nummern ausstellen, und schau, ob du ihren Standort oder ihre Standorte ermitteln kannst."

„Ich bringe das direkt zu Archie."

„Sag ihm, es ist ein Notfall."

„Jap."

Sam kehrte in den Verhörraum zurück. „Rufen Sie Zoe unter dieser Nummer an."

Frank sah sie angsterfüllt an. „Ich bin nicht sicher, ob ich das tun sollte."

„Dafür bin ich mir sehr sicher, es sei denn, Sie wollen den Rest Ihres Lebens hinter Gittern verbringen."

„Ich habe meine Frau nicht getötet. Wie können Sie mir das anhängen wollen?"

„Sie haben die Ermittlungen in diesem Mordfall behindert, indem Sie relevante Informationen zurückgehalten haben. Das ist eine eindeutige Straftat, die mit einer mehrjährigen Haftstrafe geahndet werden kann."

Nichts war je so eindeutig, doch das brauchte er nicht zu wissen.

„Rufen Sie Ihre Tochter an, und stellen Sie auf Lautsprecher."

Er wählte und legte das Handy auf den Tisch.

Zoes Mailbox meldete sich mit derselben Nachricht, die auch bei ihrem anderen Handy zu hören war.

„Versuchen Sie es bei Jada."

Das Ergebnis war das gleiche. Direkt die Mailbox.

„Sie haben also all ihre Handys ausgeschaltet und sind abgetaucht. Warum sollten sie das tun, wenn sie nichts zu verbergen haben?"

„Vielleicht haben sie Angst gekriegt, weil sie für Sie offenbar die einzigen Verdächtigen sind."

„Oder vielleicht haben Sie ihnen gesagt, sie sollen ihre Handys ausschalten, ins Auto steigen, so weit wie möglich wegfahren und erst mal nicht wiederkommen."

„Das hab ich nicht!"

„Haben Sie gewusst, dass sie Elaine tot sehen wollten?"

„*Elaine* hat es gewusst, aber das heißt noch lange nicht, dass sie es auch getan haben."

„Niemand sonst im Leben Ihrer Frau wollte ihren Tod. Nach Ihrer Aussage und der der Mädchen hatte niemand sonst Zugang zu Ihrem Haus. Es gab keine Einbruchsspuren. Der Mord hat sich ereignet, als Elaine gerade geduscht hatte, was bedeutet, dass sie den Täter höchstwahrscheinlich nicht selbst hereingelassen hat." Sam beugte sich näher zu ihm. „Wer könnte es sonst gewesen sein?"

„Ich weiß es nicht! Jemand könnte irgendwie eingedrungen sein und sie getötet haben."

„Warum? Sie haben erklärt, es fehle nichts, oder?"

„Auf den ersten Blick nicht. Wer weiß, ob die Täter Dinge mitgenommen haben, die ihr gehört haben? Ich kenne nicht ihren kompletten Schmuck. Sie hatte ein paar wertvolle Stücke von ihrer Mutter geerbt, vielleicht waren die Täter hinter denen her."

„Woher hätten sie wissen sollen, dass sie so was besitzt?"

„Ist es nicht Ihre Aufgabe, diese Fragen zu beantworten?"

„Schon, aber normalerweise sind die Familienmitglieder von Mordopfern hilfreich, weil auch sie Antworten wollen. Sie warten zum Beispiel nicht tagelang, bis sie mir erzählen, dass ihre Töchter ein zweites Handy haben, von dem ihre Mutter nichts geahnt hat. Sie erwähnen solche Details sofort, wenn wir sie fragen, damit wir keine wertvolle Zeit vergeuden."

„Das hätte ich Ihnen sagen sollen. Es tut mir leid."

„Warum haben Sie es nicht getan?"

Er brauchte eine Sekunde, um sich zu sammeln. „Mein erster Gedanke war, Elaine zu schützen."

„Wovor?"

„Dass die ganze Welt erfährt, dass die drei Menschen, die ihr am nächsten gestanden haben, sie nach Strich und Faden belogen haben. Ich hoffe, Sie können das verstehen … Sie war wild entschlossen, die Sicherheit ihrer Lieben zu gewährleisten. Hat ihr Bruder Ihnen verraten, dass er sich von ihr distanziert hat, weil er es nicht mehr ertragen hat, sich jeden Tag bei ihr melden zu müssen, und sich strikt geweigert hat, sich von ihr über sein Telefon tracken zu lassen? Sie war *besessen*, Lieutenant."

„Mr Myerson, Sie haben erklärt, Sie könnten verstehen, dass Elaine nach dem Mord an ihrer Schwester dieses Verhalten an den Tag gelegt hat."

„Das stimmt auch. Trotzdem macht alles Verständnis der Welt es nicht leichter, so zu leben. Wenn ich zehn Minuten zu spät nach Hause kam, hat sie mich ausgefragt, wo ich war. Wenn sich ein Ortstermin in die Länge gezogen hat, hat sie mir eine Nachricht geschickt, weil sie Angst hatte, irgendjemand könnte mich umgebracht haben. Das ging den ganzen Tag so, und zwar jeden Tag. Manchmal hab ich mich gefragt, wie sie ihren Job behalten konnte, wo sie so viel Zeit damit verbracht hat, uns zu überwachen."

„Waren Sie Ihrer Ehefrau treu, Mr Myerson?"

Seine Miene verhärtete sich. „Ja."

„Immer?"

„Ja. Ich hab Ihnen doch gesagt, ich hab Elaine geliebt."

„Auch wenn sie Ihnen die ganze Zeit nachspioniert hat?"

„Sie hat das aus Sorge um mich getan, nicht weil sie mir nicht vertraut hätte. Ich hab ihr nie einen Grund gegeben, an mir oder meinen Gefühlen für sie zu zweifeln."

„Ich denke, Sie haben ihr einen guten Grund geliefert, Ihnen zu misstrauen – sie hat nur nicht gewusst, dass Sie sie verraten haben, indem Sie den Kindern geheime Zweithandys beschafft haben, damit sie sich ihren Anweisungen besser widersetzen konnten."

„Sie verstehen nicht, wie sie gewesen ist."

„Mir scheint, das Leben mit Elaine war für Sie und Ihre Töchter eine Qual."

„Das mag sein. Manchmal. Manchmal war es aber auch wunderbar. An Geburtstagen, Feiertagen und zu Jubiläen hat sie alles gegeben. Sie war eine fantastische Köchin, die nichts lieber tat, als uns alle vier nach einem langen Tag beim Abendessen an einem Tisch zu verwöhnen. Sie hat es geliebt, im Garten zu arbeiten, zu lesen und ihre Lieblingssendungen zu schauen. In ihr steckte viel mehr als die traumatisierte Schwester eines Mordopfers."

„Der Mord an ihrer Schwester ist nach wie vor nicht geklärt. Glauben Sie, Elaine befürchtete, der Mörder könnte es auf jemand anderen abgesehen haben, den sie liebte?"

„Ich glaube nicht, dass dieses Szenario sie nachts um den Schlaf gebracht hat, doch natürlich konnte es nicht ausgeschlossen werden, solange der Mörder ihrer Schwester auf freiem Fuß war."

„Versuchen Sie noch mal, Ihre Töchter anzurufen."

Er tat es und landete beide Male auf der Mailbox. „Sie sollen an diese Handys gehen. Das haben wir so vereinbart, als ich zugestimmt habe, dass sie sie bekommen."

„Was haben Sie sonst noch mit ihnen ausgehandelt?"

„Manchmal hab ich ihre Handys dahin gebracht, wo sie

angeblich waren, damit Elaine nicht in Panik geriet, wenn sie sie getrackt hat."

„Das ist teuflisch."

„Wir haben getan, was nötig war. Es war eine schwierige Situation, und wir waren sehr verständnisvoll, was die Ursache betrifft, aber das hat es für uns nicht einfacher gemacht, damit zu leben."

„Was hätten Sie getan, wenn Elaine von den Zweithandys und der Platzierung der anderen erfahren hätte?"

„Wie hätte sie das denn herausfinden sollen? Nur wir drei haben davon gewusst, und wir hätten es ihr nie gesagt."

„Was, wenn Jada beispielsweise angeblich bei Ali hätte sein sollen und Elaine dort aufgetaucht wäre, doch Jada nicht angetroffen hätte?"

„Zum Glück ist das nie passiert, denn wir waren extrem vorsichtig. Wir haben darauf geachtet, in den allermeisten Fällen aufrichtig zu sein. Wenn Zoe zum Beispiel mit dem Auto eines Freundes unterwegs war, haben wir Elaine erklärt, sie sei bei ihm und würde zu einer bestimmten Zeit heimkommen. Das hat funktioniert, und es hat uns allen etwas Luft zum Atmen verschafft. Die Streitereien waren danach weniger intensiv als zuvor."

„Seit wann haben Ihre Töchter die Zweithandys?"

„Seit ungefähr zwei Monaten. Zoe hatte die Idee, hat mit mir geredet und mich angefleht, ihnen dabei zu helfen. Ich habe erst zugestimmt, nachdem sie mir versprochen hatten, mich immer darüber auf dem Laufenden zu halten, wo sie wirklich sind – und stets ans Handy zu gehen, wenn ich anrufe. Heute haben sie das zum ersten Mal nicht getan."

„Sagen Sie mir die Wahrheit: Halten Sie es für möglich, dass Ihre Töchter Ihrer Frau etwas angetan haben?"

„Nein. Sie können es nicht gewesen sein."

„Betrachten Sie die Sache einmal von meinem Standpunkt aus. Erinnern Sie sich an die Dinge, die ich erwähnt habe: kein gewaltsames Eindringen und keine Anzeichen dafür, dass Elaine jemanden reingelassen und danach geduscht hätte. Warum auch?

Erinnern Sie sich daran, dass Zoes Haupthandy den ganzen Nachmittag in Zekes Elternhaus war? Wenn wir weiter nachforschen, werden wir dann feststellen, dass die beiden selbst gar nicht dort waren? Werden wir, wenn wir Zekes Auto beschlagnahmen, Belege dafür finden, dass es während der fraglichen Zeit am Sonntag gefahren worden ist? Wenn es Ihre Tochter und ihr Freund waren, werden wir es ihnen irgendwann nachweisen."

Myersons Augen füllten sich mit Tränen. „Die letzten Jahre … Es war schrecklich. Es gab Zeiten, in denen ich sie am liebsten alle umgebracht hätte. Ich erinnere mich, dass ich dachte, dass genau solcher Mist Menschen dazu bringt, durchzudrehen und ihre Familie zu töten und dann sich selbst. Aber es ist mir nie in den Sinn gekommen, es tatsächlich zu tun, und ich kann mir beim besten Willen nicht vorstellen, dass die beiden Mädchen so etwas geplant haben. Das ist einfach unmöglich."

„Was ist mit Zeke?"

„Wie meinen Sie das?"

„Könnte er es geplant haben?"

„Ich … ich kenne ihn nicht gut genug, um das zu beurteilen."

„War er frustriert von den Einschränkungen, die Zoes Mutter ihr auferlegt hat?"

„Jeder, der Zoe kennt, war davon frustriert. Sie hat deshalb Freunde verloren. Ich meine, wer will schon mit jemandem befreundet sein, der nichts darf?"

„Etwas kann ich mir nicht erklären."

„Was denn?"

„Elaine muss gewusst haben, dass Zoe am Sonntagnachmittag bei Zeke war. Zoe hat mir selbst gesagt, dass ihre Mutter ausgeflippt wäre, wenn sie gewusst hätte, dass sie Sex hatten, und trotzdem hatte Elaine keine Einwände dagegen, dass sie sechs Stunden lang mit ihm allein war?"

„Sie hat nicht gewusst, dass die beiden allein waren. Zoe hat Elaine gegenüber behauptet, seine Eltern und Schwestern seien zu Hause."

„Und Elaine hätte das ungeprüft geglaubt?"

„Sie wollte ihr mehr vertrauen."

Sam empfand Mitgefühl mit Elaine, deren Familie sie derart hintergangen hatte, aber auch mit Frank und den Mädchen, die unter den absurden Regeln zu leiden gehabt hatten. Ihr Mitgefühl endete jedoch, wenn es um Mord ging. Wenn die Mädchen ihre Mutter getötet oder jemanden dazu angestiftet hatten, würde Sam dafür sorgen, dass sie für ihr Verbrechen bezahlten.

KAPITEL 28

Als klar wurde, dass sich Franks Verhör im Kreis drehte und die Mädchen sich aus dem Staub gemacht hatten, beschloss Sam, Myerson über Nacht dazubehalten.

„Das soll ja wohl ein Witz sein! Ich habe nichts verbrochen. Meine Frau ist ermordet worden, und Sie wollen mich einsperren?"

„Allerdings, Mr Myerson. Ich traue Ihnen nicht. Sie haben mich belogen, haben mir wichtige Informationen vorenthalten und wissen womöglich sogar, wo Ihre Töchter sind. Da wir nicht wollen, dass uns eine weitere Person, die mit diesem Fall zu tun hat, abhandenkommt, werden Sie für die nächste Zeit unser Gast sein."

„Können Sie das tun, ohne konkreten Vorwurf?"

„Wollen Sie, dass ich Sie wegen Behinderung der Justiz oder Fluchtgefahr verhafte, da Ihre Töchter bereits verschwunden sind? Beides kann ich leicht begründen."

„Nein."

„Also gehen Sie mit Detective Cruz, und wir sprechen morgen früh weiter. Sollte Ihnen in der Zwischenzeit einfallen, wo Ihre Töchter sein könnten, rate ich Ihnen, es uns unverzüglich mitzuteilen. Wenn sich herausstellt, dass Sie es die ganze Zeit gewusst haben, *werde* ich Sie wegen Behinderung der Justiz belangen. Verstanden?"

„Ja."

„Hier entlang", übernahm Freddie.

Frank erhob sich und folgte ihm.

Sam begab sich zu Carlucci und Dominguez. „Guten Abend."

„Hey, Lieutenant. Was gibt's?"

Sie unterrichtete sie über die Ereignisse des Tages und informierte sie über die Fahndung nach den Myerson-Mädchen und Zeke Bellamy.

„Also nehmen wir an, dass sie es getan haben und jetzt auf der Flucht sind?"

„Möglicherweise. Oder sie sind unschuldig und haben Angst vor einer Anklage."

„Was sagt das berühmte Bauchgefühl?"

„Sie haben es getan, sich in Sicherheit gewiegt, weil sie ein Alibi hatten, und jetzt haben sie Angst. Wir werden heute Nacht weiter nach ihnen fahnden, und wenn das nichts bringt, werde ich morgen früh die Marshals einschalten. Haltet mich über alle Entwicklungen der Nacht auf dem Laufenden."

„Machen wir, Lieutenant", versprach Carlucci.

Freddie gesellte sich zu ihnen. „Eine Streife hat Bellamys Mustang auf dem Parkplatz eines Einkaufszentrums in West Virginia entdeckt, aber keine Spur von ihm oder den Mädchen. Wir beschlagnahmen das Auto und bringen es zur Spurensicherung."

„Immerhin etwas", meinte Sam. „Jetzt wissen wir, dass sie in Richtung Westen wollen."

„Oder zumindest wollen, dass wir das glauben", gab Freddie zu bedenken.

„Das ist richtig. Ich melde mich hiermit ab. Ihr wisst, wo ihr mich findet, wenn ihr mich braucht."

„Wir kommen klar", versicherte ihr Dominguez.

„Danke. Freddie, ab nach Hause."

„Bin schon weg."

Sam packte ihre Sachen und schloss ihr Büro ab. Ihr Weg führte sie an der Gerichtsmedizin vorbei, und siedend heiß fiel ihr das Treffen der Trauergruppe ein.

„Verdammter Mist", murmelte sie, als sie nach rechts abbog

und die Treppe hinaufeilte, um wenigstens kurz vorbeizuschauen. An der Tür zum Besprechungsraum hielt sie kurz inne, als sie sah, wie Lenore Worthington und einige andere ihre Schwester Angela trösteten.

Angela hatte ihr nicht erzählt, dass sie kommen wollte, und obwohl Sam sich freute, dass sie hier war, war sie sich nicht sicher, ob Angela wollte, dass sie Zeuge ihrer Trauer wurde. Also blieb sie erst mal außer Sicht.

„Danke, Leute", seufzte Angela nach einer ganzen Minute des Schweigens. „Es hilft, wenn man es vor Menschen aussprechen kann, die es verstehen."

„Wir können das alles nachvollziehen, Liebes", sagte Lenore und strich Angela eine Strähne ihres rotbraunen Haars hinters Ohr.

Angela lehnte den Kopf an Lenores Schulter. „Ich weiß einfach nicht, was ich mit dieser Wut auf ihn anfangen soll, die ich empfinde. Sie hat alles Gute verdrängt, bis zu dem Punkt, an dem ich mich kaum noch daran erinnere, warum ich ihn geliebt habe. Bevor das passiert ist, hatte ich keine Probleme, viele Gründe dafür aufzuzählen. Doch das …"

„Auf jemanden wütend zu sein, der gegen eine Krankheit gekämpft hat, ist eine schwierige Situation", sagte Dr. Trulo leise. „Natürlich weiß man intellektuell, dass er nichts dafür konnte. Aber emotional fragt man sich unwillkürlich, wie ihm die Medikamente wichtiger sein konnten als seine Frau und seine Kinder."

„Genau."

Trulo beugte sich leicht vor. „Trotzdem ist Ihnen bewusst, dass er diese Entscheidung nicht wirklich getroffen hat, oder?"

„Ja, ich weiß, dass er bei klarem Verstand unser Wohl stets über alles andere gestellt hätte. Dennoch muss ihm, als er diese Drogen auf der Straße gekauft hat, doch klar gewesen sein, wie gefährlich das war."

Sam sehnte sich danach, ihre Schwester in den Arm zu nehmen. Mit den Worten „Er konnte ja nicht wissen, dass sie tödlich sind" trat sie in den Raum.

Die Frau, die auf der anderen Seite von Angela saß, stand auf, um ihren Platz Sam zu überlassen, die sich setzte und die Arme nach ihrer Schwester ausstreckte.

„Er konnte nicht wissen, dass er Gift genommen hat", flüsterte sie, während sie ihre geliebte Schwester in den Arm nahm. „Das war Mord."

„Wie konnte er das zulassen?", fragte Angela schluchzend.

„Eins weiß ich mit Sicherheit: Spencer hat dich mehr geliebt als alles andere auf dieser Welt. So war es von Anfang an. Dein Mann hat dich angesehen, als wärst du der Mittelpunkt seines Universums. Hätte er eine Wahl gehabt, wäre er nie von dir gegangen."

„Ich bin auch wütend, Angela", warf ein Mann ein.

Sam sah in seine Richtung und erkannte Brad Albright, dessen Frau Mary Alice genau wie Spencer durch verschnittenes Fentanyl gestorben war.

„Manchmal bin ich so wütend, dass ich Angst vor mir selbst habe", fuhr Brad fort. „Aber dann versuche ich, diese Wut zu zügeln, weil ich nicht will, dass meine Kinder es mitkriegen. Ich möchte nicht, dass sie wissen, wie wütend ich auf ihre Mutter bin, weil sie süchtig war oder weil sie Drogen auf der Straße gekauft hat und diesen Entschluss mit dem Leben bezahlt hat. Sie sollen sich daran erinnern, wie sehr sie sie geliebt hat. Also versuche ich, meine Wut zu zügeln. Schließlich wird sie mir Mary Alice nicht zurückbringen, und sie wird ganz bestimmt nichts an unserer jetzigen Situation einfacher machen."

„Sie haben recht", sagte Angela. „Danke, dass Sie mich daran erinnern, Brad."

Er nickte und wischte sich mit einem Taschentuch eine Träne weg.

„Die Wut ist normal", ließ sich Trey Marchand vernehmen. Ein Scharfschütze hatte seine kleine Tochter Vanessa erschossen. „Nachdem meine Nessie tot war, wollte ich monatelang jemanden umbringen. Ich hab gedacht, dann würde ich mich besser fühlen. Zum Glück habe ich schließlich begriffen, dass das nicht helfen würde. Doch dieser Drang hat lange heiß und innig in mir gebrannt."

„Falls irgendjemand von Ihnen den Drang verspürt,

jemanden zu töten, rufen Sie bitte erst mich an." Auf Dr. Trulos Worte folgte Lachen, das die Spannung im Raum löste.

Kurze Zeit später war das Treffen beendet, und Sam ging mit Roni und Angela nach draußen. Auf dem Flur blieb ihre Schwester stehen.

„Ich möchte mit Brad sprechen", erklärte Angela. „Wartet nicht auf mich. Ich komme klar." Sie umarmte die beiden. „Danke, dass ihr für mich da seid und mich unterstützt."

„Ruf mich an, wenn ich etwas für dich tun kann – jederzeit", mahnte Roni.

„Danke, dass du mir eine so gute Freundin bist. Ich bin kurz davor, mich den Wilden Witwen anzuschließen. Noch bin ich nicht ganz so weit, aber bald."

„Keine Eile. Wir laufen nicht weg."

„Melde dich kurz, wenn du wieder zu Hause bist", bat Sam und umarmte ihre Schwester erneut.

„Ja, Mom."

„Tu es einfach."

„Versprochen."

Angela ging zu Brad hinüber, der sich mit Trey und Lenore unterhielt.

„Du und der gute Doktor, ihr habt mit dieser Gruppe etwas ganz Besonderes und Wichtiges geschaffen", wandte sich Roni an Sam, als sie mit ihr die Treppe hinunterstieg. „Ich hoffe, du weißt das."

„Es tut mir leid, dass der Bedarf so groß ist."

„Mir auch."

„Wo hast du geparkt?"

„Ich bin mit der Metro da."

„Dann nehm ich dich mit."

„Echt?"

„Klar. Um diese Zeit läufst du nicht allein zur Station."

„Das mach ich ständig."

„Lass es bitte. Das ist gefährlich." Sie traten in die kühle Nacht vor dem Eingang der Gerichtsmedizin. Vernon sprang aus dem SUV, als er sie kommen sah. „Tut mir leid, dass es so spät geworden ist, Vernon. Können wir meine Freundin in Capitol Hill absetzen?"

„Sicher."

„Danke", sagte Roni.

„Ist mir ein Vergnügen, Ma'am."

„Gut. Nennen Sie sie so, nicht mich", lobte Sam.

„Sie sind ebenfalls ‚Ma'am', wenn wir nicht allein sind, *Ma'am*", erinnerte Vernon sie.

Sam seufzte. „Einen Schritt vor, drei zurück."

„Wir üben noch." Er schloss die Tür und schwang sich auf den Fahrersitz. „Wie lautet die Adresse, Ma'am Nummer zwei?"

Roni lachte und nannte sie ihm. „Er ist lustig."

Sam senkte die Stimme. „Er ist unglaublich. Das sind sie beide. Es ist ein echtes Vergnügen, den Tag mit ihnen zu verbringen."

„Korrigier mich, wenn ich falschliege, doch eigentlich hast du ja eher nicht den Ruf – wie drücke ich das jetzt diplomatisch aus? –, Menschen zu mögen."

Sam lachte auf. „Das solltest du eigentlich gar nicht wissen."

„Es ist mein Job, alles über Sie zu wissen, Ma'am", erklärte Roni mit einem unschuldigen Augenaufschlag.

„Nenn mich so, und du hast deinen Job nicht mehr lang, *Ma'am*."

„Ich nehme alles zurück."

„Ach was, das war nur ein Witz, und du hast nicht unrecht, was mich und meine Mitmenschen betrifft. Aber diese beiden – besonders Vernon – bilden eine rühmliche Ausnahme. Er erinnert mich an meinen Dad."

„Ach, das freut mich für dich, Sam."

„Mich auch. Komisch, dass er gerade dann in mein Leben getreten ist, als es eine Lücke zu füllen gab."

„Das kenn ich selbst nur zu gut."

„Ja, das kann ich mir vorstellen. Ich hoffe, du weißt, wie sehr wir uns für dich und Derek freuen – und für Maeve."

„Sie ist meine süße kleine Freundin. Ich hab sie unfassbar lieb."

„Es ist schön, das zu hören. Derek hat so gelitten, nachdem

er Vic verloren hatte, und ich weiß, dass du das nach Patricks Tod auch getan hast. Ich höre Geschichten wie deine, seine und Angelas und frage mich, wie Menschen einen solchen Verlust überleben. Ich bin mir nicht sicher, ob ich das könnte."

„Doch, das könntest du. Du würdest es für deine Kinder tun. Aber lass uns nicht über Dinge sprechen, die nicht eintreten werden."

„Ich wollte gar nicht über mich reden. Wir waren bei dir und Derek, und ich bin so stolz auf dich, weil du immer weitermachst und wegen überhaupt allem."

„Das bedeutet mir viel. Eure Freundschaft und der Job waren ein besonderes Geschenk für mich auf meinem schweren Weg, den ich nie hätte beschreiten wollen."

„Roni, ich hasse es, wie wir uns kennengelernt haben, doch ich bin froh, dich in meinem Leben zu haben. Ich kann es kaum erwarten, dein Baby in den Armen zu halten."

„Es ist ein Junge", flüsterte Roni. „Ich habe es noch niemandem außer Derek erzählt. Nicht mal meine Eltern wissen es."

„Wunderbar, gratuliere. Er hat so viel Glück, dich als Mutter zu haben."

„Das werden wir sehen."

„Ich weiß es jetzt schon."

Als Vernon den SUV vor Ronis Haus zum Stehen brachte, beugte sie sich herüber und umarmte Sam. „Danke fürs Mitnehmen."

Sobald Roni die Hand nach dem Griff der Beifahrertür ausstreckte, warnte Sam: „Warte auf ihn, sonst wird er sauer."

„Das hab ich gehört", sagte Vernon.

„Was denn?"

Roni lachte, als Jimmy ihr aus dem Wagen half und sie zur Tür begleitete.

„Danke, dass Sie mit dem Umweg einverstanden waren", erklärte Sam, als sie an der Abzweigung zur Ninth Street vorbeifuhren.

„Kein Problem", versicherte ihr Vernon.

Sams Telefon summte. Es war eine SMS von Neveah. *Ich hab*

mich über Worthy informiert und herausgefunden, dass er ein angese-
hener Anwalt und aufrechter Bürger Clevelands ist, außerdem ein
echter Familienmensch. Er hat ein enges und gutes Verhältnis zu
seinen Kindern und seinen Enkeln. Vor fünfzehn Jahren hat er seine
Frau durch eine Krebserkrankung verloren, und seither engagiert er
sich für die Krebshilfe. Er ist auch im Vorstand der Rock & Roll Hall
of Fame. Ich habe nichts Negatives über ihn entdecken können.

„Was zum Teufel macht er dann mit meiner niederträchtigen
Schwiegermutter?", fragte Sam laut.

„Wie bitte?", erkundigte sich Vernon.

„Ach, ich führe nur Selbstgespräche." Sie antwortete Neveah
und bedankte sich für die Hilfe.

Gern geschehen!

Zehn Minuten später passierten sie das Tor zum Weißen
Haus und hielten vor dem Eingang.

„Wann brechen wir morgen früh auf?", wollte Vernon wissen,
als er ihr die Tür öffnete.

„Halb acht?"

„So früh ist die Beerdigung?"

„Verdammt! Verraten Sie niemandem, dass ich das komplett
vergessen hatte."

„Von uns wird es niemand erfahren."

„Sie ist um neun in der National Cathedral. Um wie viel Uhr
sollen wir losfahren?"

„Acht Uhr dreißig sollte reichen."

Das verschaffte ihr eine weitere Stunde Schlaf. „Danke für
alles heute, Leute."

„Es war mir eine Ehre und ein Privileg", erwiderte Vernon,
während Jimmy zustimmend nickte. „Bis morgen früh."

Obwohl sie es kaum erwarten konnte, bei ihrer Familie zu sein,
ging Sam zuerst eine Treppe weiter hinauf in den dritten Stock,
um nach Shelby, Avery, Noah und der kleinen Maisie zu sehen.
Auf dem Weg dorthin schrieb sie Freddie, Gonzo und Malone

Nachrichten, um sie daran zu erinnern, dass sie morgen früh erst nach Toms Beerdigung kommen würde.

Wir treffen uns dort, schrieb Malone zurück.

Sie klopfte leise an, in der Hoffnung, kein schlafendes Baby oder Kleinkind zu wecken.

Shelby öffnete ihr in einem pinkfarbenen Seidenmorgenmantel die Tür und lächelte breit. Ihr blondes Haar war zu einem Pferdeschwanz zusammengebunden. „Was für eine schöne Überraschung."

„Tut mir leid, dass ich euch so spät noch störe."

„Es ist ja erst acht. Noah ist ausgeknockt, aber der Rest von uns ist wach. Also immer hereinspaziert."

„Aus irgendeinem Grund dachte ich, es sei schon viel später. An Tagen wie diesem verliere ich jegliches Zeitgefühl."

„War dieser wieder mal besonders lang?"

„Bin gerade erst heimgekommen. Wie sieht's hier aus?"

„Ganz gut. Averys Genesung ist so weit fortgeschritten, dass er hauptsächlich meckert."

Sam lachte, als sie ihren Freund betrachtete, der in einem Arm seine kleine Tochter hielt, während der andere in einer Schlinge lag. Er erholte sich von der Schussverletzung, die ihm Harlan Peckham zugefügt hatte. Peckham hatte sich vorgenommen, seine inhaftierten Eltern zu rächen, indem er die Strafverfolgungsbeamten tötete, die ihren Fall bearbeitet hatten. Bei Tom Forrester war ihm das gelungen, doch zum Glück hatte er Avery nur verwundet.

„Hör nicht auf meine liebe Frau. Ich meckere überhaupt nicht."

Shelby warf ihrem Ehemann einen vernichtenden Blick zu.

„Okay, vielleicht ein bisschen, aber ich hasse es eben, kaltgestellt zu sein."

„Du wirst bald genug wieder arbeiten, also versuch, diese Auszeit mit deiner Familie zu genießen."

„Das habe ich ihm auch gesagt", pflichtete ihr Shelby bei. „Er ist quasi im erzwungenen Vaterschaftsurlaub."

Avery gab Maisie einen Kuss auf den Scheitel. „Ich versuche, mich zu entspannen und die freie Zeit zu genießen, besonders seit du diesen beschissenen Mistkerl zur Strecke gebracht hast."

„Avery! Achte bitte auf deine Wortwahl. Vor allem vor dem Baby."

„Sie ist noch nicht mal zwei Wochen alt, Liebling."

„Trotzdem kriegt sie schon viel mit."

„Stimmt das, Sam?"

„Woher zum Teufel soll ich das wissen?"

„Sam! Achte bitte auch du auf deine Wortwahl."

„Zählt das jetzt etwa schon als Fluchen?"

„Ich hab um eine Liste gebeten", scherzte Avery und grinste Shelby an. „Doch bisher sieht es so aus, als ob sie die Regeln im laufenden Prozess aufstellt."

Als Maisie unruhig wurde, nahm Shelby sie ihrem Vater ab. „Danke, dass du vorbeischaust, Sam. Wir werden es vermissen, bei euch zu wohnen. Ich bringe die Kleine jetzt ins Bett. Wir sprechen uns morgen."

„Schlaf gut, Süße", sagte Sam zu dem Baby.

„Wir ziehen nächste Woche um", fügte Avery hinzu, als sie allein waren. „Noch mal vielen Dank, dass ihr uns für so lange Zeit hier Unterschlupf gewährt habt."

„Ich wünschte, ihr könntet bleiben. Wir haben euch gern bei uns."

„Du weißt, ich würde für immer bleiben, wenn ich im Job nicht wegen meiner Nähe zu POTUS und FLOTUS angreifbar würde."

„Zum Teufel mit denen. Die sind nur neidisch."

Er erhob sich, um sie zur Tür zu bringen. „Wahrscheinlich, aber der Dauerbeschuss nervt."

„Es ist schön, dich wieder auf den Beinen zu sehen", erklärte Sam. „Es war furchtbar, dass Peckham dich verletzt hat, also pass auf, dass so was nicht noch mal vorkommt."

„Okay, ich werd's versuchen. Hey, bevor du gehst … Ich habe ein interessantes Gerücht gehört."

„Nämlich?"

„Juan Rodriguez ist möglicherweise gar nicht tot."

Da sie ihre Lektion mit ihren Kollegen gelernt hatte, beschloss Sam, aufrichtig zu sein. „Das ist korrekt."

„Wie lange weißt du das schon?"

„Fast von Anfang an."

„Hmm."

„Was hmm?"

„Anscheinend hat sein bester Freund und Mitbewohner sich darüber aufgeregt, dass du ihn im Rahmen einer Mordermittlung befragt hast, obwohl du möglicherweise bereits gewusst hast, dass er noch lebt."

Damit hatte Sam nicht gerechnet, auch wenn sie froh war, dass man Isaac die Wahrheit gesagt hatte. „Ich habe getan, was der NCIS im Interesse der nationalen Sicherheit von mir verlangt hat."

„Du hast den Mitbewohner zum Tod seines Freundes befragt, obwohl du schon darüber informiert warst, dass der gar nicht tot war?"

„Ja! Man hat mich gebeten, die Untersuchung so durchzuführen, wie ich es normalerweise tun würde, und daran hab ich mich gehalten."

„Hm."

Verärgert fragte Sam: „Was möchtest du mir noch sagen?"

„Ich denke, du solltest darauf vorbereitet sein, dass es schwierig für dich wird, Sam. Die Leute sind ein bisschen … fassungslos … dass du den Kerl das hast durchmachen lassen, obwohl du wusstest, dass sein Freund lebt."

„Sonst noch was?"

„Nein, das war's."

Sie griff nach der Türklinke. „Danke für die Vorwarnung, Avery."

„Sei nicht böse auf den Boten. Ich wollte nur, dass du vorbereitet bist."

„Das bin ich jetzt. Schlaf gut, mein Freund. Schön, dass es dir besser geht."

„Wirst du morgen früh bei Toms Beerdigung sein?"

„Ich halte einen Nachruf."

„Kann ich mitfahren? Ich darf noch nicht selbst hinters Steuer."

„Natürlich. Wir starten um halb neun."

„Bis dann, und sei nicht sauer. Ich wollte einfach, dass du weißt, was man so redet."

„Gute Nacht."

Als sie die Treppe zu ihren Wohnräumen hinunterstieg, dachte sie über das nach, was Avery ihr erzählt hatte. Die Leute redeten über Juan und ihre Rolle bei dem Doppelspiel. Sollte sie der Berichterstattung zuvorkommen, oder war es besser, den Mund zu halten, wenn die Sache allgemein publik geworden war?

Da sie keine Ahnung hatte, beschloss sie, den versiertesten Medienstrategen zu fragen, den sie kannte – den Mann, mit dem sie schlief.

KAPITEL 29

Ehe Sam in ihre Suite ging, wollte sie noch nach den Kindern sehen. Vor Aldens und Aubreys Zimmer wartete sie still und lächelte, als sie ein Flüstern hörte. Sie trat ein und setzte sich auf die Bettkante. „Warum seid ihr noch wach?"

„Wir haben auf dich gewartet", sagte Alden mit einem verschmitzten Lächeln.

„Versuchst du, mich mit deinem Charme um den Finger zu wickeln, Mister? Wenn ja, dann klappt es."

Er kicherte glücklich, als sie sich vorbeugte, um ihm einen Kuss zu geben.

„Ich hab auch Charme, Sam", erinnerte Aubrey sie.

„Auf jeden Fall. Wie war es heute in der Schule? Hat sich wieder jemand beim Mittagessen übergeben?"

„Heute nicht", antwortete Alden.

Von der fröhlichen Unbeschwertheit der Kleinen wurde Sam ganz warm ums Herz, und ihr stiegen Tränen in die Augen, als ihr einfiel, dass die selbstsüchtigen Großeltern der beiden wieder einmal versuchten, ihr Leben durcheinanderzubringen. Sie durfte nicht daran denken, dass es ihnen gelingen könnte, sonst würde sie gleich losheulen.

„Ihr sollt eigentlich schlafen." Sie zog die Bettdecke zurecht und küsste beide noch einmal. „Bis morgen früh, okay?"

„Okay, Sam", erwiderte Aubrey.

„Ich hab euch lieb."

„Wir dich auch", versicherten ihr beide.

Sam nahm ihre Liebe mit, als sie bei Scotty vorbeischaute, der mit Skippy an seiner Seite eingeschlafen war. Die beiden lagen aneinandergekuschelt da und schnarchten wie alte Männer. Lächelnd beugte sie sich vor, um Scotty auf die Stirn zu küssen, und tätschelte Skippy den Kopf. Sie fragte sich, ob die Hündin noch mal draußen gewesen war, aber sie würde Scotty wecken, wenn sie Gassi musste, daher verzichtete Sam darauf, schlafende Hunde – und Jungen – zu wecken.

Nachdem sie den Fernseher und das Licht im Zimmer ausgeschaltet hatte, ging sie über den Flur zu ihren eigenen Räumen, wo Nick in seinem Büro saß und über der Korrespondenz und den Unterlagen brütete, die er jeden Abend mit nach Hause brachte.

Sam stand ein paar Sekunden lang in der Tür und betrachtete ihn, ehe sie sich räusperte, um ihn wissen zu lassen, dass sie da war.

Als er sich umdrehte, rettete sein Lächeln ihr den ganzen verdammten Tag. „Da ist ja meine reizende Frau, die spät nach Hause kommt, nachdem sie durch die Straßen gezogen ist und Schabernack getrieben hat."

„Ja, genau."

Er hob die Hand, um seine Brille abzunehmen.

Sam trat vor, um ihn daran zu hindern. „Behalt sie auf. Sie macht was mit mir."

„Was denn?"

Sie setzte sich ihm auf den Schoß, schlang ihm die Arme um den Hals, lehnte die Stirn an seine und erklärte: „Ich hab dich vermisst."

Er griff nach ihrem Hintern, um sie enger an sich zu ziehen. „Ich dich auch." Er küsste sie auf den Hals und jagte ihr damit einen sinnlichen Schauer über den Rücken.

„Wir könnten ein winzig kleines Problem haben."

Er drückte sie fester gegen seine Erektion. „Daran ist nichts klein oder gar winzig."

Sie lachte auf. *„Das* meine ich nicht."

„Nun, du hast *das* verursacht, also solltest du dich vielleicht damit befassen, bevor wir über das Problem sprechen, das du meinst."

„Wie, jetzt gleich?"

„Bist du beschäftigt?"

„Bisher nicht, doch es sieht ganz so aus, als wäre ich es jetzt."

„Du bist überaus beschäftigt." Er zog sie enger an sich und stand auf, während sie die Beine um ihn schlang und sich festhielt, um sich von ihm dorthin tragen zu lassen, wo er mit ihr hinwollte. Offenbar direkt zum Sofa, denn er ließ sich mit ihr darauffallen und küsste sie mit verzweifeltem Verlangen.

Sam schwirrte der Kopf von einer Million Dinge – Toms Beerdigung und der Nachruf, den sie halten musste, der Trauerprozess ihrer Schwester, das jüngste Störfeuer der Großeltern der Zwillinge, drei vermisste Teenager, die womöglich einen Mord begangen hatten, die Sorge über die Gerüchte, die um Juan kursierten, und ihre Rolle bei der Verbreitung einer Lüge.

Aber einen Kuss nach dem anderen vertrieb Nick all diese Sorgen und zwang sie, sich allein auf sie beide zu konzentrieren und auf die wunderbar innige Verbindung zwischen ihnen.

Seine Hände waren unter ihrem Top und schoben es nach oben und über ihren Kopf, ehe er den Kuss fortsetzte. Dann waren ihre Brüste entblößt, und er hatte sein Hemd ausgezogen. Wie hatte er das alles geschafft, ohne den Kuss aller Küsse auch nur für eine Sekunde zu unterbrechen?

„Außerordentlich geschickt, Mr President. Sehr geschmeidig."

„Gefällt dir das?"

„Mhm."

„Darf ich jetzt die Brille abnehmen?"

„Noch nicht." Sie versetzte ihm einen leichten Stoß gegen die Schulter, um ihm zu zeigen, dass sie sich bewegen wollte.

Im Stehen halfen sie einander aus der restlichen Kleidung.

Sam bedeutete ihm, sich aufs Sofa zu setzen, nahm ein Kissen und kniete sich darauf vor ihn.

„Was wird das?", erkundigte er sich lächelnd, während er sich eine ihrer Haarsträhnen um den Finger wickelte.

„Es ist die Brille." Sie legte die Hand um ihn, lächelte ihn an und beugte sich vor, um mit der Zunge vorsichtig über ihn zu fahren, sodass er aufkeuchte. „Wie glücklich sind wir?", fragte sie zwischen den Liebkosungen von Hand und Zunge.

„Wir sind die glücklichsten Menschen der Welt, weil wir das hier haben."

„Mhm." Sie vergewisserte sich, dass ihre Lippen für die Vibrationen, die dieses Geräusch verursachte, gut positioniert waren.

„Verdammt. Samantha …"

„Ja, Schatz?"

„Hör bloß nicht auf."

Sie fuhr fort, ihn mit Lippen und Zunge zu necken, während er die Hände in ihrem Haar vergrub und versuchte, die Dinge voranzutreiben. „Sei nicht so fordernd. Ich hab gerade zu tun."

Der Laut, den er von sich gab, war eine Mischung aus Lachen und purer Qual.

Gott, sie liebte diesen Mann, und sie machte sich daran, ihm das zu beweisen, bis er um Gnade flehte. Sie löste sich von ihm und begann wieder von vorn, brachte ihn zum Stöhnen und Keuchen, ehe sie sich schließlich seiner erbarmte und ihn in einem großen, unvergesslichen Finale kommen ließ.

Noch lange Zeit danach waren seine Augen hinter dieser verdammt sexy Brille geschlossen, während seine Atmung sich langsam wieder beruhigte.

Sie rutschte auf seinen Schoß und küsste ihn.

„Das nächste Mal warn mich bitte vor."

Sie lächelte zufrieden. „Wie viel Vorwarnung braucht ein Mann denn so etwa?"

„Mindestens vierundzwanzig bis achtundvierzig Stunden, damit er rechtzeitig seine Herzmedikamente nehmen kann."

Sam lachte. „Mein Mann nimmt keine Herzmedikamente. Oder etwa doch?"

„Nein, aber vielleicht muss er das demnächst."

„Soll ich Harry anrufen?", fragte sie. Ihr Freund Harry war der Arzt des Weißen Hauses.

„Willst du ihm erklären müssen, was für meinen Zustand verantwortlich ist?"

„Äh, na ja …"

Nick lachte und strich ihr mit den Händen über den Rücken, bis sie sich wand. „Wenn du so weitermachst, werden Dinge passieren."

„Dinge? Was für Dinge?"

„Oh, so was zum Beispiel." Er presste sich gegen sie, bereit für Runde zwei, während er ihren Po drückte. „Oder so was."

„Ich liebe es, wenn du mir drohst."

„Sam, ich liebe dich die ganze Zeit, jede Minute an jedem Tag einer jeden Woche eines jeden Monats eines jeden Jahres. Ich liebe dich mehr als alles andere auf der ganzen weiten Welt."

Wenn er so etwas sagte, hatte sie Mühe, nicht dahinzuschmelzen wie ein frisch verliebter Teenager. „Okay, ich bin bereit für weiteren guten Sex mit dir."

„Mehr braucht es nicht? Ein paar süße Nichtigkeiten?"

„Das waren keine Nichtigkeiten. Das war alles, und wie du weißt, bin ich besonders leicht zu haben, wenn es um dich geht."

„Leicht zu haben. Hm. Nun …"

„Verdirb mir nicht die Laune." Sie richtete sich auf und ließ sich ganz langsam auf ihn sinken, um maximale Wirkung zu erzielen.

Nick sah sie aus diesen erstaunlichen haselnussbraunen Augen an, und in seinem Blick loderte das Verlangen. „Die sexyeste Frau, die ich je hatte."

„Ich hoffe, ich bin in Zukunft die einzige Frau, die du haben wirst."

„Die einzige, die ich je wollen werde." Er zog sie dicht an sich und hielt sie fest, während sie sich in der perfekten Harmonie bewegten, die sie bisher nur mit ihm erlebt hatte. Er machte es jedes Mal genau richtig und schaute sie mit Liebe, Verlangen und all diesen Dingen an. Er wusste, was zu tun war, um sie beide bis zur Ziellinie zu bringen, erschöpft und keuchend von der Wucht ihres Orgasmus.

Sein Kopf fiel zurück auf die Sofalehne, er atmete schwer wie nach einem guten Work-out. „Das sollte für ein paar Tage reichen."

Beim Gedanken daran, dass er zwei Nächte lang weg sein würde, stockte Sam der Atem.

„Oh. Hattest du das vergessen?"

„Nicht wirklich, allerdings hab ich auch nicht aktiv daran gedacht."

„Tut mir leid."

„Ich fühle mich erbärmlich, weil ich am liebsten darüber jammern würde, dass du zwei Nächte lang weg sein wirst. Das ist total verrückt. Was zum Teufel ist nur los mit mir?"

Nick drückte sie fester an sich. „Es ist absolut nichts falsch daran, wie sehr du mich liebst."

„Doch, es macht mich zu einer Irren."

„Ich weise nur ungern darauf hin, dass du schon lange vor mir irre warst."

Sam hob den Kopf, um zu protestieren, aber sie musste lachen, als sie seinen amüsierten Gesichtsausdruck bemerkte. „Da kann ich nicht wirklich widersprechen."

„Ich liebe es, dass du eine Irre bist."

„Das hat noch kein Präsident zu seiner Frau gesagt."

„Es hat auch noch kein Präsident so eine Frau wie dich gehabt."

Sie stützte sich mit den Händen auf seinen Schultern ab, während er ihre Brüste umfasste und mit den Daumen über die Spitzen strich. „Apropos deine Frau, die politische Atombombe … Wir könnten ein Problem haben."

„Meine Frau liegt hier nackt über mich drapiert. Ich habe kein einziges Problem auf der Welt."

„Ich bin nicht ‚drapiert'."

„Wie würdest du es denn bezeichnen?"

„Ich liege bestenfalls ausgestreckt da, und wir müssen reden, also werde ich aufstehen."

„Noch nicht."

Sam gestand ihm fünf weitere Minuten zu, weil sie es genauso brauchte wie er, dann küsste sie ihn und begab sich ins

Bad, um zu duschen. Sie stellte das Wasser an und steckte ihr Haar mit einer Spange hoch, um es trocken zu halten, da ein Profi es am nächsten Morgen frisieren würde, für die Beerdigung von Tom Forrester, über die es in den Medien einiges an Berichterstattung geben würde.

Nick folgte ihr in die Dusche, schlang von hinten die Arme um sie und küsste sie auf die Schulter, als sie unter dem warmen Wasser standen. „Was bedrückt dich?"

„Laut Avery ist wohl durchgesickert, dass Juan noch am Leben ist, und sein Mitbewohner, den wir am ersten Tag verhört haben, beschwert sich überall darüber, dass ich ihn getäuscht und bewusst in die Irre geführt habe, als ich bei ihm war."

Sam spürte, wie Nick hinter ihr erstarrte, was sie nicht gerade beruhigte. „Woher sollte er das wissen?"

„Ich bin mir nicht sicher, doch Avery hat es gehört." Sie drehte sich zu ihm um. „Was denkst du?"

„Du warst bei ihm, nachdem du Juan gesehen hattest?"

„Ja, weil ich eigens darum gebeten worden war, den Fall so zu bearbeiten, wie ich es immer tue, und mein erster Stopp war Juans Wohnung. Wir haben mit seinem Mitbewohner Isaac gesprochen, der seit der Marineakademie mit ihm befreundet ist. Er hatte Juan als vermisst gemeldet und war verzweifelt über die Nachricht von seiner vermeintlichen Ermordung. Wie du weißt, war mir die ganze Sache äußerst unangenehm, aber ich hab getan, was der NCIS verlangt hat, und wie gewohnt ermittelt. Man hat mir zu verstehen gegeben, es sei möglich, dass wir dabei auf Informationen stoßen, die für die Ermittlung gegen die Vereinigten Stabschefs nützlich sein könnten."

Nick griff nach dem Duschgel und füllte seine Hände damit, um sie beide einzuseifen.

Nachdem sie den Schaum abgespült hatten, schnappte er sich Handtücher, wickelte ihres um sie und schlang sich seins selbst um die Taille.

„Du machst mir Angst mit deiner stillen Effizienz."

„Ich denke nach."

„Sag Bescheid, wenn du fertig bist."

„Du wirst es als Erste erfahren."

„Rate mal, was noch ist?"

„Was denn?"

„Wir sind zu einer Dinnerparty bei meiner neuen Freundin Cori – alias Bundesrichterin Corrinne Sawyer – eingeladen. Sie hat uns nette weitere Gäste versprochen, die sich freuen werden, uns kennenzulernen."

„Du hast eine neue Freundin und willst zu einem Dinner mit Fremden? Bist du krank?"

„Sehr witzig. Ich hab ihr das Leben gerettet, indem ich Harlan Peckham festgenommen habe, bevor er ihr etwas antun konnte. Dafür ist sie total dankbar. Außerdem mag ich sie. Sie ist cool."

„Wow, weiß sie, wie selten es ist, dass du jemanden magst?"

„Man hat mich darauf hingewiesen, dass das in letzter Zeit häufiger vorkommt. Vielleicht werde ich altersmilde."

„Wag es ja nicht. Ich mag dich jung und wild."

Lächelnd sagte sie: „Apropos Dinnerparty, ich bin halb verhungert. Hast du schon zu Abend gegessen?"

„Ja, vor Stunden."

„Ich hab das ganz vergessen."

„Wonach ist dir?"

„Vielleicht ein Truthahnsandwich mit Pommes?"

„Ich bestell dir eins."

„Wir werden hier so unfassbar verwöhnt."

„Es ist ja nur vorübergehend, und außerdem verdienen wir auch ein paar Vorteile als Ausgleich für die gewaltigen Nachteile."

Manchmal vergaß sie für ein, zwei Sekunden, dass er der verdammte Präsident der Vereinigten Staaten war. Ihr Mann, der Präsident ... Wie war das möglich? Nach all diesen Monaten war es immer noch surreal, genauso wie der Zimmerservice, die Butler, die Bediensteten, die Luxuswohnung und die anderen Annehmlichkeiten des Lebens im Weißen Haus.

Aber die Schattenseiten lauerten stets am Rande, warteten nur darauf, sie daran zu erinnern, dass die ganze Welt jeden ihrer Schritte verfolgte.

Nick kehrte ins Bad zurück, wo sie sich nicht von der Stelle gerührt hatte, an der er sie zurückgelassen hatte, und ins Leere starrte.

„Das Essen kommt in ein paar Minuten."

„Danke. Jetzt verrat mir, was wir wegen Juan unternehmen."

„Nach der morgigen Beerdigung werden wir das Interview geben, bevor ich an die Westküste reise. Wir werden erklären, man habe dich unterrichtet, dass Juan am Leben sei, der NCIS habe dich jedoch aufgefordert, die Untersuchung so durchzuführen, wie du es normalerweise tust. Wir fügen hinzu, dass man dir gesagt hat, es handle sich um eine Frage der nationalen Sicherheit und du könntest am besten helfen, indem du an dem Fall arbeitest und alle neuen Erkenntnisse weitergibst."

Sam lehnte sich ans Waschbecken und verschränkte die Arme. „Werfen wir den NCIS damit nicht den Medien zum Fraß vor?"

„Ich werde gleich morgen früh als Erstes mit Minister Jennings sprechen und ihn unterrichten, dass wir vorhaben, mit der Geschichte an die Öffentlichkeit zu gehen."

„Was, wenn er dich bittet, es nicht zu tun?"

„Er arbeitet für mich, nicht umgekehrt."

Sam lächelte und fächelte sich Kühlung zu. „Macht macht dich so unglaublich sexy."

Er warf ihr einen finsteren Blick zu. „Ich meine das ernst."

„Oh, ich auch. Aber zurück zum Thema … Was ist, wenn der NCIS denkt, dass wir seine Ermittlungen gegen Goldstein gefährden, wenn wir alles aufdecken?"

„Wie kann das sein? Juan hatte nichts mit Goldsteins Putschversuch zu tun. Wie auch immer Goldstein in die Planung von Juans Tod verwickelt ist, es wäre von dem Fall des Hochverrats zu trennen."

Sam dachte kurz nach. „Das stimmt wohl. Okay, du informierst gleich als Erstes Jennings, und setz das Interview gleich nach der Beerdigung an. Joe wird ebenfalls bei der Trauerfeier sein, sodass ich ihn davor warnen kann, dass es hässlich werden könnte."

„Dann schreib ich Trevor jetzt eine Nachricht, damit das

zeitlich noch alles klappt. Wir kommen für das Interview hierher zurück, und danach fahre ich nach Andrews."

„Wir reden nicht darüber, dass du wegmusst."

Er trat zu ihr, legte die Arme um sie und hielt sie fest. „Kannst du jetzt schlafen, wo wir einen Plan haben?"

„Ja, danke."

„Gehen wir wirklich zu der Dinnerparty der Richterin?"

„Ich glaube, das würde ich gerne, allerdings nur, wenn du nichts dagegen hast."

„Für dich tue ich alles, mein Schatz."

KAPITEL 30

Morgens weckte Nick die Kinder und sorgte dafür, dass sie rechtzeitig für die Schule fertig waren, während Sam sich in den hauseigenen Salon begab, um sich die Haare frisieren und sich schminken zu lassen. Ihr erschien das wie eine Verschwendung kostbarer Lebenszeit, die sie sinnvoller hätte nutzen können – zum Beispiel zum Frühstücken mit ihren Kindern. Aber da bei der Beerdigung und beim anschließenden Interview aller Augen auf sie gerichtet sein würden, zwang sie sich, still zu sitzen, während Ginger und Davida sie herrichteten.

„Meine Damen, Sie können zaubern", erklärte sie, als sie schließlich das Ergebnis ihrer Bemühungen sah. „Außerdem sind Sie schnell und effizient, was ich unglaublich zu schätzen weiß."

„Immer wieder gern, Ma'am", erwiderte Davida.

„Danke, dass Sie für mich so früh zur Arbeit gekommen sind."

„Kein Problem", versicherte ihr Ginger.

Sam kehrte in die Wohnung zurück, um das schwarze Kleid anzuziehen, das sie bei der Beerdigung und dem Interview tragen würde, das Trevor für halb zwölf im Map Room anberaumt hatte. Das bedeutete, sie würde erst um kurz vor eins bei der Arbeit erscheinen können. Sie schrieb Freddie und Gonzo eine SMS, um ihnen ihren Zeitplan mitzuteilen.

Gonzo antwortete sofort. *Der Mitbewohner ist in den Morgenmagazinen zu sehen, und in den sozialen Medien schlägt die Empörung darüber hohe Wellen, dass du ihn verhört hast, obwohl du genau gewusst hast, dass Juan noch lebt. Das könnte hässlich werden.*

Hört sich an, als wäre es bereits hässlich. Wir werden über mein Sekretariat eine Mitteilung herausgeben und alles in dem Interview klarstellen.

Ich würde mich beeilen. Ihr verliert bereits die Kontrolle über die Geschichte.

In Ordnung. Danke dir.

Sam rief Lilia an.

„Morgen", meldete sich ihre Stabschefin. „Sind Sie bereit für die Beerdigung?"

„Das ist meine geringste Sorge."

„Sie haben von Isaac Ericksons Äußerungen heute Morgen gehört."

„Ich möchte eine Erklärung abgeben, die besagt, dass Lieutenant Holland Lieutenant Commander Ericksons Behauptungen zur Kenntnis genommen hat und sie in einem Interview, das sie heute Vormittag zusammen mit dem Präsidenten geben wird, kommentieren wird."

„Das erledigen wir sofort."

Sam ging die Treppe zur Residenz hinauf. „Danke."

„Stimmt es denn, dass Juan noch lebt?"

„Ja."

„Gott sei Dank. Das ist die beste Nachricht, die ich seit Langem gehört habe."

„Für mich war es das auch, doch ich habe seitdem Magenschmerzen und glaube, es ist noch nicht vorbei."

„Die Geschichte gewinnt auf jeden Fall gerade ordentlich an Fahrt. Lass mich diese Erklärung veröffentlichen. Trevor hat mich über das Interview informiert. Wir sehen uns um halb zwölf im Map Room. Viel Glück bei der Trauerrede heute Morgen."

„Danke."

Sam klappte gerade ihr Handy zu, als die Zwillinge aus der Wohnküche gestürmt kamen und sie im Flur fast umrannten.

Sie umarmte beide und war dankbar, dass sie noch nicht ihr Kleid angezogen hatte, da ihr der Duft von Ahornsirup entgegenschlug. „Wie läuft's bei euch, meine Süßen?"

„Nick sagt, wir sollen uns beim Zähneputzen beeilen, sonst sind wir zu spät in der Schule", antwortete Alden. „Und dann kriegen wir keine Pause."

„Ach je. Dann aber los." Sie hauchte je einen Kuss auf ihre blonden Scheitel. „Ich liebe euch bis zum Mond."

„Und wieder zurück?", fragte Aubrey.

„Immer."

Sie rannten los, um sich schulfertig zu machen.

Sam ging in die Küche, wo Scotty auf seinem Handy scrollte, während er an einem Kaffee nippte.

Nick deutete mit dem Kinn auf ihren Sohn. „Er behauptet, du hast ihm Kaffee erlaubt?"

„Ich habe da gar nichts erlaubt. Er hat mich passiv-aggressiv in eine Ecke gedrängt, was dazu geführt hat, dass er *glaubt*, ich sei damit einverstanden."

Ohne von seinem Handy aufzuschauen, meinte Scotty: „Da war nichts Passives dabei."

Seine Eltern versuchten vergeblich, das Lachen zu unterdrücken, das zeitgleich aus ihnen herausbrach.

„Das ist nicht witzig", mahnte Nick und versuchte, einen strengen Tonfall anzuschlagen.

„Doch, ist es", antwortete Scotty mit einem Grinsen. „PS, ihr seid echt schlecht darin, nicht zu lachen, wenn das Kind frech ist."

„Wir arbeiten daran", entgegnete Nick.

„Bitte nicht zu sehr. Ich finde es voll lustig, wie ihr versucht, euch total elterlich zu geben, dabei seid ihr im Inneren wie zwei Vierzehnjährige."

Sam sah Nick an. „Ich fühle mich beleidigt."

„Die Wahrheit tut eben manchmal weh", konterte Scotty.

„Es darf nicht bekannt werden, dass Dad innerlich ein Vierzehnjähriger ist. Er hat schon genug Probleme, weil er der jüngste US-Präsident der Geschichte ist."

„Das Geheimnis ist bei mir sicher, wenn ich zukünftig regelmäßig einen Morgenkaffee kriege. Okay?"

„Merkst du, wie er das macht?", fragte Sam Nick.

„Ja, und es ist Furcht einflößend."

Scotty stand auf, spülte seine Tasse und seinen Teller ab und stellte sie in die Geschirrspülmaschine. „Ihr müsst keine Angst haben. Ich verspreche, mein Verhandlungsgeschick ausschließlich für die gute Seite der Macht einzusetzen. Oder zumindest meistens."

„Puh, das beruhigt mich ohne Ende, Sohn", erwiderte Nick. „Danke für die Klarstellung."

„Gern geschehen. Mom, du musst etwas gegen Juans Mitbewohner unternehmen, der sich im Internet darüber auslässt, dass du ihn über den Tod seines besten Freundes belogen hast."

„Wir kümmern uns darum, aber danke für den Hinweis."

„Immer gern. Schönen Tag."

„Was ist denn mit dem los?", erkundigte sich Sam, nachdem Scotty den Raum verlassen hatte.

„Ich glaube, unser Sohn wird langsam erwachsen und ist jetzt offiziell klüger als ich und teuflischer als du. Das ist ziemlich gruselig."

„Warum bist eigentlich du der Kluge und ich die Teuflische?"

„Äh, möchtest du Beispiele?"

„Wage es nicht, mir deinen Harvard-Abschluss unter die Nase zu reiben."

Sein Lächeln war umwerfend sexy, auch wenn sie so tat, als würde sie sich mit ihm streiten. „Okay, dann nicht."

„Ich erinnere dich daran, dass ich einen Master habe und du nicht, also solltest vielleicht du der Teuflische sein."

„Es erscheint mir andersrum einfach natürlicher."

Sam ging in ihr Zimmer, um sich umzuziehen. „Ist das eine Herausforderung?"

„Ist es denn falsch?"

„Das würdige ich ja nicht mal einer Antwort."

„Und du bist auch noch so sexy dabei."

„Nicht so sexy wie du mit dieser Brille oder wenn du deine

Muskeln spielen lässt. Hast du mit Minister Jennings gesprochen?"

„Ja, und er meinte, ich solle tun, was ich für nötig halte, da der NCIS Goldstein bereits eindeutig als Drahtzieher des Putschversuchs überführt habe. Damit, ihm den Plan zur Ermordung Juans nachzuweisen, sind sie noch beschäftigt."

„Ich muss unbedingt Joe erwischen, ehe wir beim Interview darüber reden. Er wird sich ebenso dafür verantworten müssen."

„Du hast gemeint, er wird an der Beisetzungsfeier teilnehmen?"

Sam verschwand im begehbaren Kleiderschrank, um sich umzuziehen. „Soweit ich weiß."

„Dann kannst du dort mit ihm reden oder ihn vielleicht vom Auto aus anrufen."

„Ja, das ist eine gute Idee. Zwar werden zur Beerdigung viele Leute kommen, doch möglicherweise ergibt sich eine Gelegenheit, sich dort kurz zu besprechen."

Sam legte ihren Verlobungsring, die Kette mit dem Schlüsselanhänger sowie das Armband und den anderen Schmuck an, den Nick ihr geschenkt hatte. „Machst du mir den Reißverschluss zu?"

„Gerne, auch wenn ich es vorziehe, dir den Reißverschluss zu öffnen."

„Woher wusste ich nur, dass du das sagen würdest?"

Er schob ihr Haar zur Seite und küsste sie auf den Nacken. „Weil du mich gut kennst." Als der Reißverschluss geschlossen war, gab er ihr einen Klaps auf den Po und ging zurück, um für seine Reise fertig zu packen.

„Als wir Kinder waren, hatten wir einen Hund, der jedes Mal gewinselt hat, wenn wir die Koffer aus dem Keller geholt haben", erzählte Sam. „So fühle ich mich jetzt auch."

„Es sind nur zwei Nächte. Ich werde so schnell zurück sein, dass du gar keine Zeit haben wirst, mich zu vermissen."

„Das stimmt wohl."

„Wirklich?"

Sam grinste. „Reingefallen."

„Ja, allerdings", bestätigte er lachend.

„Du weißt, dass ich dich in jeder Sekunde, die du weg bist, vermissen und die Stunden zählen werde, bis du zurückkommst. Nichts ist wie sonst, wenn du nicht da bist."

„Ich möchte nirgends anders sein als dort, wo du und unsere Kinder sind."

„Apropos Kinder, gibt's was Neues von Andy?"

„Noch nicht, ich werde ihn mal vom Auto aus anrufen. Lass uns aufbrechen."

Hand in Hand stiegen sie die Treppe hinunter, wo Brant, Vernon, Jimmy und der Rest der Truppe auf sie warteten.

„Ich soll Ihnen von Agent Hill ausrichten, dass er schon zur Kathedrale vorgefahren ist", sagte Vernon zu Sam. „Er muss unterwegs noch einen Zwischenstopp einlegen."

„Verstanden, danke." An Nick gewandt meinte sie: „Ich hasse es, dass wir auf dem Weg zur Beerdigung eines guten Mannes sind, der viel zu früh gestorben ist, aber ich finde es gut, dass wir mitten in der Woche einen Vormittag zusammen verbringen können, was eine echte Seltenheit ist."

„Das ist mein Mädchen, sie sieht immer das Positive."

„Guten Morgen", begrüßte Brant sie. „Sind Sie aufbruchsbereit?"

„Ja", antwortete Nick. Zu Harold, dem Usher, sagte er: „Mein Koffer steht gepackt in der Residenz, wenn ihn jemand für mich holen könnte …"

„Das machen wir, Sir."

„Vielen Dank, Harold."

„Haben Sie gehört, dass ich mit dem POTUS fahre?", fragte Sam Vernon.

„Ja. Es ist alles geklärt."

Ein Bediensteter holte ihre Mäntel aus einem Schrank hinter der Wandverkleidung und verstaute sie im Kofferraum von The Beast, ehe sich die gepanzerte Limousine zur National Cathedral in Bewegung setzte.

Als sie das Tor des Weißen Hauses passierten, wählte Sam Chief Farnsworths Nummer.

„Guten Morgen."

„Hallo. Hast du heute Morgen die Nachrichten mit Isaac Erickson gesehen?"

„Ja, leider. Was tun wir?"

„Wir geben eine Erklärung des Weißen Hauses heraus, dass ich mir seiner Vorbehalte bewusst bin und sie in einem Interview, das der Präsident und ich im Laufe des Tages geben werden, ausführlicher kommentieren werde."

„Hast du vor, die Karten auf den Tisch zu legen?"

„Ja, deshalb wollte ich mit dir sprechen. Ich fürchte, ich muss sagen, dass ich mit dem Wissen meiner Vorgesetzten gehandelt habe."

„Du solltest sagen, dass es mit dem Wissen des Polizeichefs geschehen ist – und nur des Polizeichefs –, denn niemand sonst in der Kommandostruktur war eingeweiht."

„Das wird uns weitere Probleme bereiten, oder?"

„Wahrscheinlich, doch das kennen wir schon, und ich bin sicher, es wird nicht das letzte Mal sein."

„Also gut. Du solltest dich allerdings auf heftigste Reaktionen gefasst machen."

„Ich werde mich entsprechend wappnen."

Sam lachte. „Dann bis gleich."

„Wir sind auf dem Weg."

„Alles in Ordnung?", erkundigte sich Nick.

„Ja. Wir haben einen Plan."

„Andy hat geschrieben, dass er noch nichts zu berichten hat, aber er hofft, dass sich das im Laufe des Tages ändern wird."

„Ich darf nicht mal daran denken, sonst muss ich heulen."

„Geht mir genauso, doch ich glaube fest daran, dass alles gut wird."

Sam nickte. „Daran klammere ich mich."

Den Rest der Fahrt nutzte sie, um ein letztes Mal ihre Rede durchzusehen und sich darauf vorzubereiten, vor Publikum zu sprechen, was ihr aufgrund ihrer Legasthenie nie leichtfiel.

Als sie an der Kathedrale ankamen, fuhren sie direkt vor den Haupteingang.

„Weißt du noch, wie wir zu Johns Beerdigung die Metro nehmen mussten, weil wir nirgends hätten parken können?"

„Daran erinnere ich mich, und auch daran, wie nervös ich war, als ich sprechen sollte."

„Jetzt setzt man uns am Haupteingang ab."

„Einer der Vorteile. Wie geht es dir?"

„So, wie es mir immer geht, wenn ich so was machen muss."

„Du schaffst das. Du bist inzwischen Vollprofi."

„Klar."

Ihr Magen krampfte sich vor Nervosität zusammen, als sie die riesige Menschenmenge betrachtete, die sich zur Beerdigung eingefunden hatte. Viele Gesichter waren ihr vertraut, aber weitaus mehr waren es nicht. Wünschten die Fremden im Publikum ihr alles Gute, oder gehörten sie zu denen, die sie und Nick als Präsidentenpaar scheitern sehen wollten?

Daran durfte sie jetzt nicht denken, sonst würde sie sich übergeben.

Als sie den Mittelgang der hoch aufragenden Kathedrale entlangschritten, wollte jeder ihnen die Hand schütteln und mit ihnen sprechen. Sam fragte sich, wie viele der Leute, die ihnen jetzt so schmeichelten, Goldsteins Bemühungen unterstützt hätten, Nick zu stürzen. Wahrscheinlich mehr als die Hälfte.

Es dauerte über eine Viertelstunde, bis sie die ihnen zuge-wiesenen Plätze in der Reihe hinter Toms Familie erreicht hatten. Sie stellte fest, dass der inzwischen in Ungnade gefallene ehemalige Justizminister Cox anwesend war, ebenso wie der Kongressabgeordnete Damien Bryant, der nach einer Anklage wegen zahlreicher Straftaten, darunter die Entführung von Forresters Familie, auf Kaution frei war. Sie konnte nicht glau-ben, dass er die Frechheit besaß, sich bei Toms Beerdigung blicken zu lassen.

Die beiden starrten Sam an, als würden sie lieber sie im Sarg liegen sehen. Es amüsierte sie insgeheim immer wieder, wie einige Leute stets anderen die Schuld gaben, obwohl sie ihr Leben ganz allein ruiniert hatten.

Sam umarmte Leslie Forrester und ihre Töchter Aurora und Naomi sowie die Miller-Drillinge Faith, Hope und Charity, die unter Toms Leitung als stellvertretende Staatsanwältinnen gear-beitet hatten. Conlon Young, Toms leitender

Verwaltungsassistent im Büro der Bundesstaatsanwaltschaft, und seine Frau begrüßten Sam, die sie Nick vorstellte.

„Ich hatte noch keine Gelegenheit, Ihnen persönlich dafür zu danken, dass Sie Toms Mörder verhaftet haben", sagte Conlon. „Wir stehen für immer in Ihrer Schuld."

„Ich habe nur meinen Job erledigt."

„Es bedeutet uns alles, dass die Person, die ihn uns genommen hat, vor Gericht kommt."

Sam, die Conlon vor Toms Ermordung noch nie begegnet war, hatte ihn während der Ermittlungen als ein wenig schmierig empfunden. An diesem Eindruck hatte sich auch nach Peckhams Verhaftung nichts geändert.

„Danke, dass Sie hier sind, Sam", wandte sich Leslie an sie.

„Und Sie auch, Mr President. Tom hätte sich durch Ihre Anwesenheit geehrt gefühlt."

„Sam hat Tom als einen Freund betrachtet", antwortete Nick. „Ich weiß seinen pflichtbewussten Dienst für das Justizministerium zu schätzen und will ihm die letzte Ehre erweisen."

Man bat sie, ihre Plätze einzunehmen, bevor der Gottesdienst mit einem bewegenden Choral begann und die Sargträger Toms Sarg den Mittelgang entlangtrugen. Während der Messe erinnerte sich Sam daran, dass Nick eine christliche Erziehung genossen hatte, während sie ohne jede Religion aufgewachsen war.

Nach den Eröffnungsgebeten und den Lesungen der Forrester-Töchter begleitete ein Platzanweiser Sam zum Rednerpult. Sie legte sich die ausgedruckte Rede zurecht, falls der Teleprompter versagen sollte. In solchen Augenblicken fürchtete sie am meisten, dass ihre Legasthenie zuschlagen und sie sich vor der Versammlung und den Zuschauern der Live-Übertragung lächerlich machen würde.

„Im Namen von Leslie, Naomi und Aurora Forrester sowie von Toms engagierten Mitarbeitern bei der Bundesstaatsanwaltschaft danke ich Ihnen, dass Sie heute hier sind, um das Leben und den Dienst eines Mannes zu würdigen, der den größten Teil seiner Karriere der öffentlichen Sicherheit und der Gerechtigkeit gewidmet hat. Viele Menschen sind sich nicht dessen bewusst, wie sehr die Bundesstaatsanwälte dazu beitragen, die Bevölkerung vor Verbrechen aller Art zu schützen. Tom war eine inspirierende Führungspersönlichkeit, ein hochrangiger Justizbeamter und ein Freund für viele der heute hier versammelten Menschen, mich eingeschlossen. Ich habe jahrelang eng mit ihm und seinem Team zusammengearbeitet, insbesondere seit ich die Leitung der Mordkommission des Metropolitan Police Department übernommen habe. Er gehörte zu den Staatsdienern, wie wir sie uns alle wünschen – ehrlich, ethisch, loyal, hart arbeitend und der Rechtsstaatlichkeit verpflichtet. Er hat sein Leben in den Dienst seines Landes gestellt und sollte als der Held in Erinnerung bleiben, der er war. Als Bundesstaatsanwalt war Tom Teil einer Tradition, die auf das Richtergesetz von 1789 zurückgeht, das den Präsidenten anweist, in jedem Bundesbezirk ‚eine in der Rechtswissenschaft geübte Person zu ernennen, die als Anwalt für die Vereinigten Staaten tätig ist'. Präsident George Washington ernannte die ersten Bundesstaatsanwälte am vierundzwanzigsten September des Jahres 1789. Der Bundesstaatsanwalt sollte in jedem Bezirk alle Verbrechen und Vergehen verfolgen, die unter der Autorität der Vereinigten Staaten erkannt werden können, sowie alle Zivilklagen, an denen die Vereinigten Staaten beteiligt sind'. Ich möchte Ihnen eine Aussage von Richter Sutherland in der Rechtssache Berger gegen die Vereinigten Staaten aus dem Jahr 1935 ans Herz legen, die treffend die Rolle zusammenfasst, die Tom so bewundernswert ausgefüllt hat.

‚Der Bundesstaatsanwalt ist nicht Vertreter einer gewöhnlichen Streitpartei, sondern eines Staates, dessen Verpflichtung, unparteiisch zu regieren, ebenso bindend ist wie seine Verpflichtung, überhaupt zu regieren, und dessen Interesse bei der Strafverfolgung daher nicht darin besteht, einen Fall zu gewinnen, sondern darin, der Gerechtigkeit Genüge zu tun. Als solcher ist er in einem besonderen und ganz bestimmten Sinne der Diener des Gesetzes, dessen zweifaches Ziel es ist, dass

weder Schuldige ihrer Bestrafung entkommen noch
Unschuldige leiden. Er kann mit Ernsthaftigkeit und Festigkeit
strafrechtlich vorgehen – ja, er sollte es sogar tun. Zwar darf er
harte Schläge austeilen, aber keine bösen. Es ist ebenso seine
Pflicht, sich unzulässiger Methoden zu enthalten, die zu einer
ungerechten Verurteilung führen, wie alle rechtmäßigen Mittel
einzusetzen, um eine gerechte Verurteilung herbeizuführen.'

Tom war in der Tat ein ‚Diener des Gesetzes', der sich jeden
Tag darum bemüht hat, unparteiisch zu sein, mit Ernsthaftigkeit
und Festigkeit strafrechtlich vorzugehen und dem Gesetz zur
Geltung zu verhelfen, wobei er stets Gerechtigkeit, Fairness und
Gleichbehandlung im Auge hatte. Tom hat sein Leben dem
Gesetz, seinem Land und unserer Stadt gewidmet. Wir sind tief-
traurig, dass wir ihn durch dieses sinnlose Verbrechen verloren
haben. Für Leslie, Naomi und Aurora war er Ehepartner und
Vater. Ich hatte die Ehre, Toms Familie während der
Ermittlungen kennenzulernen und mehr darüber zu erfahren,
was für ein Mensch er privat gewesen ist. Leslie hat erwähnt,
dass Tom seinem Beruf viel Zeit und Energie gewidmet hat,
doch dabei auch stets versucht hat, die Arbeit im Büro zu lassen,
wenn er zu ihr und den Mädchen nach Hause gekommen ist.
Seine Töchter haben berichtet, wie sehr er es genoss, sie zur
Schule, zum Training und zu Spielen zu fahren, und wie sehr er
sich stets bemüht hat, in den gemeinsamen Stunden mit ihnen
präsent zu sein, indem er sein Handy und die unerbittlichen
Anforderungen seiner Tätigkeit ignoriert hat, wenn er bei ihnen
war. Ich weiß, ich spreche für alle, die das Vergnügen hatten, eng
mit ihm zusammenzuarbeiten, wenn ich sage, dass er unter
Kollegen und Mitarbeitern fast genauso beliebt war wie zu
Hause."

Sie blickte auf und bemerkte, dass sich Faith Miller mit
einem Taschentuch die Augen tupfte.

„Tom, wir danken Ihnen für Ihren Dienst an unserem Land
und unserer Stadt. Wir, die wir zurückbleiben, werden uns
bemühen, Ihrem Vermächtnis gerecht zu werden, während wir
die wichtige Arbeit für die Sicherheit unserer Bürger fortsetzen.

Mögen Ihnen die ewige Ruhe und der Friede des Höchsten vergönnt sein."

„Warum erzählst du ihnen nicht, wie er dir einen Deal angeboten hat, damit ich dich nicht wegen Körperverletzung belangen kann, du verdammte Schlampe?"

Alle drehten sich um und sahen den früheren Sergeant Ramsey, ungepflegt und wahrscheinlich betrunken, im Mittelgang stehen und seine Faust in Richtung von Sam schütteln, die ihn ignorierte, während sie zu ihrem Platz an Nicks Seite zurückkehrte. Gleichzeitig ergriffen mehrere Polizeibeamte und Mitarbeiter des Secret Service den ehemaligen Detective der Special Victims Unit, schafften ihn zügig aus der Kirche und nahmen ihn hoffentlich in Gewahrsam.

„Was zum Teufel …?", flüsterte Nick.

„Ramsey ist immer noch sauer, weil Tom mich nicht wegen Körperverletzung angeklagt hat." Tom hatte ihr die Karriere gerettet, indem er eine Grand Jury einberufen hatte, nachdem sie Ramsey die Treppe hinuntergestoßen hatte. Als die Geschworenen erfuhren, dass Ramsey gesagt hatte, Sam habe es verdient, dass Stahl sie mit Klingendraht umwickelt und mit Feuer bedroht hatte, waren sie zu dem Entschluss gelangt, keine Anklage gegen sie zu erheben.

„Also stört er seine Beerdigung?"

„Das ist leider nicht das Schlimmste, was er getan hat."

Nachdem man Ramsey aus der Kathedrale entfernt hatte, folgten weitere Trauerreden, darunter eine von Conlon Young, der herzlich und bewegt über seinen engen Freund und Mentor sprach.

Nach dem Ende des Gottesdienstes wandte sich Leslie an Sam. „Noch mal vielen Dank für Ihre wunderbaren Worte und dafür, dass Sie gekommen sind."

Sam umarmte Toms Witwe. „Sie und die Mädchen sind in unseren Gedanken."

„Wir sind dankbar für alles, was Sie für uns getan haben – und für Tom."

Sam nickte. „Ich versichere Ihnen, wir werden nicht ruhen,

bis wir dafür gesorgt haben, dass Tom – und Ihrer Familie – Gerechtigkeit widerfährt."

„Das tröstet mich."

Sam umarmte die Miller-Schwestern und nahm dann Nicks Hand, als Brant, Vernon, Jimmy und einige andere Personenschützer sie zu einem Seiteneingang führten. Sie kletterte als Erste in das Beast und rief sofort Freddie an.

„Hast du gehört, was Ramsey bei der Beerdigung abgezogen hat?"

„Alle reden davon. Das bringt ihm zahlreiche Anzeigen ein, unter anderem wegen Erregung öffentlichen Ärgernisses."

„Cox und Bryant waren da und haben mich angestarrt, als wollten sie mich mit Blicken ermorden. Alles Männer, die ihr eigenes Leben verpfuscht haben und jemanden brauchen, dem sie die Schuld daran zuschieben können."

„Ich kann nicht glauben, dass Bryant tatsächlich die Unverfrorenheit hatte, dort aufzutauchen, nachdem er die Entführung von Forresters Familie inszeniert hat."

„Ich finde es viel unglaublicher, dass er auf Kaution frei ist."

„Anscheinend hat der Richter die Summe auf drei Millionen festgesetzt, und er hat eins seiner Häuser als Sicherheit hinterlegt."

„Ekelhaft. Was ist sonst noch los? Irgendwas Neues von den Myerson-Mädchen oder Zeke?"

„Leider nein."

„Ich denke, wir müssen davon ausgehen, dass sie auf der Flucht sind. Wir sollten Jesse Best und die Marshals hinzuziehen, um diese Kinder zu finden, ehe sie sich selbst oder jemand anderem Schaden zufügen."

„Ich rufe ihn an."

„Was ist mit dem Vater?"

„Wir haben ihn hochgeholt und ihm ein warmes Frühstück, eine Dusche und Wechselklamotten angeboten. Er hat noch mal versucht, die Mädchen zu erreichen, aber wieder vergebens."

„Danke, dass du dich darum gekümmert hast. Ich hab um halb zwölf ein Fernsehinterview. Danach komm ich."

„Okay, bis dann."

Sam hasste Tage wie diesen, an denen alles andere Vorrang vor ihrem aktuellen Fall zu haben schien, doch Toms Beisetzung und das Interview waren wichtig. Sie würde es hinter sich bringen und sich dann wieder der Suche nach dem Mörder von Elaine Myerson widmen.

KAPITEL 31

„Warum haben Sie uns an der Seite rausgebracht?", erkundigte sich Nick, als sie neben dem Beast standen. Sam war vor ihm eingestiegen, um Freddie anzurufen.

„Wir haben am Hauptportal einen Pulk von Presseleuten gesehen, die dem Vernehmen nach die First Lady wegen der Juan-Rodriguez-Sache in die Zange nehmen wollen. Seit einer Stunde berichten alle großen Medien darüber", antwortete Brant.

„Was sagen sie?"

„Dass sie seinen trauernden Mitbewohner befragt hat, obwohl sie wusste, dass Juan gar nicht tot ist."

„Verdammt."

„Soweit ich es beurteilen kann, entwickelt sich das zu einer Riesensache."

„Genau das, was wir gebraucht haben."

„Das war auch mein Gedanke, Sir. Fahren wir trotzdem zurück zum Weißen Haus?"

„Ja, bitte."

Brant hielt Nick die Tür auf, bis der im Auto neben Sam Platz genommen hatte, die immer noch am Handy war.

„Was?", fragte sie gerade. „Im Ernst? Gut, wir werden das im Interview ansprechen. Ja, ich verstehe. Ich komme gleich danach ins Hauptquartier." Sie klappte das Handy zu. „Der Shitstorm mit Juans Mitbewohner wird zu einer gewaltigen Lawine."

„Das habe ich auch gerade gehört. Brant meinte, alle großen Medien haben das aufgegriffen und was dazu veröffentlicht, während wir bei der Beerdigung waren."

„Ja, das sagt Freddie auch. Tut mir leid, dass das zum Problem für dich wird."

„Mach dir um mich keine Sorgen. Insgesamt betrachtet kann man das nicht mal wirklich als Problem bezeichnen."

„Es lässt mich wie ein eiskaltes Ekelpaket dastehen."

Er nahm ihre Hand. „Du wirst im Interview darlegen, warum du so gehandelt hast, und wir werden den Sender bitten, diesen Teil so schnell wie möglich auszustrahlen. Es wird alles gut werden."

„Ich wünschte, ich könnte deinen Optimismus teilen. Angesichts dieser Entwicklung und von Ramseys Auftritt eben wird dies wohl ein ‚Ich hasse Sam Holland'-Tag."

„Nicht für mich. Für mich ist jeder Tag ein ‚Ich *liebe* Sam Holland'-Tag."

„Na, Gott sei Dank." Sie seufzte, teils aus Schmerz über Toms Tod und teils aus Erleichterung darüber, dass sie ihre Ansprache ohne Katastrophe über die Bühne gebracht hatte. „Mir tun Leslie und ihre Töchter so leid, weil sie das alles durchmachen müssen. Ich mag mir das gar nicht vorstellen."

„Du hast eine wunderbare Rede über Tom gehalten. Das hat den dreien bestimmt viel bedeutet."

„Das hoffe ich."

„Ich bin mir sicher. Lass dich von deinen Feinden nicht unterkriegen. Erinnere dich an unser Mantra: Sie können uns nichts anhaben, wenn wir es nicht zulassen. Du hast getan, was du für richtig gehalten hast und worum dich der NCIS im Interesse der nationalen Sicherheit gebeten hat. Erzähle, dass es dir zwar nicht gefallen hat, die Sache mit dem Mitbewohner und den anderen durchzuziehen, dass du es aber aus denselben Gründen wieder tun würdest, wenn es erneut dazu käme, was hoffentlich nie der Fall sein wird."

„Du bist gut. Schon mal über ein politisches Amt nach-gedacht?"

Er schnaubte vor Lachen. „Das mach ich nie wieder."

„Sag niemals nie."

„Ich sage es, und du solltest das auch tun. Drei Jahre dieses Wahnsinns sind mehr als genug für mich."

„Wenn du eines Tages aufwachst und es dir anders überlegst, werde ich dich unterstützen. Ich hoffe, das weißt du."

Er legte ihr eine Hand an die Stirn, wie um zu prüfen, ob sie Temperatur hatte.

Sie schlug sie weg. „Das ist mein Ernst."

„Ist mir klar. Das ist ja das Beängstigende. Bist du sicher, dass du nicht irgendein Fieber hast oder unter dem Einfluss von etwas stehst, das diesen Irrsinn erklären würde?"

„Es ist kein Irrsinn, wenn ich prophezeie, dass mein umwer-fender, sexy und intelligenter Mann eine sehr erfolgreiche Präsidentschaft hinlegen wird, und wenn er beschließt, sie noch um vier weitere Jahre verlängern zu wollen, würde seine Frau ihn unterstützen."

„Wann wird der Teil mit dem ‚erfolgreich' beginnen?"

„Das hat er bereits."

Er warf ihr einen skeptischen Blick zu. „Wirkt auf mich leider nicht so."

„Auf mich schon. Die Meinung anderer Leute interessiert uns nicht."

„Nicht mal die von Admiralen und Generälen mit mehr als dreißig Jahren Erfahrung?"

„Die schon mal ganz besonders nicht. Sie sind grün vor Neid auf deinen kometenhaften Aufstieg zur Macht und deine Beliebtheit beim normalen Volk. Die haben gedacht, weil du jung bist, wärst du schwach und leicht zu manipulieren. Nun haben sie leider feststellen müssen, dass das Gegenteil der Fall ist."

„Nur weil Juan mich gewarnt hat. Ich mag mir gar nicht ausmalen, was passiert wäre, wenn sie mich überrumpelt hätten."

„Es hätte nicht funktioniert."

„Brant sagt, der Secret Service hätte sie verhaftet und abgeführt."

„Diese Mission, geboren aus fataler Selbstüberschätzung der Urheber und ihrem Gefühl der eigenen Wichtigkeit, hätte niemals Erfolg gehabt."

„Es hat mich erschüttert, das kann ich nicht leugnen."

„Natürlich. Doch vergiss nicht, es waren Nelsons Männer, nicht deine. Besetz die wichtigen Positionen mit eigenen Gefolgsleuten, und mach dich an die Arbeit."

„Terry und ich sind schon dabei, mit Grahams Hilfe. Ich habe nicht genug fähige Leute in der Hinterhand, er aber schon." Nick rutschte zu ihr herüber, legte einen Arm um sie und zog sie an sich. „Genug von mir. Ich möchte darüber reden, wie fantastisch meine sexy Frau heute Morgen war, als sie über die Geschichte der amerikanischen Bundesstaatsanwälte gesprochen hat. Ich hatte keine Ahnung, dass es dieses Amt schon so lange gibt, dass George Washington die ersten ausgewählt hat."

„Warte, ich weiß etwas über die Regierung, was dir nicht bekannt war?"

„Jap."

„Um ehrlich zu sein, hat Roni diesen Teil geschrieben."

Nick lachte und gab ihr einen Kuss auf den Scheitel. „Trotzdem hast du es vor mir gewusst."

„Stimmt."

„Du warst großartig. Deine Worte waren warmherzig, mitfühlend und aufrichtig, und deine Hochachtung und Wertschätzung für Tom waren für alle spürbar."

„Er hat mir ja immerhin den Hintern gerettet, wie Ramsey gerade so formvollendet dargelegt hat."

„Ich hoffe, sie sperren den Kerl ein. Er ist eine tickende Zeitbombe, die nur darauf wartet, hochzugehen."

Als Sams Handy klingelte, fischte sie es aus ihrer Tasche und sah, dass der Anruf von Gonzo kam. „Was gibt's?"

„Die Ohio State Police hat sich gerade gemeldet und uns mitgeteilt, dass sie Jada Myerson gefesselt und geknebelt in einem Motel-Zimmer an der Interstate 70 außerhalb von Columbus gefunden haben."

„O Gott", entfuhr es Sam.

„Ich werde jemanden von uns hinschicken, der sie abholt und nach Hause bringt, wenn das für dich okay ist."

„Mach das. Sie muss uns verraten, wo Bonnie und Clyde sind."

„Zekes Mutter ruft alle halbe Stunde an und fragt, ob wir ihren Sohn mittlerweile gefunden haben. Wir haben ihr gesagt, sie soll weiter versuchen, ihn ans Handy zu kriegen, und ihn bitten, sich zu stellen, und uns außerdem Bescheid geben, wenn sie etwas von ihm hört. Sie weigert sich, zu glauben, dass er in ein Verbrechen verwickelt sein könnte."

„Ihr Baby würde so etwas nie tun, schon klar. Doch mein Spinnensinn schlägt an. Zeke und Zoe haben die ganze Sache geplant, Jada als Mitverschwörerin mit ins Boot geholt und sich dann gegen sie gewandt, als es brenzlig wurde. Sie sind zu dumm, um zu begreifen, dass sie weiß, was für Dreck die beiden am Stecken haben."

„Ich frage mich, warum sie sie nicht auch getötet haben", überlegte Gonzo.

„Sie sind in Panik, was gleichzeitig eine gute und eine schlechte Nachricht ist. Habt ihr Jesse Best erreicht?"

„Ja, er schickt gerade ein Team nach Ohio. Wir arbeiten außerdem daran, Zekes Auto von der West Virginia State Police zu bekommen."

„Gute Arbeit. Ich bin nachher im Hauptquartier, um mich auf den neuesten Stand zu bringen."

„Okay, bis dann."

„Klingt ganz so, als hättet ihr in dem Fall einen Durchbruch erzielt", meinte Nick.

„Ja, und es sieht so aus, als hätten eine Siebzehnjährige und ihr Freund die Mutter des Mädchens aus dem Weg geräumt."

„Meine Güte."

„Ich wollte es auch nicht glauben, aber außer ihren drakonischen Regeln für ihre Töchter habe ich kein Motiv für einen Mord ermitteln können. Wobei mir die Mutter echt leidtut. Als sie zwanzig war, ist ihre damals siebzehnjährige Schwester entführt, gefoltert und ermordet worden. Daher hat sie bei der

Strenge ihren Kindern gegenüber jegliches Augenmaß verloren und maßlos übertrieben."

„Was trotzdem nachvollziehbar ist."

„Versuch mal, zwei Töchtern, die ihre Tante nie kennengelernt haben, begreiflich zu machen, weshalb ihre Mutter so handelt. Wie kann man Kindern, die einfach nur ihr Leben leben und erwachsen werden wollen, ein solches Trauma erklären?"

„Gar nicht, doch das gibt ihnen noch lange nicht das Recht, ihre Mutter deswegen umzubringen."

„Nein, allerdings nicht. Sie haben die jüngere Schwester geknebelt und gefesselt in einem Motel-Zimmer zurückgelassen. Ihre Aussage wird der Schlüssel zu dieser ganzen Sache sein." Sams Rückgrat kribbelte wie verrückt, wie stets, wenn sie der Lösung eines Falls näherkam. Am liebsten wäre sie direkt zum Hauptquartier gefahren und auf die Zielgerade eingebogen.

Aber Nick brauchte sie, und sie brauchte seine große Reichweite, um die Geschehnisse nach dem vermeintlichen Mord an Juan Rodriguez richtigzustellen.

Ihr Handy klingelte erneut. Die Nummer im Display war ihr nicht bekannt, sie hatte jedoch eine Washingtoner Vorwahl. „Holland."

„Carleen Truver."

„Was kann ich für Sie tun, Agent Truver?", fragte Sam und sah Nick an.

„Ich hab gehört, Sie haben vor, mit dem, was sich ereignet hat, nachdem Sie erfahren hatten, dass Lieutenant Commander Rodriguez ermordet worden sei, an die Öffentlichkeit zu gehen."

„Korrekt, denn mein Ruf hat dank der Befragung des Mitbewohners massiv gelitten, die ich im Grunde genommen auf Ihre Bitte hin durchgeführt habe."

„Ich bin mir Lieutenant Commander Ericksons Anschuldigungen gegen Sie bewusst. Seine Vorgesetzten haben ihm nahegelegt, den Mund über Dinge zu halten, von denen er nichts versteht."

Truvers scharfer Tonfall verriet gesteigerte Anspannung.

„Es hat sich herumgesprochen, dass Juan noch lebt. Vielleicht ist es an der Zeit, die Scharade zu beenden und offenzulegen, was Sie mit der Vortäuschung seines Todes erreichen wollten."

„Wenn ich das tue, fällt ein Teil unserer Anklagen gegen Goldstein in sich zusammen wie ein Kartenhaus."

„Wieso?"

„Er sitzt in Einzelhaft und weiß immer noch nicht, dass Juan am Leben ist. Wir befragen ihn intensiv zu seinem Plan, ihn loszuwerden. Dabei stehen wir kurz vor einem Durchbruch, aber wenn Goldstein zu Ohren kommt, dass Juan nicht tot ist, werden wir ihn nie dazu bringen, uns mehr zu sagen."

„Können Sie ihn nicht in der Zelle vom Zugang zur Außenwelt abschneiden?"

„Haben wir, doch Sie wissen ja, wie das ist. Je mehr Leute die Wahrheit kennen, desto wahrscheinlicher ist es, dass er davon erfährt."

„Nicht wenn Sie den Zugang zu ihm strengstens überwachen."

„Er hat einen Anwalt, Lieutenant, und wir haben keine Kontrolle darüber, was der ihm erzählt."

„Sie haben mir Riesenärger mit meinen engsten Kollegen und Freunden bereitet, indem Sie von mir verlangt haben, sie und andere zu belügen. Erickson ist zu Recht entrüstet. Was ich – und Sie – ihm und anderen, die Juan lieben, angetan habe, ist in ihren Augen unverzeihlich."

„Das ist alles im Interesse der nationalen Sicherheit geschehen."

„Das sagen Sie, aber soweit ich das beurteilen kann, ist unsere Nation sicher, da Goldstein in U-Haft sitzt und man die anderen, die an diesem Komplott beteiligt waren, unehrenhaft aus dem Militär entlassen hat. Sie sehen einer Anklage entgegen, die sie ins Gefängnis bringen wird. Was muss noch passieren, um die nationale Sicherheit zu gewährleisten?"

„Ich will Gerechtigkeit für Juan Rodriguez, den hochrangige Beamte töten wollten, weil er ihre schmutzigen Geheimnisse aufgedeckt hat."

„Sie werden Ihren Fall gegen die Männer, die Juan ans Leder wollten, anders aufbauen müssen, denn ich werde in einem

Interview, das ich in Kürze zusammen mit meinem Mann geben werde, öffentlich die Rolle einräumen, die ich dabei gespielt habe."

„Ich bitte Sie inständig, das nicht zu tun."

„Zur Kenntnis genommen, Agent Truver. Ich muss jetzt auflegen." Sam klappte ihr Handy zu. „Was hörst du von ihren Vorgesetzten?", fragte sie Nick.

„Wir haben Jennings und den Marineminister über unseren Plan unterrichtet, mit dem, was Truver unter dem Deckmantel der nationalen Sicherheit von dir verlangt hat, an die Öffentlichkeit zu gehen. Sie haben den Direktor des NCIS informiert, was wahrscheinlich der Grund ist, warum sie sich bei dir gemeldet hat."

„Man hat dich also nicht gewarnt, dass wir die Ermittlungen gefährden, wenn wir das tun?"

„Nein. Ich habe heute Morgen beim Sicherheitsbriefing um ein Update gebeten, doch noch nichts Neues gehört."

„Wann bitte war dieses Sicherheitsbriefing?"

„Um sechs Uhr, Baby."

„Wo zum Teufel bin ich da gewesen?"

„Du hast tief und fest geschlafen."

„Das meine ich, wenn ich sage, dass die Leute keine Ahnung haben, wie engagiert du bist."

„Ich mache meinen Job einfach so gut, wie ich nur kann. Mir war klar, dass es ein voller Tag werden würde, also habe ich ein frühes Briefing angesetzt, damit ich rechtzeitig zur Beerdigung fertig bin."

„Danke, dass du mich dorthin begleitet hast."

„Ich freue mich immer, meine schöne Frau zu begleiten, auch wenn ich natürlich bedaure, dass es zur Beisetzung eines Freundes war."

„Das bedaure ich auch. Er war einer von den Guten." Sam zögerte eine Sekunde, ehe sie einen weiteren Gedanken äußerte. „Ich habe gehört, die designierte neue Bundesstaatsanwältin sei ein ziemlich harter Knochen."

„Catherine McDermott?"

„Ja."

„Hast du was gegen sie?"

„Ich sollte das auf keinen Fall mit dir besprechen. Das überschreitet alle Grenzen."

„Sag mir, was du gehört hast. Es ist schließlich eine wichtige Berufung, bei der ich mir keinen Fehler leisten kann."

„Es heißt, sie befolge pedantisch alle Vorschriften und kenne keine Nachsicht."

„Ich bin mir nicht sicher, was ich daraus machen soll."

„Ich auch nicht, aber du solltest tun, was du für richtig hältst."

„Menschen auf allen Ebenen des Systems – Richter, Staatsanwälte, Verteidiger, Strafvollzugsbeamte – haben sie wärmstens empfohlen."

„Dann scheint sie eine gute Wahl zu sein. Es fällt mir weiter schwer, zu begreifen, dass mein Mann die nächste Bundesstaatsanwältin ernennen wird. Das ist irgendwie verrückt. In den meisten Fällen hätte das keine Auswirkungen auf mich als kommunale Polizeibeamtin. Doch in D. C. ist die Bundesstaatsanwältin zugleich die oberste Staatsanwältin vor Ort, sodass die Ernennung von Toms Nachfolgerin für uns von enormer Bedeutung ist."

„Sollte uns da ein Fehler unterlaufen, würde dein ohnehin schon kompliziertes Leben noch komplizierter werden."

„Nick, ich bin mir sicher, du hast sie gründlich überprüfen lassen. Ich habe Vertrauen in dich und dein Team."

„Es ist schön, das zu hören, trotzdem hoffe ich sehr, dass meine für die Position auserkorene Kandidatin keine Probleme für dich und dein Team verursacht."

„Mach dir meinetwegen keine Sorgen. Tu, was du für richtig hältst."

Nick küsste sie sanft. „Ich werde mir deinetwegen immer Sorgen machen."

KAPITEL 32

Für das Interview war die Wahl auf Peter Wagner gefallen. Sam hatte ihn schon einmal getroffen, in den turbulenten Tagen nach Nelsons plötzlichem Tod und Nicks Nachrücken ins Präsidentenamt. Er hatte ihr Antrittsinterview höflich und mitfühlend geführt, und Sam war erleichtert, sein vertrautes, freundliches Gesicht zu sehen. Wagner war eine Fernsehpersönlichkeit, die für bedeutende Interviews mit wichtigen Personen bekannt war, die die Schlagzeilen dominierten. Offensichtlich erfüllten sie dieses Kriterium, was ihr niemals *nicht* absurd vorkommen würde.

Wie beim letzten Mal war Wagner stark geschminkt, was für das bloße Auge lächerlich wirkte, ihm aber für die Kamera das gewünschte Aussehen verlieh. Sie gaben einander die Hand, und er bedankte sich für das Interview und bat sie, ihm gegenüber Platz zu nehmen.

Der Map Room hatte sich in ein Labyrinth aus Lichtern, Kabeln und Schnüren verwandelt, über die Sam hinwegsteigen musste, um zu ihrem Stuhl zu gelangen.

Eine junge, ganz in Schwarz gekleidete Frau befestigte ein Mikro an ihrem Revers und steckte Sam den Sender in die Tasche. All das geschah mit der Art von Effizienz, die Sam an anderen schätzte. „Danke."

„War mir ein Vergnügen, Ma'am."

Ginger und Davida tauchten auf, um ihre Frisur und ihr Make-up aufzufrischen. „Danke, die Damen."

„Gern geschehen."

Sam bemerkte Lilia, die an der Seite stand, und hob den Daumen, um ihr zu danken, weil sie dafür gesorgt hatte, dass ihr Glamour-Team da war, damit Sam sich im Fernsehen keine Blöße gab.

Nick ergriff ihre Hand. „Bist du bereit?"

„So bereit, wie ich sein kann."

Peter begann mit seiner Einführung. „Ich freue mich, heute zum zweiten Mal Präsident Nick Cappuano und die First Lady Samantha Holland Cappuano zu einem ausführlichen Interview zu treffen, anlässlich ihres halbjährigen Jubiläums im Weißen Haus. Unglaublich, dass es schon fast sechs Monate sind."

„Richtig", erwiderte Nick. „Die Zeit ist wirklich schnell vergangen."

„Allerdings nicht ohne Schwierigkeiten. Als jüngster Präsident in der Geschichte des Landes und aufgrund der Tatsache, dass Sie nicht in dieses Amt gewählt worden sind, mussten Sie enorme Kritik einstecken. Was antworten Sie den Kritikern, die beides nicht auf sich beruhen lassen wollen?"

„Ich verstehe die Sorge wegen des jüngsten Präsidenten, und ich kann auch verstehen, dass man ein Problem damit hat, dass ich nicht vom Volk gewählt worden bin. Aber Tatsache ist nun mal, dass Präsident Nelson mit überwältigender Mehrheit gewählt wurde – und das gleich zweimal. Er hat mich dafür ausgewählt, Vizepräsident Goodings Platz einzunehmen, und der Senat hat mich bestätigt. Alle Schritte sind ordnungsgemäß durchlaufen worden, und die in unserer Verfassung vorgesehenen Abläufe haben so gegriffen, wie es die Gründerväter beabsichtigt hatten: Als der ehemalige Vizepräsident während seiner Amtszeit schwer erkrankt ist, hat Präsident Nelson einen Nachfolger berufen, der verfassungsgemäß Präsident wurde, als er selbst plötzlich verstarb. Ich weiß nicht, was ich sonst noch dazu sagen soll, wie ich in dieses Amt gelangt bin, außer dass das absolut rechtmäßig erfolgt ist."

„Haben Sie das Gefühl, dass dieses Thema Ihre ersten sechs Monate im Amt zu sehr überschattet hat?"

„Es hat mich zumindest nicht davon abgehalten, die Aufgaben zu erfüllen, die ich nach Präsident Nelsons Tod übernommen habe. Jeden Tag tue ich, was notwendig ist, um die Sicherheit und den Wohlstand unseres Landes zu garantieren und es auf den Weg in eine nachhaltige Zukunft zu bringen, mit einem Schwerpunkt auf Wirtschaftswachstum, nationaler Sicherheit, der Stärkung von Partnerschaften mit unseren Verbündeten in der ganzen Welt, Maßnahmen gegen den Klimawandel und einem ganz neuen Fokus auf vernünftige Waffenkontrolle. Das sind die Themen, von denen mir die Amerikaner gesagt haben, dass sie ihnen am wichtigsten sind, und darauf werde ich mich auch weiterhin konzentrieren."

Sam war so stolz auf ihn, dass die Knöpfe ihrer Bluse abgeplatzt wären, hätte sie eine getragen. Der alberne Gedanke hätte sie fast zum Lachen gebracht, was eine Katastrophe gewesen wäre.

„Mrs Cappuano, Sie hatten Ihre eigenen Herausforderungen mit der tiefgreifenden Veränderung Ihres gewohnten Lebens zu bewältigen, weil Sie als erste First Lady überhaupt weiter in Ihrem Beruf außerhalb des Weißen Hauses arbeiten. Können Sie uns erzählen, wie das für Sie gewesen ist?"

„Es war für unsere Familie eine interessante und aufregende Zeit." Sie schaute Nick an und ließ sich von dem liebevollen Ausdruck in seinen Augen trösten, mit dem er ihren Blick erwiderte. „Ich glaube, privat haben wir den Übergang reibungslos hingekriegt. Unsere Kinder kommen erstaunlich gut mit allem klar und haben sich schnell an ihr neues Zuhause und die neuen Umstände gewöhnt. Was mich betrifft, so bin ich beruflich leider weiter wie zuvor gefordert."

„Sie haben kürzlich die Ermittlungen im Fall des Mordes an Bundesstaatsanwalt Tom Forrester mit einer Festnahme des Verdächtigen direkt auf der Straße abgeschlossen. Das Video hat mehr als fünfzehn Millionen Aufrufe. Was sagen Sie dazu?"

„Es überrascht mich, dass sich so viele Menschen für mich oder meinen Job interessieren. Ich bin froh, dass wir den Mann verhaften konnten, der einen herausragenden Staatsdiener, Ehemann und Vater und einen Freund so vieler Menschen ermordet hat."

„War er auch Ihr Freund?"

„Ja, ich habe Tom Forrester als Freund betrachtet."

„Er hat Ihnen einmal einen ziemlich großen Gefallen getan, nicht wahr?"

Verblüfft sah Sam Nick an und bemerkte ein Zucken in seiner Wange, das vorher nicht da gewesen war. „Wenn Sie auf das anspielen, was ich vermute, dann stimmt das so nicht. Die Entscheidung, nach einem bedauerlichen Unfall, bei dem ich einen Kollegen verletzt habe, keine Anklage gegen mich zu erheben, hat eine unparteiische Grand Jury getroffen. Tom hat für mich keine Ausnahme gemacht, indem er ihnen den Fall vorgelegt hat. Es gab keine Gefälligkeiten."

„Nun gut. Was können Sie auf die Anschuldigungen von Lieutenant Commander Isaac Erickson erwidern, der Ihnen vorwirft, ihn im Rahmen der Ermittlungen zum angeblichen Tod seines engsten Freundes und Mitbewohners Lieutenant Commander Rodriguez belogen zu haben?"

„Lieutenant Commander Erickson kennt noch nicht alle Fakten, und wenn er sie kennt, wird er sicher besser verstehen, was aus welchen Gründen geschehen ist."

„Haben Sie ihn belogen?"

„Ich habe getan, was im Rahmen einer hochkomplexen Untersuchung, an der mehrere Behörden und Justizorgane beteiligt waren, notwendig war."

„Lebt Lieutenant Commander Rodriguez?"

„Ich überlasse die Beantwortung dieser Frage dem NCIS, der die Ermittlungen leitet."

„Das ist eine einfache, mit Ja oder Nein zu beantwortende Frage, Ma'am."

„Trotzdem steht es mir nicht zu, diese Antwort zu geben."

Das missfiel ihm. Sein Pech. Sie tat ihr Bestes, um Truvers Wünsche zu erfüllen und sich nicht noch tiefer reinzureiten.

„Mr President, ich habe gehört, Sie hatten ein ausgesprochen gutes Verhältnis zu Lieutenant Commander Rodriguez."

„Das ist richtig."

„Sein Tod muss ein furchtbarer Schock für Sie gewesen sein."

„Ja."

„Wissen Sie, ob er noch lebt?"

„Wie meine Gattin schon sagte, leitet der NCIS diese Untersuchung, und wir wollen erst alle Fakten erfahren, bevor wir uns dazu äußern." Nach einem kurzen Moment fügte Nick hinzu: „Lassen Sie uns zu anderen Themen übergehen, Peter."

Sam atmete erleichtert auf, als jetzt eine Reihe von Fragen zu Nicks Gedanken zu wichtigen innen- und außenpolitischen Themen gestellt wurde, die zeigten, dass er um die Probleme des Landes wusste und an Lösungen arbeitete. Sie hoffte, dass die Leute erkannten, wie klug und fähig er war, und aufhören würden, ihn und seine Führungskompetenz infrage zu stellen.

Er überwältigte sie schier mit seinem umfangreichen Wissen zu weltpolitischen Themen sowie seinen Vorschlägen für die Behebung mehrerer Probleme im Inland. Sie musste aufpassen, damit sie im Fernsehen nicht wie ein verzückter Teenager rüberkam, der sich in den Kapitän der Fußballmannschaft verguckt hatte, aber sie war wirklich schwer beeindruckt.

„Danke, dass Sie sich trotz Ihres vollen Terminkalenders die Zeit genommen haben, uns dieses Interview zu geben", beendete Peter das Gespräch.

„Wir danken Ihnen für die Einladung", sagte Nick.

Sie gaben ihre Mikrofone ab und wechselten einen erleichterten Blick, ehe sie sich ihren Mitarbeitern zuwandten.

„Das war super, ihr beiden", lobte Lilia. „Wie immer."

„Lilia hat recht", fügte Terry hinzu. „Genau richtig."

„Hoffentlich nimmt das etwas Druck aus dem Kessel", bemerkte Nick.

„Könnt ihr dafür sorgen, dass sie den Teil über Juan so schnell wie möglich senden?", fragte Sam.

„Trevor setzt gerade alle Hebel in Bewegung", versicherte ihr Terry.

„Danke."

„Ich würde mit meiner Frau gerne kurz unter vier Augen sprechen, bevor wir aufbrechen. In zehn Minuten im Foyer?"

„Wir sehen uns dort", bestätigte Terry.

„Danke für alles, Lilia", meinte Sam zu ihrer Stabschefin.

„Gern geschehen."

Nick nahm Sam bei der Hand, führte sie in den Nebenraum und schloss die Tür hinter ihnen.

„Du wirst dafür sorgen, dass alle über das Präsidentenpaar reden, das sich für ein heißes Techtelmechtel in den China Room zurückzieht."

Lächelnd legte er die Arme um sie. „Wir werden leider nicht lange genug hier sein, dass es richtig heiß werden könnte."

„Schade. Ich wäre voll in Stimmung."

Er sah sich um, ehe er seinen Blick wieder auf sie richtete. „Ein Quickie vielleicht?"

„So schön das auch klingt, ich muss zur Arbeit."

„Ich hasse es, wenn du so verantwortungsbewusst bist."

„Und ich hasse es, wenn du weggehst und ich allein schlafen muss."

„Ich bin schnell wieder zurück. Versprochen."

„Es sind *zwei Nächte*, Nicholas."

„Ich werde dich in jeder Sekunde dieser zwei Nächte vermissen, Samantha, und tagsüber auch."

„Ich fall gleich in Ohnmacht", flüsterte sie. „Komm schnell zurück. Ohne dich macht das alles keinen Spaß."

„Du weißt, dass ich nirgends anders sein möchte als hier bei dir und unseren Kindern. Nun … vielleicht nicht genau *hier*, doch du verstehst, was ich meine."

Sam lächelte. „Du hast den Leuten gerade erzählt, wie sehr du es liebst, ihr Präsident zu sein, also lass das besser niemanden sonst hören."

„Wann hab ich das behauptet?"

„Alles, was du gesagt hast, war voller Enthusiasmus für die Aufgabe, die vor dir liegt. Das war ausgesprochen mitreißend."

Er küsste sie auf den Hals. „Ach, wirklich?"

„Mhm. Sehr sogar."

„Keinen Dirty Talk, wenn wir keine Zeit haben, es zu Ende zu bringen."

Sie legte ihm eine Hand in den Nacken und fuhr mit den

Fingern durch sein Haar, atmete seinen vertrauten sauberen Duft ein, solange sie das noch konnte. „Geh, ehe ich dir eine Szene mache, weil du mich allein lässt."

„Ich will aber nicht."

„Nick, ich liebe dich mehr als Eiscreme", erklärte sie.

„Ich liebe dich mehr als alles."

Sam lächelte erneut. „Du findest sogar einen Weg, Eiscreme zu übertreffen."

„Ich sage lediglich die Wahrheit."

Sie hielten einander einige Minuten länger fest, bevor sie sich widerstrebend voneinander lösten und in die Realität zurückkehrten, wo Terry darauf wartete, seinen Boss nach Kalifornien zu begleiten.

Im Foyer küsste Sam Nick ein letztes Mal und winkte ihm zum Abschied zu, während er an Bord von Marine One ging, um zur Joint Base Andrews zu fliegen.

„Bereit zum Aufbruch?", fragte Vernon sie, nachdem der Hubschrauber abgehoben und ihr Herz mitgenommen hatte.

Sie fühlte sich kribbelig, unkonzentriert und niedergeschlagen, weil ein paar Tage ohne ihren geliebten Mann vor ihr lagen, doch sie hatte Arbeit zu erledigen und ein Team, das auf sie wartete. Wenn Nick zurückkam, musste sie mit ihm über Collins Worthys Anruf sprechen und darüber, dass Scotty in einem Klassenzimmer sitzen und sich anhören musste, wie andere seinen Vater kritisierten. Aber darum würde sie sich später kümmern.

„Ich zieh mich oben noch rasch um", sagte sie zu Vernon, „dann können wir."

„Bereit, wenn Sie es sind."

~

Als Sam im Großraumbüro ankam, tobte gerade eine lautstarke Auseinandersetzung zwischen Gonzo und Frank Myerson, der seine Freilassung aus der U-Haft verlangte.

„Was ist hier los, meine Herren?"

Frank drehte sich zu ihr um, sein Gesicht war gerötet, seine

Augen waren weit aufgerissen. „Ich will wissen, warum man mich wie einen Verbrecher behandelt, obwohl Sie nicht den geringsten Beweis haben, dass ich etwas mit dem Mord an meiner Frau zu tun habe!"

„Eine Ihrer minderjährigen Töchter ist unsere Hauptverdächtige, und deshalb sind wir auf Ihre Hilfe und Kooperation angewiesen."

„Sie wollen, dass ich Ihnen helfe, mein Kind zu verhaften? Vergessen Sie's."

Sam warf ihm einen abwägenden Blick zu. „Wir haben Jada gefunden."

Das ließ ihn kurz innehalten. „Wo denn?"

„Gefesselt und geknebelt in einem Motel-Zimmer in Columbus."

„Bitte was?"

„Anscheinend haben Zoe und Zeke sie dort zurückgelassen."

„Warum sollten sie das tun?"

„Vielleicht war sie ihnen im Weg?"

„Zoe hat ihre Mutter nicht getötet."

„Warum ist sie dann auf der Flucht? Warum sollte sie Jada an einem fremden Ort aussetzen?"

„Das weiß ich nicht! Ich weiß nur, sie ist keine Mörderin, und ich werde Sie keinesfalls dabei unterstützen, ihr das zu unterstellen."

„Sergeant Gonzales, bitte begleiten Sie Mr Myerson zurück zu seiner Zelle, bis er bereit ist, uns zu helfen, die Person oder die Personen zu finden, die seine Frau getötet haben."

„Ich habe es nicht getan und meine Tochter auch nicht! Sie können mich nicht grundlos festhalten!"

„Sergeant, bitte zeigen Sie Mr Myerson wegen Behinderung der Ermittlungen in einem Mordfall an. Vielleicht wissen wir bis zur Anklageerhebung mehr darüber, wo Zoe sich aufhält."

„Das ist Schwachsinn. Ich will meinen Anwalt. Holen Sie Dunning her."

„Wir kümmern uns sofort darum", sagte Sam. „In der Zwischenzeit wird Sergeant Gonzales Sie unten unterbringen."

„Dieser Ort ist ein Höllenloch. Ich werde Sie und die Polizei wegen Belästigung einer trauernden Familie verklagen."

„Tun Sie sich keinen Zwang an."

Er schimpfte auf dem ganzen Weg zum Erkennungsdienst, während Gonzo ihn wegzerrte.

„Myerson ist völlig durchgedreht", meinte Freddie.

„Das wäre ich auch, wenn ich erkennen müsste, dass mein eigenes Kind zu einem Mord fähig ist."

„Wahrscheinlich."

„Rufst du Dunning an und bittest ihn her?"

„Ja. Heißt das, er ist doch nicht gefeuert?"

„Ich denke schon. Was ist mit Jada?"

„Sie ist dehydriert und völlig traumatisiert. Daher wurde sie erst mal zur Versorgung in ein Krankenhaus dort eingeliefert und wird später von den Marshals hergebracht, denn die sind ja ohnehin vor Ort."

„Wissen wir, wann sie etwa hier sein werden?"

„Gegen sechzehn Uhr."

„Gut. Was hab ich sonst noch verpasst?"

„Archie war hier und hat dich gesucht. Er schien wegen irgendwas gestresst zu sein."

„Dann geh ich gleich mal nach oben und frag, was los ist." Sam schloss die Tür zu ihrem Büro auf und hängte ihre Jacke über einen Stuhl. Ihr Handy klingelte. Es war Darren Tabor. Sie nahm den Anruf entgegen, wie immer leicht genervt, wenn er sich meldete. „Ja, Darren?"

„Die ganze Welt ist in Aufruhr, weil Sie im Fall Rodriguez gelogen haben. Werden Sie das ansprechen oder es weiter schwelen lassen?"

„Letzteres."

„Im Ernst?"

Sam verließ ihr Büro und wandte sich zur Treppe. „Wir haben uns vorhin mit Peter Wagner zusammengesetzt. Da haben wir die Sache geklärt."

„Sie haben ihm eine Exklusivstory gegeben? Was soll das, Sam? Ich dachte, wir wären Freunde."

„Wir sind keine Freunde, wir kennen uns beruflich."

„Autsch, das tut weh. Ich betrachte Sie als Freundin."

„Seien Sie nicht so empfindlich, Darren. Sie wissen, dass wir keine Freunde im herkömmlichen Sinne des Wortes sind. Wir haben eine komplizierte und von Widersprüchen geprägte Beziehung, bei der Sie von mir verlangen, Ihnen Dinge zu verraten, die ich nicht verraten kann oder will."

„Was können Sie offiziell zum Fall Rodriguez sagen?"

„Es handelt sich um eine sehr komplexe Situation, an der mehrere Behörden und Justizorgane beteiligt sind. Wir sind nicht federführend in diesem Fall, daher kann ich überhaupt nur sehr wenig dazu sagen."

„Haben Sie Juans Mitbewohner belogen?"

„Kein Kommentar."

„Sam, kommen Sie schon! Die Leute wollen das wissen!"

„Es steht mir nicht zu, mich darüber auszulassen. Sie sollten Agent Truver vom NCIS kontaktieren."

„Die redet nicht."

„Was verleitet Sie also zu der Annahme, dass ich das tun werde? Es ist Truvers Fall, nicht meiner. Ich muss auflegen, Darren."

Sie klappte das Handy zu, bevor er versuchen konnte, ein Gespräch fortzusetzen, das zu nichts führte. Im ersten Stock begab sie sich in die IT-Abteilung, wo Archies Team fleißig am Werk war. Sam hätte sich zu Tode gelangweilt, wenn sie den ganzen Tag auf einen Computerbildschirm hätte starren müssen. Sie zog es vor, unterwegs zu sein, mit Leuten zu reden und auf altmodische Art Spuren zu verfolgen, auch wenn das heute viel komplizierter war, weil jeder sie als First Lady erkannte.

„Hey", sagte sie an der Tür zu Archies Büro. „Ich hab gehört, du suchst mich."

Er winkte sie herein. „Schließ bitte die Tür."

Sam tat es und setzte sich auf seinen Besucherstuhl. „Was ist los?"

„Meine Freundin hat jeglichen Kontakt zu mir abgebrochen."

„Ich habe gehört, dass das heutzutage vorkommt. Man nennt es Ghosting."

„Aber ich glaube nicht, dass sie das tun würde. Sie hat mir erzählt, dass sie das selbst schon erlebt hat und dass sie es niemand anderem antun würde."

„Hm. Was denkst du?"

„Ich bin nicht sicher, was ich denken soll, doch mein Bauchgefühl sagt mir, dass sie in Schwierigkeiten steckt."

„Was macht sie denn beruflich?"

„Sie ist Vertreterin eines Lebensmittelkonzerns."

„Das gilt normalerweise nicht als besonders gefährlich."

„Nein, trotzdem stimmt da irgendwas nicht. Ich weiß es."

„Was kann ich für dich tun?"

„Wäre es falsch, wenn ich dich bitten würde, jemand von deinen Leuten damit zu beauftragen, die Sache zu untersuchen und herauszufinden, wo sie ist?"

Sam überlegte. Technisch betrachtet lautete die Antwort darauf: Ja, es wäre falsch, aber Archie war immer für sie und ihr Team da gewesen, und sie wollte ihm helfen, wenn sie konnte. „Gib mir alles, was du über sie hast, und ich übernehme."

„Du selbst?"

„Wahrscheinlich eher nicht."

„Wen wirst du darauf ansetzen?"

„Ist das wichtig?"

„Nein, vermutlich nicht."

„Ich verspreche, dass wir die Sache mit äußerster Diskretion behandeln."

„Okay." Er riss ein Blatt aus einem Notizbuch und gab es ihr. „Keine digitale Spur, klar?"

„Klar."

„Danke."

„Gern geschehen, Archie. Entspann dich. Ich bin sicher, es gibt eine ganz einfache Erklärung."

„Ich hoffe, du behältst recht."

„Das tue ich normalerweise."

Er lachte. „Okay, den Spruch hatte ich verdient."

„Jap."

„Ich hab gehört, Ramsey hat heute Morgen die Beerdigung gestört."

„Hat er."

„Was zum Teufel hat er sich dabei gedacht?"

„Ich fürchte, er hat schon lange aufgehört zu denken."

„Malone hat gesagt, sie drängen darauf, dass er in Haft bleibt, bis er wegen der anderen Anklagepunkte vor Gericht steht. Irgendwann reicht's."

„Freut mich. Ich finde auch, dass es langsam reicht."

„Kann ich nachvollziehen. Was gibt es Neues im Fall Myerson?"

„Man hat die jüngere Tochter gefesselt und geknebelt in einem Motel-Zimmer in Ohio aufgefunden, was die Vermutung nahelegt, dass die Dinge zwischen ihr und ihrer Schwester unterwegs aus dem Ruder gelaufen sind. Momentan befindet sie sich im Krankenhaus, und die Marshals werden sie im Laufe des Tages zurückbringen. Parallel suchen sie weiter nach der anderen Schwester und ihrem Freund."

„Glaubst du, sie haben die Mutter ermordet?"

„Es gibt keinen einzigen Hinweis, der in eine andere Richtung deutet als direkt zu ihnen. Die Tatsache, dass sie weggelaufen sind und Jada zurückgelassen haben, trägt nicht unbedingt zur Entlastung bei."

„Nein. Hoffentlich kann sie etwas Erhellendes beisteuern."

„Das hoffe ich auch. Ich melde mich, wenn wir etwas über deine Freundin erfahren."

„Mir ist bewusst, das ist mehr, als ich von dir verlangen dürfte."

„Ist schon in Ordnung. Versuch, Ruhe zu bewahren. Ich bin dran."

Als sie die Treppe hinunterging, war Detective Erica Lucas von der Sondereinheit für Sexualdelikte gerade auf dem Weg nach oben.

„Ich habe gehört, was Ramsey getan hat", erklärte Erica. „Es ist eine Schande."

„Wohl wahr."

„Ich habe außerdem gehört, du hast einen großartigen Nachruf gehalten. Tut mir leid, dass ich das verpasst habe. Ich habe gestern spät einen neuen Fall gekriegt und war die ganze Nacht damit beschäftigt."

„Klingt heftig."

„Das sind sie alle, doch dieser ist besonders. Man hat eine Unbekannte am Fluss gefunden. Jemand hat sie vergewaltigt und misshandelt, sie hat aber keinerlei Erinnerung daran, was geschehen ist."

Ein Kribbeln lief Sam über den Rücken. Wie standen die Chancen …? „Komm mal mit." Sie lief die Treppe wieder hinauf, direkt zu Archies Büro.

„Was ist?", fragte er, als sie in seiner Tür erschienen.

„Wie sieht deine vermisste Freundin aus?"

„Attraktiv, mit langen dunklen Haaren und braunen Augen."
Sam schaute Erica an.

„Die Beschreibung passt."

„Wozu?", wollte Archie wissen.

„Zu dem Opfer in einem neuen Fall, den ich gestern Abend übernommen habe", antwortete Erica. „Eine Unbekannte im George Washington Hospital. Ich kann Sie hinbringen."

Archie war aufgesprungen und bereits um den Schreibtisch herum. „Fahren wir."

„Gebt mir Bescheid", rief Sam ihnen nach.

„Das werde ich", versprach er über die Schulter, während er mit Erica die Treppe hinuntereilte.

KAPITEL 33

Archie schlug das Herz bis zum Hals, als Erica ihn zur Klinik fuhr. Wenn Erica und die Sondereinheit für Sexualdelikte darin verwickelt waren, war es schlimm, was auch immer passiert war.

„Wie heißt sie?", fragte Erica.

„Harlowe St. John."

„Klingt wie ein falscher Name."

„Hab ich auch gedacht, aber sie behauptet, sie sei nach ihrer Großmutter mütterlicherseits benannt. Sie meinte, mein Name klinge auch falsch, weil ich nur meinen Nachnamen benutze."

Erica lachte. „Ich kenne Ihren Vornamen nicht einmal, Archie."

„Den kennt niemand. Francis. Nach meinem Großvater. Er hat mich Franny genannt, was ich als Kind gehasst habe. In der Schule hab ich ausschließlich auf Archie gehört, und dabei ist es bis heute geblieben."

„Ich kann es Ihnen nicht verübeln. Woher kennen Sie Harlowe?"

„Von einer Party bei gemeinsamen Freunden."

„Was wissen Sie über sie?"

„Wenig. Sie arbeitet im Vertrieb eines der großen Lebensmittelkonzerne. Harlowe ist in der Gegend von

Pittsburgh aufgewachsen, in D. C. aufs College gegangen und hier hängen geblieben." Er sah Erica an. „Was ist passiert?"

„Wir kennen bisher keine Einzelheiten und wissen lediglich, dass sie zusammengeschlagen, vergewaltigt und zum Sterben am Fluss zurückgelassen wurde. Ein Fischer hat sie gefunden und es gemeldet."

Archie stöhnte auf.

„Es steht ja noch nicht fest, ob es sich bei dem Opfer überhaupt um Ihre Freundin handelt."

„Sie haben doch gesagt, die Personenbeschreibung passt."

„Das tut sie. Sie scheint an Amnesie zu leiden und konnte uns nicht mal ihren Namen nennen. Der Gedächtnisverlust könnte die Folge des Traumas sein. So was ist mir schon mal untergekommen."

Archies Gedanken rasten, als er das alles erfuhr, und er war sich nicht sicher, ob er hoffen sollte, dass die Frau im Krankenhaus Harlowe war, oder nicht.

Als er Erica durch den Haupteingang in die Klinik folgte, fühlten sich seine Beine wie aus Gummi an, als würden sie sein Gewicht nicht mehr lange tragen. Es war ein Gefühl, das er noch nie erlebt hatte, und es half nicht dabei, seine Sorgen zu beschwichtigen.

Sie nahmen den Fahrstuhl.

Er hätte später nicht sagen können, in welchem Stockwerk sie waren, in welchem Zimmer sie untergebracht war oder welcher Streifenbeamte vor ihrer Tür stand, Dinge, die er sich als ausgebildeter Polizist normalerweise automatisch hätte einprägen müssen. Seine jahrelange Erfahrung war dahin, als er die Frau, an die er sein Herz verloren hatte, in einem Krankenhausbett liegen sah, mit zerschlagenem Gesicht, geschwollener und aufgeplatzter Lippe und wildem Blick. Als sie Erica und ihn bemerkte, schien sie sich in ihrem Bett verkriechen zu wollen.

„Sie ist es", flüsterte er, damit nur Erica es hören konnte.

Erica trat ans Bett. „Das ist Archie. Er ist ein Freund von Ihnen. Er sagt, Ihr Name sei Harlowe."

„Ich … ich kenne ihn nicht, und der Name bedeutet mir nichts."

Ihre Verzweiflung berührte Archie zutiefst, und er wünschte, er könnte sie in die Arme schließen und ihr versichern, sie sei jetzt in Sicherheit. Aber aus Rücksicht auf das, was man ihr angetan hatte, hielt er Abstand.

Erica sprach noch ein paar Minuten mit ihr, dann verließ sie mit ihm zusammen das Zimmer.

„Was soll ich tun, Erica? Sagen Sie mir, was ich tun soll."

„Lassen Sie ihr Zeit, sich zu erholen. Hoffentlich kehrt ihr Gedächtnis zurück."

„Aber was, wenn nicht?"

„Warten wir es einfach ab."

„Sie haben sie auf Spuren einer Vergewaltigung untersucht, richtig?"

„Ja, und das Labor ist dran. Ich habe Druck gemacht."

Er lehnte sich an die Wand und atmete lang gezogen aus.

„Gibt es jemanden, den Sie für sie anrufen könnten?"

„Ich kenne ihre Familie nicht. So weit waren wir noch nicht."

„Was ist mit der Firma, bei der sie angestellt ist?"

Archie versuchte, das Chaos in seinem Gehirn zu ignorieren, damit er darüber nachdenken konnte, was sie ihm über ihre Arbeit erzählt hatte. „Ich kann mich nicht mehr an den Namen der Firma erinnern, doch sie hat erwähnt, dass sie mit der Belieferung von Restaurants und Lebensmittelgeschäften befasst sei."

„Das hilft schon mal. Immerhin hab ich jetzt einen Punkt, an dem ich mit meiner Recherche ansetzen kann. Warum kommen Sie nicht mit zurück ins Hauptquartier?"

„Ich möchte lieber hierbleiben, da sie sonst niemanden hat."

„Sie fühlt sich nicht wohl, wenn Sie in ihrem Zimmer sind."

„Ich warte hier draußen. Nur für den Fall."

„Für welchen Fall, Archie?"

„Ich bin mir nicht sicher. Falls sie etwas braucht."

„Bitte gehen Sie da nicht wieder rein. Das ist mein Ernst. Sie ist sehr zerbrechlich, und sie hat Sie nicht erkannt. Ich würde mich besser fühlen, wenn Sie mich zurück ins Hauptquartier begleiten würden."

„Mir liegt viel an ihr, Erica. Klar, wir kennen uns noch nicht lange, aber da war sofort etwas zwischen uns. Ich hab mir große Sorgen um sie gemacht, seit sie vor ein paar Tagen verschwunden ist. Die Harlowe, die ich kenne, würde mich hier bei sich haben wollen."

„Die Harlowe, die Sie kennen, ist im Moment nicht da drin, und die, die da ist, braucht ihre Ruhe. Kommen Sie mit mir, damit Sie sich keinen Ärger einhandeln."

„Es wird keinen Ärger geben, das verspreche ich. Ich bleibe hier bei Officer … Smyth und bin nicht im Weg."

Erica sah zu dem großen, athletischen Beamten. „Lassen Sie ihn da nicht rein."

„Jawohl, Ma'am."

Archie erinnerte Erica nicht daran, dass er ranghöher war als sie beide. Das wäre seinem Ziel, in Harlowes Nähe bleiben zu können, nicht dienlich gewesen.

„Ich schau nachher wieder vorbei", sagte Erica.

„Gut, ich werde hier sein."

Nachdem sie sich verabschiedet hatte, rutschte er an der Wand runter, holte sein Handy heraus und machte sich an die Arbeit. Nachdem er gehört hatte, was Harlowe zugestoßen war, war er entschlossen, alles zu tun, was er konnte, um ihr zu helfen, und er begann mit dem, was er sich bislang verkniffen hatte – einem tiefen Tauchgang im Internet.

Sam war mit ihrem Team im Konferenzraum und sprach die Beweislage im Fall Myerson durch, als sie eine SMS von Erica Lucas erhielt.

Das Opfer ist wirklich Archies Freundin. Sie erkennt ihn nicht und hat Angst, wenn er im Zimmer ist. Er ist völlig aufgelöst, so hab ich ihn noch nie erlebt, und er besteht darauf, vor ihrer Tür zu warten. Officer Smyth hat den Befehl, ihn nicht zu ihr zu lassen.

Ich werde so bald wie möglich nach ihm sehen.

Er hat mir Informationen gegeben, mit denen ich hoffentlich ihre Familie ausfindig machen kann. Ich kümmere mich gleich darum, wenn ich wieder im Hauptquartier bin.

Gib Bescheid, wenn wir helfen können.

In Ordnung.

Captain Malone betrat den Konferenzraum und reichte Sam zwei Ausdrucke. „Richterliche Anordnungen für die Zweithandys der Myerson-Mädchen. Richter McHenry sagte, bevor er irgendwelche weiteren Anordnungen ausstellt, wolle er stichhaltige Beweise, dass sie involviert sind."

„Ist ihm klar, dass wir genau die zu besorgen versuchen?"

„Ich denke schon, doch da sie minderjährig sind, ist er vorsichtig."

„Was gibt es Neues von der Spurensicherung über die Überprüfung des Hauses?"

„Im Keller sind sie fertig und arbeiten am Erdgeschoss. Bisher haben sie nichts gefunden, was sie als hilfreich erachten."

„Ich würde gerne die Zimmer der Mädchen sehen. Lass uns hinfahren, Freddie."

„Einverstanden, Boss."

„Lass mich zuerst die richterlichen Anordnungen zur IT-Abteilung bringen. Bin gleich wieder zurück." Sam lief die Treppe hinauf in die IT-Höhle. „Wer ist hier Archie, wenn Archie nicht da ist?"

Ein junger Mann mit brauner Haut und kurz geschnittenem dunklen Haar stand auf. „Ich bin Sergeant Walters. Was kann ich für Sie tun?"

Sam ging zu ihm und übergab ihm die richterlichen Anordnungen. „Können Sie mir so schnell wie möglich Auskünfte über diese beiden Anschlüsse beschaffen?"

„Haben Sie die Handys?"

„Nein, bloß die Nummern."

„Das wird dauern, weil wir die Daten von den Anbietern anfordern müssen. Und die rücken solche Kundeninformationen nur extrem ungern heraus."

„Auch wenn wir eine richterliche Anordnung haben?"

„Auch dann."

„Wie sieht es aus, wenn Lebensgefahr besteht?"

„Ich kann diesen Hinweis weitergeben, aber meiner Erfahrung nach trägt das Wort ‚Lebensgefahr' nicht dazu bei, irgendwas zu beschleunigen."

„Welches Wort würde denn helfen, da etwas zu beschleunigen?"

„Das muss ich erst noch rausfinden, Ma'am."

Sam hätte vor Frustration am liebsten geschrien, doch das konnte sie hier nicht tun. „Wir haben zwei Jugendliche, die unter Mordverdacht stehen und auf der Flucht sind. Wir müssen sie aufspüren."

„Ich werde mich sofort darum kümmern und tun, was ich kann."

„Danke."

„Ist mit Lieutenant Archelotta alles in Ordnung? Es sieht ihm nicht ähnlich, ohne ein Wort zu verschwinden."

„Er hat erfahren, dass eine Freundin von ihm im Krankenhaus liegt. Ich bin sicher, Sie werden bald von ihm hören."

„Dann schreibe ich ihm eine Nachricht, dass er sich um uns hier keine Sorgen machen muss."

„Das wird ihn sicher beruhigen." Sam reichte ihm ihre Karte. „Rufen Sie mich an, wenn Sie bei dem Handyanbieter Glück haben."

„Okay."

„Vielen Dank, Sergeant Walters."

„Ist mir ein Vergnügen, Lieutenant."

Sam ging wieder nach unten, sammelte Freddie ein und eilte zum Ausgang an der Gerichtsmedizin, in der Hoffnung, zum Haus der Myersons zu gelangen, das Nötigste zu erledigen und dann rechtzeitig zum Abendessen mit den Kindern zu Hause zu sein, da Nick sich ja nicht in Washington aufhielt.

Diese Worte, „da Nick sich ja nicht in Washington aufhielt", reichten aus, um ihre Stimmung in den Keller rauschen zu lassen, während Vernon sie nach Crestwood brachte.

Ihr Handy klingelte. Es war ein weiterer Anruf von einer Nummer, die sie nicht kannte. „Holland."

„Jillian Danvers. Ich bin eine, äh, Freundin von Juan Rodriguez. Ihr, äh, Partner hat mir Ihre Karte gegeben."

„Sie sind die Freundin aus dem Café?"

„Ja. Niemand will mir verraten, was jetzt mit ihm ist, und plötzlich heißt es, er sei noch am Leben, und ... ich kenn ihn ja noch nicht so lange, aber ..." Ihre Stimme brach. „Ich weiß nicht, was ich tun soll."

„Lassen Sie mich ein paar Telefonate führen. Ich sorge dafür, dass sich jemand bei Ihnen meldet."

„Versprechen Sie mir, dass jemand anrufen wird? Juan hat immer gesagt, dass Sie und Ihr Mann gute Menschen seien ..."

„Ich verspreche es."

„Danke."

Sam klappte ihr Handy wieder zu. „Diese gottverdammte Sache mit dem NCIS kostet mich den letzten Nerv."

Freddie runzelte die Stirn, wie immer, wenn sie den Namen des Herrn missbrauchte. „Was war denn jetzt wieder?"

„Das war Juans Freundin, oder was auch immer sie ist, die sich darüber aufregt, dass ihr niemand verraten will, was jetzt Sache ist." Sam fand Truvers Namen in ihren Kontakten und rief sie an.

„Truver."

„Ich habe gerade mit einer guten Freundin von Juan telefoniert, die untröstlich und besorgt ist und niemanden findet, der ihr sagt, was los ist."

„Wer ist es?"

„Sie heißt Jillian Danvers."

„Ich kümmere mich darum."

Ehe Sam noch etwas hinzufügen konnte, hatte die andere aufgelegt. „Herzig." Sie klappte ihr Handy zu. „Erinnere mich daran, mich nachher bei Juans Freundin zu erkundigen, ob sie vom NCIS gehört hat."

„Ich habe eine Nachricht von den Marshals gekriegt, dass die Ärzte Jada über Nacht dortbehalten wollen. Sie bringen sie erst morgen zurück."

„Verflucht. Ihr Zustand muss schlechter sein als zunächst angenommen."

Erneut klingelte ihr Handy, dieses Mal war es Cameron Green. „Was gibt's?"

„Ich bin auf etwas Interessantes über die Großeltern der Zwillinge gestoßen."

„Was denn?"

„Sie sind praktisch pleite. Die beiden haben insgesamt weniger als hundert Dollar auf all ihren Konten. Ich habe mir erlaubt, Cleos Schwester und deren Mann zu überprüfen, und die haben vielleicht noch einen Tausender."

Sams Herz schlug schneller. „Wissen wir, was diese finanzielle Katastrophe verursacht hat?"

„Zwei ehemalige Mitarbeiter haben sie verklagt und sechs Millionen Dollar erstritten, die sie vor zwei Wochen bekommen haben."

„Na, ist das nicht interessant?"

„Ich wusste, dass du das denken würdest. Tut mir leid, dass es nicht schneller gegangen ist. Es hat eine Weile gedauert, bis ich das ganze Bild zusammenhatte. Sie haben sich große Mühe gegeben, es unter Verschluss zu halten."

„Das sind fantastische Nachrichten, Cam. Ich danke dir."

„Ich hoffe, es hilft euch."

„Da bin ich mir ziemlich sicher. Ich melde mich später wieder." Sie klappte das Handy zu und kramte den sicheren BlackBerry aus der Manteltasche, um Nick anzurufen.

„Hey, Babe", meldete er sich. „Wie geht's?"

„Gut. Ich hatte Cam gebeten, sich die finanzielle Situation der Großeltern der Zwillinge anzusehen, und was er dabei in Erfahrung gebracht hat, ist sehr, sehr interessant." Sie erzählte ihm alles.

„Wow. Du hattest recht. Das Ganze ist eine Geldbeschaffungsmaßnahme."

„Was hast du als Zweites gesagt? Könntest du das noch mal wiederholen?"

Er lachte. „Das sind großartige Neuigkeiten, Sam."

„Glaub mir, das weiß ich. Soll ich Andy informieren?"

„Auf jeden Fall."

„Ich lasse dich wissen, was er davon hält. Wo bist du gerade?"

„Irgendwo über Nebraska."

Der Gedanke an ihn in neun Kilometern Höhe machte ihr Angst. „Schick mir eine SMS, wenn du gelandet bist."

„Du erfährst es als Erste. Ich liebe dich."

„Ich dich auch." Sam beendete das Gespräch und rief Andy an. Als seine Sekretärin abnahm, erklärte Sam: „Sam Cappuano hier. Ich würde gerne mit Andy reden."

„Können Sie einen Augenblick warten, Ma'am? Er beendet gerade eine Besprechung."

„Kann ich."

„Haben sie die First Lady in die Warteschleife gelegt?", fragte Freddie amüsiert.

„Das ist schon in Ordnung. Andy ist gerade noch in einer Besprechung."

„Hey, Sam", meldete sich Andy zwei Minuten später. „Tut mir leid, dass du so lange warten musstest. Was gibt's?"

Sam berichtete ihm, was Cameron über die Finanzen der Großeltern der Zwillinge herausgefunden hatte.

Andy stieß einen leisen Pfiff aus. „Unsere Leute waren nicht in der Lage, ihre finanzielle Situation aufzudecken."

Sam verspürte eine Welle des Stolzes auf Cameron und ihr gesamtes Team. Sie arbeitete mit den Besten der Besten zusammen, und dies war nur ein weiteres Beispiel für ihr Können. „Wird das helfen, die Sache aus der Welt zu schaffen?"

„Das sollte es zumindest. Ich werde mit ihrem Anwalt Kontakt aufnehmen und deutlich machen, dass wir eine Gegenklage einreichen werden, die ihre prekäre finanzielle Lage als den wahren Grund benennt, wenn sie ihre Sorgerechtsforderung nicht zurückziehen."

„Großartig. Lass mich wissen, was passiert."

„Ich halte dich auf dem Laufenden."

„Danke, Andy." Sam klappte das Handy zu und schrieb Nick auf dem BlackBerry, was sie besprochen hatten.

Er antwortete sofort. *Ich setze Eli ins Bild. Er wird sich freuen. Das Ganze hat ihn sehr mitgenommen.*

„Das sind tolle Nachrichten, Sam", sagte Freddie. „Du musst sehr erleichtert sein."

„Ja, doch ich will trotzdem alles tun, damit sie endgültig Ruhe geben, und zwar bis hin zur Adoption der drei. Ich halte das nicht alle paar Monate aus. Das machen meine Nerven nicht mit."

Der BlackBerry summte. Es war eine SMS von Eli an sie und Nick. Auch er hatte einen BlackBerry, damit er sicher mit Nick kommunizieren konnte.

Ich bin froh, das zu hören. Aber wir müssen etwas tun, damit sie nicht noch mal mit so was um die Ecke kommen. Ich kann nicht funktionieren, wenn ich mich immer fragen muss, was sie jetzt wieder aushecken. Meint ihr, es wäre eine einmalige Zahlung an Cleos Familie wert, die mit einer Art unterschriebener Vereinbarung einhergeht, dass sie uns fortan in Ruhe lassen?

Nick erwiderte darauf: *Ich verstehe den Gedanken dahinter, aber es gefällt mir nicht, sie für etwas zu belohnen, das im Grunde genommen Erpressung ist, vor allem weil sie in all den Monaten keinen von uns kontaktiert haben, um die Kleinen zu sehen oder mit ihnen zu sprechen. Es wäre etwas anderes, wenn sie sich für die Kinder interessieren würden, doch das tun sie nicht. Kein Stück.*

Ich stimme dieser Einschätzung zu, schrieb Sam. *Wir haben ihnen angeboten, die Kinder zu treffen, und sie haben sich kein einziges Mal blicken lassen. Sie haben uns ihr wahres Gesicht gezeigt. Sie verdienen keinen Cent von dem hart erarbeiteten Geld eures Vaters.*

Ich will, dass sie ein für alle Mal Ruhe geben, entgegnete Eli. *Koste es, was es wolle.*

Überlassen wir die Sache Andy, meinte Nick. *Wir reden noch einmal darüber, wenn er Gelegenheit hatte, mit ihrem Anwalt zu sprechen. Mach dir bis dahin keine Gedanken mehr. Unsere Position ist solide, und das ist ein offensichtlicher Versuch von ihnen, an Geld zu kommen. Es gibt keinen Richter, der das anders sehen würde. Bleib stark, wir informieren dich, sobald wir mehr wissen.*

Danke für alles. Ich habe keine Ahnung, was wir ohne euch anstellen würden.

Du wirst es nie herausfinden müssen, antwortete Sam. *Wir lieben dich.*

Dem schließe ich mich vollumfänglich an!, kam von Nick.

„Alles in Ordnung?", erkundigte sich Freddie.

„Ja, alles ist gut. Wir tauschen uns mit Eli über das aus, was Cam über die finanzielle Situation der Großeltern herausgefunden hat, oder besser, über ihre finanzielle Krise."

„Ich kann nicht glauben, dass sie so schamlos hinter dem Geld ihrer verwaisten Enkel her sind."

„Oh, ich schon. Sie waren von Anfang an widerwärtig. Es übersteigt mein Vorstellungsvermögen, keinen Funken Mitgefühl für die traumatisierten Kinder der eigenen Tochter zu zeigen."

„Meins auch. Ich wäre ins erste Flugzeug gestiegen, um sie nach Hause zu holen und mit meiner Liebe zu umgeben."

„Ich denke oft darüber nach, was in dieser Nacht im Krankenhaus aus ihnen geworden wäre, wenn Nick und ich nicht schon offiziell als Pflegeeltern zertifiziert gewesen wären."

„Gott sei Dank wart ihr das und habt euch für sie eingesetzt, als sie das am meisten gebraucht haben."

„Wir lieben sie so sehr. Sie sind erst seit verhältnismäßig kurzer Zeit bei uns, doch es ist so, als wären sie schon immer Teil unserer Familie gewesen. Ich kann mir ein Leben ohne sie gar nicht mehr vorstellen."

„Das ist auch nicht nötig. Sobald Andy ihrem Anwalt erzählt, dass ihr den Plan seiner Mandanten durchschaut habt, werden sie einknicken, und dann werdet ihr die drei adoptieren, du und Nick, und niemand wird euch je wieder damit drohen können, sie euch wegzunehmen."

Als hätte Eli gehört, was Freddie gesagt hatte, vermeldete der BlackBerry eine neue SMS von ihm. *Ich habe viel über die Adoptionsidee nachgedacht, und je länger ich mich damit beschäftige, desto mehr komme ich zu dem Schluss, dass es sinnvoll wäre, um diesen Mist für immer zu beenden. Ich habe mit Candace gesprochen, und sie stimmt mir zu, dass es uns alle schützen würde. Sie weiß, wie viel ihr mir und den Zwillingen bedeutet. Was haltet ihr von Armstrong-Cappuano?*

Sams Augen füllten sich mit Tränen.

„Was jetzt?", fragte Freddie alarmiert. „Was ist los?"

„Nichts", flüsterte sie und reichte ihm das Handy, damit er Elis SMS lesen konnte. „Es ist alles in Ordnung. Alles ist genau, wie es sein soll."

~

Sam und Freddie verbrachten drei Stunden damit, Zoes und Jadas Zimmer zu durchsuchen. Was Sam nach der ersten Stunde auffiel, war, wie ordentlich beide waren, was in krassem Gegensatz zu dem Chaos stand, das die meiste Zeit in Scottys Zimmer herrschte.

„Ist diese Ordnung ein bisschen seltsam?", fragte sie Freddie, als sie fertig waren.

„Ich glaube, das war Absicht. Sie wussten, dass wir uns hier umsehen würden, und haben sich darauf vorbereitet. Oder Elaine hat ihre Zimmer aufgeräumt, als sie am Sonntag allein zu Hause war."

Sam zog die Latexhandschuhe aus, die sie beim Durchsuchen der Zimmer getragen hatte. „Mag sein. Ich hasse es, dass wir unsere Zeit verschwendet haben."

„Nichts ist Zeitverschwendung, wenn es eine offene Frage abhakt."

„Das stimmt wohl." Sie blickte auf die Uhr, stellte fest, dass es fast sechs war, und beschloss, für diesen Tag Schluss zu machen. „Lass uns nach Hause fahren und uns morgen um acht wieder treffen. Ich übergebe an Carlucci."

„In Ordnung."

Bevor sie das Haus verließen, meldeten sie sich bei den Leuten von der Spurensicherung, die noch vor Ort waren.

„Haben Sie etwas Interessantes gefunden?", fragte Lieutenant Max Haggerty.

„Nichts."

„Wir auch nicht. Wir glauben, dass jemand hier gründlich aufgeräumt hat, um unseren Ermittlungen zuvorzukommen."

„Wir hatten oben dasselbe Gefühl."

„Was denken Sie?", wollte Max wissen und rieb sich den Nacken. Er und sein Team hatten in letzter Zeit praktisch rund um die Uhr gearbeitet, weil sie sich auch immer noch um die Funde in Stahls Haus kümmern mussten.

„Ich bin mir ziemlich sicher, dass die ältere Tochter und ihr Freund die Mutter getötet haben. Sie sind auf der Flucht, dadurch haben sie meine Vermutung mehr oder weniger bestätigt. Die Marshals suchen sie."

„Wie alt sind die beiden?"

„Siebzehn und achtzehn."

„Verdammt."

Sams Handy klingelte. Der Anruf kam erneut von einer ihr unbekannten Nummer. „Holland."

„Sergeant Walters hier. Ich wollte Sie wissen lassen, dass ich die Daten der Zweithandys angefordert und die Dringlichkeit betont habe. Jetzt heißt es leider warten."

„Danke sehr."

„Außerdem hatte mich Lieutenant Archelotta gebeten, zu prüfen, ob eine der Töchter ein Fan von True Crime ist, und Zoes Haupthandy konnte ich entnehmen, dass sie zahlreiche True-Crime-Podcasts gehört hat und etwa hundert True-Crime-Accounts auf TikTok folgt."

„Da haben wir es." Sams kribbelte es am ganzen Körper, wie jedes Mal, wenn sie einem Mörder direkt auf den Fersen war. „So hat sie die Sache geplant. Ein Podcast mit Anleitungen nach dem anderen. Das ist sehr hilfreich, Sergeant Walters. Vielen Dank."

„Gern geschehen."

Sam klappte ihr Handy zu und berichtete Freddie die neuesten Erkenntnisse, während sie das Haus verließen.

„Was denkst du über Jada als Mittäterin?"

„Sie hatte nichts damit zu tun", erklärte Sam. Dessen war sie sich jetzt sicher. „Es war Zoe, vielleicht mithilfe von Zeke."

„Warum haben sie die jüngere Schwester überhaupt mitgenommen?"

„Vielleicht, um den Anschein zu erwecken, dass sie ebenfalls darin verwickelt ist?"

„Unser Gespräch mit ihr wird der Schlüssel zu allem sein."

„Hoffentlich. Soll ich dich an der Metro absetzen?"

„Ja, gern. Columbia Heights ist direkt hier in der Nähe."

Als sie ein paar Minuten später an der Metrostation hielten, sagte Sam: „Wir sehen uns morgen früh."

„Ruf mich an, wenn in der Zwischenzeit was ist. Ich kann zurückkommen, wenn es nötig ist."

„Ich hoffe, wir können eine Nacht ungestört zu Hause verbringen, ehe wir das Ganze morgen abschließen."

„Das wäre gut. Bis dann."

KAPITEL 34

Nachdem Freddie Richtung Metrostation gejoggt war, lehnte sich Sam in ihrem Sitz zurück und versuchte, sich zu entspannen, ehe sie in den Muttermodus schaltete. Sie kam sich lächerlich vor, weil sie deprimiert darüber war, dass Nick daheim nicht auf sie warten würde. Es waren nur zwei verdammte Nächte, um Himmels willen.

Sie musste an Angela denken und daran, dass die alle verbleibenden Nächte in ihrem Leben ohne Spencer würde verbringen müssen, und fühlte sich noch schlechter, weil sie so ein Theater wegen zwei Nächten veranstaltete. Sie schickte ihrer Schwester eine SMS. *Ich hab gerade an dich gedacht und wollte wissen, wie es dir geht.*

Angela antwortete nicht sofort, wahrscheinlich weil sie gerade damit beschäftigt war, die Kinder abzufüttern, zu baden und ins Bett zu bringen, was sie alles allein machen musste, während sie gleichzeitig im achten Monat schwanger war.

Da sie dabei nicht stören wollte, schrieb Sam als Nächstes Tracy. *Hey, ich wollte mich nur mal melden. Angela war bei der Trauergruppe und furchtbar wütend auf Spence, weil er ihr das alles angetan hat. Ich hatte das Gefühl, das Treffen war hilfreich, aber es war schon heftig.*

Tracy meldete sich unmittelbar darauf. *Davon hat sie mir erzählt und gesagt, es habe ihr geholfen, darüber zu reden. Sie war froh, dass du da warst. Es geht ihr den Umständen entsprechend, glaube ich. Ich bin allerdings nicht sicher, wie sie mit zwei kleinen Kindern UND einem Baby zurechtkommen wird, doch auch das wird sich finden, und wir werden ihr dabei helfen.*

Ja. Mir tut das alles so leid für sie. Ich sitze hier und blase Trübsal, weil Nick zwei Nächte lang weg ist, und dann denke ich an sie, und es ist einfach unerträglich.

Absolut. Das hat sie heute auf Instagram gepostet: „Ich vermisse dein Lächeln. Ich vermisse es, deine Hand in meiner zu spüren. Ich vermisse die Art und Weise, wie du unsere Kinder geliebt hast – und mich. Du fehlst mir jeden Tag mehr. Wenn ich denke, dass es nicht möglich ist, dich noch mehr zu vermissen, stelle ich fest, dass ich mich da geirrt hab. In mir ist ein tiefer Quell der Sehnsucht nach dir. Manchmal bin ich auch wütend, dass du gestorben bist, aber ich weiß, dass du es nicht freiwillig getan hast. Ich liebe dich für immer und kann es kaum erwarten, dich wiederzusehen."

O Gott ... Das ist alles so schrecklich.

Ja, wirklich. Ich wünschte, wir könnten irgendetwas tun, um es leichter für sie zu machen, doch es gibt nichts.

Nein. Ich hoffe bloß, das Wochenende in Camp David wird nicht zu schlimm. Ich ertrage es fast nicht, dorthin zurückzukehren, aber Nick braucht dringend einige Zeit woanders als im Weißen Haus.

Fahr hin, und schaff dir dort neue Erinnerungen. Du kannst das. Ich hoffe es sehr.

Mom hat heute die Osterklamotten für die Kinder vorbeigebracht, und in eurem Schrank stehen Tüten mit Zeug für die Osterkörbchen.

Was würde ich nur ohne dich anfangen?

Ich helfe gerne. Ich mag es, dein Geld auszugeben! HAHA

Danke, Trace. VIELEN, VIELEN DANK.

Ich hab dich lieb, Schwesterherz.

Ich dich auch.

Es schmerzte Sam, dass sie für so was Einfaches wie Osterkörbchen ihre Schwester brauchte, doch sie hatte gelernt, sich auf ihre eigenen Stärken zu besinnen und bei allem anderen um Hilfe zu bitten. Tracy liebte es, einzukaufen, und war besonders geschickt bei Dingen wie dem Zusammenstellen von Osterkörbchen. Sam sagte sich, es gehe darum, ihren

Kindern Liebe zu schenken, nicht darum, wer die Körbchen besorgte.

„Darf ich Sie etwas fragen?", wandte sie sich an Vernon und Jimmy.

„Alles", erwiderte Vernon mit einem herzlichen Lächeln über den Rückspiegel.

„Ist es schlimm, dass meine Schwester sich um die Osterklamotten und die Körbchen für meine Kinder gekümmert hat?"

„Ich glaube, es wäre schlimmer, wenn es niemand täte", antwortete Jimmy.

„Ja", pflichtete ihm Vernon bei, „das stimmt. Es passiert, und das ist das Wichtigste. Die Kinder werden nicht wissen, dass Ihre Schwester das erledigt hat."

„Scotty schon."

„Meinen Sie, darüber denkt er nach, wenn er aufwacht und Süßigkeiten und wahrscheinlich ein paar coole Sachen in einem Körbchen mit seinem Namen findet – und wahrscheinlich auch eins für Skippy?"

Sam wäre von sich aus nie darauf gekommen, Skippy mit einzubeziehen, aber sie war sicher, dass Tracy die Hündin nicht vergessen hatte. „Wahrscheinlich nicht."

„Machen Sie sich deswegen nicht verrückt. Wenn ich dafür verantwortlich gewesen wäre, hätten meine Kinder nie ein Osterkörbchen, einen Geburtstagskuchen oder einen Nikolausstrumpf gekriegt. Ich hatte jemanden zu Hause, der sich um die Familie gekümmert hat, damit ich mich auf die Arbeit konzentrieren konnte. Sie haben dafür gesorgt, dass alles erledigt ist, und das ist das Wichtigste."

„Ich hätte gar nicht daran gedacht, wenn Tracy mich nicht gefragt hätte."

„Doch", widersprach Jimmy.

„Wäre ich auf mich allein gestellt gewesen, hätten wir drei am Samstagabend in einen Supermarkt in der Nähe von Camp David einfallen müssen."

Die beiden Personenschützer lachten.

„Just an diesem Wochenende haben wir frei, also hätten Sie

das B-Team dabeigehabt."

„Es hätte definitiv nicht so viel Spaß gemacht, mit denen in einen Supermarkt zu gehen."

„Oh, danke", sagte Vernon. „Das freut mich."

„Ich hoffe, Sie unternehmen am Wochenende was Schönes mit Ihren Familien."

„Wir fahren zu den Eltern meiner Frau nach Annapolis", erzählte Jimmy. „Die ganze Familie kommt, und sie veranstalten eine Babyparty für uns."

„Das wird sicher nett", meinte Sam und notierte sich im Geiste, ein Geschenk für das Baby zu besorgen.

„Wir essen bei uns zu Hause, mit den Mädchen und ihrem Anhang", ergänzte Vernon. „Beachten Sie, dass ich dabei keinen Finger rühre, während meine Frau die ganze Woche herumrennt und alles vorbereitet."

„Das liegt daran, dass Sie damit beschäftigt sind, für meine Sicherheit zu sorgen."

Vernon sah sie im Rückspiegel an. „Wir haben alle unsere Aufgaben."

„Ja, die haben wir. Ich weiß nicht, wann dieser SUV mein Beichtstuhl und meine Therapeutenpraxis in einem geworden ist, aber ich danke Ihnen beiden, dass Sie immer ein offenes Ohr für mich haben."

„Es ist uns ein steter Quell der Freude, Teil Ihres Alltags zu sein", entgegnete Vernon.

„In der Tat", fügte Jimmy hinzu. „Das ist der coolste Job aller Zeiten."

„Ich bin froh, dass Sie das so empfinden."

„Unsere Kollegen beneiden uns um diesen Einsatz", schob Jimmy nach.

„Wirklich? Im Ernst?"

„Na klar", bestätigte Vernon. „Die erste berufstätige First Lady zu beschützen, während sie Mörder jagt und sie manchmal im Alleingang festnimmt? Obwohl wir uns damit einen Rüffel aus dem Hauptquartier eingehandelt haben."

„Wirklich? Im Ernst?"

„Na ja, Sam", brummte Vernon. „Wenn Sie hinten aus

unserem SUV rausspringen und einen Mann auf dem Bürgersteig zu Boden reißen, kommt natürlich die Frage auf, wo Ihre Personenschützer waren, als das passiert ist."

„Oh, Mist." Sie biss sich auf die Lippe, um nicht lachen zu müssen. „Tut mir leid."

Er warf ihr im Spiegel, der eine so große Rolle in ihrer Beziehung spielte, einen strengen Blick zu. „Ich *höre*, dass Sie versuchen, nicht zu lachen."

„Ich lache überhaupt nicht!"

„Sie verspüren den Drang dazu."

„Das können Sie nicht beweisen!"

Als sie das Tor des Weißen Hauses passierten, rief Cameron Green an. „Was gibt's?"

„Myerson will reden."

„Worüber?"

„Über Sonntag und darüber, was mit seiner Frau passiert ist."

In einem früheren Leben hätte sie gewendet – oder Vernon gebeten zu wenden, doch in ihrem früheren Leben war er nicht da gewesen – und wäre wieder zur Arbeit gefahren. In diesem Leben, in dem sie drei Kinder hatte, die darauf warteten, mit ihr zu Abend zu essen, während ihr Vater weg war, erwiderte sie: „Sag ihm, wir unterhalten uns gerne morgen früh mit ihm."

„Ich habe das Gefühl, er will es unbedingt heute Abend tun."

„Er wird warten müssen. Ich werde um acht Uhr da sein, dann sehen wir weiter."

„Okay."

„Ich hab übrigens keinerlei Zweifel, dass ihr das auch ohne mich hinbekommen würdet, aber ich möchte dabei sein, um zu hören, was er zu sagen hat, und ich habe heute Abend schon was vor. Außerdem tanzen wir nicht nach seiner Pfeife. Er hatte den ganzen Tag Zeit, mit uns zu sprechen, und ich glaube keine Sekunde, dass er uns helfen will."

„Alles klar. Ich kümmere mich darum."

„Danke dir. Bis morgen."

„Gute Nacht."

„Dir auch."

Der BlackBerry vibrierte, kündigte eine SMS an. *In LAX gelandet.*

Hast du irgendwelche Hollywoodstars getroffen?

Vielleicht.

Ich glaub's nicht! Wen denn?

Weiß ich nicht mehr.

Unfassbar. Ich muss meinen Job aufgeben und mit dir reisen. Dazu werde ich niemals Nein sagen.

Ich werde Scotty bitten, nachzuforschen, wer außer dir da ist.

Haha, er wird alle Details wissen.

Bin gerade nach Hause gekommen, und mein Nick ist nicht da. Das macht mich sehr traurig.

Ich liebe dich, Sam. Du fehlst mir. Ich ruf dich später an.

Ich liebe dich auch, Nick.

Und ich fehle dir nicht?

Hast du gelesen, was ich oben geschrieben habe?

Vernon öffnete die hintere Tür, als sie gerade die SMS abschickte. Sie schüttelte den Kopf über die Albernheit ihres Mannes und hätte sich am liebsten darüber beschwert, wie sehr sie ihn vermisste. Doch das war lächerlich. Sie war keine Frau, die wegen eines Mannes *Tränen vergoss*. Aber dieser Mann … dieser Mann war alle Tränen wert.

„Wann morgen?", fragte Vernon.

„Halb acht?"

„Wir werden da sein."

„Ich habe um achtzehn Uhr eine Anprobe in Georgetown."

„Steht auf dem Plan."

„Es gibt einen Plan?"

Vernon verdrehte die Augen. „Gute Nacht, Sam."

„Gute Nacht, Vernon."

KAPITEL 35

Nachdem sie von George, einem der Usher, begrüßt worden war, eilte Sam die Treppe hinauf, weil sie ihre Kinder nach dem langen Tag ohne sie unbedingt sehen wollte. Skippy kam auf sie zugestürmt und riss sie vor Begeisterung beinahe um. Ein kurzes Stechen in Sams noch recht frisch verheilter Hüfte ließ sie überrascht zusammenzucken, denn in letzter Zeit hatte sie glücklicherweise keinerlei Probleme mehr damit gehabt.

Scotty lief dem Hund hinterher. „Skippy! Bring Mom nicht um. Wir brauchen sie, da Dad ja weg ist."

„Alles klar. Und wenn Dad hier wäre, würdest du sagen: ‚Bring Mom ruhig um. Wer braucht sie schon'?"

„Das hab ich noch nie gesagt, zumindest nicht laut."

Lachend fuhr Sam ihm über den Kopf und gab ihm einen Kuss auf die Wange. „Wie war dein Tag?"

„Immer das gleiche langweilige Zeug. Aber ich hab sechs-undachtzig Punkte in einem weiteren Algebra-Test."

„Unfassbar! Kriegst du in diesem Quartal etwa eine Zwei?"

„Beschrei es nicht."

„Du erinnerst mich so an mich, als ich in deinem Alter war."

Er hielt einen Moment inne und sah sie über die Schulter hinweg an. In seinem Blick lag Verletzlichkeit. „Wirklich? Ganz echt?"

Sie legte einen Arm um ihn. „Ja. Wenn es in der Schule gut

lief, hatte ich immer Angst, darüber zu reden, weil ich dachte, dann würde ich es verderben."

„Genau."

„Du machst das super. Wichtig ist nur, dass du dein Bestes gibst."

„Dad würde entgegnen, dass lediglich Einsen zählen."

„Das findet er nicht."

„Ich will so klug sein wie er."

„Das bist du! Du bist der klügste Vierzehnjährige, den ich kenne."

Er zog eine Braue hoch und musterte sie skeptisch. „Wie viele Vierzehnjährige kennst du denn?"

„Genug. Ich war auch mal so alt, vergiss das nicht."

„Ja, vor ungefähr hundert Jahren."

„Pass bloß auf, Mister. Wo sind die Zwillinge?"

„Sie waschen sich fürs Abendessen die Hände, wenn sie wissen, was gut für sie ist."

„Du hörst dich an wie ein Dad."

„Jemand muss das ja, wenn der Dad nicht da ist."

„Was gibt es denn zum Abendessen?"

„Enchiladas. Ich freu mich schon."

„Lecker. Ruf die Kleinen, und wir treffen uns im Esszimmer. Ich will nur meine Sachen wegräumen."

„Mom."

„Ja?"

„Erzählst du mir, was mit den Großeltern der Kleinen los ist?"

Bei seiner Frage setzte Sams Herz einen Schlag aus. „Woher weißt du das?"

„Du hast gerade erwähnt, wie klug ich bin. Ich höre eben Dinge."

„Ich glaube, wir haben das im Griff, also mach dir keine Gedanken."

„Wie im Griff?"

„Andy hat für ihren Anwalt Informationen, die die Sache klären sollten."

„,Sollten' klingt nicht definitiv sicher."

„Nein, aber weißt du, was definitiv sicher ist? Adoption."

Er riss die Augen auf. „Echt?"

„Ja. Wir haben vor, sie alle drei zu adoptieren, damit so was nie wieder passieren kann."

„Was hält Eli davon?"

„Er ist dafür."

„Das heißt, es wäre legal und für immer in trockenen Tüchern?"

„So denken wir uns das."

„Das wäre *krass*."

„Wir wollten nicht darüber reden, bevor es feststeht, also sag den Kleinen noch nichts, okay?"

„Wann wird es denn feststehen?"

„Sehr bald."

„Ich finde das großartig. Dann wären wir richtige Geschwister."

„Das seid ihr jetzt schon, und daran wird sich auch nie etwas ändern."

„Ich habe es satt, dass jemand versucht, sie uns wegzunehmen. Sie gehören zu uns."

„Ja, und wir tun alles, was in unserer Macht steht, um das wasserdicht zu kriegen. Ich will nicht, dass du dir Sorgen machst. Dad und ich werden alle Hebel in Bewegung setzen, damit die Kleinen bei uns bleiben."

„Danke, dass du es mir erzählt hast."

„Tut mir leid, dass dir das Kopfzerbrechen bereitet hat."

„Kein allzu großes. Ich hab gewusst, dass ihr notfalls in die Schlacht ziehen würdet, um sie bei uns zu behalten."

„Auf jeden Fall."

„Ich werde mal nachschauen, warum sie so lange brauchen. Oh, und ich hab die Untermieter aus dem dritten Obergeschoss zum Essen eingeladen."

„Ausgezeichnet", erwiderte Sam lächelnd.

Als Sam Scotty und Skippy hinterhersah, wallte Stolz auf ihren Sohn in ihr auf, wie ihn jede Mutter empfunden hätte. Dass er ihr Sohn war ... Er war der größte Segen für sie, und sie konnte es kaum erwarten, mitzuerleben, wie er zum Mann heranwuchs – auch wenn sie hoffte, dass das noch eine Weile dauern würde. Sie liebte ihn in diesem Stadium, selbst wenn er eine gewisse passiv-aggressive Art an den Tag legte, wenn es beispielsweise um die Erlaubnis ging, Kaffee zu trinken.

In ihren Räumen schloss sie ihre Dienstwaffe weg und schlüpfte in T-Shirt und Pyjamahose, bevor sie sich zu ihrer Mutter Brenda ins Esszimmer begab.

„Wie war dein Tag, Schatz?", fragte Brenda, während sie Sam ein Glas Wein reichte.

„Ganz okay, doch vor einer Viertelstunde ist er sehr viel besser geworden. Wie ist es hier gelaufen?"

„Gut. Ich liebe diese Zeit mit den Kindern. Danke, dass du mich gebeten hast, auszuhelfen."

„O bitte, ich sollte dir danken. Ohne dich und Celia würden wir das alles niemals schaffen."

„Ich weiß, dass ich auch für sie spreche, wenn ich sage, dass wir jede Minute davon genießen."

Viele Jahre hatte Sam gedacht, ihre Mutter sei für immer aus ihrem Leben verschwunden. Sie war froh, dass die Unstimmigkeiten nun der Vergangenheit angehörten und sie eine ganz neue Beziehung zueinander gefunden hatten.

Scotty und die Zwillinge kamen herein, dicht hinter ihnen Skippy.

Sam umarmte Alden und Aubrey, die sich so offen darüber freuten, sie zu sehen, dass ihr Herz vor Liebe zu ihnen überfloss. Ihre Babys. Egal, wie sie in ihr Leben getreten waren, sie gehörten jetzt dazu, und sie hätte alles für sie getan.

Sie hatten sich gerade gesetzt, als Noah hereinstürmte, deutlich langsamer gefolgt von Avery und Shelby, die Maisie auf dem Arm trug.

„Tut uns leid, dass wir zu spät dran sind", entschuldigte sich Shelby.

„Seid ihr nicht", erwiderte Sam. „Wir haben uns gerade sortiert." Sie holte die Enchiladas, die der Küchenchef des Weißen Hauses geliefert hatte, aus dem Ofen und stellte sie zusammen mit einer großen Schüssel Gelbem Reis und Salat auf den Tisch.

„Das duftet köstlich!" Avery seufzte. „Wir werden die Küche des Weißen Hauses vermissen."

„Nick und ich sagen das auch immer. Wir haben Angst, dass wir hoffnungslos verwöhnt sein werden, wenn wir wieder ausziehen."

„Ich habe vor, jede Sekunde davon zu genießen, solange ich kann", verkündete Scotty, während er sich eine große Portion Enchiladas auf den Teller lud.

Aubrey, Alden und Noah lachten über die Gesichter, die er schnitt, während er es sich schmecken ließ.

Wenn Nick nur da gewesen wäre, wäre alles perfekt gewesen, aber das war es auch so schon fast.

„Dad per FaceTime", rief Scotty und nahm den Anruf entgegen.

Sam fragte sich, wie das abseits der gesicherten Leitungen funktionierte, doch Nick hatte offenbar einen Weg gefunden, es möglich zu machen.

Scotty hielt sein Handy hoch, damit alle Hallo sagen konnten. „Hast du Chris Hemsworth schon getroffen?"

„Ich glaub's nicht", entrüstete sich Sam. „*Den* trifft er? Das ist so was von unfair."

„Aber wirklich, oder?", pflichtete ihr Shelby bei. „Ich bin grün vor Neid!"

„Ich hatte Angst, euch zu verraten, dass es Thor ist", gestand Nick lachend.

„Es ist, als wären wir gar nicht da", murrte Avery.

„He, es geht um *Thor*, Schatz", erklärte Shelby. „Niemand kann es mit dem Gott des Donners aufnehmen."

„Na toll", brummte Avery und brachte alle zum Lachen.

„Was gibt es bei euch heute?", fragte Nick.

„Enchiladas!", rief Aubrey.

„Herrscht bei uns akuter Serviettenmangel?", erkundigte sich Nick lachend.

Scotty wischte Aubrey die Soße aus dem Gesicht.

„Ich wünschte, ich wäre bei euch."

„Du fehlst uns!", meldete sich Alden. „Wann kommst du heim?"

„Freitag."

„Am Freitag haben wir keine Schule", berichtete Scotty.

„Ja, und dann ist Ostern", ergänzte Alden.

„Am Montag ist auch keine Schule", antwortete Nick.

„Warte, ernsthaft?", hakte Scotty nach.

„Ihr bleibt zum Ostereierrollen zu Hause", erinnerte ihn Sam.

„Ein Vier-Tage-Wochenende. Das ist die beste Nachricht meines Lebens."

Die Erwachsenen lachten über seine theatralische Aussage.

„Ich muss mit Thor zu einer Spendengala", verabschiedete sich Nick. „Ich wünsche euch noch einen schönen Abend, Leute. Hab euch alle lieb."

„Wir dich auch", entgegnete Aubrey. „Schönen Gruß an Thor."

„Den werd ich ausrichten."

„Wirklich?", wollte Alden mit weit aufgerissenen Augen wissen.

„Klar."

„Das ist so was von cool. Danke, Dad."

„Für euch, meine Lieben, tu ich doch alles. Bis morgen."

Alle riefen ihm zu, dass sie ihn auch lieb hätten, dann drückte Scotty den roten Knopf, und das Gespräch war zu Ende.

Nach dem Abendessen half Sam den Zwillingen bei den Mathe-Hausaufgaben – mit Scottys Unterstützung.

„Wie kann ich Hilfe in Erste-Klasse-Mathe brauchen?", fragte sie ihn, nachdem sie die Zwillinge ins Bett gebracht hatten.

„Weil du in der Schule nicht richtig aufgepasst hast."

„Du bist ziemlich frech heute Abend."

„Ich bin jeden Abend frech."

„Danke für die Hilfe, Kumpel."

„Man braucht ein Dorf, um die Mathe-Hausaufgaben der ersten Klasse zu erledigen."

„In der Tat." Sam umarmte Scotty vor seinem Zimmer. „Bleib nicht zu lange auf."

„Okay. Wirst du später mit deinem Lover reden und ihm Luftküsse schicken? Oh, warte, kannst du nicht, weil du kein Smartphone hast."

„Nein, aber dafür habe ich einen Klugscheißer als Sohn."

Als er sich an der Tür zu seinem Zimmer noch mal umdrehte, grinste er breit. „Hab dich lieb, Mom."

„Ich dich auch, du Racker."

Er lachte, und sie ging mit einem Lächeln im Gesicht in Richtung ihrer Zimmer. Sie warf einen Blick in Nicks kleines Büro und vermisste ihn schmerzlich, bis sie sich an Angelas Worte darüber, dass Spencer nicht mehr bei ihr war, erinnerte und sich sagte, dass sie sich besser zusammenreißen sollte. Ihr Mann würde in zwei Tagen wieder daheim sein, während Angela ihren nie wiedersehen würde.

Sie hoffte und betete, dass ihr die Art von Schmerz erspart bleiben würde, wie ihn ihre Schwester durchmachte.

Nachdem sie geduscht hatte, kuschelte sie sich ins Bett und schrieb Vernon eine SMS. *Was kann ich Jimmy und seiner Frau zur Babyparty am Wochenende schenken?*

Das ist sehr nett von Ihnen, antwortete er. *Ich schicke Ihnen die Info per SMS.*

Danke! Bis morgen früh.

Nachdem er ihr den Link gesendet hatte, griff sie mit Nicks Laptop auf die Wunschliste zu und wählte einen schicken Kinderwagen aus, das teuerste Stück auf der Liste. Da Jimmy seine Tage damit verbrachte, ihr Leben zu schützen, war das das Mindeste, was sie für ihn tun konnte.

Sie unterzeichnete die virtuelle Karte *Mit den allerbesten Wünschen von Sam und Nick.*

Es fühlte sich gut an, etwas Nettes für den jungen Secret-Service-Mitarbeiter zu tun, der seit ein paar Monaten zu ihrem Alltag gehörte.

Als das erledigt war, schaltete sie den Fernseher ein, in der Hoffnung, etwas zu finden, das sie ablenkte, bis Nick anrief. Sie erschrak, als plötzlich ihr Gesicht auf dem Bildschirm erschien. Verdammt. Sie hatte vergessen, dass Peters Interview heute Abend ausgestrahlt wurde. Sie zwang sich, es anzuschauen, auch wenn sie sich vorsichtshalber eine Hand über die Augen legte, sodass sie nur Bruchstücke mitkriegte. Es würde nie „normal" sein, sich selbst auf dem Bildschirm zu erblicken. Sah sie wirklich so aus? Igitt. Furchtbar.

Ihr Telefon vibrierte, und sie erhielt eine SMS von Angela. *Danke, dass du dich um mich sorgst. Ich halte durch. Esse gerade Popcorn und verfolge das Interview meiner Schwester und meines Schwagers im Fernsehen.*

Es ist schrecklich.

Ist es nicht!

Ich hasse es, wenn plötzlich mein Gesicht über den Bildschirm flimmert.

Hör auf. Du siehst super aus. Das tut ihr beide, und alles, was du gesagt hast, ist wahr.

Sam bekam eine weitere SMS, diesmal von Darren. *Ich kann es immer noch nicht glauben, dass Sie zu Peter Wagner gegangen sind. Was hat er, was ich nicht habe?*

Vierzig Millionen Zuschauer?

Das war nicht nett!

Sie lachte laut.

Danach traf eine SMS von Scotty ein. *MEINE ELTERN SIND IM FERNSEHEN! Alle, die ich kenne, schreiben mir Nachrichten. Warum habt ihr mich nicht gewarnt?*

Haben wir doch.

NEIN!

Dann gib Dad die Schuld.

Nein, dir!

Gute Nacht, mein Sohn.

Ruhe jetzt. Ich schau mir meine Eltern im Fernsehen an. Sie sind ganz okay, auch wenn sie mir nie was sagen.

Ihr BlackBerry vibrierte. Es war eine SMS von ihrem Liebsten. *Ich weiß nicht, ob du weißt, dass wir gerade im Fernsehen sind.*

Die ganze Welt schreibt mir SMS.

Haha. Die ganze Welt sieht uns zu.

Sei still!

Ich mein ja nur ...

Das ist alles deine Schuld.

Absolut. Er schickte ein Foto von sich mit Thor. *Chris lässt dich grüßen.*

Er ist bestimmt genervt, weil du heißer bist als er.

OMG, hör auf. Niemand ist heißer als Thor.

Doch, du. Da kannst du jeden fragen.

Bleibst du noch ein bisschen wach?

Kommt darauf an, wofür ich aufbleibe.

Ein Gespräch mit deinem Mann?

Das ließe sich eventuell einrichten. Wie lange noch?

Dreißig Minuten maximal. Ich bin furchtbar müde.

Es muss anstrengend sein, mit Promis zu verkehren.

Du hast „verkehren" gesagt.

Werd erwachsen, Nicholas. Du bist Präsident der Vereinigten Staaten.

LOL Bis gleich.

Ich kann's kaum erwarten.

Als Nick eine Dreiviertelstunde später anrief, war Sam bereits eingeschlafen.

„Verdammt, ich hab dich geweckt."

„Schon gut. Ich wollte ja mit dir reden, falls du nach Thor noch Zeit für mich hast."

„Für meine liebste Freundin hab ich immer Zeit. Wie war dein Tag?"

„Nicht so schlecht. Wir stehen kurz davor, den Fall Myerson abzuschließen, und hoffen auf einen großen Durchbruch, wenn wir morgen mit der jüngeren Tochter sprechen."

„Ist die ältere weiter flüchtig?"

Sie liebte es, wenn er Polizeijargon benutzte. „Ja, die Marshals sind hinter ihr und ihrem Freund her, und wir warten auf die Gelegenheit, die jüngere Schwester zu befragen."

„Ich kann mir nicht vorstellen, mit siebzehn oder achtzehn Jahren jemanden zu ermorden."

„Oder überhaupt."

„Ja, klar. Aber vor allem nicht in so jungen Jahren."

„Geht mir genauso. Es ist schwer nachzuvollziehen. Wie auch immer, dein Sohn hat in einem weiteren Algebra-Test sechsundachtzig Punkte. Vielleicht solltest du ihm eine Nachricht schicken."

„Das mach ich auf jeden Fall. Das ist super. Er wird auf dem Quartalszeugnis eine Zwei bekommen. Das weiß ich."

„Erwähn das ihm gegenüber besser nicht. Er ist abergläubisch."

„Wie lustig."

„Absolut. Er hat sich beschwert, weil wir ihn angeblich nicht vorgewarnt haben, dass wir heute Abend im Fernsehen sind."

„Wir haben es ihm gesagt."

„Ich bin mir nicht sicher."

„Ups."

„Bist du wieder im Hotel?"

„Ja, ich hab mich ganz allein ins Bett gelegt."

„Keine Sternchen, die dir Gesellschaft leisten?"

„Es gab ein paar, die das schon gewollt hätten, doch ich hab ihnen erklärt, dass meine Frau mit ihrem rostigen Steakmesser auf sie losgehen würde und dass es dann wegen der Sauerei Schwierigkeiten mit dem Housekeeping gäbe."

Sam lachte. „Verdammt richtig."

„Glaub mir, ich weiß. Sie ist furchterregend mit diesem rostigen Steakmesser."

„Ich vermisse dich wie blöd."

„Ich vermisse dich mehr."

„Auf keinen Fall."

„Doch."

„Gibt's irgendwas Neues von Andy?"

„Noch nicht, aber er weiß, dass wir uns Sorgen machen. Ich bin sicher, wir werden morgen von ihm hören."

„Das hoffe ich doch. Scotty hat Wind von der Sache bekommen und mich danach gefragt."

„Was hast du ihm geantwortet?"

„Die Wahrheit. Er freut sich sehr über die Adoption, die im Raum steht."

„Geht mir genauso."

„Ja, mir auch. Ich hätte es am liebsten, wenn es schon erledigt wäre, damit wir uns nicht mehr um diesen Mist kümmern müssen."

„Das wäre schön", meinte Nick. „Es ist so traurig, dass sie nur hinter dem Geld der Kinder her sind. Wie kann jemand so gefühllos zu diesen beiden Engelchen sein?"

„Ich weiß es nicht. Sie werden aber keinesfalls damit durchkommen."

„Richtig. Am Ende gewinnen wir. Gott sei Dank warst du in jener Nacht im Krankenhaus da und hast dich für sie eingesetzt, bevor sich Verwandte, denen sie scheißegal sind, wie die Geier auf sie stürzen konnten."

„Darüber habe ich vorhin auch nachgedacht. Wenn wir Scotty nicht in unser Leben geholt hätten, wären wir keine anerkannten Pflegeeltern gewesen, und dann hätte das nicht so geklappt."

„Alles geschieht aus einem Grund."

Sam gähnte laut. „Entschuldige."

„Langweile ich dich?"

Sam lachte. „Ganz und gar nicht. Ich bin nur total kaputt."

„Leg dich schlafen, und träum was Schönes."

„Du auch."

„Ich werde von meiner sexy Ehefrau und einem gemeinsamen Wochenende in Camp David träumen."

„Komm schnell heim. Wir lieben und vermissen dich."

„Ich euch auch. Gute Nacht."

„Nacht."

Sam wollte nicht auflegen, aber ihr fielen die Augen zu, und sie schlief ein, den BlackBerry über ihrem Herzen.

KAPITEL 36

Am nächsten Morgen stand Sam zeitig auf, um für die Kinder Frühstück zu machen und dafür zu sorgen, dass sie pünktlich zur Schule aufbrachen, bevor sie zur Arbeit fuhr. Dort würde sie gleich als Erstes rausfinden, was Frank Myerson wollte.

Als er und Dunning in Verhörraum zwei saßen, gingen sie und Freddie hinein. Während Freddie den Rekorder einschaltete, setzte sie sich Frank gegenüber und starrte ihn an.

Er wich ihrem Blick aus.

„Sie haben um dieses Treffen gebeten, Mr Myerson. Was können wir für Sie tun?"

„Ich ... möchte den Mord an meiner Frau gestehen."

Damit hatte Sam nicht gerechnet. Sie lehnte sich in ihrem Stuhl zurück und registrierte, dass Dunning von Franks Geständnis nicht überrascht zu sein schien. „Wo kommt das denn plötzlich her? Was ist mit ‚Ich habe meine Frau nicht umgebracht, ich habe sie mehr geliebt als alles andere'?"

„Ich *habe* sie mehr geliebt als alles andere", sagte er unter Tränen. „Aber unser Leben war unerträglich geworden. Sie war so unnachgiebig mit den Mädchen. Dauernd haben wir gestritten, weil sie sich weigerte, sich die Meinung anderer auch nur anzuhören. Unser Leben fand unter dem Schatten eines Mordes statt, der vor mehr als fünfundzwanzig Jahren verübt wurde, bevor irgendjemand von uns sie überhaupt gekannt hat."

„Und da dachten Sie, es wäre eine gute Idee, wenn Sie einen weiteren Mord begehen?"

„Ich wollte Elaine nicht wehtun! Glauben Sie mir, ich habe sie von ganzem Herzen geliebt. Doch so konnten wir unmöglich weitermachen."

„Wenn es so schlimm war, warum haben Sie sie nicht verlassen und die Mädchen mitgenommen?", fragte Freddie.

„Ich ... Das konnte ich ihr nicht antun. Ihre Kinder waren ihr Leben."

„Also haben Sie ihr lieber das Leben genommen?", hakte Sam nach. „Was soll das für einen Sinn ergeben?"

„Sie verstehen das nicht."

„Das tue ich allerdings nicht. Was ich glaube, ist, dass Sie sich für Ihre Tochter opfern wollen, die mit dem Freund auf der Flucht ist, der ihr wahrscheinlich geholfen hat, ihre Mutter zu töten."

„Das ist nicht wahr! Zoe hat mit alldem nichts zu schaffen."

„Ich glaube Ihnen nicht. Meiner Ansicht nach hat sie sehr wohl etwas damit zu schaffen, und Sie haben beschlossen, sie um jeden Preis zu retten, etwas, was Ihnen nicht gelungen ist, als Elaine noch am Leben war."

„Ich habe alles für die Mädchen getan, was ich konnte!"

„Außer sie aus der schwierigen Lage mit ihrer Mutter herauszuholen", sagte Sam. „Meine Kinder bedeuten mir alles. Wenn jemand sie zu Hause emotional derart missbrauchen würde, würde ich sie nehmen und gehen."

„Ja, klar. Als ob Ihr Mann Sie einfach mit den Kindern ziehen lassen würde."

„Mich ziehen lassen? Ich mache, was ich will, Mr Myerson. Ich bin ein erwachsener Mensch mit eigenem Verstand und eigenem Bankkonto. Wenn meine Kinder in Gefahr wären, würde ich sie da rausholen und nie zurückblicken. Viele Menschen haben diesen Luxus nicht. Ich habe ihn. Sie auch, und trotzdem haben Sie sich dafür entschieden, zu bleiben, also ist es in vielerlei Hinsicht tatsächlich Ihre Schuld. Aber *Sie* haben Elaine nicht getötet."

„Zoe auch nicht. Sie kann es nicht gewesen sein. Jemand ist eingebrochen und hat Elaine ermordet."

„Wir haben keinerlei Hinweise auf ein gewaltsames Eindringen gefunden, und es gab niemanden, der Elaines Tod wollte, außer ihrer Familie."

„Wir waren es nicht. Warum suchen Sie nicht nach anderen Verdächtigen?"

„Das haben wir gemacht. Es gibt keine."

„Es muss welche geben! Zoe ist noch ein Kind! Sie kann das nicht getan haben."

„Wollen Sie damit sagen, dass Sie es nicht waren?"

„Ich will damit sagen, Sie sollen mich anklagen und Zoe vergessen."

„So läuft das nicht, Mr Myerson. Mr Dunning hat Ihnen das doch sicher erklärt."

„Das habe ich", bestätigte Dunning.

„Wir werden Sie im Laufe des Tages wegen Behinderung der Justiz anzeigen. Wenn man Sie auf freien Fuß setzt, empfehle ich Ihnen, alles zu tun, um Ihre Tochter so schnell wie möglich herzuschaffen."

„Warum sollte ich? Damit Sie sie für den Rest ihres Lebens ins Gefängnis stecken können?"

„Seien Sie still, Frank", sagte Dunning.

„Aber das ist doch der Plan, oder etwa nicht?"

„Detective Cruz, bitte lassen Sie die Staatsanwaltschaft wissen, dass wir empfehlen, Mr Myerson ohne Kaution festzuhalten, damit er seiner Tochter nicht helfen kann, weiter vor der Justiz zu fliehen."

Freddie erhob sich. „Ich werde mich sofort darum kümmern."

Frank kniff die Augen zusammen und verzog höhnisch das Gesicht. „Ihre Macht macht Sie total an, oder?"

„Ganz und gar nicht. Wissen Sie, was mich anmacht? Gerechtigkeit für Mordopfer, die es nicht verdient haben, dass Menschen, die sie angeblich am meisten geliebt haben, sie umbringen." Sie erhob sich ebenfalls. „Dieses Gespräch ist beendet." Nachdem sie den Rekorder ausgeschaltet hatte, verließ sie den Raum und bat den Streifenpolizisten draußen, Myerson zurück in seine Zelle zu begleiten.

„Jawohl, Ma'am."

Captain Malone kam gleichzeitig mit ihr ins Großraumbüro. „Was wollte Myerson?"

„Ein Geständnis ablegen."

„Ach, wirklich?"

„Ja, aber das war Blödsinn, und das hab ich ihm ins Gesicht gesagt. Wir beantragen, dass er bis zur Anklageverlesung ohne Kaution in Haft bleibt, weil er angedeutet hat, er werde Zoe helfen, sich der Festnahme zu entziehen, wenn wir ihn freilassen."

„Verstanden."

„Gibt es etwas Neues von den Marshals?"

„Sie haben den silbernen Geländewagen verlassen außerhalb von Chicago gefunden."

„Mist. Jetzt haben sie keine Ahnung, wonach sie suchen sollen."

„Sie überprüfen die in der Gegend gestohlenen Autos sowie Bus-Terminals, Bahnhöfe und Flughäfen."

„Ich hoffe, dass sie bald etwas finden."

„Wie ist es möglich, dass zwei Teenager eine tagelange Verfolgungsjagd durch mehrere Staaten bewerkstelligen?"

„Die haben jeden Schritt geplant. Die Schwester müsste im Laufe des Tages hier eintreffen. Ich will unbedingt mit ihr sprechen."

„Jesse hat gemeint, sie würde kein Wort sagen."

„Wie kann sie sie jetzt noch schützen, nachdem sie sie gefesselt und geknebelt zurückgelassen haben?"

„Ich weiß es nicht."

„Vielleicht können wir Frank benutzen, um sie zum Reden zu bringen, wenn wir im Gegenzug die Anklage gegen ihn fallen lassen."

„Das ist auf jeden Fall einen Versuch wert."

„Wir werden es mal antesten, wenn sie hier ist. Können Sie für mich herausfinden, wann das sein wird?"

„Ja."

Während Malone sich in sein Büro begab, ging sie in ihres, um die Berichte über den Fall durchzusehen. Doch vorher erkundigte sie sich bei Archie nach dem Zustand seiner Freundin.

Danke, dass du dich meldest. Sie erholt sich langsam. Heute hat sie mich in ihr Zimmer gebeten. Sie meint, sie erinnere sich an mein Gesicht und daran, dass ich nett zu ihr war.

Das sind gute Neuigkeiten. Was sagt die Sondereinheit für Sexualdelikte zu den Ermittlungen?

Noch nichts, aber Erica ist dran.

Lass es mich wissen, wenn ich etwas tun kann.

Ich danke dir. Entschuldige, dass ich dich mitten in einem Fall hängen lasse.

Sergeant Walters hat hervorragende Arbeit geleistet.

Freut mich.

Halt mich auf dem Laufenden darüber, wie es ihr geht.

Werde ich.

Sam hoffte, dass es schnell einen Durchbruch in dem Fall geben würde, damit sie erfuhren, was mit Archies Freundin geschehen war, und dass er nicht bald mit gebrochenem Herzen dastehen würde.

Es tat Archie in der Seele weh, an Harlowes Bett zu stehen und ihre Hand zu halten, während sie leise schluchzend eine weitere Untersuchung ihrer Verletzungen erdulden musste. Er ertrug es nicht, sie derart traumatisiert und voller Schmerzen zu sehen, und er verstand nicht, warum sie ihm so viel bedeutete, wo er sie doch bisher erst dreimal getroffen hatte.

Der Arzt erklärte, ihr Zustand sei schon viel besser als am Vortag, und wenn sie weiterhin so gute Fortschritte mache, könne er sie in ein oder zwei Tagen entlassen.

„Wohin soll ich denn dann?", fragte sie Archie unter Tränen.

„Du kommst mit mir nach Hause, und ich kümmere mich um dich."

„Warum solltest du das tun?"

„Weil ich es will."

„Ich … ich erinnere mich nicht an dich."

Mit einem Taschentuch wischte er ihr die Tränen ab. „Du erinnerst dich an mein Gesicht und daran, dass ich nett zu dir war."

„Wer bist du?"

Das hatte er ihr bereits erzählt, aber er würde es so lange wiederholen, bis sie es sich merken konnte. „Mein Name ist Archie, ein Spitzname, der sich von meinem Nachnamen Archelotta ableitet. Alle nennen mich so. Ich bin Detective bei der Washingtoner Polizei und IT-Spezialist."

„Du … du bist Polizist."

Das hatte er ihr auch schon gesagt – immer wieder. „Ja. Du bist bei mir in Sicherheit. Das verspreche ich dir."

„Und woher kennen wir uns?"

„Wir haben uns vor wenigen Wochen auf der Party eines Freundes in Georgetown kennengelernt. Erinnerst du dich an Deb und Joe? Du bist mit Deb beim Yoga."

Verzweiflung schimmerte in ihren schönen braunen Augen, als sie den Kopf schüttelte. „Warum erinnere ich mich an nichts?"

„Ganz ruhig. Das wird schon wieder. Irgendwann kehrt deine Erinnerung zurück."

„Und was, wenn nicht?"

„Ich bin mir sicher, es wird geschehen, wenn du dazu bereit bist."

„Vielleicht ist es besser, wenn das nicht passiert."

Die Vorstellung, was diese Erinnerungen für sie bereithalten mochte, schmerzte ihn, aber er wollte, dass sie ihr Leben und ihre Lieben zurückbekam.

„Alles wird gut", sagte er, obwohl er das natürlich nicht versprechen konnte.

„Danke, dass du so nett zu mir bist."

„Das ist doch selbstverständlich."

„Du … du musst ja sicher eigentlich irgendwo anders sein."

„Ich bin genau da, wo ich im Augenblick sein will."

Er wusste selbst nicht so genau, warum das so war. Aber eins stand fest: Er würde nirgendwo hingehen, solange Harlowe ihn brauchte.

～

Um fünfzehn Uhr erhielt Sam einen Anruf von Detective Jones aus dem kriminaltechnischen Labor.

„Wir haben den Mustang mit Ihrem Fall in Verbindung gebracht und können beweisen, dass er am Sonntag zwischen drei und fünf Uhr nachmittags knapp fünfzig Kilometer gefahren ist."

Bingo, dachte Sam. „Sonst noch etwas?"

„Das Bluetooth war von 15.12 Uhr bis 15.32 Uhr und dann noch einmal von 15.40 Uhr bis kurz nach sechzehn Uhr eingeschaltet."

Demnach waren Zoe und Zeke zum Zeitpunkt des Mordes in der Nähe des Hauses gewesen.

„Können Sie mir das an meine E-Mail-Adresse schicken?"

„Ja, Ma'am."

„Danke."

Sie ging ins Großraumbüro, um den anderen die Neuigkeiten mitzuteilen. „Jetzt können wir beweisen, dass Zekes Mustang im Zeitfenster des Todes in Benutzung war."

„Großartig", erwiderte Cameron.

„Ja." Sam liebte das Gefühl, das sich einstellte, wenn man die Puzzleteile zusammensetzte, um die Täter mit dem Mord in Verbindung zu bringen.

Freddie kam ins Großraumbüro. „Sam, Mr und Mrs Bellamy sind hier."

Sie musste kurz überlegen, wer das war. Ah, Zekes Eltern. „Was wollen sie?"

„Mit dir reden, und zwar nur mit dir."

„Gut", seufzte sie. „Führ sie in Verhörraum eins."

Sam wollte das Gespräch aufzeichnen, und das konnte sie weder in ihrem Büro noch im Konferenzraum. Sie holte eine Flasche Wasser und das Notizbuch von ihrem Schreibtisch, ehe sie den Verhörraum betrat. Die Bellamys hielten einander an den Händen und wirkten verstört.

„Ich bin Lieutenant Holland."

„Greg Bellamy, und das ist meine Frau Lillian."

„Ich möchte unser Gespräch gern aufzeichnen."

„Oh. Okay."

„Sind Sie beide damit einverstanden?"

Sie sahen einander an und nickten dann.

Sam schaltete das Aufnahmegerät ein, nannte die Anwesenden und erklärte, dass alle mit der Aufzeichnung einverstanden waren. „Sie wollten mich sprechen?"

„Unser Sohn Zeke ist verschwunden", begann Greg, „und niemand will uns sagen, wo er ist oder was los ist."

„Wir glauben, dass er mit Zoe Myerson auf der Flucht ist, nachdem sie ihre Mutter umgebracht haben."

Lillian schnappte nach Luft. „Was? Er hat niemanden getötet! So etwas würde Zeke nie tun."

„Wir wissen nicht, wer von den beiden Mrs Myerson mit einem Baseballschläger den Schlag auf den Hinterkopf verpasst hat, aber wir sind ziemlich sicher, dass beide dort waren."

„Auf keinen Fall", widersprach Greg. „Zeke hat ein Stipendium, um nächstes Jahr in Villanova Baseball zu spielen. Das würde er nie gefährden, indem er sich in so etwas verwickeln lässt."

„Wir können beweisen, dass sein Auto um den Zeitpunkt des Mordes an Mrs Myerson herum gefahren wurde und dass sein Bluetooth zweimal für zwanzig Minuten eingeschaltet war, was der Dauer einer Fahrt von Arlington nach Crestwood entspricht."

„Sie versuchen, das meinem Sohn anzuhängen, obwohl es dieses Mädchen war", entgegnete Lillian. „Sie hat ihre Mutter *gehasst*!"

„Woher wissen Sie das?", fragte Sam.

Sie blickte zu Boden und wirkte verlegen. „Zeke hat es mir erzählt. Seit er Zoe getroffen hat, ist Zeke wie besessen von ihr. Er redet von nichts anderem mehr. Seine Noten haben sich verschlechtert, und er hat ein paarmal beim Training gefehlt, was früher undenkbar gewesen wäre. Es ist sein letztes Schuljahr, Lieutenant. Jedes Spiel zählt. Wenn er das Training verpasst, wird er im nächsten Spiel nicht aufgestellt. Villanova hat deutlich gemacht, dass sein Stipendium von einer erfolgreichen Saison abhängt. Er muss wieder zum Training gehen."

Sam wollte ihr nicht erklären, dass die Baseballkarriere ihres Sohnes wahrscheinlich vorbei war. Auch wenn er nicht an dem Mord an Elaine Myerson beteiligt gewesen war, hatte er Zoe geholfen, sich dem Zugriff der Polizei zu entziehen, wofür er mit einer entsprechenden Anklage rechnen musste.

Es sei denn, er war bereit, auszusagen. Dann könnten sie vielleicht einen Deal aushandeln.

„Hat sich Ihr Sohn schon einmal so verhalten?"

„Nein!", rief Lillian. „Noch nie. Er ist ein guter Junge. Unter normalen Umständen würde er nie etwas tun, was uns so verärgert. Es ist dieses Mädchen. Sie hat ihm derart den Kopf verdreht, dass er nur noch an sie denkt."

„Was halten Sie davon, einen öffentlichen Aufruf an ihn zu richten, sich mit Ihnen in Verbindung zu setzen?", erkundigte sich Sam.

„Wir haben es bisher geschafft, diese Situation als private Familienangelegenheit zu behandeln", antwortete Greg. „Seinem Trainer haben wir gesagt, Zeke habe die Grippe und sei zu krank, um zum Arzt zu gehen. Wenn bekannt wird, dass er mit einer Mordverdächtigen auf der Flucht ist, ist sein Leben ruiniert."

Als Mutter konnte Sam mit ihnen mitfühlen. Wie auch nicht? Doch sie schuldete ihnen die Wahrheit. „Es tut mir leid, dass ich so offen bin, aber ich bin mir ziemlich sicher, dass Zeke sein Leben bereits ruiniert hat, indem er Zoe geholfen hat, ihre Mutter zu töten und dann zu fliehen."

Lillians Augen füllten sich mit Tränen. „Das kann nicht wahr sein! Sag es ihr, Greg. Er ist ein Musterschüler und ein erfolgreicher Sportler mit einem Stipendium. Er hat einen Fehler gemacht! Mehr nicht."

Greg legte seine Hand auf Lillians. „Lieutenant Holland hat recht."

„Nein. Er wird zurückkommen und die Sache in Ordnung bringen. Ich kenne Zeke. Er würde nie jemanden verletzen! Weißt du noch, wie er die Häschen vor den Hunden gerettet hat? Er würde nie jemanden töten oder jemandem helfen, einen Mord zu begehen! So ist er nicht. Sag es ihr."

Greg Bellamy legte einen Arm um seine verzweifelte Frau. „Er ist immer ein guter Junge gewesen. Hat nie Ärger gemacht, bis er Zoe kennengelernt hat. Seit sie auf der Bildfläche aufgetaucht ist, hat er sich verändert. Er ist kaum noch zu lenken."

„Trotzdem hat er immer auf uns gehört", beharrte Lillian.

„Wenn er nicht gerade mit ihr unterwegs war. Sie hatte einen schlechten Einfluss auf ihn. Wir haben versucht, ihm zu erklären, dass seine Beziehung zu ihr nicht gut für ihn war, doch davon wollte er nichts wissen."

„Ich habe mitbekommen, wie sie ihm erzählt hat, ihre Mutter habe sie und ihre Schwester misshandelt", berichtete Lillian. „Dass sie sie in ihre Zimmer gesperrt habe und ihnen nichts erlaube."

„Keins der Mädchen hat je erwähnt, dass ihre Mutter sie in ihren Zimmern eingesperrt hat", entgegnete Sam.

„Glauben Sie, sie hat das gesagt, um sein Mitleid zu erregen?", fragte Lillian, während Greg stumm auf die Tischplatte starrte. Er begriff schneller als seine Frau, die die Wahrheit weiter leugnete.

„Kennen Sie irgendwo im Westen einen Ort, an dem er sich verstecken könnte?", erkundigte sich Sam.

„Nein", antwortete Greg. „Es gibt nirgendwo … Einen Augenblick. Wie hieß das Camp in Colorado Springs, wo er damals im Sommer war? Weißt du noch, wie sehr er es geliebt hat?"

„Herron Creek?"

„Ja. Er hat danach noch jahrelang davon gesprochen, konnte aber wegen seiner Baseballverpflichtungen im Sommer nicht mehr dorthin zurück."

„Das klingt vielversprechend. Ich werde die Information an die Marshals weiterleiten."

„Was tun wir in der Zwischenzeit?", erkundigte sich Lillian.

Sam schob den beiden über den Tisch ihr Notizbuch und ihren Stift hin. „Geben Sie mir Ihre Kontaktdaten, und ich halte Sie auf dem Laufenden."

Greg schrieb ihr die gewünschten Informationen auf. „Ich weiß, Sie haben keinen Grund, uns zu glauben, Lieutenant, doch Zeke ist ein guter Junge. Wenn es einen Plan gab, Zoes Mutter zu töten, dann war es sicher nicht seine Idee, und ich kann mir in meinen kühnsten Träumen nicht vorstellen, dass er jemandem etwas antun würde."

„Danke, dass Sie mir das sagen. Ich melde mich bei Ihnen, wenn wir mehr wissen."

„Sollen wir da hinfahren?", fragte Lillian. „Nach Colorado Springs?"

„Auf gar keinen Fall. Kehren Sie nach Hause zurück, und warten Sie, bis Sie von mir hören. Bitte machen Sie die Sache nicht noch schlimmer, indem Sie den Strafverfolgungsbehörden im Weg sind."

„Nein", versprach Greg. „Danke für Ihre Zeit, Lieutenant."

„Nichts zu danken."

Sie begleitete sie hinaus und kehrte danach ins Großraumbüro zurück.

„Worum ging es?", wollte Freddie wissen.

„Sie haben mir erzählt, dass Zeke ein Musterschüler ist, der ein Baseball-Stipendium für Villanova hat, und dass er auf gar keinen Fall etwas mit einem Mord zu tun haben kann."

„Glaubst du ihnen das?"

„Seltsamerweise ja. Sie haben gemeint, er stehe unter Zoes Einfluss und habe sich sehr verändert, seit sie in sein Leben getreten ist. Sein Interesse an Schule, Baseball und all den anderen Sachen, die ihm sonst wichtig waren, hat nachgelassen. Sie haben erwähnt, dass er eine Vorliebe für ein Sommercamp namens Herron Creek in der Nähe von Colorado Springs hat, in dem er mal war. Das sollte an Jesse weitergeleitet werden. Sonst wissen die beiden von keinem Ort im Westen, mit dem ihn irgendwas verbindet."

„Ich rufe Jesse sofort an", erbot sich Freddie.

„Ehe du das tust", erklärte Sam, die plötzlich eine Idee hatte, „welche sozialen Medien nutzt Zeke?"

„Instagram, Snapchat und TikTok."

„Wenn ich ihm auf diesen Plattformen eine Nachricht zukommen lassen wollte, wie ginge das?"

„Ich kann das für dich tun." Er setzte sich an seinen Schreibtisch und fuhr seinen Computer hoch. „Was willst du ihm mitteilen?"

Sam dachte darüber nach. „„Hier ist Lieutenant Holland von der Polizei in Washington. Ihre Eltern waren gerade bei mir, sie sind aufgewühlt und machen sich Sorgen um Sie. Sie sagten, dass Sie ein Musterschüler seien und ein Baseball-Stipendium für Villanova hätten. Dafür müssen Sie sehr hart gearbeitet haben. Wenn Sie Kontakt zu mir aufnehmen, kann ich Sie ohne viel Aufhebens nach Hause bringen lassen. Ihre Eltern wollen, dass Sie Ihr letztes Schuljahr beenden und Ihr Leben weiterleben. Wenn Sie vor der Polizei weglaufen, wird das zu einer Anklage führen. Das würde ich gerne vermeiden. Bitte melden Sie sich bei mir, damit ich Ihnen helfen kann.'"

„Okay", meinte Freddie. „Ich werde ihm das auf allen drei Plattformen als Direktnachricht mit deiner Handynummer schicken."

„Vielen Dank. Lass mich auch wissen, was Jesse sagt."

„Na klar."

KAPITEL 37

In der Zwischenzeit begab sich Sam zu Malone. „Wissen Sie schon, wann Jada eintrifft?"

„Sie und einer der Marshals landen in einer halben Stunde. Streifenpolizisten holen sie ab."

„Super."

„Laut den Marshals ist sie in keiner guten Verfassung und sehr angegriffen. Wir müssen vorsichtig sein."

„Das kann ich."

„Ich möchte Lucas dabeihaben. Sie kann gut mit traumatisierten Personen umgehen."

„Ach, und ich nicht?"

„Sie sind eher gut darin, ein Trauma auszulösen."

„Wow. Autsch."

Malone grinste. „Sie wissen, wie ich es meine. Holen Sie Erica zu dem Gespräch mit Jada dazu."

„Ich werde sehen, ob sie Zeit hat."

„Das war ein Witz", sagte Malone.

„Ich weiß. Aber Sie haben recht, sie kann wirklich gut mit Opfern umgehen."

„Apropos, ich habe gehört, dass die Eltern von Zoes Freund hier waren. Was haben sie gewollt?"

„Sie haben mir erzählt, was für ein toller Junge Zeke ist und dass er nichts mit einem Mord zu tun haben kann. Ich neige dazu, ihnen zu glauben. Wenn er in dieser Sache ebenfalls ein Opfer ist, wäre es schön, wenn es uns gelingen würde, seine Zukunft zu retten."

„Inwiefern sollte er ein Opfer sein?"

„Zoe hat ihm zum Beispiel weisgemacht, Elaine habe sie und Jada in ihren Zimmern eingesperrt. Darauf gab es keinerlei Hinweise, und die Familie hat auch nie etwas in der Richtung erwähnt. Ich denke, das hätte sie, wenn es wahr wäre."

„Ganz bestimmt."

„Ich glaube, Zoe hat Elaines strenge Regeln bei Zeke hochgespielt, ihn glauben lassen, sie sei in Gefahr, und ihn angefleht, ihr zu helfen. Sie war wahrscheinlich seine erste Sexualpartnerin überhaupt, also hat sie das als Mittel benutzt, um ihn dazu zu bringen, zu tun, was sie wollte."

„Wer hat die Mutter getötet?", fragte Malone.

„Zoe, aber Zeke hat sie hingebracht und vielleicht draußen gewartet, ohne zu ahnen, was sie vorhatte."

„Das ist alles pure Spekulation. Woher wollen Sie wissen, dass nicht er der Drahtzieher war, weil er Zoe aus einer schwierigen Situation befreien wollte?"

„Das weiß ich natürlich nicht, doch ich glaube seinen Eltern, die Stein und Bein schwören, dass er sich niemals an so etwas beteiligen würde. Bei ihr hingegen kann ich es mir mühelos vorstellen."

Sam spürte eine Präsenz in ihrem Rücken, drehte sich um und entdeckte Sergeant Walters. „Kann ich Ihnen irgendwie helfen?"

„Ich habe Sie gesucht, Ma'am, und Ihr Team sagte, Sie seien im Büro des Captains. Ich bin auf dem Laptop des Opfers auf etwas Interessantes gestoßen."

„Nämlich?"

„Einen Ordner mit Ermittlungen zum Mord an der Schwester, die kürzlich neue Ergebnisse zutage gebracht haben."

Sam horchte auf. „Was für Ergebnisse?"

„Einen Verdächtigen."

„Kommen Sie mit in den Konferenzraum, damit Sie uns alle zusammen informieren können." Sie blickte zu Malone, der bereits auf den Beinen war, um ihnen zu folgen. Im Großraumbüro befahl sie: „Alle in den Konferenzraum für ein Update."

Als ihr Team um den Tisch herum Platz genommen hatte, erteilte Sam Walters mit einer Geste das Wort.

„Bei einer gründlichen Untersuchung des Laptops von Elaine Myerson hab ich bei einem Cloud-Dienst einen Dateiordner entdeckt, in dessen Namen das Wort ‚Rezept' vorkommt, weshalb wir uns bei unserer ersten Durchsicht erst mal nicht näher damit befasst haben. In dem Ordner befinden sich Hunderte von Dateien, die allesamt Informationen enthalten, die mit der Ermordung von Elaines Schwester Sarah zusammenhängen."

„Sie hat eigene Ermittlungen durchgeführt?", erkundigte sich Cameron.

„Das ist meine Schlussfolgerung, nachdem ich mir alle Dokumente angesehen habe. Vor einer Weile ist sie auf einen Verdächtigen gestoßen, einen gewissen Darryl Robinson." Er deutete auf den Computer an der Stirnseite des Konferenzraums. „Darf ich?"

„Natürlich", sagte Sam.

Er steckte einen USB-Stick in einen Port des Computers und zeigte das Bild eines weißen Mannes, den Sam auf etwa sechzig schätzte. Er hatte graues Haar und einen Kinnbart.

„Das Foto stammt von dem Facebook-Profil von Darryl Robinson, einundsechzig Jahre alt, wohnhaft in Springfield, Virginia. Laut Elaines Notizen galt er damals als Sonderling, hat aber keine Vorstrafen und hat bei der ursprünglichen Untersuchung des Falls keine Rolle gespielt. Elaine hat umfangreiche Nachforschungen über seinen Aufenthaltsort zur Zeit von Sarahs Verschwinden angestellt und herausgefunden, dass er in einem Fast-Food-Restaurant gearbeitet hat, das achthundert Meter von dem Ort von Sarahs Entführung entfernt lag."

Jede Zelle in Sams Körper begann zu vibrieren, als Walters die Details vortrug. Wenn sich das bewahrheitete, würde sie ihrem Instinkt dann je wieder vertrauen können?

„Nachdem sie sich monatelang bemüht hatte, ihn telefonisch

und per E-Mail zu erreichen, hat Elaine ihn vor drei Wochen persönlich aufgesucht."

„Was?", flüsterte Freddie.

„Das ist natürlich nicht gut gelaufen, und Elaine hat vermerkt, dass er sie seines Grundstücks verwiesen hat. Er hat eine einstweilige Verfügung gegen sie beantragt, die es ihr verbot, ihn zu kontaktieren oder sich ihm auf weniger als hundertfünfzig Meter zu nähern." Walters klickte auf die Fernbedienung, um eine Kopie der einstweiligen Verfügung aufzurufen. „Sie hatte sie ebenfalls in dem Ordner gespeichert. Ihre Notizen sind akribisch, detailliert und zeigen, dass sie überzeugt war, er sei der Mann, der ihre Schwester entführt, gefoltert und ermordet hat."

„Steht irgendetwas davon in der Akte, die wir von Detective Truehart bekommen haben?", erkundigte Sam sich bei Cameron, der diese durchgegangen war, wann immer seine Zeit es erlaubte.

„Ich habe nichts dazu gefunden."

„Holen wir Truehart ans Telefon." Sie blätterte in ihrem Notizbuch und suchte für Freddie seine Nummer heraus. Der wählte sie auf dem Festnetztelefon auf dem Tisch und stellte es laut.

„Truehart."

„Hier ist Sam Holland, MPD."

„Oh, hallo. Wie kommen Sie mit den Ermittlungen voran?"

„Langsam, doch nicht ohne Erfolge. Ich sitze hier mit meinem Team, und wir haben eine Frage an Sie. Haben Sie von Elaine etwas über einen möglichen Verdächtigen in Sarahs Fall gehört?"

„Viele Male über die Jahre. Sie hat genauso hart an dem Fall gearbeitet wie ich und mehrere Spuren gefunden, denen ich allen nachgegangen bin. Keine davon hat etwas ergeben, weil die Verdächtigen in der Regel beweisen konnten, dass sie sich zum Zeitpunkt von Sarahs Entführung woanders aufgehalten haben. Ich hätte das erwähnen sollen, als wir miteinander gesprochen haben, aber ich habe seit Jahren nicht mehr an ihre Hinweise gedacht."

„Hat sie sich in letzter Zeit diesbezüglich mal wieder bei Ihnen gemeldet?"

„Nicht in den letzten drei Jahren oder so."

„Sagt Ihnen der Name Darryl Robinson etwas?"

„Nein, da klingelt nichts bei mir."

„Danke, das ist sehr hilfreich."

„Immer gern. Lassen Sie es mich wissen, wenn ich noch etwas tun kann."

Sam legte auf. „Elaine hat ihm also jahrelang Hinweise gegeben, ohne dass es etwas genützt hat. Daher hat sie beschlossen, die Sache diesmal selbst in die Hand zu nehmen." Sie dachte einen Moment nach. „Hätte Truehart nicht von einer einstweiligen Verfügung gegen die Schwester seines Mordopfers erfahren?"

„Manassas liegt in Prince William County", erwiderte Cameron. „Springfield hingegen in Fairfax."

„Ah, verstehe. Das erklärt, warum er nichts davon gewusst hat. Detective Charles, holen Sie bitte Frank Myerson zu einer Befragung nach oben. Mal sehen, was er uns über die verdeckten Ermittlungen seiner Frau erzählen kann."

Neveah stand auf und verließ den Konferenzraum.

„Was denkst du?", fragte Gonzo.

„Elaine hat in ein Wespennest gestochen, und vielleicht hat die Wespe zurückgestochen."

„Wie passt das dazu, dass die Tochter und ihr Freund vor uns weglaufen?", warf Freddie ein.

„Vielleicht hatten sie das Gefühl, wir wollten ihnen etwas in die Schuhe schieben, das sie nicht getan haben, und haben Panik bekommen." Sam hatte ein flaues Gefühl im Magen, weil sie so davon überzeugt gewesen war, dass Zoe Elaine getötet hatte. War es möglich, dass sie komplett danebengelegen hatte?

„Könnte sein", meinte Gonzo.

Sam wandte sich an Captain Malone. „Wie sollen wir mit diesem Robinson umgehen?"

„Vorsichtig. Im Moment haben wir noch keine Möglichkeit, eine richterliche Anordnung für seine Geräte oder seine DNA zu erhalten."

„Es sei denn …" Sie sah Walters an. „Wenn wir beweisen könnten, dass er am Sonntag irgendwo in der Nähe von Crestwood war, wäre das ein hinreichender Grund für einen Haftbefehl."

„Ich werde mir die Überwachungsaufnahmen anschauen." Er zog seinen USB-Stick aus dem Rechner und verließ den Raum.

„Cameron, besorg mir so schnell wie möglich alles, was du über diesen Typen finden kannst."

„Bin schon dabei."

Neveah kehrte zurück. „Mr Myerson ist in Verhörraum eins."

„Vielen Dank." Sam warf Freddie einen auffordernden Blick zu, um ihm zu verstehen zu geben, dass er sie begleiten sollte. Sie betraten den Verhörraum und schlossen die Tür hinter sich.

„Erzählen Sie mir von Elaines Ermittlungen im Fall Sarah", verlangte Sam von Myerson.

Seine Miene drückte Verwirrung aus. „Sie hatte nichts damit zu tun, außer dass sie mit dem Trauma gelebt hat."

„Ihnen ist nicht bekannt, dass sie in dem Fall fast wie ein Profi ermittelt hat?"

„Wie bitte? Nein, hat sie nicht."

„Doch, und zwar fast von Anfang an. Detective Truehart hat uns berichtet, sie habe ihn regelmäßig angerufen und ihm Verdächtige genannt, die er überprüfen sollte."

„Haben Sie irgendwelche Beweise dafür gefunden?"

„Ja, in einem Cloud-Ordner auf ihrem Laptop, der als Rezeptordner gekennzeichnet war."

„Davon weiß ich nichts."

„Hat sie mit Ihnen über Sarah gesprochen?"

„In letzter Zeit nicht mehr viel." Er lehnte sich in seinem Stuhl zurück, als müsste er darüber nachdenken. „Nachdem wir etwa ein Jahr zusammen waren, hab ich ihr erklärt, ich könne es nicht ertragen, für den Rest meines Lebens jeden Tag vom Mord an ihrer Schwester zu hören. Ich hab gesagt, ich könne verstehen, dass sie und ihre Familie viel durchgemacht hätten, aber es sei einfach eine zu große Belastung, tagtäglich damit zu tun zu haben. Sie solle es hinter sich lassen. Doch das hat sie wohl nie wirklich getan."

Wer würde das auch?, hätte Sam ihn am liebsten gefragt. „Danke. Das hilft uns weiter."

„Wann kann ich nach Hause?"

„Vielleicht später. Jada wird in Kürze hier sein. Wir möchten, dass Sie dabei sind, wenn wir mit ihr sprechen."

„Was immer ich tun kann, um zu helfen."

„Ihre Kooperation wird viel dazu beitragen, dass wir alle anhängigen Anklagen gegen Sie fallen lassen, sobald wir einen anderen Verdächtigen haben."

„Verstanden."

„Wir behalten Sie hier oben, bis Jada eintrifft. Gibt es etwas, das wir Ihnen besorgen können?"

„Kaffee wäre gut."

„Ich kümmere mich darum", erwiderte Freddie.

Vor dem Zimmer trug Sam ihm auf: „Positioniere einen Streifenbeamten vor der Tür."

Er nickte und entfernte sich, um den Kaffee und den Kollegen zu holen.

Während Sam darauf wartete, dass jemand zum Wachdienst erschien, lehnte sie sich an die Wand, schloss die Augen und ging den Fall noch mal aus allen Blickwinkeln durch. Sie war so sicher gewesen, dass Zoe – und vielleicht auch Zeke – darin verwickelt war. Jetzt musste sie das alles infrage stellen.

Ihr Handy klingelte. Auf dem Display stand eine Nummer aus Virginia.

„Holland."

„Hier ist … Zeke Bellamy. Ich habe Ihre Nachricht auf Snapchat erhalten."

Sam richtete sich auf. „Zeke, ich bin so froh, dass Sie sich melden."

„Sie sagten, meine Eltern seien aufgewühlt und in Sorge."

„Sehr. Aber sie haben auch Angst, dass Sie Ihre vielversprechende Zukunft ruinieren, indem Sie etwas Dummes tun."

„Zoe … Sie hat gemeint, wir müssten fliehen, weil Sie uns für den Mord an ihrer Mutter verantwortlich machen würden, und wir könnten nicht einfach den Kopf hinhalten und die Schuld für etwas auf uns nehmen, das wir nicht getan haben."

411

Sam schloss die Augen und seufzte. „Wo sind Sie, Zeke?"

„Stecken wir in Schwierigkeiten?"

„Nicht wenn Sie das Richtige tun. Ich kann jemanden schicken, der Sie zurückbringt, aber dazu müssen Sie mir verraten, wo Sie sind."

„Werden Sie uns verhaften lassen?"

„Nein, U.S. Marshals werden Sie zurück nach Washington eskortieren. Wir wollen nur, dass Sie sicher heimkommen. Können Sie uns dabei helfen?"

„Ich würde ja, doch Zoe sagt ... Sie meint, wenn wir zurückgehen, klagt man uns wegen Mordes an, weil ... Wir waren an dem Tag bei ihr zu Hause. Sie hat sich reingeschlichen, um etwas zu holen. Niemand hat bemerkt, dass sie da war. Ich hab draußen auf sie gewartet."

„Was hat sie geholt?"

„Ihr Verhütungsmittel. Wir hatten solche Angst vor einer Schwangerschaft, dass wir uns doppelt schützen wollten. Zoe benutzt so einen Ring, hatte ihn aber zu Hause vergessen, also sind wir ihn holen gefahren. Sie war in einer Minute drin und wieder draußen und hat niemanden gesehen, doch sie hat tierische Angst, weil wir überhaupt da gewesen sind und Sie darüber belogen haben."

Sam spürte, wie ihr die Knie nachzugeben drohten angesichts der Rolle, die sie dabei gespielt hatte, zwei Teenager derart in Panik zu versetzen, dass sie tatsächlich geflohen waren. Sie war so davon überzeugt gewesen, dass die beiden etwas mit dem Mord zu tun hatten. „Sie sind keinesfalls in Schwierigkeiten. Kann ich mit Zoe reden? Ich werde es ihr selbst sagen."

„Natürlich. Moment."

Sam hörte ihn sprechen und eine verärgert klingende Frauenstimme etwas erwidern. Er antwortete in einem flehenden Ton.

Weitere Geräusche entstanden, als das Handy den Besitzer wechselte.

„Hallo."

„Zoe, hier ist Lieutenant Holland. Zeke hat mir erzählt,

warum Sie am Sonntag noch mal nach Hause gefahren sind und dass Sie nur eine Minute dort waren.“

„Ich habe Ihnen gesagt, dass ich nichts damit zu tun habe, aber Sie wollten mir ja nicht glauben.“

„Was ist in Ohio mit Jada passiert?“

„Sie hat ununterbrochen behauptet, dass ich unsere Mutter umgebracht hätte, was nicht stimmt! Ich habe ihr immer wieder erklärt, dass ich es nicht war, doch sie hat mir nicht geglaubt. Wir sind uns richtiggehend in die Haare geraten, und ich habe sie gefesselt und im Zimmer zurückgelassen, um da wegzukommen. Wenn mir schon die ganze Welt die Schuld gibt, wollte ich es Ihnen wenigstens nicht unnötig leicht machen, mich zu finden.“

„Zoe, ich schicke die U.S. Marshals zu Ihnen und Zeke, um Sie heimzuholen. Ich werde die Marshals darüber unterrichten, dass Sie keine Verdächtigen sind und sie Sie auch nicht als solche behandeln sollen. Werden Sie mit ihnen zurückkommen?“

„Schwören Sie, dass das kein Trick ist?“

„Das schwöre ich beim Leben meiner Familie.“

„Ich habe Ihnen gesagt, dass ich es nicht war“, schluchzte Zoe.

„Ja, ich weiß. Es tut mir leid, dass ich Ihnen nicht geglaubt habe.“

Zoe schniefte mehrmals.

„Verraten Sie mir, wo Sie sind.“

„Wo sind wir hier noch mal, Zeke?“

„Herron Creek in Colorado Springs.“

„Warten Sie dort. In Kürze wird jemand bei Ihnen sein.“

Sam legte auf und rief Jesse an.

„Best.“

„Unsere Flüchtigen haben sich gemeldet. Sie befinden sich in einem Camp namens Herron Creek in Colorado Springs. Die beiden gelten nicht länger als Verdächtige in unserem Fall. Bitte behandeln Sie sie auch nicht als solche.“

„Verstanden.“

„Jesse … Das sind im Grunde noch Kinder. Bitte lassen Sie nicht zu, dass ihnen etwas passiert."

„Verstanden." Er legte auf.

Captain Malone kam den Gang entlang. „Was ist los?"

„Ich hab es vermasselt."

„Inwiefern?"

„Ich wollte es Zoe und ihrem Freund anhängen, dabei waren sie es höchstwahrscheinlich gar nicht. Ich habe Zeke eine Nachricht über seine Social-Media-Accounts gesandt, und er hat mich wie erbeten kontaktiert. Würde er das tun, wenn er in einen Mord verwickelt wäre?"

„Sie halten jetzt diesen Robinson für den Täter?"

„Das hängt davon ab, ob wir beweisen können, dass er sich am Sonntag in der Nähe des Tatorts aufgehalten hat."

„Können wir." Walters näherte sich mit den typischen schlecht aufgelösten Ausdrucken von Aufnahmen einer Überwachungskamera. „Das ist er, wie er am Sonntag um zwei Uhr vier Blocks vom Haus der Myersons entfernt aus einem Uber steigt."

„Schnappen wir ihn uns", erwiderte Malone. „Ich werde die Kollegen in Fairfax County benachrichtigen und richterliche Anordnungen für DNA, Elektronik und sein Haus beantragen."

Officer Clare erschien auf dem Flur. „Detective Cruz hat mich gebeten, ein Auge auf Verhörraum eins zu haben."

„Vielen Dank."

„Wie läuft es im Fall Myerson?", fragte er.

„Wir haben heute einen Durchbruch erzielt. Drücken Sie uns die Daumen."

„Das werde ich. Viel Glück."

„Danke."

Sam ging wieder ins Großraumbüro. „Gonzo, Walters hat ein Video gefunden, das Robinson am Sonntagnachmittag in Crestwood zeigt. Würdest du ihn bitte mit Matt abholen und herschaffen? Der Captain bittet Fairfax County um Amtshilfe."

Gonzo griff nach seiner Jacke und seinem Walkie-Talkie. „Schon unterwegs."

„Seid vorsichtig, und tragt schusssichere Westen. Robinson könnte bewaffnet und gefährlich sein."

„Verstanden."

Sam hatte kaum Luft holen können, als zwei Streifenpolizisten und ein weiblicher U.S. Marshal Jada Myerson hereinführten.

Sam erschrak über den dunklen Bluterguss in ihrem geschwollenen Gesicht. „Ich danke Ihnen", sagte sie zu den anderen Beamten. „Wir übernehmen jetzt." Das Mädchen trug ein rotes Sweatshirt, das ihr mehrere Nummern zu groß war, eine graue Jogginghose sowie Flip-Flops.

Die Frau von den Marshals hielt Sam eine Mappe hin. „Hier die Unterlagen aus dem Krankenhaus."

„Vielen Dank. Hier entlang, Jada. Ihr Vater will Sie sehen."

Das Mädchen begann zu schluchzen, als Sam seinen Vater erwähnte.

Sam öffnete die Tür zum Verhörraum, und Jada rannte zu ihm.

Frank liefen Tränen über die Wagen, während er seine Tochter in die Arme schloss.

Sam betrat hinter dem Mädchen den Raum und ließ ihr und ihrem Vater eine Minute Zeit, ehe sie das Wort ergriff. „Es tut mir leid, dass ich zu einem solchen Zeitpunkt dienstliche Fragen stellen muss."

Frank half seiner Tochter auf einen Stuhl und setzte sich neben sie.

„Warum trägst du das?", fragte Jada und deutete auf seinen orangefarbenen Overall.

„Man hat mich wegen Behinderung der Justiz festgenommen."

„Sie haben dich verhaftet? Genau das hat Zoe vorhergesagt: Wenn sie keinen anderen Verdächtigen finden, werden sie uns anklagen, weil wir so oft Streit mit Mom hatten."

„Hat sie Sie deshalb zur Flucht überredet?"

Jada nickte. „Zoe hat gemeint, wir könnten entweder

weglaufen oder warten, bis man uns festnimmt. Sie hat mir so viel Angst gemacht, dass ich mitgegangen bin."

„Sie wollten das eigentlich nicht?"

„Nicht wirklich. Ich bin mir ziemlich sicher, dass sie es getan hat, aber ich glaube, sie hätte es mir in die Schuhe geschoben. Ich hatte die Vorstellung, wenn ich mitkomme, könnte ich sie im Auge behalten."

„Warum fehlt Geld aus Ihren beiden College-Fonds?", fragte Sam.

Jada warf ihrem Vater einen schuldbewussten Blick zu. „Wir hatten geplant, auszuziehen, sobald Zoe achtzehn wird. Sie wollte das Sorgerecht für mich beantragen."

„Mein Gott", entfuhr es Frank. „Ich hatte schon Angst, sie nimmt wieder Drogen."

„Nein, auf keinen Fall", beruhigte ihn Jada. „Sie ist wild entschlossen, clean zu bleiben. Zoe hat kapiert, dass Drogen nichts bringen."

„Ich frage mich", übernahm Sam wieder die Gesprächsführung, „wie Sie beide, die Sie sich so sehr hassen, das überwinden konnten, um derartige Pläne zu schmieden."

„Wir waren verzweifelt", antwortete Jada. „Wir mögen einander immer noch nicht, aber wir konnten nicht länger so leben."

„Was ist passiert, dass Sie allein in einem Motel-Zimmer gelandet sind?"

„Ich wollte unbedingt wissen, ob sie Mom jetzt getötet hat, also habe ich sie immer wieder genervt und versucht, sie dazu zu bringen, zuzugeben, dass sie es getan hat, doch das hat nicht geklappt. Sie ist wütend geworden und hat mich angeschrien, ich solle die Klappe halten. Aber ich habe weitergemacht, bis sie völlig ausgerastet ist. Sie hat sich auf mich gestürzt und mich überwältigt, dann hat sie mir mit einem Strumpf die Handgelenke gefesselt, mit dem anderen hat sie mich geknebelt. Ich konnte nicht glauben, dass sie mich wirklich zurücklassen wollten. Sie haben darüber gestritten. Zeke wollte mich mitneh-men, doch Zoe hat entgegnet, sie habe die Nase voll von meinem Blödsinn und jemand vom Housekeeping werde mich schon finden." Sie schluchzte. „Es hat aber ewig gedauert, bis wirklich jemand ins Zimmer gekommen ist."

Frank legte behutsam einen Arm um sie. „O Gott, Süße. Es tut mir so leid, dass dir das widerfahren ist."

„Haben Sie Zoe und Zeke verhaftet?", fragte Jada und wischte sich mit einem Taschentuch, das Sam ihr gereicht hatte, die Tränen ab.

„Nein."

„Warum nicht? Es liegt doch auf der Hand, dass sie es getan hat, und er hat ihr geholfen."

„Das glauben wir inzwischen nicht mehr."

Jada sah ihren Vater ungläubig an. „Wie kann es jemand anders gewesen sein?"

„Wir haben erfahren, dass Ihre Mutter im Mordfall ihrer Schwester weiter Nachforschungen angestellt hat", sagte Sam. „Kürzlich hat sie einen Mann aufgesucht, den sie für verdächtig hielt. Er hat eine einstweilige Verfügung gegen sie erwirkt, um sie auf Abstand zu halten. Überwachungskameras haben ihn am Sonntagnachmittag in der Nähe Ihres Hauses aufgenommen, kurz bevor Ihre Mutter von ihren Besorgungen heimgekehrt ist."

Während sie das erzählte, fiel Sam ein weiteres Detail ein. Sie zeigte den beiden ein Foto des Baseballschlägers, mit dem der Mörder Elaine erschlagen hatte.

„Kommt Ihnen der bekannt vor?"

Frank schnappte nach Luft. „Das ist Zoes aus der Zeit, als sie noch Softball gespielt hat."

„Es ist möglich, dass der Mann sich in die Garage geschlichen hat, als Elaine das Tor geöffnet hat, um ihr Auto reinzufahren, und dann den Schläger an sich genommen hat." Das würde erklären, warum es keine Einbruchsspuren gab.

„Es war nicht Zoe?", vergewisserte sich Jada leise.

„Wir haben noch nicht alle Details zu dem Verdächtigen, aber wir denken nicht mehr, dass Ihre Schwester etwas mit dem Mord zu tun hat."

„O Gott." Jada brach in heftiges Schluchzen aus. „Was ich zu ihr gesagt habe … Ich habe sie beschuldigt, ein Monster zu sein."

„Ich war mir auch ziemlich sicher, dass sie es war", gestand Frank. „Zwar wollte ich es nicht glauben, doch sie ist immer so furchtbar wütend auf ihre Mom gewesen. Ich dachte, sie und Zeke hätten vielleicht beschlossen, sie aus dem Weg zu räumen."

Jada fiel ihm schluchzend um den Hals. „Ich hasse sie dafür, dass sie mich in diesem Motel-Zimmer zurückgelassen hat, aber sie wird mich noch viel mehr für das hassen, was ich ihr unterstellt habe."

Sam wandte sich an Frank: „Wir haben Zoe und Zeke gefunden und sind dabei, sie zurück nach Washington zu bringen."

Sie verließ den Verhörraum und rief Zekes Vater an.

„Greg Bellamy."

„Hier ist Sam Holland. Wir haben Ihren Sohn gefunden. Er ist auf dem Weg nach Hause."

EPILOG

Normalerweise wäre eine Verhaftung, mit der zwei Morde aufgeklärt wurden, ein Grund zum Feiern gewesen. Doch in diesem speziellen Fall konnte Sam das ungute Gefühl nicht ablegen, dass sie beinahe Unschuldige verhaftet hätte.

Hätte Sergeant Walters nicht den Ordner auf Elaines Computer gefunden, hätte Sam vielleicht das Leben von zwei jungen Menschen ruiniert.

Am Donnerstagabend fand in Shelbys Studio in Georgetown die Kleideranprobe mit Lindsey und mehreren ihrer Brautjungfern statt. Was ein fröhliches Beisammensein mit einigen ihrer engsten Freundinnen hätte werden sollen, war alles andere als das, denn Sam grübelte die ganze Zeit über den schmalen Grat zwischen Erfolg und Misserfolg nach – und über die Konsequenzen, die es haben konnte, falschzuliegen.

Robinsons Fingerabdrücke waren die gleichen wie die auf dem Baseballschläger, und eine Überprüfung seiner DNA hatte eine Übereinstimmung mit der ergeben, die damals auf Sarah Corrigans Leiche sichergestellt worden war. Man legte ihm jetzt beide Morde zur Last, und weitere Anklagen würden in den nächsten Tagen folgen. Es hatte Sam tiefe Befriedigung verschafft, Detective Truehart anzurufen und ihm die Nachricht zu überbringen, dass die DNA identisch war.

„Das ist alles Elaines Verdienst", hatte sie gesagt. „Ohne ihre

Bemühungen wäre Robinson nie auf unserem Radar aufgetaucht."

„Es tut mir leid, dass sie die Ergebnisse ihrer Recherche nicht an mich weitergegeben hat", hatte Truehart geantwortet. „Vielleicht hätten wir sie dann vor diesem schrecklichen Schicksal bewahren können."

„Ich wünschte auch, sie hätte das getan, aber ich bin sicher, sie wusste die harte Arbeit zu schätzen, die Sie in all den Jahren geleistet haben."

„Keine Familie verdient das, was ihr widerfahren ist."

„Ich hoffe, Sie können jetzt endlich Ihren wohlverdienten Ruhestand antreten."

„Das habe ich vor. Ich bin froh, dass ich die Gelegenheit hatte, Sie kennenzulernen, obwohl ich mir natürlich gewünscht hätte, es wäre unter anderen Umständen geschehen. Ich bewundere Ihre Hingabe an den Job. Sie erinnern mich an mich."

„Das ehrt mich, Sir."

„Passen Sie auf sich auf, Lieutenant, und geben Sie nicht alles, was Sie haben, für den Job. Heben Sie sich etwas für sich und Ihre Lieben auf."

„Das werde ich. Passen Sie im Gegenzug auch auf sich auf, Detective."

„Mach ich."

Das Telefonat mit Truehart war ihr immer wieder durch den Kopf gegangen, während sie die Reste des Falls abwickelte und ein Ergebnis verarbeitete, mit dem sie nicht gerechnet hatte.

„Alles in Ordnung?", fragte Lindsey, die mit einer Flasche Champagner vorbeikam, um die Gläser nachzufüllen.

„Absolut. Das Kleid ist umwerfend." Sam hatte sich in dem marineblauen Kleid, das eine Schulter frei ließ, sexy gefühlt. „Danke, dass du nichts Hässliches ausgesucht hast."

„Würde ich dir das antun?"

„Nie und nimmer."

„Glückwunsch, dass du zwei Fälle auf einen Rutsch gelöst hast. Ich habe vorhin Elaines Bruder in den Nachrichten gesehen. Er hat unter Tränen geschildert, dass derselbe Mann ihm beide Schwestern genommen hat und wie dankbar er dir und deinem Team ist, dass ihr die Verbrechen aufgeklärt habt."

„Elaine hat Sarahs Fall gelöst und musste das mit dem Leben bezahlen. Ihre Familie ist traumatisiert und wird noch jahrelang damit zu tun haben, die Scherben zusammenzukehren. Unterm Strich fühlt sich alles irgendwie sinnlos an."

„Nicht für Elaines Bruder. Ihr habt ihm Antworten verschafft, auf die seine Familie in Sarahs Fall jahrzehntelang vergeblich gewartet hat. Detective Trueheart kam in dem Bericht auch zu Wort. Er sagte, er könne nun endlich beruhigt in Pension gehen."

„Das ist die gute Nachricht, denke ich. Ich fühle mich immer noch schlecht, weil ich um ein Haar Elaines Tochter verhaftet hätte."

„Du bist den Spuren gefolgt, die du hattest, und hast deine Schlüsse daraus gezogen, Sam. Auch Zoes Vater und ihre Schwester haben sie verdächtigt, also sei nicht zu streng mit dir."

„Als ich Nick das erste Mal von Juan erzählt habe, habe ich ihn daran erinnert, dass die Dinge selten so sind, wie sie auf den ersten Blick erscheinen, und dann habe ich meinen eigenen Rat in diesem Fall fröhlich missachtet."

„Alles hat auf die Tochter hingedeutet, bis der entscheidende neue Hinweis aufgetaucht ist."

Sam merkte, dass sie Lindseys guter Laune einen Dämpfer versetzte. „Vergiss es, und mach dir keine Sorgen um mich. Geh und amüsier dich mit deinen Freundinnen."

„Ich weiß es sehr zu schätzen, dass du hier bist, besonders an einem Tag wie diesem."

Sam umarmte sie. „Das hätte ich um nichts in der Welt verpassen wollen."

Nachdem Lindsey weitergezogen war, kam Shelby mit dem Baby zu Sam. „Maisie wollte zu ihrer Tante."

Sam nahm Shelby das kleine Bündel ab und drückte es an sich, wobei sie Tränen in den Augen hatte. Sie war an diesem Abend ein emotionales Wrack. „Sie ist so wunderschön, Tinker Bell. Genau wie ihre Mom."

„Tatsächlich finde ich, sie sieht aus wie ihr bezaubernder Daddy."

„Sie hat von euch beiden was, womit sie sich sehr glücklich schätzen kann."

„Alles in Ordnung?", fragte Shelby. „Du bist heute Abend irgendwie nicht du selbst."

Sam hielt den Blick auf das kleine Gesicht des Babys gerichtet. „Nach einer sehr anstrengenden Woche fühle ich mich langsam wieder besser."

„Wenn es dich tröstet, das Kleid steht dir unglaublich gut."

„Danke dir. Es gefällt mir sehr." Sam gab dem Baby einen Kuss auf die Stirn und reichte es Shelby zurück. „Ich muss nach Hause zu den Kindern, weil ihr Dad weg ist."

„Noch mal vielen Dank für die Einladung nach Camp David. Wir haben allerdings dem enormen Druck nachgegeben, Maisie endlich der Familie vorzustellen, zumal es Avery so viel besser geht."

„Das verstehe ich voll und ganz. Wir treffen uns spätestens am Montag beim Ostereierrollen."

„Noah kann es kaum erwarten."

Sam umarmte Shelby vorsichtig und drückte das Baby noch einmal. „Danke, dass du dich so gut um meine liebe Lindsey kümmerst, auch wenn es eigentlich nicht mehr dein Job ist, Hochzeiten zu planen."

„Bei Menschen, die ich gernhabe, ist und bleibt es mir ein Vergnügen, Hochzeiten zu organisieren."

„Schönes Osterfest dir und deiner Familie, Tinker Bell."

„Dir auch."

Kurz darauf verabschiedete Sam sich von Lindsey und den anderen Frauen und verschwand, während sie die Feier mit Gesprächen über die bevorstehende Brautparty und den Junggesellinnenabschied fortsetzten. Zum Glück würde der nur einen Abend in Anspruch nehmen und nicht ein ganzes Wochenende.

Vernon hielt ihr die Autotür auf. „Wohin soll's gehen?"

„Nach Hause."

„Gern."

Auf der Fahrt betrachtete Sam durch das Seitenfenster, wie

die Welt an ihr vorüberzog, während sie mit einer Fülle von Gefühlen zu kämpfen hatte. Verzweiflung über den Mord an Elaine durch denselben Mann, der ihre Schwester getötet hatte, und die langfristigen Folgen für die Familie Myerson. Freude für Lindsey und Shelby. Trauer um sie selbst, Nick und das Baby, das sie so gerne zusammen gehabt hätten. Ihre Einsamkeit ohne ihn und Sorge wegen ihrer Lügen über Juan Rodriguez, die weiter für Aufregung sorgten, obwohl der NCIS endlich verkündet hatte, dass der junge Offizier am Leben und gesund war.

Man hatte Goldstein und Wilson wegen Anstiftung zum Mord angeklagt, weil sie jemanden beauftragt hatten, Juan zu töten. Ein Bundesgericht hatte am Nachmittag den Prozess gegen beide Männer eröffnet, ein spektakuläres Ende von zwei Karrieren.

Warum also wollten die Medien einzig darüber berichten, dass Sam Juans Mitbewohner zu seiner Ermordung befragt hatte, obwohl sie gewusst hatte, dass er gar nicht tot war?

Agent Truver hatte Sams Geschichte bestätigt – dass sie von ihr verlangt hatte, die Angelegenheit wie jeden anderen Mordfall zu untersuchen, während der NCIS daran arbeitete, Goldstein und Wilson Anstiftung zum Mord nachzuweisen. Sam hatte entsprechend gehandelt, das hatte Truver betont und hinzugefügt, man solle sie nicht für Unwahrheiten verantwortlich machen, zu denen sie im Zuge ihrer Zusammenarbeit gezwungen gewesen sei.

Doch das scherte niemanden.

Die Medien hatten beschlossen, sie als Lügnerin zu brandmarken, und daran war auch nichts mehr zu ändern, seit diese Darstellung in der öffentlichen Diskussion war.

Sam war entschlossen, das alles zu vergessen und sich auf ihre Kinder zu konzentrieren. Da sie am nächsten Tag keine Schule hatten, hatte sie sich auch freigenommen und überließ Gonzo, Freddie und den anderen den Papierkram und die letzten Abschlussarbeiten im Mordfall Elaine Myerson.

Zu Hause genoss sie das Abendessen und einen Film mit den Kindern, gefolgt von Eis im Esszimmer, vier Geschichten für die

Zwillinge und einer späteren Schlafenszeit als sonst, da niemand am nächsten Morgen früh rausmusste.

Nachdem Sam und Scotty die Zwillinge ins Bett gebracht hatten, gingen sie nach unten, um Skippy rauszulassen, und machten es sich dann auf dem Sofa in ihrer und Nicks Suite gemütlich, um das Ende des Spiels der Capitals zu verfolgen.

Nick rief an, als das Spiel gerade mit einem Sieg für die Heimmannschaft geendet hatte.

„Ist das mein Stichwort, von hier zu verschwinden?", fragte Scotty.

„Sei still, und sag deinem Vater Hallo."

„Hi, Dad. Wie läuft's bei dir?"

„Gut, aber ich bin müde und möchte nach Hause. Was ist bei euch so los?"

„Das Übliche, nur dass Mom heute mit einer Verhaftung zwei Mordermittlungen beendet hat."

„Davon habe ich gehört. Das war toll, Mom."

„Die Anerkennung gebührt Elaine Myerson. Sie hat den Mord an ihrer Schwester jahrelang weiter untersucht und uns zu dem Mann geführt, den wir letztendlich verhaftet haben."

„Wow, das ist ja kaum zu glauben."

„Gott sei Dank hat es sich so ergeben, denn ich war kurz davor, mindestens eins ihrer Kinder wegen Mordes anzuklagen."

„Alle haben Mom gesagt, dass sie nichts Falsches getan hat und nur den Spuren gefolgt ist, doch sie quält sich trotzdem mit Vorwürfen", erklärte Scotty.

„Das liegt daran, dass sie mit ganzem Herzen Polizistin ist."

„Ich verzieh mich jetzt ins Bett, liebe Eltern. Sobald das Kind den Raum verlassen hat, könnt ihr dann Luftküsse austauschen und andere eklige Sachen tun." Er gab Sam einen Kuss auf die Wange und stand auf. „Bitte so lange warten."

Nick lächelte. „Er ist einfach unerhört."

„Ja, er ist ziemlich gut in Form in letzter Zeit und außerdem eine große Hilfe bei den Zwillingen."

„Apropos ... Ich hab ausgezeichnete Neuigkeiten."

„Die kann ich gebrauchen. Schieß los."

„Andy hat Antwort vom Rechtsanwalt der Großeltern. Sie nehmen von ihren Bemühungen um das Sorgerecht Abstand."

„Gott sei Dank. Das war alles, woran ich denken konnte, als sich die Kleinen vorhin an mich gekuschelt und wir zum neunhundertsten Mal ‚Star Wars' geschaut haben. Was würden wir nur ohne sie machen?"

„Das wird nie passieren. Andy hat schon mit dem Papierkram angefangen, damit wir die drei adoptieren können."

Sam wurden die Augen feucht. „Ich bin so glücklich."

„Eli auch. Er hat gesagt, er hätte sich nie vorstellen können, dass er das will, möchte aber tun, was immer nötig ist, damit wir offiziell eine Familie sind."

„Unsere Familie … ein Wunder, das aus mehreren Tragödien entstanden ist."

„Ja, und aus Liebe."

„So viel Liebe, ja. Wann kommst du heim? Du fehlst mir unfassbar."

„Du mir auch. Morgen Mittag um eins bin ich planmäßig zurück, um mich umzuziehen und fürs Wochenende zu packen. Der Nachmittag gehört meiner Familie."

„Wir können es kaum erwarten."

„Ich auch nicht."

Am nächsten Tag erhielt Sam nach dem Mittagessen die Nachricht, dass Marine One jeden Moment auf dem Südrasen landen würde. Sie rief die Kinder und Skippy und ging nach draußen, um ihren geliebten Mann zu begrüßen.

Da es noch etwas dauerte, rannten die Kinder mit Skippy über die Grasfläche. Eine Sekunde lang konnte Sam so tun, als wären sie eine ganz normale Familie, die die Rückkehr eines Reisenden erwartete. Die Anwesenheit von Secret-Service-Leuten und des Pressekorps des Weißen Hauses, das seine Teleobjektive auf Sam und die Kinder gerichtet hatte, zerstörte diese Illusion allerdings rasch.

Doch nichts konnte die Freude darüber trüben, dass Marine One endlich in Sicht kam und Nick heimbrachte.

Scotty stieß einen aufgeregten Schrei aus, in den die Zwillinge, die vor Begeisterung ganz aus dem Häuschen waren, einfielen, als der große Hubschrauber auf dem Rasen aufsetzte.

Sam hielt sie zurück, bis der Motor aus war und sich die Rotoren nicht mehr drehten.

„Schnappt ihn euch", sagte sie dann, woraufhin sie zum Hubschrauber rannten.

Sam bildete das Schlusslicht, was bedeutete, dass sie sah, wie Nick die Treppe herunterkam, dem Marinesoldaten salutierte, der ihm entgegentrat, und danach auf dem Rasen alle Kinder gleichzeitig umarmte, zusammen mit Skippy, die sich in der Mitte Knäuels befand.

Sam war dankbar, dass es wegen der vielen Kameras, die das Wiedersehen aufnahmen, eine Aufzeichnung von diesem besonderen Moment geben würde.

Es dauerte mehrere Minuten, bis Nick sich von den Kindern lösen konnte, um Sam zu umarmen und zu küssen.

„Willkommen zu Hause, Schatz. Ich bin so froh, dass du wieder da bist."

„So bescheiden unser Heim auch sein mag, zu Hause ist es am schönsten."

Sam lachte, denn an diesem Haus gab es absolut nichts Bescheidenes.

Hand in Hand winkten sie den versammelten Medienvertretern zu und folgten ihren Kindern und dem Hund nach drinnen.

Nachdem Marine One sie später am Nachmittag nach Camp David gebracht hatte, unternahmen sie einen langen Spaziergang, aßen zu Abend und spielten Billard und flipperten im Spielzimmer. Nachdem Sam und Nick die Kinder ins Bett gebracht hatten, begaben sie sich in ihr Zimmer, verschlossen die Tür, rissen sich die Kleider vom Leib und landeten in einer leidenschaftlichen Umarmung auf dem Bett, die zum schnellsten Sex ihres gemeinsamen Lebens führte.

Kurz darauf lagen sie atemlos, lachend und ineinander verschlungen da.

„Willkommen zu Hause, Mr President", sagte Sam, als sie sich schließlich gegenüberlagen, die Hände verschränkt, und den Anblick des jeweils anderen genossen. „Es ist absurd, wie sehr ich dich vermisst habe. Wenn du nicht da bist, ist es, als würde mir ein Körperteil fehlen oder etwas ähnlich Dramatisches."

„Mir geht es genauso. Alles ist falsch, wenn ihr Tausende von Kilometern von mir entfernt seid und ich nicht in deinen Armen schlafen kann."

„Angela hatte eine harte Woche, und ich habe mich schuldig dabei gefühlt, dass ich mich so angestellt habe, weil ich ein paar Abende auf dich verzichten musste."

„Es tut mir leid, das von Angela zu hören, aber ich hoffe, du wirst nie aufhören, mich zu vermissen."

„Ich glaube nicht. Das scheint unheilbar zu sein."

Sein Lächeln ließ seine wunderschönen Augen strahlen. „Was habe ich sonst noch verpasst, während ich weg war, außer dass du zwei Morde mit einer Verhaftung aufgeklärt hast?"

„Das war nicht mein Verdienst. Elaine hatte Robinson gefunden, was sie tragischerweise das Leben gekostet hat."

„Das ist alles so traurig. Die arme Familie."

„Ja. Ich hoffe, Frank und seine Töchter kriegen ihr Leben wieder in den Griff. Er hat mir erzählt, sie hätten Termine bei Elaines Therapeutin. Sie dachten, es sei sinnvoll, zu ihr zu gehen, da sie die Vorgeschichte kennt."

„Eine gute Idee."

„Ich habe mich dafür entschuldigt, dass ich sie verdächtigt habe. Zoe hat daraufhin erwidert, sie verstehe, warum ich es getan habe, doch sie hoffe, dass ich in Zukunft mehr Verständnis für die Familien der Opfer aufbringe."

Nick zuckte zusammen. „Sag mir, dass du weißt, dass das eine unfaire Anschuldigung ist. Du bist außerordentlich einfühlsam im Umgang mit ihnen."

„Dieses Mal war ich es nicht. Vom ersten Moment an war da

eine Abneigung gegen diese junge Frau, und ich hab sie von Anfang an verdächtigt. Freddie hat mich darauf hingewiesen, nachdem wir sie das erste Mal getroffen hatten. Ich hätte auf ihn hören sollen."

„Das beweist nur, dass man auch nach so vielen Berufsjahren immer noch hinzulernt."

„Manche Lektionen schmerzen mehr als andere. Zum Beispiel, dass ich meine Kollegen und Juans Angehörige belügen musste und dass das jetzt jeder weiß." Die Presse hatte unerbittlich über ihre Rolle bei dem Betrug, wie sie es nannten, berichtet. Selbst nachdem Juan sich selbst zu Wort gemeldet und bestätigt hatte, dass er sie persönlich darum gebeten hatte, niemandem die Wahrheit zu sagen, ebbten die Vorwürfe in den Medien nicht ab. Etwas anderes würde passieren müssen, um sie aus den Schlagzeilen zu verdrängen. Bis dahin würde sie eine Menge Prügel einstecken müssen.

„Da ich dich gerade ganz für mich allein hab, wollte ich dir noch erzählen, dass ich von Collins Worthy gehört habe."

Nick war sofort in höchster Alarmbereitschaft, wie immer, wenn seine Mutter in ihr Leben trat. „Was hat er gewollt?"

„Dich in ihrem Namen bitten, ihr noch eine Chance zu geben, indem ich mit ihr rede."

„Was hast du darauf geantwortet?"

„Dass ich es ihn wissen lasse, wenn ich interessiert bin, und ich habe Neveah darauf angesetzt, ihn gründlich zu überprüfen, um sicherzugehen, dass er wirklich ehrlich ist."

„Mit welchem Ergebnis?"

„Ist er."

„Was hat er dann mit ihr zu schaffen?"

„Das habe ich ihn auch gefragt. Ich glaube, er bildet sich ein, in sie verliebt zu sein."

Nick verzog angeekelt das Gesicht.

„Was soll ich also tun? Soll ich mit ihr reden?"

„Ich wüsste nicht, wozu das gut sein sollte."

„Nenn mich verrückt, aber ich glaube langsam, sie will mit dir – und uns – wirklich reinen Tisch machen."

„Wahrscheinlich weil ich Präsident bin und sie das für sich ausnutzen will."

„Ich weiß nicht, ob es nur daran liegt. Worthy ist ein echter Familienmensch. Vielleicht hat er ihr gezeigt, wie gut es ist, Leute um sich zu haben, die einen unterstützen."

Er seufzte. „Ich hasse die Vorstellung, meine Mutter in unser Leben zu lassen."

„Dann tun wir das nicht."

„Bin ich ein Monster, weil ich so empfinde?"

„O Gott, natürlich nicht. Nach allem, was sie dir angetan hat, finde ich das mehr als verständlich."

„Ich glaube einfach nicht, dass sie zu so einer großen Veränderung fähig ist."

„Lassen wir es erst einmal gut sein."

„Wie bist du mit ihm verblieben?"

„Er wird von mir hören, wenn ich an einem Gespräch interessiert sein sollte."

„Danke, dass du das für mich erledigt hast."

„Für dich tu ich doch alles." Sie hob den Blick und sah ihn an. „Da ist noch etwas, das du wissen solltest." Sie berichtete ihm von Scotty und den Diskussionen über aktuelle Ereignisse im Sozialkundeunterricht.

Nick verzog das Gesicht. „Was zum Teufel kann man da machen?"

„Vernon hatte den Vorschlag, ihm zu erlauben, Kopfhörer zu benutzen, wenn das Unterrichtsgespräch eine Richtung einschlägt, die ihn verletzt oder verstört."

„Das ist eine gute Idee."

„Ich werde es ihm und der Schule unterbreiten und sehen, was wir tun können."

„Toll, wie du mit all den Waldbränden umgehst, die ausbrechen, wenn ich nicht da bin."

„Ich bekämpfe die Brände lieber mit dir als ohne dich."

„Das empfinde ich genauso, Babe."

„Und jetzt will ich die Wahrheit hören: Es war cool, Thor zu treffen, oder?"

„Hab schon ich erwähnt, dass ich auch Iron Man kennengelernt habe?"

„Nein! Ich liebe Robert Downey Jr."

„Er ist echt cool."

„Wenn du lauter so coole Leute kennenlernst, werde ich auf jeden Fall kündigen, um dich überallhin zu begleiten."

„Nein, wirst du nicht. Du würdest dich nach einer Woche zu Tode langweilen."

„Mich zu langweilen, kommt mir in letzter Zeit ziemlich verlockend vor."

„Da bin ich mir sicher. Aber schon bald wirst du wieder einen neuen Fall haben und dich daran erinnern, warum du auf dieser Welt bist."

„Um dich und unsere Kinder zu lieben."

„Und auch, um Mörder zu fangen."

„Vor allem jedoch, um dich zu lieben."

Er zog sie an sich. „Das bestreite ich nicht."

Nach einem friedlichen, erholsamen Osterwochenende in Camp David zogen sie sich ihre Festtagskleidung an, ehe sie Hunderte von Menschen auf dem Südrasen zum jährlichen Ostereierrollen begrüßten. Nick hatte am Abend zuvor erzählt, die Tradition, dass Kinder mit großen Löffeln Eier über die weite Rasenfläche rollten, sei mehr als hundertvierzig Jahre alt und gehe auf Präsident Rutherford B. Hayes zurück, der die Veranstaltung ins Leben gerufen habe, nachdem Kindern das Eierrollen auf dem Gelände rund um das Kapitol untersagt worden sei.

„Ist das auch eine Information, die du aus der Highschool behalten hast?", hatte Scotty ihn gefragt.

„Nein, du Schlaumeier, das stand in den Briefingunterlagen für die Veranstaltung."

„Oh, puh, denn wenn du dich an solche Dinge aus der Highschool erinnert hättest, wäre ich ausgestiegen, solange es noch möglich ist."

„Niemand schmeißt hier die Schule", antwortete Nick.

Sam entdeckte, dass es bei diesem Brauch um viel mehr als nur um Eier ging. Es gab Darbietungen von Marching Bands aus der Gegend, Kunsthandwerk, gesunde Snacks, Geschichten, Spiele, Fotos vor der Kulisse des Weißen Hauses und jede Menge andere familienfreundliche Aktivitäten.

Alle Kinder aus Sams Leben waren anwesend, darunter ihre Nichten und Neffen, Gonzo, Christina und ihr Sohn Alex, Shelby, Avery, Noah und die kleine Maisie, Andy und seine Familie, Derek, Roni und Maeve, Leo, Stacy, Brock und Brayden sowie ein Großteil der Mitarbeiter des Weißen Hauses und ihre Familien.

Vernon brachte seine Frau, seine Töchter und seine Enkelkinder mit, damit sie Sam und Nick kennenlernen konnten.

„Danke, dass Sie ihn mit mir teilen", sagte Sam und schüttelte jedem Familienmitglied die Hand.

„Er liebt es, für Sie zu arbeiten", erwiderte Vernons Frau Evelyn.

Sie traf auch Jimmys schwangere Frau Liz und Familienmitglieder anderer Mitarbeiter des Weißen Hauses.

„Es ist fantastisch", erklärte Angela, die Jack und Ella im Auge behielt, während die mit den anderen Kindern herumtollten. „Danke, dass ihr uns eingeladen habt."

„Das ist doch selbstverständlich. Wie war Ostern?"

„Wir haben es überlebt. Wie war es, wieder in Camp David zu sein?"

„Wir haben es überlebt."

„Ich glaube nicht, dass ich das könnte."

„Es war nicht leicht, aber für Nick ist es eine tolle Abwechslung von dem hier, und er konnte durchschnaufen und neue Energie tanken."

„Das verstehe ich. Spence hätte euch das nicht kaputtmachen wollen."

„Hat er nicht. Wir hatten alles in allem eine schöne Zeit."

„Da bin ich froh. Es tut mir leid, dass du wegen Juan so viel Kritik von den Medien einstecken musst, besonders nachdem du nicht nur einen, sondern sogar zwei Morde aufgeklärt hast, wovon der eine ein jahrelang ungeklärter Fall war."

„Elaine Myerson hat uns zu ihrem Mörder geführt – und damit auch zu dem ihrer Schwester."

„Eine unglaubliche Geschichte. Gut gemacht, Gratulation."

Es war Sam unangenehm, wenn man ihr dazu gratulierte, dass sie Elaines Fall abgeschlossen hatte, nachdem sie Frank und seine Mädchen so schlecht behandelt hatte, doch sie hatte sich bei ihnen entschuldigt und war fest entschlossen, ihre Lehren daraus zu ziehen. „Danke."

Sie rollten die Eier und halfen den jüngeren Kindern beim Osterbasteln, aßen Muffins und Cookies und posierten für Fotos mit Nick und Hunderten von anderen Menschen. Als sie am Ende der Veranstaltung die Kinder wieder einsammelten, wurden sie plötzlich von Brant, Vernon, Jimmy und mehreren anderen Secret-Service-Leuten umringt.

„Mr President, Mrs Cappuano, bitte kommen Sie mit. Wir müssen Sie sofort reinbringen."

„Warum?" Sam schaute zu ihren Schwestern und deren Familien, die das Geschehen besorgt verfolgten.

„Wir haben eine glaubhafte Terrordrohung gegen diese Veranstaltung erhalten", erklärte Brant angespannter, als Sam ihn je erlebt hatte.

„Ohne die Kinder und die anderen gehe ich nirgendwohin", antwortete sie.

Vernon legte einen Arm um sie und zog sie zum Haus, während Brant und die anderen Personenschützer dasselbe mit Nick taten. „Sie sind direkt hinter uns."

～

Während Sie auf das nächste spannende First-Family-Buch warten, schauen Sie sich Maries neuen Spannungsroman (eigenständig, nicht Teil einer Serie) IN THE AIR TONIGHT - IM DUNKEL DER NACHT an.

DANKSAGUNG DER AUTORIN

Ja, gut, ich habe es schon wieder getan! Es macht nur so viel Spaß und gibt uns etwas, worauf wir uns freuen können: einen kleinen Vorgeschmack auf das nächste Buch über die First Family. Dieses Buch hier zu schreiben, war der Wahnsinn – und hoffentlich ist es auch wahnsinnig spannend zu lesen. Ich möchte, dass Sie wissen, dass die aufrichtige Trauer meiner Leserinnen und Leser über Juan Rodriguez' „Ermordung" am Ende von „State of Suspense – Zwei Seelen, ein Herz" die Inspiration dafür war. Sie hat mich zum Nachdenken gebracht … Was wäre, wenn Juan gar nicht wirklich tot wäre? Ein großer Teil dieser Geschichte ist das Ergebnis dieser Frage. Also vielen Dank dafür!

Über Sam und Nick zu schreiben, genieße ich als Autorin immer noch sehr. Vielen Dank für Ihre Liebe zu den beiden und ihrem abenteuerlichen Leben. Ich freue mich schon auf den nächsten Band … nur Minuten nach Beendigung dieses Buches! Nach jedem neuen Teil erreichen mich besorgte Fragen, ob die Reihe nun zu Ende sei. Ich kann Sie beruhigen und Ihnen versichern, dass ich vorhabe, diese Serie so lange wie möglich fortzusetzen. Sie gefällt mir genauso gut wie Ihnen!

Ein ganz besonderes Dankeschön geht an Russell Hayes, den pensionierten Captain des Newport Police Department, für seinen großartigen Beitrag zu den Ermittlungen. Ich weiß seine

Hilfe bei allen Büchern über Sam und Nick sehr zu schätzen. Ohne seine Hinweise hätte ich diese Serie nicht verfassen können. Danke, Russ, für achtzehn Jahre Freundschaft und einige Details, die diese Bücher erst wirklich zum Leben erwecken.

Wie immer möchte ich mich bei dem Team bedanken, das mich jeden Tag unterstützt, Julie Cupp, Lisa Cafferty, Jean Mello, Ashley Lopez und Nikki Haley, sowie bei meinen Lektorinnen Joyce Lamb und Linda Ingmanson und den Testleserinnen Anne Woodall, Kara Conrad und Tracey Suppo.

Vielen Dank an die weiteren Testleserinnen der Serie: Gwen, Jennifer, Kelly, Maricar, Karina, Sarah, Kelley, Irene, Gina, Phuong, Juliane und Amy.

Ihnen, den Leserinnen und Lesern, die bei jedem neuen Buch dabei sind, danke ich dafür, dass Sie mir die Karriere meiner Träume ermöglicht haben. Ich schätze Sie alle sehr!

XOXO

Marie

WEITERE TITEL VON MARIE FORCE

First Family

Wild Widows

Die Fatal Serie

Fatal Identity – Nichts kann uns trennen (Fatal Serie 10)

Fatal Threat – Ich glaub an dich (Fatal Serie 11)

Fatal Chaos – Allein unsere Liebe (Fatal Series 12)

Fatal Invasion – Wir gehören zusammen (Fatal Serie 13)

Fatal Reckoning – Solange wir uns lieben (Fatal Serie 14)

Fatal Accusation – Mein Glück bist du (Fatal Serie 15)

Fatal Fraud – Nur in deinen Armen (Fatal Serie 16)

Fatal Serie Bände 1-6

Fatal Serie Bände 7-11

Miami Nights

Bis du mich küsst

Bis du mich berührst

Bis du mich liebst

Bis du mich verzauberst

Bis du mit mir träumst

Die McCarthys

Liebe auf Gansett Island (Die McCarthys 1)

Mac & Maddie

Sehnsucht auf Gansett Island (Die McCarthys 2)

Joe & Janey

Hoffnung auf Gansett Island (Die McCarthys 3)

Luke & Sydney

Glück auf Gansett Island (Die McCarthys 4)

Grant & Stephanie

Träume auf Gansett Island (Die McCarthys 5)

Evan & Grace

Küsse auf Gansett Island (Die McCarthys 6)

Owen & Laura

Herzklopfen auf Gansett Island (Die McCarthys 7)

Wohin das Herz mich führt (Neuengland-Reihe 2)

Wenn das Glück uns findet (Neuengland-Reihe 3)

Und wenn es Liebe ist (Neuengland-Reihe 4)

Für immer und ewig du (Neuengland-Reihe 5)

Die Quantum Serie

Tugendhaft (Quantum-Serie 1)

Furchtlos (Quantum-Serie 2)

Vereint (Quantum-Serie 3)

Befreit (Quantum-Serie 4)

Verlockend (Quantum-Serie 5)

Überwältigend (Quantum-Serie 6)

Unfassbar (Quantum-Serie 7)

Berühmt (Quantum-Serie 8)

Andere Bücher

In the Air Tonight – Im Dunkel der Nacht

Sex Machine – Blake und Honey

Sex God – Garrett und Lauren

Five Years Gone – Ein Traum von Liebe

One Year Home – Ein Traum von Glück

Mein Herz für dich

Nicht nur für eine Nacht

Take-off ins Glück

The Fall – Du und keine andere

Dieses Mal für immer

Helden küsst man nicht

Küsse für den Quarterback

Gilded Serie

Die getäuschte Herzogin

Eine betörende Braut

ÜBER DIE AUTORIN

Marie Force ist New-York-Times-Bestseller-Autorin von zeitgenössischen Liebesromanen und Romantic Suspense. Zu ihren Büchern gehören unter anderem die beliebten Reihen „Fatal", „First Family", „Gansett Island", „Butler Vermont", „Neuengland", „Miami Nights" und „Wild Widows" sowie die erotische „Quantum"-Serie. Ihre Bücher haben sich weltweit bislang mehr als zehn Millionen Mal verkauft, wurden in ein Dutzend Sprachen übersetzt und standen über dreißigmal auf der New-York-Times-Bestseller-Liste. Außerdem ist sie USA-Today- und #1-Wall-Street-Journal-Bestseller-Autorin und in Deutschland Spiegel-Bestseller-Autorin.

Ihre Ziele im Leben sind einfach: Bücher zu schreiben, solange sie kann, ihre beiden Kinder weiter dabei zu unterstützen, glückliche, gesunde und produktive junge Erwachsene zu werden, und niemals in einem Flugzeug zu sitzen, das Schlagzeilen macht.

Tragen Sie sich in Maries Mailingliste ein, um alles Wichtige über neue Bücher und Veranstaltungen zu erfahren. Folgen Sie ihr auf Facebook und auf Instagram.

Made in the USA
Las Vegas, NV
22 October 2025

32807747R00256